Derek Nikitas
Scheiterhaufen

Derek Nikitas

Scheiterhaufen

Seeling
Verlag

1. Auflage 2010

Übersetzt aus dem Amerikanischen von Jens Seeling

Die amerikanische Ausgabe erschien 2007 unter dem Titel *Pyres* bei St. Martin's Minotaur, New York, USA.
Dieses Werk wurde im Auftrag von St. Martin's Press LLC durch die Literarische Agentur Thomas Schlück GmbH, 30827 Garbsen, vermittelt.
Umschlagsfoto © Thomas Weißenbrunner, Wolfschlugen
Lektorat/Redaktion: Renate Kappes

Druck und Bindung: Aalexx Buchproduktion, Großburgwedel
ISBN: 978-3-938973-11-0
Bibliografische Information der Deutschen Bibliothek: Die Deutsche Bibliothek verzeichnet diese Publikation in der Deutschen Nationalbibliografie; detaillierte bibliografische Daten sind im Internet über http://dnb.ddb.de abrufbar.

Weitere Informationen unter www.verlag-seeling.de

In Erinnerung an meinen Großvater
William Henry Pepin Jr.

Eins

Baldurs Tod

Ein einziges Mal ist die Hölle. Luc wünschte sich oft, ihr Leben könnte mehr als nur ein einziges Mal ablaufen. Vielleicht ginge dann die Geschichte ihrer Familie besser aus, jedes Mal, wenn man sie erzählte. Vielleicht könnte sie die dunklen Stellen weglassen, genauso wie es ihr Vater getan hatte, wenn er zusammengekauert auf einem Kinderstuhl neben ihrem Bett saß und ihr diese schwedischen Märchen vorlas. Oft überging er die grausamen Stellen in seinen Märchen, ließ aus, was immer Albträume verursachen konnte. Nur die heiteren Dinge, Kleines.

»Du hast den Teil vergessen, in dem der Kobold das Baby stiehlt«, sagte Luc. Sie steckte in ihrem Glücksbärchen-Schlafanzug unter der Bettdecke, sechs Jahre alt, trug Fausthandschuhe und ihre Yankees-Kappe, einfach so zum Spaß. Unten schaute Mom *Denver Clan* und tat so, als würde sie für eine Biologieklausur lernen. Damals hatte Mom nur noch zwei Semester, um ihren College-Abschluss nachzuholen, den sie aufgeschoben hatte, um ihre einzige Tochter großzuziehen.

»Ich habe den Teil mit dem Kobold vergessen, das stimmt«, sagte Dad. Er strich über seinen blonden Oberlippenbart und ließ ein Grinsen aufblitzen, das besagte, dass er einiges mit Vorsatz ausließ. Der himmelblaue Rücken des Buches in seiner Hand war dick wie der eines Lexikons. Auf dem Einband befand sich das Bild eines bärtigen Gnoms – eines *Tomte* auf Schwedisch –, der nicht größer war als eine Katze und auf einem Hirschgeweih ritt. Der *Tomte* hielt sich mit zwei dicken Fäustlingen an dem Geweih fest, die Stummelbeine von sich gestreckt. Er trug eine spitze Filzmütze und eine lederne Umhängetasche, die von seiner Schulter zur gegenüberliegenden Hüfte hinunterhing. Im Hintergrund trugen die Fichten große Schneemassen auf ihren nach oben gebogenen Ästen. *Tomten* sind jene Wesen, die deine Weihnachtsgeschenke bringen, wenn du ein artiges Mädchen warst.

Und Dad zeigte ihr die Bilder im Buch: Ein *Tomte*, der auf einem Kissen kauerte und in das Ohr eines schlafenden Kindes flüsterte, dessen offene Haare sich um seine Beine und die mit Garn geschnürten Stiefel wanden. Dieses Bild illustrierte die Geschichte einer Prinzessin, die einen *Tomte* in einer Kaninchenfalle in ihrem Garten fand. Danach lebte er in einem Leinensack, der an ihren Bettpfosten gebunden war, wobei ihn die enge Behausung nicht störte. Es gab eine böse Königin mit kostbaren Edelsteinen in ihren Augenhöhlen, einen sprechenden Bären, eine Eisfee, die in die Zukunft sieht, während in ihrer Brust ein kaltes blaues Herz schlägt. Noch Jahre später erinnerte sich Luc an diese Geschichten.

Ihr Vater war Schwede, in der Nähe von Stockholm geboren und aufgewachsen. Noch vor Lucs Geburt, sogar bevor Mom und Dad sich kennenlernten, zog er von Schweden nach New York, wo er seinen Doktor in Literatur machte. Er war nur noch einige Male in Skandinavien gewesen, um zu forschen und seine Halbgeschwister aus der ersten Ehe seines Vaters zu besuchen. Dads eigene Eltern waren vor langer Zeit gestorben. Luc selbst war noch nie in Schweden gewesen, also wusste sie nicht mehr darüber, als das, was Dad ihr erzählt hatte. Allerdings hatte er immer versprochen, sie würden im Sommer 1997 hinfahren, wenn sie die Highschool abgeschlossen hätte.

Doch vorerst war Luc fünfzehn und dürr, einen Meter fünfzig groß in ihren violetten Doc Martens. Sie schlurfte mit ihren Stiefeln über Bürgersteige und Schulkorridore, stapfte wie ein Welpe auf Erwachsenenpfoten. Lucs Mondgesicht wackelte auf dem dünnen Stiel ihres Halses, und ihre großen feuchten Augen sahen immer erschrocken aus, auch wenn sie es kaum je waren. Schwarz gefärbtes Haar, schwarzer Faltenrock, schwarze Fingernägel. Schwarz, das Badehandtücher, Armlehnen und Kissenbezüge verfärbte und Mom Drohungen ausstoßen ließ.

Blair Crowley war ihr Mädchenname. Mom war erst fünfunddreißig, zehn Jahre jünger als ihr Ehemann, der Professor. Natürlich war sie immer noch hübsch, sah mit ihren braunen Haaren und den Gesundheitsschuhen aber meist altbacken aus. Halbwegs glamourös hatte Luc ihre Mutter zum letzten Mal gesehen, als sie mit der blonden Perücke und dem kegelförmigen BH als Madonna zur Halloweenparty der Englischfakultät gegangen war. »Ich komme mir absolut idiotisch vor«, sagte Mom immer wieder, bis sie genügend Amaretto Sour getrunken hatte. Luc ging als Gregor, der menschliche Mistkäfer aus Kafkas *Die Verwandlung*, auch wenn sie es nie gelesen hatte. Auf der Party ließ Mom Luc so viel Amaretto nippen, dass Luc selbst durch ihre Brille nur noch verschwommen sah.

Doch das war über einen Monat her, lange bevor die hasenzähnigen Kürbislaternen auf der vorderen Veranda grünlich verschimmelten und Dad sie schließlich wegwarf. Thanksgiving 1993 war mit einem Brathähnchen vorübergegangen, weil niemand in der Familie Truthahn mochte, und dann ging es zurück in die Schule. Heute war der erste Samstag in einem Dezember, der wärmer war als üblich, aber mit dem gleichen beständigen Wintergrau begann. Neun Tage bis zu Lucs sechzehntem Geburtstag, bis sie die Prüfung für den Führerschein machen konnte.

Und hätte sie diesen Führerschein nur neun Tage früher gehabt ...

Was, wenn Entscheidungen nicht nur ein einziges Mal gefällt würden? Mit einer zweiten Gelegenheit hätte Luc ihre Eltern – Mom zuerst – niemals gebeten, sie von ihrem Wohnort, dem Städtchen Hammersport, zum Ontario-Ridge-Shoppingcenter zu fahren. Aber es gibt kein Zurück von dieser Entscheidung. Die Zeit trieb Luc ausschließlich voran. Rückwärts leben, reparieren, was bereits kaputt war – das ist, wie in den Mutterleib zurückkriechen: Es ist unmöglich.

Luc fand ihre Mutter im Garten hinter dem Haus, wo sie das tote Laub zusammenharkte, das sie bisher liegen gelassen hatten, und es neben dem Plastikpool aufhäufte, der seit September abgedeckt war. Mom trug Jogginghosen und ein Thermohemd aus Flanell, ihre Schultern waren klamm vom Nieselregen. Ihr Haar glänzte feucht und ihre Lippen zitterten vor Kälte.

»Ich kann dich jetzt nicht fahren. Ich muss das hier erst erledigen«, sagte Mom.

Luc blinzelte zu den dunkel aufgetürmten Wolken. »Es regnet.«

»Darum muss ich das hier erledigen.«

»Später?« Regentropfen spritzten gegen Lucs Brillengläser.

»Das bezweifle ich«, sagte Mom, als gingen solche Entscheidungen über ihre Vorstellung hinaus. »Was willst du überhaupt im Shoppingcenter?«

Luc zuckte mit den Achseln und verschränkte die Hände über ihrem Kopf. Sie stand neben dem Ausgang des Souterrains und den Betonstufen, die zur Auffahrt hinaufführten. Der Anteil der Mobergs am städtischen Grund lag tiefer als die umgebenden Gärten, und war wie eine Ausgrabungsstätte an drei Seiten von Steinmauern umgeben. Dort hinten überragte alles den Garten – ihr Haus mit dem ausgebauten Souterrain, dem Erdgeschoss und dem Dachgeschoss, die Bäume, die ihre letzten Blätter abwarfen, Dads Boot, das wegen des Winters mit einer Plane abgedeckt war, die Auffahrten der Nachbarn. Nebenan werkelte Quinn Cutler in der Garage seiner Mutter. Luc konnte ihn nicht sehen, aber sie hörte sein Werkzeug gegen sein Motorrad klirren und scheppern.

»Gibt es noch eine Harke?«, fragte Luc. »Kann ich helfen?«

»Das ist ja ganz was Neues«, sagte Mom. Sie bückte sich hinunter und entfernte die feuchten Blätter, die in der Harke hängen geblieben waren. Seit Monaten ließ Mom süffisante Sticheleien los, da die beiden immer noch in einen Streit verstrickt waren, dessen Anlass Luc vergessen hatte. »Du solltest sowieso kein Geld mehr ausgeben. Du schuldest mir noch etwas für die Handtücher, die du ruiniert hast.«

»Ich habe nur gefragt«, sagte Luc.

Und dann, eineinhalb Meter über ihnen, direkt an der Krone ihrer Steinmauer, erschien Quinn Cutler in der Auffahrt seiner Mutter. Er trug Jeans und ein Overkill-Tour-T-Shirt und wischte seine Hände an einem schmierigen Lappen ab. Die Knie seiner Jeans waren mit dunklen Ölflecken verschmutzt. Zu einem Teil war er ein amerikanischer Ureinwohner – mit gebräunter Haut und scharfen Wangenknochen, sein seidiges braunes Haar war in der Mitte gescheitelt und reichte über die Schultern hinab. Harte kleine Muskeln mit Adern dick wie Strohhalme liefen durch seine Arme. Er war im vierten Highschool-Jahr, älter als die meisten, da er ein oder zwei Jahre wiederholt hatte. Luc hielt den Atem an, während Quinn zu ihnen hinunternickte. »Wie geht's?«, murmelte er.

»Hey«, sagte Luc. Ihr Gesicht fühlte sich selbst an diesem feuchten Dezembermittag warm an.

Mom umfasste den Stiel der Harke mit beiden Händen und blickte mürrisch zu ihrem Nachbarn hinauf. Ihre Nackensehnen zuckten, als könne sie spüren, wie Lucs Blut sich jedes Mal erhitzte, wenn Quinn auftauchte. Luc hatte ihn erst gestern zwei Mal in der Schule gesehen, ging zwischen zwei Kursen an ihm vorbei, doch der Nervenkitzel war immer der gleiche – eine Welle der Erregung strömte von ihrem Unbewussten aus.

Zurück im Souterrain ging Luc in ihr dunkles Zimmer. Die Anzeige der Stereoanlage glimmte flüssiggrün und fahles Tageslicht drang rötlich durch die Vorhänge. Sie wischte ihre Jacke vom Bett – eine Jeansjacke an der dutzende Rockband-Aufnäher mit Sicherheitsnadeln befestigt waren, verziert mit Klebeband und Klecksen von silberner und schwarzer Textilfarbe. Es war ihre selbst entworfene Uniform, zusammen mit den Stiefeln und dem Rock und den schwarz-weiß gestreiften Leggins.

Lucia Moberg: Benannt nach der Heiligen Lucia, weil ihr Geburtstag auf deren Namenstag fiel, den dreizehnten Dezember, jene Nacht, in der in Schweden die kleinen Mädchen Choräle singend, in weiße Gewänder gehüllt und Kerzen tragend umherziehen. Die Heilige des Lichts und des Sehens. Luc hatte Abbildungen der Heiligen Lucia gesehen, auf denen diese einen Behälter mit menschlichen Augäpfeln trug. Ziemlich ausgeflippt und cool, insbesondere da Luc selbst stark kurzsichtig war und eine Brille mit einem dicken schwarzen Hipstergestell trug, die ihre Sehschwäche beinahe stolz zur Schau stellte.

Lucias engste Freundinnen Gina und Kit nannten sie Luc, betont wie der Männername Luke – niemals wie Luck, was langweilig war, oder

Loose, was sich anhörte, als wäre sie eine Schlampe. Sie würde jedem einen Schlag in den Magen verpassen, der sie Luck oder Loose oder, am allerschlimmsten, Lu-Lu nannte.

Oben steckte sie ihre Arme in die Jackenärmel, schoss durch die Küche und den Flur. Sie umfasste die schmiedeeisernen Geländer der Wendeltreppe, die zum Arbeitszimmer ihres Vaters in das Dachgeschoss hinaufführte, schwang sich auf die erste Stufe, ließ ihren Kopf in den Nacken fallen und blickte die gewundene Mitte der Treppe zum Licht hinauf.

»Dad!«, rief sie. »Bist du da oben?«

»Anwesend«, sagte er – sein lahmarschiger College-Professoren-Witz. So wie er am Abendbrottisch seine Hand hob, wenn er etwas sagen wollte, selbst wenn niemand sonst redete. Wenn Dad nichts sagte, brachten sie das Essen an den meisten Abenden wortlos hinter sich.

»Was machst du?«

»Einen endlosen Stapel von Erstsemester-Aufsätzen benoten.«

»Fährst du mich ins Shoppingcenter? Mom kann nicht. Du brauchst mich einfach nur abzusetzen.«

»Und dann den ganzen Weg noch einmal hin- und herfahren, um dich wieder abzuholen.«

»Na ja ... du könntest dich im Buchladen herumtreiben.«

»Ah, touché«, sagte Dad in seinem knarrenden nordischen Tonfall, und wenige Minuten später fuhr er sie in einem altersschwachen Volvo-Kombi durch den Regen. Die Scheibenwischer schoben den Guss beiseite, der von oben herabhämmerte. Hätte sie gewusst, was passieren würde, hätte sie vielleicht die Beifahrertür öffnen und ihren Körper auf die kiesige Straßenoberfläche werfen und den Schmerz auf sich selber nehmen können. Sie hätte aufhalten können, was sie angestoßen hatte. Aber sie wusste es nicht, und da ist das Schuldgefühl, das nicht vergehen will.

Am Barnes-and-Noble-Buchladen trennte sich Lucia von ihrem Vater und steuerte auf das andere Ende des Shoppingcenters zu. Zwanzig Minuten später bummelte sie im Wonderland Music and Video umher.

Sie fuhr mit den Fingern über die CD-Stapel, beobachtete die Angestellten, musterte die zwei Dutzend anderen Kunden im Laden. Eine Verkäuferin telefonierte, während sie an der Kasse Waren einscannte. Eine andere füllte die Videoregale auf – eine fette Frau, die schnaufte und ächzte, einfach, weil sie aufrecht stand. Ihr faltiger Hals hing über eine Gummihalskrause, die ihren Kopf nach vorne gerichtet hielt. Fünf Minuten zuvor war ein dritter Wonderland-Angestellter mit einem braunen Lunchpaket und einem halben Liter Pepsi im Pausenraum verschwunden. Dies war die beste Ausgangslage, die Luc sich wünschen konnte. Jetzt oder nie.

Sie brauchte zwei CDs für Gina und Kit – die zweieiigen Zwillingsschwestern, die zwei Blocks von ihrem Haus entfernt wohnten und seit Ewigkeiten ihre besten Freundinnen waren. Sie klaute niemals für sich selbst, vertraute darauf, das Schicksal würde ihr gesonnen sein, wenn sie ohne Gegenleistung arbeitete.

Luc zog eine beliebige CD heraus, die, wie alle anderen auch, in eine weiße Sicherheitshülle eingeschlossen war. Irgendetwas wie *Tom Pettys langweiligste Hits*. Sie tat so, als würde sie deren Rückseite lesen, während sie ihren Blick auf die fette Regalauffüllerin richtete, die gerade Videohüllen etikettierte. Luc griff nach *Louder than Bomb*s von The Smiths, umschloss die Plastiksperre mit den Fingern, drückte kräftig und schnell, und brach sie auf.

Selbst ein Kleinkind konnte diese albernen Sperren aufbrechen, doch Schritt zwei bedeutete, den erhabenen rechteckigen Aufkleber abzuziehen, der den verborgenen Computerchip enthielt. Normalerweise löste sich ein Stück Folie mit ab, aber das würde niemand bemerken, wenn Luc sich schnell genug bewegte. Das spezielle weiße Rechteck löste sich ohne Probleme. Dann folgte der Amateur-Zaubertrick, bei dem Luc sich bückte, als hätte sie etwas zu Boden fallen lassen, und gleichzeitig die CD in die Innentasche ihrer Jacke gleiten ließ. Die Tasche war breit und tief, als sei sie speziell für diesen Zweck angefertigt worden.

Die Smiths-CD war für Gina bestimmt, die etwa zwanzig Minuten älter war als ihre Schwester Kit. Die jüngere Zwillingsschwester wollte einen Techno-Sampler – irgendeinen Techno-Sampler, egal welchen –, denn Kit war besessen von Raves, auch wenn sie noch nie auf einem gewesen war. Also dachte Luc, sie würde Kit einen Ambient-Mix aussuchen. Das Cover war ein verwirrendes Farbmuster, das sich in 3-D verwandelte, wenn man es lange genug anstarrte. Greifen, drücken, aufbrechen – die Sicherheitssperre knackte wie ein Zweig in einem Lagerfeuer, laut genug, dass Luc ihre Hand zu schnell zurückzog und Aufmerksamkeit erregte.

Tatsächlich setzte sich die Fette taumelnd in Bewegung und humpelte auf die vordere Ladentheke zu. Und sie war schnell – als hätte sie eine Mission zu erfüllen, als hätte sie vielleicht Lucs nicht ganz so sicheren Taschenspielertrick durchschaut. Luc beobachtete, wie Fatty einen wilden Ganzkörperschwung in ihre Richtung ausführte, genug, um Lucs Befürchtungen zu bestätigen.

Luc bewegte sich auf den Ausgang zu, eine halbe Ladenlänge entfernt. Sie ging, aber sie rannte nicht, wich einer Frau aus, die den Gang mit ihrem Kinderwagen versperrte. Lucs abgebrühte kriminelle Handlung war weggewischt. Sie war nur ein Mädchen, das Angst hatte, erwischt zu werden. Sie schwor, nie wieder zu stehlen, wenn sie nur dieses allerletzte Mal davonkäme.

»Hey … hey, du! Wo willst du hin?« Die Gummihalskrause schnürte die Stimme der Fetten ab, sie war aber immer noch laut genug, um die Hälfte der Köpfe im Laden nach oben schnellen zu lassen.

Doch Luc rannte immer noch nicht. Sie ließ sich dadurch nicht in Panik versetzen. Ihr Weg durch die Sicherheitsschleuse war frei. Bis jemand nach ihr fasste. Alles was sie sah, war ein Arm in einer Fransenjacke aus Kunstleder. Irgendein Arschloch, das glaubte, ein Fünfzig-Kilo-Mädchen festzuhalten, würde einen Helden aus ihm machen. Sie wich der Hand aus, die ins Leere griff.

Luc warf sich in den Menschenstrom, der durch die Einkaufspassage floss. Sie schlängelte sich durch die Ständer des Kalenderkiosks und eilte an der Innenseite des gegenüberliegenden Gangs entlang, quetschte sich zwischen einem Schmuckstand und dem langsamen Strom der Samstagseinkäufer hindurch und steuerte auf den Gastronomiebereich zu. Zehn konkurrierende Musikquellen dröhnten gegen die wabenförmigen Oberlichter. Sie umkreiste den Springbrunnen, der sein Wasser drei Meter in die Höhe spie. Sie kam an einer Wattebausch-Schneelandschaft vorbei, in der Automaten-Elfen ihre steifen Gliedmaßen in der Krippe eines Spielwarenladens bewegten. Ihre handbemalten Gesichter schwenkten auf mechanischen Hälsen, verfolgten sie wie versteckte Kameras. Sie ließ den Mrs.-Smith-Keks-Stand hinter sich, lief hinunter zu Barnes and Noble, wo sie hoffte, ihren Vater beim Stöbern anzutreffen.

Himmel – wenn sie Luc jetzt erwischten und in einen leeren Raum einschlössen und Dad über die Haussprechanlage ausrufen ließen, sie würde sich diese Schande niemals verzeihen. Elf-Uhr-Nachrichten: ENGLISCHPROFESSOR ERFÄHRT TRAURIGE, HÄSSLICHE WAHRHEIT ÜBER KRIMINELLE TOCHTER.

Luc legte einen Schritt zu. Und sie ärgerte sich, sog abgestandene Einkaufszentrumsluft in ihre Lungen. Nichts auffälliger als schwarz gefärbtes Haar, verzierte Jeansjacke, gestreifte Leggins. Vor ihr lehnte ein Wachmann an einem Sprint Handyladen und unterhielt sich mit dem Verkäufer. Als Luc vorbeiging, kam gerade eine Meldung über sein Walkie-Talkie, das er von seinem Gürtel löste. Er wog über einhundert Kilo, das blaue Uniformhemd spannte sich über seinen Bauch. Es schien einfach, ihm davonzulaufen.

Nie wieder, Gott, niemals.

Gerade als die ersten Schweißperlen auf ihrer Stirn erschienen, erreichte sie Barnes and Noble. Dieses Ende des Shoppingcenters war beinahe menschenleer und die freie Fläche sorgte dafür, dass sich Luc noch verwundbarer fühlte. Sie riskierte einen Blick über ihre Schulter und sah, dass niemand sie verfolgte. Am Eingang des Buchladens hielt sie kurz inne, stützte die Hände in die Hüften, rang um Atem und Fassung.

Wie sie erwartet hatte, fand Luc ihren Vater im Coffeeshop, wo er auf einem Hocker saß und einen Latte Macchiato aus einem hohen Pappbecher nippte. Er trug seinen blauen Regenmantel, der nass aussah, auch wenn er es nicht war. Er beugte sich über ein gebundenes Buch, das aufgeschlagen auf dem Tisch lag. Einen Meter fünfundneunzig groß. Seine goldenen Haare standen in neun Richtungen ab, zerzaust, weil sie unter seiner Mütze zusammengedrückt waren.

»Hey, ich dachte, wir treffen uns bei den Essensständen«, sagte Dad. Er kontrollierte die Uhr, die er in seiner Hosentasche trug, seit das Armband vor ein paar Monaten gerissen war. »In einer halben Stunde.« Sein Gesicht schimmerte rötlich von der Hitze seines Latte Macchiato, der Schaum auf seinem Schnurrbart hinterlassen hatte.

Luc stand hinter dem niedrigen Eisengeländer, das den Coffeeshop vom Buchladen trennte, und fürchtete, ihr Vater könne ihre Panik spüren, wenn sie näher käme. »Mir ist schlecht geworden«, sagte sie. »Übel. Können wir gehen? Ich glaube, ich muss kotzen.«

»Du siehst fiebrig aus. Ist dir heiß? Möchtest du einen Kräutertee?«

Luc beobachtete den Eingang. »Können wir einfach gehen?«

»Sicher, aber ... komm mal kurz hier rüber. Ich möchte dir dies zeigen.« Er hob den Buchrücken, aber nicht hoch genug, dass sie von dort, wo sie stand, die Seiten sehen konnte. Luc streifte ihre Jacke ab und knäuelte sie vor ihrer Brust zusammen, während sie um die Absperrung herumging. Wenigstens würden die Wachleute sie nicht erkennen, wenn sie nach einem Mädchen mit Rockbandnamen auf der Jacke suchten. Dad redete, während sie herumkam: »Das ist eine ganz neue Übersetzung der *Edda*. Ein isländischer Maler hat diese farbigen Bildtafeln angefertigt.«

Er zeigte Luc das Bild eines Wikinger-Langschiffs, das strahlend mit gelben und orangen Flammen hinaus aufs Meer fuhr. Luc schnappte sich die Mütze ihres Vaters vom Tisch und zog sie über ihr auffälliges schwarzes Haar.

»Ich dachte, dir ist heiß«, sagte Dad. »Ich habe gerade über Baldurs Tod gelesen ... erinnerst du dich an die Geschichte? Ich habe sie dir erzählt, als du noch jünger warst. Es gibt einige sprachliche Feinheiten hier drin, die ich in anderen Fassungen nicht gefunden habe. Das ist fantastisch.«

»Willst du es kaufen?«, fragte Luc. Ihre Knie zuckten.

»Ah, es soll fünfundsiebzig Dollar kosten. Vielleicht frage ich den *Tomte*, ob er es mir zu Weihnachten bringt. Gefällt dir dieses Parfüm? Es war eine Probe.« Dad entblößte sein Handgelenk, damit Luc daran riechen konnte, bewegte es unter ihrer Nase hin und her.

»Mir wird übel, wenn ich es rieche, Dad.«

Luc wartete im Eingangsbereich, während Dad die *Edda* in das Regal zurückstellte, aus dem er das Buch genommen hatte. Massive Beben, die nur zum Teil durch die kalte, feuchte Luft verursacht wurden, die sie traf, wenn Kunden die Türen aufstießen, grollten in ihrer Brust und durchzuckten ihre Glieder. Draußen stapften die Leute durch den Regen, die Köpfe unter Schirme und Kapuzen gebeugt. Autos hielten und warteten am Fußgängerüberweg, rollten mit einem Zischen über den nassen Boden an, Dampf stieg von ihren warmen Scheinwerfern auf.

»Sind wir so weit?«, fragte Dad. Sie gingen hinaus in die Kälte und den Regen, und Luc stieß ihren Kopf gegen die Rippen ihres Vaters. Hier in seiner Armbeuge fühlte sie sich unbesiegbar, selbst als der Regen ihr Gesicht kühlte, selbst als das Auto mit der Aufschrift Sicherheitsdienst vor ihnen hielt. Sie hielt den Atem an. Der Regen und die hin und her schwingenden Scheibenwischer verbargen sie vor dem Blick des Fahrers, und sie tänzelte mit ihrem Vater über den Zebrastreifen.

Dad hatte den Volvo am anderen Ende geparkt – der nahste Platz, den er an einem Samstag drei Wochen vor Weihnachten finden konnte –, so dass Lucs Leggins feucht und schwer an ihren Beinen hingen, als sie das Auto erreicht und Dad die Schlüssel herausgefischt hatte. Sie kletterte auf die Rücksitzbank, wo sie sich vor Erleichterung noch stärker zitternd ausstreckte. Als sich Dad auf den Fahrersitz fallen ließ, zog Luc die geklaute CD aus ihrer Jackentasche und schob sie unter den Beifahrersitz. Die Beute erschien ihr jetzt wertlos. Wenn Gina sie so sehr haben wollte, sollte sie kommen und sie sich aus dem Auto holen.

Dad startete den Motor und die Scheibenwischer erwachten zum Leben. Er nippte seinen Latte Macchiato durch den Plastikdeckel, während Journey leise *Open Arms* aus den hinteren Lautsprechern sangen. Luc ging in Deckung und presste ihre nassen Stiefel gegen die gegenüberliegende Tür.

»Hey, Luc, setz dich hin«, sagte Dad. »Du musst dich anschnallen.«

»Ich fühle mich nicht wohl.«

»Ich weiß, aber mir ist lieber, du bist sicher …«

Ein Schatten huschte an der Heckscheibe vorbei und stoppte neben der Fahrertür. Er kam zu schnell für Luc, um ihn als menschlichen Umriss zu erkennen, bis eine behandschuhte Hand an das Fenster ihres Vaters klopfte. Die Jacke war eine braune Trainingsjacke, die vom Regen dunkler geworden war. Sein Kopf, sein Gesicht ragten zu weit über den Bogen des Autodaches hinaus, als dass Luc etwas hätte erkennen können. Sie schnappte nach Luft. Ihr Schädel rauschte bereits vor Entschuldigungen.

Dad drückte auf den automatischen Fensterheber und die Scheibe senkte sich. Luc stützte sich auf ihre Schulter, hob ihren Kopf. Diese neue Haltung beeinträchtigte ihre Sicht noch mehr, aber es war besser, die Missbilligung dieses Mannes nicht zu sehen, mit der er wahrscheinlich ihren Vater zuschüttete, Dad auf einige schlechte Nachrichten über sein verdorbenes einziges Kind vorbereitete.

Der Mann legte seine Finger auf die Kante des halb offenen Fensters, als wolle er andeuten, es solle schneller heruntergelassen werden. Dann sagte er: »Is' was, Doc?« Schleimig – jemand, der meinte, Teenager für Ladendiebstahl dranzukriegen, sei eine Lachnummer.

»Wie bitte?«, sagte Dad.

Dann schob der Mann seine andere Hand durch die Öffnung und zeigte mit dem ausgestreckten Finger direkt auf Dads Gesicht. In dieser Sekunde dachte Luc, ihr Vater würde beschuldigt, und dann lösten sich all ihre Vermutungen auf.

»Gib mir deine verdammte Brieftasche!«, knurrte der Mann. Der Befehl knatterte zwischen seinen Zähnen.

»*Vad i helvete?*«, sagte Dad, und seine rechte Hand griff nach der Gangschaltung. Der Pappbecher flog durch die Luft und spritzte braune

Brühe über das Armaturenbrett und die Windschutzscheibe. Langsam begriff Lucs Hirn, was ihre Augen sahen: Der Mann zeigte nicht mit dem Finger. Er zielte mit einer Waffe mit einem mattsilbernen Lauf und schrägen Rillen nahe der Mündung. Sie befand sich nur wenige Zentimeter vom Kopf ihres Vaters.

Der Volvo sprang in den Rückwärtsgang, warf Lucs angespannten Körper gegen die Vordersitze, drückte sie hinunter auf den Boden. Selbst während sie herumschleuderte, behielt sie die Waffe im Auge, die gegen den Fensterrahmen schlug und einen Schuss abgab, und dann aus ihrem Blickfeld verschwand. Sie konnte nichts mehr hören, ihre Ohren schmerzten, waren betäubt vom Pistolenknall. Ein feuchter Luftzug strich über ihr Gesicht.

Dann gab es einen Zusammenstoß und die ganze Erde krachte. Glasscherben flogen umher. Das Rückfenster zerbarst in Millionen Kristallteilchen, die sich auf den Sitz ergossen, auf den Luc sich gerade wieder abgestützt hatte. Regen strömte durch den neuen geöffneten Schlund, als sei eine Wolke über ihnen geplatzt. Erst später begriff sie, dass ihr Auto über die Fahrbahn zwischen den Parkplätzen geschlittert war und mit dem Heck einen Dodge Neon gerammt hatte, der dort parkte.

Für einen Augenblick vernahmen Lucs betäubte Trommelfelle nichts als Steve Perry aus den Lautsprechern, der von der Hoffnung sang, man möge erkennen, was die Liebe für ihn bedeutete. Durch die beschlagene Windschutzscheibe sah Luc einen dunklen Fleck – der Mann mit der Pistole stand immer noch auf dem Parkplatz, von dem sie gerade entkommen waren, schwenkte seinen ausgestreckten Arm herum, richtete seine Waffe dorthin, wo jetzt ihr Auto stand.

»Bist du in Ordnung?«, fragte Dad.

»Nein«, sagte Luc, obwohl sie keine Schmerzen hatte.

Dann verfärbte sich die Windschutzscheibe des Volvo zuckerweiß und zerriss in Millionen feine Linien, ohne zu zerbrechen. Dad fiel nach hinten in seinen Sitz und warme Tröpfchen eines dunkelroten Regens benetzten Lucs erhobene Hand und besprengten die Rücksitzbank. Gelber Rauch zog von Dads Kopfstütze nach hinten. Und sein Kopf taumelte, als sei er betrunken.

»Dad?«, sagte Lucia. Ein Arm lag eingeklemmt und pochend zwischen ihrem Körper und dem Fahrzeugboden, aber sie fuchtelte mit ihrer freien Hand, erkannte jetzt, dass Dad sie besudelt hatte. Die beiden Hände ihres Vaters fielen zwischen seine geöffneten Knie. Diese Bewegung ließ ihn nach vorne sinken und sein zerstörter Schädel fiel auf das Lenkrad.

IN EINEM OLDSMOBILE, der zwei Wagen von dem Neon entfernt geparkt war, den der Volvo des Opfers gerammt hatte, kläffte ein Hund. Ein Schoßhündchen, vielleicht ein Chihuahua, hockte auf der Hutablage, doch das Bellen des armen Köters war nicht zu hören über den Sirenen und Funkgeräten und dem Verkehr und dem Regen, der noch immer herabhämmerte, als käme er mit großem Druck aus einem Duschkopf. Seit mindestens zwei Stunden hatte es ununterbrochen geregnet – die Zeit, die vergangen war, seit Greta Hurd angepiepst und ein neuer Mordfall eröffnet worden war.

In einem nassen Mantel stand sie zwischen den Technikern und Uniformierten, die sich um den Volvo drängten, und grübelte. Sie war älter als die meisten von ihnen, die einzige Frau in Bürokleidung am Tatort. Das Haar war vernünftigerweise direkt unterhalb der Ohren abgeschnitten und von weißen Strähnen durchzogen, die das helle Blond verdrängten. Kein Make-up überdeckte die Falten auf ihrer Stirn und Jahre voller Sorgen zogen sich unter ihren Augenlidern entlang. Sie stand kaum geschützt unter ihrem schwarzen Schirm, während der Regen schräg herunterfiel und ihre Hosen und Socken unter dem wasserabweisenden Mantel durchweichte. Ihre Beine schmerzten in der nassen Kleidung noch stärker und sie wünschte, sie könne sich irgendwo setzen und ihre hochhackigen Schuhe ausziehen. Das Fieber machte die Sache nicht besser, hielt sie aber zumindest warm.

Der Parkplatz eines Einkaufszentrums müsste auf der Liste der schlimmstmöglichen Tatorte stehen, trotzdem war es dem Department gelungen, das Chaos in Grenzen zu halten. Die Techniker hatten einen inneren Bereich von einigen zehner Metern Durchmesser abgesperrt, ein äußerer Ring ging zig weitere Meter darüber hinaus. Die größte Schwierigkeit war die Masse der geparkten Autos innerhalb des Rings, die alle Wochenendeinkäufern gehörten. Sie würden sich bald an den Seiten ansammeln, wütend, weil sie nicht wegfahren durften, an einem Samstagabend nicht nach Hause konnten. Und da der Tatort ein Viertel des Parkplatzes einnahm, waren mehrere Cops nötig, um den Verkehr zu regeln, die Fahrzeuge voller Kunden, Medienleute und Gaffer zu leiten. Parken war ein Albtraum: Unzählige Polizeiautos und Rettungswagen fuhren, wendeten, verkeilten sich und wichen neu hinzukommenden Autos aus.

Zum Glück stand wenigstens der Volvo selbst weit genug von jedem Eingang zum Shoppingcenter entfernt, um den Ermittlern und Technikern ungehinderten Zugang zu gewähren. Alle vier Türen des Volvo waren weit geöffnet und Wasser tropfte von den Türrahmen. Die Windschutzscheibe war eine einzige Fläche aus milchigem zerborstenem Glas, so dass man nicht hineinsehen konnte, es sei denn, man beugte sich vor einer der offenen Türen herunter. Kameras blitzten wie schwaches Wetterleuchten, als die Techniker das Wageninnere fotografierten. Im Fahrzeug waren keine Insassen mehr, denn ein Rettungswagen hatte die jugendliche Zeugin, die Tochter, ins Genesee Hospital gebracht. Das Opfer lag in einem anderen Rettungswagen, der in der Nähe im Leerlauf lief. Eifrige Sanitäter, die zuerst am Tatort angekommen waren, hatten Beweise verwischt, als sie den Toten aus dem Auto zogen und ihre Wiederbelebungsversuche unternahmen. Einige Mediziner würden eine verscharrte Leiche ausgraben und defibrillieren, wenn man sie ließe, selbst wenn jeder das Blut auf den Sitzen und die immer noch feuchte organische Masse auf den hinteren Fenstern sehen konnte. Ohne Zweifel war das Opfer in dem Moment tot, als die Kugel es traf: Ein Kopfschuss mit einem Hohlspitzgeschoss.

Die Kugel war bereits für die ballistische Untersuchung aus der

Kopfstütze auf der Fahrerseite geborgen worden. Ein hässliches kleines Hohlspitzgeschoss, dazu gemacht, sich beim Aufschlag zu einem Pilz von der Größe eines Zehncentstücks zu verformen. In der Beifahrertür hatte man eine zweite, identische Kugel entdeckt, aber nur eine leere Patronenhülse auf dem Asphalt des Parkplatzes gefunden. Greta nahm an, das Regenwasser hätte die andere Hülse in die Kanalisation gespült.

Nein, hier waren keine medizinischen Wunder zu erleben. Und wenn jemand eine Wiederbelebung nötig hatte, dann Greta selbst. Aber mehr als alles andere brauchte sie den Kaffee, den sie im Ford Taurus ihres Partners hatte stehen lassen – brauchte ihn wegen des Koffeins und um einige Aspirin hinunterzuspülen. Der Regen wurde jetzt schwächer und ein hellerer Himmel erschien am Horizont hinter dem McDonald's auf der anderen Straßenseite. Greta ging zum Ende der Reihe, wo das Auto geparkt war. Es war pechschwarz und glänzte vor Nässe, auffällige Polizeiantennen steckten auf dem Dach.

Ihr Partner, Moe Arslan, saß auf dem Fahrersitz und schrieb Notizen in einen Spiralblock von der Größe einer Kreditkarte. Er schrieb linkshändig, sein Handgelenk stark angewinkelt, so dass seine Hand beinahe auf dem Kopf stand. Und seine Schrift war immer noch unleserlich. Moe war erst ein paar Jahre in der Ermittlungsabteilung, wurde aber von dem Tag, an dem er den Job übernahm, wie ein Veteran behandelt. Vor seiner Beförderung hatte er auf sich aufmerksam gemacht, weil er durch seinen akribischen Abgleich der Einbruchsakten mit Pfandhauslisten, die kein anderer Polizist beachtet hatte, eine berüchtigte Diebesbande auffliegen ließ. Das i-Tüpfelchen: Er verhaftete den Anführer, nachdem er den Täter dazu gebracht hatte, selbst in das Präsidium zu kommen. Der Dummkopf dachte, er solle erscheinen, um eine Zeugenaussage in einem gänzlich anderen Fall zu machen, doch stattdessen bekam er ein paar Handschellen und eine Zelle.

Moe war die Kurzform für Muhammad. Er war zehn Jahre jünger als Greta, ein türkischstämmiger Muslim, der seit seiner Kindheit in den Vereinigten Staaten lebte. Er bewahrte einen Koran in seinem Schreibtisch auf und ließ zur Fastenzeit das Mittagessen ausfallen, behielt seine religiösen Angelegenheiten ansonsten aber für sich. Besonnen außerdem: Sie sah ihn die Fassung bewahren, während Verhaftete ihn mit Kameltreiber oder Wüstennigger reizten. Er trug einen dichten Schnurrbart und schwarzes welliges Haar, ein Look, der an einen bestimmten irakischen Diktator erinnerte, und Greta nahm an, er kultivierte diese Ähnlichkeit, um die örtlichen Neandertaler zu ärgern. Moe stemmte jeden Morgen drei Stunden lang Gewichte und sah aus, als könne er mit seinen Fäusten einen Ochsen k.o. schlagen. Wenn es die Situation erforderte, konnte er auftreten wie ein Schläger, aber Greta wusste es besser. Der Großteil seiner Polizeiarbeit fand in Moes Kopf statt.

Greta ließ sich auf den Beifahrersitz sinken und nahm einen Schluck Kaffee. Moe langte herüber und regelte die Heizung herunter, ohne dass sie darum bitten musste. Langsam kannte er ihre Stimmungen zu gut, kam ihnen zu bereitwillig entgegen. Greta wischte ihre Dankbarkeit beiseite, denn sie ärgerte sich über sich selbst, dass sie so leicht zu durchschauen war. Ärgerte sich über Moe, weil er sie umhätschelte, als umsorge er ein kleines Kätzchen, dem die Krallen gezogen werden sollten.

»Schon den Ausweis des Opfers gefunden?«, fragte Moe.

»Wir haben seinen Führerschein aus der Brieftasche«, sagte Greta. »Sein Name war Oscar Moberg, fünfundvierzig Jahre alt, eine Adresse drüben in Hammersport.«

»Müssen wir davon ausgehen, dass das Mädchen seine Tochter ist?«

»Das sagte sie dem ersten Beamten, der am Tatort war«, sagte Greta. »Sie stand unter Schock, aber keine erkennbaren lebensbedrohlichen Verletzungen. Sagte, ihr Name sei Lucia Moberg, gleiche Adresse.«

Moe hörte auf zu schreiben. »Wer überbringt die Todesnachricht?«

»Ich liebe diese Art von Hausbesuchen«, seufzte Greta.

»Ich werde mich darum kümmern«, sagte Moe. Er tippte mit dem Stift gegen seine Unterlippe und starrte auf den Regen, der die Windschutzscheibe eintrübte. »Bisher haben wir leider nur die Aussage eines halbblinden älteren Herren, der sagt, er hätte Schüsse gehört und jemanden weglaufen sehen. Das Problem ist, der Mann nahm ein

Nickerchen in seinem Auto und hatte seine Brille abgesetzt. Alles was er sah, war verschwommen. Konnte nicht mal die Hautfarbe erkennen.«

»Dieser riesige Parkplatz – Samstag in der Ferienzeit – und nur ein einziger Zeuge?«

»Wegen des Wolkenbruchs bummelte niemand herum. Aber eine Menge Leute haben es gehört – mindestens ein Dutzend unterschiedliche Aussagen geben an, es seien definitiv zwei Schüsse gefallen, die wenige Sekunden auseinander lagen. Wir werden die Überwachungskameras auswerten, obwohl mir ein schneller Blick sagt, dass nichts zu erwarten ist. Zu weit entfernt und der falsche Winkel.«

»Dort drüben ist ein Chihuahua, der alles gesehen hat. Ich muss mit dem Mädchen, Lucia, reden. Wie es scheint, ist sie die Einzige, die uns Informationen liefern kann.«

Im Funkgerät unter dem Armaturenbrett krächzten Stimmen. Greta verfolgte die Gespräche nicht, aber sie wusste, der Großteil betraf diesen Tatort.

»Es ist eine Schande«, sagte Moe. »Dieses Mädchen musste mit ansehen, wie ihr eigener Vater …«

Greta trank ihren Kaffee aus und dachte an ihr Elternhaus in Buffalo als sie sechzehn war, fast das gleiche Alter wie dieses Mädchen. Er war immer in ihren Gedanken, schlummerte dort, dieser Augenblick, als sie die Kellertreppe herabsprang, um sich eine Limo aus der Kühlbox in der Holzwerkstatt ihres Vaters zu holen. Das Blatt der Tischsäge rotierte, sägte nichts. Ihr Vater keuchte auf seinen Knien in den Sägespänen, zusammengekrümmt wie ein Affe. Sie griff seine kalten Hände und versuchte ihn hochzuziehen, aber er war zu schwer. Sie stützte ihre Beine an der Werkbank ab, aber er sackte weiter zusammen, griff sich an die Brust. Er versuchte, etwas zu sagen. Das Sägeblatt kreischte, und die Arterien ihres Vaters verstopften für immer.

In einem Zimmer des Genesee Community Hospital betrachtete Luc den leeren dunklen Bildschirm des Fernsehers, der oben in einer

Ecke montiert war. In der Spiegelung konnte sie sich selbst in einem dünnen Kittel anstelle ihrer Kleider sehen. Sie sah den Verband mit den Klettverschlüssen an ihrem rechten Arm – das Handgelenk, das sie sich der Krankenschwester zufolge beim Unfall verstaucht hatte – und die Bandage auf ihrer Stirn, die eine von Glassplittern gesäuberte Wunde verdeckte. Die Heizung brummte neben dem Fenster, das den regennassen Parkplatz fünf Stockwerke darunter überblickte. Neben sich das leere, frisch bezogene Bett. Luc saß im Schneidersitz auf einem Krankenhausstuhl aus Plastik an ihrem Bett und sah eine Polizistin namens Hurd. Diese hatte Luc bereits gebeten, sie Greta zu nennen.

»Ist er tot? Mein Vater?«, fragte Luc.

»Ich habe bisher noch nichts gehört. Tut mir leid.« Greta Hurd hatte ihren feuchten Mantel über die Rückenlehne eines Stuhls gelegt. Darunter trug sie eine weiße Bluse und marineblaue Hosen. Sie sah eher wie eine Bankangestellte aus und nicht wie eine Polizistin, außer dass sie an ihrem Gürtel neben dem Abzeichen des Rochester Police Departments eine Waffe in einem Halfter trug.

»Er hat ihm in den Kopf geschossen«, sagte Luc.

Greta schluckte, stellte ihre Beine nebeneinander und schlug sie erneut über. »Ich habe ein ausgezeichnetes Team unten beim Shoppingcenter. Sie überprüfen alles«, sagte Greta.

»Ich weiß, dass er tot ist«, sagte Luc. Die Sanitäter hatten sie weggebracht, sie auf eine Bahre gehoben und festgeschnallt, obwohl sie gehen konnte. Sie hatte geatmet, als sei ihre Lunge kollabiert, hatte durch einen verschwommenen weißen Schleier gesehen, hatte gehört, als tauche sie unter Wasser. All das rote Glas. Brocken des Schaumstoffs der Kopfstütze klebten in ihren Haaren.

»Ich weiß, es ist unglaublich schwierig«, sagte Greta. »Du willst im Augenblick mit niemandem reden, besonders nicht mit einer Fremden wie mir. Ich möchte, dass du weißt, dass wir versuchen, deine Mutter zu erreichen. Mein Partner, Ermittler Arslan, ist auf dem Weg zu euch nach Hause. Aber am wichtigsten ist, dass wir den Kerl schnappen, der auf deinen Vater geschossen hat. Verstehst du das? Wir müssen reden, bevor du anfängst zu vergessen, denn das Vergessen kommt schneller, als man denkt. Das geht uns allen so.« Greta legte eine Hand auf Lucs Krankenhauslaken. Knochige, ringlose Finger mit diesen bräunlichen Flecken, die verrieten, dass sie mehr als drei Mal so alt war wie Luc. Man konnte erkennen, wie schön sie vor einigen Jahren gewesen sein musste.

»Ich konnte nichts sehen«, sagte Luc. »Aber ich habe gehört, wie er meinen Vater aufforderte, ihm seine Brieftasche zu geben.«

Greta nickte. Sie betrachtete Luc mit umherwandernden Augen, als könne sie die Neuigkeiten auf Lucs Gesicht gedruckt lesen. Die Polizistin hielt keinen Stift, kein Notizbuch in ihrer Hand. Vielleicht verwandelte sie Lucs Stimme in Worte und schrieb sie in ihr Gedächtnis. »Hat er? Dem Mann seine Brieftasche gegeben?«, fragte Greta.

»Nein ... ich glaube nicht. Er ... hat ... er hat abgedrückt, bevor mein Vater überhaupt die Möglichkeit hatte ... direkt, ohne Warnung. Er hat überhaupt nicht abgewartet.«

»Hat der Mann noch irgendetwas anderes zu deinem Vater gesagt?«

»Nein ... nun, er sagte: ›Is' was, Doc?‹, als mein Vater das Fenster herunterließ.«

»Wie Bugs Bunny?«

»Ja, als würde er nur herumalbern.«

»Hat dein Vater irgendetwas gesagt?«, fragte Greta.

»Er hat mich gefragt, ob ich in Ordnung bin.«

»Nachdem dein Vater das andere Auto gerammt hatte?«

»Ja, aber der Mann hat zuvor auf ihn geschossen. Das ... er hat noch gelebt, als er mich fragte.« Luc dachte über die Dummheit dessen nach, was sie zuletzt gesagt hatte. Sie schloss die Augen und holte die Bilder zurück. Sie kamen durcheinander, rückwärts – zuerst das Blut, dann redete Dad, als sei nichts passiert. Als hatten sie sicher die Gefahr umschifft.

»Du hast sein Gesicht nicht gesehen ... den Mann mit der Waffe?«

»Ich lag auf der Rückbank. Ich konnte ihn nicht sehen. Er trug Lederhandschuhe.«

»Konntest du ein Stück seiner Haut sehen, die Farbe?«

»Nein«, sagte Luc. Alle paar Sekunden bewegte sich eine seltsame Trübung durch ihr Blickfeld, so als betrachte sie Greta Hurd durch die Scheibe eines Aquariums. Und Lucs Stimme – wie konnte Greta sie verstehen, wenn doch alle Worte wie Sirup aus ihrem Mund tropften? Es könnte der Schock sein, lag aber wahrscheinlich eher an den Tabletten, die eine Schwester in einem Plastikbecher gebracht hatte. Draußen, fünf Stockwerke weiter unten, heulten Krankenwagensirenen, kamen näher und wurden lauter. Luc fragte sich, wie oft dieser Ton an einem Tag die Zerstörung eines Lebens herausheulte. Sie senkte ihren Blick, spielte mit dem Klettverschluss an ihrem Handgelenk herum. Erst jetzt fragte sich Luc, wofür diese Pillen eigentlich waren.

»Du siehst aus, als hättest du Angst, etwas zu sagen«, sagte Greta. Sie zog ihren Stuhl näher heran, bereit das Geheimnis einzufangen, das aus Lucs Brust drängte. Sie versuchte zu lächeln, bevor sie sagte: »Ich habe meinen Vater verloren, als ich in deinem Alter war. Er starb aus heiterem Himmel an einem Herzinfarkt und ich war diejenige, die ihn sterbend fand. Es gab nichts, was ich hätte tun können.«

»Sie wissen, dass mein Dad tot ist«, sagte Luc.

Greta erhob sich von ihrem Stuhl, als hätte sie beschlossen zu gehen, ging aber stattdessen auf das Fenster zu. Ihre Schuhe klackten über den Linoleumboden. Die aufsteigende Hitze der Heizung spielte mit ihrer Bluse, als sie die Hände auf das Fensterbrett legte.

»Ich habe eine CD geklaut«, gestand Luc. »Ich habe eine CD bei Wonderland in der Passage gestohlen. Sie haben mich beinahe erwischt ... die Angestellten, und dieser Kunde versuchte, mich festzuhalten. Da war ein Wachmann mit einem Walkie-Talkie, aber ich bin weitergelaufen, bis ich bei Barnes and Noble angekommen bin. Dann habe ich draußen ein Auto des Sicherheitsdienstes gesehen und gedacht, sie würden meinem Dad alles erzählen. Ich dachte, der Typ, der an unser Auto kam, wäre ... aber er klopfte einfach ans Fenster und schoss auf ihn. Ich dachte zuerst, es sei ein Wachmann.«

»Warum hast du das gedacht?« Greta betrachtete immer noch die grauen, sturmgepeitschten Häuser der Skyline. »Sah er aus wie ein Wachmann?«

»Ich dachte, die Waffe ... aber nein ... er trug eine braune Trainingsjacke.«

»Und er fragte deinen Vater nach dessen Brieftasche, richtig?«

»Ich dachte, er wollte einen Ausweis, wie ein Bulle ... Polizist.«

Greta griff nach Lucs linker Hand. Sie umfasste sie mit ihren beiden Händen, gab die Wärme weiter, die sie an der Heizung gespeichert hatte. Die sanfte Kraft ihres Griffs besänftigte Lucs ersten Instinkt, ihre Hand wegzuziehen. »Lucia«, sagte Greta. »Niemand würde dies tun, um dich fürs Stehlen zu bestrafen. Dein Vater ... es hat nichts damit zu tun, was du getan hast. Verstehst du?«

»Warum ist es dann passiert?«

»Das weiß ich noch nicht«, sagte Greta. Sie ließ Lucs Hand aus ihrer gleiten. Luc hob die Finger zu ihrem Augenlid und rieb mechanisch die salzigen Tränen weg. Nichts an ihrem Leben fühlte sich echt an, nicht seitdem sie diese CD gestohlen hatte. Die schlaffen blutigen Hände ihres Vaters sanken hinab in seinen Schoß – es war eine Halluzination. Kein wirkliches Erlebnis könnte so plötzlich, fieberhaft und böse, so schnell für immer sein. Es gab kosmische Gesetze – nicht wahr? –, die besagten, das Unglück würde sich ankündigen. Wie ein Morgentraum, der prophezeite, ihr Vater würde heute sterben und Lucs Trauer solle beginnen, während er noch am Leben und in der Lage war, sie zu trösten.

Stattdessen ereignete sich sein Mord so schnell, dass er zu dem Zeitpunkt, als Luc es begreifen konnte, nichts weiter als eine Erinnerung war. Und jede Erinnerung war falsch, denn sie konnte verdreht und geleugnet und ausgelöscht und abgewehrt werden. Andererseits, was waren diese Cops wie Greta Hurd anderes als grausame Geister, die hinter dem Schicksal herspukten, einen mit ihrer eigenen Nutzlosigkeit verhöhnten? Hier saß diese Fremde auf Lucs Bettkante, wo ihr Vater hätte sein sollen. Aber anders als er konnte Greta die verdorbene Frucht nicht aus Lucs Blickfeld pflücken. Sie konnte überhaupt nichts ändern.

Eine Stunde später wartete Luc in der Eingangshalle des Krankenhauses und faltete gedankenverloren Greta Hurds Visitenkarte in ihren Händen. Dann glättete sie die Karte wieder, rettete sie – das einzige Ding, an dem sie sich festhalten konnte. Sie hatte den Arzt gebeten, sie aus dem überhitzten Krankenzimmer zu entlassen, und er stimmte zu, weil sie versprach, in der Eingangshalle auf ihre Mutter zu warten. Die Krankenschwestern hatten ihre Kleider gewaschen und ihr zurückgegeben, und Luc hatte sie mit Ausnahme ihrer Strumpfhose wieder angezogen. Diese stopfte sie in ihre Jackentasche, denn es waren blassrote Flecken auf dem Stoff, und die wollte sie weder sehen, noch an sie denken.

Im Fernseher in der Eingangshalle brachten sie nichts über ihren Vater. Selbst als die Nachrichten kamen, gaben sie keine Erklärung dazu ab, was geschehen war oder warum. Zehn kurze Sekunden voll albernem, nichtssagendem Mitleid, so dass niemand die schrecklichen Tatsachen sehen konnte: dass Oscar Moberg ins Gesicht geschossen worden war, dass es Blut gab, dass seine Tochter alles mit angesehen hatte und ihre Kleider befleckt waren, dass der Mann, der ihn erschoss, ihm keine Chance gegeben hatte, sich zu wehren.

Die Schiebetüren der Notaufnahme öffneten sich und Mom erschien, gekrümmt und vom grellen Licht geblendet. Sie trug immer noch Jogginghosen zu ihrer Winterjacke, hielt ihre Handtasche wie einen Müllbeutel, den sie wegwerfen wollte. Sie sah Luc erst, als diese aufstand.

»Mom?«, sagte Luc. Ihre Mutter war wie eine entfernte Verwandte, die in der Ankunftshalle des Flughafens auftauchte. Monate – so schien es – waren seit ihrem Nachmittagsgezänk im Garten vergangen. Luc wollte ihrer Mutter alle möglichen kindischen Versprechungen machen, aber sie wusste, dass sie es selbst jetzt, zu zweit, nicht schaffen würden, sich so nahe zu sein.

Mom hielt mitten in der Haupthalle an und starrte. Unsicher, ob dieses Mädchen, das auf halbem Weg durch den Raum auftauchte, auch tatsächlich ihre Tochter war.

Ihr Unterkiefer zitterte, als sie sagte: »Bist du verletzt? Was ist mit dir passiert?«

»Nur mein Handgelenk.« Luc hob ihren Arm, um ihren Verband zu zeigen.

»Oh Gott«, sagte Mom. Sie trat vor und ließ ihre Handtasche auf einen Beistelltisch voller Magazine fallen, dann legte sie beide Hände unter Lucs verletzten Unterarm. »Ist er gebrochen?«

»Er ist nur ein bisschen verstaucht. Mir geht es gut, Mom.«

»Und dein Kopf?« Mit zwei vorsichtigen Fingern tupfte sie auf Lucs Bandage. Ihre Augenbrauen zogen sich über einem besorgten Spalt auf ihrer Stirn zusammen. Sie sagte: »Du hast es gesehen. Wie kann es dir gut gehen? Wie kann es dir gut gehen? Ich hätte euch beide verlieren können.«

»Ich habe nicht wirklich etwas gesehen, aber Mom, mir geht es gut. Ich werde überleben. Das ist alles, was ich sage.« Luc entzog sich Blairs streichelnder Hand. Es war, als sei ihre Mutter blind und könne ihr eigenes Kind ohne Berührung nicht erkennen. Die Schwester am Empfangsschalter telefonierte und wandte ihnen gleichgültig den Rücken zu.

»Was machen wir? Ich kann nicht denken«, sagte Mom.

»Beruhige dich. Bitte.« Luc nahm die Handtasche und den Ellbogen ihrer Mutter und führte sie zurück zum Ausgang. Erneut wünschte Luc, sie hätte bereits den Führerschein, damit sie den Saturn zurückfahren konnte, doch stattdessen musste ihre Mutter dies tun. Das Radio im Auto stand auf Suchlauf, so dass es jeden Sender nur drei Sekunden spielte, und beide schienen damit zufrieden zu sein.

Es hatte aufgehört zu regnen und die roten Lichter spiegelten sich auf der nassen Straße wie Pfützen von Giftmüll. Mom fuhr an den Plätzen und Parkhäusern vorbei hinein in das bräunliche Ackerland westlich von Rochester. Selbst mit ihrer Brille verzerrten Lucs Augen in der Dunkelheit. Ihr Blick zog das entgegenkommende Scheinwerferlicht zu langen gelben Speeren auseinander.

»Plötzlich erinnere ich mich, dass ich ihn geliebt habe«, sagte Mom. »Ist es nicht schrecklich, dass ich dies so deutlich spüre und jetzt ist er tot? Es ist viele Jahre her, seit ich so gefühlt habe – aber vielleicht erinnerst du dich, wie es damals war.«

»Es tut mir leid, dass ich ihn überredet habe, mich zum Shoppingcenter zu fahren«, sagte Luc.

»Er war mein Dozent. Ich habe dir das schon erzählt, nicht wahr? Mein Professor in einem blöden Volkskunde-Kurs ... und irgendjemand sagte mir, er sei ... sein Akzent ... er war ein leidenschaftlicher Redner, aber ich habe nicht gedacht, es würde so viel ausmachen. Wer verliebt sich schon in seinen Dozenten? Das ist, was die Leute von mir wissen wollten. Als sie es herausgefunden hatten – meine Eltern –, dachten sie, er sei ein schlechter Mensch, verachtenswert, weißt du. Sie verlangten, das College solle ihn entlassen. Habe ich dir diese Geschichte jemals erzählt? Niemand konnte unserer Liebe etwas anhaben. Was geschieht mit diesem Gefühl? Wo geht es hin?«

Luc wollte wieder weinen, und sei es nur, weil die Krämpfe und die Tränen helfen würden, ihre Gedanken abzuschalten. Weinen würde sie vergessen lassen, wie sein warmes Blut ihre Hand benetzte wie Farbe aus einer Sprühdose. Aber sie wusste, ihre Gedanken könnten dieses Gefühl niemals auslöschen, und das schlimmste war die Angst, diese Welle aus Schmerz würde nie verebben.

Als sie auf einen dunklen, von Ästen überwölbten Straßenabschnitt kamen, schaltete Mom das Fernlicht ein. Straßenschilder wiesen darauf hin, langsamer zu fahren, und hießen sie im STÄDTCHEN HAMMERSPORT, EINWOHNERZAHL: GENAU RICHTIG! willkommen. Luc konnte die Gewissheit dieser Aussage nicht ertragen, wissend, was diese nicht wusste – dass Hammersport jetzt einen Einwohner zu wenig für das Paradies hatte.

Binnen einer Minute waren sie in ihrer Straße und parkten entlang des Bordsteins. Schmerz durchzuckte Lucs Handgelenk, als sie gegen die Handleiste auf der Tür drückte. Im Licht einer Straßenlaterne sah sie eine Katze über die Straße huschen.

Im Hausflur schnürte Luc ihre Stiefel auf und schleuderte sie in eine Ecke. Mom schloss die Tür, und keiner von beiden machte das Licht an. Das kalte blaue Licht aus der Küche beleuchtete schwach das Wohnzimmer. Luc versuchte den Kaffeetisch zu ignorieren, wo Dad ein halb geleertes Glas Kakao und einen Teller mit Sandwichkrümeln stehen gelassen hatte. Auf dem Kaminsims über dem Fernseher waren seine volkstümlichen schwedischen Figürchen – pastellfarbene Dalapferde und Hühner – zu einer Prozession aufgereiht. Er hatte sie alle mit Rosenmalerei handbemalt.

Mom ließ sich in den Lehnstuhl sinken, doch Luc blieb stehen. Sie wollte dem Tisch, auf dem Dad sein dreckiges Frühstücksgeschirr vergessen hatte, nicht nahe kommen. Sie wusste, wie Mom sich darüber beschwert hätte, wäre er lebend nach Hause gekommen. Hätte er nur das Lenkrad schnell herumgeworfen oder wäre vor der Kugel in Deckung gegangen, hätte er dem Monster nur ohne sein nordisches Heldentum seine Brieftasche gegeben – stattdessen geriet er in Panik und versagte, und jetzt war Luc sogar wütend auf ihren Vater. Sie hasste sich selbst für dieses Gefühl.

»Ich habe es vermasselt, Mom«, sagte Luc. »Wir hätten nicht draußen auf dem Parkplatz sein sollen, als wir es waren. Ich habe ihn dort hinausgedrängt. Es war mein Fehler.«

»Weißt du, was er mir gesagt hat?«, sagte Mom. »Vor Jahren, nachdem er das Boot gekauft hatte – das blöde Boot – und den Sommerverleih anfing. Er sagte, er wolle verbrannt werden und wir sollen seine Asche auf dem See verstreuen. Er möchte hinausgefahren und in den Ontariosee geschüttet werden. Kannst du das glauben?«

»Wie Baldur«, sagte Luc. Wärme durchströmte ihre Brust und ihre Knie gaben beinahe nach.

»Ich weiß nicht, wovon du redest.«

»Baldur ... ein nordischer Gott. Sein Schiff war sein Scheiterhaufen.«

»Aber ich kann das nicht tun, Lucia«, sagte Mom. »Ich kann nicht mit seiner Asche in das Boot steigen.« Sie kauerte auf dem Lehnstuhl, drückte ihre Knie an die Brust. Draußen fuhr ein Laster mit knatterndem Auspuff die Straße hinunter. Seine Scheinwerfer blitzten durch die Gardinen und tauchten ihr Gesicht in Licht, so dass sie es verzog.

»Ich kann es tun«, sagte Luc.

EINEN TAG ZUVOR hatte Tanya Yasbeck einen geliehenen Cadillac Deville auf den Parkplatz der Ontario Community Bank gelenkt und den Wagen auf einen Platz zwischen zwei geparkten Autos zugesteuert. Der Monsterwagen kreischte, der Auspuff röhrte, und Tanya musste die Bremse mit beiden Füßen durchtreten, um anzuhalten. Auf der linken Seite stand ein blattgrüner, brandneuer Sedan, und Tanya riss dessen Rückspiegel an der Beifahrerseite ab. Sie zuckte zusammen und versuchte zurückzusetzen, aber sie war unsicher im Rückwärtsfahren. Der zerbrochene Spiegel lag wie ein Ornament in seinem verbeulten Gehäuse auf ihrer Motorhaube. In Tanyas Handtasche auf dem Beifahrersitz waren fünftausend Dollar in bar und sie war gekommen, um sie für ihren Freund, Mason Renault, einzuzahlen.

Zwei alte Damen, die in der Nähe auf dem Bürgersteig standen, beobachteten ihren Unfall und starrten sie an. Die Heizung in ihrem Caddy war kaputt, so dass sie auf Dauerbetrieb stand und heiße, trockene Luft in Tanyas Gesicht blies. Sie kurbelte das Fenster herunter, um kühle Luft hereinzulassen und darüber nachzudenken, was sie als Nächstes tun sollte. Sie presste die Handtasche gegen ihre Brust, weil jemand das Fenster einschlagen und sie stehlen könnte. Solche Scheiße war ihr schon einmal passiert. Nicht mit fünftausend Dollar, aber trotzdem. Sie hatte nie ein Sparkonto besessen und wusste nicht, wie sie eines eröffnen sollte, aber Mason hatte gesagt, sie müsse es herausfinden. Mason vertraute ihr in einem Maße, von dem sie meinte, es nicht verdient zu haben.

Die Bank lag gegenüber einem Supermarkt direkt an der Route 104. Neben der Bank gab es eine Eisdiele, die wegen der Jahreszeit geschlossen war. Zwei Meilen von hier hatten Tanya und Mason einen Trailer gemietet – und ziemlich alles, was es hier gab, war diese Straße mit einigen Trailerparks, Bars, ein paar Holzlagerplätzen und Diners. Ansonsten bestand die Gegend aus dichtem Wald. Tanya mochte den Wald, denn sie war in einem öden Teil von Cleveland aufgewachsen, in dem es kaum Bäume gab. Bis sie schließlich vierzehn wurde und ihren Vater und ihre verrückte Stiefmutter verließ. In die Wälder fliehen wie in einem Märchen.

»Hey«, sagte jemand. An ihrem Fenster stand ein Mann mit grauen, gegelten Haaren und offenem Hemd, so dass eine goldene Halskette über seiner behaarten Brust zu sehen war. Keine Jacke, obwohl draußen nur etwa fünf Grad herrschten. In seiner Hand hielt er ein Scheckbuch, weil er gerade aus der Bank kam. Tanya versuchte zu lächeln.

»Haben Sie das mit meinem Auto gemacht?«, fragte er. Beide blickten auf den zerbrochenen Spiegel auf der Motorhaube des Caddy. Ihr geliehenes Auto war Alteisen – mindestens fünfzehn Jahre alt –, aber der Wagen des Mannes sah brandneu aus, mit Ausnahme des zerschrammten Metalls, wo der Spiegel sein sollte.

»Ich kenne mich mit diesem Auto nicht aus. Es gehört mir nicht«, sagte Tanya. Sie stellte den Motor aus, denn die Heizung blies so stark, dass sie kaum etwas verstehen konnte. Sie begann flach zu atmen und Panik ergriff sie, denn sie erregte zu viel Aufmerksamkeit und sie war bisher noch nicht einmal in die Bank gekommen. Mason würde fluchen, wenn er dies sehen könnte. Wahrscheinlich würde er mit den Händen auf das Armaturenbrett schlagen.

»Ich würde sagen, Sie geben mir Ihre verdammte Versicherungskarte«, sagte der Mann.

Es gab keine Versicherungskarte. Tanya stieß die Fahrertür auf und setzte einen Fuß nach dem anderen nach draußen, dann zog sie sich mit den Händen am Türrahmen hoch. Trotz der Kälte schwitzte sie beinahe. Sie keuchte, als wäre sie gerade eine Runde gelaufen. Unter ihrer Skijacke trug sie eines von Masons T-Shirts und eine Jeans mit dehnbarem Bund, die sie bei Goodwill bekommen hatte. Der Mann sah auf ihren Bauch hinunter und sein verkrampftes Gesicht entspannte sich augenblicklich.

»Sehen Sie«, sagte er. »Ich will keine große Sache daraus machen, aber der Wagen ist geleast. Wenn Sie mir einfach Ihre Versicherungsdaten geben ... Sie haben doch eine Versicherung?«

»Mein Freund ... er hat eine, aber ich weiß nicht, was das ist.«

Der Mann legte seinen Kopf auf die Seite und versuchte, seinen Nacken knacken zu lassen und ruhig zu bleiben. Niemand brüllt ein

Mädchen an, das im neunten Monat schwanger ist. Einige Leute, die vor dem Eingang der Bank herumschlenderten, beobachteten sie jetzt. In drei Meter Entfernung rauschten Autos und große Lastwagen auf dem Highway vorbei.

Der Mann zog einen Stift aus seiner Tasche und wendete sein Scheckbuch, um auf der Rückseite zu schreiben. »Warum geben Sie mir nicht Ihren Namen und Ihre Telefonnummer und ich rufe später an, um die Informationen zu bekommen? Haben Sie ihren Führerschein dabei?« Er blickte auf ihre Handtasche, die sie gegen ihre Brust gedrückt hielt. Es war nichts darin, außer dem Geldbündel, Taschentüchern, einem Lippenstift und einem Fettstift, einer Puderdose und einigen Kondomen, die sie bereits hatte, bevor sie schwanger wurde. Sie hatte noch nie einen Führerschein besessen. Ihr Arschloch-Stiefbruder hatte ihr Fahrunterricht gegeben, bevor er zu den Marines gegangen war, und im Laufe der Jahre brachten ihr einige Freunde mehr bei.

»Den habe ich nicht dabei«, sagte sie. Das Baby trat mit den Füßen nach oben gegen ihre Lunge, ließ sie nach Luft schnappen. Ihr Kopf schwirrte. Sie brauchte Zeit und Ruhe, um zu überlegen, was sie tun sollte. Sie hatte kein Geld dabei, außer den fünftausend Dollar und die gehörten ihr nicht. Aber vielleicht könnte sie ihm ein paar Hunderter geben, vielleicht würde Mason ihr verzeihen, wenn sie ihm die Geschichte erzählte.

Andernfalls könnte sie dem Mann eine Gefälligkeit erweisen. Er war alt und ledrig, zwielichtig genug, um vielleicht auf ihr Angebot einzugehen, aber sie hatte so etwas nicht mehr getan, seit sie von dem Baby wusste, mit niemandem außer Mason und bei seltenen Gelegenheiten mit ein paar von den Jungs, mit denen er herumhing.

»Dann geben Sie mir einfach Ihren Namen und Ihre Nummer«, sagte der Mann.

»Debbie Howard«, sagte Tanya, dann rasselte sie eine falsche Telefonnummer mit den örtlichen drei Anfangsziffern herunter. Mason hatte ihr beigebracht, wie man das ohne Zögern hinbekam. Sie genoss es, seine Lektionen auszuführen, wenn sie alleine war. Er war genial darin, Leute zu durchschauen, in der Öffentlichkeit zurechtzukommen.

»Woher weiß ich, dass Ihre Angaben stimmen?«, fragte der Mann.

»Wie bitte?«, sagte Tanya.

Er stocherte in seinen Schneidezähnen herum. »Schon gut«, sagte er, dann nahm er seinen Spiegel von ihrer Motorhaube, öffnete die Beifahrertür und warf den Spiegel auf den Sitz. Tanya wartete, bis er weggefahren war, um in die Bank zu gehen. Drinnen gab es eine lange Schlange und sie brauchte einen Schluck aus dem Wasserspender. Sie füllte einen der kegelförmigen Becher und trank ihn aus. Sie dachte daran, alles sausen zu lassen, damit sie Mason nicht beichten musste, wie ungeschickt sie war. Das Letzte, was sie wollte, war Mason wütend zu machen, auch wenn sie es mochte, wenn er sich hart gab, denn er war so anders als ihr beschissener Vater, der niemals etwas getan hatte, um sie zu beschützen, der nichts tat, als den ganzen Tag herumzusitzen und sein Dope zu rauchen, hustend im Wohnzimmer vor dem Fernseher.

Mason rührte weder Dope noch irgendwelche härteren Drogen an. Das war einer der Gründe, weshalb sie sich beinahe sofort in ihn verliebte. Das und die Art, wie er sich damals in Cincinnati, wo sie eine Zeit lang lebte, mit ihrem drogensüchtigen und dealenden Exfreund angelegt hatte. Tanya hing selbst an der Nadel, eine echte Katastrophe, aber Mason kümmerte sich auch um dieses Problem. Schloss sie in ein Motelzimmer ein, bis sie mit dem Ausflippen und Kotzen durch und vollkommen sauber war. Ohne ihn wäre sie vielleicht schon tot.

Sie stellte sich in die Schlange und wartete, um mit einem der Kassierer zu sprechen. Sie fragte sich: Wenn sie jetzt abhauen würde, wie weit käme sie mit fünftausend Dollar? Vielleicht bis nach Kalifornien, wo sie in der Nähe des Strandes wohnen und staatliche Unterstützung beantragen könnte. Sie könnte ihr kleines Mädchen in Hollywood bekommen und ihre Tochter würde ein Star werden wie Winona Ryder.

Mason sagte immer, es wird ein Junge, aber Tanya dachte das nicht. Sie sagte ihm nie, was sie dachte, denn das würde ihn wütend machen.

Vielleicht hätte sie eine dieser Ultraschalluntersuchungen machen können, aber nach dem ersten Vierteljahr war sie nicht mehr zu den Untersuchungen gegangen.

Tanya drückte ihren Nasenrücken, bis er schmerzte und sie aufhörte, verrückte Dinge zu denken, wie mit dem Geld, das Mason ihr zum Einzahlen gegeben hatte, in einem Greyhound-Bus nach Kalifornien abzuhauen. Sie war ziemlich glücklich mit Mason, und sie mochte sich nicht vorstellen, was passieren würde, wenn sie abhauen und er sie finden sollte. Und sie liebte ihn mehr als irgendjemanden sonst, mit Ausnahme ihrer toten Mutter.

Während stressiger Situationen wie dieser dachte sie stets an ihre Mutter. Debbie Yasbeck, weiblicher Bowling-Champion der Ohio State Region Five. Tanya zog Kraft aus ihren frühesten Kindheitserinnerungen: In den Schalensitzen an der Bowlingbahn hocken, Pommes frites mampfen und Mom beim Bowlen zusehen. Mom, eine rauchrote Bowlingkugel gegen ihre Brust gedrückt, baumwollenes Stirnband, großartiges Dekolleté, eine Zigarette qualmte in ihrem Mundwinkel, während sie sich auf den Wurf vorbereitete. Bei jedem Wurf berührte die Kugel den Rand, bereit in die Rinne zu rutschen, bis Mutters Magie sie in letzter Sekunde zurückbrachte, um einen Stoß auszuführen, der alle Pins umstieß. Tanya liebte das klappernde Geräusch. Und das vollkommenen X, das auf der Anzeigetafel erschienen.

Es war Samstagnacht in der Küche des Trailers und Tanya kochte Nudeln und mischte geriebenen Käse und Butter darunter. Sie öffnete eine Thunfischdose, ließ die Flüssigkeit abtropfen und schaufelte den Inhalt mit einer Gabel auf die Makkaroni. Als Letztes folgten Dosenerbsen, dann füllte sie das Essen in zwei Schalen. Es war bereits Mitternacht und sie wollte das Essen pünktlich fertig haben, wenn Mason nach Hause kam. Heute Abend bekam er sein Rockerabzeichen, wurde offiziell in den Club aufgenommen, in dem seine Freunde Mitglieder waren. Eine der wichtigsten Sachen in seinem bisherigen Leben.

Tanya stand gebeugt da, um sich ihren Kopf nicht an der Decke des Trailers zu stoßen. Mason und sie waren erst vor ein paar Monaten hier gelandet. Vorne die Küche, dann ein Platz für das Sofa und den Fernseher. Hinten waren das Bett und das Bad durch einen dünnen roten Vorhang abgetrennt. Der Trailer war nichts als eine kurze Röhre, die wackelte, wenn man darin umherging. Hässlich, also hatte sie ein bisschen Plunder gekauft, um ihn zu verschönern: Ein Gartenzwerg auf dem Kühlschrank und neben dem Sofa lehnte ein großes Gemälde mit einem See und ein paar Bergen dahinter. Es stand auf dem Boden, weil man keinen Nagel in die Metallwände schlagen konnte.

Bis jetzt noch nichts für das Baby wie eine Krippe oder ein Kindersitz, denn Mason redete dauernd davon, dass sie an einem besseren Ort sein würden, bevor das Baby kam. Er dachte an einen größeren Trailer drüben im nächsten Landkreis, den er in der Zeitung gesehen hatte. Doch Tanya war nicht so naiv zu erwarten, dass irgendetwas passieren würde, insbesondere da das Kind schon in den nächsten Tagen kommen sollte. Mason wollte nicht mehr besitzen als das, was man in fünf Minuten packen konnte, wenn man abhauen musste.

Zehn Trailer weiter unten rumpelte ein Auto durch die Einfahrt. Tanya wünschte, heute Nacht wäre es nur Mason, aber in einer besonderen Nacht wie dieser konnte sie nicht hoffen, er käme alleine zurück. Sie stellte die beiden Schalen auf den Tisch – eine einfache Holzplatte, die man gegen die Wand klappen konnte. Sie griff zwei Dosen Sprite und knallte sie neben die Schalen. Ein paar Löffel. Das Baby war wach, drückte gegen ihre Blase, so dass sie alle fünf Minuten pinkeln musste. Sie zog den Vorhang zurück und schaltete das Außenlicht an, damit sie besser sehen konnte.

Der Platz vor dem Trailer war schmutzigbraun, weil sie so viel darauf herumfuhren. Mason steuerte den Caddy heran, den er von Buck Hanson geliehen hatte, dem Typ, der den Club leitete und der wie ein zweiter Vater für Mason war. Masons richtiger Vater starb, als er vierzehn war. Er fuhr sein Indian-Motorrad betrunken von einer Brücke wie der Held in irgendeiner alten Ballade. Tote Eltern waren eine Sache, die Tanya und Mason verband – auch wenn Masons Mutter immer noch lebte. Sie wohnte mit seiner älteren Schwester in einem

Haus in Detroit, in dem er nicht mehr willkommen war, weil er nach dem Tod seines Vaters für einige Jahre ausgeflippt war.

Drei Männer stiegen aus dem Wagen und Tanya erkannte Mason an seinem lässigen Gang. Seinen Kumpel Blisters bemerkte sie erst, als er unter dem Verandalicht hindurchging. Er grüßte Tan, indem er sich zwischen die Beine fasste, und Mason schlug ihm dafür auf den Arm. Tanya lachte, aber sie verbarg es hinter ihrer Faust, damit Mason es nicht sah.

Tanya wusste, dass Blisters eigentlich Mitch hieß. Frühe zwanziger und gutaussehend, nicht so attraktiv wie Mason, aber ansehnlicher als die meisten anderen Typen, mit denen er herumhing. Seine Nase sah gebrochen aus und auf seinem Kopf trug er immer ein rotes Bandana. Laut Mason wurde er langsam kahl. Zweimal hatte Tanya ihren Mund zuvor Blisters dargeboten, jedoch nur, weil Mason in den Club aufgenommen werden wollte und meinte, es könne ihm helfen, wenn sie die Jungs bei ihren Besuchen bei Laune hielt. Vielleicht würde sie den anderen Clubmitgliedern diese schmutzigen Gefälligkeiten jetzt nicht mehr erweisen müssen.

Sie knallten ihre Stiefel auf die Verandastufen – Mason, Blisters und ein Typ, den sie nicht so gut kannte. Mason kam als Erster herein, grinste wie ein Idiot und Tanya wusste warum. Sie schlang die Arme um seinen Bauch und küsste seinen Hals direkt unter dem Kinnbart. Er stank nach Bier und Nikotin, aber auch nach dem Parfüm, mit dem er sich aus einer Probe im GQ-Magazin im Gemischtwarenladen eingerieben hatte. Sie lies sich von ihm in der Umarmung hochheben und das Baby war geborgen und sicher zwischen ihnen eingeklemmt.

»Hey, schöne Mama«, sagte Mason mit diesem nachgemachten Country-Tonfall. Er benutzte Pomade, um sein Haar vorne aufzustellen wie Elvis Presley oder irgendein ein Schmalztollenträger aus den Fünfzigern. Seit sie ihm von dem Baby erzählt hatte, nannte er sie Mama. Das war vor fünf Monaten gewesen, und vor Freude hatte er auf den Vorplatz getanzt und geheult, dass die Hunde in einer Meile Entfernung antworteten. Schon damals sagte er, es würde ein Junge werden. Er sagte, er würde seinem Sohn die Welt zeigen, wie man jagte, wie man sich von niemandem etwas vormachen ließ. Das Baby konnte von niemand anderem sein, denn seit er sie in dem gestohlenen Van ihres drogensüchtigen Exfreundes aus Cincinnati hinausgefahren hatte, sparte Tanya ihre Möse allein für Mason Renault auf.

»Komm schon, zeig her«, sagte sie und klatschte ihre Hände zusammen. Die Glühbirnen im Trailer waren alle nackt, so dass sie scharfe Schatten warfen und ihre Augen blendeten. Doch Mason drehte sich um und zeigte ihr den Rücken seiner Lederjacke, wo seine Kumpels das Bild eines menschlichen Schädels mit einem Bergarbeiterhelm und aufgesetzter Grubenlampe aufgenäht hatten. Das Bild stand für den Namen des Clubs – Skeleton Crew – und bedeutete, dass er einen lebenslangen Ausweis besaß. Tanya fuhr mit den Fingern über den wächsernen Faden, der das Abzeichen einfasste. Es bedeutete außerdem, dass sie nun mit anderen Leuten verbunden waren, die sie stets vor dem Untergehen bewahren würden, Leute, die selbst absaufen würden, um Mason und Tanya und das Baby zu retten, wenn es jemals dazu käme.

»Wann kommt das Tattoo?«, fragte Tanya.

Mason zuckte mit den Achseln. »Nur nichts überstürzen«, sagte er.

»Dein Alter ist ein Weichei«, sagte Blisters. »Er hat Angst vor der Nadel.«

»Ich tätowier dir den Arsch«, sagte Mason.

»Zu spät, Brick. Auf meinem Arsch ist schon eine nackte, in Stacheldraht eingewickelte Schlampe«, sagte Blisters. Masons Spitzname war Brick, weil sein Vorname an das Aufmauern von Backsteinen erinnerte und weil er außerdem gerne eine rötliche Lederjacke trug, die beinahe ziegelfarben war.

Blisters und der andere Typ warteten immer noch draußen auf dem Treppenabsatz. Sie zeigten ausnahmsweise Respekt, und Tanya gefiel diese neue Haltung so sehr, dass sie wünschte, die anderen Männer wären gegangen, damit sie Mason zeigen konnte, wie scharf sie sein Totenkopf-Aufnäher machte. Stattdessen drehte sie ihn wieder um und küsste das abklingende blaue Auge, das er sich am Wochenende zuvor bei einer Kneipenschlägerei geholt hatte. Er war kein Muskelpaket wie einige von den anderen, eigentlich sogar der Hagerste von allen, aber von den Marines und dem Karate, das ihm sein Vater beigebracht hatte, wusste er, wie man sich im Kampf bewegte. Dennoch wollte Tanya nicht, dass sich ihr Mann prügelte. Sie hasste es, sein Gesicht zerstört zu sehen, diese Hässlichkeit, die aus der Gewalt resultierte.

»Ich habe unser Abendessen vorbereitet«, sagte Tanya. Sie zeigte ihm die Thunfischnudeln und die Sprite auf dem Tisch. »Aber ich wusste nicht, dass die beiden mitkommen.«

»Kein Problem«, sagte Mason. »Mach einfach noch eine Dose auf. Dauert zehn Minuten.«

Mason machte Platz, damit seine Kumpel in den Trailer kommen konnten. Er setzte sich, öffnete eine Sprite und nahm einen langen Schluck. Blisters kam herein und sagte: »Ich mag Makkaroni und Käse, aber lass bei meinen diesen Thunfisch-Mist weg. Ich ess den Fisch von einem Mädchen nicht. Nicht mal deinen, Tan.«

Alle lachten, sogar der andere Typ, der fast nie etwas sagte, der Typ, den sie Ox nannten. Tan sah ihn ungern an. Er hatte wild gelockte, zerzauste Haare und seine Haut sah ölbefleckt aus. Er machte ihr Angst, besonders wenn sie schweigend zusammen in einem Raum saßen. Er sah immer aus, als dachte er an Blut und Gewalt. Und er stank nach Schweiß und altem Benzin, und Gott sei Dank hatte Mason sie nie diesem Werwolf überlassen.

Sie ließ Wasser in die Pfanne laufen und spülte sie aus, damit Blisters den Thunfischgeschmack nicht mitbekam. Meistens mochte sie es, wenn die Jungs da waren, selbst wenn sie vorgab, sauer zu sein. Diese Raubeine, die jeden in Stücke reisen würden, der versuchte, ihr oder dem Baby wehzutun, gaben ihr ein beschütztes Gefühl. Das einzige Problem: Sie musste diese Zeit auskosten, denn sobald das Essen vorüber war, würden sie gehen und Mason mitnehmen. Mason war bereits halb fertig mit seinen Nudeln, das Gesicht über die Schale gebeugt, stopfte er sie in sich hinein. Sie würden ausgehen, um zu trinken und zu randalieren, und Tanya verstand es. Unter ihrem Bett lag die Smith

& Wesson Automatik, die Mason ihr gegeben hatte, geladen und feuerbereit, falls jemand etwas von ihr wollte.

»Wie war die Kirche?«, fragte sie. Kirche nannten sie die Treffen in Buck Hansons Keller in Winslow, der nächsten Stadt in Richtung Rochester. Tanya war ein paar Mal dort gewesen, kochte riesige Spaghettiportionen zusammen mit Brenda, Bucks Frau. Eine Menge gutes italienisches Essen und es war fast wie eine richtige Kirche, denn Buck war ein Laienprediger, der Mason und Tanya rechtsgültig vermählen konnte, wenn sie dies jemals vorhätten. Manchmal sprachen sie davon, beschlossen aber, es erst zu tun, wenn sie sich irgendwo dauerhafter niedergelassen hätten.

»Buck hielt eine ergreifende Rede auf seinen kleinen Mason«, sagte Blisters. An seinen roten Augen und seiner schleppenden Sprache merkte sie, dass er bekifft war. »Ich glaub, ich hab eine Träne verdrückt. Wir haben ein oder zwei Lieder geschmettert und abwechselnd versucht, seinen Schädel mit einem Baseballschläger zu knacken. Jeder hat nacheinander ein bisschen auf Bricks Haare gepisst. Und um den Abend abzurunden, hat Brenda einen Striptease hingelegt. Der übliche Kirchenkram.«

»Du bist ein verrückter Scheißkerl«, sagte Mason und lachte mit vollem Mund.

Tanya schauderte bei dem Gedanken, wie die fette Brenda Hanson in ihrem übergroßen Schlüpfer herumwirbelte, auch wenn sie wusste, dass Blisters sich das nur ausgedacht hatte.

»Geht's dir gut, Tanya?«, fragte Mason.

»Nur einer dieser Krämpfe«, sagte sie.

»Sie kriegt das Baby doch hoffentlich nicht heute Nacht?«, sagte Blisters.

»Es ist noch nicht so weit. Sei kein Arschloch«, sagte Mason.

»Woher soll ich das wissen? Ich hab noch kein beschissenes Baby bekommen.«

»Das ist normal«, sagte Mason. »Man nennt es Braxton-Hicks-Kontraktionen. Senkwehen.«

»Hört euch den Frauenarzt an«, sagte Blisters.

»Er liest alles darüber«, sagte Tanya, die sich jetzt besser fühlte. Sie zeigte auf ein paar Bücher aus der Bibliothek, die auf dem Beistelltisch neben dem Sofa lagen. Bücher über Schwangerschaft und Geburt, Zeug, in dem Mason beinahe jede Nacht blätterte. Er wollte alle Informationen, die er bekommen konnte. Wollte, dass sein Kind den Vater bekam, den er auch gehabt hatte – voller Energie, Wissen, Sicherheit. Tanya wurde ganz benommen, wenn sie an ihr Glück dachte. Und Mason hatte endlich die Trophäe bekommen, der er so lange nachgejagt war: das Skeleton-Crew-Abzeichen auf seinem Rücken.

ERST IN DER DÄMMERUNG des nächsten Abends, als in der Innenstadt die Sonntagsglocken läuteten, verließ Luc wieder das Haus. Sie ging zu Fuß, gefolgt von ihren Freundinnen Gina und Kit. Die zweieiigen Zwillinge hätten identisch ausgesehen, wäre nicht Ginas Schädel bis auf die blassweiße Kopfhaut geschoren gewesen. Während sie gingen, klirrte Ginas Geldbörsen-Kette einen regelmäßigen Rhythmus gegen ihre Hüfte. Kit ging als letzte, lutschte im Einklang mit dem Technobeat, der aus ihren Kopfhörern pulsierte, auf ihrem Lippen-Piercing herum. Die Regengüsse hatten Schlamm über die Bürgersteige des Ortes gespült, doch ein wolkenloser Tag trocknete den Matsch zu Erde. Luc zertrat ihn mit ihren Stiefeln zu Staub.

Die Mädchen gingen unter einer Reihe von Eisenbahnbrücken hindurch und erreichten die Grenze des Hammersport-Campus der Universität von New York, wo sich riesige Parkplätze und in Flutlicht getauchte Ziegelgebäude vor ihnen ausbreiteten. Die blauen Lampen von Notrufsäulen glimmten in regelmäßigen Abständen in der Ferne. Der Uhrturm von Brocton Hall, dem ältesten Gebäude auf dem Gelände, strahlte wie ein Leuchtturm. Hier war das Englisch-Institut untergebracht, wo Oscar Moberg unterrichtete und seit fast zwanzig Jahren sein Büro hatte.

»Ich glaube, es geht dort entlang«, sagte Luc. Sie verließ den asphaltierten Gehweg und überquerte die Rasenfläche. In Anbetracht der kommenden Versammlung fühlte sich ihr Magen in den letzten Minuten zunehmend flau an. Sie bemerkte die Flagge, die auf Halbmast wehte, begriff aber kaum deren Bedeutung.

»Was sollen wir tun?«, fragte Gina.

»Nichts«, sagte Luc. »Ich will einfach nur zusehen.«

Gina bibberte vor Kälte, schlug die Arme um ihren Körper. Sie trug einen verschlissenen Wollpulli, die Daumen hatte sie durch Löcher in den Ärmelbündchen gesteckt. Doch seit sie ihren eigenen Kopf mit Rasierklingen und einem Einwegrasierer traktiert hatte, konnte selbst Kleidung nicht mehr viel Wärme bieten. Sie hatte es gemacht, um nicht wie Kit auszusehen, deren Haare platinblond ausgeblichen waren wie Ginas vorherige Frisur.

Luc führte sie an Brocton Hall entlang, dem Bauwerk aus Ziegel und Zement. Sie suchte die dunklen Fensterscheiben ab, hatte vergessen, welche zum Büro ihres Vaters gehörten. Sie und die Zwillinge überquerten einen Gehweg mit einem erhöhten Mittelstreifen aus Rindenmulch und jungen, kahlen Bäumen. Um sie herum gingen schweigende Paare und Gruppen von Fußgängern, steuerten auf den Hauptplatz des Campus zu.

Der offene Platz war bereits mit Menschen gefüllt, die einen lockeren Kreis bildeten. Einige standen herum, andere saßen auf Bänken und auf den Treppenstufen der Gebäude. Die Menge sammelte sich im warmen Lichtschein der Kerzen, die innerhalb des menschlichen Kreises leuchteten und sich in mehreren Bahnen um ihn herumwanden. Lucs nachtblinde Augen verwandelten die Kerzenflammen zu Sternenstrahlen.

Neben Luc zündeten zwei ernst blickende Studentinnen ihre Kerzendochte an der Flamme von jemand anderem an, und Luc fühlte sich benebelt von der Zärtlichkeit, die sie für diese Menschen und dieses Licht empfand. Ein älterer Mann ging mit einem Karton voller Kerzen herum, zog eine heraus und drückte sie Luc in die Hand. Sie dankte ihm, genau wie die anderen Leute, die diese Mahnwache für Professor Oscar Moberg abhielten.

Der ältere Mann reichte den Zwillingen, die hinter Luc standen, zwei weitere Kerzen. Luc hatte sie beinahe vergessen – Gina, die als schlaksiger Junge durchging, wenn man flüchtig hinsah, und Kit, deren platinblondes Haar schimmerte. Vielleicht waren sie ihre einzigen Freundinnen, oder zumindest waren sie die einzigen, die angeboten hatten, sie heute Nacht zu begleiten. Selbst Mom hatte es nicht lange genug aus dem Bett geschafft, um mitzukommen. »Ich kann diesen Leuten nicht gegenübertreten«, hatte sie gesagt. »Sie werden mich trösten wollen, und ich kann ihr Gerede noch nicht ertragen. Es macht mich krank, dieses herablassende …«

Diese Leute waren die Studenten und Kollegen ihres Ehemannes, Menschen, von denen sie sich vor Jahren abgesondert hatte, als sie ihr Studium abbrach. Sie entschied, das College sei unreif, ein Märchenland für alle, die mit der alltäglichen Wirklichkeit nicht klarkamen. Mom war sicher, dass die gelehrten Snobs Oscar bemitleideten, weil er eine Städterin geheiratet hatte. Also traf sie diese Leute nur auf den Halloweenpartys des Instituts, wenn sie sich hinter einem Kostüm und ihren Cocktails verstecken konnte.

Lucs Kerze blieb dunkel, bis Gina ihr Feuerzeug anzündete und die Flamme an den Docht hielt. Mit ihrem verbundenen rechten Arm schirmte Luc die Flamme gegen den Wind ab. Überall legten sich Hände schützend um kleine, zitternde Lichter, Hände, die den warmen Schein einfingen und bewahrten. Gesichter erwärmten sich wie Heizspiralen in Ofenplatten und in ihren feuchten Augen spiegelten sich tausende Punkte der versammelten Lichter wider. Es war, als seien diese lebendigen Körper von innen entflammt und ihr Feuerschein verteilte sich direkt unter der Oberfläche ihrer Haut.

Luc schritt in das enger werdende Gedränge der Trauernden. Zuerst sah sie nur Jackenrücken und gebeugte Köpfe, doch die Leute traten beiseite, als hätte ein Gerücht ihre Ankunft verkündet. Die Menge hatte sich um eine Ansammlung von Teelichtern geschart, die den Hofboden verzierten. Gelbe Lichtpunkte schwammen in Aluminiumtassen voll flüssigem Wachs. In grünes Seidenpapier eingewickelte Blumen lagen verstreut herum, als hätte man sie einem Torero zugeworfen. Und es gab kleine Botschaften auf Zetteln, die auf die Größe von Lesezeichen zusammengefaltet waren und im Wind tanzten. Luc wollte sie alle aufsammeln und lesen und in einem Album für immer bewahren. Doch der erste Zettel hatte bereits Feuer gefangen und zerfiel zu grauer Asche.

Das elektrische Wandbild war ein animierter Wasserfall, der durch eine asiatische Waldlandschaft strömte, ein hypnotisches blaues Leuchtfeuer in dem abgedunkelten Thai-Restaurant. Die Papierlaterne über dem Tisch warf nur ein schwaches Licht auf die drei Esser: Greta Hurd, ihre Tochter Sandy und deren Verlobter Max. Dies war Gretas erstes Abendessen mit Max Thornton, dem jungen Mann, der in genau einer Woche ihr Schwiegersohn sein würde. Er war Violinist in der Philharmonie von Rochester und Musiklehrer an einer Highschool, und in den gepflegten Vororten östlich von Rochester aufgewachsen. Welten entfernt von dort, wo Greta lebte: Einem abweisenden Apartmentkomplex in der Innenstadt, der ermäßigte Mieten für Cops bot und unerfreulich nah an vielen Tatorten lag, die sie untersuchte. Sie war noch nie zuvor in einem Thai-Restaurant gewesen und konnte mit den absurden Worten auf der Speisekarte nichts anfangen. Eines der Gerichte hieß »Böser Dschungelprinz«.

»Was möchtest du essen, Mom?«, fragte Sandy.

»Das weiß ich noch nicht«, sagte Greta.

Das Wort *Mom* klang angespannt, wann immer Sandy es zu Greta sagte. Dreizehn Jahre lang hatte Sandy eine andere Frau Mom genannt, und während der schlimmsten fünf dieser Jahre waren Sandy und Greta so distanziert gewesen wie Fremde. Wenn sie zusammen waren, konnte Greta nur kurze Blicke auf ihre Tochter ertragen. Eigentlich war Sandy wahrnehmbar wie ein Spiegelbild, aber Greta hatte das Gesicht ihrer Tochter nicht lange genug betrachtet, um es sich wieder zu Eigen zu machen, nicht, seit Sandy ein gewesen Kind war.

»Ich empfehle das Pad Thai«, sagte Max, während er sich in seinem Stuhl zurücklehnte und seinen wohlgenährten Bauch gegen den Tisch presste. Dabei zerknitterte seine Krawatte, die mit Noten und Saxophonen bedruckt war. Er war dick und in den Mittdreißigern, und zweifellos zu alt und unattraktiv für Sandy, wenn Greta ihrer Beurteilung der Liebe anderer Leute trauen durfte.

»Ja«, sagte Sandy. »Du wirst Pad Thai mögen.« Sie schmiegte ihren Kopf an Max' Schulter, während er ihr drei schnelle Küsse auf den Kopf gab, als hätte er einen zwanghaften Tick. Sie hatten sich vor etwa einem Jahr kennengelernt, als Sandy eine Doktorandenstelle an der Eastman School of Music antrat. Sie besuchte Max' evangelikale Kirche wiedergeborener Christen, und dann hatte sie eine Art Erweckung. Anscheinend verursachte die Tatsache, dass Sandy und Max zusammenlebten, einen Aufruhr in ihrer Gemeinde, aber sie entgingen einer möglichen Verbannung, indem sie eine sexlose Verlobung eingingen. Greta hatte diese Information zur Kenntnis genommen, ohne sich ein Urteil zu erlauben, denn zweifellos hatte sie ihr Recht, sich eine Meinung über Sandys Leben zu bilden, bereits vor Jahren verwirkt.

»Wie lange bist du schon bei der Polizei?«, fragte Max.

»Nächstes Frühjahr werden es zwanzig Jahre«, sagte Greta.

»Dann war es nach Sandys Geburt?«

»Ja, sie war fünf. Sie war im Kindergarten, als ich mit der Ausbildung begann.«

»Hast du von dem Professor gehört, der in seinem Auto erschossen wurde?«

»Das kann man wohl sagen.«

»Sie bearbeitet den Fall«, sagte Sandy.

»Wirklich? Weißt du, wer es getan hat?« Max trank den Rest seines Rotweins.

»Das versuche ich herauszufinden«, sagte Greta.

»Du fragst nach vertraulichen Informationen, Schatz«, sagte Sandy.

»Das ist in Ordnung«, log Greta, und verschloss ihren Mund mit der Teetasse. Es machte ihr nichts aus, dass Max neugierig war, aber hier zu sitzen, war aufreibender für sie als beinahe jede Polizeiarbeit. Nicht so sehr das Essen selbst, denn Greta war achtundvierzig und Gott sei Dank wusste sie, wie man eine Konversation führte und dabei hinlänglich fröhlich aussah. Aber sie quälte sich selbst in der ständigen verzweifelten Hoffnung, ihr Herz würde sich endlich öffnen und übersprudeln. Nur dieses eine Mal, das war alles, was sie für sich erbat. Doch sie konnte die Vorstellung nicht abschütteln, dass sie ausgestellt wurde wie irgendein zerbrochener Gegenstand – Sandys »andere Mom«, ihre biologische Mutter, nicht ihre Stiefmutter Corinne, die Sandy seit ihrem zehnten Lebensjahr aufgezogen hatte. Greta nahm an, dass Max bereits über die Familiengeschichte unterrichtet war: Dass sich Sandy im Alter von zehn Jahren bei der Scheidungsverhandlung für ihren Vater entschieden hatte, und dass Greta die Wahl ihrer Tochter nicht angefochten hatte.

»Versteh mich nicht falsch«, sagte Max. »Ich weiß sehr wohl, was du tust und ich denke, du musst unglaublich stark sein, um mit dem fertig zu werden, womit du täglich umgehst. Du bringst ein Opfer … weißt du … für die Frauen.«

»Welche Frauen?«, fragte Greta.

»Mutter«, sagte Sandy. »Er macht dir ein Kompliment.«

»Ich weiß«, sagte Greta. »Danke.« Sie trank mehr Tee als Wein. Sie vertrug keinen Alkohol mehr und ein paar Schlucke konnten ihr Gehirn lahmlegen. Ein benebelter Kopf kam nicht in Frage, denn sie musste später noch klar sein für all die Oscar-Moberg-Berichte, die sie lesen würde – die Erkenntnisse der Techniker, die dürftigen Zeugenaussagen, der vorläufige Autopsiebericht. Zufällige Schießereien offenbarten normalerweise ein Zeitfenster von achtundvierzig Stunden für die Ermittlungen, und dieses hier war bereits halb geschlossen, ohne dass irgendetwas Brauchbares hindurchgeweht kam – ein deutlicher Hinweis darauf, dass sich dieser Fall wahrscheinlich in die hoffnungslose Sammlung anderer ungelöster Fälle einreihen würde. Doch trotzdem nagte dieser Fall sogar in diesem Augenblick an ihr, so wie es einige besondere Fälle taten, bis sie entweder wasserdicht abgeschlossen waren oder im Laufe der Zeit verblassten. Dieses Nagen zeigte ihr, dass sie immer noch etwas fühlte.

»Also nimmst du das Pad Thai?«, fragte Sandy.

»Ich glaube schon«, sagte Greta. »Entschuldigt mich einen Augenblick.« Sie schob ihren Stuhl zurück und legte ihre Stoffserviette auf den Tisch. Vielleicht erwarteten sie, dass Greta zum Waschraum ging, doch stattdessen lief sie durch die Eingangstür und hinaus auf den Parkplatz. Sie blickte sich nicht zu ihrer Essensgesellschaft um, versicherte mit keinem Nicken, dass sie bald zurückkäme. Hätte einer der beiden genau hingesehen, hätten sie bemerkt, dass sie ihre Jacke nicht von der Garderobe neben der Tür genommen hatte.

Greta fand ihren Buick, schloss ihn auf und setzte sich auf den Fahrersitz, die Füße immer noch draußen auf dem Asphalt. Die kalte Nacht hatte die Windschutzscheibe mit Reif überzogen. Dort kauerte sie und zitterte, während sie eine Schachtel Marlboro aus dem Handschuhfach fischte. Ihr Einwegfeuerzeug klemmte zwischen der Schachtel und dem Cellophan. Sie steckte sich eine Zigarette an und rauchte. Erst als der verbrannte Tabak ihre Lungen erreichte, bemerkte sie, wie sehr sie diesen Kick brauchte. Er brannte den dunklen Zorn aus ihrem Kopf und vor Erleichterung musste sie beinahe weinen.

Greta dachte an den Moberg-Fall und insbesondere an Lucia, die Tochter. Sie war vom Tatort ins Krankenhaus geeilt, denn sie wollte verhindern, dass die Erinnerungen des Mädchens an das Ereignis schwanden, wie es im Angesicht solch traumatischer Erlebnisse häufig geschah. Sie hatte das Mädchen gezwungen, sich zu erinnern, eine Art von Grausamkeit, die jedes Mal Schuldgefühle in Greta weckte, und dann hatte sie versucht, diese Schuld zu verringern, indem sie eine Geschichte über den Herzinfarkt ihres eigenen Vaters erzählte. Greta hatte die Trauer geteilt und die Hand des Mädchens gehalten, als wäre sie eine Art Seelsorgerin. Im Nachhinein konnte Greta nicht verstehen, warum sie so offen gewesen war, und das vollkommen Unlogische daran machte ihr Angst. Jeder Cop, der einem Fremden – und sei es ein Kind – etwas von sich preisgab, flehte darum, sich selbst davonstehlen zu können.

Sie stellte sich vor, wie Oscar Mobergs Leben endete, während er

– genau wie sie jetzt – auf dem Fahrersitz eines Autos saß. Sie ließ ihren Blick über den Parkplatz des Restaurants schweifen, kurzzeitig sicher, sie würde einen gesichtslosen Räuber in einer braunen Trainingsjacke sehen, der sie beobachtete und »Is' was, Doc?« knurrte. Raubüberfälle bauten auf die Lähmung durch den Überraschungseffekt – denken Sie nicht nach, reichen Sie einfach Ihre Brieftasche rüber und haben Sie noch einen schönen Tag. Doch irgendwie tat Professor Moberg etwas, was Opfer im Schockzustand der Bedrohung mit einer Waffe selten taten: Er versuchte zu entkommen. Mobergs Entschluss zu fliehen war zu gleichen Teilen bewundernswert und dumm. Bewundernswert, weil niemand wusste – vielleicht nicht einmal der Täter selbst –, ob der Überfall zu Mord, Autodiebstahl oder Entführung führen würde. Dumm, weil ihn seine Entscheidung tötete. Auch wenn das wahrscheinlich nicht zwangsläufig war. Nicht, wenn ein Täter seinen ersten Schuss verfehlte und erneut aus einer Entfernung von mehreren Metern durch eine Windschutzscheibe schießen musste. Doch der vorläufige Autopsiebericht dieses Nachmittags hatte die Ergebnisse dargelegt wie die Systemspezifikationen einer Stereoanlage – »primäre Gewebsverletzung durch aufgefundenes 200 grain Bleiprojektil entsprechend einem 240 grain Hohlspitzgeschoss des Kalibers .45, zusammen mit einer sekundären Gewebsverletzung infolge der vorübergehenden Aushöhlung verursacht durch ein schnelles Projektil.« Die Ballistiker schlossen aus einer sichergestellten Patronenhülse, dass es sich bei der Waffe um eine halbautomatische Pistole vom Typ Colt Kaliber .45 handelte. Der Täter war entweder ein Scharfschütze oder hatte unglaublichen Dusel. Und war dermaßen berauscht und benommen von seinem Glückstreffer, dass er ohne das Geld, das er doch so begehrte, das Weite suchte.

Heute Nacht erschien niemand mit einem Colt .45 auf diesem neonbeleuchteten Parkplatz, um Greta vor eine tödliche Wahl zu stellen. Stattdessen war es Sandy, die sich ihren Mantel über die Schultern warf und versuchte, nicht überrascht zu wirken, dass Greta immer noch da war. Sandy ging auf den Buick zu und stieß den Schuh ihrer Mutter mit ihrem Turnschuh an.

»Hey. Ich dachte, du hast aufgehört zu rauchen.«

»Das habe ich. Nur wenn ich es wirklich brauche. Wenn ich gestresst bin.«

»Sind wir wirklich so anstrengend?«, beklagte sich Sandy.

»Ich bin nicht sehr gut in solchen Dingen«, sagte Greta.

»Max dachte, du seiest gegangen. Aber ich wusste es besser. Ich bin herausgekommen, um dir zu sagen, dass du dich entspannen solltest.«

»Wozu?«

»Ich weiß nicht. Ich schätze, einige von uns mögen es, andere glücklich zu machen.«

»Ich komme mit«, sagte Greta. Sie warf ihre Zigarette auf den Boden und trat sie aus. Kein Grund noch etwas zu sagen. Greta würde an den Tisch zurückkehren und ihr Pad Thai bestellen – zumindest würde sie einen weiteren Versuch unternehmen, in ihrem eigenen Leben herumzupfuschen, und daran arbeiten, es ausnahmsweise reibungslos ablaufen zu lassen, anstatt um Tatorte herumzuschleichen und im frischen Schutt des Lebens anderer Leute zu stochern.

Greta versuchte, ihrer Tochter in die Augen zu sehen, bemerkte aber stattdessen eine verdunkelte Videothek am anderen Ende des Platzes. Das Licht der Straßenlaternen fiel auf die Schaufensterscheiben des Ladens, auf die plumpe Nachbildungen von Filmfiguren gemalt waren: Aschenputtel, eine blonde Elfe mit einem Schwert, Bugs Bunny, der eine Karotte mümmelte. In Gretas Gedanken sagte der gesichtslose Mörder erneut den Satz, den er einem Zeichentrickhasen gestohlen hatte. Doch diesmal knurrte er das letzte Wort, *Doc*, gab ihm Nachdruck und Bedeutung – *Doc* wie in *Doktor*.

»Verdammt«, stieß Greta ganze drei Sekunden lang aus.

»Was ist los?«, fragte Sandy.

»Nichts. Wahrscheinlich nichts.« Es war eine flüchtige Einsicht, die bereits verblasste. Doch sie konnte die plötzliche Erkenntnis nicht ignorieren, dass der Schütze wusste, dass sein Opfer einen Doktortitel besaß, dass es nichts Zufälliges an seinem Ziel gab.

Lucs Radiowecker zeigte ihr, dass es nach drei Uhr nachts war. Doch immer noch lag sie wach in ihrem Bett und warf sich hin und her, wühlte das Laken von der Matratze, während ihre Bewegungen Kassetten und Socken vom Bett schleuderten. Zuerst presste sie eine kleine Kerze in ihrer Faust, ein Andenken an die Nachtwache, doch die war jetzt kalt und wächsern. Sie ließ es bleiben und warf die Kerze auf den Nachtschrank neben ihre zusammengefaltete Brille. Luc zappelte herum, denn wenn sie sich lange nicht bewegte, begann die Trauer durchzusickern wie eine Wunde, auf der sich kein Schorf bildete.

Die Stereoanlage warf ein mattgrünes Licht durch das Zimmer, genug um die Umrisse einer Kommode und eines Tisches zu erhellen, und die Wand, die beinahe hinter ihren Rockband-Postern verschwand. Alle paar Minuten erwachte der Luftentfeuchter zum Leben, saugte Luft ein und erstarb wieder. Aus den Wänden des Souterrains drang ein schwaches Kratzen – vielleicht ein Maulwurf, oder eine Maus, die sich auf der Suche nach Wärme durch die Isolierung wühlte. In den meisten Nächten schlug sie mit der Faust gegen die Wand, um den Nager zu vertreiben, doch in dieser Nacht gab ihr seine Anwesenheit ein wenig Sicherheit.

Luc bemerkte einen fleckigen Klumpen auf dem Teppich neben der Zierleiste, grün gefärbt vom Schein der Stereoanlage. Sie nahm an, es handele sich vielleicht um eine Socke oder eine Kassette oder eine Haarbürste, die von der Kommode gefallen war. Doch während Luc zu ihm hinüberblinzelte, wackelte der Umriss, bewegte sich ein paar Zentimeter über den Teppich. Erneut hörte sie das kratzende Geräusch und es passte zu der undeutlichen Bewegung des Klumpens, von dem Luc nun glaubte, es sei der Maulwurf oder die Maus, die schließlich die Welt außerhalb ihres Nests erkundete.

Luc tastete nach ihrer Brille und ihre plötzliche Bewegung ließ den Nager in Richtung der Badezimmertür springen. Sie setzte ihre Brille auf und zwinkerte infolge der unvermittelten Schärfe. Sie saß bereits aufrecht, als sie den kalten Zementboden ihres Zimmers mit den Zehen prüfte.

Was Luc anstelle einer Maus sah, konnte sie kaum begreifen. Es ähnelte einer Maus, besaß aber keinen Schwanz und trippelte aufrecht auf seinen Hinterbeinen. Sie konnte sich getäuscht haben – musste sich getäuscht haben. Dieses Ding schlüpfte schneller durch ihr Zimmer, als Luc sich in ihren Gedanken ein Bild davon machen konnte. Also akzeptierte sie nichts von dem, was ihre Augen ihrem Hirn mitteilten. Sie schnaufte und zuckte zusammen, dann hastete sie aus ihrem Zimmer in die Dunkelheit des ausgebauten Souterrains. Sie zog an der herabhängenden Schnur, die eine nackte Glühbirne zum Leben erweckte. Sie blickte an der Treppe vorbei und sah, wie die Kreatur unter den Volant des Gästesofas flüchtete.

»Hey, warte«, stieß sie hervor. Idiotisch – damit zu reden.

Das Souterrain war hier mit Holzpaneelen verkleidet und mit Läufern ausgelegt, die wie ein Flickenteppich arrangiert waren. Ein Teil davon hatte Luc als Spielzimmer gedient, ein anderer ihrer Mom als Nähzimmer, doch in dieser Ecke standen ehemalige Wohnzimmermöbel um einen alten Fernseher herum: ein zweisitziges Sofa, ein kleiner Tisch, die Couch, unter der sich das Tier versteckte. In der Nähe standen die Waschmaschine und der Wäschetrockner.

Kniend hob sie den Volant des Sofas an und presste ein Ohr auf den Boden. Nichts als absolute Schwärze, und keine Willensanstrengung konnte sie dazu bringen, ihre bloße Hand darunter auszustrecken. Doch sie lauschte. Und als der Luftentfeuchter rappelte, um erneut abzuschalten, hörte Luc unter der Couch ein leise keuchendes Atmen, wie das Geräusch eines Ballons, der in winzigen Stößen Helium ausstieß.

Luc zuckte zurück, krabbelte nach hinten gegen einen Schwellbalken und schnappte nach Luft. Jeder Haaransatz auf ihrem Körper prickelte und unter der Bandage pochte ihr verstauchtes Handgelenk. Ihr Hirn produzierte weiter Bilder dessen, was sie in ihrem Zimmer gesehen hatte, was nach hier draußen unter die Couch geflohen war.

»Verdammte Scheiße«, murmelte sie.

Oben knarrten die Dielen. Luc nahm an, dass ihre Mutter dort oben war. Durch irgendetwas aufgeweckt, schlich sie um drei Uhr morgens durchs Haus. Luc schlug eine Hand vor ihren Mund, denn sie dachte, sie hätte geschrien, ohne es zu wissen. Sie konnte sich nicht erinnern, konnte nicht unterscheiden, was Realität war.

Was sie gesehen hatte, war ein Phantasieprodukt, aus der Trauer geboren, entschied sie. Luc verbrachte zu viel Zeit damit, alte Kindheitsgeschichten hervorzukramen und hatte sich in einem Märchenland verirrt. Doch dann, noch während sie es verwarf, erschien ihr Hirngespinst erneut, rannte durch den Sofavolant wie ein Rennpferd aus der Startbox. Es hastete über die Läufer, schwang seine nackten rosa Arme. Das meiste was Luc sah, hatte die Farbe von Rohleder – eine Kreatur, gehüllt in getrocknete Tierhaut. Das Gesicht, die Arme und Füße waren nackt und rot wie schuppiges Fleisch. Lange verfilzte Haarsträhnen tanzten um seinen Überzug – dunkle Haare, grau gefärbt von Spinnenweben und Staub. Es huschte umher wie ein Nagetier, besaß aber etwas entfernt Menschliches. Hände anstelle von Pfoten, mit Lidern versehene Augen, eine ausgeprägte Nase ragte über dem zottigen grauen Bart hervor, aber es war klein genug, um in Lucs Hand zu passen, sollte sie sich trauen, es zu fangen.

Die Kreatur stolperte über die Kante eines Läufers oder vielleicht über seinen langen Bart, und überschlug sich, wobei seine Gliedmaßen durch die Luft wirbelten. Nach einem undeutlichen Grunzen war es wieder auf den Beinen und rannte auf die Waschmaschine und den Trockner zu. Diesmal quetschte es sich in den schmalen Spalt zwischen den beiden Geräten.

In den langen Schatten der schwachen Glühbirne verlor sie das Geschöpf aus den Augen. Sie wartete. Sie lauschte auf die Schritte ihrer Mutter über sich. Und Luc hätte sich weiter an den Balken gedrückt, wäre lautlos durchgedreht, bis Mom heruntergekommen wäre und sie gefunden hätte – sie hätte diesen Wachtraum bis zu seinem Ende ausgesessen –, doch stattdessen sah sie einen weißen Papierstreifen auf dem Boden unter dem Trockner, den Rand von etwas Verborgenem.

Auf Händen und Knien näherte sie sich. Ihr Rückgrat sandte eine stille Warnung aus, als sie nach dem griff, was immer dort unten lag.

Es fühlte sich an wie Papier und sie versuchte, es hervorzuziehen. Es war ein zerknitterter weißer Umschlag, der innen blau beschichtet war, damit er undurchsichtig blieb. Vorne war er unbeschrieben und hinten unverschlossen. Der Umschlag war vollgestopft mit Geld, ein dickerer Packen, als sie ihn jemals zuvor in Händen gehalten hatte.

Luc stand auf und entfernte sich rückwärts vom Wäschetrockner und von dem, was sich sonst dort unten versteckt hielt. Sie nahm das Geld in die Hand und fuhr mit dem Daumen über die Ecken der Scheine. Es waren Einhundert-Dollar-Noten und schnell zählte sie fünfzig Stück davon. Fünftausend Dollar. Luc versuchte zu schlucken, doch ihr trockener Hals ließ sie würgen. Sie wartete, dass dieses Trugbild verschwinden würde und redete sich ein, das Geld sei nur ein Traum, wie alles andere, was sie in dieser Nacht gesehen hatte. Das Geschöpf war verschwunden und Luc konnte es verwerfen, doch das Geld blieb und es war greifbar.

Die Ruhe dauerte nur Sekunden, dann ließ ein anderes Geräusch Luc erstarren – der Donnerschlag eines schweren Gewichts, das oben auf dem Boden aufschlug. Der Lärm dröhnte durch die Deckenbalken des Souterrains. Luc zuckte zusammen und das Geld entglitt ihr. Das meiste davon fiel direkt vor ihre Füße, doch einzelne Scheine lösten sich vom Stapel und flatterten umher. Luc schnappte einen aus der Luft. Den Rest sammelte sie vom Beton und von den Läufern auf, dann stopfte sie das Geld zurück in den Umschlag. Sie schob den Umschlag wieder unter den Trockner und rückte ihn mit den Fingern zurecht, bis die weißen Ecken verschwunden waren. So viel Geld. Luc wünschte, es würde verschwinden. Sie wollte den Abend noch einmal ohne es ablaufen lassen, doch dafür war es zu spät. Sie stieg bereits die Treppe hinauf, der unerwarteten neuen Krise entgegen.

Luc fand ihre Mutter nackt auf dem Badezimmerfußboden. Sie lag zusammengesunken über der Wanne, ihre Brüste waren gegen den Rand gepresst und ihre Arme hingen schlaff in der leeren Wanne. Ihre wunden Knie zitterten auf dem Badvorleger. Ein kleines Nachtlicht sandte dämmriges Gelb aus der Steckdose neben der Tür und umgab ihre Mutter mit einer ungesunden Aura. Sie blinzelte Luc durch die Strähnen an, die vor ihrem Gesicht hingen.

»Oh, ich habe dich geweckt«, sagte sie.

»Ich war schon wach«, sagte Luc, und zuckte vor dem säuerlichen Geruch nach Kotze zurück, der in diesem Augenblick in ihre Nase stieg. Der Klodeckel stand offen und gab den Blick auf dunkle, geronnene Spritzer von Erbrochenem in der Schüssel frei. Luc presste eine Hand auf Mund und Nase. Sie zog die Tür halb zu, um an den Handtuchhalter auf der Rückseite zu kommen, dann nahm sie Moms Handtuch vom äußersten rechten Haken. Dads Haken war leer. Und es gab nur zwei Zahnbürsten in dem Becher neben dem Waschbecken, Lucs und Moms. Dads Rasierschaumdose war weg, doch ihr Rostring verunstaltete immer noch die Ablage. Ein oranges Röhrchen mit verschreibungspflichtigen Pillen lag umgekippt im Waschbecken und hatte sechs weiße Tabletten um den Ausguss verteilt. Die Feuchtigkeit blähte die Pillen zu einem körnigen Brei auf.

Durch die leere Badewanne hallte Moms Schluchzen wie das Jammern eines Kindes, das in einem Brunnen gefangen war. Luc legte das Handtuch über Schulter und Schenkel ihrer Mutter. Sie versuchte, diesen nackten Körper nicht allzu eingehend zu betrachten, aber er war ein seltsamer Prototyp ihres eigenen Körpers, und sie hatte ihn seit ewigen Zeiten nicht so entblößt gesehen. Zwei Jahre in einem Frauen-Fitnessstudio hatten Moms Hüften zu geschmeidigen gerundeten Dünen geformt, und blasse Bikiniränder zeigten sich auf Haut, die in den Herbstmonaten durch Besuche im Sonnenstudio gebräunt war. Es war traurig, dass Mom diese Schönheit immer hinter weiten, unweiblichen Klamotten verbarg und hinter diesem mürrischen Ausdruck aller Verkäuferinnen. Doch noch trauriger war, dass sie diese hässliche Erniedrigung zuließ – sich selbst gegenüber der Trauer aufzugeben.

»Plötzlich wurde mir schlecht«, sagte Mom. Sie zog ihre Arme aus der Wanne und drückte ihr knubbeliges Rückgrat gegen den Rand. Während sie das Handtuch unter ihre Achseln schlang, sagte sie: »Reich mir bitte ein Papiertuch.«

Luc schloss den Klodeckel, während sie ein Tuch aus der Schachtel auf dem Regal dahinter zog. Die Schachtel stand genau neben Dads gestapelten Ausgaben des *New Yorker*, die Mom in ihrem fieberhaften Bemühen, die augenfälligsten Erinnerungen an Oscar Mobergs tägliche Existenz zu entfernen, übersehen hatte. Mom hatte die zeitloseren Gegenstände wie Porträts, die schwedische Volkskunst, die Regale mit mythologischen Büchern in seinem Arbeitszimmer nicht angerührt. Diese Dinge konnten über sein Leben hinaus bestehen. Anders die alltäglichen Sachen, die zu behaupten schienen, sie seien immer noch in Gebrauch. Luc verstand, warum ihre Mutter eine halbleere Packung V-8-Saft und eine Flasche Morley's Wodka in den Küchenausguss schüttete, auch wenn sie selbst so etwas niemals getan hätte. Vielleicht war es die Bereitwilligkeit, diese Erinnerungen los zu werden, die Mom so schnell zusammenbrechen ließ.

»Ich hatte dieses Gefühl ... ich wollte nur ein Bad nehmen«, sagte Mom. Sie rieb das Tuch über ihre Lippen und ihre Nase, schnäuzte schwarzen Schleim hinein. »Es ist ekelhaft, sich so erbrechen zu müssen. Ich wollte nur ein Bad nehmen, doch dann hat mein Magen ...«

»Um drei Uhr morgens?«, fragte Luc, während sie die Toilettenspülung betätigte. Ihre Aufmerksamkeit richtete sich wieder auf das Tablettenröhrchen im Waschbecken. Diesmal bemerkte sie, dass die Tinte auf dem Etikett durch die Feuchtigkeit verlaufen war, doch der Patientenname – *Blair Crowley-Moberg* – war immer noch lesbar. Einen Tag zuvor ausgestellt und für vierzig Tabletten ausgefüllt. Einige der herausgerollten Tabletten lösten sich im Waschbecken auf und ein weiteres Dutzend war noch im Röhrchen. Der Rest fehlte.

»Was ist das?«, fragte Luc. »Valium? Wie viele hast du genommen?«

»Das spielt keine Rolle, Lu-Lu. Ich habe sie ausgekotzt.« Mom versuchte aufzustehen, musste sich aber auf den Badewannenrand setzen und ließ den Kopf und die Unterarme auf ihre Knie sinken. Sie öffnete und schloss ihre Hände und sah sie dabei an, als hätte sie gerade erst begriffen, wie diese funktionierten.

»Mom, was tust du? Was ist passiert?«

»Ich wollte einfach schlafen. Vor zehn Minuten habe ich ein paar Tabletten genommen, das ist alles. Es tut mir leid, weißt du. Sie zu nehmen war eine blöde Idee. Ich wusste es sofort und deswegen habe ich mich übergeben. Es war nicht mal genug Zeit sie aufzunehmen, okay? Nur ein blöder Fehler.«

»Wir sollten ins Krankenhaus fahren.«

»Kein Krankenhaus. Das ertrage ich nicht. Du kannst sie in der Toilette sehen, die Tabletten. Alles was ich im Augenblick brauche, ist Schlaf. Mir geht es schon besser, hilf mir bitte einfach auf.«

Luc machte keine Anstalten zu helfen, als ihre Mutter sich auf wackligen Beinen aufrichtete. Luc wollte der Frau auf ihren Schädel schlagen und ihr wieder Bewusstsein einprügeln. Ihre Mutter, die der Hysterie nachgab, der Luc widerstand, und die kein Recht hatte, sich so gehen zu lassen. Denn sie hatte nicht einmal seinen Tod mit angesehen, wie Luc es getan hatte. Während sie in den Flur zurückging, blickte sie hinunter zur Fußbodenleiste, als erwartete sie, dort eine plötzliche kleine Bewegung zu sehen. Sie war noch nicht so weit, den Traum von dem kleinen bärtigen Mann aus ihrem Gedächtnis zu löschen, auch wenn sie jetzt überzeugt war, ihr schlafwandelndes Bewusstsein habe ihn hervorgerufen. Mutter und Tochter – zwei vollkommen unterschiedliche Erscheinungsformen des Zusammenbruchs, und Luc konnte nicht entscheiden, welcher der hoffnungslosere Zustand war.

»Ich brauche ein Glas Eiswasser«, sagte Mom.

»Ich bringe dir etwas. Geh einfach weiter.« Luc führte ihre Mutter den Gang hinunter, indem sie eine Hand vorsichtig unter ihre Schulter drückte. Sie gingen ins Schlafzimmer, wo Dads Kleider gefaltet in Pappkartons lagen, die auf dem Fußboden und auf seiner Seite des Wasserbetts standen. Luc wusste, er war jetzt Staub. Noch bevor die erste Kerze der Totenwache angezündet war, hatte Websters Beerdigungsinstitut seinen Körper zu Asche verbrannt. Bis jetzt hatte sie sich geweigert, an seinen Körper zu denken, nun da er für immer vergangen war. Sie drückte ihre Fingernägel in ihre Handflächen, um sich zu vergewissern, dass sie nicht ebenfalls verschwinden würde.

»Geschafft«, sagte Mom. Sie setzte sich ans Fußende des Wasserbetts und Wellen kräuselten sich unter dem Laken. Die Kartons mit Oscars Kleidern schaukelten wie Treibgut eines Schiffbruchs. »Reich mir bitte meinen Bademantel. Ah, mein Hals.«

Luc hob den abgelegten Mantel vom Boden auf. »Leg dich hin. Ich hole das Wasser.«

»Was, wenn ich das nicht durchstehe?«

»Du hast gesagt, du hättest dich übergeben und bist in Ordnung ...«

»Nicht die Tabletten. Es ist schlimmer als das«, sagte Mom. »Sieh mich an. Was ist los mit uns? Eigentlich sollte ich dir helfen, Lucia. Warum kann ich das nicht? Und ich möchte wissen, was passiert, wenn du erkennst, dass es nicht gut sein wird. Das ist die Wahrheit.«

»Das habe ich bereits erkannt«, sagte Luc.

Minuten später kniete Luc erneut auf dem Boden des Souterrains und ihre Finger tasteten in dem Spalt unter dem Wäschetrockner. Sie wollte sichergehen, denn nie zuvor war ein Traum dermaßen lebendig gewesen. Sie konnte immer noch das Gewicht des eingebildeten Geldes in ihrer Hand spüren, und sie konnte seinen Modergeruch riechen. Wenn Träume derart real waren, dann könnte sie sogar in diesem Augenblick schlafen, ohne es zu wissen. Sie presste ihre Schulter unter die Klappe des Trockners und hob den vorderen Rand vom Boden. Dann wühlte sie im Staub darunter, um sicher zu gehen, dass dort nichts war.

Doch der Umschlag war immer noch da, immer noch prall gefüllt mit Hundertdollarscheinen. Sie nahm ihn, während sie den Trockner zurück auf den Boden sinken ließ. Von der rostigen Unterseite des Trockners rieselte es orangefarben auf ihre Knöchel. Der Geldstapel rutschte über die Verschlusslasche hinauf und Luc hielt ihn fest, bis jeder Winkel ihres Verstands seine Echtheit bestätigte.

Es konnte nicht Dads Geld sein, das er für irgendeinen Plan beiseite geschafft hatte, der mit ihm gestorben war. Er hätte nicht den Trockner als Versteck gewählt – er hatte nie Wäsche gemacht und kam nur äußerst selten ins Souterrain. Ein Geldbündel hätte er wahrscheinlich in seinem Büro versteckt. Vielleicht in der gebundenen Ausgabe von

Bleak House, die eigentlich kein Buch war, denn sie verbarg einen Tresor in den vorgetäuschten Seiten. Luc hatte das falsche Buch vor Jahren entdeckt, aber es war immer leer gewesen.

Vielleicht waren es Moms eingelöste Gehaltschecks. Das machte Sinn, denn Dad sagte stets, dass sie diesen Sieben-Dollar-die-Stunde-Sklavenjob als Kassiererin im örtlichen Shop-Mor nicht nötig hatte. Aber Mom besaß ihr eigenes Bankkonto. Sie hatte eigentlich keinen triftigen Grund, so viel Geld zurückzulegen. Außerdem hätte Mom jeden Penny, den sie in den letzten Monaten verdient hatte, sparen müssen, um fünf Riesen zusammen zu bekommen. Und der Umschlag wirkte zu neu für einen derartigen Sparplan.

Luc steckte das Geld zurück in den Umschlag und schob ihn wieder unter den Trockner. Diesmal in Reichweite ihrer Finger, nur für den Fall, dass sie sich noch einmal vergewissern musste, dass es auch wirklich da war. Das Geld zu akzeptieren, war nicht so schwer. Schlimmer war es, sich einzugestehen, dass sie es gefunden hatte, weil sie einem eingebildeten Männchen hinterherjagte, der nicht größer war als ein Apfel. Also musste es eine Maus gewesen sein, oder ein Staubkorn in ihrem Auge. Andernfalls erzeugte ihr Verstand Trugbilder, und sie weigerte sich, das Vertrauen in ihre eigenen fünf Sinne zu verlieren.

Auf dem Fernsehschirm im Wohnzimmer lief eine Werbesendung für einen Fleckenentferner, doch Luc schaltete das Gerät ab, bevor der Verkäufer zu seiner Demonstration mit Blut kam. Sie verbrachte die Nacht im Lehnsessel, um näher bei Mom zu sein, die sich im Schlafzimmer durch ihren tiefen Medikamentenschlaf schnarchte. Luc war besorgt, wie viel von den Beruhigungsmitteln in Mutters Venen gesickert war. Also hielt sie die ganze Nacht über Wache und spähte jede halbe Stunde in das Schlafzimmer, um Moms rauen, aber gleichmäßigen Atem zu prüfen.

Im Morgengrauen ging Luc erneut durch den Flur zum Schlafzimmer und drückte die Tür einige Zentimeter weit auf. Mom war wach, sie saß auf der Bettkante mit zwei orangen Ibuprofen-Tabletten auf ihrer Handfläche. Sie steckte sich die Tabletten in den Mund und schluckte sie mit dem letzten Rest des Wassers hinunter, das Luc auf dem Nachttisch für sie hingestellt hatte. Mom trug bereits ihre Shop-Mor-Uniform: schwarze Hose und schwarze Turnschuhe, ein babyblaues Hemd und eine rote Weste mit einer passenden roten Krawatte. Die Anstecknadel an ihrer Weste verkündete: BLAIR MOBERG, ASSISTENTIN DES FILIALLEITERS, SEIT ZEHN JAHREN ZU IHREN DIENSTEN.

»Ich habe nicht gehört, wie du aufgestanden bist«, sagte Luc. »Gehst du arbeiten?«

»Ich habe höllische Kopfschmerzen, aber ich muss hier raus. Wenn ich nichts tue, werde ich mich krank für ... für immer krank fühlen.«

Dads selbstgebaute Lichtanlage strahlte auf sie herunter – ein System aus Halogenlampen, die auf miteinander verbundenen Metallträgern und Seilen befestigt waren und die Wände wie ein Rahmen umspannten. Dad wollte auch die Küche und das Wohnzimmer mit seinen Lichtkonstruktionen ausstatten, doch Mom wandte ein, sie würden zu steril wirken, als gehörten sie in ein Kunstmuseum oder in eine Arztpraxis. Luc erwartete, dass Mom bald die ganze Vorrichtung abbauen und wegpacken würde. Oscar Moberg war tot und Luc wollte um ihn trauern, doch stattdessen hasste sie ihn für sein Versagen. Dafür, eine derartige Lücke zu hinterlassen. Und während sie diesen Hass herunterschluckte, zitterte ihre Kehle und ihre Augen füllten sich mit Tränen, und sie spürte erneut ihre Liebe zu ihm.

Später an diesem Morgen, nachdem Mom zur Arbeit gegangen war, klingelte es an der Tür. Luc hatte immer noch ihre Jogginghosen und ein Tanktop an und trank Kaffee aus einem Reisebecher aus Plastik. Sie öffnete die Tür und die frische Luft strich über ihre bloßen Arme und Füße. Quinn Cutler von nebenan stand auf ihrer Veranda und hielt mit beiden Händen eine weiße Auflaufform mit Deckel fest, die in ein Geschirrhandtuch eingewickelt war. Vom Deckel stieg Dampf auf. Quinns Kiefermuskeln zuckten. Er trug eine dunkle Samtjacke und seine Haare waren zu einem Pferdeschwanz zurückgebunden. Er war neunzehn, alt genug, um sich zu rasieren, doch sein Gesicht war glatt und haarlos wie das eines Kindes. Die Leute meinten, es läge an seinem Irokesenblut.

Luc war sich augenblicklich ihrer ungepflegten Haare bewusst und dem Loch in ihrer Jogginghose und ihrem Kaffeeatem und der Art, wie ihr BH durch das Tanktop sichtbar war – die faltigen rosa Körbchen der Größe A, die ihre kleinen Brüste nicht ausfüllen konnten. Sie verschränkte die Arme vor der Brust und konzentrierte sich darauf, dass Quinn mit Kochgeschirr in der Hand eigentlich auch ziemlich uncool aussah. Und mit diesem Handtuch, das mit Hähnen und Lattenzäunen bedruckt war.

»Hey, du bist Lucia, stimmt's?«

»Hey. Ja, Luc. Was … was machst du hier?«

»Ich habe das hier von meiner Mutter«, sagte Quinn und hob den Glasdeckel an, so dass weiße Dampfwolken entwichen. »Sie hat gekocht … nebenan … Schinken und Kartoffelbrei mit Käse oder so. Ich soll es rüberbringen, falls deine Mutter noch nicht in der Lage ist, selbst zu kochen. Wegen deinem Vater. Ich habe gedacht, ich komme vorbei, bevor ich wieder zur Schule gehe. Ich war in der Pause ein paar Minuten zu Hause.« Er nickte in Richtung seines Hauses, wo sein Ford Thunderbird zusammen mit dem Motorrad in der Garage stand.

Soweit Luc wusste, fuhr er das Bike erst seit ein paar Monaten, und es kursierten Gerüchte, dass er noch nicht mal einen Führerschein dafür besaß. Mit dem Auto fuhr er allerdings schon seit zwei Jahren zur Schule. Wenn Luc morgens zur Schule ging, hörte sie seinen Auspuff hinter sich die Straße hochtuckern und sie fragte sich: Was, wenn er an den Bordstein fuhr und ihr anbot, sie mitzunehmen? Wahrscheinlich würde sie in Ohnmacht fallen, und natürlich ablehnen, um es später zutiefst zu bereuen.

»Ist deine Mutter da?«, fragte er und spähte an Luc vorbei ins Haus.

»Sie ist vor ein paar Minuten zur Arbeit gegangen, aber ich kann …«

»Cool. Kein Problem. Also Luc. Wie in Luke Skywalker?«

»Sozusagen. Es ist einfach kurz für Lucia.«

»Das ist heiß ... diese Form.«

Der Kaffee schwappte in ihrem Plastikbecher. »Du meine Güte«, sagte sie und öffnete die Haustür. »Komm rein, tut mir leid.« Quinn schlurfte ins Haus und sein Jackenstoff streifte ihren Arm, als sie ihm die Tür aufhielt. Er stand im Flur in seinen großen abgewetzten Arbeitsstiefeln mit den offenen Schürsenkeln und heraushängenden Laschen. Kit und Gina würden das niemals glauben.

Er stellte die Auflaufform auf der Arbeitsplatte in der Küche ab, dann schüttelte er seine heißen Hände und blies durch die Zähne. Seine Hände waren sauber geschrubbt, gereinigt von dem Motorenöl, das normalerweise an seinen Knöcheln und unter seinen Fingernägeln klebte. Schon damals, als er sechzehn war und den ganzen Sommer mit seinen Freunden durch die Nachbarschaft zog, mit nacktem Oberkörper und Alkohol aus einer Thermosflasche trank. Er rauchte die Zigaretten seiner Mutter, fuhr zum Spaß auf der hinteren Stoßstange des Eiswagens mit, der durchs Viertel kam, und klaute Eis aus der Kühltruhe des Wagens, ohne dass es der Fahrer mitbekam. Damals dröhnte Thrash Metal aus seinem Ghettoblaster und füllte die Stille zwischen den Häusern. Haustiere liefen vor ihm davon, als kannten sie das Gerücht, wonach er eine Katze mit Überbrückungskabeln und einer Autobatterie geröstet haben sollte. Aber Luc wusste, dass es eine Schwachsinnsgeschichte war, erfunden von den Jugendlichen, die ihn um seine Unabhängigkeit und seine Courage beneideten.

»Du bist jetzt in der Abschlussklasse, oder?«, fragte Luc.

»Ja. Ich sollte eigentlich schon fertig sein, aber sie haben mich die Dritte und Achte noch mal machen lassen. Das ist deine Klasse, stimmt's? Achte?«

»Zehnte«, sagte Luc und entblößte ihre Zähne ein wenig zu sehr.

»Scheiße, tut mir leid. Ich sehe dich nicht so oft in der Schule.«

»Ich bin da ... meistens«, sagte Luc. Zweimal am Tag lief er im Gang an ihr vorbei. Sie beobachtete ihn im Spiegel ihrer Schranktür, wobei ihr Herzschlag einen Moment aussetzte.

»Während der morgendlichen Klassenversammlung ist heute früh das Auto von diesem Typen auf dem Parkplatz abgefackelt. Selbstentzündung. Er saß nicht drin, aber sein Auto ist ein Klumpen. Meine Mom wollte selbst rüberkommen, um ihr Beileid auszusprechen, aber sie hat gedacht, es ist noch zu früh dazu«, sagte Quinn.

»In Ordnung«, sagte Luc. Ihre beiden Mütter fochten eine Fehde miteinander aus, seit Quinn vor einiger Zeit die Gewohnheit angenommen hatte, die Autos in der Nachbarschaft zu beschädigen. Blair hatte das Seitenfenster ihres alten Toyota eingeschlagen vorgefunden, höchstwahrscheinlich zerbrochen von der roten Bocciakugel, die immer noch auf dem Beifahrersitz lag. Es gab keine wirklichen Beweise, dass Quinn der Übeltäter war, doch jeder wusste es, und Mom keifte seiner Mutter deswegen die Ohren voll. Später meckerte sie sogar mit Dad, nachdem er meinte, sie solle sich einfach beruhigen. Vier Tage später schlief Mom mit einem Baseballschläger aus Aluminium unter ihrer Seite des Betts, darauf erpicht, ihn auf Quinns Schädel zu benutzen. Durch das Wohnzimmerfenster beobachtete sie Quinn, der die Straße mit seinen Freunden herunterstolzierte. »Wer zum Teufel glaubt der kleine Scheißer, dass er ist?«

Es dauerte eine Ewigkeit, bis sie sich wieder beruhigte, und erst letztes Jahr hatte sie sich mit einem unterschwelligen Zorn begnügt. Seitdem redete sie nicht mehr viel über Quinn – erwähnte kaum seinen Namen. Dennoch nahm Luc an, dass ihre Mutter keine Begrüßungshymne für Quinn Cutler mit seiner Schinken-und-Käse-Gabe anstimmen würde. Und ganz sicher wollte sie nicht wissen, dass ihre eigene Tochter sich oft nach seinem Körper sehnte.

Doch Luc war es egal, was ihre Mutter denken mochte. Vor wenigen Stunden lag diese Frau nackt und hilflos wie ein Neugeborenes vor ihr und Luc hatte sie mit Gläsern voll Wasser wieder aufgepäppelt. Ihre Rollen, Mutter und Tochter, machten keinen Sinn mehr. Die Frau, die ihre Mutter war, die stets über banale Dinge zeterte, meckerte und stritt, die immer genervt war – vielleicht gab es sie nicht mehr. Vielleicht ist sie zusammen mit ihrem Ehemann gestorben. Diese Aussicht machte Luc noch einsamer.

»Schwänzt du heute die Schule?«, fragte Quinn.

»Ich muss nicht sofort wieder hin.«

»Das ist cool. Es ist cool, dass sie dich nicht zwingen. Sie können manchmal ziemliche Arschlöcher sein.«

»Ja«, sagte Luc.

Er sah sie aus halb geschlossenen Augen an, seine Kiefermuskeln arbeiteten immer noch, als kaue er auf einer vagen Idee herum. Luc hielt ihren Blick länger auf ihn gerichtet, als sie sollte. Es war wie ein Abheben vom Boden, dieser Augenblick. Ihre Körpertemperatur stieg um mindestens ein Grad.

»Ich muss los«, sagte Quinn. »In zehn Minuten habe ich Unterricht.«

»In Ordnung«, sagte Luc und lachte über Gott weiß was. Es war ein schwaches und nervöses Lachen, das Quinn mit einer genauso unbeholfenen Grimasse erwiderte. Luc erkannte sein Mitleid – Mitleid, das man empfand, wenn man die Nachrichten im Fernsehen anschaute und diese Waisenkinder sah, die nackt und staubig durch den Schutt eines zerbombten Dorfes irrten.

MASON STELLTE DEN CADILLAC am Ende des Parkplatzes ab, wo keine anderen Autos in der Nähe waren. Der Platz schien Tanya eine Meile weit vom Eingang entfernt zu sein, und das Wetter war kalt genug für Schnee – der Wind drückte Einkaufswagen gegen Autostoßstangen, Einkaufsprospekte wickelten sich um Antennen wie kleine Vereinswimpel. Tanya saß auf dem Beifahrersitz und trank eine Traubenlimonade, die sie an einer Tankstelle gekauft hatte, als sie ihre Fahrt eine Stunde zuvor begonnen hatten. Sie saß da und wünschte, sie hätte ihre Jacke mitgenommen, aber vorhin war es zu warm gewesen. Nun fror sie. Es gelang ihr nicht, warm zu werden.

Mason rückte den Fahrersitz nach hinten und zündete sich eine Zigarette an. Er zerdrückte die leere Packung in seiner Hand, dann kurbelte er das Fenster ein wenig herunter, um die Asche abzuklopfen. Tanya wünschte, er würde in ihrer Gegenwart nicht rauchen, denn das

Nikotin konnte über ihre Lungen in ihren Körper gelangen und das Baby abhängig machen, bevor es überhaupt geboren war. Natürlich rauchte Tanya selbst von Zeit zu Zeit, aber sie hatte gehört, dass Passivrauchen der schlimmere Killer war.

»Bist du bereit?«, fragte Mason.

»Ich schätze schon.«

Er schaltete die klassische Musik im Radio aus. Sie mochte es, wenn er Orchestermusik im Auto spielte, denn das Baby bekam es mit und konnte zusätzliche Vernetzungen in seinem Hirn aufbauen. Sie hatte das alles in den Zeitschriften gelesen, die ihr die Ärzte mit der Post zuschickten. Damals, als sie noch Post bekam.

»Lass es uns noch mal durchgehen«, sagte er.

»Warum hast du so weit weg geparkt? Es ist kalt draußen.«

Mason schlug die Hände vors Gesicht, um zu zeigen, dass sie ihm auf die Nerven fiel. »Weil ich nicht will, dass mich hier irgendjemand sieht. Sie haben Überwachungskameras auf dem Parkplatz. Wenn sie dich sehen, macht das nichts, denn du hast keine Vorstrafen. Niemand hat dein Bild«, sagte er, ohne sie anzusehen.

Tanya hatte drei Jahre auf der Straße gelebt, seit sie fünfzehn war. Ihr damaliger Junkie-Freund ließ sie Speed und Heroin verkaufen und manchmal half sie ihm, auf der Suche nach Geld, Schmuck und Waffen in Häuser einzusteigen. Nach einer Weile brachte das Arschloch sie sogar soweit, sich zu prostituieren. So verbrachte sie drei Jahre, doch in der ganzen Zeit wurde sie nie geschnappt. Sie dankte Gott und Mason, dass sie nicht mehr in dieser Scheiße steckte, denn irgendwann wäre ihr Glück aufgebraucht gewesen. Jetzt war sie neunzehn Jahre alt, clean, bald Mutter und immer noch ohne Eintrag im Strafregister.

»Lass es uns durchgehen, Tan«, sagte er erneut. Auf dem Parkplatz schob eine Aushilfe die Einkaufswagen zusammen. Er kam so nahe, dass Mason nervös wurde und die Sonnenblenden herunterklappte, um ihre Gesichter zu verbergen. »Wirst du da drinnen nett sein?«, fragte Mason.

»Nein. Ich werde gefährlich sein. Ich werde sagen: Keine Mätzchen.«

»Knurre«, sagte Mason.

Tanya biss die Zähne zusammen und knurrte, doch sie musste dabei lachen. Mason funkelte sie an, dann warf er die Kippe aus dem Fenster und starrte finster, bis Tanya das dämliche Grinsen aus ihrem Gesicht verbannte. »Das ist nicht lustig, Tan. Du musst richtig wütend sein. Du bist noch nicht wütend genug.«

»Ich bin noch nicht da drinnen ...«

»Stell dir vor, jemand hat dein Baby geklaut und du willst es zurückhaben.«

Tanya presste eine Hand gegen ihren Bauch. »Das ist kein Spaß, Mason.«

»Das habe ich auch nicht behauptet. Es hat dich sauer gemacht, stimmt's? Nutze es, als wärst du eine Schauspielerin oder so. Geh da rein und nutze es. Weißt du noch, was du sagen sollst?«

Tanya nickte. Sie zitterte jetzt heftig, aber sie wollte nicht, dass Mason sah, dass ihre Nerven bloß lagen. »Leih mir deine Jacke, Schatz. Es ist kalt draußen.«

»Niemand trägt meine Jacke außer mir«, sagte er, aber streifte sie bereits von seinen Schultern, mühte sich, sie im begrenzten Raum des Autos auszuziehen.

»Niemand wird es mitbekommen, wenn ich sie für fünf Minuten anziehe«, sagte sie. Mit niemand meinte sie Buck Hanson und seine Truppe, die Familie, die Mason schließlich aufgenommen hatte, und die alle meilenweit von hier entfernt waren. Tanya dachte, dass man in jeder Familie ein paar Regeln brechen musste, und eine der wichtigsten Regeln in Masons Gang lautete: Lass deine Frau niemals deine Jacke tragen.

»Warum bringst du mir nicht eine Schachtel mit, wenn du da drinnen bist?«, fragte Mason.

»Sicher«, sagte Tanya. Sie zog sich aus dem Autositz nach oben und nach draußen. Sie steckte ihre Arme in die Lederjacke mit dem nagelneuen Totenkopfemblem auf dem Rücken. Sie war zu klein, um sie vor ihrem Bauch zu schließen, also ließ sie die Jacke offen und verschränkte die Arme über der Brust, während sie auf den Laden zuging.

Eiskalte Luft peitschte ihr Gesicht, doch sie trug die Jacke, als hätte ihr ein Märchenprinz die wie angegossen sitzenden gläsernen Schuhe übergestreift. Wie in *Cinderella*, dem Disney-Streifen, den sie damals im Fernsehen gesehen hatte, bevor ihre Mutter an Brustkrebs gestorben war. Sie erinnerte sich an den Film und dachte daran, wie ihr selbst beinahe der gleiche Mist passiert war, durch den Cinderella hindurch musste: Eine neue Stiefmutter, die schrie und trank, sie eine Hure und Idiotin nannte. Ein perverser Stiefbruder, der ihr das Höschen auszog und sie bäuchlings auf den Couchtisch legte, als sie zwölf war. So viel Blut, aufgesogen mit Papiertüchern, doch der boshafte Stiefbruder drohte, ihr den Hals aufzuschlitzen, wenn sie den Arzt anrief. Tanya hoffte, dass sie eines Tages den Mut hätte, Mason davon zu erzählen. Sie wusste, dass Mason ihn finden und fertig machen würde.

An diesem Nachmittag unternahm Luc einen Spaziergang, damit die kalte Luft ihre Gedanken beruhigte. Sie verließ ihr Haus und lief einen Block nach Westen, an den Studentenwohnheimen vorbei, die zu nah an die Straße gebaut waren. Die Bäume am Straßenrand entlang ihres Weges hatten Stämme, die so dick waren wie Autoreifen, und Wurzeln, die zwischen den Gehwegplatten nach oben drangen. Nach der morgendlichen Entleerung lagen die Plastikmülltonnen der Nachbarn umgedreht und leer da. Sie kannte diese Hindernisse schon ihr Leben lang, dennoch schienen sie mehr als je zuvor dazu bestimmt zu sein, sie ins Straucheln zu bringen.

Der montägliche Nachmittagsverkehr war dünn in dieser Seitenstraße, doch in diesem Augenblick kam eine schwarze Fordlimousine von hinten und überholte sie langsam. Einige Meter vor ihr blinkten kurz die Bremsleuchten auf, bevor der Wagen auf der Straße wendete und zurückkam. Luc verkrampfte, als sie dieses plötzliche Manöver sah, und streifte die Kopfhörer des Walkmans von ihrem Kopf. Sie verlangsamte ihren Schritt und stand still, als der Wagen an ihren Bürgersteig kam und anhielt. Der Fahrer war männlich, trug einen dichten Oberlippenbart und eine Sonnenbrille. Noch eingeschlossen hinter einer Glasscheibe wie eine Schlange in einem Terrarium, drehte er sein hartes Gesicht in Lucs Richtung.

Luc geriet in Panik. Wenn es sein musste, war es nur ein Block bis nach Hause und zum Haustürschloss und zum Türriegel und den langen, scharfen Messern in der Küchenschublade. Doch sie zwang sich, diese Angst nicht zuzulassen, die ein erster Anflug eines lebenslangen posttraumatischen Problems sein konnte. Als sich die Beifahrertür öffnete, stützte Luc sich mit einer Hand am nächsten Baum ab und krallte ihre Fingerspitzen in die Furchen seiner Borke. Sie suchte den Boden nach Steinen ab, nach Ästen – nach irgendetwas, das als Waffe dienen konnte.

Die Person, die von der Beifahrerseite auftauchte, trug ebenfalls eine Sonnenbrille, die ihr halbes Gesicht verdeckte. Ihr Haar war zu einem Knoten zurückgebunden und ein Schal hing lose vor ihrem Trenchcoat. Sie nahm die Sonnenbrille ab, klappte sie zusammen und verstaute sie in einer Manteltasche. Luc erkannte sie, doch ihr Herz raste immer noch.

»Lucia ... Ich bin's, Greta Hurd. Wir haben uns im Krankenhaus unterhalten. Erinnerst du dich?«

»Ich erinnere mich«, sagte Luc.

Das elektrische Seitenfenster senkte sich und der Schnurrbartträger hob eine offene Hand zu einem zögernden Gruß. Seine Haut war olivefarben, vielleicht stammte er aus dem Mittleren Osten. Sein finsterer Blick lies sie weiterhin nervös sein – er gab ihr das Gefühl, er besäße eine komplette Liste all ihrer kleinen Diebstähle, von denen sie einst glaubte, dass sie sich nie für sie verantworten müsste.

»Das ist mein Partner, Ermittler Arslan. Wir waren gerade bei dir zu Hause. Ich wollte sehen, ob ich dich oder deine Mutter erwische, aber es war niemand da. Dann habe ich dich gesehen und ... nun, ich möchte mich entschuldigen, falls wir dich erschreckt haben.«

»Das haben Sie nicht ...«, sagte Luc, aber sie sah keinen Sinn darin, es zu leugnen. »Meine Mutter ist heute früh zur Arbeit gegangen. Sie arbeitet im Shop-Mor an der Route 31.«

Greta hatte die Beifahrertür geschlossen und kam um das Wagenheck herum. Sie ging durch die vom Auspuff aufsteigenden Abgase. »Vielleicht fahren wir dorthin, um mit ihr zu reden«, sagte sie, als sie im Gras am Straßenrand stand.

»Haben Sie …«, begann Luc. »Haben Sie etwas herausgefunden?«

»Bisher gibt es keine wichtigen Neuigkeiten, aber es ist noch früh«, sagte Greta. Sie lehnte sich an das Auto, verschränkte die Arme. »Wir werden es für dich aufklären, in Ordnung? Für dich und deine Mutter.«

»Sie ist ein Wrack«, sagte Luc. »Gestern Abend hat sie Schlaftabletten geschluckt und ich habe mir die ganze Nacht Sorgen gemacht. Ich weiß nicht, warum sie heute früh überhaupt zur Arbeit gegangen ist. Morgen Mittag wollen wir die Asche meines Vaters am Yachthafen verstreuen und ich frage mich, ob sie das verkraftet.« Luc war sich nicht wirklich bewusst, wie leicht ihr diese Frau ihre Geheimnisse entlocken konnte. Sie wollte mit Greta reden – und sie war erleichtert, gelöst, als sie es tat. »Ich habe Angst um sie, wissen Sie? Sie ist zu schwach, um damit klarzukommen, und ich weiß nicht, wie ich ihr helfen kann.«

Gretas Partner saß schweigend mit dem Arm auf dem Fensterrahmen da und nippte an seinem Kaffee wie ein Taxifahrer, der darauf wartete, dass ein Fahrgast an seine Scheibe klopfte. Am Ende der Straße setzte ein Wäschereiwagen rückwärts aus einer Einfahrt zurück, und während Greta in seine Richtung sah, verschwand der tranceartige Zustand zwischen ihnen. Luc spürte und hörte jetzt die Musik, die leise aus den Kopfhörern drang, die auf ihren Schlüsselbeinen ruhten. Sie drehte die Lautstärke des Walkmans herunter.

»Sollen wir dich irgendwo absetzen? Es ist ziemlich kalt.«

»Das ist schon okay, danke. Ich möchte laufen, es sind nur ein paar Blocks.«

Zurück im Auto und wieder auf der Straße betrachtete Greta Luc im Rückspiegel: Ein einsames Mädchen, das in einem dünnen, aufgeknöpften Mantel den Bürgersteig hinunterschlurfte und mit hängendem Kopf beobachtete, wie seine Stiefel über den Beton schabten. X-beinig in ihren Baggypants. Mit beiden Händen in den Manteltaschen hob Luc ihre Arme und breitete ihre Jackenaufschläge aus wie Flügel, als könne sie fliegen, hätte sie ihr Kummer nicht am Boden festgehalten.

»Nichts für ungut, aber das Mädchen braucht eine Typberatung. Ich steh nicht auf diesen Jeden-Tag-ist-Halloween-Typ. Die machen mir Angst«, sagte Moe.

»Ihr Vater ist erst vor drei Tagen ermordet worden.«

Er steuerte das Auto auf die Hauptstraße und Gretas Rückspiegelbild von Luc war verschwunden.

»Dann sind das also ihre Trauergewänder?«

»Wann wirst du endlich zugeben, dass du ein Herz besitzt?«

»Sobald ich in Rente gehe. Was ist mit der Eiskönigin passiert, die ich kannte und verehrte?«

»Glaube mir, du möchtest meine Erklärung nicht hören«, sagte Greta. Sie fragte sich, ob sie die Kraft, die für ihre weichherzige Stimmung verantwortlich war, überhaupt in Worte fassen konnte. Moe war ein Meister der logischen Analyse und geschickt darin, Muster und Anhaltspunkte auszuwerten, aber ein Klotz, wenn es um menschliche Einfühlung ging. Greta bedauerte, dass Moe beschlossen hatte, Blair Moberg die Todesnachricht zu überbringen, denn sein karger Bericht von der Reaktion der Frau, war der einzige erste Eindruck, den Greta zur Verfügung hatte. Sie wollte nicht, dass Moe sich beleidigt fühlte, deshalb füllte sie diesen Tag mit weiteren Ermittlungen vor Ort, um ihr Hauptziel zu verschleiern – erneut mit Blair zu reden.

Sie waren bereits auf dem Universitätscampus gewesen, um einige von Oscar Mobergs Kollegen zu befragen. Auf dem Hof des Campus hatten sie ein Holzkreuz gesehen, um dessen Fuß in Cellophan eingewickelte Blumen verstreut lagen und an dessen Querbalken ein Plakat mit der Aufschrift »Wir werden Sie vermissen, Dr. Moberg« hing. Greta konnte es nicht lange ansehen. Diese Mordopfer, die in ihre Arbeit eindrangen, die ein ums andere Mal ihr Leben als Geisel nahmen – sie kannte sie nie, hatte sie nie getroffen. Greta kam erst dazu, wenn sie bereits abgetreten waren. Für sie waren sie nicht vorhanden, bis auf jene seltenen, flüchtigen Momente, wenn sie auf eine Spur dieses vergangenen Lebens stieß, die immer noch wahrnehmbar war wie Parfüm auf gereinigten Kleidern. Diese Momente zeigten ihr, was es bedeuten musste, den gewaltsamen Tod einer geliebten Person zu betrauern. Normalerweise musste sie dann an ihren Vater denken, wie er in den Sägespänen auf dem Kellerfußboden starb.

Zwei Stunden lang durchsuchten sie Mobergs Universitätsbüro und fanden nichts außer harmlosen Studentenreferaten und Fakultätsunterlagen. Moe fiel auf, dass er streng benotete, deswegen notierte er sich die Namen der Studenten, die in den letzten drei Jahren bei ihm durchgefallen waren. Greta hatte die Kollegen befragt, die ihn am längsten kannten und von denen einige mit ihm Angeln gegangen waren. Fragte die hässlichen Fragen: War er ein Spieler? Gelegentlicher Drogenkonsument? Suchte er jemals Prostituierte auf? Sie erhielt die empörten Verneinungen, die sie erwartet hatte. »Diese Fragen widern mich an«, sagte der Institutsleiter, ein alter Freund Mobergs.

»Mich auch«, hatte Greta gesagt.

Einige Stunden später parkten sie in der Feuerwehreinfahrt vor dem Hammersport Shop-Mor und gingen hinein, wo die Luft feucht war wie in den Tropen. Zehn Kassen waren offen und an jeder standen mindestens drei Käufer. Die Kassiererinnen waren mittleren Alters und lethargisch, jede Einzelne von ihnen, und alle waren von ungesundem grünem Licht übergossen, das von der Decke heruntersickerte. ABBA sangen *Dancing Queen* über die Hausanlage und es hallte in gespenstischen, traurigen Wellen über die riesige Verkaufsfläche wider.

In der Mitte des Gangs entlang der Kassen fanden sie das Büro des Filialleiters und Greta blickte in das Kabuff mit den Gipskartonwänden. Sie sah spiralgebundene Handbücher und Fast-Food-Verpackungen, die über Monitore ausgebreitet waren, die grieselige Bilder von Überwachungskameras zeigten. Der einzige anwesende Angestellte war eine Vogelscheuche von einem Mann, mit einem Hemd, das aus seiner Jeans hing und einem Schlips, der bis hinunter in seinen Schritt baumelte. Er rollte seinen Bürostuhl zurück und als er aufstand, war er größer als der Türrahmen. »Kann ich Ihnen helfen?«, fragte er mit dem Kummer derer, die Cops aus Erfahrung erkannten.

»Wir suchen Blair Moberg«, sagte Moe und zeigte seine Marke.

»Ich fürchte, sie ist bereits nach Hause gegangen«, sagte Lloyd Lauderschmidt, seinem Namensschild zufolge Filialleiter. Er trug getönte Brillengläser und hatte einen scharf umgrenzten Haarkranz. »Zunächst hat sie sich heute früh nicht wohl gefühlt und nach einer kleinen Auseinandersetzung haben wir beschlossen, dass es besser ist, wenn sie für den Rest des Tages frei nimmt. Das war vor etwa einer Stunde.« Er sah auf seine Uhr und nickte.

»Haben Sie mit ihr gestritten?«, fragte Greta.

»Oh nein, nicht ich«, erklärte Lloyd. »Nur ein Wortwechsel mit einer Kundin, denke ich. Ich kenne die Umstände nicht genau, aber wie schon gesagt, es war eine Bagatelle – und nichts Außergewöhnliches, denn als Führungskraft hat man häufig mit Beschwerden zu tun. Sie war verständlicherweise gereizt, denn ... ich nehme an, Sie wissen, dass ihr Ehemann vor kurzem verstorben ist. Ehrlich gesagt, weiß ich nicht, warum sie heute überhaupt gekommen ist. Sie braucht einige Tage frei.«

Während er redete, wanderte der Filialleiter nach draußen und begann, ein Regal mit Pringles-Schachteln aufzuräumen – die Einzelhandelsversion von nervösem Herumgezappel. Greta hatte bereits genug von dem grünlichen Licht und der feuchten Heizungsluft und dem Benzingeruch von Lloyds Rasierwasser. Sie beschloss, auf eine Zigarette nach draußen zu gehen und Moe die restlichen Fragen zu überlassen.

LUC VERBRACHTE DIE erste Minute nach Mitternacht auf der Gästetoilette im Haus von Gina und Kit. Sie konnte nicht schlafen und war angetrunken. Gina hatte aus dem Barschrank ihrer Mutter eine Flasche Jack Daniels mitgehen lassen. In Lucs Eingeweiden rumorte es und jetzt auf der Toilette wusste sie warum. Ihre weißen Baumwollunterhosen waren rot befleckt. Ihre Periode kam zuverlässig wie ein Uhrwerk, doch mit allem, was passiert war, hatte Luc vollkommen vergessen, dass sie kurz bevorstand.

Der Whiskey schwamm in ihrem Kopf. Alle Geräusche erschienen ihr lauter – das Tröpfeln im Becken, das Summen der Waschtischlampe, selbst das Abrollen des Toilettenpapiers. Sie verfluchte das Blut, das sie hervorbrachte. Blut sickerte in Stoff, Blut auf ihrer Haut. Die Erinnerung daran, wie die schlaffen Hände ihres Vaters in seinen Schoß sanken, als er starb.

»Kit«, sagte Luc.

Das Badezimmer ging direkt vom Wohnzimmer der Zwillinge ab. Draußen lagen die Mädchen auf der Couch und schauten leise fern. Die offene Flasche Jack stand auf dem gläsernen Couchtisch, ein Viertel leerer als zu Beginn. Und dazu eine Tüte Ruffles-Kartoffelchips und je eine Dose mit Sour-Cream- und Zwiebel-Dip.

»Kit!«, sagte Luc lauter.

»Hey, geht's dir gut da drinnen?« Kit flüsterte durch die geschlossene Tür. Sie rüttelte am Knauf, drehte ihn aber nicht herum. »Brauchst du etwas?«

»Kann mir eine von euch einen Tampon leihen? Ich habe meine vergessen.«

»Leihen?«, fragte Kit. »Ich möchte ihn nicht zurück.«

»Klappe, Klugscheißer«, sagte Luc und beide lachten, als wären sie des Lachens überdrüssig. Ein Rumpeln ging durchs Haus, aber es war nur Kit, die nach oben rannte.

»Noch am Leben da drinnen, Schlampe?«, sagte Gina.

»Yeah«, sagte Luc. Sie lächelte über die Beleidigung, denn sie bedeutete, dass sich Ginas Verhalten ihr gegenüber nicht geändert hatte, dass sie nicht verhätschelte wurde, nur weil Luc gesehen hatte, wie ihr Vater starb. Sie wollte, dass ihre Freundinnen sich nicht veränderten. In ihrem Whiskeykopf hoffte sie, sich hier – zusammen mit den Zwillingen und dem Fernsehen und endlosen Chipstüten – für immer verstecken zu können, einfach auf der Couch liegen und alles überstehen, selbst die

Apokalypse. Sie bräuchte nie mehr zu Mom und ihrem Gejammer und ihren Zusammenbrüchen zurückzukehren.

Als Kit erneut an die Tür klopfte, öffnete Luc einen Spalt breit und ergriff die Maxipackung Tampons, die dort auftauchte. Fünf Minuten später kam Luc heraus, aber Kit war bereits zu Bett gegangen. Gina lag immer noch auf der Couch in ihrem tarnfarbenen Tanktop und den Trainingshosen, zog an einer Zigarette und klopfte sie an einem Aschenbecher ab, den sie auf ihren Knien balancierte. Ihre Augen waren vom Schlafmangel geschwollen und sie schien keineswegs beunruhigt, dass der Schulbeginn weniger als sieben Stunden entfernt war. Auf der anderen Seite des Raums zeigte MTV ein Grungevideo mit kreischenden, matschverschmierten Leuten.

»Hey ... wenigstens bist du nicht schwanger«, sagte Gina.

»Dann müsste es eine unbefleckte Empfängnis sein.«

»Du willst mir also erzählen, Quinn Cutler hätte dich nicht direkt auf eurem Küchentresen gevögelt?«

»Halt die Klappe«, sagte Luc. Sie stieß Ginas Beine zur Seite, um Platz für sich selbst auf der Couch zu schaffen. Dabei warf sie beinahe den Aschenbecher um. »Wie gesagt ... er hat einfach nur Essen rübergebracht. Er dachte, ich bin in der Achten.«

»Das ist witzig«, sagte Gina.

»Leck mich«, sagte Luc.

»Nicht in deinem Zustand, vielen Dank.«

»Du Lesbe.«

»Willst du mich anbaggern, oder was?«, sagte Gina und drückte ihre Zigarette aus, eine von einem Dutzend, die sie aus der Handtasche ihrer Mutter genommen hatte. Sie stellte den Aschenbecher auf den Tisch und setzte sich im Schneidersitz hin, wurde ernst. Sie hatte ihren Kopf seit einigen Tagen nicht geschoren, so dass überall auf ihrem Schädel dunkle Stoppeln sprossen.

»Ich verliere die Fähigkeit zum Mitleid«, sagte Luc. »Gegenüber jedem, aber besonders gegenüber meiner Ma. Sie entwickelt sich zu einem Kind. Ich fühle mich, als wüsste ich nichts mehr, hätte nie etwas gewusst. Ich fühle mich total verloren. Was machst du, wenn du versuchst, einen Sinn in etwas zu sehen, aber es klappt nicht? Was machst du, wenn du immer wieder versuchst, die Dinge zu ändern, aber du kannst nichts ändern? Ich meine, in diesem Augenblick ist sie alleine zu Hause ... und ich fühle mich verantwortungslos, als wäre ich ihr Babysitter, weil sie so ein selbstzerstörerisches Wrack ist. So weit ich weiß, wird sie heute Nacht wieder einen Haufen Pillen schlucken und ich bin nicht da, um es in Ordnung zu bringen. Ich konnte meinen Vater nicht retten, wie sollte ich sie retten können? Sie weiß nicht einmal, wo ich bin.«

»Möchtest du sie anrufen?«, fragte Gina.

»Nein«, sagte Luc.

Zigarettenrauch schwebte um Ginas Gesicht. Gitarrenakkorde drangen leise aus dem Fernseher und Luc begann zu dösen, die Augen fielen ihr zu. Ein klebriges Schnapsglas schwebte in der Luft neben ihrem Ellbogen. Nein ... es stand auf dem Glastisch, aber unter der durchsichtigen Platte war ein Männchen von der Größe einer menschlichen Hand. Er stand auf dem Teppich, trug ein Rattenfell und lehnte sich gegen eines der eisernen Tischbeine. Seine kleinen rosa Hände umklammerten ein Stück von einem Kartoffelchip, an dem er kaute. Er benutzte seinen dreckigen Bart, um sich den Mund abzuwischen. Doch noch einmal – es gab diese Dinge nicht, die sie sah. Sie zwang sich, ihre Augen zu öffnen, und erkannte, dass ihr *Tomte* verschwunden war.

TANYA SASS NACKT auf der Bettkante. Es war kaum hell und Nebel waberte durch den Wald hinter dem Trailer. In der Luft lag ein kühler Geruch, der Schnee ankündigte. Vor ihrer Schwangerschaft war sie nie vor Mittag aufgestanden, doch jetzt wurde sie jeden Morgen um Punkt sieben Uhr von den Bewegungen des Babys in ihrem Bauch geweckt. Mason drängte sich an sie, wälzte sich herum und stöhnte in seinem betrunkenen Schlaf, trat sie wach in dem schäbigen Doppelbett, das sie teilten. Jetzt schnarchte er hinter ihr, wobei ein Bein ausgestreckt über den Laken lag, sein nackter Hintern schimmerte rosa wie ein Pfirsich.

In dem mannshohen Spiegel, der gegen die Wand lehnte, betrachtete sie sich selbst, wie sie mit gebeugten Schultern, roten Knien, zerzaustem gebleichtem Haar und neuen Pickeln im Gesicht dasaß. Ihre Brüste waren angeschwollen und schwer von der Milch, die bereits zu fließen begann. Sie presste eine Hand auf ihren Bauch, wo die Haut straff gespannt war und ein dunkler Streifen von ihrem Nabel zu ihrer Scham lief. Sie war haarlos dort unten, denn Mason ließ sie sich immer rasieren, selbst jetzt, wo ihr riesiger Bauch die Arbeit mit der Klinge noch mühsamer machte.

Letzte Nacht kam Mason betrunken nach Hause und stand zwischen Tan und dem Platz, von dem sie sich vorstellte, dass ein Breitwandfernseher dort stehen sollte. Er nannte sie Mami und bettelte darum, ihre Milch probieren zu dürfen. Daraufhin knöpfte Tan die Jacke ihres Flanellpyjamas auf und holte eine Brust aus ihrem BH-Körbchen. Dann ließ sie ihn zwischen ihren Beinen knien und an dem Nippel saugen, bis ein paar klare Tropfen kamen. Es war beinahe süß, wie er an ihrer Brust nuckelte. Merkwürdig, aber nicht brutal oder pervers wie andere Männer zuvor – keine Gürtel mehr, keine Hände an ihrem Hals oder Küchenutensilien, die in ihr steckten.

Danach rutschten sie aufs Bett und Tanya saß auf Mason und er beobachtete in demselben Spiegel, wie sie es taten, während der ganze Trailer wackelte. Er schlief nur noch mit ihr, wenn er betrunken war. Wenn er nüchtern war, fürchtete er, das Baby könne Schaden nehmen. Auch wenn die Ratgeber behaupteten, das sei nicht der Fall. Auch nach Bier und Wodka stinkend war er noch sanft, und der Alkohol ließ ihn länger durchhalten, so dass sie zusammen kamen. Er leckte die Tränen von ihren Wangen. Und als sie eine halbe Stunde später im Dunkeln lag und sich fühlte, als müsse sie sich die Pulsadern aufschneiden – dann wusste sie, dass dieses Gefühl einzig und allein an ihren Schwangerschaftshormonen lag, die verrückt spielten. Nichts, für das man sich schämen musste.

Doch an diesem Morgen betrachtete sie ihr nacktes Spiegelbild, ein haarloser Gorilla. Ihr Baby trat so hart, dass sie sehen konnte, wie ihr

Bauch ausbeulte, wo ein Knie oder Fuß von innen dagegen drückte. Sie befühlte sich zwischen ihren Beinen und sah dann auf ihre Finger, um sicher zu sein, dass dort kein Blut war, nichts, über das man sich Sorgen machen musste. Dann legte sie ihr Gesicht in ihre Hände und weinte lautlos.

Nach einer Weile stand sie auf und zitterte vor Kälte, während sie den Spiegel anhob und die reflektierende Seite gegen die Wand drehte. Ein Heizlüfter auf dem Boden neben dem Bett hielt den Raum über dem Gefrierpunkt, aber es roch nach austretendem Gas und verursachte Kopfschmerzen und der Rest des Trailers war immer noch kalt wie ein Kühlschrank. Sie mussten die Wasserhähne ein wenig Tröpfeln lassen, damit die Leitungen nicht zufroren.

Tanya kniete sich hin und tastete mit ihrer rechten Hand unter dem Bett, bis sie die Smith & Wesson fand. Sie holte sie hervor und hielt fest, bis ihre Hand aufhörte zu zittern. Es war eine kleine, sichere Waffe, die Mason für sie besorgt hatte – blauschwarzer Stahl mit einem karierten Griff, sie war gesichert und der Hahn unten. Wo die Seriennummer sein sollte, waren grobe Kerben im Metall. Sie entsicherte die Waffe, wie Mason es ihr gezeigt hatte, wie ihr Arschloch-Stiefbruder es ihr zuvor gezeigt hatte – beide waren Marines gewesen, auch wenn Mason wegen seines Magengeschwürs früher entlassen worden war.

Sie lehnte sich über das Bett und kam nahe genug an Mason heran, um seinen schalen Atem auf ihrer Wange zu spüren. Die Stoppeln in seinem Gesicht verlangten nach einer Rasur, aber das würde Tanya ihm nicht sagen. Sie hielt die Luft an, zielte mit dem Lauf aus wenigen Zentimetern Entfernung auf seine Stirn. Sie krümmte den Finger am Abzug, wusste, dass sie das erste Mal kräftig durchziehen musste, um den Hahn zu spannen. Double-Action-Abzug hatte Mason ihr erklärt, eine weitere Sicherungseinrichtung. Er schnarchte und Tanya passte auf, dass die Waffe seinen Kopf nicht berührte.

Für lange Zeit wuchsen diese dunklen Bilder in ihrem Kopf – Gedanken, die zu düster waren, um sie andauernd mit sich herumzuschleppen. Sie blendete sie bei Bedarf aus. Gedanken an ihre tote Mutter, an ihren brutalen Stiefbruder, ihren Junkie-Zuhälter-Exfreund. Doch manchmal kamen sie in einem Strahl harten Lichts zurück, wie im Blitzlicht einer Kamera, und brannten in ihrem Kopf. Es machte sie krank und schwindelig. Erzeugte einen Metallgeschmack auf ihrer Zunge. In diesem Augenblick dachte sie an die fünftausend Dollar, die unter ihrem Namen auf der Bank lagen, und wie sie damit ein Busticket nach Kalifornien kaufen konnte, sogar ein Flugticket.

Tanya biss die Zähne zusammen, bis ihre Kieferknochen knirschten. Dann sicherte sie die Smith & Wesson wieder und legte die Waffe unter das Bett zurück, wo sie gewesen war. Sie küsste ihn auf den Punkt seiner Stirn, auf den sie mit der Waffe gezielt hatte. Sie fuhr mit den Fingern durch sein Haar und Mason seufzte, wachte aber nicht auf. Sie ließ ihn weiterschlafen.

Greta rannte. Sie knallte ihre Joggingschuhe schnell genug auf das Gummi des Laufbandes, um sich ihre Sohlen abzureißen. Sie erreichte die Dreißig-Minuten-Marke, drei Meilen auf der Anzeige. Während sie in ihrem Wohnzimmer in Jogginghosen und einem Sport-BH nirgendwohin rannte und dabei CNN ohne Ton schaute, blies ihr ein altertümlicher Metallventilator, der auf dem Wohnzimmertisch stand, Luft ins Gesicht. Endorphine pulsten in jeden Bereich ihres Körpers und unterdrückten den ziehenden Schmerz in ihre Wirbelsäule und ihren Knien besser als jedes Aspirin. Besser als diese Östrogentabletten in dem orangen Fläschchen.

Ihre Lungen japsten. Ihr Herz hämmerte. Sie verwandelte sich von einer Frau zu jenem geschlechtslosen Geist, den sie schon seit so langer Zeit verkörperte. Sie war unbesiegbar und sie wollte dieses Gefühl einfangen, es beherrschen, es freisetzen, wann immer es nötig war.

Sie brauchte diese Kraft, denn sie hatte hunderte von hässlichen Toden gesehen. Den Allerersten vor neunzehn Jahren: Eine jugendliche Ausreißerin mit aufgeschlitzter Kehle, die man im Treppenhaus einer Mietskaserne abgeladen hatte. Man kann aufrechnen, wie das Blut und der Gestank das Hirn erobern, doch was Greta am meisten berührte, war die Art, wie das Mädchen dalag, die Augen sanft geschlossen und der Arm gebeugt, um wie ein Kissen den Kopf zu stützen. Wie die schmierige Blutlache mit der Zeit schwarz und von Fliegen und Staub fleckig geworden war. Es war die Heftigkeit der Gegensätze – das plötzliche Missverhältnis von reglosem Kind und geronnenem Blut. Ein Fingerzeig, dass die gesamte Existenz ein Fiebertraum war, eine verunglückte und missratene Skizze, die in schwarzer Tinte vor einem schwarzen Kosmos gezeichnet worden war.

Die Toten, die sie gesehen hatte, waren zuerst namenlos, doch in diese Identitätslücke drangen Gedanken an geliebte Menschen ein, meist an ihre Tochter Sandra, und besonders bei diesem ersten Mal. Auf diese Weise ging man zugrunde: Die eigenen Kinder in seine Vorstellung vom Tatort hineinzuziehen, machtlos, es zu unterbinden. Die Angst, der Tod könne die Liebe besiegen, ist das schlimmste mögliche Unrecht. Schlimmer noch, denn nichts widerlegt diese Angst, nichts beweist das Gegenteil oder relativiert sie. Nichts Wirkliches. Stattdessen rufen diese Leichen einen nachts beim Namen.

Bei vierzig Minuten verlangsamte sie ihren Schritt und trank Wasser aus einer Plastikflasche. Sie lauschte der Stimme ihres letzten Toten – dem Universitätsdozenten Oscar Moberg, der in seinem Auto ermordet wurde. Sein Ruf war jetzt zu laut, um ihn zu überhören. Er klang wie das Rauschen des Blutes an ihrem Trommelfell.

Sie sprang vom Laufband und trocknete sich auf dem Weg zum Badezimmer das Gesicht ab, drehte das heiße Wasser in der Dusche auf, zog ihre verschwitzten Klamotten aus, suchte nach Anzeichen für Blut – doch wie sie erwartet hatte, war da nichts. Sie war bereits drei Tage überfällig – sie steuerte einer weiteren Trockenperiode entgegen.

Greta wusste, dass Blair Moberg in wenigen Stunden am Yachthafen sein würde, um an der Beisetzung ihres Ehemannes teilzunehmen. Und Greta hatte beschlossen, dass sie zusammen mit Moe Arslan am Hafenbecken sein würde. Sie würde dort sein, wenn Blair und ihre Tochter aus dem Boot stiegen, und sie würde Fragen haben. Es würde kein Hinhalten mehr geben, und kein Beschwichtigen. Sie würde ihr Mitgefühl unterdrücken, wie sie es in solchen Fällen immer tat.

AM MORGEN LAG ein schwereloser Schneestaub in der Luft. Luc lief vom Haus der Zwillinge durch die schwebenden Flocken nach Hause, und als sie die Einfahrt erreichte, bemerkte sie, dass das Boot ihres Vaters verschwunden war. Sie nahm an, seine Angelkumpane hätten es bereits abgeholt. Sie hatten das Boot auf einen Pick-up geladen und es die zehn Meilen nordwärts zum Yachthafen am Ontariosee gebracht, wo sie es zu Wasser lassen und für die mittägliche Zeremonie vorbereiten sollten. Alles war so arrangiert, wie es Oscar Moberg in einer morbiden Laune bestimmt hatte. *Svårmod* nannte er diese Stimmung, das schwedische Wort für diese behagliche Schwermut, die einen trifft wie ein halb wacher Traum in einer Winternacht.

Luc öffnete die Haustür mit einem Schlüssel, der unter einer alten Kaffeekanne voll Vogelfutter versteckt war. Sie ging ins Wohnzimmer und sah, dass die hölzerne Urne auf dem Couchtisch stand. Sie war geformt wie eine Schachtel für ein Kartenspiel, nur doppelt so groß und am Rand mit Wikingerrunen verziert. In ihr befanden sich die verbrannten Überreste ihres Vaters.

Der Anblick der Urne vergrößerte ihre Verzweiflung. Sie wollte ihren Vater zurück – hier, lebendig, in diesem Heim, das er besessen hatte, mit all den Möbeln und Dingen, die er angeschafft hatte und die immer noch da waren, obwohl er gegangen war. Die kaum zwei Stunden Schlaf hatten ihren Vater in ihren Träumen wieder lebendig werden lassen, und für einige Sekunden, nachdem sie aufgewacht war, glaubte sie daran – bis die Wahrheit aufbrandete und ihr Leugnen ertränkte.

Das Summen des Föhns im Badezimmer sagte Luc, dass ihre Mutter zu Hause war. Das Geräusch verstummte, während Luc sich in der Küche einen Orangensaft eingoss. Sie trank den Saft und stellte das Glas in den Geschirrspüler. Ihre Mutter kam aus dem Flur, wobei sie Haarspray auf ihren Pony sprühte und eine Hand über ihre Augen gelegt hatte, um diese vor den Chemikalien zu schützen. Sie trug ein schwarzes Kleid und ein schwarzer Wollschal hing ihr bis auf die Knie. Ihre hohen Absätze klackerten über das Küchenlinoleum, bis sie bei Lucs Anblick erschreckte. Sie trat einen Schritt zurück und sagte: »Jesus!«

»Nee, ich bin's nur«, sagte Luc.

»Wo bist du gewesen? Ich konnte vor lauter Sorgen nicht schlafen.« Sie stammelte und gestikulierte ohne ersichtlichen Grund in verschiedenen Richtungen. »Woher sollte ich wissen, ob du vielleicht abgehauen bist oder ob etwas passiert ist ...«

»Hast du eine Vermisstenanzeige aufgegeben?«, fragte Luc. »Hast du nach mir gesucht?«

»Lucia, sei bitte nicht gehässig. Nicht heute. Ich wusste, dass du bei den Zwillingen bist, denn das ist der einzige Ort, wo du hingehen würdest. Nach vorletzter Nacht ...«

»Hättest anrufen können, um sicher zu gehen. Wenn du dir so viele Sorgen gemacht hast. Du hast dir nicht mal die Mühe gemacht, Ma. Vergiss es.« Luc hielt den Atem an und schluckte ihren Zorn herunter. Anstatt zu explodieren, nahm sie Quinn Cutlers Auflaufform vom Küchentresen und schaufelte die käsige Pampe in den Mülleimer. Es war über Nacht draußen stehen geblieben. Es war verdorben.

»Die Nachbarin hat einen Auflauf gemacht«, sagte Luc und kratzte ihn in dicken Klumpen aus. »Quinn brachte ihn herüber. Quinn Cutler war in dieser Küche und ich habe ihn hereingelassen. Kein Witz.« Doch dann merkte Luc, dass sie zu einer leeren Küche sprach. Ihre Mutter war ohne ein Wort ins Wohnzimmer gegangen.

Luc hielt den Mund, war plötzlich unsicher, was sie mit diesem Gezeter erreichen wollte – einen mütterlichen Ausbruch, das Aufflammen eines schlummernden Feuers. Alles, außer der trägen Gleichgültigkeit, die ihre Mutter jetzt zeigte. Die Vorstellung der Niederlage einer Frau, die einst im Vorgarten stand und die örtliche Polizei beschimpfte, weil sie Quinn nachsichtig mit einer Verwarnung wegen Lärmbelästigung davonkommen ließ.

Als Luc und ihre Mutter zum Auto gingen, war die dünne Schneedecke auf der Erde bereits geschmolzen. Sie fuhren nordwärts unter einem metallenen Himmel voller Telefonkabel, Wiesen mit kahlen Bäumen, die wie grobe Nervenbahnen aussahen, Farmhäuser, die in den schrägen Schatten ihrer Scheunen versunken waren. Barockmusik rieselte aus dem Radio und Luc biss sich auf die Innenseiten ihrer Wangen, um nicht schreien zu müssen.

Der Parkplatz am Yachthafen war ein riesiger Streifen alten, blassen Pflasters, der sich eine halbe Meile am Seeufer entlang zog. Mom parkte neben den wenigen Autos, die sich um eine Hütte zusammendrängten, die aussah, als wären ihre Wände aus verwittertem Treibholz gezimmert. Ein handgeschnitztes Schild über der Markise besagte: THE LANDING, auch wenn Luc kein Schild brauchte. Sie kannte diesen Namen beinahe ihr ganzes Leben. Es war ein Fischrestaurant, das seit Anfang September saisonbedingt geschlossen war.

Einige Stufen führten hinter das Haus, hinauf zu einer Terrasse und einem angebauten, erhöhten Anleger, der ins Wasser hinausragte. Im Sommer war der Anleger von Hobbyanglern mit Klappstühlen bevölkert, die ihre Schnüre zehn Meter hinaus in die sanfte Dünung hängen ließen. Doch jetzt waren die Möwen, die auf der Pier nach Nahrung suchten, das Einzige lebendige dort oben. Vor Jahren waren die äußeren paar Meter des Anlegers zusammengebrochen. Die hölzernen Geländer hatte man repariert, aber einige der alten Stützen ragten immer noch jenseits der neuen Begrenzung aus dem Wasser heraus. Ihre Köpfe waren zersplittert wie gebrochene Knochen.

Dieser Yachthafen war Oscar Mobergs geheiligter Zufluchtsort, und sein Boot lag schon im Wasser, war bereits am Anleger festgemacht. Für eine Weile war dies auch Lucs Zuflucht gewesen – bis sie dreizehn wurde und ihren See für ein jugendliches Märchenland aus dunklen Wolken und Rocksongs aufgab. Heute war sie das erste Mal seit zwei Jahren wieder hier, und sie hoffte, sie würde genug Kraft aufbringen, diesen Ort erneut zu ertragen.

Luc sprang aus dem Wagen, bevor er zum Stehen kam. Sie lief ihrer Mutter voraus und stampfte mit ihren Stiefeln auf die Holzplanken der

Pier, als würde sie eine Militärparade anführen. Zwei Männer standen weiter unten neben dem Boot ihres Vaters. Dale und Reggie waren Sportangler, die man für Touren anheuern konnte, und alte Freunde Oscars. Dale lehnte gegen den Poller, an dem das Boot festgemacht war. Er war ein hagerer Seemann, dessen graue Haare sich unter der Yankees-Kappe kräuselten. Reggie war ein pummeliger Schwarzer, der sich in wasserdichtes Gummi, Flanell und Wolle eingewickelt hatte. Er war damit beschäftigt, eine Kühlbox über das Dollbord des Bootes zu heben, hinunter auf den Deckanstrich aus Fieberglas. Glasflaschen und Eiswürfel klirrten im Inneren der Kühlbox. Molson Canadian, wie Luc annahm, dasselbe wie immer.

Das Wasser war kaltblau und schwappte gegen das Boot, plätscherte mit einem hohlen, klanglosen Rhythmus unter dem Anleger. Mom stoppte einen halben Meter über dem Anleger am Rand des Parkplatzes. Ihr Gesicht war verzerrt, die Augen zugekniffen, doch ihrem Kummer entwich kein Laut.

»Kommst du?«, fragte Luc, doch sie kannte die Antwort bereits. Sie hätte von Anfang an erkennen müssen, dass ihre Mutter niemals an dieser Zeremonie teilnehmen würde. Mom hasste den See, und sie verachtete diese Angler, unter denen sich ihr Ehemann tummelte, beinahe genauso sehr wie die akademischen Kollegen am anderen Ende seines Bekanntenkreises.

»Ich habe dir gesagt, ich kann das nicht«, sagte Mom. »Ich habe versprochen, ich würde so weit mitkommen, aber, bitte, ich kann nicht mit hinausfahren. Ich bleibe einfach hier ... genau hier und sehe zu. Das Wasser ... ich kann nicht ins Boot.«

»In Ordnung«, sagte Luc. Sie wandte sich zu Dads Boot um, auf dessen Rumpf in verblasstem Rot das Wort *Ringhorn* geschrieben stand. Sie nahm an, ihre Mutter kannte seine Bedeutung nicht oder hatte sie längst vergessen: Dass die *Ringhorn* das riesige Langschiff der nordischen Gottheit Baldur gewesen war, das größte Schiff der alten Welt. Es war das Schiff, das zum Scheiterhaufen für den nahezu unbezwingbaren Gott wurde, nachdem ein mit einem Bogen abgeschossener Mistelzweig ihn tödlich verletzt hatte – ein geradezu charmanter Tod, ein kosmischer Witz. Er war der beliebteste unter den Asen, den Göttern von Asgard, und er war ein williger Spielball für ihre trunkenen Gesellschaftsspiele. Sie schlugen ihn mit Äxten und prügelten ihn mit Knüppeln, um sein unverwundbares Fleisch zu ehren. Doch der eifersüchtige Gott Loki kannte Baldurs Fluch und verleitete den blinden Hödur dazu, seinen Bogen abzuschießen und damit die allumfassende Trauer auszulösen, die bis zum Untergang der Götter, Ragnarök genannt, andauerte.

Da der Dezember weit außerhalb der Wassersportsaison lag, waren alle Bootsrampen am Hafen mit Gattern verschlossen, so dass Dale und Reggie den Morgen wahrscheinlich damit verbracht hatten, das Boot an einem verlassenen Zugang ein paar Meilen die Küste abwärts zu Wasser zu lassen. Jetzt löste Reggie das Tau vom Poller. Dale kletterte an Bord holte und die orangen Rettungswesten aus der Achterdeckskabine. Während Dale arbeitete, kaute Reggie auf seiner Zigarette herum und hustete den Rauch aus. Reggie hielt die Urne für Luc, die auf das Deck hinunterkletterte und ihre Schwimmweste anlegte. Er lächelte würdevoll, als Luc die Riemen löste, die einige Jahre zu eng eingestellt waren, und mit den Fingern über ihren Namen fuhr, der dort von einer unsicheren Hand mit einem Filzstift hingekritzelt war.

Ohne Fanfare setzte sich die sieben Meter lange *Ringhorn* in Bewegung und dümpelte mit Dale am Ruder von der Pier weg. Der Bug schnitt durch das Wasser, das trüb war wie Schlamm. Reggie saß auf einer gepolsterten Fischkiste und öffnete die Kühlbox, nahm zwei Flaschen Molson heraus. Achtern wirbelte der Außenbordmotor weißes Wasser auf, das sich in der blauen Fläche auflöste und auf die zurückweichende Küste zu trieb. Auf Lucs Mutter zu, die wie ein Mannequin auf dem Fußweg über der Pier stand.

Sie waren noch nicht weit hinausgefahren, als Dale das Boot wieder in Richtung Küste wendete und den Motor abstellte. Die Stille war so plötzlich, dass Luc glaubte, sie sei taub geworden, doch dann hörte sie das Wasser gegen den Rumpf plätschern. Außer ihrem gab es keine weiteren Fahrzeuge auf dem See – eine kaltblaue aufgewühlte Fläche mit Millionen schroffen Kronen. Hinter ihnen befand sich der weite Horizont, und jenseits davon wartete Kanada wie eine unbestätigte Legende. Voraus lag die verkleinerte Küstenlinie aus Schieferbuchten und kahlen Bäumen und The Landing mit seiner wackeligen Pier, die sie zurückgelassen hatten.

Dale und Reggie öffneten ihre Flaschen. Dales Bier schäumte über und er fluchte und hielt es über das Wasser, während der Schaum hinaus blubberte. Er stand im Cockpit, im Schatten des Hardtops knapp über seinem Kopf.

Luc drückte den Schiebedeckel der Urne zur Seite und offenbarte die graugesprenkelte Asche darin. Das Gewicht ihrer Fehler lastete schwer genug auf ihr, um das Boot und jeden an Bord zu versenken. Ein einziges Mal war nicht genug. Sie sehnte sich danach, den Tag, an dem ihr Vater getötet wurde, noch einmal zu erleben, damit sie seinen Tod verhindern konnte. Sie wünschte, sie würde ihn an der Küste stehen sehen, lebend, bereit ihr zu helfen, die Dinge wieder gut zu machen, die sie zerstört hatte. Doch das waren Fantasien, nicht realer als die *Tomten*, die durch ihr Souterrain huschten und Krümel von Kartoffelchips klauten.

Sie hob die Urne über die Reling und hielt sie über das dunkle Wasser. Dads Staub wirbelte auf – rieselte nicht herab, sondern wurde vom Wind fortgetragen, trieb dahin wie Rauch und entschwand. Sie schüttelte die Urne und nur die dichtesten Wolken berührten das Wasser – kleine graue Inseln, die feucht wurden und versanken.

»Auf Oscar«, sagte Reggie.

»Auf Oscar«, sagte Dale. Dann stießen sie die Flaschenhälse zusammen.

Kurz darauf drehte Dale den Schlüssel um und der Motor erwachte wieder zum Leben. Luc schaute durch die trüben Tropfen, die sich auf ihrer Brille absetzten: Dale zeigte sein unbeholfenes Lächeln und Dale starrte der nahenden Küste entgegen, die Zähne gebleckt und beide Hände auf dem Steuer, wie ein alter Knacker in seinem Cadillac.

Das Land kam näher, gekennzeichnet durch ein paar geparkte Autos, darunter Moms Saturn und ein anderer Wagen, der in diesem Moment dazukam. Zwei Jogger trabten auf dem Uferweg zum Hafen.

Ihre Mutter war nicht mehr zu sehen, doch zwei Leute stiegen aus dem schwarzen Auto, das gerade angekommen war und im Leerlauf lief. Ein Fahrer und ein Beifahrer erhoben sich gleichzeitig aus ihren geöffneten Türen, beide dunkel angezogen wie Trauergäste. Als der Abstand geringer wurde, erkannte Luc, dass es sich um die beiden Polizeiermittler Greta Hurd und Muhammad Arslan handelte.

Luc stand aufrecht, als sie in den Hafen einfuhren. Das Boot verlangsamte die Geschwindigkeit und senkte seinen Kiel zurück in den See, während der Motor zu einem Brummen wurde. Dale lenkte die Steuerbordseite des Boots gegen die Gummifender, die am Anleger angebracht waren, und das Boot legte mit einem minimalen Stoß an. Luc stolperte nicht. Reggie warf das Tau zum Poller hin, doch das Auge landete flach auf dem Kai. Greta bückte sich, wobei ihr Mantelsaum über die Holzplanke strich. Sie nahm das Seil in ihre Hände und befestigte es am Poller. Ihr Partner stand am oberen Ende der Betonstufen, genau dort, wo ihre Mutter warten wollte, bis das Boot wieder angelegt hatte.

»Wir dachten, deine Mutter sei mit dir gefahren«, sagte Greta. Sie stand oberhalb von Luc, bereit sie mit ihren ausgestreckten Händen aus diesem Chaos zu ziehen. »Wir müssen mit ihr reden, Luc.«

»Mom war hier«, sagte Luc, »auf dem Parkplatz, als wir mit dem Boot hinausgefahren sind.«

Greta klopfte auf das silberne Abzeichen an ihrem Gürtel, damit Dale und Reggie es sehen konnten. »Rochester Police Department«, sagte sie. »Können wir den Motor ausstellen?« Wie Kirchgänger nahmen die beiden Angler leise Platz. Zuvor hatten sie bereits demonstrativ ihre leeren Bierflaschen abgestellt. Wie angewiesen drehte Dale den Schlüssel um. Der Motor stotterte und erstarb.

»Sie ist dort oben«, sagte Luc und deutete gen Himmel, zeigte über Gretas Schulter, wo die Sonne ihr mattes Licht durch die Wolkendecke dringen ließ. Direkt unter der undeutlichen Sonne stakste die erhöhte Pier auf verwitterten Beinen, die bereit schienen loszulaufen, und der stachelige Schatten, den sie auf das Wasser warf, war von Lichtstreifen durchbrochen – Lücken, die über die Jahre in den Planken entstanden waren. Jenseits des verkrüppelten Endes der Pier, erhoben sich die zersplitterten Pfähle wie Grabsteine aus dem Wasser.

Luc zeigte dorthin, weil sie plötzlich ihre Mutter auf der Pier entdeckt hatte. Sie ging auf deren äußeres Ende zu, weit genug entfernt, dass selbst der kräftigste Arm keinen Stein werfen konnte, um sie zu treffen. Luc wollte schreien, aber ihre Lungen verweigerten die Luft, um den Schrei hinauszutragen. In ihrem Innersten wusste Luc, dass ihre Mutter nicht stehen bleiben würde, wenn sie die Barriere des Geländers erreicht hätte.

»Sie wird springen«, verkündete Luc.

Als unmittelbare Reaktion auf diese Vorhersage begann Arslan über den Parkplatz zu rennen, den Beton mit seinen Schritten zu zermalmen. Er sprang die Stufen zur Terrasse des Restaurants hinauf, während Greta mit flatterndem Trenchcoat hinter ihm her sprintete und Luc auf wackeligen Beinen folgte, ohne mithalten zu können. Selbst die beiden Jogger, die sie vom Boot aus gesehen hatte, liefen jetzt schwitzend, schnaubend und mit den Armen pumpend irgendwie neben Luc her.

Während sie rannte, hielt sie immer noch die Urne fest. Darin waren die letzten Reste ihres Vaters, die sie nicht über dem See ausgeschüttet hatte – eine letzte Handvoll, die sie für sich behalten wollte. Sie lief am Rand eines steinigen Damms entlang und über ihr ragten die Stelzen der Pier zehn Meter in die Höhe. Gretas Partner hatte die Pier über die Treppe erklommen, rannte ihn jetzt entlang auf Mom zu. Was immer er brüllte, Luc konnte es über ihrem eigenen keuchenden Atem nicht hören. Vor Müdigkeit gebeugt stieg Greta hinter Arslan die Stufen hoch. Die Pier polterte unter ihren schweren Schritten.

Durch die fehlenden Latten sah Luc, wie ihre Mutter auf das hölzerne Geländer stieg und ein Bein über den Abgrund schwang. Sie konnte das Gesicht ihrer Mutter nicht sehen, konnte die Absichten, die sich dort widerspiegelten, nicht erkennen. Doch Luc kannte sie. Kannte sie, noch bevor ihre Mutter starr und bewusst absprang. Ihre Mutter sprang mit ausgebreiteten Armen und Beinen wie ein Fallschirmspringer in die Leere über dem Wasser. Doch dann streifte ihr Körper einen der einsamen zersplitterten Pfeiler und wurde aus seiner anmutigen Flugbahn geworfen.

Luc hielt kurz inne. Es gab keinen Grund, weiter zu laufen. Sie wusste, dass ihre Mutter danach bewusstlos sein musste, denn ihr Körper fiel wie Ballast herunter, drehte sich und blickte in die fahle Sonne. Ihre schlaffen Arme fielen der Sonne entgegen, als wollte sie danach greifen, und das Eiswasser nahm sie beinahe lautlos auf.

Zwei

Kind des Lichts

Als Luc acht war, nähte ihre Mutter für sie zum Luciadagen ein weißes Kleid mit einer roten Schärpe. Das war vor langer Zeit, als Mom noch glücklich war und nicht ständig versuchte, dem Leben mit Oscar Moberg und ihrer einzigen Tochter zu entfliehen. Luciadagen, der dreizehnte Dezember, war Lucs Geburtstag und der Namenstag der Heiligen Lucia. An vier aufeinanderfolgenden Geburtstagen pflegten sie am Morgen dieses Tages eine Tradition: Mom weckte Luc kurz vor Sonnenaufgang, beide waren müde und blinzelten ins Kinderzimmerlicht, während Mom Luc das selbstgenähte Kleid überzog und ihren Kopf mit einem hölzernen Reif krönte, an den künstliche Mistelzweige und Bänder geklebt waren. Dann steckte Mom die weißen Kerzen in die vier Halterungen an der Krone und entzündete sie mit Streichhölzern, die sie in der riesigen Tasche ihres Morgenmantels aufbewahrte.

Vorsichtig, damit kein Kerzenwachs auf Lucias seidiges blondes Haar tropfte, schlichen sich Mutter und Tochter in jedem dieser vier Jahre so leise wie möglich in die Küche, um Oscar nicht zu wecken. Der lag in seinem Bett und tat so, als schliefe er noch. Auf der Arbeitsplatte in der Küche lag ein Frühstückstablett aus Blech, auf das ein Bild mit fröhlichen *Tomten* gedruckt war, die um ein Weihnachtsfeuer tanzten. Auf dem Tablett standen: ein Becher mit dampfendem Haselnuss-Kaffee und ein Teller mit glasiertem Gebäck, das zu Schnecken gedreht war und in dessen Teig rote Safranfäden eingebacken waren. Luc trug das Tablett mit beiden Händen den Gang hinunter, besorgt um den Kaffee. Doch jedes Mal verschüttete sie einige Tropfen, die von der grünen Serviette aufgesaugt wurden, die gefaltet neben dem Becher lag.

Eine Einmädchenprozession durch den Flur zum Schlafzimmer, und Mom folgte mit der Videokamera vor ihrem Gesicht. Wie ein Blumenmädchen auf einer Hochzeit nahm Luc immer nur eine Stufe auf einmal. Die Kerzen auf der Krone erleuchteten den Korridor – vier gelbe Bögen stießen an der Decke zusammen und verschmolzen miteinander, vier Schatten von Luc zitterten auf dem Fußboden wie Kompassnadeln. Auf Schwedisch sangen Mutter und Tochter gemeinsam das Lucialied, das Oscar ihnen beigebracht hatte.

Worte, die bedeuteten:

Vergessen von der Sonne,
Die ganze Erde trägt des Winters Dunkelheit.
Finsternis umgibt uns alle,
Schatten füllen jeden Raum.
Da kommt sie mit hellem Kerzenschein
Wer ist das Kind des Lichts?
Heilige Lucia, Heilige Lucia.

Und im Schlafzimmer richtete Oscar sich auf. Er war hellwach, tat aber verschlafen und rieb sich zur Bestätigung die Augen mit den Fingerknöcheln. Er starrte Lucia an, die in Licht getaucht hereinkam, wie eine Erscheinung, die er nicht begreifen konnte.

Vier aufeinander folgende Jahre, und dann endete es – weil das Kleid nicht mehr passte, weil Mom kein neues nähte, weil sie vergessen hatte, Luc am Morgen ihres dreizehnten Geburtstags zu wecken, weil Luc jetzt ein Teenager war und diese kindischen Spiele nicht mehr mitmachen wollte. Weil es zu oft Streit gab. Stunden und Tage voller Reibereien, die es vorher nicht gegeben hatte. Bagatellen um Arbeiten im Haushalt und Lucs Noten und Oscars *passive Überheblichkeit*. Dad war geduldig, doch selbst er konnte Türen laut genug zuschlagen, um das ganze Haus erbeben zu lassen. Einmal schlug er eine Delle in die Wohnzimmerwand, doch er reparierte sie innerhalb einer Stunde wieder. Luc erinnerte sich an die kaputte Rigipsplatte, und an ihre Angst, dass ihr eigener, fester Schutzwall selbst bald einstürzen würde.

Greta und Moe bearbeiteten vier offene Mordfälle gleichzeitig, viel Arbeit für diese Jahreszeit, selbst in einer Dienststelle mit sieben Abteilungen und mehr als sechshundert vereidigten Mitarbeitern, fünfzig davon Ermittler. Da war Jane Doe auf der verlassenen Baustelle im vierten Bezirk vor zwei Tagen. Die Leiche, die in den Siebzigern sein musste, lag ohne Schuhe und Socken zusammengekrümmt im Dickicht. Es gab jedoch keine sichtbaren Anzeichen von Gewalt. Der ärztliche Leichenbeschauer meinte, es sähe nach einer natürlichen Todesursache aus, aber der offizielle Bericht stand noch aus.

Dann gab es diese Drogenschießerei draußen in der Harriet-Tubman-Siedlung. Ein schwarzer Jugendlicher namens Elroy Taft war tot auf dem Parkplatz gefunden worden, mit einer Kugel in der Brust und zehn Päckchen Crack in den Taschen. Ein anonymer Notruf. Elroy atmete noch, als die Cops eintrafen, war aber bereits tot, als der Krankenwagen ankam. Moe Arslan durchkämmte die Nachbarschaft mit seinen Kollegen, bekam aber nichts aus den paranoiden Gestalten heraus, die sagten: »Hab nichts gehört. Hab auch nichts gesehen.« Alle logen, um zu überleben.

Und eine Woche zuvor gab es diesen häuslichen Zwischenfall in der Park Avenue, bei dem zwei Schwule in der Küche mit Messern aneinander gerieten. Einer war tot mit aufgeschlitzter Kehle, der Zustand des anderen wurde vom Genesee Hospital als zufriedenstellend bezeichnet. Greta und Moe hatten den Tatort vier Stunden lang aufgenommen, stocherten in verstreuten Gewürzen und ramponierten Töpfen und Pfannen. Anscheinend hatten die Jungs damit angefangen, sich mit Eiern zu bewerfen und waren dann zu Messern übergegangen. Direkt über dem billigen Druck eines Van-Gogh-Gemäldes eines französischen Cafés steckte ein Schälmesser in der Wand. Das Opfer selbst saß aufrecht auf einem Küchenstuhl. Sein Kopf war nach vorne gesunken, als würde er ein Nickerchen halten, das Blut sickerte in Form eines Lätzchens in sein T-Shirt.

Doch Oscar Mobergs Fall quälte Greta am meisten. Nicht nur wegen der Mittagskatastrophe am Yachthafen und nicht nur, weil die lokalen

Medien sie verfolgten und ihren Anrufbeantworter mit Nachrichten verstopften. Ein Polizeireporter des *Democrat and Chronicle* hatte sie an diesem Morgen vor dem Eingang des Präsidiums abgepasst, um an Zitate zu kommen – und all dieses makabere Interesse noch bevor Blair Moberg sich von der Pier stürzte, was den Nachrichtenwert der Geschichte augenblicklich verdoppelte.

Seit dem Yachthafen waren erst ein paar Stunden vergangen und Greta war bereits wieder in der Dienststelle, um weiter zu ermitteln. Sie und ihr Partner Moe hatten sich in einen Konferenzraum zurückgezogen und sahen sich Schwarz-Weiß-Material von der Überwachungskamera des Shop-Mor an. Die Aufzeichnungen stammten vom vergangenen Morgen, an dem Blair Moberg laut Aussage von Lloyd nach einem Streit mit einer Kundin ihren Arbeitsplatz verlassen hatte.

Greta kauerte über dem Konferenztisch, blinzelte in den Fernseher und nippte an ihrem mitgebrachten Kaffee. Als sie einen Knopf auf der Fernbedienung drückte, jagten und hüpften die trägen Kunden die Gänge hinunter wie Stummfilmschauspieler. Moe saß ihr gegenüber, leuchtete mit einer Taschenlampe in sein Notizbuch und notierte etwas.

»Da ist es«, sagte Greta. Sie ließ das Band mit normaler Geschwindigkeit laufen und beide betrachteten den Moment, als Blair Moberg zum ersten Mal die Szenerie betrat. Sie trägt ihre Shop-Mor-Uniform und geht seitlich den Gang hinunter, während sie Waschmittelpakete auf dem Regal ausrichtet. Sie bückt sich hinunter, um etwas im untersten Regal zu säubern. In diesem Augenblick tritt eine weitere Person ins Bild. Eine Masse gebleichter Haare, eine dunkle Lederjacke. Die neue Darstellerin auf der Bühne stupst Blair an der Schulter, stößt sie fast zu Boden, doch Blair fängt sich und richtet sich auf. Die Frau bleibt am unteren Bildrand. Manchmal beugt sie sich ganz hinaus, doch meist ist ihr Kopf oder ein Arm sichtbar. Sie sticht mit ihrem Finger nach Blair. Bestimmt redet sie eine Menge, doch wegen der tonlosen Aufnahme sind diese Informationen allesamt verloren.

»Kannst du sehen, was Blair erwidert?«, fragte Greta ihren Partner. Das Bild war verwaschen und bläulich, und würde vollkommen undeutlich werden, wenn man es vergrößerte.

»Meist antwortet sie nur ... Ja-Nein-Antworten.«

»Also stimmen wir überein, dass diese Auseinandersetzung offensichtlich nicht von Blair ausging?«

»Und damit verdächtig ist.«

Greta drückte auf die Stopptaste der Fernbedienung, denn sie wusste, es würde nichts mehr kommen. Nicht auf diesem Band. Sie hatten das Eintreffen und Verschwinden der mysteriösen Frau bereits auf dem Video gesehen, das die Vorderseite des Ladens aufzeichnete. Sie hatten es zehn Mal oder noch öfter angesehen und nichts erreicht, außer dem Hinweis, dass diese Frau hochschwanger war oder vorgab, es zu sein.

»Ich bin nicht sicher, ob uns das weiterbringt«, sagte Greta. »Sie steht zu weit außerhalb des Bildes. Wenn wir ihren Mund im Blickwinkel hätten, könnten wir vielleicht einen Lippenleser holen.«

»Das Abzeichen auf ihrer Jacke war einige Male sichtbar, als sie sich nach vorne beugte. Es könnte das Symbol einer Rockband sein ... oder das Abzeichen einer Rockergang. Es ist verboten, so etwas in der Öffentlichkeit zu tragen.« Moe trommelte mit seiner Taschenlampe auf das Notizbuch, als wolle er es damit verdeutlichen. Auf einer separaten Seite hatte er eine comicartige Darstellung eines menschlichen Schädels gezeichnet, der einen Bergarbeiterhelm mit Grubenlampe trug. Auf dem Tisch zwischen ihnen lag das kopierte Standbild der unbekannten Frau, die beim Eintreten in den Shop-Mor den Rücken ihrer Lederjacke zeigte. Auf die Jacke gedruckt, gemalt oder genäht – das konnten sie nicht genau erkennen –, war der gleiche Bergarbeiterschädel, den Moe in seiner Zeichnung wiedergegeben hatte.

Greta: »Aber wenn es eine unbekannte Gruppe ist ... vielleicht etwas Neues, aus dem Untergrund.«

Moe: »Wir schicken es herum, vielleicht hat es irgendjemand schon mal gesehen. Wir haben außerdem die Nachrichtendienstberichte zu Kapitalverbrechen, falls es bereits zuvor aufgetaucht ist. Und die der Drogenfahndung.«

»Das könnte etwas sein«, sagte Greta. Vielleicht war es der Kaffee, vielleicht schlugen die Östrogentabletten an, aber ein neuer Energieschub hatte sie aus ihrer Benommenheit gerissen. Sie hatte geglaubt, der Fall liefe ins Nichts, nachdem Blair Moberg von der Pier gesprungen war. Doch nun könnte dieses Filmmaterial etwas Brauchbares liefern. Aber Greta hatte bereits zu Beginn ihrer Laufbahn gelernt, dass Mordfälle nicht wie Obduktionen waren. Sie legten sich nicht tot nieder, um mit dem Skalpell geöffnet zu werden. Sie wanden sich und schlugen um sich und schrien herum, bis man sie unter der Erde hatte.

EINE ORANGEFARBENE SONNE hing niedrig in den dürren Bäumen hinter dem Haus der Hansons, als Mason und Tanya am Dienstagnachmittag zu einem besonderen Kirchentreffen erschienen. Das Haus von Buck und seiner Frau stand in einer Sackgasse, in der vor allem alte Damen lebten und wo die Bäume in den Vorgärten höher waren als die Gebäude. Bucks Haus hatte zwei Etagen, aber das Obergeschoss war winzig – zwei Zimmer mit schrägen Wänden. Die Einfahrt war kiesig und steil, und bereits voller Autos, die sich zur Garage hin aufreihten.

Buck selbst kam die Einfahrt herunter, während Mason den Wagen auf der Straße neben dem Briefkasten parkte. Buck war über fünfzig, mit einem dichten weißen Bart, der ihm fast bis zum Bauch reichte – ein Bauch wie ein Mehlsack, der sein blaues Tanktop spannte. Er hielt ein Bier in einem Kühler und zog seine Baseballkappe, um sie zu begrüßen. Dabei zeigte er ein Stück seines haarlosen Schädels. Hinten waren seine Haare endlos lang und zu knubbeligen Knoten gebunden wie eine zweite Wirbelsäule. Er war rotgesichtig und ausgelassen, seine Nase hatte die Größe und Form einer Zitrone. Wenn man ihn sah, konnte man sich nur schwer vorstellen, dass er blutrünstig war. Doch Tanya wusste es besser. Dennoch lächelte sie ihn an und winkte ihm zu. Trotz ihres Wissens mochte sie die Besuche hier, in dem einzigen richtigen Heim, das sie seit Jahren besucht hatte, ohne durch ein Fenster einzusteigen.

Auf dem herbstlich braunen Rasen umarmte Buck sie und drückte ihr einen bärtigen Kuss aufs Ohr. »Wie geht's der kleinen Mama? Was macht Brick Junior?«, fragte er.

»Er teilt ganz schön aus da drinnen«, sagte Mason. »Schattenboxen.«

Sie gingen durch die Garage ins Haus, wo eine Tür in die Küche führte. Es roch nach Wurst und Nudelsoße. Der Fußboden der Küche war aus glänzendem Holz und weiter hinten lagen Teppiche, die so weich aussahen, dass Tan darauf hätte schlafen können, wenn es nötig wäre. Neben der hinteren Schiebetür standen ein Tisch und eine von Buck gezimmerte Vitrine, hinter deren Glas chinesische Teller aufgestapelt waren.

Die Schiebetür gab den Blick auf die Terrasse und den Whirlpool frei. Dort hinten saß Furnace, der Hund der Hansons, und beobachtete sie ruhig wie ein Stein. Nur eines der kupierten Ohren zuckte, als er die neuen Gäste ankommen sah. Sein Atem schlug sich an der Scheibe der Tür nieder, wo seine Schnauze und die Pfoten Abdrücke hinterlassen hatten. Er war ein zweieinhalbjähriger Dobermann, der niemals bellte, aber dessen tiefes zorniges Knurren man hörte, sobald man sich ihm näherte.

Wie immer bereitete Brenda Hanson Spaghetti in einem riesigen silbernen Topf zu. Bucks Lady musste über vierzig sein und an die hundertzwanzig Kilo auf die Waage bringen. Vor allem ihr Hintern und ihre Schenkel waren so gewaltig, dass sie auf ihren High-Heels aussah wie ein Rhinozeros, das aufgerichtet auf seinen Hinterbeinen über Weingläser lief. Sie warf Tanya eine Kusshand zu und sagte: »Hey, das Baby noch nicht da?« Tanya fasste an ihren gewölbten Bauch und seufzte.

Brenda und Buck waren seit fast zwanzig Jahren verheiratet, hatten aber getrennte Schlafzimmer. Und Tanya wusste das nur, weil sie es selbst gesehen hatte, als sie einmal nach oben auf Toilette gegangen war. Brendas Zimmer lag von Bucks aus gesehen den Gang hinunter und war mit Sachen vollgestopft, die sie für ihre Garagenverkäufe an den Wochenenden hortete – Puppen, Baseballkappen, Küchengeräte, Männerhemden und Handtücher, vieles davon in immer noch verschlossenen Packungen. Sie fragte Tan und Mason immer, ob sie irgendwelche Dinge hatten, die sie verkaufen wollten, vergaß, dass die beiden fast nichts besaßen.

Buck holte für Mason ein Bier und für Tanya eine Cola Light aus dem Kühlschrank. Dann gingen sie ins Wohnzimmer, wo eine Ledercouch mit passenden Sesseln um ein Equipment aus Stereoanlage, Großbildfernseher, Plattenspieler und Laserdisc-Player herumstanden, das bestimmt einige tausend Dollar gekostet hatte. Dieser Psychopath, Ox, saß in einem Lehnsessel und trug für die Kirche sein wildes Haar beinahe gepflegt nach hinten gebunden. Als sie in das Zimmer kamen, wandte Ox keinen Blick vom Fernseher, der einen Porno in Nahaufnahmen zeigte, die größer waren als das richtige Leben – alles war rosa Haut und Haare und Körperflüssigkeiten wie ein Stück abstrakter Kunst, das man nicht verstand. Ox grinste in den Fernseher und murmelte etwas. Tanya versuchte nicht einmal, es zu verstehen. Sie nahm einen Schluck von ihrer Cola, um ihr Unbehagen herunterzuspülen. Sie sah nicht mehr auf den Fernseher, denn sie hatte in ihrem eigenen Leben bereits selbst zu viel hässliches Geficke gesehen.

Die meisten anderen aus der Gruppe waren noch nicht da, aber diese Frau namens Paula saß im Schneidersitz auf dem Boden und lehnte gegen das Sofa. Sie hielt einen Gameboy in beiden Händen, wobei ihre Daumen auf und nieder fuhren und ihre Augen hervortraten. Sie drückte den Pausenknopf, sah auf und nickte und sagte: »Hey, Arschlöcher«. Dann kehrte sie zu ihrem Spiel zurück. Sie hatten Paula den Spitznamen Dread gegeben, weil sie ihre Haare zu dicken braunen Dreadlocks eingedreht hatte, die Rohrkolben in einem Sumpf ähnelten. Die Seiten ihres Schädels waren rasiert und mit Wirbeln tätowiert, die wie Tribals aussahen. Sie nannten sie außerdem Dread, weil sie ein hartes böses Miststück war. Sie war kaum alt genug, um trinken zu dürfen, wirkte aber schon vollkommen abgebrüht. Um das zu unterstreichen, hatte sie eine tiefe rosa Narbe, die um ihren Hals lief wie ein irres Grinsen. Man erzählte sich, ein Vergewaltiger hätte ihr den Hals aufgeschlitzt, als sie zehn Jahre alt war. Doch sie war daran nicht gestorben.

Dread war mit niemandem zusammen. Tatsächlich war sie die einzige Frau, die das Gangemblem tragen durfte. Und sie war eine bekennende Lesbe, die Männer, die doppelt so schwer waren wie sie, zu Trink- und Drogenwettkämpfen herausforderte. Was damit endete, dass die Männer im Krankenhaus landeten, wo man ihnen die Mägen auspumpte. Tanya mochte Dread beinahe, aber andererseits stank sie nach vergammeltem Fleisch und stellte ihre haarigen Beine und Achselhöhlen stolz zur Schau. Sie lud einen mit sprödem Lächeln dazu ein, sie zu hassen.

Um dem Porno zu entkommen, verließ Tanya Mason und Buck und die anderen und ging zurück in die Küche, wo Brenda den Deckel eines dampfenden Topfes anhob und die italienische Hack- und Wurstsoße mit einem Holzlöffel umrührte. Draußen knurrte Furnace, und die untergehende Sonne tauchte den Rasen in Gold und ließ die Bäume lange Schatten über den Boden werfen. Brenda schmeckte ihre Soße ab und gab ihr einen erhobenen Daumen, während Tanya am Küchentisch Platz nahm. Sie setzte sich mit ausgestreckten Beinen hin und ächzte vor Erleichterung.

»Es ist bald so weit«, sagte Brenda.

»Immer noch ein paar Wochen«, sagte Tanya.

»Ich meinte die Spaghetti, aber okay. Wird es ein Junge oder ein Mädchen?«

»Mason glaubt, es wird ein Junge.«

»Aber er hat das Kind nicht in seinem Bauch, oder?«

»Ich habe keine Ahnung, was es ist, außer dass es unbequem ist.«

»Sei froh, dass du es so weit geschafft hast. Habe ich dir jemals erzählt, dass ich auch schon mal schwanger war?« Brenda wischte sich mit einem Geschirrhandtuch den Schweiß von der Stirn und setzte sich ebenfalls an den Küchentisch. Sie dämpfte ihre Stimme, damit das, was sie sagte, in der Musik und dem Stöhnen des Pornos und dem Piepen von Dreads Gameboy unterging. Nur Tanya und das Baby konnten sie verstehen. »Es war vor fünfzehn Jahren. Als ich im vierten Monat war, sagte ich es Buck in der Hoffnung, er würde den gleichen Stolzer-Papa-Tanz aufführen wie dein Mason. Stattdessen sagte er mir, ich solle es loswerden, drückte mir Geld in die Hand und fuhr mich auf seinem Motorrad dorthin, wo sie solche Eingriffe vornehmen. Er sagte, es gäbe keine Chance, dass er ein Kind in diese kranke Welt setzen würde. Also tat ich es ... und kein Bedauern seitdem. Buck hatte recht, wir wären beschissene Eltern geworden.«

Tanya legte ihre Hand auf Brendas geschwollene Finger. Es gab so viel Fleisch im Gesicht dieser Frau, dass sie traurig aussah, auch wenn sie es nicht war. Sie sagten nichts, während Tanya darüber nachdachte, was Brenda ihr erzählt hatte.

»Ich werde eine gute Mutter sein«, protestierte Tanya.

»Das bezweifele ich nicht«, sagte Brenda.

»Und Mason ist total aus dem Häuschen deswegen.«

»Also wen?«, fragte Brenda. »Brick oder Baby?«

»Was meinst du?«, fragte Tanya. Doch nun drangen andere Stimmen die Einfahrt hinauf und hallten durch die Garage. Sie erkannte Mitch Wendt an seiner Überheblichkeit und dem Lärm, den er veranstaltete.

»Wen würdest du wählen, wenn du müsstest? Brick oder das Baby?«, fragte Brenda.

Tanya sah zu Furnace hin, als könne er für sie antworten. Er blinzelte mit seinen Onyx-Augen.

Die Garagentür öffnete sich und Mitch schlenderte herein mit seiner neuen Freundin im Arm und einem Sixpack Dosenbier in der Hand. In Wirklichkeit waren es fünf, denn ein Bier fehlte und er hielt das Paket an der leeren Schlaufe. Die Freundin sah aus wie zwölf, hatte eine Dauerwelle, die größer war als ihr Kopf, und eine Zigarette im Mundwinkel.

»Im Haus ist Rauchen verboten, Blisters«, sagte Brenda zu Mitch.

»Tut mir leid«, sagte die Freundin und tauchte unter seinem Arm zurück zur Tür, um draußen fertig zu rauchen. Auf dem Weg nach draußen gab Mitch ihr einen Klaps auf den Hintern. Tanya fröstelte, und sie sah durch das Glas der Schiebetür, dass Furnaces Fell ebenfalls zitterte. Es bestand kein Zweifel, dass dieser Ort nur das Trugbild des normalen Lebens war – denn Brenda zog sich mehr Koks in die Nase, als sie Zucker in ihren Morgenkaffee tat. Und in einem geheimen

Zimmer, das von einer Ecke des Kellers abgetrennt worden war, gab es eine Drogenküche, die groß genug war, um eine ganze Mittelschule zu Amphetaminsüchtigen zu machen. Und als sie vor mehr als einem Jahr zum zweiten Mal in dieses Haus gekommen war, hatte Buck Hanson Mason fünfzig Dollar gezahlt, damit Tanya ihm im Whirlpool auf der Terrasse einen blies. Sie hatte es getan, zehn Minuten lang weinend und würgend und wünschend er würde sich beeilen und es beenden. Und Brenda Hanson hatte zugesehen.

LUC WUSCH SICH ihre Hände in einem der drei Becken eines Waschraums im Genesee Community Hospital. Während sie die Seife abspülte, bemerkte sie, dass sie dasselbe Waschbecken drei Tage zuvor benutzt hatte. Damals glaubte sie, die schlimmste Hölle ihres Lebens läge hinter ihr. Jetzt war klar, dass der Tod ihres Vaters Wellen ausgesandt hatte wie die Druckwellen einer Atombombe.

Das Mädchen, das sie im Spiegel des Waschraums ansah, war nicht Lucia Moberg, nicht Luc, nicht das Mädchen, das sie mit dem schwarzen Lidschatten und Lippenstift und dem weiß gepuderten Gesicht kannte. Stattdessen: blasse Lippen und geschwollene Augen, die auf der Hut waren, ungeschminktes Rosa um die Lider. Nachts hatte sie im Haus der Zwillinge ihr schwarzgefärbtes Haar mit einer Schere gestutzt, denn sie wollte es unbedingt loswerden. Nun standen ihre kurzen Haare über den Ohren ab und am Ansatz war ihr natürliches Blond sichtbar, als würde sie anfangen, sich zu mausern.

Sie lief zurück in das Zimmer, in dem ihre Mutter lag. Sieben Stunden, nachdem ihr Kopf einen Pfeiler der Pier getroffen hatte, war sie immer noch ohne Bewusstsein. Die Krankenschwestern hatten ihre Stimmen gesenkt und es einen Unfall genannt. Sie glaubten, ein solches Wort könne Luc helfen, sich nicht mehr zu fühlen, als würde sie in das Innere eines Sturms hineingesogen, der sie von allen Seiten umtoste und hinunterzog.

Weil die Schwestern dachten, es würde helfen, hatten sie außerdem

Lucs Großmutter mütterlicherseits kontaktiert. Norma Crowley lebte drei Stunden entfernt in Bringhampton. Sie war bereits angekommen und hockte neben Mutters Krankenbett, als sei sie von Anfang an dabei gewesen. Doch Norma hatte seit Monaten nicht mehr mit den Mobergs geredet. All dies waren Neuigkeiten für sie. Sogar der weithin bekannt gemachte Mord an ihrem Schwiegersohn, den sie irgendwie verpasst oder unbewusst ignoriert hatte. Jetzt war sie ins Hospital geeilt, hatte im Krankenzimmer ihr Lager aufgeschlagen und trank unzählige Tassen Kaffee. Diese Frau lebte von Kaffee und war ein wenig bucklig, zerbrechlich, und wog nicht mehr als fünfzig Kilo. Luc schätzte sie in den Mittsechzigern, hatte aber tatsächlich keine Ahnung.

Die einzigen Geräte, die Blair Mobergs Schlaf überwachten, waren die Elektroden, die an ihrer Brust steckten, um ihren Herzschlag zu kontrollieren. Der Infusionsbeutel tröpfelte seine klare Flüssigkeit durch einen Schlauch in die Nadel in ihrem Handgelenk. Der Arzt hatte erklärt, es gäbe leichte Blutungen und Schwellungen und niemand könne vorhersagen, welche Schäden bleiben würden. Ein Spezialist hatte die von hinten beleuchteten CT-Scans gezeigt und auf die dunklen Flecken von Blutergüssen und auf die Prellungen an den Schläfenlappen hingewiesen. Auf der linke Seite, wo sie den abgebrochenen Pfeiler getroffen hatte, und rechts, wo ihr Gehirn an die gegenüberliegende Seite ihres Schädels geprallt war. *Contre-coup* nannten sie diesen Effekt.

Luc zuckte zusammen, als sie den Aufprall erwähnten. Sie konnte den tonlosen Schlag des Kopfes ihrer Mutter gegen das Holz nicht vergessen. Genauso wenig wie die augenblickliche Gewissheit, ihre Mutter sei tot oder würde binnen Kurzem ertrinken oder in dem eisigen Wasser erfrieren. Doch dann hatte die *Ringhorn* ihren Körper schnell herausgezogen – noch schneller als Greta Hurd oder ihr Partner die Stufen der Pier wieder heruntereilen konnten. Dale hatte den Motor erneut angelassen und Reggie hatte das Boot viel flinker losgemacht, als man es bei seiner Figur erwartet hätte. Sie schwenkten auf die Pier zu, zogen Mom gemeinsam an Bord, wickelten sie in Wolldecken ein, die sie in der Kabine gefunden hatten, und legten sie aufs Deck. Ein regelmäßiger Herzschlag, keine blutende Kopfverletzung, sie hustete Wasser und dann atmete sie allein.

Moms Arzt hieß Mahoney. Er war ein grauhaariger Kanadier, nicht größer als Luc, der mit tranceartiger Ruhe sprach. Er empfahl ihnen, sie direkt anzusprechen, da vertraute Stimmen sie möglicherweise schneller wieder zurückholen konnten. Eine Zeit lang probierte es Norma: Sie erzählte von lange verstorbenen Tanten und Campingausflügen im Sommer, doch nach ungefähr einer Stunde gingen ihr die bedeutsamen Erinnerungen aus. Luc konnte nichts zusammenbringen. Und sie konnte es nicht ertragen, dort neben dem Bett zu sitzen und das Tröpfeln des Infusionsbeutels zu sehen, die winzigen Zuckungen der Finger ihrer Mutter zu sehen, nichts zu sehen. Beim Sturz hatte sich Mom ein Bein gebrochen. Nun steckte es in einem Gipsverband und Luc konnte sich nicht überwinden, ihn zu berühren. Mom lebte, doch über die Stunden war sie für Luc zu so etwas wie einem Gegenstand geworden. Ein unbewegliches Ding, dem Luc nur die undeutlichsten Gefühle entgegenbringen konnte. Ihre Mutter, aber nicht ihre Mutter. Luc lebte jetzt unter Fremden, und jede Sekunde in diesem Zimmer war sie darüber beunruhigt, dass sie nicht wusste, wie sie fühlen sollte.

Norma Crowley lehnte sich über das Bett, zog die Laken glatt, kämmte Blair das Haar, tupfte mit einem Tuch aus ihrer Handtasche die Feuchtigkeit von ihren Lippen. Nachdem ihre Pflichten erledigt waren, ging sie in die Cafeteria und holte sich einen weiteren Kaffee. Es gab die jährliche Wiederholung von *Der Grinch* im Fernsehen, die sie sich ansehen wollte. Luc wusste, dass Norma sich einredete, Blair sei zufällig von der Pier gestürzt. Wenn Luc zuhörte, machte Norma sich Vorwürfe, nicht eher gekommen zu sein, um alle zu retten. Als besäße sie mehr Macht als Luc, um das Geschehene zu ändern.

»Weißt du, als sie ein Kind war, hatte sie sich dasselbe Bein gebrochen«, sagte Norma. Sie streichelte den glatten Gipsverband und sah mit offenem Mund zum Fernseher. »Sie war ein Wildfang wie du. Immer verrückt nach ihrem Fahrrad.«

»Ich bin nicht wirklich ein Wildfang.«

»Nicht mehr. Du wirst erwachsen.«

Es war eine Veränderung in Moms Atem, die sie zuerst alarmierte. Ihre langen regelmäßigen Atemzüge waren zu einem Hintergrundgeräusch im Zimmer geworden – nun wurden sie plötzlich schneller, schwankten und waren laut genug, um Normas Aufmerksamkeit vom Fernseher abzulenken. Moms Infusionsarm zuckte, wie er es bereits zuvor getan hatte, nur diesmal kräftiger, zog den Schlauch stramm. Norma schluckte den Rest ihres Kaffees hinunter und stellte die leere Tasse auf das Tablett neben dem Bett.

»Sollen wir die Schwestern rufen?«, fragte Luc.

»Stell das Kopfteil steiler«, befahl Norma. »Richte sie auf.«

Luc drückte den Knopf und das obere Drittel des Betts surrte weitere fünfzehn Grad nach oben. Tief aus der Kehle ihre Mutter drang ein erschrecktes Grunzen. Ihre Augen rollten unter den geschlossenen Lidern, als würde sie während der REM-Phase einen Albtraum erleben.

Norma stand halb auf und beugte sich über das Bettgeländer. Sie legte eine Hand auf die Schulter ihrer Tochter. »Blair? Blair, kannst du mich hören? Ich bin's, deine Mutter.«

Ihr Mund formte lautlose Worte. Die Hand mit der Infusion wischte über ihren Bauch und blieb dort liegen. Dann drückte ihre andere Hand ebenfalls in den dünnen Stoff ihres Patientenkittels, der ihren Nabel bedeckte. Ihre Finger suchten und ihr Rücken wölbte sich weg von der Matratze und sie stöhnte tief und kehlig. Sie sog die Luft lange und bedächtig ein, bevor sie die Augen aufschlug. Diese Augen sahen erst zu Luc, dann zum Fernseher, wo der struppige Hund des Grinch an einer Leine von der Kante einer verschneiten Klippe herunterhing.

»Hast du gesehen?«, fragte Norma. Sie drückte bereits den Knopf an der Wand über dem Bett, um die Schwestern zu rufen. »Hast du gesehen, wie sie die Augen geöffnet hat?«

»Ja«, sagte Luc. Sie fühlte sich leer, wie eine ausgehöhlte Melonenschale.

»Blair? Blair?« Norma rüttelte weiter an der Schulter ihrer Tochter.

»Vielleicht solltest du nicht …«, begann Luc. Doch ihre Worte waren zu leise, um von Norma wahrgenommen zu werden. Erneut drückte Mom blind auf ihren Magen, und Luc bemerkte, dass sie diese Geste an ihrem eigenen Körper nachahmte.

»Mm …«, stöhnte Mom.

»Blair? Kannst du mich hören?«, sagte Norma.

Wieder öffneten sich ihre Augen, blinzelten müde.

»Ma?«, sagte sie deutlicher. »Was …?«

»Du bist in einem Krankenhaus, Schatz«, sagte Norma. »Du wachst gerade auf. Die Schwester kommt gleich. Beruhige dich, Schatz. Du bist in einem Krankenhaus. Siehst du?«

Moms Finger bewegten sich heftig über ihren Unterleib, als wollten sie durch ihre Haut wühlen und die Gedärme herauszerren. Ihr Atem zitterte. Ihr Körper zuckte. »Wo … mein Baby?«

Lucs Kehle schnürte sich zu und ihre Hände umklammerten das Metall des Bettgeländers, während ihre Teilnahmslosigkeit schmolz wie Eis in einer heißen Suppe. Jemand erschien im Türrahmen, eine Schwester sagte: »Oh, mein Gott … sie ist aufgewacht.« Und verschwand wieder.

»Mein Baby«, sagte Mom, deren Hände den Kittel zerknüllten. Sie zuckte zusammen, und Luc fragte sich, welche ihrer Verletzungen zuerst Schmerzsignale ausgesandt hatte. Die Infusion war immer noch mit ihrem pendelnden Arm verbunden und der Metallständer rollte vorwärts und stieß gegen die Armlehne von Lucs Stuhl. Der Ständer schwankte und Luc ergriff den Arm ihrer Mutter, um ihn festzuhalten. Luc spürte die Unterarmmuskeln, die hart und heiß waren wie Feuerholz. Ihre wilden Augen richteten sich wieder auf Luc – bohrten sich in sie, starrten.

»Lass los«, schrie Mom.

Luc lockerte ihren Griff. Sie sagte: »Mom.«

»Nein …«, erwiderte diese. »Oscar? Oscar?«

Die Schwestern in ihren aquamarinfarbenen Uniformen standen um das Bett und fragten: »Wie heißen Sie? Wissen Sie, welcher Tag heute ist?«

»Blair«, sagte sie. »Mein Mann. Was ist passiert? Mein Bein …«

»Ihr Bein ist gebrochen, Blair. Können Sie mir sagen, welches Jahr wir haben?«

»Welches Jahr?«

»Können Sie mir das Jahr sagen? Damit wir sehen, ob Sie ...«

»Neun ... Neunzehnhundertsiebenundsiebzig«, sagte Blair. »Was haben Sie mit meinem Baby gemacht?«

NACH MEHREREN STUNDEN mit Shop-Mor-Überwachungsvideos fühlte sich Greta hungrig und klaustrophobisch. Deswegen ging sie hinaus, um in einem Drive-Thru Hamburger und Pommes frites für sich und ein Roastbeef-Sandwich für Moe zu besorgen. Als sie zurückkam, stellte sie den Wagen im Parkhaus des Verwaltungszentrums ab und überquerte den Innenhof, der mit dem gleichen grauen Beton gepflastert war, mit dem man auch das Präsidium verkleidet hatte. Zur Rechten lag das kaltgraue Gerichtsgebäude, der L-förmige Gefängnisflügel bildete eine Ecke des Areals. Das Präsidium war eine große Betonschachtel mit Fenstern, die von einem Notrufsender gekrönt war, der einem verkümmerten Eiffelturm ähnelte. Bevor sie wieder hineinging, rauchte sie vor dem Eingang eine Zigarette.

Im Erdgeschoss lief sie an den Glasfenstern der Kindertagesstätte vorbei. Um diese Uhrzeit war niemand mehr da, doch tagsüber gab es über dreißig Kinder, nach ihrem Alter eingeteilt und betreut von Erzieherinnen. Die Tagesstätte war eine Sporthalle, deren Boden mit bunten Puzzelteilen übersät war, wo die Babys im Kreis saßen und auf Beißgeräten herumnuckelten und die Kleinkinder an Miniaturtischen aus Plastik mit Fingerfarben malten. Doch heute Abend war der Raum dunkel und verlassen, und Greta vermisste die Kinder, denn ihnen zuzuschauen, half den Dreck des Todes zu vertreiben. Manchmal wünschte sie sich, sie könne einfach alles noch mal von vorne beginnen. Vielleicht würde ihr der Mutterjob beim zweiten Mal nicht misslingen.

Ihr Arbeitsplatz lag im vierten Stock in einem Großraumbüro mit all den anderen Sonderermittlern, deren Tische durch klapprige tragbare

Wände abgetrennt waren. Ihr Schreibtisch und Aktenschrank waren dürftig geschmückt: ein Verlobungsfoto von Sandra und Max und ein Plastikgefäß mit Brezeln. Sie stellte die Tüte mit dem Fastfood auf den Tisch und fischte Moes Sandwich aus einem Berg Pommes frites heraus. Bevor sie es ihm bringen konnte, kam er bereits auf ihren Tisch zu.

»Zwei Sachen. Ich habe im Krankenhaus angerufen, um mich nach dem Stand der Dinge zu erkundigen. Die Moberg-Frau ist bei Bewusstsein und redet, jedenfalls vor einer Stunde. Sie sagten mir, sie befürchten eine mögliche Amnesie. Glaubst du das?«

Greta reichte ihm sein Sandwich. »Das weiß ich noch nicht. Vielleicht fahre ich noch rüber, wenn ich hier fertig bin. Was ist die andere Sache?«

»Die Jungs von der Drogenfahndung haben das Abzeichen mit dem Bergarbeiterschädel erkannt. Sie haben es neulich bei einem Hehler gesehen, den sie geschnappt haben – ein kleiner Fisch. Als sie ihn danach fragten, behauptete er, es sei eine Heavy-Metal-Band namens ...« – Moe konsultierte sein Notizbuch – »Skullcracker. Es war offensichtlich, dass er log.«

»Womit haben wir es hier zu tun? Einem Gang-Mord?«

»Ich weiß, dass der Typ, den sie einkassiert haben, Mitchell Wendt heißt. Er war einige Male in Gewahrsam wegen Rauschgiftbesitzes, Ruhestörung, Körperverletzung. Ob da eine Gang mit drinsteckt, interessiert die Drogenfahndung nicht. Deshalb gibt es bisher noch keine Informationen über diese Gruppe. Bestimmt nichts über Auftragsmorde. Er ist im Moment nicht in Arrest, aber es gibt einen ausstehenden Haftbefehl. Sie haben ihn bereits zur Fahndung für uns ausgeschrieben.«

»Mit dem Material über die Frau in der Lederjacke an die Öffentlichkeit zu gehen, bringt uns nicht weiter.«

»Nein, außer wir wollen sie verschrecken und in den Untergrund treiben«, stimmte Moe zu.

»Dann warten wir«, sagte Greta, spuckte das mittlere Wort aus. Sie hasste die Stille, die solchen Offenbarungen folgte, denn sie fühlte sich dann, als würde sie eine Handgranate halten, die sie nicht werfen durfte. Sie kaute an ihrem Hamburger und versuchte, es zu vergessen, klaubte die schlaffen Gurkenscheiben heraus, die sie nicht mochte.

Nach dem Essen und ein wenig Papierkram unternahm Greta die kurze Fahrt zum Krankenhaus, wo eine lange Wartezeit auf Blair Mobergs Arzt begann. Als er schließlich eintraf, trug er einen gestärkten weißen Kittel, der sich mit dem dunklen Haar auf seinen Handrücken und in seinem Gesicht biss. Er drückte eine prall gefüllte Akte gegen seine Brust. »Fred Mahoney«, sagte er zweimal, um sich vorzustellen. Der Ausweis an seinem Revers sagte dasselbe.

»Ich muss sie so schnell wie möglich sehen«, sagte Greta.

»Sie wissen, dass sie sehr labil ist und sich erholen muss. Sie darf sich nicht anstrengen.«

»Wir untersuchen einen Mord«, erinnerte ihn Greta.

»Ich bitte nur darum, es ruhig angehen zu lassen«, sagte er. »Sie wird nicht sehr klar sein, da sie von ihrer Kopfverletzung genesen muss und unter starken Schmerz- und Beruhigungsmitteln steht. Drängen Sie sie nicht, sich zu erinnern, denn das wird sie nur verwirren.«

Auf dem Weg nach oben erklärte Mahoney, dass Blair Moberg anscheinend an einer Art von Amnesie litt, eine Verletzung des Gehirns sich aber bisher nicht mit Gewissheit feststellen ließ. Die Aufnahmen zeigten Prellungen der Schläfenlappen ihres Großhirns. Dies stünde mit der Verletzung in Einklang, die ihr zugefügt wurde, als sie während des Falls ihren Kopf anschlug. Auch müsse man mögliche Schäden durch den Sauerstoffmangel und die verminderte Körpertemperatur in Betracht ziehen, die sie erlitt, während sie beinahe ertrank. Die Erinnerung könne in ein oder zwei Tagen wiederkehren, vielleicht erst nach Wochen oder noch später.

Sie waren alleine im Aufzug als Mahoney sagte: »Es gibt außerdem die Möglichkeit einer nichtorganischen, psychischen Ursache. Man nennt es dissoziative Amnesie – die Folge eines emotionalen Traumas. Der Tod ihres Ehemanns und ihr früherer Selbstmordversuch – diese Art von Ereignissen verursachen häufig eine dissoziative Amnesie. In diesem Fall erfolgt die Genesung normalerweise recht spontan und kann durch Hypnose oder ähnliche Therapien unterstützt werden, aber die Dauer eines solchen Zustands ist unbekannt. Ich muss jedoch noch einmal betonen, dass wir die Ursache dieser Amnesie noch nicht kennen und vielleicht auch nie kennen werden. Was wir sagen können, ist, dass sie retrograd ist. Sie hat einen solch großen Teil ihrer Erinnerungen verloren, dass sie denkt, es ist Neunzehnhundertsiebenundsiebzig.«

»Neunzehnhundertsiebenundsiebzig«, sagte Greta, während sie ungläubig ihren Kopf schüttelte.

Sie verließen den Aufzug und liefen am Schwesternzimmer vorbei. Unterwegs räumte Mahoney gegenüber Greta ein, dass ein so langer Zeitraum – fünfzehn Jahre – nahezu undokumentiert sei. Er meinte, eine Hirnverletzung sei der wahrscheinliche Grund, da Fälle von psychischer Amnesie meist weit kurzzeitigere Gedächtnislücken zeigen würden. Einige Stunden, eventuell ein Tag – was immer ausreicht, um ein belastendes oder traumatisches Ereignis als Ursache zu blockieren.

»Also ist ein psychisches Motiv ausgeschlossen?«, fragte Greta.

»Nein, nicht gänzlich«, sagte der Arzt.

»Oder gekonnte Verstellung?«

Der Arzt zuckte zusammen. »Höchst unwahrscheinlich, wenn man die tatsächlichen Hinweise auf Schädigungen und deren Schwere in Betracht zieht. Ich würde sagen, sie täuscht nichts vor, aber hundertprozentig sicher sein, kann ich nicht.«

Blair war allein in ihrem Zimmer, abgeschirmt von dem dünnen Vorhang, der zwischen ihrem und dem leeren Bett neben sich zugezogen war. Der Fernseher war an, aber der Ton war ausgeschaltet. Es lief eine Nachrichtensendung, in der Präsident Clinton bei irgendeiner Festveranstaltung sprach. Mahoney trat zuerst ein und zog den Vorhang zur Seite. Er grüßte Blair in einem gedämpften, flüsternden Tonfall, dann sah er sich den Krankenbericht an, der am Fußende des Bettes steckte. Blair saß aufrecht vor einem Essenstablett, das über ihrem Schoß schwebte. Sie zerteilte ein Stück Hackbraten mit einer Plastikgabel, sah es dabei missbilligend an.

»Wie geht es Ihnen?«, fragte Mahoney.

Blair antwortete nicht. Sie starrte gebannt auf Clinton im Fernsehapparat, öffnete ihren Mund, um eine Gabel voll Fleisch, die auf halbem Weg über dem Tablett hing, aufzunehmen. Außer dem klobigen Gips an ihrem Bein waren keine Verletzungen sichtbar. Doch Blair sah krank aus, benommen, der Anwesenheit des Arztes nur halb bewusst, und sie hatte Greta überhaupt noch nicht wahrgenommen.

»Blair?«, sagte Mahoney. »Wie fühlen Sie sich?«

Diesmal richtete sie ihre Augen auf ihn und blinzelte in Zeitlupe. »Mein Kopf«, sagte sie zu ihm, und kreiste mit der offenen Handfläche vor ihrer Stirn. In ihrem linken Auge waren Äderchen geplatzt und die Hornhaut war tiefrot verfärbt.

»Haben Sie Schmerzen?«, fragte der Arzt.

»Es ist nur ... es ist. Trüb. Ich kann nicht denken.«

»Ich weiß nicht, ob Fernsehen wirklich eine gute Idee ist«, sagte er.

»Ich wollte ... sehen Sie«, sagte sie. Sie hob die Fernbedienung vom Nachtschrank und zeigte sie Mahoney, dann Greta. »Dieses Ding«, sagte sie, und ließ sie auf das Laken neben sich fallen.

»Die Fernbedienung?«, sagte Mahoney.

»Genau. Und sehen Sie.« Blair hob einen Einwegbecher mit Wasser von ihrem Essenstablett und zeigte ihn herum. Er war mit einem Aluminiumdeckel verschlossen und hatte überstehende Laschen, um ihn leicht öffnen zu können. »Sehen Sie das?«

»Ja, so etwas habe ich schon gesehen«, sagte Dr. Mahoney.

Blair nickte und wandte sich zum Fenster, das die Silhouette von Rochester überblickte. Aus den grauen Wolken hatte leichter Schneefall eingesetzt.

»Blair? Hier ist jemand, der mit Ihnen reden möchte«, sagte Mahoney.

Greta trat an das Bett. »Mein Name ist Greta Hurd. Ich ermittle bei Tötungsdelikten.«

Blair nickte erneut zum Fenster. Ihre Nackensehnen waren gespannt wie Gitarrensaiten. Ihr blutiges Auge wurde feucht und die Tränen begannen, am Rand ihrer Nase herunterzulaufen. »Mein Mann ist tot«, sagte sie. »Sie haben es mir gesagt. Die Schwestern, als ich fragte. Jemand.« Sie zuckte zusammen, legte die Hände um ihren Kopf, zitterte. Es war quälend, dabei zuzusehen, doch Greta kam näher und rutschte langsam auf den Stuhl neben dem Bett.

»Es tut mir leid, dass ich Sie aufgeregt habe, Blair. Ich versuche nur zu helfen«, sagte Greta.

»Ich erinnere mich nicht an Sie«, sagte Blair.

»Wir sind uns nie zuvor begegnet.«

»Haben Sie sie gesehen?«, fragte Blair. »Lucia?«

Mahoney unterbrach: »Blair, wir waren nicht sicher, ob Sie schon so weit sind, Lucia wieder zu sehen.«

»Sie ist fünfzehn ... fünfzehn Jahre. Fast sechzehn, sagte sie. Ich sah sie in meinem Traum. Als ich erwachte und kein Baby hatte. Meine Mutter, und auf dieser Seite war Lucia.«

»Das war kein Traum, Blair«, sagte Mahoney.

»Alles verändert sich.« Irgendwie sahen ihre Augen gleichzeitig lebhaft und müde aus, am Rande des Schlafs. Sie schien verschiedene Bewusstseinsstufen zu durchlaufen und unfähig zu sein, einen Halt zu finden. »Wo ist meine Mutter?«

»Sie ist hier im Krankenhaus«, sagte Mahoney. »Möchten Sie sie sehen?«

»Meinen Vater? Ich möchte sie nicht sehen. Beide. Ich möchte nur Lucia sehen.«

»Wie lange waren sie verheiratet?«, fragte Greta.

Sie wischte sich eine Träne aus dem Auge. »Ich weiß nicht. Zwei Monate. Aber sie sagen mehr. Vielleicht fünfzehn Jahre. Die Zeit ist ... im Fernsehen. Ich weiß nicht, was irgendetwas ist.«

»Was war das Letzte, an das Sie sich erinnern, bevor Sie aufgewacht sind?«

»Ich bin hierher gekommen ... aber nicht in dieses Krankenhaus«, sagte Blair. »Oscar ist gefahren. Ich habe ... mein Baby bekommen? Im Krankenhaus, im Bett, gewartet, und ich bin hier aufgewacht.«

»An welchem Tag war das? Erinnern Sie sich?«

»Nein«, sagte Blair. Dann nickte sie. »Ja. Am Tag der Heiligen Lucia. Oscar sagte es mir. Dreizehnter Dezember. Wir entschieden, sie Lucia zu nennen, wenn sie an diesem Tag geboren wird. Wenn es ein Mädchen ist. Luke, wenn es ein Junge wird.«

Greta versuchte, sich an das Jahr 1977 zu erinnern, und produzierte stattdessen einen Nebel von Eindrücken, der von sechzehn Jahren voller Erinnerungen überlagert war. Sie erinnerte sich an Jimmy Carter und den unglaublichen Hulk. Aber sie konnte kein Stückchen ihres eigenen Lebens hervorgraben, außer, dass es das Jahr vor ihrer Trennung war, das Jahr bevor sie in die karge Wohnung gezogen war, die sie heute immer noch bewohnte. Kalte, trübe Nächte als Streifenpolizistin in ihrem Dienstwagen, all die Notrufe wegen häuslicher Zwischenfälle – armselige, wütende Familien, schlimmer dran, als ihre eigene es jemals gewesen war. Das Jahr, in dem sie es schließlich zuließ, dass der Job ihr die Brust aufriss und ihr Herz verzehrte.

»Wissen Sie, was mit Ihrem Ehemann passiert ist?«, fragte Greta.

Blairs Lächeln löste sich auf. Ihr Körper zitterte und ihr Gesicht lief rot an. »Ich will ihn sehen. Warum sagen sie, dass er tot ist? Wieso soll ich das glauben?«

»Blair«, sagte Mahoney. »Bitte beruhigen Sie sich. Bitte.«

»Ich will ihn sehen!«, erklärte Blair. Ihre Augen wanderten zwischen ihnen hin und her, flehten sie beide an. Sie schob den Wagen mit dem Tablett vom Bett weg, als drücke der sie nieder, doch sie blieb keuchend liegen, festgehalten von dem Gipsbein, das sie nicht anheben konnte.

Mahoney hastete zur Tür, starrte Greta finster an, als er an ihr vorbeilief. Im Türrahmen gestikulierte er zum Tresen mit den Schwestern und innerhalb von Sekunden stürmten zwei Frauen in Lindgrün und mit Tennisschuhen herein wie ein Polizeikommando. Kurz gestattete sich Greta die absurde Vorstellung, die Krankenschwestern würden versuchen, sie zu überwältigen. Stattdessen liefen sie geradewegs auf Blair zu und drückten die Patientin zurück in ihre Kissen.

»Officer Hurd?«, sagte Mahoney vom Gang aus.

Widerwillig folgte Greta und murmelte eine knappe Entschuldigung, für den Fall, dass der Arzt eine solche erwartete. Er war ein erwachsener Mann, aber fünf Zentimeter kleiner als Greta, und dieser Unterschied zerstörte jegliche Autorität, über die er verfügen mochte. Selbst als er versuchte, sie zu schelten.

»Sie hat eine ernsthafte Hirnverletzung erlitten, Officer, und ich habe Sie gebeten …«

»Ich habe verstanden«, sagte Greta. »Aber aus meiner Sicht, hat es ihren Ehemann viel schlimmer erwischt.«

»Ich verstehe, aber …«

»Ist die Tochter noch hier? Lucia«, platzte Greta heraus.

Mahoney seufzte. »Ich glaube, sie und ihre Großmutter sind unten in der Cafeteria.«

»Ich möchte Sie etwas fragen«, sagte Greta. »Warum kann sie sich an die Zeit vor fünfzehn Jahren so viel deutlicher erinnern als ich? Sind diese Dinge für sie nicht genauso undeutlich, wie für jeden anderen auch?«

Mahoney war aufgebracht, stellte sich auf die Zehenspitzen, um etwas größer zu erscheinen. Er redete, als würde er einen Eid zitieren, den er lieber nicht ablegen wollte: »Das Ganze ist reine Spekulation, auch wenn es gut dokumentiert ist. Hirnforscher nennen es zeitliche Abstufung. Erinnerungen sind auf beschlagenen Fensterscheiben aufgezeichnet, die sich eine über die andere legen. Man kann immer noch die darunter liegenden Erinnerungen sehen, doch jedes Mal, wenn man eine neue Scheibe darüber legt, sind die tiefer liegenden Schichten schwerer und schwerer zu erkennen. Stellen Sie sich vor, man könne plötzlich dutzende dieser Scheiben entfernen. Ein trübes und weit entferntes Fenster wird wieder so klar wie der Tag. Als sei es gestern geschehen.«

»Beschlagene Fenster?«, sagte Greta.

»Sehen Sie, ich kann es nur metaphorisch erklären, denn bisher versteht niemand wirklich die wissenschaftliche Grundlage dafür. Es ist Spekulation, das ist alles, was ich sage. Akademisches Rätselraten. Noch etwas?«

»Nichts, Dr. Mahoney«, sagte Greta. »Ich danke Ihnen, dass Sie sich Zeit genommen haben.«

»Keine Ursache, Officer«, murmelte Mahoney.

In der Krankenhaus-Cafeteria saß Luc an der Wand und starrte in einer Ecknische finster vor sich hin. Sie hatte die Knie unter ihr Kinn gezogen und die Arme um ihre Beine geschlungen, wobei die Spitzen ihrer Stiefel merkwürdig zueinander gekippt waren. Neben ihr auf dem Tisch stand eine Cola, die sie noch nicht geöffnet hatte. Für Greta hatte Luc niemals jünger oder verlorener ausgesehen. Lucs Großmutter besetzte die gegenüberliegende Hälfte der Nische und trank Kaffee aus einem Styroporbecher. Sie unterhielten sich nicht.

»Darf ich mich setzen?«, fragte Greta. Sie rutschte neben die Großmutter, bevor einer von beiden ablehnen konnte. Dann sagte sie zur Großmutter: »Mein Name ist Greta Hurd. Ich bin beim Rochester Police Department und untersuche den Mord an Oscar Moberg.«

»Norma Crowley«, sagte die Frau. »Ich bin Blairs Mutter.«

Luc senkte ihre Knie und legte die Sohlen ihrer Stiefel gegeneinander. Ohne aufzusehen. »Also, wie lautet das Urteil«, sagte sie, als wüsste sie die Antwort bereits.

Greta nahm die Cola in die Hände und öffnete sie. Die Kohlensäure zischte und schäumte, als sie das Getränk zurück zu Luc schob. »Warum trinkst du nicht etwas? Du siehst aus, als würdest du ohnmächtig«, sagte Greta.

»Vor ein paar Minuten habe ich ihr dasselbe gesagt«, erklärte Norma Crowley.

»Ist es so schlimm?«, knurrte Luc. Sie trank den ersten Schluck.

»Ich weiß es nicht«, sagte Greta. Auf ihrem Gang den Flur hinunter, im Aufzug, fragte sie sich, wie sie ihren Besuch im Krankenzimmer bewerten sollte. Egal wie sorgfältig sie Blairs Reaktionen beobachtet hatte, das Gehirn der Frau war offensichtlich durcheinander geschüttelt worden und es schien nahezu unmöglich, eine Form in den Brei zu bringen, der da heraustropfte. Greta wollte eine Vermutung äußern, und als reine Wahrheit verkaufen, doch stattdessen konnte sie nur sagen:

»Ich muss dir sagen, Luc, dass sie ziemlich verwirrt ist. Es ist ziemlich schwierig, mit jemandem zu reden, der dermaßen durcheinander ist. Es wird Zeit brauchen.«

Um zehn Uhr dreißig abends war die Cafeteria fast leer, außer den Dreien, einem Angestellten, der das Salatbüfett säuberte, und einem Raumpfleger, der den weißen Fliesenboden aufwischte. Er wandte ihnen den Rücken zu, schwang seinen Schrubber unter den leeren Nischen.

»Ich denke, meine Mutter ist jetzt nur noch Gemüse«, sagte Luc.

»Herrgott, Luc«, monierte Norma. »Was redest du da.«

Luc murmelte etwas, nicht bereit ihrer Verachtung die Lautstärke zu geben, die sie verdiente.

»Sie möchte dich sehen«, sagte Greta.

»Keine Chance. Nicht heute«, sagte Luc. »Ich gehe nach Hause.«

»Ich denke, wir sollten nach oben gehen«, sagte Norma. »Sie braucht uns.«

Greta erwähnte nichts von Blairs Weigerung, ihre Mutter zu sehen. Diese alte Familienfehde war nicht ihre Angelegenheit und sie hatte nicht die Absicht, sich darin hineinziehen zu lassen.

Luc brodelte. Ihr Griff zerbeulte die Aluminiumdose. Norma murmelte schroff, sie müsse die Toilette aufsuchen, also stand Greta auf, um sie durchzulassen. Als die Großmutter gegangen war, sagte Greta: »Wir werden das schnell abschließen, okay? Dann wissen wir Bescheid, und es wird keine Mutmaßungen mehr geben. Im Moment brauchst du Schlaf.«

Luc rieb sich die Augen mit ihren Fingerknöcheln und musste kurz husten. »Ich kann nicht schlafen, weil ich diesen verrückten Traum hatte, als würde ich Schlafwandeln. Solch einen Traum hatte ich noch nie zuvor. Da war ein kleiner Gnom, der in meinem Souterrain herumgerannt ist. Er stammt aus einer dieser Geschichten, die mein Dad mir immer erzählte – schwedische Märchen. Es ist nicht einfach zu erklären, aber ich fühle mich, als würde ich wahnsinnig, weil ich an diese Träume glaube und ihnen Aufmerksamkeit schenke.«

»Was glaubst du, sagen dir deine Träume?«, fragte Greta.

»Das ist es nicht. Sie zeigen mir Dinge. Ich meine im wahrsten Sinne. Wegen meines Traums habe ich Geld in einem Umschlag unter dem Trockner im Souterrain gefunden. Ich meine, ich bin im Souterrain schlafgewandelt und dann war da dieses Geld. Und als ich wirklich wieder wach war, bin ich erneut hingegangen und das Geld war immer noch da. Das habe ich nicht geträumt. Es waren fünftausend Dollar in einem Umschlag. Wenn ich daran zurückdenke, frage ich mich, ob ich vielleicht gar nicht wach war und herumgelaufen bin, weil ich meine Mutter oben zusammenbrechen gehört habe. Vielleicht war ich im Halbschlaf und habe einfach nur die Ecke des Umschlags herausragen gesehen, so dass da gar kein Gnom war, der ihn mir gezeigt hat.«

»Ist das Geld immer noch da?«

»Das weiß ich nicht«, musste Luc einräumen. »Meinen Sie, das ist etwas?«

»Fünftausend Dollar in bar? Das ist etwas«, sagte Greta.

»Ich habe Angst. Ich glaube, ich werde verrückt.«

Mit einer Hand bedeckte Greta ihren Mund und sog langsam den Atem durch die Krümmung ihres Daumens ein und zog ihre Wangen mit den Fingern nach unten. Für Luc musste es wie eine Niederlage ausgesehen haben, wie eine Entschuldigung in Zeichensprache. »Deine Großmutter kümmert sich um dich?«, fragte Greta.

»Ja, sie wird bleiben. Sie wird hier sein.«

»Gut, jedenfalls darfst du nicht verrückt werden, denn wir brauchen dich. Okay? Wir haben eine Menge Fragen, die beantwortet werden müssen. Du solltest wissen, dass wir einige Anhaltspunkte haben.«

»Was für Anhaltspunkte?«

»Sie sind noch nicht stichhaltig genug, um schon darüber zu reden, aber wir suchen nach einer Frau.«

»Eine Frau? Ich bin sicher, dass es ein Mann war, der …«

»Ich weiß, Luc, aber es sind möglicherweise mehrere Personen beteiligt. Vielleicht haben wir bald einige Bilder, die du dir anschauen musst, um zu sehen, ob du jemanden erkennst.«

Luc nickte, wobei ihre Augen auf ihr Spiegelbild in der Tischplatte starrten. Sie grinste das blasse Bild höhnisch an, als wäre es ein Schnappschuss ihres schlimmsten Feindes. Greta kannte dieses Gefühl, aber sie lehnte sich nicht über den Tisch, um Luc zu umarmen. Denn all die tröstenden Worte, die sie zusammenbringen konnte, waren banal.

Zu Hause konnte Luc nicht schlafen, und sie wollte nicht schlafen, denn sie wusste, ihre Träume würden sie zu diesem Friedhof in ihrem Kopf führen. Stattdessen geriet sie in Panik und durchstöberte das Haus wie ein Wachhund, der nach Anzeichen für Gefahr schnüffelte. Roch das Aroma von abgestandenem Kaffee im Flur, hörte Letterman im Fernsehen. In der Frühstücksnische saß Oma Norma über den Tisch gebeugt mit zwei Fingern durch den Henkel ihres Kaffeebechers gesteckt. Auf dem Tisch lagen ein Frischhaltebeutel voller Papiertücher und ein schnurloses Telefon, das fünf Mal geläutet hatte, seit sie aus dem Krankenhaus wiedergekehrt waren. Jedes Mal war es Normas Ehemann John gewesen, der aus ihrem Haus in Bringhampton anrief, um Anweisungen zu erhalten, wie er den Geschirrspüler oder den Wäschetrockner oder den Herd bedienen sollte. *Großvater* John.

»Hast du etwas gehört?«, fragte Luc.

»Was gehört?«, sagte Norma. »Das Telefon? Vielleicht war es der Fernseher.«

»Nein. Ich dachte, ich hätte etwas gehört. Ich weiß nicht.«

»Ich bin sicher, es wird ihr wieder gut gehen«, sagte Norma. »Sie war zu Anfang nur ein wenig verwirrt, das ist alles. Du wirst sehen, Morgen wird wieder alles in Ordnung sein, nachdem sie sich etwas beruhigt hat. Sie hat so viel Glück, dass es nicht schlimmer gekommen ist. Wenn man daran denkt, dass sie so stürzen konnte. Ich mag mir gar nicht vorstellen ...«

»Sie will sich nicht erinnern«, sagte Luc.

»Woran erinnern, Schatz?«

»Fünfzehn Jahre ... mein ganzes Leben«, sagte sie. »Die Dauer ihrer Ehe. Wie soll ich ihr wieder ins Gesicht sehen können?«

»Ich verstehe nicht, was du meinst«, beklagte sich Norma.

»Es gibt eine Menge, was du nicht weißt. Zunächst einmal hat sie vor zwei Tagen versucht, sich umzubringen. Und sie hat nicht an mich gedacht, was mit mir geschehen könnte. Mich alleine zu lassen, mit niemandem, und wie viel das ...« Sie öffnete ihren Mund, schüttelte den Kopf, um eine endgültige Feststellung zu treffen, doch es kam nichts heraus.

»Luc, sie ... sie wollte das nicht tun«, sagte Norma.

»Hör auf, dir etwas vorzumachen. Sie ist nicht gefallen. Sie ist gesprungen.«

»So etwas würde deine Mutter niemals tun. Sie hätte mich anrufen sollen, nachdem das mit deinem Vater passiert ist. Ich wäre eher gekommen, auf der Stelle.«

»Warum?«, wollte Luc wissen. »Um sie erneut zu tadeln, dass sie Dad geheiratet hat? Du solltest deine Augen ein wenig öffnen.«

Luc stürmte die Treppe hinunter in ihr Zimmer. Sie konnte ihr Herz nicht beruhigen, das ratterte wie ein Film, der aus der Spule gesprungen war. Im Haus gab es keine Schusswaffen, die sie schützen konnten, aber in ihrer Tasche trug Luc ein Jagdmesser in einer Lederscheide, das ihr Vater jahrelang unter seinem Bett aufbewahrt hatte. Sein Schutz, falls irgendjemand einbrechen sollte. Doch Dad hatte niemals erwartet, dass diese Leute, wer immer sie waren, ihm draußen auflauern würden, im Freien, außerhalb der Sicherheit seines Heims.

Im Souterrain schaltete sie jeden verfügbaren Lichtschalter an und zog die Schnur an jeder möglichen Glühbirne. Sie kauerte sich neben den Trockner und hob die Maschine an. Darunter befanden sich Staubklümpchen, verstreutes Kleingeld, aber kein Umschlag mit Geld lag dort, wo Luc ihn erst vor zwei Tagen gesehen hatte. Sie kniff ihre Lider fest zu, aber die Wahrheit war unverändert, als sie die Augen wieder öffnete. Sie knurrte in ihre kalten schmutzigen Hände, die mit Rostflecken gesprenkelt waren.

Dann erhob sie sich, um die Hintertür zu überprüfen. Sie war verschlossen. Sie nahm den Schlüssel vom Haken und öffnete den Türriegel, riss die Tür auf. Bis auf einige Blätter, die im Wind raschelten, lag der Garten ruhig da. Der Pool war aufgewölbt wie ein Grabhügel, eine schwarze Silhouette.

Sie trat nach draußen und spürte, wie die Kälte ihre Haut zusammenzog, ihre Socken sogen die Feuchtigkeit des Bodens auf. Der Garten der Mobergs lag eineinhalb Meter niedriger als die umgebenden Grundstücke, befestigt von massiven Steinmauern wie ein leeres Massengrab. Links oben lag die Auffahrt von Quinn und seiner Mom sowie die freistehende Garage, durch deren geöffnete Tür Licht herausfiel. Ein langer, formloser Schatten bewegte sich im Licht.

Luc näherte sich der Steinmauer und legte ihre Hände auf den kalten Belag der Auffahrt. Sie drückte sich nach oben. Zur Unterstützung presste sie ihre Zehen gegen einen hervorstehenden Stein in der Mauer, doch der Stein brach weg. Sie stieß sich den Ellbogen, fluchte, schürfte sich die Knöchel auf. Der Schmerz in ihrem bandagierten rechten Arm weigerte sich zu vergehen. Ungeschickt richtete sie sich auf und ihr Schatten reichte über die gesamte Länge der Auffahrt hinunter, bis dorthin, wo Quinns grauer, mit Roststellen übersäter Thunderbird geparkt war.

Quinn bastelte in seiner Garage an seinem Motorrad herum, wischte sich die Hände an einem schmierigen Lappen ab. Das Motorrad war auf seinem Ständer über einer ausgebreiteten Decke aufgebockt, die mit Werkzeug und silbrig glänzenden Teilen übersät war – Dichtungen, Zündkerzenstecker, Zylinder, was auch immer –, die er von seinem Bike abmontiert hatte. Er musterte sein Werk wie ein Chirurg, der seine Arbeit erst halb getan hatte.

Luc stand schon fast in der Garage, bevor Quinn sie entdeckte.

»Scheiße«, sagte er. Er stolperte zurück, stieß mit seinem Absatz gegen einen Schraubenschlüssel.

»Tut mir leid. Ich habe Licht gesehen. Ich wollte dich nicht erschrecken.«

Quinn starrte auf ihre Hände, die neben ihrer Hüfte pendelten. Ihre linke Hand umklammerte das Messer.

»Oh, Scheiße«, sagte Luc. Sie nahm das Messer von einer Hand in die andere, suchte dann in ihrer Tasche nach der Scheide, steckte es hinein. »Entschuldige. Ich bin herumgeschlichen, weil ich dachte, ich hätte etwas gehört, in unserem Haus ... in unserem Garten ... aber wahrscheinlich werde ich nur langsam verrückt. Ich hatte Angst, also nahm ich das Messer. Ich habe Licht gesehen und dachte ...«

Quinn nickte. Er ließ seine Schulter ein wenig sinken.

»Ich bin nicht rübergekommen, um dich umzubringen«, sagte Luc. »Ehrlich.«

Schließlich redete Quinn. »Das sind gute Neuigkeiten«, sagte er.

»Ich fühle mich, als wäre ich total durchgeknallt.«

»Na ja, du läufst im Dunkeln mit einem Messer rum. Das ist schon ziemlich durchgeknallt.«

»Ich weiß. Tut mir leid. Wirklich. Ich wollte nur hallo sagen.«

»Hallo.« Quinn warf den Lappen auf den Motorradsitz und beugte sich über ein Sixpack Honey Brown, das auf dem Betonboden der Garage stand. Drei waren leer. Quinn nahm eine volle und öffnete sie. »Möchtest du ein Bier?«, fragte er.

»Nein, danke«, sagte Luc. »Es tut mir wirklich leid.«

»Vergiss es. Das Bier hat mich müde gemacht, aber du hast mich wieder aufgeweckt. Keine Frage. Ich habe nur an meinem Bike herumgebastelt, obwohl eigentlich gar nichts damit ist. Ich bin nur neugierig, weißt du? Ein wenig verbessern, ein bisschen was verändern. Sehen, ob es noch besser läuft.«

»Es ist fast zwei Uhr früh. Etwas seltsam, das jetzt zu tun.«

»Kann nicht schlafen«, sagte Quinn. Er nahm einen langen Schluck, während Luc an die Zeit dachte, als sie ihn in seinem Vorgarten gesehen hatte, wie er zu Heavy Metal aus seinem Ghettoblaster fauchte und dabei den Gummigriff eines Fahrrads anstelle eines Mikrofons benutzte. Das war ein beinahe vergangener Quinn, der den Mädchen, die auf dem Bürgersteig an seinem Haus vorbeigingen, Dinge hinterher rief. Damals dachten Luc und die Zwillinge, er sei ein wenig zurückgeblieben. Doch im Laufe der Jahre hatte etwas ihr Denken verändert. Ob sich dieses Etwas in ihr oder in Quinn geändert hatte, wusste sie nicht.

»Darf ich dich etwas fragen?«, sagte er, während er seinen Nacken rieb.

Sie fühlte sich, als hätte die Schwerkraft sie verlassen. Es gelang ihr, zu sagen: »Sicher«.

»Ich habe heute von deiner Mutter gehört. Es tut mir leid, was du im Moment alles durchmachen musst.«

»Danke«, sagte Luc. »Ist das eine Frage?«

»Nee. Ich meine, sie und ich, wir hatten Probleme, aber was ihr passiert ist ...«

»Sie tat es selbst«, sagte Luc. »Es ist ihr nicht passiert.«

»Sie ist selbst gesprungen, vorsätzlich? Ich will dir nicht zu nahe treten.«

»Ist schon in Ordnung«, sagte Luc. »Sie hat schon einmal versucht, sich umzubringen, am Tag zuvor, als sie diese Tabletten nahm. Aber sie hat sie ausgekotzt. Jetzt liegt sie im Krankenhaus und ihr Kopf ist ramponiert. Sie hat ihn sich ziemlich angestoßen, sie wäre fast ertrunken ... aber die Ärzte haben sie untersucht, Computertomographien und so weiter. Sie war stundenlang bewusstlos.«

»Es tut mir leid, dass ich mich ihr gegenüber wie ein Riesenarschloch benommen habe«, sagte Quinn.

»Vergangenheitsform?«

»Ja ... jeder muss mal erwachsen werden, denke ich.«

Es war mindestens ein Jahr her, dass Mom auch nur Quinns Namen erwähnt hatte. Sie hatte immer noch finster drein geblickt, wenn er in der Nähe war, aber nicht mehr mit dieser Gehässigkeit. Luc verstand jetzt, dass diese Veränderung stattgefunden hatte, weil Quinn ruhiger geworden war, besonnener, als hätte er eine Krise überstanden. Vielleicht war es die Trennung seines Vaters, aber das war geschehen, lange bevor sie ihn kannte, vor seinen jugendlichen Flegeljahren. Vielleicht lag es an seinem Freund, der im vergangenen Jahr ertrunken war, als er versuchte, mitten in der Nacht besoffen den Erie-Kanal zu durchschwimmen.

»Auf jeden Fall stimmt irgendetwas nicht mit meiner Mom. Es ist verrückt. Sie hat mich nicht erkannt und sie denkt, es ist neunzehnhundertsiebenundsiebzig. Wirklich wahr.«

»Ach du Scheiße«, sagte Quinn. Er setzte sich auf einen Klappstuhl. Nach wenigen Sekunden hatte er den Rest seines Biers heruntergespült. Selbst bei diesem Wetter trug Quinn nur ein Trägerhemd, das seine festen Muskeln und seine haarlosen Arme entblößte.

»Ich bin vollkommen durch den Wind, weißt du?«, sagte Luc.

»Ja.« Quinn sah zu, wie seine Stiefel einen Haufen ölgetränktes Katzenstreu über den Boden verteilten.

Luc hatte ihn schweigsam gemacht, deswegen versuchte sie, die Situation zu entspannen. Anstatt ihm noch mehr von ihrem Ballast aufzubürden, nahm sie einen anderen Klappstuhl, der zusammengefaltet an der Garagenwand lehnte. Sie klappte den Stuhl auf, setzte sich ihm gegenüber, aber nicht zu nah. »Machst du dieses Jahr deinen Abschluss?«, fragte sie.

»Ja. Ich sollte es besser tun, oder meine Mom wird eine Woche lang jammern und schreien. Sie ist schon sauer wegen diesem Bike. Weil mein Vater es gekauft hat. Es sollte ein Ausgleich dafür sein, dass er in Kalifornien lebt und mich nie besucht. Aber für mich ist das okay. Er ist ein Arschloch und sein schlechtes Gewissen hat mir dieses schöne Motorrad beschert. Luc, war das ernst gemeint, was du …«

Sie erhob ihre Stimme, um ihn zu unterbrechen. »Hast du einen Führerschein dafür?«

»Warum?«, fragte er. Er brauchte weitere zehn Sekunden, um das Unvermeidliche zu fragen: »Möchtest du mitfahren?«

»Nein.« Sie streckte sich, die Nerven in ihren Gliedmaßen angespannt. »Im Ernst?«

»Im Ernst«, sagte Quinn. »Ich muss nur ein paar Teile wieder anschrauben.«

Zehn Minuten später summten ihre Knochen im Einklang mit dem Motor, der unter ihren angewinkelten und zusammengepressten Beinen rumpelte. Kein Helm oder Polster, die sie schützten, nicht einmal Schuhe, nichts, was sie davon abhielt, vom Sozius des Motorrads auf die Straße zu stürzen. Nichts, außer ihren Armen, die um Quinns Körper geschlungen waren. Ihr Mund wurde in die warme Vertiefung seines Schulterblatts gepresst. All ihre unbedeutenden Ängste waren verschwunden, als das Bike eine dunkle Straße im Ortszentrum entlang raste und an geparkten Autos und nächtlichen Ampeln vorbeischoss, die gelb blinkend zur Vorsicht gemahnten. Es konnte keine Vorsicht geben, während Quinns Muskeln sich unter ihren Fingern bewegten und seine Haare gegen ihr Gesicht flatterten wie Rabenflügel.

Die Nachtluft war schneidend kalt, doch Luc konnte ihr eigenes Zittern nicht vom tiefen, heißen Beben des Motors unterscheiden. Straßenlaternen blitzten über ihnen auf und das Geräusch des Motorrads brandete gegen die Scheiben der Ladenfronten. In jeder dunklen Seitenstraße hätte ein Polizist verborgen sein können, doch niemand folgte ihnen. Und so jagte Quinn auf die Zugbrücke am Erie-Kanal zu. Zusammen schossen sie über den letzten Asphaltklumpen und hoben für einen atemlosen Augenblick ab, bevor die Reifen auf dem Metallrost der Brücke griffen. Mit sanftem Brummen schwebten sie über das schwarze Wasser unter ihnen.

Tanya hängte einige nasse Jeans und T-Shirts auf eine Wäscheleine, die zwischen der Ecke des Trailers und einem blattlosen Baum gespannt war. Die Winterkälte war frostig genug, um die Wäsche erstarren zu lassen, bevor sie trocken war, doch Tanya versuchte es trotzdem. Die restliche Wäsche war im Trailer verteilt und hing über allem, worüber man etwas aufhängen konnte. Sie hatte eine Ladung Handwäsche im Küchenwaschbecken gemacht, wobei sie ein Flüssigwaschmittel benutzte und eine Suppenkelle, um es durchzurühren. Der Boden hier draußen bestand immer noch aus Schlamm und aufgeweichten Blättern, durch die sie barfüßig gelaufen war, um ihre geschwollenen Fersen zu kühlen. Das Baby lag ruhig in ihrem Bauch. Sie war besorgt, wenn es sich nicht bewegte, denn am allerwenigsten wollte sie etwas Totes in sich haben.

Mason kam im Deville die Straße herunter und ließ die Reifen so hart über die Bodenschwellen des Trailerparks brettern, dass sich die Radaufhängungen zusammendrückten wie Trampolinfedern. Er lenkte den Wagen auf den unebenen Vorplatz und schlitterte eine kurze Strecke über das nasse Gras, bevor er anhielt. Als Mason aus dem Auto sprang und die Tür zuschlug, obwohl der Motor noch lief und die Schlüssel noch im Zündschloss steckten, wusste Tanya, dass es Ärger gab.

Mit verzerrtem Gesicht und gefletschten Zähnen stapfte er auf sie zu. Tanya warf eine Jeans über die Leine, erledigte weiter ihre Hausarbeit, als wäre alles in Ordnung. Doch das war ihre letzte Bewegung, bevor er ein Büschel ihrer Haare ergriff und in seiner Hand drehte und daran zog. Mason zerrte ihren Hals nach hinten und bog ihr Gesicht direkt unterhalb von seinem nach oben. Seine Nasenflügel bebten.

»Was hast du getan?«, fragte er. Doch er ließ ihr keine Zeit nachzudenken, sondern führte sie wie ein gezäumtes Pferd zur Veranda des Trailers. Blind stolperte sie durch Schlammpfützen und die harten, scharfen Äste. »Au, aua«, sagte sie. Sie sträubte sich, als sie die Treppe hochgingen, und so gerieten sie beide ins Straucheln. Sein Gezerre riss ihr beinahe die Haare vom Kopf, als würde sie skalpiert.

Im Trailer stieß er sie auf die Couch, wobei ihre schmutzigen Füße über den Boden stolperten, doch rasch saß sie aufrecht.

Er schäumte vor Wut und fragte erneut: »Was hast du getan?«

Tanya beobachtete seine Fäuste. Sie war nicht so dumm, darauf zu antworten.

»Was hast du der Schlampe erzählt? Der Frau des Lehrers?«, fragte er. Er war manisch, voller Bewegung, obwohl er ruhig stand. Das Leder seiner Jacke und der Stiefel knirschte wie ein Schiffsmast. »Was immer du ihr erzählt hast, du hast Scheiße gebaut.«

»Hat sie die andere Hälfte des Geldes nicht bezahlt?«

»Sie ist tot, verdammte Scheiße.« Er drehte sich um und schlug gegen die Trailerwand und der Lärm dröhnte durch das Metall wie Kanonenfeuer. Er schüttelte den Schmerz aus seinen Fingern. Überall hing frisch gewaschene Wäsche über Stuhl- und Armlehnen und tropfte auf den Boden. Der ganze Trailer roch nach Weichspüler. »Ich habe gerade erfahren, dass sich die Schlampe umgebracht hat. Ist von einer Pier in den Ontariosee gesprungen«, sagte er.

Tanya konnte sich nicht erinnern, wo er jetzt herkam, oder ob er ihr überhaupt seine Pläne mitgeteilt hatte, als er gegangen war. Zusammengekauert, mit den Armen um den Babybauch geschlungen, saß sie da. Ihre Füße hinterließen braune Spuren auf dem Boden und Mason lief mit seinen Stiefeln hindurch und quetschte nassen Schmutz in die Risse des Linoleums. Sie versuchte an den anderen, noch nicht erhaltenen Haufen von fünftausend Dollar zu denken, den sie so plötzlich verloren hatten, doch solche Mengen an Bargeld konnte sie sich schlecht vorstellen. Ein Leuchtfeuer aus Fünfdollarscheinen. Das Geld erschien ihr sowieso nie wirklich – nur ein Wunsch, über den man redete, und der jetzt vorbei war. »Was wirst du tun?«, fragte sie.

»Ich weiß es nicht. Ich weiß nicht, was du zu ihr gesagt hast.«

»Das, was du mir aufgetragen hast.«

»Was immer du getan hast, es hat sie fertig gemacht.«

»Hat es?«, sagte sie so höhnisch, wie es klingen sollte.

Mason schlug ihr mit dem Handrücken ins Gesicht. Sie schrie auf und knallte mit dem Kopf gegen eine Armlehne, über die ein Sweatshirt ausgebreitet war. Es fühlte sich an, als hätte er ihren Unterkiefer vom Kopf abgeschlagen, mit einem mahlenden Schmerz, als befände sich heißer Sand zwischen Kiefergelenk und Schläfenbein. Er packte ein Haarbüschel an ihrem Pony und zog ihren Kopf nach hinten, bis ihr Hals durchgebogen war. Er deutete mit einem Finger auf ihr Gesicht und sagte: »Willst du noch mehr vermasseln? Ich habe all diese Bücher gelesen und ich weiß, mein Sohn könnte problemlos leben, wenn er jetzt zur Welt käme. Ich werde dich aufschlitzen und ihn rausholen, und dich lass ich hier tot liegen. Ich brauch deine Scheiße nicht. Ich könnte jetzt ein Messer nehmen und dich aufschlitzen und ihn rausholen. Ich lass dich hier verbluten, hast du gehört?«

In ihrem Schädel tobte ein Wirbelsturm. Seine Stimme drang zu ihr, wie ein entferntes Gewitter, doch sie hörte sie immer noch deutlich genug. Sie nickte, wischte sich die Feuchtigkeit unter ihrer Nase weg.

Mason ließ sie los. Er ging zum Kühlschrank und steckte seinen Kopf hinein, kam mit einer Dose Budweiser wieder zum Vorschein. Er riss sie auf und nahm einen tiefen Schluck, wobei er sich mit einer Hand an der Decke des Trailers abstützte. Draußen hatte Hagel eingesetzt, und es prasselte und dröhnte gegen das abgerundete Dach wie Schrotkugeln. Innerhalb von Sekunden war es laut genug, um Tanyas Schluchzen zu übertönen.

»Was flennst du?«, fragte Mason.

»Die Cops werden uns finden«, sagte Tanya. Sie mussten beinahe schreien, um sich über dem Hagel verständlich zu machen.

»Auf keinen Fall. Niemand wird uns finden.«

Tanya schluckte trocken, bevor sie es sagte: »Mason? Du musst es mir sagen. Hast du den Professor getötet, den Ehemann der Frau?«

»Ich muss dir gar nichts sagen, Tan. Hast du verstanden?«

Sie zog die Nase hoch. Steckte eine Hand in ihre Tasche und fand ein zerknülltes Taschentuch. Nachdem sie ihre Nase abtupfte, war das Taschentuch blutgesprenkelt. Mason hatte bereits genug gesagt, um zu unterstreichen, was Tanya bereits seit längerer Zeit ahnte. Er hatte den Mord begangen, der ihm einen Haufen Geld und einigen Einfluss innerhalb der Skeleton Crew bringen sollte. Sie nahm an, den Professor zu erschießen, hatte ihn vom Anwärter zum Mitglied befördert. Und zwar nicht, weil jemand in der Gang den Collegelehrer persönlich kannte und ihn aus irgendeinem Grund tot sehen wollte, sondern weil töten einfach das war, was sie taten, um ihre Herzen gegen die hässliche Welt abzuhärten, die sie hassten. Sie wollte nicht darüber nachdenken, wie viele Morde sie insgesamt auf dem Kerbholz hatten.

Mason knallte die leere Bierdose auf den Tisch. »Lass dieses selbstgefällige Grinsen, Babe. Du warst von Anfang an ein Teil dieses Spiels. Was ist mit diesem Junkie-Zuhälter, um den ich mich gekümmert habe? Hast du den vergessen?«

»Du hast ihn verprügelt. Du hast seinen Van gestohlen, das ist alles.«

»Red keinen Unsinn, Tan. Bist du dermaßen verblendet?« Mason holte sich ein weiteres Bier aus dem Kühlschrank und begann es auf dem Rückweg zu trinken. Sie verkrampfte, und der Trailer wackelte und knarrte, während er sich bewegte. Er setzte sich neben sie auf die Couch. Beide starrten gegen die leere Wand gegenüber, als befände sich dort ein Fernseher, der die Nachrichten aus der Zeit zeigte, als sie sich kennenlernten. Er sagte: »Du weißt verdammt genau, dass dieser miese Wichser nichts weiter ist, als ein Haufen gebrochener Knochen, der auf einer Müllhalde in Cincinnati vor sich hingammelt.«

Nur eine seltsame Erinnerung an ihren Ex schlüpfte in diesem Augenblick in Tanyas Erinnerung: Beide drängten sich unter einer nackten Glühbirne in einem Treppenhaus eines Wohnblocks aneinander, ihre Klamotten waren nass von einem Regenguss. Sie teilten sich einen Whopper von Burger King und eine Tüte Pommes, keiner aß die sauren Gurken. Sein Gesicht war dunkelbraun, sein Haar ein ausgeblichener Bürstenschnitt, seine Kiefer mahlten, während er kaute. Goldene Armbänder an seinen nadelzerstochenen Armen. »Davon habe ich nichts gewusst«, sagte sie.

»Dann erzähle ich es dir. Ich habe seine Kehle mit seinem eigenen Messer aufgeschlitzt, dann habe ich es bis zum Heft in sein Auge gestoßen. Danach ist er in der Badewanne ausgeblutet, bis sein Niggergesicht fast so weiß war wie deins. Du weißt verdammt gut, dass ich das tun musste, damit er dich nicht mehr wie eine Sklavin halten konnte. Ich habe dich verdammt noch mal befreit, Tan. Genauso, wie ich es jetzt versuche. Du denkst, ich bin ein Anfänger? Die Crew würde sich nicht mit irgendeinem beschissenen Anfänger einlassen.«

Tanya nickte. Sie nahm Mason das Bier aus der Hand und nahm einen Schluck, um ihre Kehle anzufeuchten.

»Lass keinen Alkohol an mein Baby«, sagte Mason.

»Tut mir leid«, sagte Tanya. »Ich habe es vergessen. Ich brauchte einfach einen kleinen Schluck.«

Mason griff sich wieder sein Bier. »Du solltest etwas dankbarer sein.«

»Tut mir leid.«

»Das sollte es auch.«

»Was machen wir jetzt?«, fragte sie.

»Ich werde mir etwas überlegen, sobald ich weitere Einzelheiten erfahren habe.«

»Aber du hast gesagt, sie ist tot. Was sonst ...«

»Vergiss, was ich gesagt habe«, sagte er. »Ich war sauer. Du weißt, was passiert, wenn ich sauer bin – ich weiß nicht, was ich sage. Im Moment weiß ich nur, dass sie versucht hat, sich umzubringen. Also warte ich ab, bis ich erfahre, ob sie durchkommt oder nicht. Wie auch immer, wir sollten uns so schnell wie möglich aus dem Staub machen. Du kannst damit anfangen, diese ganzen Klamotten in Koffer zu packen.«

»Die sind nass«, sagte sie. »Ich habe sie gerade gewaschen.«

Er langte in seine Tasche und holte eine handvoll Münzen hervor, ließ sie in seiner Hand klimpern, dann warf er sie auf den Couchbezug neben sie. Mindestens die Hälfte der Münzen landete in der Furche oder auf dem Boden. »Dann bring sie in einen beschissenen Waschsalon«, sagte Mason.

MIT GRELLWEISS LEUCHTENDEN Scheinwerfern parkte der Krankenwagen des medizinischen Notdienstes von Monroe County in Lucs Auffahrt. Es war der neunte Dezember, vier Tage vor Lucs Geburtstag, und der Winter hatte die letzten warmen Südwinde vertrieben. Noch immer schmolz der fallende Schnee, aber das Gras und die Blätter waren mir Reif überzogen und die schwarzen Bäume hoben sich kahl vom Himmel ab. Frost trübte die Fenster wie grauer Star die Augen. Unten klapperte die Heizanlage und stieß ihren Atem durch die Kamine.

Mom war in dem Wagen. Zwei Tage nachdem sie ihre Benommenheit durchbrochen hatte, kam sie heim. Zwei Tage mit Untersuchungen und Tests und Berichten, aber Luc war noch nicht bereit, ihre Mutter zu Hause zu begrüßen. Seit jenen ersten aufgebrachten und verwirrten Augenblicken, als ihre Mutter aufgewacht war und nach ihrem nichtvorhandenen Baby rief, hatte Luc das Krankenhaus nicht mehr besucht. Luc hatte wochenlange stationäre Behandlung und Rehabilitationsmaßnahmen erwartet, doch Oma Norma zufolge war Mom versessen darauf, das Krankenhaus zu verlassen und Dr. Mahoney bezeichnete ihren Zustand als stabil. Er wollte sie dreimal die Woche für Untersuchungen und zu Studienzwecken – sein persönliches menschliches Versuchskaninchen – sehen. Aber er stellte ihr frei, eine Welt zu betreten, die sich fünfzehn Jahre über ihre Erinnerung hinaus weitergedreht hatte.

Der Fahrer öffnete die Schiebetür, während ein Sanitäter vom Beifahrersitz sprang und um die Motorhaube des Fahrzeugs herumlief, um zu helfen. Beide trugen Winterjacken und hatten die Kapuzen über ihre Köpfe gezogen. Gebeugt und mit den Händen in den Taschen standen sie da, wippten zu einem lautlosen Rhythmus, während sich die automatische Hebebühne herausschob.

Zuerst war nur ein eingegipster Fuß sichtbar, dann glitt der Rest des Beins aus dem Wageninneren auf die Hebebühne. Blair Crowley-Moberg saß in einem Rollstuhl. Ihre Ellenbogen standen seitlich ab und ihr Kopf nickte träge nach rechts, während sie rollte. Lucs Mutter war die gleiche wie immer, doch im Rollstuhl sah sie gleichzeitig hässlich und fremd aus. Großmutter Norma kam in ihrem Oldsmobile an und parkte neben dem Bordstein. Sie war dem Krankenwagen gefolgt, als führe sie das einzige Auto in einer lächerlichen Beerdigungsprozession.

Der Sanitäter schob den Rollstuhl die Auffahrt zur Veranda hinauf. Über Blairs Körper lag eine schwere graue Decke, wie man sie benutzte, um kleinere Feuer zu ersticken. Ihre Brauen waren vor Schmerz oder Unglauben zerfurcht und ihr Mund stand offen. Luc wollte durch das Fenster schreien: *Schließ deinen Mund! Du siehst aus wie eine Idiotin! Ist es das, was aus dir geworden ist?* Stattdessen musste Luc ihre Mutter begrüßen wie eine Fremde, eine entfernte Verwandte aus einem fernen Bundesstaat: *Hallo, ich bin deine Tochter, Lucia.* Bedächtig ausgesprochen, als rede man mit einem Kind.

Draußen hatte der Sanitäter den Rollstuhl umgedreht, um ihn die

Stufen zur Veranda hochzuziehen, während Großmutter Norma hinterher trotte und sich über etwas beschwerte, was Luc nicht verstand. Bei jeder Stufe wackelte Blairs Hinterkopf wie der einer ausgestopften Puppe.

Als die Demütigung vorüber war, dankte Norma den Sanitätern und sie gingen. Dort saß Mom: feuchte Augen, die Luc anstarrten, zusammengesunken in ihrem Stuhl. Norma schob den Stuhl in die Küche, wobei sie eine Hand auf Moms Schulter presste, als erwartete sie, dass ihre Tochter plötzlich nach vorne fallen oder aufspringen würde. Doch Blairs Bewegungen liefen allesamt in Zeitlupe ab. Sie blinzelte schläfrig. Ihr Gesicht wirkte wie schlecht modellierter Ton. Sie formte ein Lächeln, aber es wirkte verunglückt und Furcht einflößend. Sie hob eine zitternde Hand und grunzte. Luc war überzeugt, das Gehirn ihrer Mutter sei verrottet wie ein Apfel, den man in den Dreck geworfen hatte.

Doch dann sagte sie: »Luc«, klar und deutlich. Luc fühlte sich, als werde sie zum zweiten Mal getauft. Mit jeder Minute, die verging, wirkte ihre Mutter lebendiger – insbesondere, nachdem sie sich von Normas Hand befreite und die Räder über den Boden auf Luc zu bewegte.

»Ich erinnere mich an dich«, sagte Mom. »Von dem Tag, als ich ... als ich wieder erwachte. Du warst da. Ich kenne dein Gesicht. Es ist mein Gesicht. Oscars.«

»Mein Gesicht ...«, wiederholte Luc.

»Du bist fünfzehn. Es ist neunzehnhundert ... drei und ... neunzig«, sagte Mom. Sie berührte ihre Augenbrauen, um jede unmögliche Tatsache abzuwägen. »Schwer zu glauben.«

»Erinnerst du dich an gar nichts?«, fragte Luc. »Nicht mal an dieses Haus?«

»Es fühlt sich richtig an hier«, sagte Mom. »Dieses Handtuch ...«

Luc hielt ein verschlissenes Geschirrhandtuch, das sie genommen hatte, um ihre Hände vom Spülwasser zu trocknen. Es war nichts, nur ein Streifen weißen Tuchs, das Lucs ganzes Leben da gewesen war, so normal wie das Silberbesteck. Weiß mit lila Säumen und Trauben, die zu Mustern angeordnet waren, die längst verblasst waren. Luc übergab das Handtuch den begierigen Händen ihrer Mutter und sagte: »Erinnerst du dich an dieses Handtuch?«

»Ich habe es gekauft. Letztes Jahr ... aber jetzt ist es so alt.«

»Wir werden eine Menge Dinge finden, an die du dich erinnern wirst«, sagte Norma.

»Stimmt das? Bist du meine Tochter? Wenn du das ... du bist hübsch«, sagte Mom, und es klang wie das letzte Stück Wahrheit in ihrem Leben. Ihre Augen waren so verzweifelt, das linke so wund und rot. Irgendwie war diese Frau nicht dieselbe Frau, die jene Tabletten geschluckt hatte, die von der Pier gesprungen war, die zweimal versucht hatte, ihr einziges Kind als Waise zurückzulassen. Luc beobachtete, wie ihre Mutter das feuchte, sechzehn Jahre alte Tuch mit ihren Händen ergriff und knetete, und in diesem flüchtigen Augenblick konnte Luc zumindest akzeptieren, was sie sah.

An diesem Nachmittag kniete Luc vor dem Fernsehgerät und stopfte eine Videokassette nach der anderen in einen Rekorder, der zu langsam für ihr hektisches Auswerfen, Zurückspulen und Abspielen war. Privatvideos vergangener Luciadagen: Moms Handkamera verfolgt Luc mit ihrem Kaffeetablett und dem Safrangebäck den Gang hinunter. Der ausladende Lichtschein der Kerzen auf Lucs Krone überlagert den größten Teil ihres Kopfes. Oscar sitzt aufrecht im Bett, wilde blonde Mähne und eine blond behaarte Brust. Mit schneidendem Sopran schmettert die achtjährige Luc den letzten Vers von *Heilige Lucia*. Durch die Kameralinse strahlt Oscar seine Frau an, nippt seinen Kaffee.

Jetzt der Garten der Mobergs vor fünf Jahren. Oscar macht eine Arschbombe in ihren Pool, während er heult wie ein nordischer Berserker. Drei dürre Mädchen rutschen auf dem Bauch über eine nasse, auf dem Rasen im Vordergrund ausgelegte Plastikbahn. Zwei der Mädchen sind identische Zwillinge und selbst ihre rosa Badeanzüge passen zueinander, ihre Haare sind zu Zöpfen geflochten. Die zehnjährige Luc kommt tropfnass auf die Kamera zu und entwindet sie ihrer Mutter. Es gibt Gerangel, Gekicher ins Mikrofon, schlechte Aufnahmequalität, jetzt wo Luc filmt.

Mom läuft von hinter der Kamera hervor, winkt ihrer Tochter zu. Rosa geschminkte Lippen und Fönfrisur. Sie trägt ein dünnes Sommerkleid über ihrem Badeanzug, doch trotzdem wirft sie sich auf die gelbe Plastikbahn und schlittert deren ganze Länge hinunter, während der Rasensprenger sie berieselt. Alle lachen, auch Gina und Kit, auch als Blair die beiden ins Gras schubst, als wären sie Kegel in einem menschlichen Bowlingspiel. Auch Oscar, der mit dem Kopf zuerst aus dem Wasser des Pools emporschnellt, ein mythisches Seeungeheuer, das auftaucht.

Einige Sekunden Bildrauschen, dann Bruchstücke von Puerta Vallarta vor drei Jahren. Ein Badeort mit Häusern aus Lehmziegeln erhebt sich direkt an der Küste, die Dschungelberge, und die staubigen Dorfstraßen voller Hunde und Hühner. Ein Mann schiebt einen Karren mit Eis und Melonen. Eine sonnenverbrannte Luc watet in ihrem Bikini in das Ozeanwasser. Ständer mit mexikanischen Kleidern stehen auf den Gehwegen und Touristen feilschen, um den Preis zu drücken. Mom liegt in einem Korbstuhl unter einer Kokospalme, während ihr eine einheimische Frau Perlen ins Haar flechtet. Ein wenig molliger damals, glänzend vor Schweiß, Mom trinkt aus einer Wasserflasche. Sie schielt in die Kamera und streckt ihre Zunge raus. Die Sonne lässt alles zwei Nuancen strahlender erscheinen. Jeden Tag steigt die Lufttemperatur auf über achtunddreißig Grad, bis die purpurnen Abendgewitter über die Küste schneiden wie ein aufspringendes Klappmesser.

Und jetzt betrachtete ihre Mutter diese Kassetten von ihrem Platz im Rollstuhl aus, blass und mit flachen, geräuschvollen Atemzügen. Mom legte ihre Finger auf ihren geschlossenen Mund. Sie war entsetzt, als würde ihr jemand Filme von gewaltsamen Toden zeigen und sie könnte diesen Anblick nicht mehr ertragen.

In dem Film waten Luc und Oscar in das Wasser der Pazifikbucht, das beinahe steht und braun ist vor Sand, aber unverzagt schöpfen sie das Wasser mit ihren Händen und spritzen sich gegenseitig nass. Oscars Ladungen sind viel größer als Lucs. Sie kreischt und windet sich, wenn das Wasser sie trifft.

»Oh Gott«, sagte Mom in der richtigen Welt.

Luc drückte auf »Pause«. Standbild auf Oscars Hinterkopf und seine gebräunten Schultern.

»Was ist los?«, sagte Luc, mehr als Vorwurf, denn als Frage.

»Ich war … dort?«

»Schau weiter. Vielleicht erinnerst du dich«, sagte Luc. Ein Schnitt zu Oscar und Luc, die zur Mariengrotte am Ende einer langen Steintreppe wandern. Sie drehen sich um und winken hinunter zu Mom und der Kamera. Plötzlich schreit Mom, als sie eine faustgroße Tarantel entdeckt, die über eine nahe Treppenstufe läuft. Das Bild zerläuft in gegenstandslose Farbstreifen.

»Ich kann nicht. Er ist … sieh dir Oscar an«, sagte Mom jetzt. Sie hyperventilierte fast, wand sich in ihrem Stuhl und ergriff die Armlehnen mit ihren Händen. »Sieh ihn dir an. Warum sagst du, er sei tot? Warum behauptest du das?«

Luc stand zu schnell auf. Sie fühlte sich benommen, voll Zorn, der herausmusste, bevor er sie vergiftete. »Ich behaupte das nicht, das ist die Wahrheit«, sagte sie.

Mom drückte ihre Räder nach hinten, aber sie rollten nur wenige Zentimeter, bis die Couch sie zum Stehen brachte. »Wer bist du?«, sagte sie, wobei sie ihre Augen vor Entsetzen aufriss wie eine Stummfilmschauspielerin.

»Ich bin deine Tochter, Blair. Deine *Tochter*«, sagte Luc.

»Lucia. Ich weiß. Aber ich bin in … in diesem … Traum … und mein Kopf …«

»Das hast du dir selbst angetan, erinnerst du dich? Du bist gesprungen. Weil du schwach bist?« Luc presste ihren Finger auf den Bildschirm, um es ihr zu zeigen, als wären all die Antworten und Erinnerungen und Wahrheiten in diesem einen wackeligen Standbild eingefangen. Wie ein Tyrann ragte sie über ihrer Mutter auf.

»Was habe ich … getan?«, fragte Mom ängstlich.

Luc setzte sich auf die Couch und presste ein Sofakissen gegen ihre Brust. Sie war erschöpft, sauer und durchaus ein wenig erfreut über ihre eigene Fähigkeit zur Härte. Nur langsam begann sie zu begreifen, wie vertraut ihr die Gesten und der Ton ihres Ausbruchs waren, denn sie hatte all dies von ihrer Mutter übernommen.

Nach ihrem Ausbruch war Luc erleichtert, dass sie bereits ihr Entkommen vorbereitet hatte: Zwei Spätnachmittagsstunden im Starlight Cinema, wo sie sich zusammen mit Gina und Kit und, weil Luc mutig genug gewesen war, ihn nach Schulschluss anzurufen, ihrem Nachbarn Quinn Cutler zum dritten Mal *Nightmare before Christmas* ansah. In dem dunklen altmodischen Kino saß sie zwischen Gina und Quinn und nippte Wodka aus einer Flasche, die sie sich teilten. Sie hatte den Film seit dem Mord an ihrem Vater nicht mehr gesehen, und all das Gewäsch über Tod und Monster erheiterte sie nicht mehr. Nichts als animierte Klumpen aus Ton und ein unerträglicher Versuch, menschlich zu wirken.

Quinn fuhr sie in seinem rostigen Thunderbird nach Hause. Luc saß auf dem Beifahrersitz, wo ihre Stiefel heimlich abgewetzte Ausgaben des *Easyrider*-Magazins beiseite schoben. Jedes Cover zeigte eine Brustvergrößerung mit einer auftoupierten Föhnfrisur.

»Entschuldige die Unordnung«, sagte Quinn.

Er startete und der Wagen erzitterte. Es klang, als schlüge der Auspuff gegen das Bodenblech des Wagens. Die Hitze aus der Lüftung roch nach Ahornsirup und Zigaretten.

Im Rückspiegel sah sie die Zwillinge feixen, als müssten sie auf Toilette und könnten es nicht mehr zurückhalten. Kit hörte ihren Walkman und Gina drückte ihre Knie absichtlich in Lucs Sitz. Quinn hielt in einiger Entfernung von ihrem Haus, denn sie wollten vermeiden, dass ihre Mutter Fragen stellte, wer sie in der Stadt herumkutschierte. Auf ihrem Weg nach draußen flüsterte Gina in Lucs Ohr: »Behalt deine Höschen an, Kindchen.« Luc schlug ihr auf den Rücken und Gina tat so, als tue es weh. Sie zog eine wilde Show ab und tanzte mit nach hinten gebogenen Armen auf dem Bürgersteig, als würde sie nach der angeblichen Wunde fassen.

»Was war los?«, fragte Quinn und vollführte eine halsbrecherische Kehrtwende. »Ich sage es nur ungern, aber mit dieser Glatze sieht sie aus wie ein Nazi.«

»Sie ist einfach blöd«, sagte Luc. »Im Ernst.« Sie beobachtete seine Hände: Eine lag in der Mitte des Lenkrads, die andere schlug im Rhythmus der Musik auf den Sitz zwischen ihnen. Sie wollte seine freie Hand berühren, doch in diesem Augenblick stellte er den Motor aus. Sie standen in Lucs Einfahrt, nicht in seiner.

Sie betrachtete die scharfen Wangenknochen in seinem Gesicht und dachte daran, sie zu anzufassen. Direkt in seinem Auto die Hände unter seine Jacke und in sein Hemd zu schieben, um die harten Muskeln unter seiner Haut zu spüren. Sie stellte sich sogar vor, seinen Gürtel aufzumachen und ihn ohne Scham dort unten zu berühren, ohne dass es jemand anderes mitbekam. Aber das schien weit außerhalb dessen zu sein, was sie sich zu tun traute. Und so war sogar Luc selbst überrascht, als sie ihre Augen fest schloss und ihre Lippen für eine Sekunde seine finden ließ. Doch dann wich sie zurück und stieß heftig gegen die Beifahrertür.

Mit dem Ellbogen auf das Lenkrad gestützt, saß Quinn immer noch ihr zugewandt da. Seine Kaumuskeln zuckten, er zeigte jedoch keine besonderen Regungen, die ihr halfen, seine Gedanken zu erraten.

»Das tut mir schrecklich leid«, sagte Luc. »Ich habe nicht nachgedacht.«

»Du hast mich einfach überrumpelt, das ist alles«, sagte er. »Ich dachte, es war ein Zufall.«

»Ich wusste selbst nicht, dass ich das tun würde.« Sie stieß die Tür auf und stellte einen Stiefel auf den Boden.

»Du bereust es also?«, fragte Quinn.

»Ich weiß nicht. Ich muss gehen.«

»Warte«, sagte Quinn. Er umfasste ihren Nacken. Der Schock seiner Berührung ließ sie nach Luft schnappen, und ihr Kopf bewegte sich, wohin er ihn führte. Er presste seinen Mund auf ihren und drückte seine andere Hand gegen ihre Wange. Luc fühlte sich von einem Meer der Erlösung durchströmt, das ihren Kopf süß und klar überflutete.

»Ich glaube nicht, dass es meiner Mutter besser gehen wird«, sagte Luc.

»Wie kommst du darauf?«

»Sie ist nicht mehr meine Mutter. Es ist nicht, als wäre sie krank. Es ist nicht vorübergehend.«

»Ich habe eine Idee«, sagte Quinn und grinste ein wenig. »Nimm mich mit rein, um sie zu sehen. Sie wieder zu sehen. Jetzt. Ich wette, ich bringe ihr die Erinnerung sofort zurück. Wie könnte sie vergessen, wie sehr sie mich hasst?«

Luc blickte zum Haus, und es graute ihr, allein dorthin zurückzukehren. »Ja«, seufzte sie.

»Entschuldige. Ich rede Unsinn. Das ist nur blödsinniges Gerede.«

»Nein, ich möchte, dass du einen Augenblick mit hineinkommst«, sagte sie.

»Ich habe nur einen Witz gemacht.«

»Ich weiß, aber ... komm einfach mit hinein. Komm schon.«

Quinn hielt einen Moment inne, während er sein Haar mit einem Gummi nach hinten band, als würde ein Pferdeschwanz einen Unterschied machen. Dann folgte er Luc die Auffahrt hinauf, schleifte seine Stiefel über den Asphalt. Im Haus fand Luc ihre Mutter im Wohnzimmer vor dem Fernsehapparat. Mom schwenkte herum. Sie hatte ein Grinsen im Gesicht, ein verrücktes Lächeln, das alle Zähne entblößte und auch nicht verschwand, als Quinn hinter Luc den Raum betrat.

»Du bist zurück«, sagte Mom. Sie deutete schwach mit dem Finger in Richtung auf den Flur und ließ ihr Grinsen ein wenig abflauen, als sie sagte: »Nickerchen. Meine Mutter macht dort hinten ein Nickerchen.«

»Mom, das ist Quinn, mein ...«, Luc zögerte, »... mein Freund.«

Quinn stopfte seine Hände in die Gesäßtaschen. Er schien unentschlossen, ob er aus der Garderobe hervortreten sollte.

»Ich weiß nicht, ob ...«, stotterte Mom. »Wir uns jemals kennengelernt haben. Es tut mir leid. Ich habe Schwierigkeiten ...«

»Kein Problem«, sagte Quinn.

»Ich dachte, du solltest ihn wieder treffen«, sagte Luc zu ihr. »Einen neuen Anfang machen.«

»Ja. Das ist schön. Ein neuer Anfang«, sagte Mom.

Quinn räusperte sich und sagte: »Sie erinnern sich also nicht an mich? Ich muss gestehen, dass Sie mich nicht besonders gemocht haben, als ich ein Kind war. Aber ich war ein Satansbraten, also hatten Sie allen Grund dazu. Ich habe mich gebessert.«

»Tut mir leid. Ich hatte einen ... Unfall. Ich kann mich nicht erinnern«, sagte Mom.

»Ich habe von dem Unfall gehört«, sagte Quinn. »Das ist in Ordnung. Ich will sagen, Sie sollten sich keine Gedanken machen, dass Sie sich nicht an mich erinnern. Ich bin niemand, an den Sie sich erinnern müssten. Wissen Sie ... ich denke, wir könnten jetzt ganz gut miteinander auskommen. Einen neuen Anfang machen, wie Luc gesagt hat.«

»Ja«, antwortete Mom. Sie beobachtete, wie ihre eigene Hand über ihren Beingips strich, während sie wiederholte: »Ja.« Als wüsste sie nicht, ob sie diesem Wort traute oder seine Bedeutung vergessen hatte. Eine plötzliche Schwere hatte sich über sie gelegt und war so erdrückend, dass Luc kaum noch atmen konnte.

Um sie zu brechen, witzelte sie: »Ich schätze, dein großer Plan hat nicht funktioniert, Quinn.«

Der Zwerg, den sie Runt nannten, saß neben Tanyas offenem Koffer auf der Couch. Sein runder Kopf war viel zu groß für seinen verkümmerten Körper und das fettige braune Haar darauf war gescheitelt wie bei einem zwergwüchsigen Hitler-Imitator. Nur, dass er einen dichteren Spitzbart trug als Mason, den er zu zwei satanischen Nadelspitzen gezwirbelt hatte. Die Fingernägel waren lang und spitz. Seine Stimme war tiefer als die von Männern, die dreimal so groß waren wie er, und jedes Mal, wenn Tanya sie hörte, erschauderte sie.

Er saß da, trank Whiskey mit Eis aus einem Cocktailglas und seine

Beine reichten nicht bis zum Boden. Tanya bemerkte, dass er in ihren Koffer starrte, wo ihre Leopardenslips auf anderen Klamotten lagen. Als sie mit einem Arm voll mit Masons T-Shirts aus dem Schlafzimmer kam, stopfte sie diese dort hinein und schloss den Deckel.

Der gesamte Trailer rumpelte wie bei einem Nachbeben, während Mason und Tanya ihre Habseligkeiten zusammenpackten, selbst das Besteck und den Ketchup aus dem Kühlschrank. Auf dem Boden lagen Müllsäcke voller Küchenutensilien und ihre gesamten Kleidungsstücke waren in dem riesigen ramponierten Koffer mit dem Paisleymuster verstaut, den Tanya besaß, so lange sie sich erinnern konnte. Es war der alte Koffer ihrer Mom, und er war mit Tanya geflohen, als sie vor ihrer boshaften Stiefmutter abgehauen war und erneut, als Mason sie von ihrem Junkie-Ex befreite. Ihr ganzes Leben passte in ihn hinein.

Im Küchenbereich versuchte Tanya, ihren Keramikgartenzwerg vom Kühlschrank zu nehmen, doch er stand zu hoch für sie.

»Holst du ihn bitte für mich runter?«, bat sie Mason.

»Wozu?«

»Ich mag ihn. Ich möchte ihn mitnehmen.«

»In Ordnung«, sagte Mason. Er wischte ihn vom Kühlschrank und Tanya musste ihn mit beiden Händen auffangen, damit er nicht auf dem Boden zerschellte. Trotzdem ließ sie ihn beinahe fallen. Sie fühlte, wie sie zitterte. Ihre Nerven lagen blank, als wüsste ein sechster Sinn tief in ihrem Inneren, dass dort draußen in den Wäldern hinter dem Trailer Geister lauerten. Sie kamen durch die Bäume zu ihr und Tanya musste sich beeilen oder sie würden sie mit ihren Zähnen zerfetzen und das schreiende Baby direkt aus ihrem Bauch reißen.

Runt war vor einer halben Stunde aufgetaucht und hatte sich auf die Couch gepflanzt. Jetzt blätterte er durch eines der Schwangerschaftsbücher, die Mason auf dem Beistelltisch liegen gelassen hatte. Er betrachtete eine Zeichnung eines eingerollten Fötus, der beinahe aussah wie er selbst ohne Haare. Fast jede Nacht hatte Tanya quälende Träume, das Baby könne wie Runt geformt herauskommen, oder noch schlimmer: etwas Verwachsenes mit offenen Lungen und Zähnen in seinem Bauch und Augen, wo keine Augen sein sollten. Die Gedanken daran raubten ihr den Schlaf.

Runt war in der Gang, immerhin ein Ehrenmitglied. Er war ein alter Freund von Buck Hanson und war Teilhaber an einem von Hansons Geschäften im Stadtzentrum. Offensichtlich hatte der Zwerg heute Abend die Aufgabe, Mason und Tanya zu helfen, ihren Trailer zu räumen und sie zu ihrem neuen Versteck zu begleiten. Selbst Mason wusste nicht, wo sich dieser Ort befand: Eine Holzhütte, die Buck gehörte, und sich weit draußen im Wald irgendwo unten bei den Finger Lakes befand, mehr als eine Stunde entfernt. Tanya war froh, dem engen Trailer und der Bedrohung durch herumschnüffelnde Cops zu entkommen, aber sie nahm an, dass sie sowieso keine Wahl hatten. Kein Grund das anzunehmen, so wie Runt sie musterte und seinen alten stupsnasigen Revolver Kaliber .38 in seinem Stiefel zur Schau trug. Dumme Gedanken, sagte sie zu sich selbst, denn Mason war kein beschissener Anwärter mehr. Er war ein vollwertiges Gangmitglied mit genauso viel Einfluss wie jeder andere auch.

»Kümmert euch nicht um die Geräte. Dort gibt es keinen Strom«, sagte Runt.

Tanya ließ den elektrischen Dosenöffner sinken, den sie gerade aus der Steckdose gezogen hatte. Sie sah Mason an, der mit den Schultern zuckte und einen Schluck von seinem Dosenbier nahm. Er war bereits ziemlich betrunken und das Bier ließ sein Gesicht hässlich erschlaffen und seine Augenlieder anschwellen. Jedes Mal wenn Tanya sein Gesicht betrachtete, war es ein wie Strudel aus Schmerz und Lust, der sie schwindelig machte.

»Kein Licht?«, fragte Tanya.

»Die gute alte Sonne«, sagte Runt. »Es gibt jede Menge Petroleumlampen und Kerzen, wenn ihr die braucht. Macht euch keine Sorgen wegen der Kälte. Buck hat dort einen Haufen Feuerholz und einen Ofen, um es euch warm zu machen. Es ist wie campen.«

»Aber wie lange?«, fragte Tanya.

»Ich habe dir doch gesagt, das wissen wir noch nicht«, sagte Mason.

»Aber das Baby kommt bald. Gibt es dort ein Krankenhaus?«

»Daran haben wir gedacht«, erklärte Mason. Er zerdrückte seine leere Bierdose und warf sie in die Spüle, wo sie wahrscheinlich für Wochen bleiben würde, bis der Parkmanager vorbeikäme, um die Miete von seinen beiden verschwundenen Mietern zu kassieren.

Tanya war übel, deshalb ließ sie sich auf einen hölzernen Stuhl am Frühstückstisch sinken und bedeckte die Augen mit ihrer Hand. Das Baby war wach und drehte sich. Der tönerne Gnom neben ihr auf dem Tisch trug einen hohen roten Hut und einen Bart, der wie Zuckerguss an seiner Brust herunterwirbelte. Sein Lachen war so breit und rosig, dass er geistesgestört wirkte. Eine Gartenschaufel in der einen und eine erhobene Laterne in der anderen Hand – gelb angemalt, um Licht nachzuahmen.

»Was werden wir tun?«, fragte sie.

Mason fuhr zärtlich durch ihr Haar, massierte ihre Kopfhaut mit seinen Fingerspitzen. Seine Berührung strömte durch ihren Körper und dämpfte das Übelkeitsgefühl ein wenig, aber sie wollte nicht, dass der Zwerg wie eine Kröte auf ihrem Sofa hockte und ihre Liebe begaffte.

»Du weißt, dass ich diese ganzen Hebammenbücher gelesen habe. Ich weiß jetzt, wie es funktioniert. Es gibt einige Dinge, die ich besorgen muss – ein paar saubere Handtücher und Waschlappen, etwas Alkohol, um die Sachen zu sterilisieren«, sagte Mason.

»Auf gar keinen Fall ...«, sagte Tanya. Mason ergriff eine ihrer Locken und begann, daran zu ziehen.

»Die Leute machen das seit ewigen Zeiten so«, fügte Runt hinzu.

»Und das beste ist, dass unser Junge eine reine Weste haben wird«, sagte Mason. »Kein Eintrag ins Geburtsregister, keine Sozialversicherungsnummer. Er wird niemandes Nummer sein.«

»Wie soll er denn heißen?«, fragte Runt.

»Wissen wir noch nicht. Wir haben noch Zeit zum Überlegen.«

»Es könnte auch ein Mädchen werden«, monierte Tanya. Sie wusste nicht, warum sie das sagte, aber sie war sauer und hatte plötzlich Angst. Sie konnte sich nicht vorstellen, wie sie das Baby in der kalten

Wildnis bekommen sollte, mit nichts außer Kerzenschein und ihren Schmerzen.

»Dann werfen wir sie einfach in den Fluss, wie es diese Schlitzaugen machen«, sagte Mason.

Runt lachte monströs und erschreckend. Er schlug das Babybuch gegen seine kümmerlichen Knie und lief rot an vor Lachen.

»Ich zieh dich nur auf, Babe«, sagte Mason. »Aber es wird sowieso ein Junge. Du wirst sehen. Ich bin mir da ganz sicher. Es wird nichts schief gehen. Und wenn doch, setzen wir uns einfach ins Auto und fahren los. Es muss etwas in der Nähe geben, okay? Wir werden dir sogar die Medikamente besorgen, die sie gegen die Schmerzen geben.«

»Nicht weit entfernt ist ein Kreiskrankenhaus«, sagte Runt.

»Ich verstehe wirklich nicht, warum wir das tun müssen«, sagte Tanya.

»Möchtest du wirklich jetzt darüber reden?«, fragte Mason. »Im Endeffekt werden die Bullen uns früher oder später schnappen, wenn wir hier bleiben.«

»Wissen sie, wer wir sind?«, fragte Tanya.

»Woher soll ich das wissen?«, sagte Mason.

»Hey, Brick«, sagte Runt. »Was ist mit der Schlampe? Hast du was von ihr gehört?«

»Sie sagen, sie hätte Amnesie.«

»Was zur Hölle ist Amnesie? Ist sie schwachsinnig, oder was?«

»Das ist alles Bullshit«, erklärte Mason. »Diese Schlampe versucht, mich um meine fünftausend Scheine zu prellen. Deshalb hat sie dieses Märchen erfunden, dass sie sich ihren Kopf dermaßen gestoßen und ihr Gedächtnis verloren hat. Ich falle auf diesen Schwindel von Unzurechnungsfähigkeit nicht rein. Sobald wir uns oben in der Hütte eingerichtet haben, werde ich ein bisschen Bewegung in die Sache bringen. Mir reicht's.«

»Das musst du mit Buck besprechen«, sagte Runt.

»Wir haben das bereits besprochen. Er ist meiner Meinung.«

»Dann ist gut. Ich lass schon mal das Auto warmlaufen«, sagte

Runt. Seine Methode, um Mason zur Eile zu drängen. Er nahm seine winzige Lederjacke von der Sofalehne und steckte seine kurzen Arme durch die Jackenärmel. Er blickte finster, und seine Hitlerfrisur und sein gegabelter Bart zeigten allen, dass sein Hass genauso groß war wie der jedes ausgewachsenen Mannes. Er fischte eine Zigarettenschachtel aus seiner Jackentasche und ging aus der Tür hinaus.

Wie immer, wenn sie zu viel hörte, was sie nicht verstand, spürte Tanya einen Kopfschmerz hinter ihrer Stirn aufflackern. Dieses wütende Gerede zog sie in etwas hinein, von dem sie nichts wissen wollte. Sie trug den Gartenzwerg zu ihrem Koffer und stopfte ihn hinein, schloss ihn dann. In ihrem Bauch trat das Baby, als wolle es hinaus, aber mehr als je zuvor wollte sie es in sich behalten – denn Geburt war immer der Beginn von Schmerz und Sünde.

Mason stellte sich hinter sie und massierte ihre verspannten Schultermuskeln mit seinen Daumen.

»Bitte tue niemandem weh«, sagte sie.

»Jeder soll das bekommen, was er verdient. Denkst du, es ist ein Klacks, jemandem ins Gesicht zu schießen? Es tut weh, Tan. Das kann ich dir sagen. Du bekommst Albträume, und deshalb will ich dafür bezahlt werden. Was du tun musst, ist dein blutendes Herz verschließen, verstehst du?«

»Ja«, sagte Tanya.

Am Donnerstagabend bekamen Greta und Moe einen Anruf, wonach ein Streifenbeamter ihren Gesuchten, Mitchell Wendt, in der Innenstadt gesehen hatte. Um zehn Uhr abends fuhren sie hinaus zum Treffpunkt. Sie bogen von der inneren Ringstraße ab und mussten an drei Ampeln warten. Obwohl eine arktische Front aufzog, waren die Bürgersteige voller Fußgänger, meist Teenager, die zwischen den Clubs und Imbissbuden, einem Sexshop und Secondhand-Läden mit Hippieklamotten und anderen alten Kleidern herumschlenderten. Moe fuhr auf den Parkplatz des 7-Eleven-Ladens, den sie gesucht hatten. Im

Schatten des Gebäudes lief der Streifenwagen im Leerlauf und auf der gegenüberliegenden Straßenseite befand sich das Submarine Bar and Grill. Seine Ziegelfassade war zwischen zwei Geschäften eingeklemmt, die über Nacht geschlossen hatten.

Moe fuhr neben den Streifenwagen, Fahrer an Fahrer, und kurbelte sein Fenster herunter. Die Polizistin auf dem Fahrersitz war Officer Farris: dunkle Haare, die straff zu einem Pferdeschwanz gebunden waren, blasse Lippen an einem Mund wie ein Strich. Sie sah eher aus wie eine Bibliothekarin als eine Polizistin, doch während ihrer ersten Zeit bei der Truppe, hatten viele das Gleiche über Greta gespöttelt. Auf dem Beifahrersitz saß ein dicklicher männlicher Officer, dessen Name aus der Funkdurchsage nicht hervorgegangen war. Er beugte sich vor und winkte den ankommenden Ermittlern lässig zu.

»Seit wann ist er dort drin?«, fragte Greta.

»Zwanzig Minuten. Wir haben beobachtet, wie er seinen Mustang auf dem Parkplatz hinter der Bar abstellte, haben sein Nummernschild überprüft. Wir haben den Laden ein bisschen im Auge behalten, denn wir wissen, dass er dort rumhängt. Ich bin diejenige, die ihn das letzte Mal wegen Drogenbesitzes festgenommen hat.«

Greta blickte hinunter auf die Kopie des Fahndungsfotos in ihrer Hand. Mitchell Wendt war zweiundzwanzig, sein verlebtes Gesicht sah aber mindest wie dreißig aus. Eine gebrochene Nase und Neandertalerstirn, dekorativ ausrasierte Kerben in seinen Augenbrauen ergänzten die extravaganten dünnen Kotletten, die sich an seinem Kinn entlangzogen. Doch vieles davon könnte er jetzt verändert haben.

»Haben wir Einheiten in der Seitengasse?«, fragte Greta.

»Ja«, sagte Farris.

»Ich denke, ich sollte vorangehen«, sagte Moe.

»Lieber nicht. Eine Frau wirkt weniger provozierend«, erwiderte Greta.

»Du trittst meinen Machismo mit Füßen«, sagte Moe ziemlich ernst.

»Du wirst immer noch herumstehen und hart aussehen.«

Zu Fuß überquerten die beiden Ermittler die feuchte und schmutzige

Straße, beobachteten die Bar durch ihre Atemwolken. Einige Kunden lungerten vor der Tür herum und tranken Bier aus großen Gläsern, doch Greta schritt durch sie hindurch wie ein Alpha-Weibchen, das in einem ungezähmten Dschungel auf der Jagd war. Greta wusste, dass sie wussten, dass sie und Moe Cops waren, denn ihr Beruf war wie ein Geruch, der ihnen anhaftete.

Innen gab es keine Fenster, nur Garagenplunder, der an die Wände genagelt war: Werbeplakate aus den Fünfzigern, rostige Autoteile, Highschool-Football-Trikots und natürlich der tote ausgestopfte Fisch wegen des Meeresthemas. Schummrige, bläuliche Lampen hingen von Ankerketten über den Tischen, um den Eindruck zu vermitteln, man befinde sich unter Wasser, und um alles im Dunkeln zu lassen, außer dem Essen auf dem Tisch und den Gesichtern, die es aßen. Die Eagles dröhnten aus den Lautsprechern. Die Menge bestand aus vielleicht ein paar Dutzend, meist einfachen Arbeitern, die von den Wahnsinnsgrillgerichten des Sub gehört hatten – wie eine Familie in einer Ecknische, mit einem Kind in einem Hochstuhl und einem anderen in einem Stuhlaufsatz. Einfältige Vorstadtbewohner, die keine Ahnung hatten, dass man hier in den letzten fünf Jahren drei Menschen abgestochen hatte, einen davon tödlich.

Greta entdeckte Wendt in einer Nische, vor sich einen Teller mit einem großen Haufen Spareribs. Dieselbe Boxernase, dieselben bleistiftdünnen Kotletten und Augenbrauenkerben, nur seine Haare war unter einem roten Bandana verborgen. Er trug eine schwarze Jacke mit einem Adleraufnäher über der Brust. Eine Frau saß ihm gegenüber und er brüllte sie über die Musik an, während er mit einem Rippchen auf seinen Teller hämmerte, um zu unterstreichen, was immer er ausführte. »Scheiß drauf«, war das Einzige, was Greta verstehen konnte, bis sie nahe genug war, um ihn verstummen zu lassen. Er kaute gemächlich, zog die Nase hoch.

Moe blieb hinter Greta im Eingangsbereich zurück, zusammen mit einigen Bauarbeitern von der Spätschicht, die auf Essen zum Mitnehmen warteten. Er lehnte gegen eine Wand und ließ den Revers seines Mantels weit genug offen, um seinen Abzeichen und seine Waffe zu zeigen. Es gab keinen Grund vorzugeben, etwas anderes als Polizist zu sein.

»Wer sind Sie?«, fragte Wendt, als Greta bei ihm war. »Kommen Sie vom Begleitservice?«

Seine Verabredung lachte nicht über seine Witzelei. Sie trug ihr eigenes Bandana als Stirnband, aber es verschwand beinahe im Dschungel ihres gestylten schwarzen Haares. Sie hatte Brüste wie Bocciakugeln, die fast bis unter ihr Kinn hochgedrückt waren. Ihre Ohrringe bestanden aus Federn und Perlen und sie trug fransige Lederstulpen an den Armen. Sie sah aus wie ein Teenager in einem Halloweenkostüm.

»Rochester Police Department«, sagte Greta. Sie zeigte ihm die Marke, die an ihrem Gürtel befestigt war. »Mitchell Wendt, korrekt?«

Wendt machte sich über sie lustig. Wahrscheinlich hatte er eine Waffe hinter seinem Gürtel oder in einem seiner Stiefel stecken. Neben ihm auf dem Tisch lag ein Halbschalenhelm aus glänzendem Chrom, ein Biker-Fetisch, und ein seltsames Utensil für jemanden, der abends mit seinem Mustang ausfuhr. Der Helm spiegelte ein Fischaugenbild von Wendt, Greta und der Freundin wider. Vielleicht hatte er etwas unter dem Helm, oder das Mädchen war in irgendeiner Form bewaffnet. Greta betrachtete ihre Hände. Das Mädchen langte in ihre Brusttasche, doch was sie hervorholte, war nur eine Schachtel Zigaretten. Sie fuhr fort, mit ihren Babyspeck-Wangen zu schmollen, weil ein weiblicher Cop ihr Abendessen verdorben hatte.

Seit Greta ihr Ziel gefunden hatte, waren die Unterhaltungen in der Bar merklich leiser geworden, doch immer noch riet Glen Frey den Leuten über die Lautsprecher: *take it easy*. Selbst mit dem Rücken zur Bar wusste Greta, dass die Typen dort aufgereiht saßen, ihr Bud schlürften und dem Schauspiel in der Wendt-Nische zusahen. Sie musste ihre Rolle gut spielen, sonst könnte es leicht zu einem Durcheinander aus Cops und Bikern kommen, zu stundenlangen Festnahmen, denen Tage mit Papierkram folgten.

»Wenn Sie bereit sind, würde ich mich gerne draußen mit Ihnen unterhalten«, sagte Greta.

»Ich gehe nirgendwo hin«, erwiderte Wendt.

»Es geht nicht um Sie«, sagte Greta.

Wendt ließ sein Rippchen fallen und wischte sich mit einer Stoffserviette die Soße von den Fingern.

Er zeigte ihr die Lücke, wo ein Eckzahn sein sollte. »Warum kommen du und Ali Baba nicht mit zehn anderen Bullen wieder und ihr versucht, mich hier rauszukriegen.«

Die Freundin zündete sich eine Zigarette an und als sie aus der Nische rutschte, zwang sie Greta zu einem höflichen Schritt zur Seite, den sie nicht machen wollte. Das Mädchen schwankte wie eine Betrunkene auf ihren hochhackigen Stiefeln. »Entschuldigen Sie bitte«, höhnte sie. »Ich muss mal für kleine Mädchen.«

Greta war höflich. Sie wartete, bis die Freundin weit genug entfernt war, bevor sie weiter machte. »Mitch, wollen Sie wirklich, dass ich diesen Laden hochnehme? Und all Ihren Kumpels den Abend verderbe und die Bedienungen um ihr Trinkgeld bringe? Denken Sie daran, wie sauer der Besitzer auf Sie sein wird, wenn Sie ihm sein Geschäft vermasseln. Wahrscheinlich lässt er Sie nie wieder hier rein. Und alles nur, weil Sie gegenüber ein paar freundlichen Cops mit ein paar Fragen, die Sie gar nicht betreffen, den Harten markieren mussten.«

»Sie haben keinen Grund, mich hier zu belästigen«, sagte Wendt.

Er war jetzt zahmer und bohrte mit dem langen Nagel des kleinen Fingers in seiner Zahnlücke. Er lehnte sich vor und sprach zu seinem Teller, was nur für Gretas Ohren bestimmt war. »Müssen Sie diesen Mist hier vor meinem Mädchen und den anderen Typen abziehen? Was erwarten Sie, soll ich tun? Die Hosen runterlassen, damit Sie mir vor allen den Hintern versohlen können?«

Greta sah zu Moe hinüber, der immer noch den Türsteher spielte. Sie beugte sich hinunter zu Wendt. »Nein Sir, das erwarte ich nicht. Wenn Sie möchten, können wir das draußen erledigen, wo es keine Zuschauer gibt. Ich werde die nächsten zehn Minuten auf der anderen Straßenseite auf dem 7-Eleven-Parkplatz sein, wenn Sie interessiert sind. Ich sollte noch erwähnen, dass wir Beamte draußen haben. Sie überwachen die Ausgänge, ebenso den Mustang und sorgen sich überhaupt um meine Gesundheit. Denken Sie einfach darüber nach.«

Die beiden Ermittler saßen in ihrem zivilen Taurus, den Moe in einer Parklücke neben Officer Farris' Streifenwagen mit Blick auf das Submarine Bar and Grill geparkt hatte. Sie warteten auf Wendt.

»Hast du in der Akte gesehen, dass Wendts Spitzname Blisters lautet?«, fragte Moe.

»Ist das nicht eines von Santa Claus' Rentieren?«, sagte Greta.

Wendt war alleine, als er nach genau zehn Minuten das Restaurant verließ. Er zündete sich eine Zigarette an und rauchte sie auf seinem Weg zum Bürgersteig, zur Kreuzung und zum Fußgängerüberweg. Er schnippte die Zigarette weg und als sie auf dem Boden aufkam, sprühte sie orange Funken, bevor sie wegsprang und in einem Gully verschwand.

Moe und Greta öffneten gleichzeitig ihre Türen. Im nächsten Auto machten sich Officer Farris und ihr Partner bereit, zu folgen, doch Greta bedeutete ihnen mit einer offenen Handfläche zu warten. Die Polizisten sanken zurück in ihre Sitze, auch wenn Officer Farris ihre Tür einen Spalt breit aufließ.

»Danke, dass Sie uns helfen«, sagte Greta zu Wendt. Sie standen auf dem Bürgersteig wie drei alte Freunde, die sich unter dem Licht der Straßenlaternen trafen.

»Ich helfe einen Scheiß«, sagte Wendt. Er trug jetzt eine Sonnenbrille, als fürchtete er, die Cops könnten in seine Seele sehen, wenn er sie in seine Augen blicken ließ. »Ich will einfach nicht, dass Sie in meiner Stammkneipe herumlaufen und den Leuten den Abend verderben, wissen Sie?«

»Ich bin sicher, die wissen das zu schätzen«, sagte Moe.

Wendt war nervös, die Hände in den Taschen seiner Jeans. Sie gingen einige Schritte weiter vom Bürgersteig weg, bis sie hinter dem Zivilwagen im dunkelsten Winkel des 7-Eleven-Parkplatzes standen. Für Neugierige auf der anderen Straßenseite war es jetzt schwieriger zu sehen, was hier vor sich ging.

Moe deutete auf die Hinterseite des Wagens, wo der Auspuff weißen Qualm ausstieß. »Es macht Ihnen doch nichts aus, Mitch? Es ist nur zu unser aller Sicherheit«, sagte er.

Wendt schnaubte, aber ging hinüber zum Auto und legte ohne Widerrede seine Hände auf die Kofferraumklappe und spreizte seine Beine. Moe fragte ihn nach spitzen Gegenständen in seinen Taschen und Wendt verneinte. Dann tastete Moe seine Jacke und seine Hosenbeine ab, griff in seine Stiefel, aber sie alle wussten, dass Wendt das, was er normalerweise bei sich trug, in Vorbereitung auf diese Unterhaltung irgendwo anders gelassen hatte. Sie gönnten ihm diesen kleinen Triumph.

»In Ordnung«, sagte Moe. »Vielen Dank dafür.«

»Was immer Ihnen Freude macht, Hassan«, sagte Wendt. Er drehte sich um und lehnte sich an das Auto, verschränkte die Arme vor der Brust, nahm eine Pose ein, die verlorene Ehre wieder herstellen sollte. Er spuckte neben einen Riss im Straßenbelag, setzte sein eigenes Ausrufungszeichen.

»Wir würden gerne eine Sache klarstellen, die Sie vor einer Weile bei einer früheren Festnahme gesagt haben«, erklärte Greta. »Über ein Abzeichen, das Sie damals auf dem Rücken Ihrer Jacke trugen.«

»Skullcrusher«, sagte Wendt. »Eine Band. Hardcore-Zeug, Mann. Ich wette, Sie würden es mögen.«

»Was ist das … Punkrock?«, wagte Greta sich vor.

»Nee. Punkrock ist was für Schwuchteln«, sagte Wendt.

Obwohl Moe mindestens zehn Kilo mehr an Muskelmasse hatte, grinste er Moe spöttisch an, als sei darin eine Beleidigung enthalten gewesen. In seinem Kopf war Wendt immer noch ein Teenager, für immer ein übelgelaunter Sechzehnjähriger. Doch Greta war nicht so dumm, ihn mit einem jungen und ängstlichen Straßenkind zu verwechseln. »Skullcrusher ist Hardcore, Hau-drauf-Zeug. Heavy Metal«, sagte er zu ihr.

»Die Sache ist die«, sagte Greta, »bei uns läuft es als Skullcracker.«

»Skullcracker«, wiederholte Moe. »Das haben Sie letztes Mal gesagt.«

»Dann haben Sie es falsch verstanden. Es heißt Skullcrusher, nicht -cracker. Verkaufen Sie Karten für die erste Reihe auf dem Schwarzmarkt, oder was? Letztens habe ich gehört, das sei verboten.«

Moe sagte: »Im Gegensatz zu dem, was Sie uns sagen, glauben wir, Skullcrusher oder -cracker oder was auch immer, könnte auch der Name eines örtlichen Motorradclubs sein. Haben Sie jemals davon gehört? Denn diese Jungs, die wir gerade hochgenommen haben, tragen das gleiche Abzeichen wie Sie auf ihren Jacken, und sie sagten uns, es handele sich um Clubabzeichen. Und ich bin sicher, Sie wissen, dass das Tragen von Clubabzeichen ebenfalls verboten ist.«

»Wenn es einen Club namens Skullcrusher gibt, dann habe ich noch nie davon gehört.«

»War es nicht Skullcracker?«, fragte Moe mit gespieltem Zweifel. »Hat er nicht ›cracker‹ gesagt.«

Inzwischen hatte Wendt sich gedreht und schaute durch das Schaufenster des 7-Eleven, wo die Kassiererin über eine Kasse lehnte und eine Zeitschrift las, blind für das Geschehen draußen. Wendts Lügen waren so offensichtlich und frech, als wollte er sie herausfordern. Also streckte Greta zwei Finger in die Höhe als Zeichen für Farris und ihren Partner, aus dem Streifenwagen zu springen und ihn in Gewahrsam zu nehmen. Die beiden uniformierten Polizisten waren in Sekunden zur Stelle. Farris war eine einen Meter achtzig große, blaue Walküre in Aktion. Eine Hand lag auf dem Pfefferspray an ihrem Gürtel.

Greta wandte sich an Wendt. »Ich weiß es zu schätzen, dass Sie diese Dinge für uns geklärt haben, Mr. Wendt.« Sie trieb den Spott weiter. »Wir nehmen dankbar zur Kenntnis, dass Sie sich die Zeit genommen haben, heute Abend mit uns zu sprechen, und wir würdigen, dass Sie so ehrlich zu uns waren.«

»Was zum Teu…«, begann Wendt, doch Farris hatte sich bereits auf ihn gestürzt, bellte ihm Anweisungen zu und tanzte in einer einzigen flüssigen Bewegung mit ihm durch die ganze Prozedur. Sie wirbelte ihn herum und presste seinen Magen gegen das Wagenheck, die Hände hinter seinem Rücken. Ihre Handschellen blitzten kurz im Scheinwerferlicht eines vorbeifahrenden Autos auf, bevor sie sich um seine Handgelenke schlossen. Ihr Partner lauerte hinter ihr, wie ein Verteidiger auf dem Footballfeld, der niemanden zum Niederstrecken hatte.

Als es vorbei war, setzte Moe seinen letzten Stich. »Sie waren so hilfsbereit, Mr. Wendt. Ich wünschte, wir könnten Ihnen mit den ausstehenden Haftbefehlen helfen. Ich bin sicher, diese beiden netten Polizisten werden sich gut um Sie kümmern.«

UM NEUN UHR an diesem Abend schoben Norma und Luc Mom in ihr Schlafzimmer. Sie halfen ihr aus den Kleidern und in ihr Nachthemd. Jede von ihnen hielt einen ihrer Arme, während sie sich abmühte, ins Bett zu steigen. Luc zog das Laken über den Körper ihrer Mutter und verbarg den hässlichen Gips. Mom lächelte und ihr Gesicht war eine strahlende Lichtquelle. Hätte irgendjemand sonst Luc mit solcher Intensität angesehen, das ununterbrochene Starren, hätte jeden Nerv in ihrem Körper zucken lassen. Aber es schien angemessen, wie die ersten Minuten nach der Geburt, wenn man in den Arm seiner Mutter gelegt wird, ein einschneidendes Ereignis, an das sich jetzt keine von beiden mehr erinnern konnte.

In der Küche kratzte Luc die Reste des Abendessens in den Mülleimer und brauste die Teller kurz ab, bevor sie diese in die Spülmaschine räumte. Oma Norma kam aus dem Schlafzimmer und schenkte sich eine weitere Tasse Kaffee aus der lauwarmen Glaskanne auf der Arbeitsplatte ein. Sie trank ihn schwarz. Abends sah Norma am ältesten aus – wirres trockenes Haar und die Art, wie sich ihre Oberlippe kräuselte, wenn sie trank. Ihre geschwollenen Fingerknöchel sahen noch dicker aus.

»Sie ist sofort eingeschlafen«, sagte Norma. Sie schaltete den tragbaren Fernseher an, der an der Ecke der Arbeitsplatte stand, dann setzte sie sich an den Tisch. Sie drehte die Lautstärke herunter und sah kaum hin.

»Sollten wir ein Auge auf sie haben?«, fragte Luc.

»Ich denke schon. Der Arzt hat das zwar nicht gesagt, aber ich bin sowieso wach, also brauchst du dir keine Sorgen machen. Wir haben morgen eine Verabredung mit dem Finanzberater wegen der Versicherungspolice.«

»Dads Lebensversicherung? Wie kann sie das tun?«

»Ich glaube, sie muss gar nicht viel tun. Es ist alles geregelt.«

Luc steckte den Stöpsel in die Spüle und drehte das heiße Wasser auf. Dann quetschte sie ein paar Tropfen Spülmittel hinein und feuchtete den Schwamm an, mit dem sie die Kasserolle und die Pfannen reinigen wollte. Sie trocknete ihre Hände ab und trat zwischen ihre Großmutter und den Fernseher. »Warum ist Mom wütend auf dich? Sie redet kaum mit dir«, sagte sie.

»Sie ist etwas verwirrt.«

Sie grub ihre Hände in dasselbe Handtuch mit dem Traubenmuster, das Mom vorhin erkannt hatte. Sie wartete geduldig, bis ihre Großmutter begriff, dass sie diese Befragung nicht beenden würde.

Norma sagte: »Du weißt, wir hatten vor vielen Jahren einige Auseinandersetzungen. Hauptsächlich war dein Großvater aufgebracht darüber, dass ... dass mit deiner Mutter und Oscar alles zu schnell ging. Mit deinem Vater, meine ich. Du musst verstehen, wir wussten fast gar nichts davon, bis sie beschlossen zu heiraten. Und deine Mutter war noch so jung. Und du ...«

»Ihr habt meinen Vater gehasst?«, fragte Luc.

»Nein, natürlich nicht. Ich war bestürzt, als du mir erzählt hast, was ...«

»Ich meine damals. Du und Großvater. Ist das der Grund, warum er nicht hier ist?«

»Dein Großvater fühlt sich nicht gesund genug, um zu reisen«, sagte Norma. »Du musst verstehen. Das, worüber wir reden, ist fünfzehn Jahre her. Deine Mutter war erst zwanzig – ein Kind, was uns betraf, und wir dachten, all das mit Oscar ginge einfach zu schnell. Das ist alles. Wir sind über die Jahre natürlich eines Besseren belehrt worden. Wir wissen, dass sie sehr glücklich mit ihm war.«

Luc grunzte sie an. Norma wusste nahezu gar nichts über Blairs und

Oscars Ehe, außer jenen knappen Förmlichkeiten, die Leute ein oder zwei Mal im Jahr über das Telefon austauschten. Wenn sie auch nur halb recht hatte, dann aus purem Zufall.

»Dein Großvater ist immer ein sturer Mann gewesen, so sehr, dass es seine Gesundheit beeinträchtigt. Aber er ist nicht wütend auf deine Mutter. Er sorgt sich sehr um sie, und deswegen hat er solch starre Ansichten. Er dachte, sie sei sehr verletzlich, und sie erholte sich gerade, und er dachte nicht ...«

»Erholte sich wovon?«

»Von dem Jungen«, sagte Norma. »Humphrey Reid.«

»Wer ist Humphrey Reid?«, fragte Luc. Sie setzte sich an den Tisch, bevor der Schock sie aus dem Gleichgewicht beringen konnte. Luc war sicher, dass sie den Namen Humphrey Reid nie zuvor gehört hatte. Trotzdem nagte es an ihr wie eine verblichene Erinnerung.

»Oh, Schatz, es tut mir leid. Ich nahm an, deine Mutter hätte dir davon erzählt. Humphrey war ein Junge, den sie von der Highschool kannte. Ein Junge mit Problemen. Ich glaube, er wurde einige Male festgenommen, bevor sie ihn kennenlernte. Er wohnte in unserer Straße und er war ... nicht der Freund deiner Mutter, aber er mochte sie sehr. Wir wussten, dass er ... dass er unreif war, und unausgeglichen. Es gab damals noch keine Hilfe für solche Leute wie heute. Die Medikamente, die diesen Menschen helfen können. Ich glaube, er versuchte mit ihr auszugehen, mit deiner Mutter. Aber wir wussten, dass er nicht der Richtige für sie war, nicht mit seinen Problemen. Sie war eine sehr gute Schülerin und war bereits auf dem College angenommen worden. Das zog ihn möglicherweise an. Als dein Großvater von dem Jungen erfuhr, tat er seine Meinung auf seine übliche Weise kund, aber ich glaube, deine Mutter hatte sowieso kein besonderes Interesse. Selbst in ihrem Alter erkannte sie, dass etwas nicht stimmte.«

Norma sprach durch vier Finger hindurch, die sie vor ihren Mund gepresst hielt. Das schlaffe Fleisch unter ihrem Kinn wabbelte, wenn sie sprach. Luc war angewidert, aber die Frau redete weiter: »Was passierte, war, dass er sich das Leben nahm. Schrecklich. Und am schlimmsten war, dass es nur ein paar Monate vor dem Abschluss deiner Mutter geschah. Du ahnst nicht, wie schwierig es für sie war, nicht zu wissen, warum er ... sich erhängt hatte. Danach ist deine Mutter mit niemandem mehr ausgegangen. Bis sie deinen Vater traf – aber da war sie schon im zweiten Studienjahr auf dem College. Wir dachten ... wir dachten, es gäbe einen Grund, weshalb sie glaubte, sie müsse sich mit jemandem treffen ... jemandem, der so viel reifer war.«

»Um sich an euch für Humphrey zu rächen?«

»Das nicht«, sagte Norma. »Sie sagte uns, sie könne Leuten ihres Alters nicht vertrauen, weil sie so ... so labil seien.«

»Vielleicht hatte sie recht. Vielleicht hatte sie allen Grund, wütend auf euch zu sein.«

»Aber es ist so lange her. Ich kann mich kaum daran erinnern.«

»Sie erinnert sich«, sagte Luc.

In den letzten zwei Tagen hatte es ruhige Phasen gegeben. Wenn das sinnlose Gerede vorüber war, wenn ihre Gedanken flirrten, nachdem sie wieder und wieder die gleichen endlosen Katastrophen im Volvo und auf der Pier durchgegangen war – eine Vergangenheit, die sich wie eine dauerhafte Verätzung in ihre Netzhaut eingebrannt hatte. In diesen stillen Momenten, sah Luc sich dazu verurteilt, des Nachts ihre kranke Mutter ins Bett zu heben. Und mit der Zeit würde sich Oma Norma in ihr Heim einnisten wie eine Termite, denn es war niemand sonst da, der sich kümmerte. Luc sah eine Zukunft, in der sie an einer Supermarktkasse arbeitete und von der Highschool flog – und genau so musste es sein, denn niemand kam ungeschoren davon. Wäre sie nur drei Jahre älter und hätte die Highschool bereits abgeschlossen, dann könnte sie ihr Leben selbst in die Hand nehmen. Doch es gab keine Möglichkeit, die Karten zu zinken. Selbst die Götter konnten sich ihre Überfahrt aus der Unterwelt nicht erspielen.

Sie erreichten die Hütte nach Einbruch der Dunkelheit und hatten nichts außer einer Petroleumlampe, um den Weg zu erhellen. Tanya sah nichts, roch aber die Kiefern und den Wind, der vom See unten am Fuß der Berge hinaufwehte. Runt, der Zwerg, erklärte ihnen, die Hütte sei ein ehemaliger Pferdestall, dessen Boxen man zu Schlafräumen und einem Badezimmer umgebaut hatte. Und so schlief sie in dieser Nacht zusammen mit Mason in einer zu einem Schlafraum umgebauten Pferdebox. Beide waren in dicke Decken eingehüllt, um den Dezember abzuwehren. Tanya lag mit offenen Augen in einer Dunkelheit, die vollkommener war, als sie es jemals gekannt hatte.

Der Morgen war hell, doch zusammen mit ihm zog ein Nebel auf, der gegen die Fenster der Hütte drückte. Nichts als trübes Weiß, so als hätte Runt ihre Nomadenfamilie in ein Niemandsland außerhalb menschlicher Wahrnehmung geführt. Mason wanderte draußen herum und kam mit einer Armladung Feuerholz wieder, um den Wohnzimmerofen anzuheizen. Eingewickelt in eine Decke gähnte Tanya auf der Couch und ertrug die Krämpfe, die ihren Unterleib durchzuckten. Während sich die Hütte mit rauchiger Wärme füllte, fühlte sie sich zugleich sicher und verloren.

Es gab zwei Hirschgeweihe, die an Querbalken befestigt waren, da die Paneelwände aus Spanplatten nicht stabil genug waren. Die Hälfte der Wände fehlte, und in den Lücken zwischen den Paneelen und den Außenwänden sah man den schaumigen, rosa Dämmstoff, der wirkte wie rohes Muskelfleisch, von dem die Haut abgezogen worden war. Ein alter Kinder-Hockeyschläger hing an der Wand über dem Durchgang zum Flur. Die Kelle war mit grauem Klebeband umwickelt und in den Schaft war der Name *Bucky* eingebrannt. Daneben hing ein gerahmtes Bild des zehnjährigen Buck Hanson in seiner gepolsterten Eishockeymontur. Man erzählte sich, dass Buck als Teenager ein lokaler Hockeystar gewesen war, bevor ihn die Einberufung nach Vietnam erwischte.

Nach dem Frühstück verzog sich der Nebel so weit, dass Tanya die grauen Umrisse der Kiefern sehen konnte, die wie riesige Speere aus dem Boden wuchsen. Immer noch in die Decke eingewickelt ging sie nach draußen, hinaus auf das gefrorene weiße Gras. Von dort aus sah sie die Hütte zum ersten Mal ganz: graue Holzverkleidung, schimmernde Fenster, eine Betonplatte als Veranda, ein dunkles Ofenrohr ragte aus dem Dach und stieß weißen Rauch aus. Immer noch in Morgennebel getaucht, wirkte die Hütte wie verzaubert auf Tanya. Ein magischer Ort, der sich aus den tiefsten Wäldern erhob. Sie dachte erneut an Märchen: Hänsel und Gretel von einer bösen Stiefmutter aus ihrem Heim verbannt, gezwungen umherzuirren, bis sie das magische Haus aus reinem Zuckerguss gefunden hatten. Vielleicht waren Mason und sie diese verlorenen, gehetzten Kinder – doch im Augenblick waren sie sicher in diesen Wäldern.

AM FREITAGMORGEN BESCHÄFTIGTE sich Greta zuallererst mit Mitchell Wendt. Ihr Arbeitsplatz in der vierten Etage des Präsidiums befand sich auf demselben Gang wie der Verhörraum, in dem das Rauschgiftdezernat Wendt die ganze Nacht festgehalten hatte. Die Drogenfahnder zähmten ihn mit Snacks und Zigaretten und Geplauder über Autos, und im Gegenzug versorgte er sie mit nutzlosen Gerüchten über Drogendeals in der Innenstadt. Nichts, was sie nicht schon wussten. Die Drogenfahndung wurde eingeschaltet, um ihm Honig um den Bart zu schmieren, damit er sich wichtig vorkam, vor allem aber, um ihn für die morgendliche Runde mit Greta mürbe zu machen.

Außerhalb des Verhörraums ließ Greta ihre Beretta 92F, Polizeimodell, in eine abschließbare Haltevorrichtung gleiten. Den Drogenfahndern, die sie unterrichteten, zufolge hatte der Schlafmangel Wendt mürrisch gemacht. Nachdem er anfing von Anwälten und seinen Rechten zu reden, hatten sie ein wenig von ihm abgelassen. Mit drei Tassen dickem Kaffee intus kam Greta mit gerade so viel Energie an, wie sie aus zu wenig Schlaf und immer stärker werdenden Kopfschmerzen herausziehen konnte. Diesmal schien es eine richtige Grippe zu werden, denn ihr Thermometer zeigte fast achtunddreißig Grad an und der Frühstücksbagel lag ihr schwer und sauer im Magen. Es war nicht zu ändern, und so unterschrieb sie das Verhörformular und öffnete die Tür.

Drinnen fand sie eine Zelle mit gemauerten Wänden vor, die hellgrün gestrichen waren, in der Farbe der Ruhe. Ein Plastiktisch von der Sorte, die man bei McDonald's findet, und drei Stühle, die auf Metallschienen befestigt waren, damit man sie nicht als Geschosse verwenden konnte. Das Grün der Stühle war dunkler. Greta nahm den, der dem Befragten am nächsten stand, den Stuhl, der andeutete, sie seien Freunde. Wendt saß mit dem Rücken zum Eingang. Seine linke Hand war an die Stuhlschiene gefesselt, und in seiner rechten hielt er eine Zigarette. Seine Augen waren rot und geschwollen. Der Kaffee in dem Pappbecher auf dem Tisch war entkoffeiniert, wie Greta wusste.

»Wie geht es Ihnen heute Morgen, Mr. Wendt?«, sagte Greta.

Er grummelte und rieb sich ein Auge mit der Daumenspitze. »Einfach toll«, sagte er. Sie bemerkte, dass sein Kaffee beinahe leer war und er seinen Becher jetzt als Aschenbecher benutzte.

Zwanzig Minuten lang besänftigte sie ihn mit Geplauder, machte gute Stimmung. Die Drogenfahnder hatten den Autoschrauber-Ansatz zunichte gemacht, also musste Greta in ihre Materialsammlung eintauchen, die sie über seine Kindheit in Scranton und seinen gegenwärtigen Job – Kopierer zusammenbauen bei Xerox – zusammengestellt hatte. Sie kam kurz auf seine Freundin zu sprechen, da sich Greta und das Mädchen bereits kannten. Sie strickte die Teile seines Lebens zusammen und fertigte daraus einen warmen Pullover, den er überziehen konnte. Er antwortete, als nehme er an einem Kurzantworten-Test teil, aber er plauderte weiter, solange sie ihn mit Zigaretten versorgte. Greta rauchte selbst auch ein paar, und redete sich ein, sie tue dies, um Vertrautheit zu heucheln.

Schließlich ließ sie ihr Anliegen einfließen. »Mitch, da sind diese beiden Typen, die wir aufgegriffen haben. Sie haben uns ein paar Geschichten erzählt und wir wissen nicht, ob sie uns einen Bären aufgebunden haben oder nicht. Sie haben uns von diesem Rockerclub berichtet, dessen Abzeichen ein Totenschädel mit Bergarbeiterhelm ist. Sie trugen ihn beide auf den Rücken ihrer Jacken.«

»Was sind das für Typen?«, fragte er.

»Ich habe ihnen versprochen, es nicht zu verraten«, erklärte Greta. »Und daran halte ich mich. Sie müssen eine Sache von mir wissen. Wenn ich verspreche, etwas für jemanden zu tun, dann halte ich mein Wort. Ich hoffe, Sie können das respektieren, ich bin sicher, Sie können das. Das Problem ist, ich glaube nicht, dass diese Männer ehrlich zu mir waren. Deswegen komme ich in der Hoffnung zu Ihnen, Sie könnten uns darüber aufklären.«

»Ich habe nichts aufzuklären.«

»Sie haben gesagt, es sei das Abzeichen einer Rockband.«

Wendt blickte sie eine lange Minute an, kratzte die Stoppeln auf seinen unrasierten Wangen. Schließlich lehnte er sich vor und sagte: »Anwalt.«

»Von mir aus, Mitch. Von mir aus«, sagte sie, und tat nichts. Sie saß mit vor der Brust verschränkten Armen da und tat so, als betrachtete sie die Sprinkleranlage an der Decke. Etwas in ihrem Magen sagte ihr, dass sie diese Sitzung schnell beenden sollte, oder Mitch Wendt würde ihr Frühstück abbekommen.

Glücklicherweise ließ Wendt nur dreißig Sekunden schweigend verstreichen, bis er freiwillig auf seine Rechte verzichtete. Er fragte: »Was haben diese zwei Arschlöcher, von denen Sie geredet haben ... was haben die überhaupt getan?«

»Einbruchdiebstahl. Ein Lebensmittelladen.«

»Sie haben mich wegen eines lausigen Einbruchs hierher geschleppt? Was wollen Sie wirklich?«

»Den Namen des Clubs, Mitch.« Ihr Magen verkrampfte sich und ihr Hals zog sich zusammen. Sie musste alle ihre Gedanken konzentrieren, um die Übelkeit zu unterdrücken.

»Warum?«, fragte Wendt.

»Weil sich ein Club früher oder später einen Namen gibt. So läuft das. Ich meine ... wenn man einen Rockerclub gründet, dann will man, dass die Leute davon erfahren, stimmt's? Man will die besten Leute in seinem Club haben und die Loser abschrecken und sich gegen andere Clubs durchsetzen. Darum geht es doch, oder? Selbst die Cops ... ihr wollt uns zeigen, wer ihr seid. Ihr feiert wie die meisten anderen Typen auch, nichts Ernstes. Ihr wollt, dass wir euch respektieren. Ich meine, was ist ein richtiger Club, wenn ihn niemand kennt? Wie sollen wir zusammenkommen, wenn wir nicht wissen, wie ihr heißt? Wenn Sie verstehen, was ich sagen will.«

»Es gibt keine zwei Typen«, erklärte Wendt.

»Das ist doch unwichtig. Wenn wir niemanden festgenommen haben, dann ist auch niemand in Schwierigkeiten. Stimmt's? Wir sind nur neugierig.«

»Warum ist das so verdammt wichtig für Sie?«

»Weil Sie es wichtig gemacht haben. Sie tragen es auf Ihrer Jacke.«

»Sie sind zu mir gekommen, erinnern Sie sich? Ich habe Sie nicht eingeladen, mich über diesen Mist auszufragen.«

»Gewissermaßen haben Sie das doch. Sie haben den Köder ausgelegt, und ich habe zugebissen. Sie haben mich erwischt. Ich bin verdammt neugierig, und ich bin sogar bereit zu helfen, einige Anklagepunkte fallen zu lassen, um diese Neugier zu befriedigen.«

»Ich bin kein beschissener Spitzel.«

»Hier geht es nicht darum, zu spitzeln«, sagte Greta. »Alles, was ich von Ihnen will, ist, dass Sie sich legitimieren und in den Ring steigen, so wie Sie es sowieso vorgehabt haben.«

Wendt wischte sich mit dem Handrücken über den Mund. Er saß aufrecht, vollkommen wach, und jedes Zucken seines Körpers verriet Greta, dass er dabei war, etwas Ehrliches auszuplaudern. »Mögen Sie Stephen King? Haben Sie jemals eines seiner Bücher gelesen?«, fragte er.

»Nicht, dass ich mich erinnern könnte. Sie sind zu dick für mich. Kurze Aufmerksamkeitsspanne.«

»Es gibt ein Buch, das er geschrieben hat, und auf dem Umschlag ist das Bild von diesem aufziehbaren Affen mit den Becken, wissen Sie? Das Buch heißt *Skeleton Crew*. Das ist der Titel des Buchs.« Er warf den Stummel seiner Zigarette in den Pappbecher, und sie zischte in dem Brei aus Asche und Kaffee an seinem Boden. Dann fuhr er sich mit einer Hand durch die Haare und lehnte seinen müden Kopf gegen die Wand hinter sich.

Luc erwachte um neun, zwei Stunden zu spät für die Schule, aber niemand würde sie drängen hinzugehen. Sie griff nach ihrer Brille und setzte sie auf, dann lächelte sie für eine Sekunde. Sie hatte geträumt, sie säße wieder auf Quinns Motorrad, roch seine Haut und spürte die schnelle, gefährliche, diffuse Nacht. An ihn zu denken, war wie eine Droge, ein Schuss eines Schwindel erregenden Serums, der sie wieder und wieder daran erinnerte, dass er sie geküsst hatte und dass dieser Kuss bedeutete, dass sie wichtig war, dass sie begehrt wurde.

Die Urne ihres Vaters stand auf ihrem Nachttisch. Sie konnte sich nicht daran erinnern, sie dort hingestellt zu haben, war aber nicht überrascht, sie dort zu sehen. Bei diesem Anblick fühlte sie sich, als stecke sie in einem samtenen Schoß. Sie wischte jeden Gedanken an das neue Leben ohne ihn beiseite, lud all diesen Müll in ihr Unbewusstes. Und dann sah sie, wie sich die Urne über ihren Nachttisch bewegte, hörte das Schaben von Holz auf Holz, bis sie gegen ihren Wecker stieß und anhielt.

Großmutter Norma machte ein Nickerchen im Gästezimmer und Mom lag dösend auf dem Lehnstuhl im Wohnzimmer. Auf ihrem Schoß lag eines von Oscars *Dalahasten* – eines jener handgeschnitzten, mit Rosenmalerei verzierten Pferde von der Größe eines Kätzchens. Sie streichelte seinen Rücken und seine Flanke, und das hölzerne Pferd erwachte zum Leben. Es sprang aus Mutters Händen und trabte eine Armlehne hinunter und über ihre Knie. Es schüttelte seine gemalte Mähne und Mom fing es wieder ein, küsste es auf den Kopf. Mom war tief in Gedanken versunken, vielleicht tief genug, um einige Reste dessen hervorzuholen, was sie vergessen hatte, doch ihr Gesicht flackerte weiterhin wie eine Kerze, weich und hellorange.

Auf dem Anrufbeantworter war eine neue Nachricht. Sie kam von Quinn: »Hey, Luc. Ich rufe von einem Münztelefon in der Schule an.

Ich schwänze die Geschichtsstunde. Keine Ahnung warum ... einfach so. Lass uns nach der Schule treffen, okay? Rumhängen oder so. Ich wünschte, ich könnte hier sofort weg. Verdammte Kameras im Flur. Da kommen sie schon, um mich zu holen. Bis später.«

Im Bad entfernte Luc ihre Armbandage. Vorsichtig, damit die empfindlichen Gelenke nicht schmerzten. Seit ihrer Verletzung waren erst sechs Tage vergangen, nicht einmal ein Bruchteil der Zeit, die sie den Verband hätte tragen sollen. Doch heute entschied sie, dass die Schmerzen vorüber waren und sie gut ohne das einengende Gummi auskommen konnte. Sie warf es in den Mülleimer unter dem Waschbecken. Im Badezimmerspiegel sah sie jemanden, der ihr nicht ähnelte – dieser furchtbare Ausdruck, beladen mit diesem schrecklichen Wissen, das sich anfühlte, als sei es von jemand anderem gestohlen worden, einem Kriegsflüchtling oder dem Überlebenden einer Krebserkrankung, von jemandem, der stärker war, als Lucia Moberg es jemals sein würde. Doch hier stand sie, immer noch am Leben. Sie fuhr sich mit den Fingern über die blassen Lippen, um zu sehen, ob sie verschwänden wie ein Trugbild. Sie taten es nicht.

Sie nahm eine Dusche, die so heiß war, dass sich ihre Haut rötete. Sie fragte sich, ob manche Träume so mächtig waren, dass sie einen für immer veränderten. Es schien unmöglich, doch die letzten Tage purzelten durcheinander wie Träume. Wie Träume hallten diese Tage nach und verstummten dann. Und diese Tage veränderten sie so sehr, dass sie ihre eigenen Erinnerungen nicht mehr erkennen konnte. Die Erinnerungen waren zu Träumen geworden.

Über Nacht zogen tiefe Wolken über die leeren Felder und Vororte, die an den Highways lagen. Um zehn Uhr früh ließ der Nebel immer noch den Horizont verblassen, während Greta auf dem Beifahrersitz des Taurus saß und wegen ihrer unbarmherzigen Schmerzen zusammenzuckte. Zuerst benutzte Moe das Fernlicht, aber die Scheinwerfer reflektierten zu stark an der Nebelwand. Er blendete ab und folgte roten Rücklichtern, die zehn Meilen unter der zulässigen Geschwindigkeit dahinkrochen.

Bereits fünf Minuten nachdem sie die Befragung von Wendt beendet hatte, erbrach sie ihr Frühstück in der Toilette. Bevor sie das Präsidium verließ, bröckelte sie zwei lösliche Fiebertabletten in ihre Wasserflasche und trank es, doch die Schmerzen breiteten sich von ihrer Brust, ihren Achselhöhlen, ihren Augenlidern aus. Das ließ sie an Blair Moberg zurückdenken, die verwirrt und benommen in ihrem Krankenhausbett lag. Blairs Belohnung war die plötzliche Auslöschung von fünfzehn verkorksten Jahren. Eine labilere Frau als Greta könnte Blair für ihr blindes Wiedererwachen beneidet haben. Jemand anderes, jemand verzweifelteres könnte denken, die Erlösung begegne einem nur in Form eines Schlags gegen den Kopf.

Um elf Uhr kamen sie beim Haus der Mobergs an und als sie an der Tür läuteten, blinzelte Luc sie an, als sei sie gerade aufgewacht. Sie trug ein grünes Sweatshirt mit der Aufschrift SUNY Hammersport.

»Dürfen wir einen Moment hereinkommen, Lucia?«, fragte Greta.

»Haben Sie etwas herausgefunden?«, fragte das Mädchen. Ihre Müdigkeit verschwand augenblicklich.

»Ich denke, wir sollten uns setzen und reden«, sagte Greta zu ihr.

Innen ruhte Blair im Lehnstuhl, dessen Fußauflage hochgestellt war. Sie trug immer noch ihr Nachthemd und hielt eine Art hölzernes Pferd in der Hand, das mit rustikalen Spiralen bemalt war. Alle paar Sekunden wechselte sie den Fernsehsender und schien sich durch die beiden Polizisten in Zivil, die in ihr Haus kamen, nicht besonders gestört zu fühlen. Jemand hatte auf dem Sofa geschlafen, doch Luc beugte sich herunter, um die herumliegenden Kissen und Decken wegzunehmen, damit Greta und Moe sitzen konnten.

Die Großmutter kam aus der Küche und zeigte ein Lächeln, das aufrecht zu erhalten schmerzhaft aussah. Sie bot den Ermittlern Kaffee an. Als beide ablehnten, blieb sie mit ihrem eigenen Kaffeebecher im Türrahmen stehen und kratzte sich über das Muster, das ein Kissenbezug auf ihrer linken Wange hinterlassen hatte.

»Erinnern Sie sich an mich, Blair?«, fragte Greta.

»Im Krankenhaus«, sagte Blair. Sie drückte auf die Fernbedienung und der Bildschirm wurde schwarz.

Luc setzte sich auf die Armlehne des Lehnstuhls und legte ihrer Mutter eine Hand auf die Schulter. Sie sahen aus, als würden sie für ein Familienporträt posieren, wären da nicht die Schlafanzüge, die ungekämmten Haare und der massige Gips an Blairs Bein. Die Spannung, die über ihrer Zweisamkeit lag, wäre sogar einem völlig Fremden aufgefallen. Insbesondere das Mädchen erblasste, als hätte sie eine Überdosis Verleugnung genommen, die sie schließlich vergiften würde, die sie stumm und verwirrt machen würde wie ihre Mutter.

»Wir haben einige Neuigkeiten und ein paar Fragen«, sagte Greta zu ihnen. Sie öffnete eine Aktenmappe und entnahm ihm einen Ausdruck. Er zeigte eine Reihe von sechs groben weißen Visagen, die alle in den Zwanzigern waren und ausnahmslos als Mitch-Wendt-Doppelgänger durchgingen. Die Ausnahme war Nummer vier, der Mann selbst, der auf dem Foto, das der Erkennungsdienst in der Nacht zuvor aufgenommen hatte, finster dreinschaute. Sie legte den Ausdruck auf den Couchtisch.

»Erkennt eine von Ihnen jemanden auf diesem Bild?«, fragte Greta.

»Wer sind die?«, fragte Luc.

Blair runzelte die Stirn und sagte: »Sie sehen alle gleich aus.«

»Sie sehen sich nur sehr ähnlich. Erkennen Sie irgendjemanden?«

Lucia schüttelte den Kopf und nachdem sie die Reaktion ihrer Tochter beobachtet hatte, sagte Blair: »Nein.«

Greta griff erneut in die Mappe, zog zwei Hochglanzfotos hervor und legte sie Seite an Seite neben die Aufstellung von Wendt und Co. Beides waren Standbilder aus den Überwachungsbändern des Shop-Mor – eines zeigte die Frau mit den gebleichten Haaren, die mit Blair stritt, und das andere den Totenkopf-Aufnäher auf dem Rücken ihrer Jacke. Der Schädel war wegen der Vergrößerung verschwommen, deshalb legte Greta auch noch eine Zeichnung des Gangabzeichens daneben.

Tatsächlich hatte Moe die Zeichnung angefertigt und nun lehnte er sich vor, um etwas zu erklären. Während er redete, zeigte er auf die jeweiligen Bilder. »Diese Frau wurde am Dienstag von einer Überwachungskamera im Shop-Mor aufgenommen. Es ist ein Ausschnitt aus dem Video, auf dem zu sehen ist, wie sie mit ...«, er zögerte, als müsse er überlegen, ob er sich an die Mutter oder die Tochter wenden sollte, »... deiner Mutter streitet. Wir wissen noch nicht, wer sie ist, aber wir sind sicher, dass sie mit einem der abgebildeten Männer auf diesem Foto zu tun hat.«

»Mit welchem Mann?«, fragte Luc.

»Es tut mir leid, Lucia. Wenn du ihn nicht identifizieren kannst, dürfen wir keine Hinweise geben. Sollte irgendetwas davon vor Gericht kommen, würden sie uns wegen Beeinflussung von Zeugen drankriegen, wegen Manipulation von Meinungen.«

»Aber, wenn er derjenige ist, der ...«, begann Luc.

Greta unterbrach sie. »Wir haben keinen Grund anzunehmen, dass der Mann in den Mord an deinem Vater verwickelt war. Auf jeden Fall ist er bereits in Polizeigewahrsam und geht nirgendwo hin. Wir interessieren uns mehr für die Frau. Sie tragen beide diesen Aufnäher, der nach unseren Ermittlungen ein Abzeichen darstellt. Das Emblem einer Gang von Gesetzlosen, die wahrscheinlich Skeleton Crew heißt.«

»Gesetzlose?«, warf die Großmutter von der Ecke aus ein. »Ist das nicht ein Ausdruck aus alten Western?«

»Randgruppen«, sagte Moe. »Reaktionäre Milizen, Motorradgangs, Rassisten.«

»Haben Sie jemals von der Skeleton Crew gehört?«, fragte Greta. Sie versuchte, das Kratzen in ihrem Hals auszuhusten, aber es funktionierte nicht. Das viele Gerede an diesem Morgen hatte ihre Stimme ruiniert.

»Nein«, sagte Luc. »Das ist verrückt. Rassisten? Mein Vater war Schwede.«

Moe nahm zwei der Fotos – das Totenkopf-Abzeichen und die Frau aus dem Shop-Mor. Er hielt sie Blair Moberg hin, damit sie die Bilder besser sehen konnte. »Wir wissen, dass Sie am Tag vor Ihrem Unfall mit dieser Frau gesprochen haben. Erinnern Sie sich an sie?«, fragte er.

Blair nahm das Bild und fuhr mit der Hand über seine glänzende Oberfläche. »Ich kann mich nicht erinnern. Es tut mir leid. Es ist wie schwarze Blitze – ein schwarzes Loch, in das alles hineinfällt.«

»Warum behalten Sie diese Bilder nicht, vielleicht helfen sie Ihrem Gedächtnis etwas nach«, sagte Moe.

»Diese Leute ... haben sie? Oscar getötet?«, fragte Blair.

»Das wissen wir nicht«, erklärte Moe. »Ich frage Sie, kennen Sie jemanden, der diese Art von Emblem trägt und mit dem Mr. Moberg Kontakt gehabt haben könnte? Fällt Ihnen irgendjemand ein?«

»So jemanden kannte er nicht«, sagte Luc. »Ich kann es mir nicht vorstellen. Vielleicht unten am Hafen, das ist der einzige Ort, wo er vielleicht so jemanden getroffen haben könnte. Das ist alles, was mir dazu einfällt.«

»Diese Frau ... kenne ich sie?«, fragte Blair.

Moe legte seine Papiere zusammen und schlug sie so kräftig auf den Couchtisch, dass er die Aufmerksamkeit aller hatte. Er grinste und sagte: »Um ehrlich zu sein, Mrs. Moberg, wir glauben, dass Sie eine ganze Menge wissen. Ihre Erinnerung könnte helfen, diese ganze Abgelegenheit schnell zu erledigen.«

Blair antwortete wie ein Kind, das gerade gescholten wurde. »Ich gebe mir Mühe«, sagte sie.

»Das wissen wir zu schätzen«, sagte Moe. Sein Sarkasmus war selbst für Taube nicht zu überhören.

»Luc«, sagte Greta. »Was ist mit dem Geld, das du im Souterrain gefunden hast?«

»Ich habe noch einmal nachgesehen, direkt nachdem ich es Ihnen erzählt hatte, aber es war verschwunden. Spurlos.«

»Fünftausend Dollar, nicht wahr?«, sagte Greta. »Das ist ein Haufen Geld.«

»Du hast so viel Geld gefunden? Hier?«, setzte die Großmutter hinzu.

»Ich habe Mom danach gefragt, aber es hat keinen Zweck. Sie weiß nichts davon.«

»Du hast es Samstagnacht gesehen. Und wann war es verschwunden?«, fragte Greta.

»Am Dienstagabend, nachdem ich aus dem Krankenhaus kam. Da habe ich nachgesehen.«

»Warum hast du nachgesehen?«

»Einfach, um es zu sehen.«

In Gedanken spielte Greta die Möglichkeit durch, dass Luc, die laut eigener Aussage eine kleine Diebin war, das Geld genommen hatte. Greta konnte sogar mitfühlen – das Verlangen nach Kontrolle, nach Sicherheit. Schon der Gedanke an herumliegendes Geld konnte einen in Panik versetzen, und Panik konnte einem die Sinne trüben. So fühlte sich Greta in diesem Moment, aufgezehrt von ihrer Krankheit und der Enge dieses Hauses. Sie fürchtete, sie könnte zusammenklappen, wenn sie nicht bald ginge. Es gelang ihr, zu fragen: »Das Geld war also vor ihrem Unfall da, danach aber nicht mehr?«

»Ja«, sagte Luc. »Ich habe Montagnacht im Haus meiner Freundinnen verbracht, deshalb weiß ich nichts. Ich war nicht hier.«

»War sonst jemand in diesem Haus außer dir, deiner Mutter und deiner Großmutter?«

»Dale und Reggie, die beiden Männer vom Yachthafen. Sie waren hier, um das Boot zu holen. Mein Nachbar Quinn ... aber er ist ...«

»Ihr Freund«, stieß Blair stolz hervor. »Ich habe ihn kennengelernt.«

»Dein Freund?«, fragte Moe.

Eine leichte Röte färbte die Wangen des Mädchens. »Sozusagen. Er ist zweimal im Haus gewesen, aber jedes Mal nur für ein paar Minuten. Und ich war die ganze Zeit mit ihm zusammen. Ich meine, er war niemals außerhalb meiner Sichtweite und er wusste sowieso nicht, wo das Geld war.«

»Was ist mit diesen beiden Anglern?«, fragte Moe.

»Sie haben meiner Mutter das Leben gerettet«, wandte Luc ein.

»Luc, wir versuchen nur, jeden Gesichtspunkt zu betrachten«, sagte Greta zu ihr. »Würde es dir etwas ausmachen, mir zu zeigen, wo du das Geld gefunden hast?«

Wenigstens war es kühler im Souterrain, doch das Hinuntergehen verursachte Greta erneut Übelkeit. Sie ließ das Mädchen den Trockner alleine zur Seite schieben, denn ihr fehlte die Kraft zu helfen. Auf dem blanken Betonboden darunter gab es Staubklumpen, Wasserflecken, ein bisschen Kleingeld, aber keinen Umschlag mit Geld.

»Ich frage mich immer noch, ob er jemals da gewesen ist«, sagte Luc. »Ich glaube, ich werde verrückt.«

»Ich kann sehen, wo der Staub verwischt ist«, bemerkte Greta. »Irgendetwas muss dort gewesen sein.«

»Was passiert mit mir?«, sagte Luc. Ihre Stimme schwankte, verlor an Festigkeit. Von oben kamen gedämpfte Stimmen. Moe, Blair und die Großmutter unterhielten sich, als wären sie auf einer Beerdigung. Greta ging auf das Mädchen zu. Sie wollte sie nicht berühren, wollte sie nicht mit ihrer Krankheit anstecken, sie war sich jedoch sicher, dass eine Umarmung die einzige Antwort war, die sie anzubieten hatte. Das Mädchen war störrisch, doch in der Hitze von Gretas Fieber gab sie nach. Ihr Weinen wurde krampfhaft und feucht, während Greta sie festhielt und zum Schmelzen brachte.

Eine Stunde vor Sonnenuntergang fuhr Oma Norma zu den Geldspielautomaten des Indianerkasinos im nächsten County. Sie würde bis nach Mitternacht weg sein und es war klar, dass Luc ihre Mutter beaufsichtigte. Sie bestellte eine Pizza und ein Dutzend Chicken Wings, von denen nichts als abgenagte Knochen übrig geblieben waren, die in einer fettigen Soße in einer Styroporschachtel schwammen. Sie hörten Radio und Mom grinste über die merkwürdige Musiksendung.

Doch dann fuhr Quinn Cutler den Thunderbird in seine Einfahrt und Luc blickte durch die Jalousien ihres Esszimmerfensters. Sie beobachtete, wie Quinn aus dem Wagen stieg und einen kaputten Scheinwerfer kontrollierte, ein paar Mal mit seiner Faust dagegen schlug. Nichts passiert, deswegen stellte er den Motor aus und lief zum Hintereingang seines Hauses.

Mittlerweile schaute Mom im Wohnzimmer die Abendnachrichten, die anscheinend genauso merkwürdig auf sie wirkten wie die Musik. Auf ihrem Schoß hatte sie die Fotos ausgebreitet, die ihr die Polizisten überlassen hatten, und betrachtete sie. Sie presste die Finger in ihre Schläfen wie ein Medium, das ein telepathisches Signal empfing. Als Luc sich zu ihr herunterlehnte, schreckte sie aus ihrer Trance auf.

»Ich habe es versucht«, sagte Mom. »Jetzt muss ich pinkeln.«

Luc half ihrer Mutter auf, ihre Arme untergeschlagen. Mom humpelte auf ihrem gesunden Bein, während sie sich auf Lucs Körper stützte. Luc nahm den sauren Körpergeruch ihrer Mutter wahr und ihr wurde bewusst, dass ein Bad mit diesem Gipsbein ein physikalisches Wunder war. Wenn sie den Gips endlich aufsägen würden, vielleicht könnte dann so etwas wie ein gewohntes Leben zurückkehren. Im Badezimmer half sie ihrer Mutter, den Bademantel hochzuheben und ließ sie auf die Klobrille sinken, wobei beide vor Anstrengung keuchten. Dann wartete Luc am Rand der Badewanne, wo sie ihre Mutter vor Kurzem fast tot von einer Tablettenüberdosis gefunden hatte. Die Erinnerung war noch frisch und ihre Mutter hatte sie unschuldigerweise geschürt.

»Danke«, sagte Mom. Sie stupste Lucs Kinn mit ihrem Daumen nach oben. Luc versuchte zurückzulächeln, doch die beschämende Situation ernüchterte sie. Das Telefon rettete sie.

»Nur einen Moment«, sagte Luc. Sie ließ Mom allein im Badezimmer zurück, während sie zum schnurlosen Telefon ging. Obwohl es Quinn war, machte sie sich Sorgen, weil ihre Mutter in dieser Zeit hilflos auf der Toilette saß. Als würde Mom in die Schüssel fallen oder zu Boden stürzen, während sie unbeaufsichtigt versuchte, sich selbst aufzurichten.

»Ich muss dich sehen. Ehrlich«, sagte Quinn. »Du musst rüberkommen.«

»Ich muss mich um meine Mutter kümmern«, sagte Luc. »Ich glaube, ich kann sie nicht alleine lassen.«

»Nur eine Minute. Ich muss dir etwas sagen. Persönlich, meine ich.«

»In Ordnung«, sagte Luc.

Sie lauschte durch den Flur auf ihre Mutter und hörte, wie sie das Toilettenpapier abrollte und dann die Spülung betätigte. Die Geräusche einer Frau, die sich auf sich selbst aufpassen konnte. Luc legte auf und lief zurück ins Badezimmer, wo ihre Mutter bereits aufrecht stand und sich mit einem Arm an der Wand abstützte. Luc half, indem sie Blairs Gürtel wieder um ihre Taille schlang und verknotete. Luc sagte zu ihr: »Ich gehe eine Minute zu Quinn rüber. Bist du in Ordnung?«

»Attraktiv«, sagte Blair. »Der Junge.«

»Quinn? Findest du Quinn attraktiv?«

»Du tust es«, sagte Blair.

»Er ist mein Freund. Nicht in einer Million Jahren wäre ich darauf gekommen, Ma.«

»Der Junge ... er sieht aus wie ... ein Junge, den ich kenne. Humphrey.«

Der Name traf Luc wie ein plötzlicher Migräneanfall. »Humphrey Reid?«

»Armer Humphrey«, sagte Blair. »Trauriger Junge.«

AM FREITAGABEND HATTE sich die Grippe tief in Gretas Magen festgesetzt und schickte Ausläufer durch ihren Körper. Nach Einbruch der Dunkelheit fuhr sie nach Hause und entschied, etwas zu essen. Sie riss eine Packung mit tiefgefrorenen Hacksteaks auf. Auf ihrem Anrufbeantworter waren zwei Mitteilungen, die sie nicht abhörte. Während sie den Ofen vorheizte, klingelte abermals das Telefon. Schon bevor sie abhob, wusste sie, dass es ihre Tochter Sandy war. Sie nahm trotzdem ab.

»Du klingst furchtbar«, sagte ihre Tochter.

»Ich habe mir einen schlimmen Virus eingefangen.«

»Ich habe dich heute Abend auf meinem Jungesellinnenabschied vermisst.«

»Ich weiß. Ich wollte dich morgen früh anrufen«, stammelte Greta und überzeugte damit nicht einmal sich selbst. »Hast du etwas auf meinem Anrufbeantworter hinterlassen? Ich bin gerade nach Hause gekommen und hatte noch keine Gelegenheit, es abzuhören.«

»Ja, habe ich«, sagte Sandy. »Ich könnte schwören, du hast gesagt, dass du es schaffen würdest. Erinnerst du dich, dass ich gefragt habe, ob es für dich nicht unangenehm mit einigen der anderen Gäste würde? Und, dass du nein gesagt hast? Zuerst dachte ich, du hättest es vielleicht vergessen, doch dann habe ich heute deine Hochzeitsgeschenke mit der Post bekommen, die du vor ein paar Tagen abgeschickt hast. Es scheint mir, du hättest gar nicht vorgehabt, zu meiner Party zu kommen, oder zu meiner Hochzeit.« Ihre Worte klangen hastig und wie auswendig aufgesagt – als versuche sie sicherzugehen, nichts zu vergessen, was sie sagen wollte, oder als sei sie noch etwas beschwippst von der abendlichen Feier. Ihre Stimme klang angespannt, war schwer zu ertragen, so dass Greta beinahe wünschte, sie könne die Verbindung unterbrechen.

Stattdessen fragte sie: »Haben dir die Handtücher gefallen?«

»Ja, Mom, aber ... ich möchte, dass es funktioniert. Wir versuchen uns anzunähern, aber es scheint nicht richtig zu klappen. Ich habe bisher noch nicht einmal deine Antwortkarte für die Hochzeit bekommen. Ich weiß immer noch nicht, ob du sicher kommst und es sind nur noch zwei Tage.«

Die Hochzeitseinladung hing immer noch an Gretas Kühlschrank. Sie war mit einem Magneten an der Kühlschranktür befestigt und wartete darauf, dass sie das Kästchen ankreuzte, das ihr Kommen bestätigte. Jeden Tag, wie ein Morgenritual, versuchte die kleine Antwortkarte, sie zu erschrecken. »Natürlich werde ich kommen, Sandy. Ich hatte einfach noch keine Gelegenheit ... es tut mir leid, ich habe vergessen, die Karte abzuschicken. Entschuldige, dass ich nicht zu der Party heute Abend gekommen bin, aber ich habe gedacht, die Leute würden sich vielleicht unbehaglich fühlen, wenn ich dort auftauchte.«

»Wie du selbst? Was würde bei der Hochzeit anders sein?«

»Nichts, aber ich komme auf jeden Fall. In Ordnung? Du kannst mich auf die Gästeliste setzen. Ich muss mich nur mit diesen Fällen befassen ... das ist alles. Das ist mein Beruf ... ich verstehe dich ... glaube mir. Ich möchte auch, dass es funktioniert.«

Nach dem Telefonat konnte Greta nicht mehr ans Essen denken, deshalb wickelte sie die Hacksteaks in Frischhaltefolie und legte sie zurück in den Gefrierschrank. Die Selbstdiagnose war allzu einfach: Das Problem war, dass Gretas alte Schuld immer noch loderte und all ihre Willenskraft aufbrauchte, die sie benötigte, um Sandys Vergebung zu akzeptieren. Was natürlich eine neue lähmende Schuld entzündete. Womit Greta noch nicht zurechtkam, war das zermürbende Therapieprogramm. In ihren hässlichsten Gedanken wollte sie frei sein von diesem gewaltigen Wiederaufbauprojekt, das sie mit ihrer Tochter begonnen hatte. Doch Greta wusste, dass sie unrecht hatte, vollkommen unrecht, sich gegen ihre eigene Erlösung zu stellen.

Als Luc gegen Quinns Vordertür klopfte, öffnete seine Mutter. Sie trug einen Poncho mit Fischgrätmuster und ihr rabenschwarzes Haar war zu einem Zopf gebunden, der sich wie ein Tier um ihre Schulter wand. »Ich bin Lydia«, sagte sie. Als sie Lucs Hand schüttelte, war ihre Handfläche feucht vom Kondenswasser eines Cocktailglases, das mit Eis und einem klaren Schnaps gefüllt war, der nach Reinigungsalkohol roch. Luc konnte sich nicht erinnern, Quinns Mutter zuvor persönlich getroffen zu haben, obwohl sie die Frau tausende Male aus der Entfernung gesehen hatte. Luc gesamtes Leben wohnte sie nur zehn Meter entfernt, und trotzdem waren sie vollkommen Fremde.

»Ist Quinn da?«, fragte Luc.

»Oben«, sagte Lydia Cutler – begeistert, als hätte sie seit Jahren auf einen Besuch des Nachbarkindes gewartet. Sie führte Luc zum Fuß der mit einem dicken Teppich belegten Treppe. »Es ist das erste Zimmer auf der linken Seite.« Das Eis klirrte in ihrem Glas. Um sie herum war das Haus dunkel und mit mehr Möbeln vollgestopft, als es ein Zweipersonenhaushalt jemals benötigte. Üppig gepolsterte Sofas, die aussahen, als wären sie bei Quinns Geburt gebraucht gekauft worden.

Während Luc nach oben ging, zog sie den schwarzen Rock glatt, den sie angezogen hatte, weil er zu ihrem Nine-Inch-Nails-T-Shirt und ihren Netzstrümpfen passte. Sie hatte sich nicht für die Rolle zurechtgemacht, die sie seit dem Tod ihres Vaters spielte, und nun fühlte sie sich beinahe wieder wie jenes Mädchen, wie ein Teenager, dessen größtes Problem das eigene Selbstwertgefühl war.

Sie folgte der hämmernden Musik und fand Quinn auf seinem Bett. Er lehnte gegen das Kopfteil und trug Jeans und ein Flanellhemd. Die einzige Lichtquelle im Zimmer war ein Schwarzlicht, das die weißen Klamotten auf dem Boden neonlila leuchten ließ. An der Wand hing ein Poster von Cindy Crawford im Bikini, an deren Hintern der Sand des Strandes klebte.

»Komm rein«, sagte er. »Mach die Tür zu.« Er schob einen Drehstuhl vom Schreibtisch weg, damit sie sich setzen konnte. Der Stuhl und der Tisch waren in die schmale Lücke zwischen Bett und Wand hineingequetscht. Die Schreibtischplatte war mit Limonadendosen und Biker-Magazinen übersät. Er schaltete eine Schreibtischlampe an, damit sie mehr Licht hatten, doch sie warf nur einen schwachen Schein, der die Zimmerecken dunkel ließ. Das Zimmer war eine fensterlose Dachkammer mit schrägen Decken, an der Sterne klebten, die im Dunkeln leuchteten, und die aus ihren Augenwinkeln wirkten, als spanne sich das weite Himmelszelt über ihnen auf.

»Ich habe heute früh deine Nachricht bekommen«, sagte Luc. »Ist alles in Ordnung?«

»Keine Ahnung. Das ist alles großer Mist.« Er kaute auf der Innenseite seiner Wangen und betrachtete das schnurlose Telefon auf seinem Bett, als erwartete er, dass es klingelte. Daneben stand eine Kiste voller Schallplatten und darüber war ein Regal mit Unmengen von CDs, die meisten davon noch versiegelt in ihren Hüllen und in alphabetischer Reihenfolge: Cannibal Corpse, Megadeth, Ministry, Motörhead, Napalm Death, Saigon Kick.

»Was ist los?«, fragte Luc. »Wo bist du nach der Schule gewesen?«

Er schlang die Arme um seinen Körper und tippte mit den Fingern gegen sein Schlüsselbein, zählte die Sekunden wie ein Metronom. »Ich musste mich um etwas kümmern, irgendeinen Mist.«

»Also, wenn du mit mir Schluss machen willst ...«

»Nein«, sagte er. Er rutschte in ihre Richtung, stellte die Füße auf den Boden und spreizte seine Beine, so dass Lucs Knie fast die Innenseiten seiner Oberschenkel berührten. »Darum geht's nicht. Das Problem ist, dass ich verrückt bin und ich möchte, dass du das weißt. Ich meine, ich bin vollkommen durch den Wind.«

Um dies zu Unterstreichen, ahmte er mit der Hand eine Pistole nach und presste den Mittelfinger-Lauf gegen seine Schläfe und ließ den Daumen nach unten schnellen.

»Willkommen im Club«, sagte Luc. Sie biss ihre Zähne aufeinander, damit sie nicht klapperten. Sie drückte ihre Knie gegen seine Matratze. »Aber du machst mir Angst.«

Er drückte seine Hände auf ihre Beine direkt oberhalb der Knie und ließ sie über ihre Netzstrümpfe wandern, seine Fingerspitzen glitten über die offenen Stellen im Gewebe. Luc schloss ihre Augen und sie küssten sich erneut – mit geöffneten Lippen und suchend, Zähne stießen aneinander. Sie lachten auf den Lippen des anderen und sogen atemlos die Luft ein. Seine Hände glitten unter den Saum ihres Rocks, kreisten in immer größeren Radien, erforschten ihre Schenkel. Sie nahm seine umherwandernden Hände, eine in jede von ihren, und schob sie sanft wieder ihre Beine hinunter.

»Warte eine Sekunde«, sagte sie. Sie wollte nicht weinen, nicht jetzt. Sie spürte erneut die Geschwindigkeit des Motorrades und den Sprung ihrer Mutter von der Pier und den Rückwärtsruck, den der Volvo ihres Vaters machte. Sie legte ihre Stirn auf seine Schulter und dachte an Mom, die zu Hause allein die Uhr anstarrte, verwirrt war, ins Unbewusste abglitt. Luc dachte, ihre Mutter würde noch mehr von dem vergessen, wer sie war, wenn Luc sich nicht um sie kümmerte. Sie könnte die letzten brüchigen Reste ihres Gedächtnisses fallenlassen und ihre Tochter wäre nicht da, um sie aufzufangen.

«Ich möchte nicht aufhören«, sagte Quinn. Mit beiden Händen hob er Lucs Kopf von seiner Schulter und nahm die Brille von ihrer Nase, faltete sie zusammen und legte sie auf den Tisch. Sein Gesicht war verschwommen, deshalb kam Luc näher, bis sie fast mit den Nasen zusammenstießen und sie ihn wieder scharf sehen konnte.

»Ich bin so gut wie blind«, sagte Luc.

Sie ließ es zu, aus dem Stuhl gehoben zu werden. Ihr Taumel machte sie schwerelos. Mom ging es gut, zumindest diesen Augenblick lang. Immerhin war sie eine erwachsene Frau. Die Sterne an der Decke waren brennende Riesen, die näher waren als je zuvor. Sie lagen zusammen auf dem Bett und Quinns Hände fuhren über die Knubbel ihrer Wirbelsäule. Die Hormone durchfluteten sie, und seine Leiste drückte gegen ihre. Nichts war zwischen ihnen außer ihren Kleidern. Seine Hände lagen auf ihren Rippen, ihren Brüsten. Sein Daumen strich über ihre Brustwarze und Stöße von grünem Licht durchzuckten ihre Nerven. Nie zuvor hatte sie jemand so berührt – aber nichts daran war falsch oder seltsam. Ihre Haut hörte auf zu zittern und verlangte nach mehr.

Ihre eigenen Hände streichelten über die warme Haut auf seinem muskulösen Bauch, fuhren über seine Arme zu seinen Schultern hoch. Sie bebte, voller Hitze und Erwartungen. Der Rock rutschte zu ihren Hüften hinauf und Quinns Knie zwängten sich zwischen ihre Schenkel, er presste sich gegen ihren seidigen schwarzen Slip.

»Deine Mom«, flüsterte Luc.

»Sie hört uns nicht«, sagte Quinn. Sie rollten auf das Bett und irgendetwas Hartes drückte gegen ihre Rippen. Als sie danach griff, merkte sie, dass es das schnurlose Telefon war. Es klingelte in ihrer Hand. Sie dachte, sie hätte unabsichtlich eine Taste gedrückt, doch dann klingelte es erneut.

»Geh nicht ran«, sagte Quinn. Er nahm ihr das Telefon ab und es verschwand. Gedämpft klingelte es zum dritten Mal, als hätte er es irgendwie unter die Dielen gesteckt. Luc erwachte aus ihrem Rausch. Plötzlich war sie sich seines Gewichts bewusst und ihres entsetzlichen Stöhnens und seiner Schenkel zwischen ihren Knien.

Quinn flüsterte: »Mann, wenn uns deine Mutter so sehen könnte …«

»Was?«, krächzte Luc.

Im schummrigen Licht wurden Quinn Augenhöhlen zu schwarzen Löchern und sein Gesicht leuchtete wie der Mond. Er setzte sich auf und sein Kopf krachte gegen die schräge Decke. »Scheiße«, knurrte er, und sie lachten zusammen. Quinns Lachen entwich der wabernden Kugel, die Luc als sein Gesicht deutete. Jedes Mal, wenn das Telefon klingelte, verfolgte es Luc wie eine unbeantwortete Frage. Sie konnte das steife Glied in seiner Jeans spüren, das gegen ihren Bauch drückte wie das Ende eines Besenstiels. Er küsste sie erneut, feuchte Lippen auf ihrem Hals.

»Ich kann nicht, wenn das Telefon klingelt«, sagte sie. Vielleicht war es ihre Mutter, die anrief. Unmöglich.

»Meine Mutter wird drangehen«, sagte er.

Es klingelte weiter, und diesmal dachte sie, es wäre ihr Vater. Die Decke drückte auf sie herunter und die Plastiksterne fielen herab, brannten sich in ihr Fleisch. Fäuste hämmerten gegen die Wände, schwere Fäuste, die durchbrechen konnten, hätten sie nur Substanz gehabt, hätten sie nicht nur aus spröden Knochen und Äther bestanden. Die Hände ihres Vaters, auferstanden aus der Asche in der Urne. Doch heute Abend gab es keinen Retter für sie, nicht einmal die winzigen Männer rannten über den Boden. Das Hämmern, das sie hörte, war ihr Herz, das sich verkrampfte.

»Ich kann das nicht tun«, sagte Quinn zu ihr, doch Luc hatte sich selbst bereits von dem gelöst, was immer sie in diese Situation gebracht haben mochte. Er redete, doch sie hörte nicht mehr zu.

»Ich muss auf die Toilette«, flüsterte Luc. »Das Badezimmer. Ich muss pinkeln.«

»Wirklich? Jetzt?«, sagte er eingeschnappt direkt in ihr Ohr.

Sie griff nach ihrer Brille und stieß dabei einen Stapel Zeitschriften und leere Dosen zu Boden, bevor sie das kühle Metallgestell in der Hand hielt. Bis sie es aufgesetzt hatte, waren die Gläser von den Abdrücken ihrer Finger verschmiert. Sie stand auf und zog ihren Rock wieder über ihre Hüften hinunter. »Bitte«, sagte sie.

»Durch den Gang, aber ich muss dir sagen …«

»Gib mir eine Minute«, sagte Luc. Sie war bereits aus der Tür, und taste sich an der holzverkleideten Wand des Flurs entlang. Wie er gesagt hatte, befand sich dort das Badezimmer, wo das Waschbecken und die Toilette im Dunkeln warteten. Sie fand den Lichtschalter, schaltete ihn ein. Eingetrocknete Zahnpasta im Waschbecken, gelockte Haarsträhnen auf der Waschtischplatte, alte Seifenreste auf dem Wannenrand, ein Fenster mit Fliegengitter, das zu schmal war, um hindurchzuschlüpfen. Luc hatte vorgehabt in das Bad gehen, um sich eine Minute zu entspannen. Stattdessen drückte sie den Sperrknopf an der Innenseite der Badezimmertür hinein, schloss sie aber vom Flur aus. Das Licht, das unter der Tür hervordrang, nährte die Illusion, sie hätte sich dort drinnen eingeschlossen. Es schien ihr klüger zu sein, vollkommen zu verschwinden, als sich irgendwo zu verstecken, wo man sie finden konnte.

Sie schlich die Treppe hinunter in die Diele. Im Wohnzimmer lag Quinns Mutter auf der Couch und sah fern. Luc drehte den Türknauf mit beiden Händen, die Tür öffnete sich und gab den Blick auf die Straßenlaternen und den gefrorenen schwarzen Boden frei. Sie lief, strauchelte in ihrem eigenen Vorgarten, fiel auf die Knie, stützte sich mit einer Hand ab, zerdrückte gefrorenes Gras. Sie richtete sich auf und rannte durch die dunklen, kahlen Äste, die in ihr Gesicht peitschten.

Ihre Beine trugen sie die Stufen zu ihrer Veranda hinauf und durch die Eingangstür. Hände auf dem warmen Türknauf, Stiefel auf dem Dielenboden. Sie tastete nach dem Schalter an der Wand und legte ihn um.

»Luc …«, sagte Mom. Ihre Mutter lag neben dem Sofa auf dem Boden, beide Hände in den Teppich gekrallt, die Beine hinter sich ausgestreckt. Der Gipsverband an ihrem Bein war aufgebrochen, abgeknickte Fasern und pulvriger Gips. Wie ein Säugling hob sie kraftlos ihren Kopf und blinzelte ins Licht. Rote und schwarze Flecken blühten auf ihrem Gesicht. Zu viele Schnitte, wund und gekräuselt. Ein Auge ließ sich nicht öffnen. Ihre Handrücken bluteten. Zu viele Verletzungen für einen einfachen Sturz.

Angst flammte in Luc auf, wie Benzin, an das man ein Streichholz hielt. Sie schrie und sprang zurück, wobei sich ihre Schulterblätter wölbten wie Flügel. Doch ihr Schrei wurde von einer feuchten Hand erstickt, die sich von hinten auf ihren Mund und über ihre Nasenlöcher presste. Eine Hand, die hinter der Tür hervorkam, die Lucs Kopf nach hinten riss. Der andere Arm schlang sich um ihre Taille und spannte sich an. Finger gruben sich in ihre Rippen. Eine Jacke aus dunkelrotem Leder, und der erdige Geruch nach der schmutzigen Hand eines Mannes.

Luc schob sich nach hinten gegen diesen anderen Körper, der sie gepackt hielt. Sie zog ihre Beine hoch und stieß die Sohlen ihrer Stiefel so heftig gegen die Wand des Flurs, dass die Rigipsplatte krachte und sie sich zusammen mit dem Angreifer nach hinten abstieß. Er prallte gegen die offene Tür, brach eine Glasscheibe aus ihrem Rahmen. Er stieß einen überraschten Atemzug aus. Lucs Füße hatten jetzt nichts mehr zum Abstoßen. Ihre Finger stocherten. Ihre Lunge japste nach der Luft, die seine kräftige Hand zurückhielt.

Sie wurde schwach vor Schmerzen. Grelles Weiß beherrschte ihren Blick und sie taumelte. Sie war kaum noch bei Bewusstsein, als er sie nach vorne stieß. Sie sah ihren eigenen Sturz, doch ihre Hände konnten den Fall nicht abfangen. Ihr Gesicht schlug auf den Teppichboden und die Fasern zogen einen brennenden Schmerz über ihre Wange. Sie hatte die Brille immer noch auf, doch die Bügel waren abgeknickt. Mit einem geschlossenen und einem weit aufgerissenen Auge lag Mom einen Meter fünfzig entfernt auf dem Bauch. Mom hatte keine Stimme, deshalb schrie sie mit ihrem geöffneten Auge.

Luc schob sich auf ihre Mutter zu. Sie sog den Sauerstoff ein und spannte sich für den Tritt oder Schlag oder Schuss an, den sie erwartete. Als nichts geschah, sah sie sich den Einbrecher an. Er war zwanzig oder älter, er hatte eine Haartolle und lange Kotletten und einen Kinnbart, der wie ein Büschel unter seiner Lippe saß. Er trug eine neue rote Lederjacke, die an den Ellbogen gerippt und bis zum Kinn geschlossen war. Eine Pistole mit einem eckigen silbernen Lauf war auf sie gerichtet. Sie blinzelte und wartete auf die Dunkelheit. In ihrem Kopf sah sie Vaters Blut, und denselben Pistolenlauf, der sich durch sein Seitenfenster schob.

Luc richtete sich auf Hände und Knie auf, kniete wie ein Sprinter, der auf den Startschuss wartete. Sie würde fliehen, wenn sie musste. Sie würde durch das drei Meter entfernte Küchenfenster brechen und in ihren Garten hinunterspringen. Durch das Glas springen, weil sie sonst sterben würde. Das wusste sie, genauso wie sie wusste, dass Quinn sie nicht retten würde. Er döste in seinem Bett und wartete, dass sich die Badezimmertür wieder öffnete.

»Du weißt, wo die Kohle ist? Was ist, Schlampe?«, sagte der Einbrecher.

»Ich habe keine Ahnung«, sagte Luc. Das Geld war nur ein Traum. Fünftausend Dollar unter dem Trockner. Sie wollte ihm sagen, dass es nur ein Traum war. Doch die Schmerzen in ihren Rippen, das Brennen auf ihrer Wange, der Geschmack des Mannes auf ihrer Zunge – das war kein Traum. All das war so real wie das Tageslicht.

»Schwachsinn! Weck sie auf! Sie weiß, wo es ist und du weißt es auch. Stimmt's? Ich töte euch beide, wenn's sein muss.«

»Es war unter dem Wäschetrockner, aber dann war es weg«, sagte Luc. Sie kniete jetzt, blickte von ihm weg. Genauso gut hätte sie eine Augenbinde tragen und die kommende Exekution erwarten können, wenn Mom nicht gestöhnt und sich auf den Rücken gedreht hätte.

Mom blinzelte einäugig und sagte: »Oscar. Wo?«

»Sag's mir!« Der Einbrecher wedelte mit der Pistole zwischen ihnen beiden hin und her. Sie würde losgehen, dachte Luc, und sei es nur wegen der Kraft, die in ihr eingepfercht war. Doch Luc weigerte sich, noch einmal Zeugin einer derartigen Katastrophe zu werden.

»Sie hatte einen Unfall! Sie kann sich nicht erinnern!«, schrie Luc. »Das Geld war weg, als ich nachsah. Das können Sie selbst sehen. Sie können nachschauen, wenn Sie wollen, aber es ist nicht da!«

Mom kroch auf den Einbrecher zu und umklammerte sein Fußgelenk mit beiden Händen. Für einen Moment glaubte Luc, so etwas wie ein

Wunder würde geschehen, aber er schüttelte ihren Griff ab und trat auf ihre Finger. Mom zog ihre verletzten Hände zurück, zu schwach, um zu schreien. »Ich werden deinem Kind ins Gesicht schießen, Blair«, sagte er. »Ich werde sie töten, wenn du das Geld nicht rausrückst. Vergiss diese Amnesie-Scheiße. Hast du mich verstanden?«

»Sie kann sich nicht erinnern«, flehte Luc.

»Eins …« Er richtete die Waffe auf Luc und setzte das kalte Metall auf ihr Ohr. »Zwei, Schlampe. Geld. Jetzt. Zwingst du mich, drei zu sagen?«

Lucs Kopf bettelte nach einem letzten greifbaren Gedanken, doch nichts kam. Er zog die Waffe zurück. Der Einbrecher ließ seinen Arm auf Lucs Stirn fallen. Es gab einen heißen, überwältigenden Schmerz und dann schwarze Stille. Sie trieb in einem grauen Tümpel der Bewegungslosigkeit. Es ließ nach und Luc konnte erneut den Teppich an ihrem Gesicht spüren. Ihre Mutter schrie. Luc wollte ebenfalls schreien, aber sie wusste nicht, wo ihr Mund war. Ein erneuter Schlag und grelle Blitzlichter durchzuckten ihren Schädel wie ein plötzlicher Kurzschluss.

Drei

Hels Tochter

Ein Sommertag voll träger Seligkeit im Gleichklang mit dem Brummen des Motors. Die *Ringhorn* schaukelte in sanfter Dünung. Luc war an Deck, saß auf dem Deckel der Kiste für die frisch gefangenen Fische, Sonnencreme bedeckte ihr Gesicht und zwei Sprites gluckerten in ihrem Bauch. Vom Downrigger gespannt, bog sich achtern an jeder Ecke eine Angel über Bord. Luc war acht oder neun, nickte beinahe schläfrig ein, während sie darauf wartete, dass eine Forelle anbiss und die Schnur löste. Am Ruder fläzte Dad in seiner Badehose mit Sommersprossen auf der Schulter und einem Sonnenbrand auf der Nase, der seine Haut abpellen ließ. Seine Brust war von durchsichtigen, blonden Haaren bedeckt. Die Kiste unter Luc war leer. Das Wasser glitzerte im Sonnenlicht, der Horizont verschwamm wie ein Traum. Hier draußen auf dem See war die Küste außer Sichtweite und es schien, als trieben sie über einen endlos tiefen Ozean.

Ihr Vater stupste Lucs Knie mit seiner Sandale an. »Hast du das gesehen?«

Luc schreckte auf. »Was?«, fragte sie.

»Dort drüben.« Er zeigt über die Reichweite ihrer Angeln hinaus, doch Luc sah nichts außer den tanzenden Wellenkämmen. »Es war die Midgardschlange«, sagte er.

»Hör auf, Dad.«

»Ich habe ein gutes Gefühl, dass wir sie diesmal erwischen. Heute ist unser Tag.«

»Vielleicht fangen wir auch noch das Monster von Loch Ness.«

»Du lachst, *Flicka*. Aber du weißt doch: Die Rückkehr der Midgardschlange kündigt das Kommen von Ragnarök an. Die Götterdämmerung. Das Ende der Welt ist nichts, über das man Witze macht.« Er spielte mit seiner Geschichtenerzählerstimme – übertriebene Betonungen wie ein schlechter Shakespearedarsteller.

Plötzliches zuckte Lucs Angelschnur und löste sich vom Downrigger. Luc schnappte nach Luft und sprang auf, um die Rute mit beiden Händen festzuhalten. Kampfbereit stemmte sie ihren Körper dagegen. Sie hoffte, sie hätte eine große Seeforelle dran, mit einer runzeligen Stirn und braunen Punkten, die ihre grünlichen Schuppen sprenkelten. Mehr als zehn Kilo wären ihr neuer Rekord – doch während sie träumte, erschlaffte die Schnur wieder. Sie holte ein paar Zentimeter ein und spürte keinen Widerstand mehr. Der Schweiß auf ihrer Nase ließ die Brille herunterrutschen, doch sie schob sie mit der Schulter wieder hinauf.

»Siehst du? Die Schlange verspottet dich, Lucia.«

»Hör auf, Dad. Du machst mir noch Angst.«

Er räusperte sich und beugte sich zu ihr vor. Er grinste, wie er immer grinste, wenn eine Geschichte Besitz von ihm ergriff. Er sagte: »Es beginnt mit drei strengen Wintern voller Dunkelheit, drei Jahreszeiten ohne Sonnenlicht und Wärme.« Er warf die Hände über den Kopf, um die Katastrophe zu untermalen. »Eisstürme und arktische Winde werden kommen. Furcht und Zorn werden die Herzen der Menschen und der Götter gleichermaßen ergreifen, und sie werden gegeneinander Krieg führen mit Schwertern, Knüppeln, Pfeilen und Blut.«

»Bist du fertig?«, stöhnte Luc.

»Das war erst der Anfang.« Dad holte die Leine des Downrigger ein.

»Als ich klein war, hast du mir diesen Teil nie erzählt«, sagte Luc.

»Ich wollte dich nicht grundlos ängstigen, doch jetzt – mit der Schlange in unserer Mitte – habe ich keine andere Wahl …«

Irgendetwas krachte gegen den Rumpf und ließ das Boot schaukeln und schlingern. Lucs Füße hoben sich vom Deck, doch sie stemmte sie wieder herunter. Ein glattes, hohles Geräusch zog am Bootskörper entlang, ein Geräusch, als schramme das Boot über einen riesigen Gummischlauch. Luc versuchte etwas zu erkennen, konnte aber unter der im Sonnenlicht spiegelnden Wasseroberfläche nichts sehen. »Was zum Teufel war das?«, fragte sie.

Dad kicherte, während er ihren Nacken mit seiner Hand massierte. »Jetzt lenkst du ein, *nej*? Als Nächstes wird die Erde von Beben erschüttert, die so stark sind, dass Berge in gewaltigen Felsstürzen zusammenbrechen, und selbst die widerstandsfähigsten Bäume werden mit ihren Wurzeln aus dem Boden gerissen. Schlimmer noch, die Erschütterungen werden den mächtigen Fenriswolf von seinen Fesseln befreien und die Midgardschlange aus ihrem uralten Schlaf wecken. Sie wird aufsteigen und sich auf die Küste zu bewegen.«

Erneut deutete er über den See, weit hinaus zum nördlichen Horizont, wo ein anderes Fahrzeug in Sicht gekommen war. Auf diese Distanz war es nur ein dunkler Fleck, aber Luc konnte trotzdem erkennen, dass es größer war, als alle Boote, die sie jemals auf dem See gesehen hatte. Hohe Masten ohne Segel bohrten sich in den wolkenlosen Himmel, und Dad erklärte: »Und was du dort siehst, ist das Totenschiff *Naglfar*. Es wurde über die Jahrhunderte aus den Finger- und Fußnägeln der Toten erbaut. Ein böser Reifriese namens Hrymir befehligt das Schiff. Es befördert die Armeen aus Hel hinaus. Diese untoten Soldaten werden kommen, um die Götter zu vernichten.«

»Es gibt keine Götter«, wandte Luc ein. »Das sind nur Geschichten.«

Diesmal durchbrach etwas auf der Steuerbordseite die Wasseroberfläche und offenbarte den dunklen Abschnitt eines länglichen Schlangenkörpers, der mit schwarzen Schuppen und Algen besetzt war. Wieder schaukelte das Boot und jetzt löste der Downrigger auch die Schnur ihres Vaters. Er hielt seine Angelrute und grunzte, während er sich abmühte, doch innerhalb von Sekunden wurde die Rute seinem Griff entrissen. Sie peitschte auf die Wasseroberfläche des Sees und verschwand darunter. Er zischte und schüttelte seine schmerzende Hand, kicherte mit aufgerissenen Augen, als sei ihm gerade ein Streich gespielt worden. Er lehnte sich über die Reling, um besser sehen zu können, blind gegenüber der Gefahr.

»Dad ... was tust du?«, fragte Luc. Sie holte wie wahnsinnig ihre

Schnur ein, doch etwas hielt sie fest und bog die Rute durch wie einen Bogen. Sie beobachtete, wie sich die dünne Schnur straff spannte, während sie von ihr wegzog.

»Halt fest, Lucia! Lass nicht locker!«, kommandierte ihr Vater mit einer Stimme voller Feuer und Leben. Er brüllte über das Getöse eines unheimlichen Rumpelns, das aus der Tiefe aufwallte wie die erste Erschütterung eines Erdbebens: »Es endet im Chaos! Der böse Gott Surt wird mit seinen Geisterlegionen aus dem Feuerreich namens Muspelheim heraufsteigen und mit seinem Flammenschwert die Erde verbrennen. Nichts bleibt verschont.«

»Ragnarök«, sagte Lucia. Ihre Arme schmerzten von der Anstrengung, die Haut zwischen der Angelrute und ihrer Hüfte rötete sich, doch sie hielt den gepolsterten Gummigriff fest. Ein seltsamer Druck füllte ihre Lunge und dann ihren Hals, bis sie beinahe erstickte. Sie ließ es heraus und hörte, dass es ein Lachen war, laut und furchtlos wie das ihres Vaters. In sechs Meter Entfernung brachte etwas das Wasser zum Schäumen – mattschwarze Fischschuppen auf dem Rücken und ein Auge, das die Farbe von Eidotter hatte, aber hundertmal größer war. Sie stützte ihre Schuhe am Dollbord ab und hielt ihre gespannte Rute fest, fuhr fort zu kurbeln und nach oben zu ziehen, während ihre Handflächen brannten und schmerzten. Eher würde diese Rute zersplittern, als dass sie die Angel losließ.

Nachdem sie ein paar Tabletten eingenommen hatte, fiel Greta am Freitagabend um acht Uhr dreißig ohne Abendessen erschöpft ins Bett. Ihr Schlaf wurde von Halluzinationen heimgesucht: Luc Moberg abgemagert bis auf die Knochen, Greta, die einen Löffel Haferbrei in ihren Mund schob. Dann war Luc ein glatzköpfiges Baby, das in einem Kindersitz wimmerte. Greta erwachte schwitzend in ihrem stillen Apartment, die Uhr zeigte Mitternacht an. Sie hatte die Laken beiseite gestrampelt und ihr Kopfkissen lag auf dem Boden. Ihr Hals fühlte sich an, als sei er mit einer Drahtbürste gescheuert worden.

Im Bad ließ sie Wasser in einen Einwegbecher laufen, trank es aus, sah ihr bleiches Spiegelbild im orangen Nachtlicht. Ein Gesicht wie der lebende Tod, und nur noch ein Tag bis Sandys Hochzeit. Sie versuchte, das Gefühl der Bitterkeit so weit wie möglich zu unterdrücken, denn diese Scheidung und erneute Heirat und die ganzen Animositäten – all das ging auf ihre eigenen Fehler zurück. Sie selbst hatte diese bleibenden Wunden geschlagen und jetzt war es ihre Aufgabe, sie zu pflegen, nicht Sandys.

Während sie ihren dritten Becher Wasser trank, klingelte das Telefon. Sie nahm direkt nach dem zweiten Läuten ab, dachte, es wäre erneut Sandy. Aber es war ihr Partner Moe Arslan. »Es tut mir leid, dass ich dich zu Hause anrufe, Greta, aber es hat eine ... Wir glauben, Luc Moberg ist entführt worden. Heute Abend gab es einen Einbruch im Haus des Mädchens. Die Mutter wurde angegriffen. Sie ist im Augenblick im Lakeshore Hospital in Hammersport.«

»Ich ziehe mich an«, sagte Greta zu ihrem Partner, bevor sie auflegte.

Sie ließ sich auf die Bettkante sinken, ihre kranken Muskeln zuckten. Erneut erschien ihr die Vision des Babys aus ihrem Traum, aber sie wusste nicht, ob diese Erscheinung ihre Einbildung von Luc war oder die Erinnerung an Sandy. Irgendwie war es das gleiche Baby, und Moes Nachricht bedeutete, dass Gretas ganzes Leben gekidnappt worden war – ihr Mordfall, die Hochzeit, alles. Es war die verdrehte Logik eines fiebrigen Geistes, doch es tat trotzdem weh.

Das Pochen in Lucs Schädel sandte spitze Signale durch ihren Kopf, ihre Wirbelsäule hinunter, tief in ihre Ohren. Sie lag in pechschwarzer Dunkelheit und wurde sich langsam bewusst, dass dieser furchtbare Schmerz sie aus einem Traum gerissen hatte. Sie schlug auf ihr hartes Lager ein und stieß mit den Füßen gegen eine unnachgiebige Wand. Sie tastete mit ihren Händen nach rechts und drückte sie in eine Barriere aus Schaumgummi, die sich anfühlte wie das Innere von Schneestiefeln. Eine Erinnerung blitzte auf: Vor Jahren saß sie auf den Verandastufen, während Vater ihr die Schneestiefel auszog, wie sie gelacht hatten, weil das Innenfutter hartnäckig an ihrem Fuß haften blieb.

Sie wusste nicht mehr, was passiert war. Sie dachte, sie sei tot und man hätte sie bereits in einen Sarg gesteckt. Doch was war mit diesem beständigen Vibrieren in ihren Knochen, und damit, dass sie alle paar Sekunden herumgeschleudert wurde, als hätte man sie in einem Boden begraben, den ein Erdbeben durchschüttelte? Sie brauchte eine Weile, um zu begreifen, dass sie noch lebte, gefangen im Kofferraum eines Autos.

Andere Autos wischten wellenartig vorüber, ein weißes Rauschen, unterbrochen vom plötzlichen Lärm eines Sattelschleppers. Der Auspuff stotterte unter ihr, ließ stinkende Schwaden aufsteigen, von denen Luc befürchtete, sie würden sie ersticken, lange bevor das Auto endlich hielt. Sie wollte nicht ohnmächtig in den Tod hinübergleiten wie ein krankes Tier, das man einschläferte, doch sie hustete Dämpfe aus, die ihre Kopfschmerzen entflammten und sie benebelten und verwirrten.

Luc wollte ihre Kopfwunde berühren, aber ihre Handgelenke waren mit engen Plastikriemen zusammengebunden. Ein weiteres Paar hielten ihre Beine gefesselt, schnitten an den Fußgelenken durch ihre Netzstrümpfe. Sie tastete den Kofferraum ab und berührte verwelkte Blätter, feuchte Schaumgummistücke, eine leere Motorölflasche aus Plastik. Sie streckte sich nach der kalten Metallhaube aus und drückte, aber sie bewegte sich nicht. Griff nach der Verriegelung, doch ihre eiskalten Finger fanden keine Möglichkeit, sie zu öffnen. Sie schlug mit den Fäusten gegen die Kofferraumhaube und schrie, bis sie heiser war.

Sie bekämpfte die Panik, indem sie an Kabeln zerrte, bis diese sich aus ihren Anschlüssen lösten. Sie dachte, dass sie so vielleicht ein Rücklicht außer Betrieb setzen und damit die Aufmerksamkeit einer Polizeistreife auf sich ziehen könnte, doch ihre Hoffnung schwand, als die Fahrt von sanftem Asphalt auf knirschenden und aufspritzenden Kies überging. Sie verließen die Hauptstraße, auf der sie gewesen waren, und ließen sämtliche Streifenwagen hinter sich, die vergeblich neben ihren Radarfallen am Straßenrand warteten. Die Reifen warfen Kieselsteine gegen den Unterboden. Lucs Kopfwunde brannte vor neuerlichem Schmerz. Die Seufzer vorbeifahrender Autos waren lange vergangen.

Auf der Fahrt nach Hammersport hielt Greta für Evian, zwei Ephedrin und eine Schachtel Marlboro an einer Tankstelle am Highway. Während sie in die Straße der Mobergs einbog, summte ihr Knochenmark und sie sah, dass die örtliche Polizei den großen Auftrieb vermieden hatte: Es parkten lediglich zwei Streifenwagen auf der Straße und Blaulicht war nicht zu sehen. Eine überschaubare Menge von Gaffern lungerte auf den Bürgersteigen herum, ihre Aufmerksamkeit konzentrierte sich auf die Lichter, die aus sämtlichen Zimmern des Moberg-Hauses drangen. Greta parkte am Straßenrand und stieg aus.

Sie zeigte dem Polizisten, der die Veranda bewachte, ihre Marke. Dann bemerkte sie Stiefelabdrücke an der Wand, Blut auf dem Teppich. Wahrscheinlich tat die gesamte Streitmacht des Hammersport Police Department hier gerade Dienst, doch Greta entging dem Geplauder, indem sie in die Küche lief, wo sie Lucs schwarzrandige Brille, die auf der einen Seite kaputt war, eingetütet auf dem Tisch liegen sah. Dieser Anblick drehte ihr den Magen genauso heftig um, als hätte sie einen abgetrennten Arm erblickt. Sie musste sich an der Tischkante abstützen. Als der Polizeichef von Hammersport auftauchte, erschien er ihr geisterhaft, übermittelte seine Nachrichten von einem Ort außerhalb ihrer Wahrnehmung. Er sprach von dem Notruf, den der Nachbarsjunge getätigt hatte, von Blair Moberg, die ohnmächtig und verletzt auf dem Wohnzimmerboden lag, Blair Moberg, die im Notarztwagen erwachte und von einem einzelnen Angreifer berichtete, der einfach an der Tür geklingelt hatte, um sich Einlass zu verschaffen, von ihrer Tochter Luc, die von den Nachbarn nach Hause kam, um von demselben Angreifer aus dem Hinterhalt überfallen zu werden.

Greta schloss sich im Badezimmer der Mobergs ein und ließ kaltes Wasser über ihr Gesicht laufen. Sie hoffte, sich danach weniger alt und verbraucht und senil zu fühlen. Die Frau im Spiegel hätte eine Leiche auf einer Halloweenparty abgeben können. Die ganze Nacht über hatte sie ihren Blickwinkel nicht richtig fokussieren können – ihre Sicht verschwamm, als sei sie im Inneren einer Kamera gefangen, die zu nah an ihr Motiv heranzoomte. Und nun hatte sie dies zugelassen. Greta trocknete ihr Gesicht mit einem feuchten Handtuch ab und ermahnte sich selbst, stark zu bleiben.

Sie verließ die Mobergs und wanderte durch den Garten zum Nachbarhaus. Innen roch es nach Schimmel und Hundeurin, obwohl kein Tier zu sehen war. Man konnte die Familie für Messies halten, insbesondere in der Küche, wo die Ablagen bis hinauf zu den Hängeschränken mit Bierkästen, Reklamesendungen, leeren Küchenrollen, Wollknäueln, Säcken mit Blumenerde, leeren Tupperschüsseln, Schachteln mit gezuckerten Frühstücksflocken, zusammengebundenem Plastikgeschirr und Papptellern, Einweckgläsern mit Münzen und Knöpfen und Gummibändern und Eingemachtem vollgestopft waren.

Moe blinzelte Greta mit müden roten Augen an. Er saß mit der Hausherrin und ihrem Sohn an einem Tisch mit Resopalplatte. Sein Notizbuch war aufgeschlagen, die oberste Seite mit Aufzeichnungen gefüllt, doch im Augenblick lag sein Stift auf dem Tisch. Moe erhob sich und stellte sie gegenseitig vor, zog einen freien Stuhl heran, damit Greta sich setzen konnte.

Die Frau, Lydia Cutler, murmelte eine flüchtige Begrüßung und ihr Sohn Quinn sagte gar nichts, sah Greta kaum an. Beide rauchten, schnippten die Asche in einen gläsernen Aschenbecher, der bereits voller Kippen war. Sie waren offensichtlich indianischer Abstammung, und als i-Tüpfelchen trug die Mutter einen Poncho aus Hanf. Sie war verschlafen und möglicherweise angetrunken, wirkte wie hypnotisiert. Quinn unterdrückte ein Beben, war aufgebracht genug, um vor Wut auszubrechen, wenn das Kommando dazu gegeben wurde. Als sie ihn ansah, erinnerte sich Greta daran, dass Luc diesen Jungen als ihren Freund bezeichnet hatte. Sie nahm an, dass sein Schmerz ihrem gleichwertig war.

»Der Polizeichef hat mir kurz die Einzelheiten skizziert«, sagte Greta. »Wo ist die Großmutter?«

»Blair Moberg hat den Cops aus Hammersport erzählt, die Großmutter sei ins Spielcasino gefahren«, sagte Moe. »Wir konnten sie noch nicht auftreiben, wahrscheinlich spielt sie die ganze Nacht.«

»Sind wir sicher, dass sie bei dem Vorfall nicht dabei war?«

»Ziemlich sicher«, sagte Moe. Er blätterte in seinen Notizen eine Seite zurück und überflog sie. »Quinn sagt, Lucia Moberg habe sein Haus um etwa sieben Uhr fünfzehn verlassen. Aus Sorge um sie ging er ungefähr zwanzig Minuten später zum Haus der Mobergs und entdeckte, dass Mrs. Moberg angegriffen und Lucia Moberg entführt worden war.«

»Ich habe sofort die Cops angerufen ... nachdem ich nach ihr gesehen habe ... Mrs. Moberg«, sagte Quinn. Er trommelte mit seinen Knöcheln gegen seine angespannte Stirn, starrte auf die Tischplatte.

»Wie lange war Lucia bei dir?«, fragte Greta.

»Ich würde sagen, etwa zehn Minuten ... nicht viel länger.«

»Jemand hat das Haus beobachtet und auf eine Gelegenheit gewartet«, vermutete Moe.

»Warum nur zehn Minuten?«, fragte Greta. »Sie ist deine Freundin, nicht wahr?«

»Ich wusste zuerst gar nicht, dass sie gegangen war. Sie sagte, sie würde ins Bad gehen.«

»Und du hast zwanzig Minuten gebraucht, um zu begreifen, dass sie das nicht getan hat?«, drängte Greta.

»Weil sie mich getäuscht hat. Ich meine, sie hat das Badezimmerlicht angeschaltet und die Tür zugemacht und sie sogar abgeschlossen. Ich dachte die ganze Zeit, sie wäre da drinnen, bis ich geklopft habe und niemand geantwortet hat.«

»Woher wusstest du, dass sie dir einfach nicht geantwortet hat?«

»Ich habe weiter geklopft und auf sie eingeredet ... bis meine Mom mich zurechtgewiesen hat.«

Die Frau fuchtelte mit der einen Hand mit einem Feuerzeug herum und fächelte sich mit der anderen mit einer Fernsehzeitung Luft zu. »Richtig. Ich sah, wie sie durch die Vordertür hinausging, aber ich habe mir nichts dabei gedacht, bis er nach einer Weile anfing zu rufen.«

»Rufen?«, fragte Greta.

»Ich habe mir Sorgen um sie gemacht. Und jetzt mache ich mir noch viel mehr Sorgen um sie.«

»Greta ...«, sagte Moe. Er deutete auf sein Notizbuch und versuchte, sie zu der Seite zurückzulenken, mit der er begonnen hatte. Aber Greta ließ sich nicht leiten, weder sanft noch auf andere Art.

»Warum hast du dir Sorgen gemacht? Warum hast du gerufen? Was ist passiert?«, fragte Greta.

Quinn ließ seinen Blick auf der Tischplatte, als sei dort eine bessere Antwort eingeritzt als die Wahrheit. »Ich weiß nicht. Ich glaube, sie war erschrocken. Wir haben rumgemacht.«

»Und du hast sie bedrängt, war es so?«, fragte Greta. Die wollene Dumpfheit in ihrem Kopf verbrannte rasch und sie erkannte, wie weit sie von den relevanten Fakten abgekommen war.

»Nein«, sagte Quinn und drückte seine aufgerauchte Zigarette in den Aschenbecher voller kalter, gelber Stummel. »Nein ... ich habe sofort aufgehört. Ich habe sie einfach tun lassen, was sie wollte. Aber ich befürchtete, dass sie immer noch sauer war und dass sie deshalb nicht aus dem Bad kam.«

Die Mutter begann nervös zu werden, kratzte an dem Schorf auf ihrem Unterarm. »Quinn hat nichts Falsches getan. Wissen Sie, er war derjenige, der zu diesem Haus rübergegangen ist und sie blutend gefunden hat, die Nachbarsfrau. Sie wäre noch viel übler dran, wenn er nicht da gewesen wäre, um den Notruf für sie zu machen.«

»Das wissen wir, Mrs. Cutler. Wir sind dankbar dafür, was Quinn getan hat«, sagte Moe.

Gretas Kiefer zitterte. Sie sehnte sich danach, alle drei mit ihren hässlichsten Worten zu überziehen, aber sie entschied sich für: »Er hat Lucia nicht davor bewahrt, entführt zu werden, oder?«

TANYA WAR ALLEIN in der Küche. Sie zitterte und hatte sich in eine zerschlissene Decke eingewickelt, die sie auf einem Feldbett in einer der

Schlafkammern gefunden hatte. Die Dunkelheit war hereingebrochen und das einzige Licht kam von einigen Petroleumlampen – eine davon, deren Glas braun verrußt war, stand auf dem Küchentisch. Die Hitzestrahlung aus dem Holzofen war zu weit entfernt und zu schwach, um sie wärmen. Sie hasste diese Stille und das Warten auf Mason und das Wissen, dass sie wahrscheinlich das einzige menschliche Wesen im Umkreis von mehreren Meilen war. Mason hätte einen tödlichen Unfall haben können oder die Cops hätten ihn schnappen können. Die Welt könnte untergehen, und sie würde es nicht mitbekommen. Sie würde weiterleben und nach Wochen schließlich selbst das Kind gebären wie irgendein grunzendes Tier im Wald.

Sie hatte über eine Stunde damit verbracht, durch die Küche zu schnüffeln. Sie hob eine Petroleumlampe am Griff hoch und ließ sie auf drei offene Regale scheinen, um die Bestände besser sehen zu können: Dosengemüse und Nudeln, Pappteller, Teeschachteln, Reisbeutel, Rattenfallen, ungeöffnete Schachteln mit Frühstücksflocken, Batterien, Anti-Mückenkerzen und Streichhölzer, bunte Kaffeebecher, litergroße Propankartuschen für den tragbaren Gaskocher, auf dem sie kochten. Sie hatte bereits Tee gemacht und ihn aus einem Becher getrunken, der mit dem Bild eines Dobermanns – er sah aus wie Bucks Hund Furnace – bedruckt war. Sie hatte sogar Dreck vom Linoleumboden der Küche aufgewischt, der blasig und an den Rändern eingerollt war und der knackte, als würde man Kakerlaken zertreten. Sie hatte fünf klebrige Fliegenfänger abgehängt und weggeworfen, die mit den leeren, toten Hüllen von Kriebelmücken übersät waren.

Es gab ein paar schmale, mit Plastikfolie zugeheftete Fenster, die normale Höhe hatten, aber nicht einmal breit genug waren, um seinen Kopf hindurchzustecken. Das Fenster über der Spüle war das einzige Breite. Dorthin stellte Tanya ihren Gartenzwerg, damit er von der Fensterbank nach draußen schauen konnte, während sie die Teller abwusch. Durch dieses Fenster sah Tanya schließlich die Scheinwerfer des Deville durch die Bäume die Straße hinaufkommen. Sie warf Gott – oder wem auch immer – eine Kusshand zu, weil er Erbarmen mit ihr hatte. Dann eilte sie, immer noch in ihre Decke eingewickelt, nach draußen auf die Veranda, die nicht mehr als ein Betonblock war, von dem Betonziegel hinunterführten.

Als der Caddy auf den Hof einbog, versank er ein paar Zentimeter im frischen Schnee, der den ganzen Nachmittag auf diesen Berghang gefallen war. Das Auto bremste schnell ab und die Reifen ächzten und drehten durch. Mason setzte zurück, schoss dann erneut vorwärts. Der Wagen schlitterte ein paar Meter weiter, bevor er quietschte und in den Schnee zurücksank. Aus vielleicht fünfzehn Meter Entfernung hörte Tanya, wie Mason »Scheißdreck!« schrie. Sie war froh, seine Stimme zu hören.

Sie eilte hinaus in den knöcheltiefen Schnee, der ihre Turnschuhe begrub. Näher am Auto roch sie verbranntes Gummi und Auspuffabgase. »Mason, du sitzt fest!«, rief sie.

Mason öffnete die Fahrertür und erklärte ihr, er wisse verdammt gut, dass er feststecke, und genau in diesem Moment würgte er den Motor ab. Der Türalarm dudelte nonstop, also stieg er aus und schmiss die Tür zu. »Dieses Wetter gibt es nirgendwo sonst«, sagte er.

»Ich habe mir Sorgen um dich gemacht«, sagte Tanya, aber er stapfte bereits zum Wagenheck und fummelte an den Schlüsseln herum. »Was tust du?«, fragte sie.

»Warum gehst du nicht wieder rein, Tan. Es ist kalt«, sagte er.

»Hast du das restliche Geld bekommen?«, fragte sie.

»Es ist beschissen gelaufen«, sagte er zu ihr.

Jemand stocherte mit dem Schlüssel am Schloss der Kofferraumhaube herum, suchte nach dem Schlüsselloch. Luc presste ihre Augen zu. Sie hörte murmelnden Stimmen und schloss ihren Mund, um den Atem anzuhalten, als würden dadurch die Stimmen und das Geräusch des Schlüssels verschwinden. Doch die Kofferraumklappe hob sich. Als die arktische Luft hereinströmte, öffnete sie die Augen und sah zwei verschwommene Gesichter, die auf sie herunterblickten, ein Mann und eine Frau, lang gezogen wie Abbilder in einem Zerrspiegel. So sah Luc nur mit unbewaffneten Augen, und in diesem Augenblick wusste sie, dass sie ihre Brille verloren hatte. Schneeflocken sprenkelten ihre erhobenen Hände und schlugen sich auf ihrem Gesicht und ihren Augenlidern und überall nieder.

»Was hast du getan? Was ist passiert?«, fragte die blonde Frau.

»Lass mich einfach einen Augenblick allein«, sagte er, der Mann, der in Lucs Haus gewesen war.

»Das Mädchen … sie ist die Tochter, nicht wahr? Was hast du mit ihr vor?«

Der Mann ergriff Lucs zusammengebundene Hände und verdrehte ihre Ärmel in seinen Fäusten. Er hob sie an wie einen verknoteten Müllsack, zog ihren Körper über die Kofferraumkante und warf sie auf den schneebedeckten Boden. Der Aufprall traf sie von hinten gegen die Rippen. Eine weitere Schmerzexplosion in ihrem Kopf, ein weiterer Anfall von hartem, abgehacktem Husten, der so trocken war wie Schießpulver.

»Wo ist ihre Mutter?«, flehte die Frau.

»Ich hab sie dagelassen«, sagte er.

»Ist sie …«

»Nein.«

Luc versuchte Halt zu finden, doch ihre gefesselten Füße traten nur lockeren Schnee. Der Mann beugte sich herunter, hob sie hoch und trug sie auf beiden Armen – einen Arm unter ihren Kniekehlen und den anderen hinter ihrem Rücken. Luc hätte sich freistrampeln können, vielleicht ihre Fäuste in sein Gesicht schlagen, doch sie wusste, er trug eine Waffe und sie wollte nicht riskieren, in den Kopf geschossen zu werden, weil sie etwas Dummes versuchte. Eine weitere Erinnerung blitzte auf: Neujahrstag, sieben Jahre alt, Minuten nach Mitternacht hatte Dad sie auf dieselbe Weise in ihr Zimmer getragen, während sie vorgab, an seiner Brust zu schlafen. Sie lauschte auf seinen Herzschlag wie auf einen endlosen Countdown: zehn, neun, acht, sieben …

Tatsächlich schienen alle Erinnerungen plötzlich offen zu liegen, in ihre Gedanken zu drängen und zufällig aufzutauchen. Der Tag auf dem Boot ihres Vaters, als sie eine Zwanzigpfundforelle gefangen hatte und er ihr half, sie hereinzuholen. Wie sie nach Einbruch der Dunkelheit auf der Spielerbank des Baseballplatzes der Highschool zusammen mit Gina und Kit ihr erstes warmes Bier trank. Ein Weihnachtsessen bei Kerzenschein mit Mom und Dad, und drei Stubenküken auf glasierten roten und grünen Keramiktellern. Wie sie im Kinderwagen durch das Einkaufszentrum geschoben wurde, an einem Brunnen vorbei, der Wasser in die Luft spie und in dessen flachem Becken Kleingeld schimmerte. Und gerade letzten Sommer: Dad, der mit einem Hammer durch den Garten auf einen morschen, leeren Schuppen zustapfte. Dann hob Dad den Hammer beidhändig an und zertrümmerte den Schuppen. Wie das Holz splitterte und herumflog und wie der alte Schuppen zusammenbrach.

BLAIR MOBERG LAG in der Notaufnahme des Lakeshore Hospital – ein gekachelter, von Betten und Vorhängen gesäumter Gang, Leuchtstoffröhren an der Decke. Alle Betten waren leer und die Vorhänge zurückgezogen, bis auf eines, das den halben Weg den Gang hinunter stand. Greta und Moe folgten einer Schwester und fanden Blair wach und ohne Infusionen oder Monitore oder irgendwas, was darauf hinwies, dass sie in Lebensgefahr schwebte. Sie trug einen weiten Krankenhauskittel und hatte einen neuen Gipsverband am Bein. Ihr Gesicht: Zwei grobe Schnitte, die mit Stichen geschlossen waren. Einer auf ihrer Stirn, der andere lief über ihre rechte Wange und stieß an ihren Mund wie eine Hasenscharte. Das rechte Auge war von Blutergüssen blau umrandet, die linke Augenhöhle war mit einem runden Verband ausgestopft und mit sich überkreuzenden Pflastern zugeklebt – kaum vorstellbar, welcher Schaden sich darunter verbarg. Sie war zerschnitten und geschunden, als hätte sie unter dem Skalpell eines betrunkenen Schönheitschirurgen gelegen.

»Blair Moberg«, sagte Moe.

Ihr rechte Auge richtete sich auf ihn, weit aufgerissen und alarmiert. »Wo ist Lucia?«, fragte Blair.

»Wir tun, was wir können, um sie zu finden«, sagte Moe zu ihr. »Wir verwenden jede Sekunde darauf, um sie aufzuspüren, Blair, und wir haben bereits einige Fortschritte erzielt. Doch zuallererst müssen wir den Mann identifizieren, der Sie angegriffen hat.«

Die Schwester tupfte Salbe auf Blairs Wunden, und die Berührung ließ sie zusammenzucken, als würde sie von einer Hornisse gestochen. Sie wimmerte und kniff ihr unversehrtes Auge zu und wandte ihren Kopf von der Behandlung durch die Schwester ab. Ihren Mund umspielte ein düsterer Zug, als sie sagte: »Er richtete eine Waffe auf ihren Kopf, der Mann.«

»Hat er auf sie geschossen?«, fragte Greta nachdrücklich und so laut, dass ihre Stimme in der ganzen Abteilung widerhallte.

»Ich weiß ... nein ... er schlug sie.«

»Hat der Mann irgendetwas zu Ihnen gesagt?«

»›Wo ist das Geld?‹, hat er dauernd gesagt. Er fragte: ›Wo ist mein Geld?‹, und dann schlug er mich wieder und wieder.« Ihr Gesicht war gerötet und sie war den Tränen nahe, sie klammerte sich an das Bettgeländer.

»Hat er sein Geld gefunden, Blair?«

»Wa...«

»Hat er vielleicht gesagt, warum er dachte, das Geld gehöre ihm?«

»Greta, sieh mal ...«

»Er hat immer wieder gesagt, ›Wo ist mein Geld?‹«, sagte Blair noch einmal.

Greta schlug mit beiden Händen auf das Fußteil des Bettes und der Schlag schleuderte die Patientenakte zu Boden. »Das haben Sie bereits gesagt Blair. Ich würde gerne etwas hören, was Sinn macht. Muss schön sein, den ganzen Mist zu vergessen, oder Blair? Ziemlich bequem? Möchten Sie raten, warum Sie diesem Mistkerl Geld schulden?«

»Greta, lass gut sein. Sie ist nicht über ihre Rechte belehrt worden, und es würde sowieso nichts nützen. Nicht im Augenblick.«

Die Wut hatte Greta schwere- und orientierungslos gemacht, in einen Rausch getrieben.

Blair Moberg hyperventilierte. »Oscar?«, schrie sie. »Hören Sie auf, zu behaupten, er sei tot.«

»Sie können nichts verleugnen, an das Sie sich nicht erinnern«, sagte Greta. Sie stürmte durch den Gang und aus dem Haupteingang. An der Tür steckte sie sich eine Zigarette an und nahm einige tiefe Züge, während die arktische Kaltfront ihr das Gesicht betäubte. Sie erinnerte sich, dass sie als Kind dachte, ihre Seele sei eine weiße Kugel, die in ihrer Magengrube leuchtete und sich dort hin- und herbewegte wie das Pendel einer Uhr, das auf ihren Herzschlag eingestellt war. Sie dachte, es sei dort, um sie zu beschweren, um zu verhindern, dass sie in den unendlichen kalten Weltraum davontrieb. Seitdem hatte sie nicht mehr oft an ihre Seele gedacht, doch jetzt spürte sie das Pendel erneut schwingen. Jede Minute, die es schwang, war eine weitere Minute, die ein namenloser Wichser ein junges Mädchen gefangen hielt, das er vergewaltigen konnte, foltern oder töten oder was zum Teufel ihm gefiel.

Die automatische Tür ging auf und Moe kam mit den Händen in den Taschen herausgeschlurft. Einige schweigsame Sekunden stand er neben ihr, bevor er sagte: »Dieses sinnlose Verhör hat für unseren Fall nichts gebracht. Ich hoffe daher, es hatte einen anderweitigen persönlichen Nutzen für dich.«

»Darauf kannst du Gift nehmen«, sagte Greta.

»Wir sollten etwas Produktiveres unternehmen«, schlug Moe vor. »Etwa die Bilder der schwangeren Frau an die Medien geben. Vielleicht erkennt sie jemand.«

»Und diesen Skeleton-Crew-Arschlöchern unseren letzten Trumpf zeigen?«

»Es sei denn, du hast eine bessere ...«

»Nein, Muhammad, habe ich nicht«, sagte Greta. »Schauen wir, dass wir es hinter uns bringen.«

Tanya folgte Mason, während er das benommene Mädchen über den Hof zum Rand des Grundstücks schleppte. Er stöhnte und keuchte vor Anstrengung, stolperte einmal und fing sich wieder. Hunderte Fragen quälten Tanya, doch sie sprach keine davon aus, weil sie fürchtete, Mason erneut zu reizen. Es war zu dunkel, aber sie erinnerte sich, was dort hinten war: Ein ausrangierter Pick-up, an den ein Anhänger mit einer glatten Aluminiumverkleidung angekuppelt war, ein Anhänger, der kaum größer war als eine umgestürzte Aufzugskabine.

Jeder Neuanfang ihres Lebens mit Mason wurde von jähen Schlägen wie diesem zunichte gemacht, auch wenn Mason selbst gegen die Angst immun war, die ihr als einzig natürliche Reaktion erschien. Mit Ausnahme von diesem Mal – denn diesmal erhaschte Tanya einen Hauch seiner Panik. Sie spürte Schuld um ihre Köpfe schwirren, die auf der Suche nach einem Platz war, um sich niederzulassen.

»Nimm die Schlüssel aus meiner Tasche«, sagte er. »Schließ die Tür auf.«

Tanya gehorchte, obwohl ihre Hände zitterten und Mason sie zweimal beschimpfte, während sie im Schnee kniete und Schlüssel ausprobierte und versuchte, das Schloss des Anhängers im Dunkeln zu öffnen. Als es aufsprang, atmete sie durch, drückte den Bügel hoch und schob den Riegel zurück.

»Zieh es hoch«, forderte er. Er jonglierte das schlaffe Gewicht des Mädchens in seinen Armen.

Die Tür bestand aus Metalllamellen, die sich über zwei Schienen nach oben aufrollten und zornig ratterten. Mason stieg hinauf und legte das Mädchen hinein. Sie war plötzlich hellwach und zappelte herum wie ein frisch gefangener Fisch, von dem man fälschlich annahm, er sei tot. Tanya zuckte zusammen, schlug eine Hand vor ihren Mund.

»Gib mir die Decke.« Mason riss die Decke von Tanyas Schultern und warf sie wie ein Netz über das Mädchen. Dann zerrte er die Tür herunter und knallte sie zu und drückte den Bügel herunter. Innen warf sich das Mädchen immer noch herum, schlug gegen die Tür und schrie wie eine Katze. Die Wände des Anhängers dämpften ihre Schreie.

»Schieb den Riegel wieder vor«, sagte Mason und lief durch den Schnee auf die Hütte zu.

NEUER ANTRIEB UND fürchterliche Gedanken ließen Greta die ganze Nacht durcharbeiten. In den letzten Jahren hatte sie dutzende Entführungen gesehen, aber meist handelte es sich um Jugendliche, die heimlich ausgerissen waren und innerhalb eines Monats wieder nach Hause zurückkehrten. Außer, wenn sie wirklich gute Gründe hatten, untergetaucht zu bleiben. Der Rest waren vor allem familiäre Angelegenheiten, Kidnapping durch Elternteile ohne Sorgerecht, Situationen, die unberechenbar und verschwommen, aber selten tödlich waren. Es hatte eine handvoll Entführungen durch wirklich Fremde gegeben – die Flugblätter, die Aufrufe, die Nachrichtenberichte, die Fahndung, die verzweifelten Eltern –, all das war quälend genug, um die Tatkraft eines Cops zu Beton erstarren zu lassen. Denn diese Fälle hatten ausnahmslos mit Leichen oder Knochen oder ungelösten Rätseln geendet. Jeder einzelne. Diese Tatsache trieb Greta voran, auch wenn sie sich nicht traute, es auszusprechen.

Mitch Wendt saß bei ihr, rauchte auf seinem grünen Plastikstuhl. Er zerrte an seinen Handschellen, die an einem Metallbügel unter dem Verhörtisch befestigt waren. Eine nutzlose Show, die zeigen sollte, dass er sauer war, drei Stunden vor Sonnenaufgang für ein Gespräch mit Greta und ein paar Donuts aus dem Stadtgefängnis herbeigeschleppt zu werden. »Gestern haben Sie gesagt, Sie würden mich rauslassen – und jetzt sind wir wieder hier. Ich finde es ziemlich beschissen, wenn die Leute ihre Versprechen nicht halten.« Er hatte noch einen Rest Puderzucker von den Donuts an den Lippen.

»Ich habe gar nichts versprochen«, sagte Greta, »und neue Entwicklungen haben uns gezwungen, Sie festzuhalten.« Sie teilten sich einen anderen Vernehmungsraum, aber diesmal benutzte sie nicht den vertraulichen Stuhl neben ihm. Sie stand und lehnte sich gegen die hintere Wand, denn wenn sie näher käme, könnte sie womöglich ihrem

Bedürfnis nachgeben, die Handschellen wieder und wieder durch sein Bulldoggen-Gesicht zu ziehen, bis die Metallbügel nichts außer dem harten weißen Schädelknochen übrig ließen.

»Was für Entwicklungen?«, fragte er.

Greta zeigte das fotokopierte Standbild der schwangeren Blonden im Shop-Mor. »Kennen Sie diese Frau?«

Wendt warf kaum einen Blick darauf. »Nein.«

»Warum sehen Sie es sich nicht genauer an? Sie kennen sie oder den Mann, mit dem sie zusammenarbeitet, nicht wahr? Er trägt eine rote Lederjacke, elvismäßige Frisur, hat einen 45er Colt?«

»Nee«, sagte er.

»Wer immer er ist – er hat letzte Nacht ein junges Mädchen gekidnappt. Hat sie vielleicht umgebracht.«

Greta bemerkte ein Zucken in Wendts finsterem Blick. Vielleicht nur, um Augenkontakt zu vermeiden, zog er die Fotokopie mit seiner freien Hand zu sich heran und schenkte ihr mehr Aufmerksamkeit. Er leckte über seine puderigen Lippen, kratzte sich am Hinterkopf. »Wieso ist das mein Problem?«, fragte er.

»Das ist witzig, Mitch«, sagte Greta ausdruckslos. Die Arme fest vor der Brust verschränkt, das Gesicht versteinert – sie blinzelte nicht. Sie ballte die Hände zu Fäusten, so dass ihre Fingernägel in die Handflächen einschnitten. »Es ist Ihr Problem, weil diese Leute Mitglieder der Skeleton Crew sind oder zu deren Umfeld gehören. Und selbst, wenn Sie letzte Nacht im Gefängnis waren, als es passierte, können Sie immer noch wegen Mitwisserschaft belangt werden. Darum ist es Ihr beschissenes Problem.«

Mitch lachte mit einem hässlichen Grunzen. Er packte das Bild und tat überzeugend so, als würde er es studieren. »Ich sage Ihnen, diese Frau ist nicht in der Crew. Ich habe sie nie zuvor gesehen.«

»Ein junges Mädchen, Mitch. Denken Sie darüber nach.«

»Ich denke«, sagte er. »Und ich finde es beschissen, wie jeder andere auch. Aber ich sage Ihnen, ich kenne diese Schlampe nicht und ich weiß auch nicht, mit wem sie unterwegs sein soll. Ehrlich.« Diesmal war sein Leugnen eher verzweifelt als selbstgefällig, als hätte er sogar sich selbst überzeugt, ein aufrechter Bürger zu sein. Greta zwang ihn mit ihrem Blick nieder und er zuckte zur Erwiderung die Achseln.

Sie bearbeitete ihn eine weitere Stunde mit Schmeicheleien, Fangfragen, Angeboten, subtilen Einschüchterungen und einem Bündel ausgemachter Lügen. Die unüberwindliche Hürde war, dass Wendt eine anständige Portion Schlaf bekommen hatte, während Greta vollkommen erledigt war, was ihren Kopf dröhnen ließ wie einen Motor ohne Öl. Sie würde ihn nicht zum Reden bringen, selbst wenn sie ihm für den Fall, dass er singen würde, einen Freifahrtschein aus diesem Inferno anböte. Daher nagte eine andere Vorstellung an ihr: Warum Wendt nicht einfach laufen lassen und ihm jemanden auf die Fersen setzen, um zu sehen, wohin ihn seine Reise in die Freiheit führt? Höchstwahrscheinlich wird er Kontakt zu anderen Mitgliedern aufnehmen, vielleicht sogar mit dem Entführer oder der schwangeren Frau. In Gretas kühnsten Träumen führte er sie direkt zu Luc Moberg.

Sie ließ Wendt im Verhörraum zurück und schlenderte zu Moe. Sie fand ihn schlafend an seinem Platz. Sie stupste seinen Fuß an und er sagte: »Habe nur meinen Augen einen Moment Ruhe gegönnt.«

»Er redet nicht«, berichtete Greta. Sie wollte dringend gegen irgendetwas schlagen und sich die Kehle heiser schreien und dann zehn Stunden durchschlafen – in dieser Reihenfolge. »Ich meine, er redet, aber nur Unsinn. Er spielt das Beste-Freunde-Spiel einfach mit und rückt nichts raus. Jede Sekunde, die ich dort drin bin, möchte ich ihm an die Gurgel springen. Ich wollte noch nie jemanden lieber töten als heute.«

»Ich werde ihn eine Weile weiter bearbeiten«, sagte Moe. Er verdeckte ein Gähnen mit seiner Faust, während er sagte: »Vielleicht wird die männliche Energie …«

»Komm schon, Moe, lass mich mit diesem Mist in Ruhe«, presste sie durch ihre Zähne. »Lassen wir ihn laufen und dann überwachen.«

»In Ordnung, gut … wenn mein Verhör nichts bringt. Ich kann frisch anfangen.«

»Du kannst mich mal, Moe.«

»Beruhige dich, Greta.«

»Sag mir nicht, was ich machen soll, du Chauvi-Arsch.«

»Greta …«, flehte Moe, als besänftige er ein Kind.

In einer vernünftigen Ecke ihres Geistes wusste Greta, dass sie sich der Panik überließ, doch die Wut durchströmte sie wie eine Droge, wie Gier, und sie brannte vor abstoßender Freude daran. Sie sagte zu Moe: »Dann nimm ihn in die Mangel. Ich wünsche dir verdammtes Glück.« Und dann stürmte sie raus, griff ihre Jacke, die an der Trennwand hing. Sie teilte sich den Aufzug mit einer Verrückten, die keuchte und brannte und mit den Zähnen knirschte – doch Greta war allein und die Wand war verspiegelt.

Tanya überlegte, wie wenig es brauchen würde, um das zu verlieren, was sie menschlich machte. Sie zitterte unter vier Decken, schlief nur in kurzen Abschnitten. Sie konnte nicht aufhören, über das Mädchen nachzugrübeln, das im Anhänger mit nichts als dieser dünnen Decke eingesperrt war. Auf seltsame Weise war dieses Mädchen noch mehr wie Hänsel und Gretel als Tanya selbst – Halbwaise, verirrt im Wald, gefangen in einem Käfig. Doch so darüber zu denken, machte aus Tanya die Hexe, und diese Rolle wollte sie nicht. Sie wollte den Tod des Kindes nicht, war nicht hartherzig wie die Mutter des Mädchens, die geschuldetes Geld nicht bezahlte und Mason zur Verzweiflung trieb. Es war die Schuld der Mutter. Sie war die böse Hexe, die das Mädchen in den Wald geschickt hatte, um für sich selbst zu sorgen.

Und auf eine andere seltsame Art war das Mädchen hier besser aufgehoben, wo Tanya versuchen konnte, auf sie aufzupassen. Denn Mason hätte sie nicht hierher gebracht und sie Tanya wie einen geretteten Streuner vorgeführt, wenn er vorhatte … es spielte keine Rolle, was. Welchen Dreck er auch aufgewühlt hatte, er brachte ihn niemals mit nach Hause, und Tanya würde ihn nicht damit beginnen lassen.

Im Anhänger sah Luc nichts als Dunkelheit und hörte nichts als den Wind, konnte Wachsein nicht von leichtem Schlaf unterscheiden. Sie kämpfte mit der Decke, die ihr die Kidnapper zugeworfen hatten – die Hände zusammengebunden zu einer einzigen Klaue mit zehn nutzlosen Fingern. Sie breitete die Decke über ihren Körper und atmete hinein, um die Wärme ihres Atems aufzufangen. Die Decke roch nach altem Urin. Luc glaubte, sie würde erfieren, Finger für Finger, Körperteil für Körperteil, erstarren wie versteinertes Holz.

Der Boden bestand aus geriffeltem Metall, das mit Rost und Streusalz bedeckt war. Wenn sie stand, streifte ihr Kopf die Anhängerdecke, und die Wände waren nicht viel weiter auseinander, als ihr ausgestreckter Körper lang war. Jedes Mal, wenn sie an den Riemen zerrte, schienen diese enger zu werden und schnitten bereits durch ihre Haut in das rohe Fleisch. Sie versuchte sie durchzubeißen, doch sie waren zu dick, und sie fand keine scharfe Kante, die als Schneide dienen konnte. Einmal, in ihrem Traum der verlorenen Zeit, hob Luc ihre zusammengebundenen Beine an und steckte einen Stiefel in die Lücke zwischen ihren Handgelenken, dann drückte sie, bis die Riemen schmerzten, als schabten sie über blanken Knochen. Doch die Riemen rissen nicht, und vor Schmerzen wollte Luc sich übergeben.

Sie starrte ins Dunkel und trat gegen die Anhängerwände. Die Schmerzen waren zu stark, als dass sie Hunger verspürte, doch der Durst ließ ihre Organe austrocknen. Ihre Kehle fühlte sich an wie mit heißen Sägespänen gefüllt. Auf dem Boden liegend bemerkte sie einen Funken Orange. Sie blinzelte, um das Trugbild zu verscheuchen, aber es wurde intensiver und näherte sich ihren schwachen, bloßen Augen. Im Abstand eines Ellbogens wurde das Bild scharf: Eine kleine Hand hielt eine Eichel am Stiel unter der Kappe. Die Eichel war ausgehöhlt wie eine Kürbislaterne und eine einzelne Kerzenflamme flackerte in ihrem Inneren. Das Licht schien auf ein winziges Gesicht mit einem Bart voller Dreck und Staub und Spinnweben. Das Geschöpf war barfuß mit spitzen ungeschnittenen Nägeln, wie die einer Ratte. Es trug einen Lederponcho, der mit etwas zusammengenäht war, das aussah wie schwarze menschliche Haarsträhnen.

»Wie bist du hier hereingekommen?«, flüsterte Luc. Sie war viel zu benommen, um ängstlich zu sein.

Die Kreatur kam so nah heran, dass Lucs Atem seinen langen Bart und die langen geknoteten Haare kräuselte. Keine rote Kappe oder glänzenden Stiefel, nichts von den grellen Farben und der trunkenen Freude, die Luc von den *Tomten* aus den Märchenbüchern ihres Vaters und von den Bildern auf den Weihnachtsschalen und Festdekorationen kannte. Der *Tomte* hob die Eichellaterne über seinen Kopf, und Luc nahm die orange Wärmestrahlung der einzelnen Kerze auf, die tief in ihre Haut eindrang und etwas Gefühl in ihr vor Kälte erstarrtes Gesicht zurückbrachte. Wärme durchdrang die Falten ihrer Decke und ihren Körper, und Luc krümmte sich im pulsierenden Einflussbereich der Hitze, bis sie zur Größe eines Babys zusammengeschrumpft war. Sie wusste, sie könnte weiter schrumpfen – sich auf die Maße eines *Tomte* verkleinern und darüber hinaus, schrumpfen, bis sie atomare Dimensionen annahm. Dann würde sie in die Flamme gehen und im Inneren der Eichel aufgenommen werden wie ein Same, der in einer besseren Welt erneut sprießen könnte.

Die Uhr im Auto zeigte sieben Uhr morgens. Nach Hause zu fahren, bedeutete Niederlage, deshalb umrundete Greta zweimal die innere Ringstraße der Stadt. Sie ließ grauenvollen Classic Rock laufen, um sich wach zu halten. Manchmal überschritt sie die Geschwindigkeitsbeschränkung um zwanzig Meilen, aber die Verkehrspolizisten grüßten nur, als sie vorbeikam. Sie musterte die anderen Fahrer auf der Straße, denn eine absurde Eingebung ließ sie glauben, Lucs Entführer sei selbst auf diesem Highway unterwegs und Greta würde ihn intuitiv erkennen. Sie wechselte abrupt die Spuren und wurde dafür angehupt. Sie sah dunkle Gestalten am Straßenrand, die nicht da waren. Als sie schließlich eine Ausfahrt nahm, hatte das Ziel bereits in ihrem Unbewussten geschlummert, seit sie ins Auto gestiegen war.

Es war eine Reihenhaussiedlung mit Eigentumswohnungen, ein nagelneuer Komplex auf der Eastside, wo Sandy und Max nach ihrer Verlobung eine Wohnung gekauft hatten. Greta fuhr die hufeisenförmige Reihe von baugleichen Häusern mit einem kleinen Park in der Mitte entlang, eine Yuppie-Enklave, errichtet, um einem malerischen französischen Dorf zu gleichen. Steingärten vor den Häusern, in Form geschnittene Sträucher, die jetzt vor Eis starrten.

Greta fand Sandys Haus und sah, dass die Lichter im Erdgeschoss brannten. Ein Schatten bewegte sich hinter den geschlossenen Jalousien. Sie sah fünf Minuten zu, sammelte ihren Mut, doch je länger sie sitzen blieb, desto absurdere und fiebrigere Bilder stiegen aus ihrem Unterbewusstsein auf wie Vulkaneruptionen. Wie jenes einer Nacht vor fünfzehn Jahren, als eine junge weibliche Polizistin, die nicht im Dienst war, ihre Klamotten und Toilettenartikel in Müllsäcke stopfte, dann in das Zimmer ihrer Tochter rannte, um Kleidungsstücke und Spielzeug zu packen. Mit ihrer Habe entfloh die junge Polizistin einem Vorstadthaus und verbrachte die erste Nacht ohne ihren Ehemann in einem Motel, wo sie das Zimmer bar bezahlte. Sie nahm Sandy mit sich. Ein Kind, kaum zehn Jahre alt, doch clever genug, um zu verstehen, was vor sich ging. Sandy, die weinend ihre Chicken McNuggets auf einem Motelbett aß und darum bettelte, nach Hause zu gehen.

Warum Greta ihren Mann in dieser Nacht verließ, der exakte Auslöser – es war zu lange her, um sich daran zu erinnern. Selbst ein klarer Kopf kann vergessen. Es hatte bittere Auseinandersetzungen gegeben, aber keine Seitensprünge und nicht den leisesten Anflug von Gewalt. In dieser ersten schlaflosen Nacht in dem Motelzimmer hatte Greta eine geladene Waffe neben sich gehabt, nicht, weil sie Angst vor ihrem Ehemann hatte, sondern weil sie Angst vor der Welt hatte. Über Nacht wurde das Klicken der Seele in ihrer Brust ruhiger und sie fürchtete, es könne vollkommen verstummen.

Im Grunde war Gewalt der Auslöser: Was sie in ihrer Cop-Welt erlebte, hatte sich in ihr ausgebreitet wie ein schwarzer Fleck, der ihr Herz vergiftete. Sie hatte den Willen verloren, noch etwas für irgendjemanden zu empfinden, selbst für ihre eigene Tochter – und das war die hässliche Wahrheit, die sie nicht einmal sich selbst eingestanden hatte. Doch jetzt stand sie vor dem Haus ihrer Tochter, einem Ort, an dem sie noch nie zuvor gewesen war, und es war nicht mehr als eine zehnminütige Fahrt von ihrer eigenen Wohnung. Zehn Minuten waren alles, was sie jemals zu überwinden hatte, um ihre Tochter zu erreichen.

Sandy öffnete die Tür in einem karierten Pyjama. Sie sagte »Mom?« und zitterte, als der Wintermorgen sie traf. Sie versuchte zu grinsen, um ihre Verblüffung zu verbergen, und warf wiederholt Blicke über Gretas Schulter, als vermutete sie eine versteckte Kamera.

»Hey, Kleine, wie geht es dir?«, sagte Greta. Ihre Stimme krächzte und ließ Silben aus.

Sandys Grinsen flaute ab, aber nicht viel. Sie gab ihrer Mutter eine zarte Umarmung und sagte: »Ich freue mich, dich zu sehen … obwohl ich verdammt erschrocken bin. Was ist los?«

»Erleuchtung?«, sagte Greta.

»Das muss eine ziemlich heftige gewesen sein, denn, nichts für ungut, aber du siehst nicht besonders gut aus.«

»Ich bringe gerade eine Grippe hinter mich«, sagte Greta.

»Besser, du steckst mich am Tag vor meiner Hochzeit nicht an.«

»Ist nicht mehr ansteckend.«

»Komm rein, Ma. Ich mache Eier und Speck. Hast du gegessen?«

»Noch nicht«, sagte Greta. Die Tür führte direkt in Sandys Küche. Sie war mit hellen hölzernen Küchenschränken ausstaffiert und hinter der Spüle war ein offener Tresen mit Blick zum Wohnzimmer, eine einfache Fertigausstattung wie in Gretas Wohnung auch, nur neuer. Max lag auf dem Sofa und schaute die Morgennachrichten. Die weibliche Ansagerin eines Lokalsenders bemühte ihren gewichtigsten Tonfall, um über Luc Mobergs Entführung zu berichten, und über ihrer Schulter prangte das Standbild der schwangeren Blonden im Shop-Mor, der letzte Fall in der CrimeStop-Serie auf Channel 10. Die Texteinblendung am unteren Bildschirmrand nannte die Telefonnummer, die man anrufen sollte, wenn man Hinweise hatte.

Als Max Greta sah, wechselte er auf der Fernbedienung den Sender und setzte sich blitzschnell auf, als hätte sie ihn beim Pornoschauen erwischt. »Greta ... ist alles in Ordnung?«, fragte er.

»Bestens, Max«, sagte sie. »Ich schaue nur bei euch vorbei.«

»Oh«, sagte er, suchte nach Sandys Beistand. »Es ist schön, dich zu sehen.«

Sandy trank Tee und schob ihr Rührei mit einem Bratenwender in der Pfanne zusammen. Auf der nächsten Platte brutzelte der Speck und strömte einen fettigen Geruch aus, der Gretas Übelkeit erneut entfachte.

»Sieht gut aus«, sagte Greta. »Danke, dass ich unangekündigt hier aufkreuzen darf.«

»Du bist meine Mom«, sagte Sandy, als sei das die unbestrittene Tatsache, die es hätte sein sollen. In der Mikrowelle wärmte sie eine Tasse Brombeertee auf und reichte sie Greta, nachdem sie ein wenig Honig und Sahne hineingetan hatte. Sie gingen hinauf zu den oben gelegenen Zimmern und Greta trank den heißen Tee ab, um ihn beim Gehen nicht zu verschütten.

Im Schlafzimmer standen ein neues Doppelbett und der vertraute alte Waschtisch mit dem ovalen Spiegel, den Sandy seit ihrer Kindheit besaß. Es gab aufeinander gestapelte Schachteln, wahrscheinlich voller Hochzeitsgeschenke von Gästen, die nicht zur Feier kommen konnten. Greta setzte sich auf die Bettkante und die Bettdecke glich so sehr einem Nest aus warmem Schnee, dass sie sich nichts mehr wünschte, als sich zurückzulegen und stundenlang zu schlafen. Sie setzte ihren Teebecher auf dem Nachtschrank ab, so dass er ihren Blick auf ein Foto ihres Exmannes und seiner neuen Frau verstellte – Corinne, die Rechtsanwaltsgehilfin, die dauergewellte italienische Prinzessin. Greta war nie so gehässig gewesen, die Informationen weiterzuleiten, die sie über die Verhaftung der geliebten Corinne im Jahre 1975 für Erregung öffentlichen Ärgernisses und Ruhestörung herausgefunden hatte. Das waren alte Geschichten, und es gab keinen Zweifel, dass die Stiefmutter als Mutter für Sandy so gut war, wie man es sich nur wünschen konnte.

»Dein Fall war heute früh in allen Nachrichten, auf jedem Lokalsender. Du kennst sie ziemlich gut, nicht wahr? Lucia Moberg?«

»Ja.« Greta fühlte, wie sich ihre Kehle zuschnürte, als sie hörte, dass ihre Tochter den Namen aussprach. Sie hob eine Hand, um ihr Gesicht zu verbergen, aber sie wusste, dass Sandy bereits ihre feuchten Augen bemerkt hatte, ihr gekräuseltes Kinn. Greta presste die Fingerknöchel gegen ihre Lippen, aber sie konnte nicht aufhören zu weinen.

»Mom?«, sagte Sandy. Sie stieß ein Kissen zur Seite und setzte sich neben Greta, legte ihre Hand auf die ihrer Mutter. »Es wird alles gut, Mom. Es tut mir leid.«

»Es ist fast nie gut. Ich glaube, ich kann es nicht mehr ertragen.«

»Deinen Job?«, fragte Sandy, äußert aufmerksam, wie eine geübte Trauertherapeutin. Es war beschämend für Greta, dass ihre entfremdete Tochter diejenige sein sollte, die ihr Unterstützung anbot – und das so viel bereitwilliger, als Greta selbst es je könnte. Doch trotz der Scham wünschte Greta immer noch, sie könnte sich hinlegen und für immer in diesem Augenblick verweilen.

»Ich weiß nicht mehr, was ich tue«, sagte Greta.

»Denkst du daran, den Dienst zu quittieren?«, fragte Sandy. »Du bist seit zwanzig Jahren dabei.«

»Ich fühle mich, als erwache ich gerade in meiner Haut. Als hätte ich geschlafen.« Sie presste ihre Handgelenke in ihre Augenhöhlen und rieb die Feuchtigkeit fort. »Es tut mir leid, dass ich dich gerade jetzt mit diesem Mist belaste. Ich wollte dich einfach sehen, nicht mit einer verrückten Therapiesitzung überfallen. Du hast wichtigere Dinge, um die du dich kümmern musst …«

»Das ist in Ordnung«, versicherte Sandy. »Ich freue mich – nicht, dass du dich mit all dem auseinandersetzt –, aber dass du hergekommen bist, um mit mir zu reden. Ich möchte dir etwas sagen, Mom. Ich möchte dir sagen, dass du morgen nicht zur Hochzeit kommen musst, in Ordnung?«

»Sandy …«, protestierte Greta.

»Nein, ich meine es ernst. Ich verstehe, wie qualvoll das ist, was dich beschäftigt, und es gibt nichts, was ich dabei tun kann – aber was ich tun kann, ist, dich ein wenig zu entlasten. Es ist mir wichtiger, dass du keinen Nervenzusammenbruch hast, als dich mit einem Haufen Leute, die einen Groll gegen dich hegen, in einen Empfangssaal zu stecken. Wir treffen uns nach den Flitterwochen und ich erzähle dir alles …« Sie hielt inne, sprang von der Bettkante auf und sagte: »Mist … nur eine Sekunde. Ich muss nachsehen, dass das Frühstück nicht anbrennt.« Bevor sie den Satz beendet hatte, war sie halb die Treppe hinunter.

Greta zog ein Papiertuch aus einer Schachtel und trocknete sich die Augen. Vor Jahren hatte ihr Ehemann ihr die Trennung leicht gemacht und sie unter wenig Widerspruch gehen lassen. Doch Sandy hatte die Veränderung mit sämtlichen grausamen Waffen eines Kindes bekämpft, bis Greta schließlich nachgab. Sie packte die Sachen ihrer Tochter und wartete in der Motellobby, damit Sandys Vater sie mitnahm. Diesen Augenblick, in dem sie ihr Kind aufgab, konnte sie nicht vergessen, denn er wiederholte sich in endlosen Schleifen in ihrem Kopf. Sie war zu schwach gewesen, zu bitter, zu schuldbeladen, und sie war unfähig, dem Schmerz ihrer Tochter entgegenzutreten.

Gretas Pager summte, deshalb schlug sie ihre Jacke zurück und sah Moes Nummer im Präsidium. Sie lief in Sandys Badezimmer, wo sie sich vor die Kloschüssel kniete und trotz leerem Magen würgte, bis die Übelkeit sich legte. Danach seifte sie ihr Gesicht ein und wusch sich mit kaltem Wasser und gurgelte mit einer Minzmundspülung, die sie im Arzneischränkchen gefunden hatte. Um ihr Gesicht abzutrocknen, benutzte sie ein lila Handtuch, das über dem Halter hing. Das Handtuch war Teil des Sets, das Greta zu Sandys Hochzeit gekauft hatte, das Geschenk, das sie wie eine Art Friedensangebot per Post geschickt hatte.

Im Schlafzimmer benutzte sie das Telefon auf Sandys Nachtschrank, um Moe zurückzurufen. Er hob beim ersten Klingeln ab. »Lass mich raten … Wendt hat alles ausgeplaudert.«

»Nicht wirklich«, sagte Moe. »Aber wir haben einen Typen im

Wayne County. Den Besitzer eines Zeitungskiosk – besser gesagt eines Sexshops – namens Alfredo Cuomo. Er hat heute früh die Nachrichten gesehen und ist absolut überzeugt, letzte Woche mit unserer unbekannten werdenden Mutter auf dem Parkplatz einer Bank zusammengestoßen zu sein. Sie hat sein Auto angefahren.«

»Gib mir bitte die Versicherungsdaten.«

»Sie hat einen falschen Namen und eine falsche Nummer angegeben. Alfredo war dumm genug, ihr zu glauben.«

»Nummernschild?«, flehte Greta. Die Übelkeit kam zurück.

»Ich fürchte nein. Er nahm an, jemand so schwanger wie diese junge Lady müsse vertrauenswürdig sein. Deswegen hat er die Nummer nicht notiert. Man sollte annehmen, jemand aus diesem Gewerbe, sei sensibler darin, andere Gauner zu erkennen.«

»Moe, ich sterbe hier. Sag mir, was wir haben, was wir vor zehn Minuten noch nicht hatten.«

»Wir könnten eine ganze Menge haben. Diese Frau hat Alfredo Cuomos Auto angefahren, als sie auf den Parkplatz fuhr, um in die Bank zu gehen und dort Geschäfte zu machen. Wahrscheinlich wurden diese Geschäfte am Hauptschalter abgewickelt ...«

»Und Cuomo wusste zumindest, wann das war?«, vermutete Greta.

»Er hat sogar seinen Kontoauszug, der den Zeitpunkt seiner Überweisung mit zehn Uhr dreiunddreißig am letzten Freitag, den dritten Dezember, angibt. Ich habe die Bank angerufen, die vor wenigen Minuten für ein eingeschränktes Sonntagsgeschäft geöffnet hat. Sie haben ein Überwachungsvideo von diesem Tag und dieser Uhrzeit, das wir benutzen können, um unsere Verdächtige zu identifizieren. Der Zeitcode auf dem Band stimmt genau mit den Bankaufzeichnungen der Geschäftsvorgänge überein. Wenn wir ihr Gesicht haben, können wir es ihrem Namen zuordnen, und dann haben wir sie.«

Greta konnte nicht atmen, nicht sprechen. Während Moe seine Zauberkunst erklärte, bemerkte sie einen Polaroidschnappschuss, der im Rahmen von Sandys Frisierspiegel steckte: ein Foto von Sandy als Baby, ihr zahnloses Lächeln bedeckt von grünem Babybrei. Es erinnerte Greta an einen Traum, den sie neulich hatte, auch wenn die Einzelheiten bereits verblasst waren.

Tanya löffelte Froot Loops mit Milch, die sie in einer mit Schnee gefüllten Kühlbox frisch hielt. Nach dem Frühstück zog sie Winterstiefel und eine dicke Wolljacke an, die weit genug für ihren Bauch war. Sie folgte Mason, der mit einem alten Beil in seiner Hand hinausging. Der Morgen war klar und so schneidend kalt, dass er in ihre Wangen stach. Zehn Meter westlich des Hauses stand der an den Pick-up gekuppelte Anhänger, verschlossen, ruhig, still. Mason stapfte einen Pfad durch den Schnee und Tanya ging hinter ihm am Anhänger vorbei. Sie wünschte sich, das Mädchen würde nur einmal klopfen, um zu zeigen, dass sie noch lebte.

»Hier drüben«, sagte Mason, während er mit dem Beil auf eine Gruppe junger Bäume deutete, die direkt am Waldrand stand. »Buck hat mir gesagt, wir können einen aussuchen, um ihn für drinnen zu schlagen.«

»Wir haben nichts zum Schmücken«, sagte Tanya. »Und es gibt keinen Strom für die Lichter.«

»Vielleicht können wir in der Stadt Schmuck besorgen. Und man braucht keine verdammte Lichterkette, Tan. Such einfach einen Baum aus. Egal welchen – deine Wahl. Aber nimm einen schönen, vielleicht kommt das Baby rechtzeitig, um ihn zu sehen. Wir haben noch ein paar Wochen.« Er streichelte ihren Hinterkopf und drückte ihr überraschend einen Kuss auf die Lippen, der ihre Zweifel für einen Augenblick zerstreute. Sie standen in der Baumgruppe zwischen den Zwergkiefern wie zwei Riesen in ihrem verwilderten Garten.

»Mason?«, sagte Tanya. »Sollen wir ihr etwas zu essen geben?«

Er blinzelte über seine Schulter, rotwangig und grinste Dampf zwischen seinen Zähnen heraus. »Mach dir jetzt um sie keine Sorgen. Lass mich das in die Hand nehmen. Kümmere dich einfach darum, einen Baum auszusuchen.«

Tanya machte eine Show aus der Wahl, während sie durch die Baumgruppe schritt und ihre Finger über die Nadeln streifen ließ. In Wahrheit war es ihr egal, welchen der Bäume, die alle gleich aussahen, sie nahmen. Sie benötigte fünf eisige Minuten, bevor sie zeigte und sagte: »Dort.«

»Ein bisschen kümmerlich, oder?«, sagte Mason.

»Er hat keine kahlen Stellen.«

»In Ordnung.« Mason ließ sich auf die Knie fallen und bog einige niedrige Zweige zur Seite, um am Stamm eine gute Stelle zum Fällen zu finden. Er holte schnell aus und die Schneide tat ihr Werk: Schnitt eine breite Furche in die Rinde. Er schwang das Beil und das Innere des tiefen Schnittes war so reinweiß, dass Tanya vor Schmerz zusammenzuckte.

»Mason, ich werde noch wahnsinnig«, stieß sie hervor. »Du musst mir sagen, was letzte Nacht passiert ist.«

Mitten im Schwung hielt er inne, das Beil bereit. »Ich habe bereits gesagt, kümmere dich nicht darum.«

»Ich weiß, aber das ist nicht so einfach, wenn dieses Mädchen dort …«

»Sie heißt Lucia. Sie ist die Tochter des Professors.« Er schlug weitere Stücke des Baumstamms heraus und nach zehn Hieben sank der Baum nach hinten, nahezu abgetrennt. Er benötigte einen weiteren Schlag und der Stamm trennte sich vom Stumpf. Mason sagte: »Ich brauche sie als Sicherheit. Für Lösegeld. Die Mutter zieht diese schwachsinnige Kopfverletzungsnummer so gut ab, dass ich es ihr fast abgekauft hätte. Letzte Nacht war ich so nahe dran, diese Frau umzubringen, Tanya. Doch ich habe immer daran gedacht, wie sehr wir dieses Geld brauchen, um unser Leben in die Gänge zu bringen. Ich musste schnell überlegen und entschloss mich, das Mädchen als Sicherheit mitzunehmen, damit die Mutter zahlt. Bist du nun zufrieden? Geht es dir jetzt besser?«

»Aber was, wenn das Mädchen stirbt, Mason? Wie willst du dann an das Geld kommen?«

»Sie wird nicht sterben. Ihr geht es gut … und lass mich die Sache mit dem Geld klären. Und jetzt werde ich diesen beschissenen Baum reinschleppen, dann werde ich etwas Wasser aufstellen und mir einen Kaffee machen. Wie steht's damit?«

Tanya bemühte sich, nicht weiter zu bohren. »Ich mach dir deinen Kaffee.«

Mason ergriff den frisch geschlagenen Weihnachtsbaum und zog ihn über den Hof zum Haus. In der Luft lag ein Geruch nach Baumharz, der Tanya an schönere Ferien in wärmeren Gegenden erinnerte. Aber vielleicht hatte Mason recht: Wenn das Baby bis Weihnachten käme, dann hätten sie wirklich etwas zu feiern. Selbst jetzt spürte sie, wie es sich in ihr bewegte, voller Leben.

AM SPÄTEN SAMSTAGNACHMITTAG des elften Dezember waren die Ermittler Greta Hurd und Moe Arslan überzeugt, dass der Name des Mannes, der Luc Moberg entführt hatte, Mason Ronald Renault war. Sie verfolgten die Spur, auf die sie der Geschäftsmann Alfredo Cuomo aus Wayne County gesetzt hatte. Sie fuhren eine halbe Stunde hinaus zur Ontario Community Bank, um weiteres Überwachungsmaterial zu sichten. Sie spielten das Band im Büro des Filialleiters ab, spulten bis auf ein paar Minuten nach zehn Uhr dreiunddreißig vor. Dieses Video war schärfer als das aus dem Shop-Mor, und in Farbe. An diesem Morgen hatten vier Schalter geöffnet, und das Band wechselte alle fünf Sekunden zu einer Übersichtsaufnahme der Kunden an jedem der Schalter.

Es war, als sitze man vor einem Geldspielautomaten und wartete auf das Jackpot-Symbol. Die beiden Ermittler hatten erst drei Minuten des Filmmaterials betrachtet, als die Kamera ihre schwangere Frau erfasste, die voranschlich, als erwarte sie einen Hinterhalt. Sie hatte gerade ein dickes Geldbündel aus ihrer Handtasche genommen, als die Kamera von ihr wegschwenkte, blind für die Bedeutung dieses einen Menschen gegenüber den anderen in der Schlange.

»Ich schätze, das sind fünftausend Dollar«, sagte Moe und notierte den Zeitcode in seinem Notizbuch. Der Filialleiter erfasste die Einzahlungszeit und innerhalb einer Minute baute der Computer ein Protokoll des Eingangs auf, das tatsächlich einen Kontostand von fünftausend Dollar auflistete, und den Kundennamen mit Tanya Yasbeck sowie eine Adresse auf der Westside von Rochester angab. Greta und Moe vermieden es, sich zu sehr über diese Adresse zu freuen, denn zwischen ihrem gegenwärtigen Standort und Rochester gab es mindestens fünf weitere Filialen der Ontario Community Bank. Weitaus wahrscheinlicher war es, dass diese Tanya Yasbeck unter einer unbekannten Adresse im Wayne County wohnte, vielleicht in einem der unzähligen Trailerparks, die in den Wäldern um das Ginna-Kernkraftwerk verstreut lagen. Trotzdem riefen sie auf dem Weg nach draußen den Einsatzkoordinator an, um Verstärkung für ihren Besuch bei der Westside-Adresse, die auf der Einzahlung aufgeführt war, anzufordern.

Im Taurus sagte Greta: »Diese Yasbeck hat das Geld am Tag vor dem Mord an Oscar Moberg eingezahlt. Lucia Moberg behauptet, sie habe das versteckte Bargeld einige Tage danach entdeckt.«

»Also gab es zwei Zahlungen – eine davor, eine danach«, folgerte Moe.

Sie hielten an einem Markt an der Landstraße, um zu tanken und Pringles und Mineralwasser zu kaufen. Zwei Provinzschönheiten in Flanellhemden und Jogginghosen stolperten in den Laden. Sie wankten zum Kühlregal und holten einen Kasten Bud Light, den sie zu zweit anpacken mussten, um ihn zur Kasse hochzuwuchten. Sie kicherten dabei die ganze Zeit wie zwei Cheerleader. Moe und Greta beobachteten, wie die Angetrunkenen nach Kleingeld und losen Scheinen kramten. Die Zigaretten des einen Mädchens verteilten sich überall auf dem Tresen der Lotterieannahme.

Draußen sah Greta den Pick-up der beiden, der im Leerlauf lief und aus dem Countrymusic drang.

»An die sollte man todsicher keinen Alkohol mehr verkaufen«, sagte Greta.

Moe blickte zurück auf die weiblichen Rednecks, die drinnen immer noch Geld auf dem Tresen aufhäuften. Er öffnete die Fahrertür des

Pick-up, zog den Schlüssel aus dem Zündschloss und warf ihn unter den Fahrersitz. »Bis sie den gefunden haben, sind sie wieder nüchtern«, sagte er.

Eine Stunde später trugen beide Ermittler kugelsichere Westen und standen zusammen mit acht Cops der Spezialeinsatzgruppe, die Schutzausrüstung angelegt hatten, im schäbigen Hausgang eines Mietshauses auf der Westside. Sie klopften an die Tür von Tanya Yasbecks letzter bekannter Adresse und waren keineswegs überrascht, als ein ausgemergeltes Hippiepärchen, das heftig nach Dope roch, öffnete. Die Hippies blinzelten das Waffenarsenal an und erklärten, dass sie seit fast einem Jahr hier wohnten und nichts von einer Tanya Yasbeck wussten, außer ihrem Namen, den sie kannten, weil sie beinahe täglich ihre Rechnungen an die Absender zurückschickten.

»Kam irgendwelche Post für jemand anderen?«, fragte Greta.

»Nee, nur ihre«, sagte der Hippiemann. Er kratzte seine haarige, hemdlose Brust und gähnte.

Greta fand die Wohnungsnummer der Vermieterin und Moe klopfte. Sie war zu Hause mit ihren Katzen und freute sich über die Gesellschaft. Doch sie hatte nur spärliche Informationen über ihre ehemalige Mieterin anzubieten. Nur dass Tanya mit ihrem Freund zusammengelebt hatte und unangekündigt gegangen war, Miete im Rückstand. Die Vermieterin wusste von keiner Nachsendeadresse, erkannte Tanya aber auf dem Bild vom Shop-Mor, das Moe ihr zeigte. Sie verfolgte die Nachrichten nicht regelmäßig genug, um zu wissen, dass dieses Bild über alle Sender gegangen war. Wäre dem so gewesen, sagte sie, hätte sie selbstverständlich angerufen.

»Sie erinnern sich nicht zufällig an den Namen von Tanya Yasbecks Freund?«

»Aber natürlich«, sagte die alte Frau. »Er hieß Mason, aber seinen Nachnamen kenne ich nicht.«

Die Ermittler fuhren zurück ins Präsidium und durchforsteten zwei weitere Stunden die Datenbanken, Greta aufgedreht von lauwarmem Tee und ihrem Grippefieber, Moe an Mountain Dew nippend. Die

Vornamen zu durchsuchen, war eine typische Nadel-im-Heuhaufen-Arbeit, doch in diesem Fall war ein seltener Vorname wie Mason ein Segen, und nachdem die Modems eine Stunde gearbeitet hatten, gab es nur sieben Treffer in den Vorstrafenregistern des gesamten Bundesstaats. Moe rief sie einem nach dem anderen ab und druckte die Daten für jeden Verurteilten auf einem Nadeldrucker aus, der kreischte wie eine Geierschar.

Der Erste war als schwarz verzeichnet, aber sie schlossen ihn nicht aus, denn Rasse war häufig Ansichtssache. Der Zweite war siebenundsechzig Jahre alt und ebenfalls schwarz, zweimal in Niagara Falls wegen öffentlicher Trunkenheit und unzüchtigen Verhaltens festgenommen. Sie strichen ihn von der Liste und Moe riss einen dritten Ausdruck ab, der die Daten eines weißen Mannes in den Zwanzigern wiedergab. Er war vor fünf Jahren und ziemlich weit entfernt wegen Alkohol am Steuer und Drogenmissbrauch geschnappt worden. Die Geringfügigkeit und die weite Entfernung sprachen vielleicht dagegen, aber Moe legte ihn bei den möglichen Kandidaten ab. Greta schritt die Reihe der Computer entlang, grübelte über die neuen Entwicklungen nach, die wie ein Wirbel durch ihre Gedanken zogen. Währenddessen spuckte der Drucker zwei weitere Verurteilte aus, beide weiß, auch wenn der eine bei seiner Verhaftung vor drei Jahren bereits vierzig Jahre alt gewesen war. Der andere war sechsundzwanzig und aus Dansville, einige Stunden südlich. Über ein Dutzend Anzeigen wegen Körperverletzung machten ihn zu einem wichtigen Kandidaten.

Das Warten war zermürbend, und als alle sieben Berichte durchgelaufen waren, konnten sie nur den Mason, der sechzig und schwarz war, direkt ausschließen. Tiefergehende Nachforschungen entlasteten zwei weitere: Der Mason aus Dansville war mithilfe einer Heroinüberdosis in den Leichenstatus übergegangen, und ein anderer saß in Attica eine Haftstrafe wegen Vergewaltigung ab. Diese beiden Ausschlüsse ließen den Ermittlern folgende Masons: Kopecny, Renault, McDouglass und Stanton. Moe telefonierte und wartete, dass die Datenbank ein paar Haftfotos lieferte.

Mason Stanton kam als Erster und er war unverkennbar schwarz. Kopecny war alt und fett. McDouglass war der Mann mit der einen Alkohol-Sache und posierte entsetzt in seinem Geschäftsanzug. Als das letzte Foto kam, blickte Moe kurz darauf und reichte es Greta mit den Worten: »Das ist der Typ.« Mason Renault, dreiundzwanzig Jahre alt. Vor zwei Jahren in Buffalo festgenommen wegen Kokainbesitz und der Absicht, es weiter zu verkaufen. Eine erweiterte Suche hatte dieses neuere Foto aus seiner Heimatstadt Detroit zutage gefördert. Auf dem Bild war Renault gut aussehend, wie ein billiger Elvis in seinen frühen Jahren. Vor allem der Haarschnitt ließ ihn aussehen wie einen überlebenden Schmalztollenträger aus den Fünfzigern – dies und das Unterhemd mit den hochgerollten Ärmeln. Vor sechs Monaten wurde er wegen Körperverletzung festgenommen, während er seine Familie in Detroit besuchte. Eine häusliche Auseinandersetzung zwischen seiner Mom und der älteren Schwester. Renault hatte seiner Schwester so hart ins Gesicht geschlagen, dass sie Zähne spuckte. Sie erstatte Anzeige, die sie später zurückzog.

»Wir brauchen Abzüge davon, um zu sehen, ob Blair Moberg ihn als ihren Angreifer identifizieren kann«, sagte Moe.

»In Ordnung, aber ich mache das nicht. Ich glaube nicht, dass ich diese Frau noch einmal ertrage«, sagte Greta. »Ich stelle den Namen und das Bild sofort auf die Fahndungsliste. Du hast keine Ahnung, wie genervt ich bin, dass wir uns mit diesem ganzen Mist abgeben müssen, während Mitch Wendt in seiner Zelle rumlungert und uns auslacht und sich an jedem Fitzelchen an Information ergötzt, das wir brauchen, um diese Leute festzunageln.«

»Ja, ja, brüste dich nur damit, wenn es dir hilft«, sagte Moe.

»Glaube mir, ich würde meine Marke hergeben, wenn ich Wendt dazu bringen könnte, dass er dir etwas verrät.«

Zu Fuß gingen sie vom Präsidium einen Block hinunter, um Hamburger und Pommes frites für ein spätes Mittagsessen zu besorgen. Greta war über sich selbst entsetzt, jetzt an Essen zu denken, sich fettigen Fraß in den Mund zu stopfen, während Luc Moberg immer noch vermisst wurde, vielleicht hungerte und fror. All dieser Selbsterhaltungsmist, durch den sich Greta quälen musste – duschen, Kaffee trinken, selbst eine Pinkelpause einlegen. Moe sagte: »Ich bin skeptisch, wie weit wir mit dem Namen Mason Renault kommen. Wenn wir ihn durchsickern lassen, kommt er morgen in den Nachrichten, aber wir können keinen weiteren Glückstreffer wie mit Alfredo Cuomo erwarten. Ganz zu schweigen davon, dass wir nicht die Zeit dazu haben.«

Sie überquerten die Bausch-Street-Brücke mit dem Rochester War Memorial zur Rechten und dem eisigen Genesee River, der zehn Meter unter ihnen schwerfällig dahinfloss. Benebelt fuhr Greta mit den Händen am Geländer entlang, um sich abzustützen. »Wir müssen uns noch einmal mit Wendt beschäftigen«, verkündete sie.

»Du hast selbst gesagt, das sei eine Sackgasse«, sagte Moe.

»Er weiß etwas, und wir müssen herausfinden, wie wir ihn zum Reden bringen.«

»Was schlägst du vor ... sollen wir ihn prügeln, bis er uns sein Herz ausschüttet?«

Greta hielt an und klammerte beide Hände um das Geländer. Flussaufwärts spien die Kanäle dunkles Flusswasser in stetig treibenden Wirbeln aus – alle, bis auf den trockenen Kanal ganz hinten rechts, in dessen Gatter sich ein ganzer Baum festgeklemmt hatte, mit dürren Wurzeln und allem. Der eisige Wind wehte ihr Haar über das Gesicht, als sie sagte: »Moe, ich muss dieses Mädchen in Sicherheit bringen. Wenn ich das nicht schaffe, ist es vorbei für mich. Ich werde diese Polizeiarbeit nicht mehr machen können ... Ich weiß, wie man an diesen Wendt herankommt, aber es läuft weit außerhalb des Üblichen, und es bedeutet, ihn schleunigst freizulassen.«

Moe massierte ihre Schultern und sie drehte sich zu ihm um. »Ich möchte, dass du nach Hause gehst und mindestens fünf Stunden schläfst. In Ordnung? Und während du das tust, sehe ich zu, dass Mitch Wendt rauskommt und beschattet wird. Wenn bis heute Abend nichts dabei rauskommt, bin ich bereit zu tun, was deiner Meinung nach hilft, um diese Sache schnellstens zu erledigen.«

»Lass den herablassenden Ton«, sagte Greta.
»Nur, wenn du tust, was ich sage.«

Luc erwachte vom Lärm ratternden Metalls. Eine plötzliche Explosion von Tageslicht brandete an die Rückwand des Anhängers und veranlasste sie, die Augen zu kneifen. Der Windstoß, der sich von hinten gegen sie drängte, ließ sie aufstöhnen und sie vermied es, sich zur offenen Tür und zu dem Mann umzudrehen, den sie an dem langen unregelmäßigen Schatten erkannte, den er gegen die Wand warf. Sie hatte von Geräuschen geträumt – Stiefel, die durch den Schnee knirschten, ein Schlüssel, der in ein Schloss gesteckt wurde, ein Riegel, der aufschnappte. Geräusche, die also doch kein Traum waren.

»Hey«, bellte der Entführer. »Hey, Mädchen.« Er lehnte sich hinein und durch sein zusätzliches Gewicht sackte der Anhänger ein. Er packte ihre Schulter, schüttelte sie. Als sie sich nicht bewegte, nicht einmal atmete, schüttelte er sie heftiger, krallte seine Finger in die Decke, die um ihren Körper gewickelt war. »Ich habe hier etwas Wasser«, sagte er.

Luc war zu ausgedörrt, um zu widerstehen. Sie drehte sich um, aber ohne ihre Brille, war der Mann nichts weiter als ein wabernder Umriss. Sie streckte die Hände aus, die zusammengebunden waren, als wolle sie beten, und empfing seine Gabe. Es war eine mit Wasser gefüllte Spriteflasche aus Plastik und ohne Deckel. Ihre geschwollenen Hände zitterten und das Wasser spritzte warme Nadelstiche auf ihre Knöchel. Sie nahm einen hastigen Schluck, der sie zum Würgen brachte, und hustete heftig.

Er holte etwas aus seiner Jacke und führte es zum Mund – eine Zigarette –, dann zündete er sie mit einem Feuerzeug an, bis die Spitze orange glimmte. Luc wollte ihm nicht so nahe sein, aber wenn sie weiter von ihm abrückte, wäre sie nicht mehr in der Lage, ihn gut genug zu sehen, um seine Absichten zu erkennen. Dieser Mann, der ihr Leben zerstört hatte und nun die Reste, die ihr davon noch geblieben waren, in seinen Händen hielt.

»Ich dachte einen Moment, du wärst wirklich tot. Hübscher Auftritt«, sagte er.

Luc trank schlückchenweise. Die Feuchtigkeit stach in ihre aufgesprungenen Lippen.

»Ich weiß, dass die Dinge aus dem Ruder gelaufen sind, okay? Das ist mir bewusst. Aber du musst verstehen, dass ich diese Sache mit deiner Mom erledigen muss. Dann ist dieser ganze Mist für dich vorbei. Ich weiß, du hast keinen Grund, mir zu vertrauen. Aber lass mich eins sagen ... was immer von jetzt an geschieht, nichts davon habe ich so gewollt. Es war deine Mutter, die es vermasselt hat. Sie hat es sich selbst zuzuschreiben, wenn etwas schief läuft. Es liegt ausschließlich an ihr.«

»Sie ist tot«, sagte Luc. Ihre Stimme war voller Schneid.

»Sie ist nicht tot. Dafür habe ich gesorgt.«

»Mein Dad ...«

Sein langer Seufzer entließ weißen Dampf in die Luft. Luc wünschte, sie könnte sein Gesicht deutlicher erkennen, aber wenn sie es ansah, war es zu albtraumartigen Formen verzerrt. Sie wünschte, sie hätte die Kraft, sich auf ihn zu stürzen und ihre zusammengebundenen Handgelenke um seinen Hals zu legen, und zuzudrücken, bis die Fesseln ihn erdrosselten.

Schließlich sagte er: »Ich werde nicht über deinen Vater reden. Ich weiß, es war schlimm, dass du dabei warst und zusehen musstest, wie er erschossen wurde, aber der Typ, der es getan hat ... er sagte mir, dass er glaubte, dein Vater säße allein in dem Auto. So wie ich es verstanden habe, war dein Vater allein in dem Buchladen und als er auf den Parkplatz kam, sah es aus, als sei er ohne Begeleitung, verstehst du? Der Typ, der es tat, hat dich nicht auf der Rückbank bemerkt. Wenn er dich gesehen hätte, wären die Dinge wahrscheinlich anders gelaufen.«

»Sie waren es. Sie haben ihn erschossen«, sagte Luc. Dann biss sie sich auf ihre Unterlippe, um nicht noch mehr Vorwürfe herauszuschleudern, die sie töten konnten.

»Denk, was du willst, es ist mir so oder so egal«, sagte er. »Aber ich möchte dir zuerst den anderen Teil erzählen. Inzwischen ist es einerlei, ob du es weißt oder nicht, denn deine Mutter hat uns ganz schön verarscht. Ich will damit sagen, dass sie für den Mord bezahlt hat. Fünftausend Dollar Vorschuss, und weitere fünftausend nach Erledigung. Das ist die Wahrheit. Nimm es, wie du willst, aber das ist die ganze Geschichte. Jetzt schuldet sie uns noch die zweiten fünftausend und weil sie so dämlich war, ist dieser ganze Mist passiert.«

»Warum?«, sagte Luc.

»Das kann ich nicht beantworten, weil ich es nicht weiß. Ich musste nur wissen, wann und wo es passieren würde, und wie ich danach an den Rest des Geldes kommen sollte. Und erzählt mir keinen Scheiß, von wegen es ist weg oder verloren oder sie kann sich nicht daran erinnern, wo es ist. Wenn deine Mom aus dem Krankenhaus kommt, sollte sie schnell Geld besorgen. Erspartes, Versicherungen ... das ist mir scheißegal. Und in Anbetracht der Umstände will ich den dreifachen Anteil. Fünfzehntausend, vielleicht mehr. Was wir jetzt tun müssen, ist dafür zu sorgen, dass das passiert.«

Er stieß seine Zigarette auf sie zu wie eine potenzielle Waffe. Er senkte seine Stimme. »Ich weiß nicht, wie blöd du bist, aber ich für meinen Teil glaube diesen Amnesiemist nicht. Ich nehme ihr das nicht ab. Am Tag bevor sie von der Pier gesprungen ist, hatte sie das Geld noch, und dann war es plötzlich verschwunden. Niemand außer dir und ihr wusste, wo es war, also muss sie es irgendwo haben. Entweder das, oder du hast es irgendwo versteckt. Ist das der Fall?«

Er schnippte seine Zigarette weg und fischte in der Innentasche seiner Jacke herum. Was er hervorholte, besaß die Größe einer Nagelfeile, aber dann klappte er es zu doppelter Länge auf. Ein Taschenmesser. Luc keuchte und schnellte zur Rückwand, trat mit den Füßen, um ihn auf Abstand zu halten.

»Hey! Hey!«, rief er. Er packte Lucs Fußgelenke und drückte so stark auf die Fesseln, dass ihre Nerven vor Schmerzen explodierten. Sie war zu schwach, um ihn daran zu hindern, ihre Beine auf dem

Anhängerboden zu fixieren. Er hielt sie fest und sägte zwischen ihren Stiefeln, bis der Druck der Riemen nachließ. Nachdem er die Fesseln durchtrennt hatte, stöhnte er, während er neben sie in die Kammer trat. Luc lag ausgestreckt auf dem Bauch und weinte, auch wenn sie sich selbst dafür hasste, ihm ihre Tränen zu zeigen. Die Wasserflasche war beinahe gänzlich über die Decke verschüttet.

»Sei einen Augenblick ruhig und gib mir deine Hände«, sagte er.

»Nicht ...«, sagte Luc.

»Gib mir einfach deine beschissenen Hände! Komm schon!«

Luc streckte ihm beide Arme entgegen und er zerrte an den Riemen, während er sie mit seinem Messer durchschnitt. Jeder Schnitt zog das Plastik mit dermaßen brennenden Schmerzen in die offenen Wunden an ihren Handgelenken, dass es ihr kaum Erleichterung verschaffte, als die Fesseln schließlich fielen. Ihr Nachhall flackerte immer noch durch die eingerissene Haut.

Er klappte das Messer zusammen und ließ es verschwinden. Dann lehnte er sich gegen die Anhängerwand, wobei er die Arme um seine Knie schlang, als seien sie bloß zwei Jugendliche, die in einem Baumhaus abhingen. Luc dachte an Gina und Kit und vor allem an Quinn. Sie fragte sich, ob sie bereits wussten, was geschehen war, ob sie dachten, sie sei tot. Sie wünschte, sie könnte sie irgendwie ihre Verzweiflung spüren lassen.

»Hast du Hunger? Soll ich dir etwas von drinnen bringen?«, fragte der Mann.

»Ich habe keinen Hunger«, log sie.

»Schau«, sagte er und stupste ihren Stiefel mit seinem an. Er fuhr sich mit der Handfläche die Schläfen hinauf, um sicherzustellen, dass seine Tolle richtig saß. Sein verschwommenes Gesicht blähte sich auf und schrumpfte, als würde es atmen. »Dies ist auch für mich nicht besonders angenehm. Ich habe dich hier, ich habe diese Sache mit deiner Mutter, es ist kompliziert.« Er legte seine Hand auf ihren Fußknöchel direkt oberhalb der Schnürsenkel. Zuerst schien es, er würde nur die Wunden untersuchen, doch dann glitten seine Finger über ihr

Schienbein und zu ihrem Knie hinauf, fuhren das Netzmuster nach. Er atmete jetzt heftiger. Luc wand ihr Bein aus seinem Griff und zog es weg, aber er packte erneut zu, diesmal kräftiger.

Sie zog die Knie an ihre Brust hoch, um seiner Berührung zu entgehen, und für einen Augenblick schwebte ihr Stiefel in der Luft, wurde zurückgezogen, war auf sein Gesicht ausgerichtet. Sie bündelte die ganze Wut, die sich in der Nacht aufgestaut hatte, und trat ihn mit voller Kraft. Es schien unwirklich, eine angeborene Bewegung, isoliert von ihrem zerrütteten Willen. Ihre Stiefelsohle ging zwischen Kinn und Schlüsselbein hindurch und traf den fleischigen Teil seines Halses. Er würgte, als sein Hinterkopf gegen die Metallwand knallte wie gegen einen Gong.

Luc warf die Decke ab und sprang auf die offene Tür zu, stolperte durch den leeren Raum. Sie landete auf dem weichen Boden und sank in den frischen Schnee. Eine plötzliche helle Flamme in ihrem Kopf zwang sie, sich wieder hoch zu drücken. Dann rannte sie halbblind und benommen in eine unbekannte Richtung.

Direkt vor ihr war weißer Boden – Bäume mit dunklen kahlen Stämmen – nadelbesetzte Zweige ragten aus den hohen Kiefern – ein langes, kastenförmiges Auto, mit Schnee bedeckt. Dicht hinter ihr stoben die Stiefel des Angreifers durch den Schnee, während er mit einem tiefen Knurren, das in seiner Kehle rasselte, vorwärts stürmte. Das reflektierte Tageslicht auf dem Schnee machte sie beinahe blind. Weit entfernt erschien ein schwaches Licht, weich und tänzelnd wie Kerzenschein. Dieses Licht schwebte dort, wo die Straße sein musste – keine einzelne Flamme sondern vier trübe Punkte, die einander umkreisten. Luc erkannte das Vorzeichen, das sie dort außerhalb ihrer Reichweite sah, und sie wusste, sie musste darauf zu stürzen.

Ihre Hände umklammerten den Rand des Waschbeckens, während Tanya durch das Küchenfenster schaute. Draußen taumelte das Mädchen über eine Schneewehe, die ihr fast bis zu den Knien reichte, und sie stürzte in die gefrorene weiße Welle. Mason griff hinab und packte den Jackenkragen des Mädchens und zog sie wieder hoch. Das Mädchen röchelte, als wäre sie vor dem Ertrinken gerettet worden, und ihr Schrei schnitt so laut durch die Bäume, dass die Vögel von ihren Rastplätzen aufflatterten.

Tanya wandte sich vom Fenster ab. Was sie gesehen hatte, machte sie schwindlig vor Abscheu und sie schämte sich, zugesehen zu haben. Sowohl das verzweifelte als auch das tobsüchtige Gesicht – Masons und Lucias – waren in ihre Netzhaut eingebrannt wie Sonnenflecken. Sie lief zurück durch den Gang in den Schlafraum, wo Mason, der dachte sie schliefe noch, sie zurückgelassen hatte. Es gab keine Fenster in diesem Zimmer, durch das man hinaussehen konnte, deshalb legte sie sich in das Doppelbett, das beinahe den gesamten Raum ausfüllte. Es war das einzige große Bett in der Hütte, auch wenn es über die Pferdeboxen verteilt zehn weitere Feldbetten gab.

Sie blieb alarmiert, wenngleich ihre Augen in einem vorgetäuschten Schlaf geschlossen waren, während sie in Gedanken die Sekunden zählte. Sie versuchte sich vorzustellen, wie viel Zeit Mason brauchte, um das Mädchen zurück in den Anhänger zu bringen. Jede zusätzliche Zeit, war ein Grund, sich Sorgen zu machen. Nach drei Minuten lehnte sie sich über die Bettkante und öffnete ihren Koffer und holte die Smith & Wesson heraus – doch dann stopfte sie die Waffe zurück unter einen Hosenstapel. Fünf Minuten vergingen und schließlich stapfte Mason allein herein, zog seine Stiefel aus und warf sie gegen den Holzstoß. Sie konnte ihn den Gang entlang trotten hören, dann kam er auf Strümpfen herein, die Gürtelschnalle offen und klappernd. Tanya hatte genug gehört. Sie drückte ihr Gesicht in ein staubiges Kissen.

»Die kleine Schlampe hat versucht abzuhauen«, sagte er. »Ich musste sie wieder einsperren.«

Tanya zerknüllte das Kissen in ihrer Hand und warf damit nach Mason. Es traf ihn harmlos auf die Brust und fiel zu Boden. Sie konnte sehen, wie sich sein Schwanz hart gegen die Hose drückte. Sein Gürtel und sein Reißverschluss waren geöffnet.

»Was zum Teufel ist mit dir los, Tanya?«

»Was hast du mit ihr gemacht?«

»Nichts«, sagte er. »Was glaubst du?«

Sie rutschte zur Bettkante und fuhr mit den Fingern über den Schritt seiner Hose.

»Das ist für dich, Mama«, sagte Mason.

Sie zog seine Hose halb über seine Oberschenkel herunter und holte mit beiden Händen seinen Schwanz heraus und knetete ihn wie Ton. Nach vier Tagen ohne Bad verströmte er einen salzigen Geruch, aber Gott sei Dank gab es keine anderen Düfte, die nicht zu ihm gehörten. Es stupste ihren Hinterkopf mit seinen Fingern an, führte sie nach oben. Tanya schloss die Augen und öffnete ihren Mund. Der Geschmack ließ sie würgen, aber er gehörte ihr allein und niemandem sonst. Mit ihrer freien Hand drückte sie den Gummizug ihrer Hose herunter und suchte nach dem feuchten Jucken, das sie dort quälte. Nachdem sie sich weniger als zehn Sekunden gerieben hatte, sangen alle Nerven vor Erlösung in einem einzigen heftigen Ausbruch.

Greta fuhr, während Moe auf dem Beifahrersitz saß – das erste Mal seit Monaten hatte sie das Steuer von ihm übernommen. Es gab schwere Schneefälle und Glatteis und Autos schlitterten in die Straßengräben. Um zehn Uhr abends parkten sie am 7-11 gegenüber des Submarine Bar and Grill, auf dem gleichen vertrauten Platz, wo sie Mitch Wendt festgenommen hatten. Doch diesmal erschienen keine Streifenwagen als Rückendeckung – nur Greta und Moe, die den mit Motorrädern gefüllten Parkplatz beobachteten, bis der Schnee ihre Windschutzscheibe weiß zudeckte.

Greta hatte ihre fünfstündige Bußzeit zu Hause beendet, aber nur zwei davon geschlafen. Jedes Mal wenn sie eindöste, weckte sie ein körperlich spürbarer Stoß wieder auf – elektrisch, als berühre ihre Zunge eine Neun-Volt-Batterie. Es war jetzt offenkundig, nahezu unstrittig, dass Blair Moberg irgendwie in den Mord an ihrem

Ehemann verstrickt war. Die Konsequenzen daraus bohrten sich in Gretas Gedanken, wanden sich um ihre eigene verborgene Schuld und zogen diese aus der Dunkelheit hervor. Greta wollte sich nicht in eine Mörderin einfühlen – doch es gab Parallelen zwischen zwei Frauen, die so verzweifelt waren, sich von ihren Familien zu befreien. Greta konnte beinahe das Mantra hören: Ich verdiene dieses Leben nicht, Ich hasse dieses Leben, Ich will dieses Leben nicht ertragen. Vor fünfzehn Jahren durchlebte Greta dieselbe Panik, aber sie hatte sich nicht darin geflüchtet, ihren Ehemann zu töten.

Weil sie stärker war – das war alles. Sie war unbeugsam und kalt genug, die täglichen Gewissensbisse zu erdulden. Doch nun, Jahre später, war Greta einfach krank und erschöpft und sie wusste, was es hieß, schwach zu sein, über dem schäumenden Wasser zu stehen und darauf hinunter zu starren. Denn sie hatte es an diesem Morgen auf der Bausch-Street-Brücke getan, den Genesee River unter sich, die hervorstehenden Felsen direkt unter der Oberfläche. Sie hatte keinen Drang verspürt, zu springen, aber dieser Augenblick hatte ihr geholfen, zu verstehen. Sie konnte dem mentalen Pfad folgen, der Blair Moberg zu dem Schluss kommen ließ, der beste Weg zu vergessen, sei mit dem Kopf gegen die Felsen zu schlagen und die Schuld von der Strömung fortspülen zu lassen.

Es war ein Weg sich selbst zu retten. Doch es gab noch andere.

Im Auto nippte sie an einem French-Vanilla-Kaffee in einem Styroporbecher und hoffte, ihr Magen sei stabil genug, um ein solches Getränk zu wagen. Sie war festgefahren, denn alte Geschichten beschäftigten immer noch ihre Gedanken. In den letzten Stunden war Moe aktiv gewesen – zunächst damit, die Beschattung und die Abhöraktion für Mitch Wendt zu organisieren, dann Wendts sprichwörtliche Du-kommst-aus-dem-Gefängnis-frei-Monopolykarte zu überwachen. Ersten Berichten zufolge war Wendt von einer jungen Frau in einem Ford Mustang, der auf ihn zugelassen war, abgeholt worden. Dann fuhren sie zur West End Motor Lodge, wo er ein Zimmer mietete und sich für den Abend niederließ. Der Cop, der ihn beschattete, hatte sich in einem Zimmer direkt auf der anderen Seite des Parkplatzes eingenistet, doch außer einer Pizzalieferung von Little Caesar's gab es bisher keine Aktivitäten. Die Abhöraktion musste noch vom Gericht genehmigt werden.

Moe hatte außerdem einen weiteren Satz Fotos vorbereitet, der diesmal Mason Renault und fünf ähnlich aussehende Männer zeigte. Er brachte sie zum Genesee Community Hospital, wohin Blair Moberg verlegt und wieder in die Behandlung von Dr. Fred Mahoney gegeben worden war. Der Sicherheitsbeamte des Krankenhauses berichtete Moe keine ungewöhnlichen Telefonanrufe, keine verdächtigen Vorkommnisse. Blairs Mutter Norma Crowley war zurück vom Spielen und übernahm jetzt die Nachtwache am Bett ihrer Tochter. Norma war außerdem unlängst wieder im Haus der Mobergs gewesen, um zu bestätigen, dass keiner von der Skeleton Crew bisher Kontakt aufgenommen hatte, weder um Lösegeld zu verlangen noch aus anderen Gründen. Die Telefonüberwachung bestätigte dies. Auf den Fotos erkannte Blair mit absoluter Sicherheit und äußerster Furcht in Mason Renault ihren Angreifer.

Während sie den Vordereingang des Submarine Bar and Grill beobachteten, sagte Greta: »Wir müssen eine Entscheidung über Blair Moberg treffen. Letztendlich wird der Staatsanwalt bestimmen, aber er wird unsere Meinung hören wollen und unsere Beweise brauchen.«

»Ein Grund, warum ich heute Nachmittag zum Krankenhaus gefahren bin, war, dass ich mich noch einmal davon überzeugen wollte, dass diese Frau wirklich eine Hirnverletzung hat. Ich behaupte nicht, ein Experte zu sein, aber nachdem ich sie heute gesehen habe, bleiben mir kaum Zweifel, dass sie ernstlich geistig beeinträchtigt ist.«

»Ich glaube, sie hätte gestanden, wenn wir sie festgenommen hätten, bevor sie gesprungen ist,.«

»Wie man es auch dreht und wendet, Tatsache ist, diese Frau ist durcheinander, und sie ist nicht berechnend genug, um eine derartig ausgeklügelte Täuschung zu organisieren. Dr. Mahoney glaubt, der jüngste Angriff, wird ihren Zustand, der immer noch ziemlich schlecht ist, nicht weiter verschlimmern. Und mit Mrs. Moberg selbst zu reden, ist, als spräche man mit einer Fünfjährigen.«

Greta hatte ihre Finger über eine Minute lang unter dem Türgriff eingehakt. Sie war wie ein Kind, das von einer raffinierten Aufstellung von Dominosteinen eingeschüchtert war, und das darauf brannte, den ersten Stein umzustoßen und zuzusehen, wie das Ganze umkippte. Sie stellte ihren Kaffee auf das Armaturenbrett und machte den Motor aus. »Bist du soweit?«, fragte sie.

Heute Abend spielte die Stereoanlage in der Bar den Blues. Eine Sängerin mit Sand in der Stimme schmachtete. Es war eine ruhige Nacht und die meisten Nischen waren leer, trotzdem gab es keine freien Barhocker. An der Theke hockte eine Redneckansammlung aus schwarzem Leder und Jeans. Unter ihnen waren mindestens ein Dutzend bärtige Männer, die Greta und Moe im Auge behielten und ihre Kameraden anstießen, die zu betrunken waren, um die Ankunft der beiden Cops mitzubekommen. Flüssige blaue Lichter schimmerten im Barspiegel und das nautische Dekor ließ sie wie Piraten erscheinen, die unter Deck Rum kippten. Es war so kitschig, dass man grinsen musste, es sei denn, man wusste, dass ihre Narben, ihr Geruch und ihre finsteren Herzen vollkommen authentisch waren.

Greta überließ Moe den Vortritt, wie er es wünschte. Währenddessen suchte sie nach bekannten Gesichtern unter den etwa zwanzig Männern, vielleicht ein flüchtiger Blick auf das Totenkopf-Logo der Skeleton Crew. Für seine Konfrontation suchte sich Moe ein Trio aus hartnäckigen Bikern aus, die seinem Blick standhielten. Er zeigte ihnen die Marke an seinem Gürtel und sagte: »Rochester Police Department, Einheit für Gewaltverbrechen.« Das blaue Licht auf ihren Gesichtern ließ sie tot und ertrunken aussehen.

Einer von den Dreien lächelte spöttisch und fragte mit gespielter Höflichkeit: »Was können wir für Sie tun, Wachtmeister?« Er sah aus wie fünfzig, ein altertümlicher Grizzlybär, verkleidet wie eine Parodie seiner selbst. Die Ellbogen hinter sich auf dem Tresen sah er Moe an, der graue Bart bauschte sich vor seinem Hals wie ein Dritte-Welt-Tumor. Sein glatter, vorstehender Bauch spannte sein T-Shirt mit dem Weißkopf-Seeadler. Er trug einen schwarzen Lederhut, an dem ein kleiner silberner Tierschädel steckte.

»Wir suchen einen Typen namens Mason Renault«, sagte Moe.

Grizzly-Mann schabte mit einem Zahnstocher über einen gelben Eckzahn. Er betrachtete Greta wie Fleisch zum Mittagessen und sagte: »Kann den Namen nicht unterbringen, aber das kommt daher, weil ich nicht aus der Stadt bin, Mann.«

»Sie sind ziemlich gesellig für einen Fremden«, sagte Moe.

Grizzly-Mann nickte Greta zu und fragte Moe: »Hast du deine Verabredung mitgebracht?«

Greta nahm ihre Marke ab und wedelte damit wie mit einem Ass aus dem Ärmel.

»Gleichstellung ... das Rochester Police Department ... Tussen und Araber«, sagte Grizzly-Mann.

Es gab Gekicher von anderen Gästen, die nahe genug saßen, um Grizzly-Manns Bemerkung zu verstehen. Greta ließ sie lachen. Sie hielt ihren Mund, denn diese Nachsicht zog den Knoten an ihrer Schlinge nur noch fester. Es war besser, sie zu hängen, wenn die Zeit der Abrechnung kam. Moe ballte seine Hand gegen seinen Oberschenkel zur Faust, doch er sprach immer noch sanft: »Gibt es hier irgendjemanden, der Stammgast ist?«

Der Grizzly lehnte sich zurück und sein Bauch quoll über den Gürtel wie ein aufgehender Teig. Er brüllte die Reihe herunter: »Hey, Gordo, komm mal einen Augenblick rüber.«

Mindestens drei Gäste nutzten diese Pause, um zu gehen, und Greta prägte sich ihre übelgelaunten Gesichter ein, um sich später an sie erinnern zu können. Sie beobachtete sie außerdem, um sicherzugehen, dass sie auch wirklich gingen. Ganz sicher brauchte sie niemanden, der um sie herumschlich und hinter ihr auftauchte, schnüffelnd und beißend wie ein Hund.

Inzwischen schlurfte ein Latino auf den Ruf des Bären herüber. Er war kleiner als Greta und besaß nicht ein einziges Gramm Körperfett, um seinen Spitznamen zu rechtfertigen. Sein Schnurrbart war ein umgedrehtes U und zwei fehlende Finger ließen seine linke Hand aussehen wie die Greifer in der Spielhalle, die nach Plüschtieren schnappten. Er trug ein einfaches schwarzes T-Shirt über durchtrainierten Schultern und Brustmuskeln – eine Figur, die man nur vom Vollzeitgewichtheben bekam, was normalerweise eine Gefängnisstrafe bedeutete.

»Diese Cops wollen mit einem Stammgast reden«, erklärte Grizzly.

»Einem Stammarschloch«, murmelte einer. Keuchendes Gelächter überall.

»Wir suchen jemanden namens Mason Renault«, sagte Moe. »Wir haben Hinweise, dass er dieses Etablissement häufig aufsucht.«

»Mason Raw Not?«, sagte Gordo, schlachtete den Namen und blickte finster, als rieche er einen Furz.

Greta zeigte ihnen Masons Fahndungsfoto. Sie hielt es hoch, damit Gordo, Grizzly-Mann und die unmittelbare Umgebung es betrachten konnten. »Das ist ein altes Foto, aber das ist er.«

»Kenn ich nicht«, sagte Gordo mit erhobenem Kinn, um sich ein paar Zentimeter größer zu machen. »Jemand hat euch gesagt, dass er hier abhängt? Wer immer das gesagt hat, ist ein Lügner, Mann.«

Moe erklärte: »Wir würden gern mit Mr. Renault reden. Eine Person, die wir kürzlich befragt haben, hat angedeutet, Mr. Renault könnte eine hilfreiche Quelle für unsere Ermittlung sein und wir würden ihn möglicherweise hier finden. Deshalb sind wir hier.«

Ein Blick zwischen Gordo und Grizzly-Mann. »Euer Informant ist ein Idiot.«

»Oh ... wirklich schade«, sagte Moe. Sein gespielter Verdruss war übertrieben, doch Gordo war zu diesem Zeitpunkt des Gesprächs anscheinend unempfindlich gegenüber Feinheiten.

»Wer hat euch erzählt, dass dieser Mason hier Stammgast ist?«, fragte Gordo.

»Jemand, der viel zu verlieren hat, wenn er uns anlügt«, sagte Moe.

Es gab keinen Hinweis, wie nah diese Mistkerle an der Skeleton Crew waren, aber sie waren alle Teil des Netzwerks, der verschlungenen Dominoreihe, die darauf wartete, umzukippen. Greta war überzeugt, dass sie und Moe soeben Mitch Wendt vor einer Jury seiner Kumpane angeklagt, schuldig gesprochen und verurteilt hatten. Sie hatten

Wendt einen Verrat angehängt. Sie hatten den ersten Stein angestoßen und die Reihe ratterte bereits herunter, ein vorbestimmter Pfad, der Planken erklomm, Tunnels durchlief, sich außerhalb ihrer Reichweite ausbreitete – und er raste auf sein Ziel zu, das träge darauf wartete, umgeworfen zu werden.

In ihrem Anhängergefängnis verlor sich Luc in einem Traumland. Sie war eingeschlossen in einem Sarg, begraben in einem zeitlosen Raum zwischen ihrem eigenen kurzen Leben und der riesigen weißen Halle, in der ihr toter Vater jetzt herumgeisterte. In ihrem Traum schwebte sie barfuß über den verschneiten Boden von Wäldern, die ein strahlender Mond erhellte. Zwischen den Bäumen erstrahlte noch ein anderes Licht, doch es schien meilenweit entfernt zu sein – ein sanfter Kerzenschein an vier getrennten Punkten. Irgendwie schwebte sie darauf zu, flehte es an, und die Kiefern mit ihren grünen Ästen trieben durch den unberührten Schnee wie eine Flotte hochmastiger Schiffe.

Das Licht war der Schein ihrer Schutzheiligen, der Heiligen Lucia, die voraus in einer Lichtung stand, drei Meter groß und ihren Kopf umloderte ein Glorienschein aus schmerzfreiem Feuer. Die Heilige lächelte wie eine Mutter, die ihr Kleinkind umgarnte, wie eine Göttin, deren Umlaufbahn bis weit über das menschliche Leid hinausreichte. Ihr Kopf selbst war die Quelle des Lichts, das sie ausstrahlte. Es strömte aus ihrer Nase und ihren Tränenkanälen, ihren Ohren und ihren Haarfollikeln. Sie hielt eine Holzschale so niedrig, dass Luc hineinsehen konnte.

Die Augäpfel, die Luc in der blutigen Suppe treiben sah, waren gläsern und perfekt wie Murmeln, schimmernd. Es waren nicht die gelblichen Klumpen, die sie erwartet hätte. Es waren Lucias eigene Augen, mindestens sechs Paare, alle von ihrer eigenen Hand aus den Höhlen gerissen, nur um durch Zauberkraft wieder nachzuwachsen. Die Heilige Lucia, die man wegen ihrer Wundertat auf dem Scheiterhaufen verbrannt hatte – ihr eigener lebender Scheiterhaufen.

Die Heilige tauchte zwei Finger in die Schale und ihre Fingerspitzen kamen rot triefend wieder zum Vorschein. Sie beugte sich vor und das ganze Dutzend dümpelnder Augen richtete sich auf Luc und sah sie aus dem Inneren der Schale an wie ein Chor von Zeugen. Luc schloss ihre eigenen Augen, nicht weil sie sich fürchtete, sondern weil sie wusste, die Heilige würde die Fingerspitzen auf ihre Augenlider legen und mit dem warmen Blut bestreichen, damit es in ihre Poren eindrang. Als Luc die Augen wieder öffnete, war sie nicht überrascht, dass sie scharf sah – besser als es selbst mit ihrer Brille gewesen war. Sie konnte jede Nadel an jedem Kiefernzweig erkennen. Helle Strahlen entfernter Sterne. Muster auf Schneeflocken, die vor ihrem Gesicht herunterrieselten.

Am Samstagmittag erlaubte Mason, dass Tanya den Cadillac nahm, um zum Lebensmittelladen im Dorf zu fahren. Sie hatten keinen Alkohol mehr und kein Fleisch und andere wichtige Dinge wie frische Batterien für das Kofferradio. Mason gefiel es nicht, sie alleine fahren zu lassen, aber er konnte nicht riskieren, irgendwo hinzugehen und den Leuten sein Gesicht zu zeigen. Ohne ein funktionierendes Kofferradio, ohne klaren Empfang von der Autoantenne, konnte er nicht erfahren, was der Rest des Staates New York über ihn wusste. Er brannte darauf, zu fliehen und vor Anbruch der Nacht fünf Bundesstaaten hinter sich zu lassen, wenn nur Buck Hanson ihn kontaktieren und einen solchen Plan gutheißen würde. Doch da war das Mädchen im Anhänger – Mason wollte sie nicht gehen lassen und das Geld verlieren, noch nicht. Er sagte Tanya, es müsse immer noch einen Weg geben, es über die Bühne zu bringen.

Tanya fuhr langsam die vier Meilen den steilen, holprigen Hügel hinunter, um nicht ins Schleudern zu geraten. Sie nahm scharfe Kurven mit unter fünf Meilen pro Stunde. Sie kam an Hütten vorbei, die winterfest gemacht waren, und dann erschien der lang gestreckte, schmale See, breitete sich in flüchtigen Blicken zwischen den Bäumen aus, der

See mit dem indianischen Namen, an den sie sich nicht erinnern konnte – weiß gefroren an den Rändern, dunkelblauer Schneematsch in der Mitte. Selbst das Dorf wirkte verlassen – eine Meile Langeweile mit ein paar Schnellrestaurants, Kirchen, Andenkenläden. Tanya parkte vor dem Lebensmittelladen, wo nur drei weitere Autos standen. Auf der anderen Straßenseite gab es eine Bowlingbahn namens The Fast Lane mit einem beleuchteten GEÖFFNET-Schild im Fenster. Hinter dem Lebensmittelladen erhob sich ein Hang, der von Kiefern bewachsen und so steil war, dass eine überraschende Lawine vermutlich die halbe Stadt begraben würde.

Tanya wartete einige Minuten in ihrem Auto, zu ängstlich um auszusteigen oder auch nur auf Parken zu schalten. Sie ließ ihre Hände auf dem Lenkrad und ihren Fuß auf der Bremse, denn in diesem Augenblick erschien ihr die Welt so groß und voller Möglichkeiten, dass es sie zu erdrücken drohte. Sie konnte tun, was immer sie wollte, und diese Aussicht war schrecklich.

Was sie tat, war, den Wagen abzustellen. Dann lief sie in den Laden, zog einen kleinen Einkaufswagen aus der Reihe und schob ihn zum Gang mit dem Bier. Sie kontrollierte die Einkaufsliste, die Mason auf die Innenseite einer leeren Zigarettenschachtel geschrieben hatte. Sie warf eine Kiste Molson in den Wagen. Dann besorgte sie Würstchen und Hähnchen, einen Karton Eier, eine Großpackung Mortadella. Diese einfache Liste zu erledigen, hielt sie davon ab, zu weinen – dies und ihr Baby, das sein langes warmes Bad in ihrem Bauch nahm.

Der Wagen war beinahe voll, als sie ihn auf die Kasse zuschob, wo eine schmuddelige Kassiererin ein Boulevardblatt las und einen Schokoriegel kaute. Tanya legte die Waren auf das ruhende Förderband. Plötzlich, einen Becher Erdnussbutter-Eiscreme noch immer in der Hand, hielt sie inne. In einem Regal neben ihrer Hüfte hatte sie einen Stapel der gestrigen Ausgabe des *Rochester and Democrat* entdeckt. Unter der Überschrift SUCHE NACH ENTFÜHRTEM MÄDCHEN KOMMT IN SCHWUNG prangte ihr eigenes Schwarz-Weiß-Foto auf der Titelseite. Daneben war ein Bild von Lucia aus dem Schuljahrbuch. Mit ihrer

Brille, dem schwarzen Haar und dem ernsten Blick, wirkte Luc wie eine Künstlerin.

Sie wandte sich ab und ihr Kopf stieß beinahe mit dem eines weißhaarigen Mannes in einer Schürze zusammen, der sie fragte, ob sie mit den schweren Sachen Hilfe benötigte. Für Tanya klang es wie eine Drohung, doch sie wusste nicht warum. Vielleicht, weil er wie eine Art Geschäftsführer aussah. Sie verneinte und beeilte sich so, dass sie beinahe die Eier zerschlug. Die Kassiererin scannte, blöde glotzend und ignorant.

Draußen öffnete Tanya die Heckklappe, um die Einkaufstüten und die Bierkiste hineinzustellen, doch sie hielt inne und starrte in den leeren Kofferraum, während der Wind versuchte, ihren Einkaufswagen fortzuschieben. Sie dachte an Lucia, das entführte Mädchen, das in diesem Kofferraum eingeschlossen gewesen war. Für einen Augenblick dachte Tanya daran, wieder hineinzugehen und eine Zeitung zu kaufen, um ihr Bild genauer zu betrachten und herauszufinden, wann und wo man sie aufgenommen hatte – wo sie beobachtet worden war. Doch dann fürchtete sie, der Geschäftsführer könnte sie für eine Ladendiebin halten. Sie hatte Angst, er würde sie anhalten und Fragen stellen und sie von dem Foto wiedererkennen.

Auf dem Fahrersitz öffnete sie eine Packung Marshmallow-Erdnüsse, die sie im Gang mit den Süßigkeiten gefunden hatte. Sie schüttelte eine große, orangefarbene in ihren Mund und schloss die Augen. Frisch und klebrig-schmelzend beim Kauen, ihre erste seit Jahren. Ihre Mutter hatte sie immer gekauft und Tanya hatte sie einst während eines Bowlingturniers gefragt, warum sie Erdnüsse hießen, wenn sie doch nach Bananen schmeckten, und warum sie orange waren, obwohl weder Erdnüsse noch Bananen orange waren. »Du denkst zu viel nach, Baby«, sagte ihre Mutter, und beide hatten sich geschüttelt vor Lachen.

Tanya hatte genau drei 25-Cent-Stücke an Kleingeld in ihrer Tasche und sie kannte die Nummer der Telefonauskunft. Es wäre so leicht, die Nummer der Mobergs herauszufinden. Vermutlich war sie sogar noch unter dem Namen des toten Mannes eingetragen. Es wäre einfach, anzurufen und die Nachricht zu hinterlassen, dass Lucia am Leben war und es ihr bis jetzt gut ging. Vielleicht könnte sie sogar die Cops anrufen und ihnen von Buck Hansons Lager im Wald erzählen, und sobald sie aufgelegt hatte, würde sie fahren. Sie hatte nur noch fünf Dollar, aber sie könnte Meilen zurücklegen, bevor das Benzin ausging. Diese Möglichkeiten schwärmten aus wie Hornissen, und sie wusste, eine davon könnte sie stechen.

Plötzlich stieg sie wieder aus dem Auto und lief auf die Bowlingbahn auf der anderen Straßenseite zu. Niemand war auf den Gehwegen oder fuhr im Auto vorbei, doch Tanya hielt ihre Schlüssel so, dass sie wie Krallen zwischen ihren geschlossenen Fingern hervorsprangen – weil sie diesem Städtchen nicht traute und weil Überraschungen immer verhängnisvoll waren. Auf ihrem Weg durch den Eingang geschah nichts, außer dem vertrauten Donnern einer Kugel, die eine Bahn hinunterrollte und auf stehende Pins traf. Es gab nur vier Bahnen und es stank nach abgestandenem Bier, Zigaretten und dem Wachs, mit dem sie den Boden glätteten. Ein Jugendlicher schoss mit einem Spielzeuggewehr auf den Monitor eines Videospiels. Eine Gruppe von bierbäuchigen alten Männern in Polyesterhemden spielte auf Bahn eins, doch die anderen Bahnen waren frei.

»Größe fünf«, sagte sie zu dem Angestellten. Sie ließ ihren Fünfdollarschein auf den Tresen gleiten.

»Nur Sie?«, fragte er, doch Tanya antwortete ihm nicht. Mit Ausnahme der besseren Grafik auf den Videospielen, hätte diese Bahn auch aus dem Jahre 1980 stammen können, und alleine diese Tatsache beruhigte ihre Nerven. Selbst der Getränkeautomat in der Ecke gab Limonade in alten Glasflachen für fünfzig Cent heraus. Der Tresen war mit Teppich bezogen, wie Tanya es von Moms Lieblingsbahn in Cleveland kannte, wo sie sich auf die Zehenspitzen stellen musste, um die Schuhständer dahinter zu sehen. Sie war wieder ein Kind, schuldlos an allem, was ihr Gesicht auf das Titelblatt einer Zeitung bringen könnte. Niemand hier würde sie erkennen.

Der Angestellte gab ihr die Bahn Nummer vier und händigte ihr die Leihschuhe, ein Spielformular aus Papier und einen winzigen Bleistift aus. Er betrachtete weiter ihren Bauch und fragte sich wahrscheinlich, warum eine hochschwangere Frau an einem Freitagnachmittag außerhalb der Saison alleine zum Bowlen kam. Aber sie machte sich keine Sorgen über seinen Argwohn oder den der anderen – nicht hier drinnen. Sie kaufte eine Orange Crush am Getränkeautomaten und öffnete sie mit dem Flaschenöffner, der in die Seite des Geräts eingelassen war. Dann wählte sie eine schwarze Standardkugel von dem Ständer mit den Hauskugeln, weil es eine einfache sechspfündige war und ihre Finger in die Löcher passten. Mehr brauchte sie nicht.

Sie ging zu ihrer Bahn, legte den Spielplan auf den Tisch und klemmte den Bleistift hinter ihr Ohr, genauso wie ihre Mom es getan hatte. In dem Moment, als sie die Finger in die Löcher steckte, hörten ihre Hände auf zu zittern. Sie hob die Kugel zum Kinn, so dass sie über ihre Rundung peilen konnte und es schien, als sei sie eine Astronautin, die über einer winzigen schwarzen Erde durch den Raum schwebte.

Am Ende der Bahn erwarteten die Pins ihren Angriff. Tanya hatte nicht die Technik ihrer Mutter – wie die Kugel wie durch Zauberei am Rand der Rinne entlangschrammte, kurz bevor sie wieder zur Mitte der Bahn zog und die Pins traf. Sie hatte weder die Armbandage noch das Stirnband noch das T-Shirt, auf dem stand, dass sie der Champion der Frauenliga war. Doch Tanyas Kugel lief gerade und schnell und warf alle Pins um, außer zwei, die taumelnd wie Betrunkene an beiden Seiten stehen blieben.

Sie spielte zwanzig Minuten und erzielte einige Spares, bei denen sie die Pins mit dem zweiten Wurf abräumte, aber keine Strikes. Sie zählte nicht mit, denn sie wusste nicht wie und außerdem interessierten die Zahlen sie nicht wirklich. Was zählte, war der Donner und der Aufprall, wie es in ihrem Bauch vibrierte, wo es selbst das Baby hören konnte. Und wie der mechanische Arm die Pins nach jedem Durchgang abräumte: Egal wie viele auf der Bahn lagen oder noch standen, alle ihre Fehler wurden weggewischt und die Pins jedes Mal aufs Neue perfekt aufgerichtet, als wäre nichts Schlechtes in dieser Welt von Dauer.

Sie zog ihre Leihschuhe aus und schlüpfte in ihre eigenen Turnschuhe. Sie hatte noch ein 25-Cent-Stück in ihrer Tasche, doch wahrscheinlich brauchte sie überhaupt kein Geld, um die Polizei anzurufen. Das Bowlen hatte ihre Gefühle beruhigt und sie fragte sich, ob Mason es auf einen Showdown ankommen lassen würde, wenn die Polizei ihn holen käme, ob er sich töten ließe oder einfach mit erhobenen Händen ergeben würde. Tanya wusste, es würde keine Kaution geben und sie würden ihm mehr Jahre aufbrummen, als er noch zu leben hatte. Sie könnte sich von ihm befreien und ihr kleines Mädchen aufziehen, das er sowieso verleugnen wird. Tanya brauchte deswegen kein schlechtes Gewissen zu haben.

Sie gab die Schuhe zurück und sah zu, wie der Angestellte Desinfektionsspray hineinsprühte.

»Gibt es hier ein Münztelefon?«, fragte sie.

»Bei den Toiletten, aber es ist kaputt.«

Und so eilte sie durch den Ausgang. Sie suchte in ihrer Tasche nach dem letzten Geldstück und selbst die kalte Luft, die ihr die Haare ins Gesicht peitschte, konnte sie nicht bremsen. Sie trat von der Bordsteinkante und hielt ihre Augen auf das Telefon neben dem Eingang des Lebensmittelladens gerichtet. Sie war so sehr darauf fixiert, dass sie die Person auf dem Gehweg weder hörte noch bemerkte, bis diese sie am Ellbogen packte und zurück auf den Bürgersteig zog. Erschreckt und taumelnd holte sie mit ihrer Autoschlüssel-Faust aus und verfehlte sein Gesicht um mindestens zwanzig Zentimeter.

»Beruhige dich«, zischte er. Er trug eine Sonnenbrille und ein graues Kapuzensweatshirt, die Kapuze über den Kopf gezogen, sowie schwarze Handschuhe und eine wattierte Kunststoffjacke mit Rissen und Löchern, aus denen das Futter quoll. Er roch nach Rauch und Schweiß und wäre in der Stadt nicht weiter aufgefallen. Doch hier, in diesem Städtchen, wirkte er wie ein Tintenklecks auf einer schönen Postkarte. Er war ein Freund von Mason, den sie ein paar Mal in Bars und auf

Partys gesehen hatte. Einer aus dem Dunstkreis der Skeleton Crew, an dessen Spitznamen sich Tanya im Augenblick nicht erinnern konnte.

»Was willst du?«, fragte sie. Das Geldstück entglitt ihren Fingern und versank in einem Matschhaufen am Gehwegrand. Ein Auto tuckerte vorbei, und die Fahrerin, eine faltige alte Frau, heftete ihren Blick auf die beiden, anstatt auf die Straße vor sich.

»Ich habe dich auf der Bowlingbahn gesehen und auf dich gewartet. Ich muss Brick sehen.«

»Weißt du nicht, wo er ist?«

»Brick hat mir die Stadt genannt, aber nicht den genauen Ort«, sagte er. »Ich weiß, es war verrückt, den ganzen Weg hier herunter zu kommen, ohne zu wissen, wo ich ihn finden kann. Aber ich muss ihn sprechen. Es gibt Dinge, die er wissen sollte – und du auch. Du solltest nicht hier in der Öffentlichkeit sein. Bring mich dorthin, wo ihr euch versteckt, okay?«

»Hat Buck dich geschickt? Er wartet auf Nachricht von Buck.«

»Nein, Buck weiß nicht, dass ich hier draußen bin.« Er war nervös, schabte mit den Füßen über das verkrustete Eis, als müsse er dringend pinkeln. »Sonst wüsste ich wohin, oder? Es geht um mehr als um Buck Hanson und der muss nichts davon wissen. Brick würde mir recht geben, wenn ich mit ihm reden könnte. Das weiß ich.«

»Ich habe deinen Namen vergessen«, gestand Tanya.

»Red«, sagte er. »Du kennst mich doch? Wir haben uns getroffen.«

»Ja. Red. Ich erinnere mich. Aber Mason sagte, ich solle mit niemandem reden. Nur einkaufen.«

»Er wusste nicht, dass ich kommen würde. Ruf ihn an und sag ihm, dass ich hier bin.«

»Dort gibt es kein Telefon«, sagte Tanya. Ihr Kopf vernebelte sich erneut und sie konnte nicht schnell genug denken, um zu erkennen, welche Entscheidung die richtige war. Jetzt, wo Red hier aufgeschlagen war wie eine Bombe, die explodieren konnte, schien alles so heimtückisch. »Woher wusstest du, wo du mich findest?«

»Wusste ich nicht. Ich bin in der Hoffnung hierher gekommen, einer von euch müsse irgendwo im Ort auftauchen – und wenn nicht, dann Scheiß drauf. Ich hab einfach die Seitenstraßen nach eurem Caddy durchkämmt. Und schließlich habe ich ihn gefunden.«

»Ich möchte nichts von dem wissen, was los ist«, sagte Tanya. Sie stieg seitlich über einen Schneehaufen und bevor Red noch etwas sagen konnte, lief sie über die Straße. Wenn sie nur zu ihrem Auto käme, könnte sie zum nächsten Polizeirevier fahren. Doch Red folgte direkt hinter ihr. »Hör zu, Tanya ... ich muss zumindest wissen, wie es dem Mädchen geht.«

»Sie ist in einem Anhänger eingesperrt, ohne Heizung und Essen.«

»Lebt sie noch? Hat er sie am Leben gelassen?«

Tanya hielt an der Fahrertür, während Red das Auto zur Beifahrerseite umrundete. Er probierte den Griff und die unverschlossene Tür sprang auf, doch er setzte sich nicht hinein. Er wartete, sah über das Dach, die Augen hinter den dunklen Gläsern der Sonnenbrille verborgen. Als Tanya nichts sagte, rutschte er auf den Beifahrersitz. Tanya blickte noch einmal um sich, um zu sehen, wer sie beobachtete, doch da war niemand. Sie schaute erneut zum Münztelefon hinüber und fragte sich, ob sie jemals die nötige Entschlossenheit aufbringen würde.

Auf dem Rückweg fuhr Tanya zehn Meilen unter der zulässigen Geschwindigkeit, während ihr Beifahrer seine Handschuhe abstreifte und seine bloßen Hände im Luftstrahl der Heizung rieb. Er schlug seine Kapuze zurück. Sein Kopf war kahl geschoren und mit Schnitten übersät, so dass es aussah, als hätte er es ohne Spiegel im Dunkeln getan. Tanya legte sich Ausreden zurecht, falls Mason ihr Vorwürfe machen würde – Red, der aus dem Nichts angesprungen kam, bettelte und brüllte und sich ins Auto drängte. Nicht ganz die Wahrheit, aber immerhin eine Erklärung.

Red kaute an einer Marschmallow-Erdnuss, während er sagte: »Mann, diese ganze Sache ist voll den Bach runtergegangen.«

Tanya sah etwas im Seitenspiegel aufblitzen. Sie blickte hinauf zum schräg gestellten Rückspiegel. Sie stellte ihn auf ihre Augenhöhe ein und bemerkte das Blaulicht eines Streifenwagens dicht hinter ihnen.

Ihre Angst kam heftig und plötzlich. Sie trat auf die Bremse und scherte zum Straßenrand aus, ohne es selbst zu wollen. Red begriff und drehte den Kopf nach hinten, um zurückzuschauen. »Oh, Scheiße!«, sagte er. »Fahr weiter, los, los!«

Der Straßenrand war abschüssig und voller Schnee, der von der Straße geräumt war.

»Nein! Fahr weiter!«, forderte Red, brüllte in ihr Ohr. Sie hatte angehalten, die Hand auf der Schaltung, um sie in Parkposition zu bringen. Der Streifenwagen raste mit fünfzig Meilen pro Stunde vorüber. Er fuhr an der Straße, die zum Camp hinaufführte, vorbei und bog um eine Kurve, bevor er über die Stadtgrenze verschwand. Der Auspuff des Caddy klapperte. Alle paar Sekunden schüttelte es das ganze Auto durch. »Das war knapp«, sagte Red, sein Gesicht in beiden Händen vergraben.

Es war ein kleines Wunder, dass Gretas Grippe bis zum Sonntagnachmittag beinahe verschwunden war. Keine Medikamente mehr, die sie benebelten, und nur noch eine Spur der Röte unter der Nase, die von den Taschentüchern herrührte. Selbst ein Skeptiker wäre von solch einem Glück berührt, besonders hier in der Kirche. Sie trug ein lila Abendkleid, das sie bei J C Penney gekauft hatte. Die Perlenkette um ihren Hals gehörte ihrer Mutter – Perlen, die Greta erst einmal getragen hatte: auf dem Begräbnis ihrer Mutter vor fünf Jahren. An diesem Morgen verwandte sie eine ganze Stunde auf ihr Make-up, um die Spuren der Schlaflosigkeit unter ihren Augen zu kaschieren.

Es waren zwölf Stunden vergangen, seit Greta und Moe die Biker-Bar besucht und möglicherweise einen Mann zum Tode verurteilt hatten. Sie hatten ihre Marke benutzt und jeden bekannten Verhaltenskodex verletzt, und immer noch atmete Mitch Wendt unbeschwert in seinem Motelzimmer, immer noch war Luc verschwunden. Ihre Anstrengungen hatten nicht ausgereicht, bei Weitem nicht, doch heute würde sie dieses Versagen ausblenden. Sie saß in der United Methodist Church und sah zu, wie ihre Tochter heiratete. Im dem Moment, als Sandy ihr erlaubte fortzubleiben, hatte sie gewusst, sie würde kommen. So viel Gnade konnte nicht ignoriert werden – oder nicht beachtet.

Sie saß in der ersten Bank vor dem Altar, auf gleicher Höhe wie ihr Exmann, seine zweite Frau, seine Eltern. Jedes Hüsteln hallte von der Gewölbedecke wider, jedes Klicken der Fotoapparate. Es gab vier Brautjungfern in passenden, durchscheinenden, purpurnen Kleidern und außer der Trauzeugin, die seit Ewigkeiten mit Sandy befreundet war, kannte Greta keines der Mädchen. Greta erkannte nur wenige von denen, die hinter ihr auf der Seite der Braut saßen, nur ein paar von den dutzenden Freunden ihrer Tochter. Greta nahm an, dass ihr eigenes Begräbnis, wenn es so weit wäre, nur einen Bruchteil dieser Menge anlocken würde, wenn es die dienstlich abgestellten Cops nicht gäbe. Doch sie saß immer noch auf ihrem Ehrenplatz, Teil der Familie. Sie saß da und versuchte, dieser schwer zu fassenden Achtung, die sich angemessen anfühlte, gerecht zu werden. Sie versuchte, ihre Gedanken nicht zurück zu Lucs Verschwinden wandern zu lassen.

Der Pfarrer war Brite, in Gretas Alter, und Sandy rezitierte Gelübde, die Max wiederholte. Greta musterte die Gesichter hinter sich und sah Frauen, die Tränen mit Taschentüchern trockneten. Sie wünschte sich selbst so viel Herz, nur für ein paar Sekunden, doch bei ihr mussten sich die Gefühle jahrelang anstauen, um auszubrechen, und man konnte sein Leben nicht rückwärts leben. Versuche dein Scheitern auszulöschen, deine schlimmen Erinnerungen, und du bekommst, was Blair Moberg hat: Ständiges Trauma, als risse man eine hässliche Tapete herunter und fände darunter nichts als leeren schwarzen Raum.

Direkt im Anschluss kam der Empfang. Er fand in einem Festsaal im fünften Stock des Rochester Sheraton in der Innenstadt statt. Von hier aus überblickte man die Skyline, die nur majestätisch aussah, wenn man sie durch Samtvorhänge, unter Kristalllüstern und dem Einfluss einer Champagnerflöte betrachtete. Greta stand mit ihrem Drink am Fenster und betrachtete den dünnen Sonntagsverkehr, der unten vorbeiglitt, und die tausend Lichter in den entfernten Hochhäusern.

Sie fragte sich, wie viele Autos und wie viele Zimmer Monster beherbergten, die genau in diesem Augenblick ihre Klauen wetzten.

Sie hörten nie auf, diese Gedanken an Luc und wo sie sein könnte. Sollte sie an Lucs totem Körper Zeugnis ablegen müssen, so beschloss Greta, dann würden auch ihr eigener Atem und ihr eigenes Blut versiegen. Greta war verzweifelt genug, um sich durch diese Fensterscheibe zu werfen und über die Stadt aufzusteigen wie ein Habicht, und zu glauben, dies sei möglich.

Doch dann drehte sie sich um und sah, wie sich ihre Tochter unter die Leute mischte, die sich mit Anzügen und Perlenketten, Krawatten und Strumpfhosen herausgeputzt hatten. Sandy schimmerte in ihrem Abendkleid, ihr helles Haar war gelockt, die Ohrringe blinkten wie Leuchtfeuer. Von der anderen Seite des Raums zwang sich Greta zu diesem Festmahl des Lebens, denn es war zum Teil ihr eigenes, eine Verlängerung ihrer selbst, an die sie nur mit scharfem Fokus in klaren und konzentrierten Momenten herankommen konnte.

Selbst dann griff das verhüllte Chaos außerhalb der Festsaalfenster nach ihr. Sie wandte sich absichtlich davon ab und ging auf ihre Tochter zu und auf ihren Exmann in seinem grauen Anzug und mit seinem grauen gestutzten Bart, seiner zweiten Frau in einer rosa Bluse mit Schulterpolstern und mit blondierten Haarspitzen, seinen betagten Eltern, die Greta vor Jahren erklärt hatten, sie würden sie lieben – wenn auch nur, weil sie ihr erstes und bisher einziges Enkelkind geboren hatte.

»Mom, du siehst wunderschön aus«, sagte Sandy und sie umarmten sich, als hätten sie einen hart umkämpften Sieg errungen. Sogar ihr Exmann lächelte und hob sein Glas auf ihr Wohl. Du hast es tatsächlich geschafft, sagte ihr sein Lächeln.

Greta glaubte, Lucs Stimme von irgendwo rufen zu hören, weit entfernt und unerreichbar, doch sie drehte sich nicht danach um. Stattdessen trank sie ihren Champagner aus und klaubte eine in Schinken eingerollte Jakobsmuschel von einem Silbertablett auf dem Büfett und biss sie vom Zahnstocher. Ein Paar in den Siebzigern kam zu ihr und sprach sie an, aber Greta konnte sich nicht erinnern, sie jemals zuvor getroffen zu haben. Sie lächelte mit geschlossenem Mund, kaute und schüttelte ihre knochigen Hände.

Nach fünf Minuten Fahrt den Berg hinauf kroch Tanya um eine Kurve. Irgendwie schlingerte sie mit dem linken Hinterreifen in eine tiefe, verschneite Spurrille, die sie festhielt und nicht mehr losließ, wie sehr sie den Motor auch quälte. Sie weinte leise, während Red draußen war und das Auto anschob. Bald waren sie wieder frei, doch Tanya konnte nicht aufhören zu heulen. Sie fand ein altes Taschentuch in ihrer Tasche und wischte sich die Augen, als Red wieder ins Auto stieg. Selbst in dieser Kälte glänzte sein kahl geschorener Kopf vor Schweiß.

»Alles in Ordnung?«, fragte er. Er legte seine Hand auf ihren Ellbogen, aber sie schüttelte sie ab. »Es ist okay ... wir sind draußen, wir sind draußen. Fahr einfach weiter. Ich weiß, es wird ihm zuerst nicht gefallen, dass ich hier auftauche, aber ich werde mit ihm reden. Mach dir keine Sorgen.«

»Sag ihm bitte nicht, dass ich bowlen war. Ich sollte nur einkaufen.«

»Ich bin nicht dein Richter, Tanya.«

Den Rest des Weges kamen sie rasch voran, und als sie in die Einfahrt einbog, gab sie zu viel Gas und rammte den Schneewall an der Fläche, die Mason für sie frei geschaufelt hatte. Red taumelte vor wie ein Dummy und stützte seine Hände am Armaturenbrett ab. Tanya wartete, während das Auto im Leerlauf lief. Sie beobachtete die Tür der Hütte und fragte sich, warum Mason nicht auf die Veranda gestürzt kam. Keine Chance zu sagen, ob er aus einem Fenster spähte, auf was auch immer wartete.

»Was ist los?«, fragte Red.

»Nichts«, sagte Tanya. Auf der anderen Seite des Grundstücks stand der verschlossene Anhänger, und er sah nicht so aus, als sei Mason ihm in ihrer Abwesenheit nahe gekommen. Tanya erkannte nun, wie grausam es von ihr gewesen wäre, hätte sie das Mädchen diesen eisigen

Wäldern und den Untieren, die darin lauerten, überlassen. In gewisser Weise fühlte es sich wie ein Triumph an, wieder hier zu sein und über das Mädchen zu wachen, sie zu behüten wie eine Ersatzmutter.

»Versteckt er sie dort … in diesem Anhänger?«, fragte Red.

Tanya nickte. Sie stellte den Motor aus.

Sie stiegen beide aus und Tanya öffnete den Kofferraum. Sie nahm eine der Tüten und Red hob ein paar weitere heraus, eine in jeder Hand, und folgte ihr auf dem Pfad aus festgestampftem Schnee, den Mason für sie angelegt hatte. Sie hasste die Stille, die von der Hütte ausging. Sie ließ ihre Knie einknicken. Sie stieg vorsichtig die vereisten Stufen empor und drückte dann ihre Schulter gegen die Tür, um sie zu öffnen.

Mason war da, direkt im Gang neben dem Holzhaufen. Er stand an die Wand gepresst, mit nacktem Oberkörper und steif wie ein aufrechter Leichnam. Er sah sie an, ohne zu blinzeln. Er zuckte mit dem Kopf nach links, sagte ihr ohne Worte: Geh weiter, sei ruhig. Tanya hielt die Luft an und ging weiter in die dunkle Leere. Es fühlte sich an, als würde sie ohne Fallschirm aus einem Flugzeug springen. Sie bewegte die Einkaufstüte nach unten vor ihren Bauch, um ihn zu schützen. Sie sah, dass Mason Buck Hansons Eishockeyschläger von der Wand genommen hatte und ihn mit einer Hand umklammerte.

»Ist er …«, begann Red, doch Mason stieß ihn gegen die Tür. Er griff den Hockeyschläger mit beiden Händen und rammte ihn unter Reds Kinn, in seinen Hals. Red würgte glotzend und als er mit den Einkaufstüten herumwirbelte, fiel eine Milchtüte heraus. Sie knallte mit einem dumpfen Schlag auf den Betonboden, unversehrt.

»Was machst du hier?«, knurrte Mason.

Red sabberte und streckte würgend seine Zunge heraus.

»Sag mir, was zum Teufel hier los ist, Tanya«, sagte Mason, wobei er sie nicht ansah.

»Ich war unten, um einzukaufen … wie du gesagt hast … und er war dort, in der Stadt auf der Straße. Er sagte, ich solle ihn hierher mitnehmen … weil du ihm die Stadt genannt hast … ich konnte ihn nicht aufhalten …«

Masons Gesicht war einen Zentimeter von Reds entfernt. Seine Kiefer mahlten und seine Nase stieß kurze zornige Luftstöße hervor. Reds Gesicht hatte sich beinahe purpur eingefärbt, bevor Mason schließlich so weit von ihm abließ, dass Red nach vorne stolperte. Die Tüten rutschten an seinen Beinen herunter und landeten sicher auf dem Boden. Red hielt seinen Hals, als wolle er sich selbst erwürgen, und sagte: »Brick ... du hast mir gesagt ... diese Stadt ... ich dachte, ich könne kommen ... versuchen, dich zu finden ...«

»Hast du die Polizei heraufgeführt?«

»Nein!«

»Scheiße!« Masons Stimme klang wie ein Rasiermesser. Tanya hielt immer noch ihre Einkaufstüte vor ihren Bauch, schützte ihn mit Cornflakesschachteln und Steakpackungen. Sie betrachtete die beiden, als gehörten sie nicht zu ihrer Welt, wie etwas, was man im Fernsehen angaffte, aber nicht für real hielt. Sie bewegte sich nicht, bis Mason sie anschrie: »Warum hast du ihn hergebracht, Tan?«

»Er sagte, es ist in Ordnung. Dass er mit dir reden muss.«

»Nur ich sage, was in Ordnung ist!«, brüllte Mason. »Er weiß einen Scheiß ... kapiert? Blöde Schlampe ... willst du dein Baby im Knast bekommen, wegen diesem Arschloch? Er ist nicht mal Mitglied.«

»Nein«, murmelte sie, als wäre das eine Frage, die beantwortet werden musste.

»Brick, niemand ist mir gefolgt, Mann. Ich bin sauber«, sagte Red.

»Du hast von Anfang an alles vermasselt«, sagte Mason.

»Ich habe versucht, dir zu helfen, das Abzeichen zu bekommen, Mann.«

»Was ich wegen dir bekomme, ist die Giftspritze. Ich sollte dich verdammt noch mal umlegen! Ich sollte dich rausschleppen und dein Hirn über den Schnee pusten. Wegen dir sitze ich hier oben in der Falle und warte auf das Einsatzkommando und die FBI-Hubschrauber. Ich sitze hier und warte, dass mein Sohn geboren wird, und es gibt keinen anderen Ort, an den ich gehen kann. In was für eine Scheiße soll das Kind hineingeboren werden?«

»Ich habe nicht …«, begann Red, doch Mason unterbrach ihn.

Nach wenigen Sekunden heftiger Gewalt war es vorüber. Zuerst kniete Red auf dem Boden, rieb seinen Hals und hustete, doch dann stieß ihn Mason mit einem schnellen Stiefeltritt vor die Stirn um. Verschmierter Schlamm auf der Haut und eine aufgeplatzte Wunde direkt über Reds Augenbraue. Mason saß rittlings auf ihm, schlug ihm wieder und wieder die Faust ins Gesicht. Red wand sich auf die Seite und strampelte wild mit den Beinen. Keiner schrie: Die beiden grunzten nur wie begeisterte Ringer einer Hochschulmannschaft. Schließlich stand Mason auf und gab Red einen allerletzten Tritt in den Rücken. Der hohle Stoß des Tritts peitschte durch Reds Lunge und platzte aus seinem Mund heraus wie ein Pistolenschuss. Tanya saß jetzt mit dem Hockeyschläger in der Hand auf dem Sofa. Sie konnte sich nicht erinnern, wie all dies geschehen war.

»Ich hätte dich direkt hier umbringen können, Arschloch. Du hörst nicht zu.«

Red stöhnte und schabte mit seinen Stiefelspitzen über den Boden.

»Du hast mir nicht gesagt, dass du geglaubt hast, die Polizei würde kommen«, sagte Tanya.

»Ich dachte, das wäre klar«, sagte Mason. Er wischte sich Blut von seinen Fingerknöcheln.

»Wenn du glaubst … sollten wir dann nicht abhauen?«, fragte Tanya.

»Und wohin gehen?«

»Ich weiß nicht. Kalifornien. Vielleicht zurück nach Detroit.«

»Bist du genauso blöd wie dieses Arschloch? Wir können nirgendwohin, Tan.«

»Du hättest das Mädchen nicht kidnappen sollen. Jetzt sitzen wir hier in der Falle.«

»Sag mir nicht, was …« Leicht wie ein Windhauch wand er den Hockeyschläger aus ihrer Hand. Tanya zuckte zusammen und hob einen Unterarm zwischen seine Absicht und ihr Gesicht. »Wach auf, Tanya … ich werde dich nicht schlagen. Was denkst du? Ich sage nur, wir brauchen das Geld ... wir brauchen das Mädchen, um an das Geld zu kommen, das uns gehört. Verstehst du?«

Red kauerte auf Händen und Knien und spuckte vierteldollargroße Blutklumpen auf den Boden. Mason drehte sich wieder zu ihm um. Doch diesmal streckte er seine Hand aus. Red starrte mit dem Auge, das noch nicht zugeschwollen war, und indem er nichts tat, wies er die ausgestreckte Hand zurück. Mason teilte ihm mit: »Gib zu, dass du es verdienst hast und dann entspann dich. Willst du jetzt ein Bier, oder was?«

NACH DEM KAFFEE verließ Greta den Hochzeitsempfang und fuhr nach Westen in Richtung Hammersport. Auf dem Beifahrersitz lag eine Mappe mit Kopien der Fahndungsfotos von Mason Renault. Mithilfe der Bilder wollte sie von den Nachbarn der Mobergs erfahren, ob sie ihn jemals zuvor gesehen hätten. In der Toilette eines Hotels wechselte sie zu Jeans, Sweatshirt und Revolvergurt. Ihr schickes Abendkleid hing in Plastik eingeschlagen auf einem Kleiderbügel im Fond. An einer Kreuzung wartete sie und quetschte das Lenkrad zwischen den Händen. Es gelang ihr nicht, sich selbst davon zu überzeugen, dass die vergangenen Stunden gerechtfertigt waren, dass sie es nicht für immer bereuen würde, wenn sie Luc Moberg tot auffänden.

Selbst jetzt kannte sie nicht mehr als die wesentlichen Tatsachen, und die konnten Luc weder helfen, noch die Gefahr abwenden, falls sie noch am Leben war. Blair Moberg hatte Mason Renault angeheuert, um ihren Ehemann umzubringen, um an seine Lebensversicherung zu kommen oder aus Heimtücke oder aus irgendeinem anderen Motiv, das nichts bedeutete, außer einer Anklagestrategie und der Titelzeile einer Zeitung. Und Greta selbst konnte das siegreiche Hochgefühl nicht empfinden, das sich häufig einstellte, wenn ein Fall unter Dach und Fach war. Es gab ihr keinen Kick, über die Festnahme einer labilen Kindfrau nachzudenken, die sich weder an ihr eigenes Verbrechen erinnern, noch es begreifen konnte. Kein Abschluss ohne Lucia.

Obwohl es immer noch Tag war, als sie am Shop-Mor vorbeifuhr und in den Ort kam, war die Dunkelheit schon so weit fortgeschritten, dass draußen die Lichter angingen. Das M des Neonschilds war kaputt und evozierte die Hälfte eines Gebots: Shop- *or*. Dessen ungeachtet, deutete die Fülle der Autos auf dem mit Flutlicht beleuchteten Parkplatz darauf hin, dass sich die Leute einfach damit zufrieden gaben zu shoppen.

Sie bog nach rechts in den Ort ein, wo das wuchernde Gewerbegebiet engen Straßen wich und kahle Äste in der Luft über der Straße zusammenwuchsen. Noch einmal rechts und sie war in der Straße der Mobergs, parkte in der Nähe des Hauses am Straßenrand. Das Küchenlicht brannte, doch Greta wusste, dass es ein Trick war. In wenig mehr als einer Woche hatte das Haus seine Bewohner verloren, einen nach dem anderen – an den Tod, an den Schmerz, an das Vergessen.

Sie ergriff die Mappe mit den Fotos und lief auf das Haus der Cutlers zu, der sinnvollste Ausgangspunkt für eine Tour durch die Nachbarschaft. Der kalte Wind hieb mit Eismessern auf sie ein, doch durch diese umbarmherzige Nacht zu stapfen, war Gretas Methode, in Bewegung zu bleiben, eine Methode, sich der gleichen Hölle auszusetzen, die Luc erdulden musste. Beim Überqueren des Gehwegs bemerkte sie die offene Garagentür am Ende der Auffahrt und die Harley Sportster, die darin aufgebockt war. Sie hatte Quinn Cutler nicht als Motorradnarr eingeordnet, und dieses Versäumnis zog ihr die Eingeweide zusammen. In ihrem verfaulten Kern war die Skeleton Crew eine Motorradgang. Dieses nebensächliche Detail war genauso wichtig wie all die anderen dürftigen Hinweise.

Lydia Cutler brauchte ewig, um auf das Klingeln zu öffnen. Sie blinzelte durch den mit einer Kette verriegelten Türspalt. Sie trug denselben verschlissenen Poncho wie vor beinahe zwei Tagen und roch so beißend nach Zigaretten, dass Gretas eigene Hingabe an diese Angewohnheit für einen Augenblick verschwand.

»Miss Cutler? Ich bin Ermittlerin Hurd. Wir haben gestern miteinander gesprochen.«

Auf ihrem Gesicht zeichnete sich kein Erkennen ab, doch sie öffnete trotzdem die Kette.

»Miss Cutler, ist ihr Sohn Quinn zu Hause?«

»Nein«, sagte sie und zog dabei das Wort heraus, als wäre es ein ganzer Satz. Ihre Aufmerksamkeit wanderte zu einer Stelle im Inneren des Hauses, die Greta von ihrem eiskalten Standort auf der Veranda nicht sehen konnte.

»Ist noch jemand bei Ihnen?«, fragte Greta.

»Nein, das ist nur ein Film, den ich mir ansehe.« Lydia öffnete die Tür weit genug, um den Fernsehapparat in der Ecke des Wohnzimmers zu zeigen. Auf dem Schirm flimmerte ein Zeichentrickfilm mit einer rothaarigen Meerjungfrau und einem singenden Hummer. Der Fernseher war ein Dreißig-Zoll-Apparat in ultramodernem Schwarz, mindestens zehn Jahre jünger als alle anderen Einrichtungsgegenstände im Zimmer. In ihrer frühmorgendlichen Müdigkeit hatte Greta weder diesen Fernseher wahrgenommen, noch den brandneuen Videorekorder darunter.

»Darf ich reinkommen? Es ist ziemlich kalt.«

»Ja«, sagte Lydia. Sie schlurfte ein paar Schritte auf ihren Fernseher zu und sagte dann: »Natürlich.«

Greta schloss die Tür hinter sich. Innen traf sie augenblicklich eine Hitzewand, und die Zeichentrickmusik plärrte so laut, dass sie zusammenzuckte. Zum Glück hatte Lydia die Fernbedienung auf dem Beistelltisch im Gang vregessen, so dass Greta sie schnappte und die Lautstärke herunterregelte. Lydia hatte sich wieder am Rand der Couch niedergelassen und starrte, beide Hände zwischen ihre Knie gepresst, auf den Bildschirm. Sie schien nicht zu bemerken, dass die Lautstärke abgenommen hatte.

»Wissen Sie, wo Ihr Sohn ist, Miss Cutler?«

»Er ist weggegangen. Vor einer Weile.«

»Wie lange ist das her?«

»Vielleicht kurz vor dem Mittagessen. Um die Mittagszeit.«

»Das war vor fast acht Stunden.«

»Das ist in Ordnung. Ich mache mir keine Sorgen«, sagte sie, ohne ein einziges Mal den Blick vom Fernseher abzuwenden.

»Ich wüsste gern, wo er ist, damit ich mit ihm reden kann«, sagte Greta. Sie ging um den Couchtisch herum, der mit Zeitschriften und Avonpackungen, die zum Verkauf gedacht waren, beladen war. Erst als sich Greta zwischen den Fernsehapparat und Lydia stellte, hob die Frau ihre matten Augen, um in ihre zu schauen. Greta wiederholte ihren Wunsch, den Verbleib Quinn Cutlers zu kennen.

»Er hat nicht gesagt, wohin er geht.«

»Können Sie das herausfinden?«, beharrte Greta. »Können Sie jemanden anrufen? Es ist wichtig.«

»Ich wüsste nicht, wen ...«

»Würde Sie mir erlauben, einen Blick in das Zimmer Ihres Sohnes zu werfen?«, platzte Greta heraus.

»Dort ist er nicht. Ich bin sicher, dass er noch nicht zurück ist.«

»Ich möchte trotzdem sein Zimmer sehen. Ich weiß, dass Lucia Moberg direkt vor ihrer Entführung dort war. Ich hoffe, dass sie irgendwelche Hinweise hinterlassen hat, die mich in die richtige Richtung führen.« Ihre Bitte war vollkommen unlogisch. Greta baute auf Lydias Vertrauensseligkeit.

»Ich denke, es ist okay«, sagte Lydia. »Es ist oben links. Aber es ist etwas unaufgeräumt.«

Zehn Sekunden später betrat Greta Quinns enges Zimmer, wo sich die Decke gegen ihren Kopf neigte. Poster mit Mädchen, Motorradzeitschriften, zerknitterte Bettwäsche, schmutzige Klamotten, die über den Boden verteilt waren. Mit dem Fuß stieß sie ein paar Hemden und Jeans zur Seite, um sich einen freien Platz zum Stehen zu schaffen. Dann betrachtete sie das Zimmer wie ein Beweisstück, das vor ihr lag.

Sie öffnete ein kleines Lederetui an ihrem Gürtel und holte den Inhalt heraus – ein kompaktes Päckchen, dass sich zu zwei Gummihandschuhen entrollte. Greta zog sie über ihre Hände. Das Bett vor ihr war ungemacht, die Decke lag zusammengeknüllt in der Ecke und das Spannbettlaken löste sich von der Matratze. Greta legte eine behandschuhte Hand auf die Oberfläche des Bettes. Sie erinnerte sich daran, dass Luc vor ihrer Entführung hier gewesen war, dass irgendeine Befürchtung sie dazu gebracht hatte, diesen beengten Raum zu verlassen, und auf ein noch größeres Unheil zuzusteuern.

Greta zog die Hand weg. Vielleicht hatte sie gehofft, einen Nachklang jenes Augenblicks zu spüren, einen flüchtigen Blick in Lucs Innerstes, aber sie fühlte nichts. Stattdessen ging sie zu einem CD-Regal. Sie bemerkte, dass viele davon noch ungeöffnet in ihren Cellophanverpackungen steckten. Sie nahm sofort an, sie seien gestohlen, doch dann fand sie den Kassenzettel zwischen zwei CDs. Er stammte von Wonderland Music and Video, ausgestellt am Freitag – vor zwei Tagen – und belief sich auf über sechshundert Dollar. Auf der Liste standen mehrere VHS-Kassetten, darunter die *Kleine Meerjungfrau*. Greta nahm an, dass auch Lydias Fernsehgerät und der Videorekorder Neuanschaffungen waren.

Sie öffnete die Schreibtischschubladen und fand weitere Bikermagazine mit leicht bekleideten Mädchen auf den Titelseiten. Darunter stieß sie auf zwei Reparaturhandbücher für Motorräder und ein fünfzigseitiges, spiralgebundenes Notizbuch von Mead mit einem schwarzen Einband. Sie blätterte durch die Seiten und fand nichts außer fahrigen Bleistiftzeichnungen. Kritzeleien, die in Bilder von Drachen übergingen und von Rittern mit blutigen Schwertern und riesigen Schwänzen, die schwarze Flüssigkeiten ausstießen. Ein nackter weiblicher Zombie, deren Fleisch verfaulte, außer dort, wo sich ihre sauber wiedergegebenen Brüste wie zwei üppige Kugeln gegen den offenen Brustkorb abhoben. Wölfe und Dämonen, Skelette und Vampire – ein Bestiarium mittelalterlicher Fetische, das, wie Greta annahm, als Portfolio eines Amateurtätowierers dienen konnte. Auf der letzten Seite hatte Quinn Cutler ein grobes, aber sofort identifizierbares Abbild des Bergarbeiterschädels gezeichnet, den die Skeleton Crew als Emblem benutzte.

Greta stützte sich am Schreibtisch ab, aber ihre Gedanken arbeiteten zu fieberhaft, um sich durch den Schock ablenken zu lassen. Sie ließ ihr Herz rasen, während sie die Wahrheit herausarbeitete. Von ihrem kurzen Gespräch mit Quinn Cutler wusste sie, dass er zu jung war, um Vollmitglied einer Rockergang zu sein, besonders da solche Gangs ihre Anwärter als Eintrittskarte in den Club häufig einen Mord begehen ließen. Er war kein Mitglied, dennoch gab es keinen Zweifel an seiner Komplizenschaft. Egal, ob er nur im Umfeld der Skeleton Crew abhing oder ein richtiger Anwärter war, er war an Lucs Entführung beteiligt. Und er hatte schamlos gelogen, während er dasaß und Zigaretten rauchte und ihr Verschwinden beklagte. Greta unterdrückte die Scham, seine Lügen geschluckt zu haben, weil jetzt keine Zeit mehr für sinnloses Selbstmitleid blieb. Und weil sie tief im tickenden Pendel ihrer Seele seine Schuld erkannt hatte. Ihrer Beweggründe nur halb bewusst, war sie heute Nacht in dieses Haus zurückgekehrt. Sie hatte es gewusst.

Auf der Innenseite des hinteren Umschlags gab es tiefe Eindrücke von Bleistiftstrichen. Greta hielt das Notizbuch unter das Licht der Tischlampe und erkannte den Umriss eines weiteren Bergarbeiterschädels, der sorgfältiger und genauer gezeichnet war. Die Zeichnung war weg, denn die letzte Seite war herausgerissen worden und hatte dünne, zerfetzte Streifen hinterlassen, wo sie von der Spirale abgetrennt wurde. Irgendwann hatte Quinn die Zeichnung mit sich genommen, vermutlich, um sich ein Tattoo davon stechen zu lassen. Wenn Quinn Cutler tatsächlich diese Tätowierung trug und er unterwegs war, um seine brandneue Körperkunst zu präsentieren, dann, so wusste Greta, sollte er um Erlösung beten. Eine Gang wie diese würde niemals einem Anwärter oder einem aus dem Umfeld oder irgendjemandem sonst erlauben, ihr Zeichen zu tragen. Sie fassten das als Urheberrechtsverletzung auf, und Biker waren nicht bekannt dafür, solche Verletzungen vor Gericht einzuklagen.

Greta verließ das Zimmer. Im Gang sah sie das Badezimmer, wo Luc nach Quinns Aussage vorgegeben hatte, sich zu verstecken. Sie drückte die Tür auf und schaltete das Licht an. Sie hatte die verrückte Vorstellung, Luc sei immer noch da, verstecke sich immer noch, sei unversehrt. Für einen Moment erlaubte sie sich den Gedanken, Luc sei eine Komplizin bei diesen Verbrechen – Freund, Wonderland Music, zweckdienliches Verschwinden –, doch diese These war zu widerwärtig, um sie aufrecht zu halten. Was sie anstelle von Luc fand, war ein Waschbecken voller Strähnen und Klumpen von langem schwarzem Haar, das, wie sie wusste, Quinn gehörte. Im Becken lagen außerdem eine Haarschere und mehrere Einwegrasierer, zwischen deren Doppelklingen schwarze Barthaare steckten.

Erneut durchfuhr sie der Adrenalinstoß, den ein Durchbruch verursachte. Unten lief sie in die Küche, wo Lydia Cutler sich Wodka in ein Glas mit Grapefruitsaft kippte. Greta hasste den Anblick dieser Frau, die ihrer Schuldhaftigkeit gegenüber so gedankenlos und vollkommen ignorant war, und sie wünschte, sie könnte ein wenig ihres elterlichen Schuldgefühls auf diese Schlampe abladen.

»Sind Sie sicher, dass Sie nicht wissen, wo sich Ihr Sohn aufhält?«, bellte Greta.

Lydia zuckte zusammen, verspritzte Wodka über die Arbeitsplatte. »Oh«, sagte sie. »Ich habe Sie nicht runterkommen gehört. Ich wünschte, ich wüsste, wo er ist. Ich würde gerne helfen.«

»Sah er irgendwie verändert aus, als er ging?«

»Ja, er hat seinen Kopf kahl rasiert. Es war seltsam.« Sie ergriff ihren Drink, ignorierte den Fleck.

»Nicht seltsam genug, um mir davon zu erzählen?«

»Tut mir leid. Gibt es Probleme?« Sie schlürfte vernehmlich von ihrem Wodka mit Grapefruitsaft.

»So könnte man sagen. Die Leute nebenan. Wie sind die mit Quinn ausgekommen?«

»Er war ein aufmüpfiger Teenager«, gab sie zu. »Er ist viel ruhiger geworden, also habe ich ihr verziehen.«

»Ihr? Wer ist ihr?«

»Die Mutter. Sie hat andauernd die Polizei gerufen. Wegen lächerlicher Kleinigkeiten, wie ich finde.«

»Als hätte sie persönlich etwas gegen ihn?«, fragte Greta. Sie blockierte den Durchgang, um Lydia daran zu hindern, ins Wohnzimmer zu ihrem Disneyfilm zurückzugehen.

»Ja, genau. Sie hat ihn immer von ihrem Fenster aus beobachtet. Merkwürdig. Aber er ist ruhiger geworden und jetzt verhält er sich tadellos. Letzten Monat bin ich zufällig über sie hergezogen und Quinn hat mit mir geschimpft, weil ich so über sie geredet habe. Ich habe mich deswegen ganz schön geschämt. So hat er sich geändert. Er hat sogar einen Auflauf für sie gemacht, als ihr Ehemann … er hat ihn selbst rübergebracht.«

»Hat er in letzter Zeit andere nette Dinge getan? Ihnen zum Beispiel den Videorekorder und den Fernseher dort drinnen gekauft?«

Lydia grinste wie ein Backfisch. »Ja«, schwärmte sie.

»Haben Sie ihn gefragt, woher er das Geld dafür hat?«

Das Lächeln erstarb. Sie stellte ihren Drink zurück auf die Platte. »Ich wollte nicht herumschnüffeln.«

Greta wollte Lydia Cutler aufklären, dass ihr menschenfreundlicher Sohn an einer Entführung und vielleicht an einem Mord beteiligt war, dass Mami ihre Bastardbrut am besten aus dem Gedächtnis streichen sollte, denn egal wie, er war für immer am Arsch, und dass die schlechteste Entscheidung, die Lydia jemals getroffen hatte, die gegen eine Abtreibung gewesen war. Stattdessen fragte sie: »Könnten Sie mir die Telefonnummer der Rektorin der Hammersport Highschool geben?«

DER SCHLÜSSEL DREHTE sich erneut im Schloss. Eine plötzliche Panik beschleunigte ihren Puls und ihren Atem und Luc kroch von der Tür des Anhängers weg, wo sie gelegen hatte. Sie drückte sich mit beiden Handflächen gegen das kalte Metall der Rückwand, während der Riegel aufsprang und die Tür hochgeschoben wurde. Im grellen Licht erschien ihr Besucher als Schatten. »Geh weg!«, schrie sie. Ihre Stimme prallte gegen die Metallwand und sprang zurück gegen ihre Trommelfelle.

»Komm mit rein, um etwas zu essen.«.

»Leck mich«, sagte Luc zu ihm.

Er zog an seiner Zigarette – ein oranger Feuerpunkt ragte aus seinem Gesicht. »Sag nicht, ich hätte nicht versucht, freundlich zu sein, Schlampe. Und nun schieb deinen Arsch da raus. Außer, du möchtest, dass sich reinkomme und dir ein paar Zähne ausschlage.«

Luc presste ihre nackten Knie in den Dreck und kroch. Sie war auf der Hut vor Waffen oder einer unerwarteten offenen Hand, die sie packen und hinunterdrücken und an ihren Kleidern zerren könnte. Sie war jetzt nah genug, um zu erkennen, dass er tatsächlich eine Waffe auf sie gerichtet hatte. Diesmal fand sie sicheren Stand im Schnee, aber ihre Knie wollten nicht stillhalten.

»Komm schon«, sagte er. Seine Stimme war flach und genervt. Er klemmte seine freie Hand unter ihre Achsel und zog sie hoch. Sie taumelte und ihre Beine wackelten wie die eines neu geborenen Rehkitzes.

Hohe Kiefern, das Auto, die Hütte, die weichen Schneeberge – alles in sonnenbeschienene Wasserfarben getaucht. Während sie ging, blitzten seltsame Bruchstücke von Klarheit in ihren Augenwinkeln auf. Jede einzelne Nadel an einem Kiefernzweig, jede wie ein Dolch aus Samt. Die kristallinen Hirschspuren im Schnee. Ein Knöchel an der linken Hand ihres Entführers, der von einer frischen Verletzung schorfig und geschwollen war. Sie verstand nicht, was diese selektiven Wahrnehmungen mitteilen sollten, welche Verheißungen sie machten.

Luc stapfte durch den Schnee, der ihre Stiefel bis zum obersten Schnürloch verschluckte. Sie hatte kaum genug Kraft, um sie wieder herauszuziehen. Sie gingen an einem verrosteten Traktor vorbei, der aussah, als sei er seit Jahrzehnten nicht mehr bewegt worden. Vor ihnen öffnete sich die Fliegengittertür und jemand lehnte sich aus der Türöffnung, jemand mit einer wilden Mähne aus hellen, gebleichten Haaren. Wenn ihr Entführer sie jetzt erschießen würde, fragte sich Luc, würde sie den Einschlag spüren, bevor sie den grellweißen Schnee mit ihrem Blut befleckte, oder würde sie sterben, bevor sie überhaupt wusste, dass sie starb?

Luc stolperte über die beiden Ziegelstufen der Veranda, aber ihr Entführer umklammerte noch immer ihren Arm und seine Stütze bewahrte sie davor, ihren Kopf auf dem Beton aufzuschlagen. Er zog sie zurück auf die Füße und drückte so fest über ihrem Ellbogen zu, dass ihre Finger vor Blutarmut prickelten. Er befahl ihr, aufzustehen und weiterzugehen. Die Frau auf der Veranda trat zur Seite und hielt die Tür auf. Sie trug ein extralanges T-Shirt, das ihr bis zu den Knien reichte und das ihre Schwangerschaft ausbeulte – eine riesige Kugel, die den Monstertruck-Aufdruck auf dem Stoff dehnte und verzerrte. Sie hatte dicke Socken an, die über ihre Knöchel heruntergerollt waren, und grinste, als Luc vorbeiging. Für eine Sekunde war sie so deutlich zu sehen, dass Luc den Schimmer von Lipgloss um ihren Mund und den glatten öligen Glanz auf ihrer Haut bemerkte. »Hallo«, sagte die Frau und zeigte ein breites Lächeln, als begrüße sie einen Gast zum Abendessen.

Die Hitze im Inneren war heftig. Sie attackierte Lucs Lungen, erstickte sie. Ihre Haut erwachte wieder zum Leben und brannte. Die plötzliche Luftveränderung traf sie so heftig, dass die glaubte, ihre Knochen würden krachen und splittern wie das Holz im Ofen. Der Entführer lotste sie in eine Küche, zog einen Stuhl unter dem Tisch hervor und drückte sie auf den Sitz. Luc parierte. Sogar mit ihren tauben und geschwollenen Fingerspitzen spürte sie die Furchen im Tisch.

Ihr Entführer ließ die Waffe in ein braunes Lederhalfter an seinem Gürtel gleiten. »Gib mir deine Hände«, sagte er, aber er wartete nicht auf sie. Er packte ihr nächstes Handgelenk und bog ihren Arm zurück, schob ihn durch zwei vertikalen Streben im Stuhlrücken. Jemand in der Hütte murmelte Namen und Zahlen. Nur langsam begriff Luc, dass im Radio ein Hockeyspiel der Rochester Amerks übertragen wurde. So vertraut, und doch befand sich Luc in unerreichbarer Entfernung zu irgendjemandem, der ihr helfen konnte. Sie war verloren in einer fremden Welt, parallel zu jener, die sie verlassen hatte. Ihr Fleisch pochte, doch sie achtete nicht darauf, selbst dann nicht, als neue Plastikriemen in ihre alten Wunden schnitten und den Schmerz in ihrem verstauchten Handgelenk verdoppelten.

»Muss das wirklich sein?«, fragte die Stimme eines zweiten Mannes.

»Halt den Mund«, sagte der Entführer. Eine Minute später hatte er ihre Schienbeine an den Stuhlbeinen oberhalb der horizontalen Streben festgebunden, damit sie die Riemen nicht nach unten abstreifen konnte. Der zweite Mann in der Küche war verschwommen, aber Luc konnte seinen dunklen Umriss am anderen Ende des Tisches sitzen sehen. Er verschlang einen Teller mit etwas, was aussah wie rohe, blutige Innereien, aber Luc konnte nicht scharf genug sehen, um sicher zu sein.

Sie fühlte sich, als sei sie immer noch halb in ihrem Traum mit der Heiligen, die magische Klarheit in ihre Augen tupfte. Sie hatte bereits Andeutungen dieses wundersamen Sehens wahrgenommen, als sie von ihrem Gefängnis hierher gegangen war, doch am meisten ersehnte sie einen Blick nach innen, damit sie sich auf das Durcheinander der Gefühle konzentrieren konnte, das durch ihr Herz peitschte. Die schwangere Frau stand beim Holzofen, zu weit entfernt für Luc, um etwas anderes als die pulsierende Masse ihrer Körpers zu erkennen. In dieser Welt sahen alle formlos aus. Alles pulste und atmete, während Lucs Augen versuchten zu sehen und dabei scheiterten.

»Du wirst essen«, sagte der Entführer. Er griff einen Kochtopf und knallte ihn vor ihr auf den Tisch. Ein Holzlöffel lehnte innen gegen den Rand, und im Topf befand sich Fertignudelsuppe mit Huhn: Nudeln in der Form von Sternen und kleine Hühnchenwürfel. Beides dampfte. »Komm rüber und hilf ihr«, sagte er.

Der Mann auf der anderen Tischseite bewegte sich nicht, aber die Frau rutschte herüber. Nah genug, dass Luc es erkennen konnte, brannte ein Petroleumbrenner mit blauer Flamme unter einer Pfanne, in der etwas brutzelte, das nach Frühstückswürstchen roch. Der Entführer zog einen Stuhl zurück und die schwangere Frau nahm Platz, immer noch grinsend – vielleicht eine Grimasse schneidend. Sie ergriff den Holzlöffel und hob ihn an Lucs Lippen. Luc nippte die Brühe, die glitschigen Nudeln, die ihre Zunge verbrannten. Sie wollte sich nicht füttern lassen, aber sie hatte keine Kraft mehr, um sich zu wehren.

»Isst du die Würstchen?«, fragte der Entführer.

»In einer Minute«, sagte die Frau. »Im Augenblick habe ich keinen Hunger.«

»Sei nicht zickig. Du brauchst viel Eiweiß. Iss auch noch diese Eier. Ich brate sie gleich. Mein Junge braucht Proteine.«

»In Ordnung«, sagte sie. Dann fragte sie Luc: »Ist es zu heiß?«

Luc antwortete nicht, gestikulierte nicht einmal. Brühe lief an ihrem Kinn herunter und über ihren Hals und ihren Kragen. Die Wärme weckte ihren Geruchssinn, und über den Geruch von Suppe und Wurst und Holzfeuer nahm sie die saure Ausdünstung der urinbefleckten Decke wahr, in die sie sich einwickeln musste.

Luc bemerkte außerdem ein Tattoo auf der Innenseite von Tanyas Unterarm. Es besaß die Größe einer Spielkarte und in dem flüchtigen Blick sah es aus wie ein Wolf, der aufrecht auf den Hinterbeinen stand und eine lange Schnauze, scharfe Zähne und einen fassförmigen Oberkörper hatte. Seine roten Augen waren zwei helle Flecken wie entzündete Einstichstellen.

»Das ist eine gute Übung«, sagte die Frau. »Mit dem Löffel füttern.«

Der Entführer zog die Nase hoch. Er drehte ihnen den Rücken zu und schlug Eier in die Pfanne. Luc dachte an all die Märchen, die sie gehört hatte – diejenigen, in denen Kinder tief in den Wäldern auf Hütten stießen, und in diesen Hütten brannten immer die Öfen, waren stets heiß und bereit für ihre Ankunft. Karotten und Kartoffeln und Brühe kochten, warteten auf die Zugabe von Fleisch.

Der zweite Mann auf der anderen Seite des Tisches saß still und trüb da, aß sein blutiges Mahl.

Die Frau lehnte sich zu Luc und sagte: »Ich bekomme ein Baby.«

»Das kann sie sehen. Sie ist nicht so blöd wie du«, sagte der Entführer.

»Ich kann gar nichts sehen«, sagte Luc.

»Deine Brille ...«, sagte jemand, eine Stimme, die merkwürdig vertraut klang.

»Ja, das waren ein paar echte Glasbausteine«, unterbrach der Entführer. »Wahrscheinlich kannst du wirklich nichts sehen. Es ist gut, dass du nicht siehst, wie demoliert dein Freund ist.«

Für einen Augenblick sah sie den Mann auf der anderen Tischseite vollkommen deutlich – die scharfen Bögen seiner Wangenknochen, ein Auge zugeschwollen und ein Verband um den Kopf. Er kaute auf toten Fetzen rissiger Haut an seiner Unterlippe. Sein Kopf war kahl rasiert und er sah aus, als sei er gerade aus einem Quarantänelager entflohen, aber es war unmöglich, den Jungen nicht zu erkennen, den sie fast geliebt hatte.

GRETA PARKTE AUF dem Gelände der staatlichen Schule von Hammersport – Kindergarten bis Universität, alles auf einer Quadratmeile. Die Highschool lag neben dem Unicampus und unterschied sich kaum von den anderen öffentlichen Ziegelsteingebäuden aus der Zeit der Weltwirtschaftskrise. An einem Sonntag waren ihre Reifenspuren die einzigen auf der dünnen Schicht aus Schneematsch, die der beständige Schneefall auf der Asphaltdecke des Angestelltenparkplatzes hinterlassen hatte. Sie sprang aus ihrem Taurus und lief zu einem Gehweg, den ein Dach vor dem nassen Schnee schützte. Die ganze Kraft des Windes brannte auf ihren Wangen und verbog ihre Finger zu Klauen, als sie nach dem Hörer des öffentlichen Telefons griff. Selbst das Plastik war so kalt, dass es ihre Ohren schmerzte, doch sie presste sich an die Wand und warf eine Münze ein.

Es klingelte dreimal, bevor Moe abhob. Greta sprudelte die Geschichte heraus, erzählte, was bei Lydia Cutler passiert war, was sie in Quinns Zimmer gefunden hatte. Moe schwieg während ihres Berichts. Er brütete. Sie wusste, er würde tagelang brüten, weil er versäumt hatte, Quinn Cutler auf die Liste der Verdächtigen zu setzen, insbesondere wo jetzt die Fakten in fett gedruckt dastanden.

Als sie geendet hatte, sagte Moe: »Hast du das Notizbuch?«

»Eingetütet. Und sobald ich aufgelegt habe, werde ich die Polizei von

Hammersport anrufen, damit sie das Haus überwachen, falls Cutler sich entschließt, nach Hause zurückzukommen.«

»Okay«, sagte Moe. »Ich akzeptiere, dass Cutler fähig ist, die Fünftausend zu stehlen, aber dann ist das Motiv für Mason Renaults Überfall fraglich. Er kommt, um das Geld zu holen, aber Cutler gibt es bereits seit Tagen aus. Diese Drecksäcke könnten versuchen, Vorteil aus einer zutiefst verwirrten Frau zu ziehen und weitere Fünftausend aus ihr herauszuquetschen. Außer ...«

Selbst über das Telefon konnte Greta die Räder in seinem Kopf rattern hören.

»... außer«, wiederholte er, »niemand weiß, dass Cutler das Geld hat. Nicht einmal die Skeleton Crew. Immerhin ist er nicht mal Mitglied. Also wissen sie nicht, dass er das Geld hat und er wird es nicht verraten. Es ist ganz sicher nicht dafür bestimmt, dass er es für Musik und Fernseher ausgibt. Also war er an dem Überfall und der Entführung beteiligt. Er hat gedacht, er hätte alles im Griff.«

»Wenn das wahr ist, dann ist Cutler ein wirklich idiotischer Dieb«, sagte Greta. Sie brüllte gegen den Wind, um gehört zu werden. »Eine Rockergang zu beklauen, ist ein sicherer Weg, sich selbst umzubringen.«

»Vielleicht ist er auf der Flucht vor denen. Hat sich den Kopf geschoren, um sich zu tarnen.«

Zum Schutz gegen die Kälte drückte sich Greta an die Ziegelfassade. Sie sprach durch zusammengebissene Zähne. »Ich versuche mir vorzustellen, woher Cutler wusste, wo das Geld war. Ich meine, wer wüsste schon, dass er unter einem Trockner suchen muss? Ich glaube, entweder hat Luc ihm törichterweise davon erzählt, oder Blair Moberg hat es ihm selbst gegeben.«

»Dann wäre Cutler der ursprüngliche Mittelsmann für die Bezahlung?«

»Er muss nur behaupten, die Übergabe hätte nie stattgefunden. Die Amnesie besorgt den Rest, und Luc Moberg wird grundlos gekidnappt. Sie dachte, dieses Arschloch sei ihr Freund, Moe.«

»Würde es ein gerechtfertigter Grund weniger hässlich machen?«, fragte Moe.

Als Nächstes rief Greta die Polizei von Hammersport an und bat darum, das Haus der Cutlers zu überwachen. Während sie Anordnungen traf, fuhr ein grauer Minivan in die Parklücke, die für die Schulleitung reserviert war. Greta legte auf und traf die Schulleiterin auf dem Gehweg. Sie war eine Frau in Gretas Alter und hatte sich heute Abend mit Perlen, Parfüm und einer Hundert-Dollar-Frisur herausgeputzt. Die Art von Aufmachung, die man trug, wenn man etwas Besseres mit seinem Sonntagabend vorhatte. Die dämmrige Kälte ließ sie grinsen wie eine Irre.

»Danke, dass Sie gekommen sind, Dr. Torelli«, sagte Greta, hielt ihre Marke in der Hand.

»Sie hatten Glück, dass Sie mich zu Hause erwischt haben«, schnappte die Schulleiterin. »Ich wollte gerade ausgehen.«

Greta wartete, dass Torelli die Türen aufschloss, Lichter anschaltete und dann die Polizei von Rochester anrief, damit diese Gretas Befugnis bestätigte. Am Ende dieser Geduldsprobe rang Greta ihre Hände, folgte der Rektorin endlose Gänge entlang und ein paar Treppen hinauf, um schließlich vor Quinn Cutlers Schließfach anzukommen. Es hatte ein Zahlenschloss, doch Torelli hatte die passende Kombination bereits in einem Handbuch nachgeschlagen. Sie drehte am Schloss – rechts-links-rechts – und die Tür sprang auf. Da Schulschließfächer öffentliches Eigentum waren, war kein Durchsuchungsbeschluss nötig.

Sie fanden einige Schulbücher und lose Blätter aufgestapelt am Boden des Fachs, eine Jeans und ein paar CDs im mittleren Fach. An der Tür klebte nichts, außer einem dieser mattierten Spiegel, die Jugendliche auf Jahrmärkten gewannen. Der hier zeigte das Wort METALLICA in scharfen 3D-Buchstaben. Auf dem obersten Regalboden lagen zwei Dinge: eine Schachtel Camel mit drei Zigaretten und eine schwarze Fünfeinviertel-Zoll-Floppydisk ohne Beschriftung.

»Gibt es hier einen Computer, den ich benutzen kann?«, fragte Greta mit der Diskette in der Hand.

Torelli seufzte und schaute auf ihre Uhr, doch Greta bot keine Entschuldigungen an.

LUC WOLLTE SCHREIEN und auf Quinn einschlagen, wie es jeder wütende Primat tun würde. Sie wollte ihm bei lebendigem Leib die Haut abziehen, für die Hölle, durch die er sie geschickt hatte. Doch sie spürte auch diesen merkwürdigen Drang zu ihm hin, eine Hoffnung, dass er hier war, um sie vor diesem schrecklichen Ort zu retten. Massiver schwarzer Hass, der von so vielen Strahlen der Hoffnung durchbrochen war, dass er wirkte wie ein Nachthimmel voller Sterne.

»Scheiß auf dich, Quinn«, murmelte sie. »Scheiß auf dich für alles.«

»Luc ... komm schon ... ich wollte nicht, dass irgendetwas davon passiert«, sagte Quinn.

»Das ist das, was du dafür kriegst, dass du ein Arschloch bist, Red«, höhnte der Entführer.

»Was habt ihr mit mir vor?«, fragte Luc. Doch die schwangere Frau erstickte ihre Frage mit einem weiteren Löffel Suppe. Das Unterarmtattoo der Frau kam wieder in ihr Blickfeld, doch anstatt wie ein Wolf, sah es jetzt eher aus wie eine Frau, die nackt und der Länge nach in der Mitte halbiert war, so dass die eine Hälfte schwarz und die andere weiß war. Tätowierte Flammen züngelten um die Figur, und die gleichen roten Nadelstich-Augen starrten aus ihrem zweifarbigen Kopf.

»Kümmere dich nicht darum, was ich tue«, sagte der Entführer. »Mein Geld einsammeln, das ist alles.«

»Es wird alles gut, das weiß ich. Mach dir keine Sorgen«, sagte die Frau zu Luc.

»Halt den Mund, Tanya«, sagte der Entführer. Er stieß die zischenden Würstchen mit dem Bratenwender an.

»Ich wollte nur ... sie hat Angst«, sagte die Frau, die soeben Tanya genannt worden war. Luc versuchte, diesen Namen aus ihrem Gedächtnis zu streichen. Sie wollte nichts wissen, denn Wissen war tödlich, doch das Wort hatte sich bereits für immer in ihr Hirn eingebrannt.

»Wie willst du jetzt an das Geld kommen, Brick?«, drängte Quinn.

Brick konnte nicht sein richtiger Name sein, doch Luc kannte jetzt ein weiteres Kennwort zur Hölle.

Der Mann namens Brick wedelte mit dem Bratenwender wie mit einer Fliegenklatsche. Er drehte sich zu Quinn und bellte: »Warum sagst du es mir nicht, Arschloch? Sie ist deine Nutte, warum gibst du mir keinen Tipp? Warum erzählst du deiner kleinen Freundin nicht, was du im letzten Jahr so getrieben hast, du kranker Bastard?« Er verstellte seine Stimme comicartig und fügte spöttisch hinzu: »Ich wollte es nicht tun, ich wollte es wirklich nicht.«

»Die Frau hat eine Hirnverletzung, Mann. Was sollen wir tun?«, fragte Quinn.

»Das ist Schwachsinn«, sagte Brick. Er zeigte mit dem Bratenwender auf Luc. »Lass mich dir etwas erklären, Kleine. Deine Mom ist einen Scheißdreck wert, nachdem was sie getan hat. Du hast keine Ahnung.«

»Du musst nicht dorthin zurückkehren«, sagte Tanya. »Diese Frau ist keine Mutter für dich. Was für eine Art Mutter soll sie sein?«

»Halt einfach den Mund und iss diese Würstchen«, sagte Brick. Er knallte die Pfanne auf den Tisch.

»Möchtest du eine?«, fragte Tanya Luc.

»Hey«, sagte Brick. »Die sind für meinen Jungen, verstanden? Wenn du nur einen Bissen von dieser Wurst nimmst, schlitze ich dir hier an meinem Frühstückstisch die Kehle auf. Ich lass dich direkt hier verbluten und scheiß auf das Geld deiner Mutter.«

Selbst während der Mann namens Brick ihr einen gewaltsamen Tod androhte, presste seine Freundin einen weiteren Löffel mit Suppe gegen Lucs geschlossenen Mund. Die Frau schien blind für Bricks Wut, als schwinge diese auf einer Frequenz, die sie nicht empfangen konnte. Ihre Tätowierung hatte sich abermals verändert, diesmal in eine riesige Schlange, die in sich verschlungen war, schuppig und schwarz mit rot brennenden Augen.

»Ich will nur sagen, dass du vielleicht auf das Geld verzichten musst«, beharrte Quinn.

Brick zog seine Waffe heraus. Es war ein silberner Fleck, doch Luc brauchte keinen klaren Blick, um zu wissen, womit er zielte. Ihre Arme spannten sich an, so dass die Riemen in ihre schorfigen Handgelenke schnitten.

Brick sprang auf Quinn zu und schlug ihm den Kolben ins Gesicht, eine schnelle Bewegung wie das Anziehen eines Rasenmähermotors. Und Quinn ließ es geschehen – hob kaum die Hand, um sich zu schützen. Beim Aufschlag wurde er schlaff, kippte in seinem Sitz nach vorne, dann krümmte er sich auf dem Boden, beide Hände gegen seine Nase gepresst. Tanya warf den Holzlöffel zurück in den Topf und hielt sich beide Ohren mit den Handflächen zu, aber es gab kaum ein Geräusch, das sie fernhalten musste. Nur Quinn, zu Boden geschlagen und in seine Hände schnaufend, als atme er durch eine Taucherausrüstung.

»Erschieß ihn«, sagte Luc.

Ihr Blick fokussierte sich auf die silbernen Kerben auf dem Lauf der Waffe.

Brick lachte künstlich. »Vielleicht sollte ich es dich tun lassen, Mädchen. Es scheint, du willst diese Ehre wirklich. Hast du gehört, Quinn? Sie will dir selbst das Hirn wegpusten.«

Quinns Grunzen klang feucht und gurgelnd.

»Weißt du, wenn du mich vor einem Jahr gefragt hättest ... selbst vor ein paar Monaten ... ich hätte dieses Arschloch zu meinen wenigen Freunden auf dieser Erde gezählt. Oder zumindest zu denen, die es Wert sind ... wie nennt man das? Schützling. Aber ich muss dir sagen, im Gegensatz zu dem, was er von sich denkt, taugt er einen Scheiß. Er war es, weißt du. Er war derjenige, der den ganzen Mist mit deinen Eltern ins Rollen gebracht hat, und dann hat er alles vermasselt. Und jetzt sind wir alle hier, ein Haufen blöder Arschlöcher. Ehrlich gesagt, Quinn, ich glaube, diese junge Lady hier hat einen guten Schuss auf dich verdient.«

Brick langte über Tanyas Kopf hinweg. Er streckte Luc die Waffe umgedreht hin. Sie zielte direkt auf sein Herz. Luc wollte glauben, sie könnte die Waffe ergreifen und die vorübergehende magische Klarsicht würde ihr jetzt helfen – ihr Blick wäre lange genug klar, um diese beiden Männer zu erschießen. Sie könnte es ohne Zögern tun, aber natürlich war das nur Fantasie. Ihre Hände waren immer noch an den Stuhl gefesselt.

»So ein Pech«, witzelte Brick. Dann steckte er die Waffe wieder ein.

Im Büro von Rektorin Torelli beugte sich Greta über den Schreibtisch, während der Computer hochfuhr. Als der Startbildschirm erschien, steckte sie Quinns Diskette in das Laufwerk, legte den Riegel um, klickte zweimal auf den Ordner. Ein einziges Dokument erschien. A:\\Blair. Greta öffnete es und las:

> lieber q,
> ich hasse es zu schreiben aber wir haben niemals zeit zu reden. selbst wenn wir es tun kann ich nicht ausdrücken was in meinem Kopf durcheinander geht. ich weiß ich bin verrückt und bezweifle dass mein schreiben es besser macht aber ich muss mein herz ausschütten. verstehst du? ich arbeite und du bist in der schule also warum müssen wir dieses dumme spiel spielen? warum nicht einfach abhauen? ich mache gerade alleine meine frühstückspause im shopmor. ich frage mich was du gerade machst. wenn ich jemals den mut habe dich dies lesen zu lassen dann behalte bitte nur die wichtigen teile und vergiss den rest es ist unwichtig. du weißt schon das wichtigste ist dass wir dieses geheimnis vor allen bewahren. ich habe dir bereits gesagt ich möchte oscar nicht wehtun denn er ist ein schwacher mann trotz all seiner intelligenz. ich möchte ihm nicht wehtun denn er ist eigentlich gut aber ich glaube er hat die illusion dass er mich nach all der zeit noch liebt. er sagt es mir und ich glaube ihm obwohl ich dieses gefühl nicht mehr verstehe. liebe ist chemie und irgendwann ist sie vorbei und was bleibt ist die schuld die man fühlt weil man sie verloren hat. und die schuld fühlt sich an wie liebe gibt vor liebe zu sein. sag mir niemals dass du mich liebst.

lieber q,
können du und ich ein leben zusammen haben? wir können nicht einmal unsere gesichter zeigen. es ist als wären wir in diesem GEFÄNGNIS eingesperrt. das leben ist nur möglich in meinem haus und zu bestimmten zeiten. ich fürchte du wirst wegen mir die schule nicht schaffen. dieser ort und die meckernden Kunden den ganzen tag machen mich krank. ich sollte einen uniabschluss haben aber natürlich habe ich den ihm zuliebe gelassen und irgendwie bin ich in diesen leben hängen geblieben. Ich wollte nicht so negativ sein es ist nur diese STIMMUNG. ich kann dem nicht entfliehen mich schuldig zu fühlen und alles zu bedauern. ich weiß es tut dir weh aber es ist die wahrheit. manchmal denke ich wir sind wegen der schuld zusammengekommen. erinnerst du dich wie ich dich gehasst habe und wie unfreundlich ich dich behandelt habe weil ich angst vor dir hatte und wie ich mich im recht fühlte. ich dachte ich stünde ÜBER dir aber heute denke ich wer ich bin hat nichts mit dem zu tun wer ich wirklich bin.

lieber q,
manchmal denke ich wenn ich ihm von uns erzählt hätte würde er sagen dass er das bereits seit langem weiß und nur seinen mund hält weil er nicht will dass sich etwas ändert. alles um ihn herum muss immer gleich bleiben oder er kann nicht denken sagt er. das ist alles was ihn kümmert. es gibt etwas über den tag als du ins shopmor gekommen bist und ich dich erwischt habe wie du diese sonnenbrille geklaut hast das ich dir noch nie gesagt habe. du dachtest es wäre reiner zufall aber ich habe dich verfolgt seit du in den laden kamst. nicht weil ich dich anmachen wollte oder so sondern weil es mich erregt hat. was ist los mit mir das mich so etwas erregt? als du in mein haus kamst um dich zu entschuldigen war es bereits zu spät für mich. aber die entschuldigung war quatsch wir beide wissen das. die entschuldigung war sex. denkst du jemals daran zurückzugehen um die dinge auszulöschen die du bedauerst?

lieber q,
wenn ich versuche ihm zu sagen dass ich ihn verlassen will versteht er es nicht oder weint. ich kann es nicht lassen ihn ebenfalls lieben zu wollen damit ich ihn niemals verlassen muss bis es mich WAHNSINNIG macht. es ist schlimm an oscars gefühle zu denken aber meine scham ist schlimmer. ich hätte es lieber er verschwände aus meinem leben als dass er es herausfindet. ich möchte das mit dir beenden denn es ist nichts als einfache langweilige lust. also warum können wir es nicht? lass uns bitte aufhören. ich frage mich, warum du? denn du bist so nah und es scheint du bist schon immer da gewesen. wenn ich nachts nicht schlafen kann liege ich in meinem bett und denke dass du nur ein paar meter entfernt schläfst oder vielleicht sind meine gefühle außer rand und band. ich kann nicht mehr zwischen liebe und hass unterscheiden. ich wünschte es gäbe eine tablette die alle gefühle unterdrückt. wir lieben keine menschen wir lieben den glücklichen zufall heuchelei schicksal tragödie ironie das ist alles.

Für fünf stille Minuten verlor sich Greta in Blair Mobergs verworrenem, rasendem Kopf – die Bruchstücke des Lebens einer anderen Frau prasselten auf sie ein wie Steine, die von einer wütenden Menge geschleudert wurden. Die Briefe selbst waren undatiert und das jüngste »letzte Änderung«-Datum war der 12. September 1980. Ein Kalenderfehler, der das Dokument um mehr als ein Jahrzehnt falsch datierte. Nichts wies darauf hin, wie oder wann Quinn Cutler die Diskette erhalten hatte – oder ob er die Briefe selbst gefälscht hatte, was unwahrscheinlich war. Greta wusste, diese Briefe waren nicht erfunden. Sie durchströmten sie mit zu viel Verständnis, zu viel Wahrheit. Sie konnte erkennen, dass Blairs Motiv nicht so kalt berechnet war wie eine Versicherungsauszahlung. Schuld und Furcht hatte aus ihr jemanden gemacht, der einen Mord in Auftrag gab, und sie war zu verwirrt, um zu begreifen, dass Oscars Tod diese gefräßige Angst noch nähren würde. Sie ist zu anderen Heilmitteln übergegangen – etwa die

Weigerung die zweite Rate zu zahlen, etwa einen Selbstmordversuch zu unternehmen.

»Ermittlerin Hurd?« Die Stimme der Schulleiterin rief sie erneut, ungeduldig.

»Eine Minute«, sagte Greta. Sie war in diese Briefe eingetaucht und die Stimme traf sie so leise und entfernt, dass sie Torelli kaum verstand. Was sie deutlicher hörte, war das Phantomklappern von Blair Mobergs Fingern, die aufgewühlt in ihre Tastatur tippten – rasend, um ihre Seele mit diesen wilden Worten zu erlösen, und die dabei doch nichts retteten. Es war die mentale Hölle, sich so in das Leben eines anderen zu vertiefen, selbst wenn es die Lösung eines Falles bedeutete.

SPÄTESTENS SEIT DER ANSTRENGUNG ihres Bowlingspiels spürte Tanya dumpfe Schmerzen in ihren Eingeweiden. Sie kannte ihren Unterleib, deswegen machte sie sich zunächst keine Sorgen, nicht bis ein tiefer und unbarmherziger Krampf sie an der Spüle in der Küche nach Luft schnappen ließ. Sie wusch gerade das Geschirr in Wasser ab, das sie extra dafür heiß gemacht hatte. Sie presste ihre feuchte, schaumige Hand gegen ihren Bauch und es fühlte sich an, als hielte sie eine eiserne Abrissbirne. Dreißig Sekunden lang überwältigte es sie, dann war es vorüber.

Sie war allein in der Hütte, beschäftigte sich mit sich selbst. Mason war immer noch draußen, um mehr Brennholz zu sammeln. Red und Lucia waren im Anhänger weggesperrt, alle beide. Nach dem Essen waren sie mit vorgehaltener Waffe hinübergeführt worden, die Hände über den Köpfen wie Soldaten auf dem Weg ins Gefangenenlager, dabei waren sie beide noch Kinder. Red stammte aus einer Welt, die Tanya unwirklich vorkam, deswegen hatte sie nie vermutet, dass er sich mit ihnen abgeben würde. Sie hatten ihn vor etwa drei Jahren auf einem Rummelplatz kennengelernt und er schlich sich an Mason heran – Bruder Brick, mit seinem Chopper und seiner harten Attitüde. Red wollte zur Crew gehören, aber er war zu weich und vorstädtisch. Er hatte sich dafür abgerackert, und jetzt hatte er nichts vorzuweisen, was diese Hoffnung nährte, außer seinem Aufenthalt in der eisigen Zelle.

Seit dem Essen wünschte Tanya, sie hätte diesen dummen Jungen niemals mitgenommen, aber im Augenblick sorgte sie sich mehr um sich selbst, fürchtete, die Unterleibsschmerzen würden bald wiederkehren. Sie spähte aus dem Küchenfenster nach einem Hinweis auf ihren Freund. Stattdessen sah sie Buck Hansons Pick-up die Straße heraufkommen. An den Dodge Ram war ein Schneepflug montiert. Er wurde langsamer und bog zur Hütte ab, warf einen Wall aus hartem Schnee auf den Privatweg. Der Caddy stand im Weg, deswegen bahnte sich der Pick-up eine Schneise um ihn herum. Eingerahmt von der Windschutzscheibe saß Buck auf dem Fahrersitz und neben ihm seine Frau Brenda, den Dobermann auf ihrem Schoß. Die Scheibenwischer stießen den starken Schneefall beiseite.

Dann gab es auch weiter hinten Bewegung – erst sprang eines, dann ein zweites Schneemobil hügelabwärts aus dem Wald. Sie glitten auf die Hütte zu. Die beiden behelmten Fahrer brausten heran, um dort zu halten, wo der Pick-up stand. Beide Schneemobile waren in grellen, glitzernden Farben gespritzt wie Kinderspielzeuge. Eine Fahrerin war die Lesbe Paula, genannt Dread, wegen ihrer Dreadlocks, die wie ein Bündel Stäbe unter ihrem Helm hervorsprossen. Der andere, so nahm sie an, war der Mexikaner Gordo, zu erkennen an seiner grobschlächtigen Figur, die den gepolsterten Sitz des Schneemobils ausfüllte.

Buck Hanson rutschte von der Fahrerkabine des Pick-up herunter. Er trug seinen schwarzen Lederhut mit dem silbernen Kuhschädel in der Mitte der Stirn. Während sie ihn beobachtete, versuchte Tanya, seinen finsteren Blick zu deuten, aber im Interpretieren von Gesichtsausdrücken war sie noch nie besonders gut. Diese vier waren, so viel wusste sie, der innere Kreis der Skeleton Crew. Sie waren aus der Welt der Lebenden zu ihnen heraufgekommen. Von dort, wo Tanyas Gesicht auf jeder Zeitung prangte und vielleicht auf jedem Fernsehkanal gesendet wurde. Sie kam sich vor wie eine Kuh mit einem Brandzeichen, die keinen Verstand dafür hatte, vorherzusehen, ob sie Milch oder Fleisch liefern sollte.

Sie wandte sich vom Fenster ab, um den Brenner für mehr heißes Wasser anzuzünden, aber nach wenigen Sekunden blinzelte sie erneut durch ein Loch im zerrissenen Plastik vor dem Fenster. Mason war jetzt bei ihnen, lehnte gegen die Motorhaube des Pick-up, nickte zu Bucks Vortrag. Tanya konnte nichts hören – nichts als schnelle Lippen und hinaufstoßende Arme. Mason tat ruhig, aber Tanya wusste, dass er den ganzen Morgen zwischen Trübsinn und Ärger und zurück zu Trübsinn schwankte. Er hatte Radio gehört und schwarzen Kaffee getrunken, erschrak vor plötzlichen Stößen, die nur in seinem Kopf zuckten. Seit er die Radiobatterien eingelegt hatte, wusste er, dass Tanyas Gesicht öffentlich bekannt war. Er hatte die Nachricht mit keinem Wort kommentiert, und sein Schweigen ängstigte Tanya am Allermeisten.

Dread stolzierte herein und grinste, während sie ihre Jacke auszog und über die Sofalehne warf. Darunter trug sie nichts als ein weißes Tanktop und ihre Brustwarzen stachen deutlich unter dem Stoff hervor. Sie kam auf Tanya zu, kaute einen großen Kaugummi und täuschte eine Finte mit ihren gefütterten Winterhandschuhen an. Sie sagte: »Hey, Schlampe«, und gab Tanya einen schnellen, schmerzhaften Hieb auf die Schulter. Sie lachte durch die Nase, während sie die Handschuhe abstreifte. »Hallo«, murmelte Tanya und versuchte, Dread nicht anzusehen – diese dunklen Brustwarzen, diese bösartige Halsnarbe, ihr rechtes Auge blau, das linke Auge gelb.

»Wie gefällt's dir hier in der Pampa?«, fragte Dread.

»Es ist okay«, sagte Tanya.

Dread stöberte in den Regalen, bis sie eine ungeöffnete Packung Cool Ranch Doritos fand, die Tanya gekauft hatte. Sie riss die Tüte auf und kaute einen ganzen Chip, zusammen mit ihrem Kaugummi. Sie schmatzte langsam, als forderte sie Tanya heraus, sich darüber aufzuregen. Doch Tanya hatte vor langer Zeit begriffen, dass ihr nichts gehörte und nie gehört hatte.

»Ich höre, du hast ein kleines Vögelchen, das hier oben eingesperrt ist«, murmelte Dread mit einem Mund voller Maischips. »Wie sieht sie aus? Ist sie heiß?«

»Ich weiß nicht … sie ist … ein Kind. Woher weißt du von ihr?«

»Sie war heute Morgen in allen Nachrichten. Genau wie du, Tanya. Du solltest es dir verdammt noch mal anschauen.«

»Ich habe die Zeitung gesehen …«

»Hey, kann ich ein Autogramm haben?« Dread prustete vor Lachen.

Ein neuerlicher Schmerzanfall umklammerte Tanyas Eingeweide wie eine Bärenfalle. Sie presste die Zähne zusammen und schlang ihre Arme unter ihren Bauch, stolperte auf die Couch zu. Die Polster waren klamm und abgenutzt und muffig, doch für sie waren sie der Himmel. Eingebildete Schmerzen, redete sie sich ein, falscher Alarm – genau wie der ganze übrige Wahnsinn, der sich über ihr auftürmte.

»Hey, geht's dir gut?«, fragte Dread. Sie kam ins Wohnzimmer mit der Chipstüte und zwei orangegestreiften Handabdrücken auf der Brust ihres Shirts, das sie als Serviette benutzt hatte. Sie setzte sich neben Tanyas Füße auf das Sofa und zeigte ihre Besorgnis, indem sie ihren Gameboy aus einer Beintasche ihrer Cargohose zog und eine Runde *Tetris* spielte. Ihr linker Daumennagel war dunkelviolett, anscheinend war er irgendwo gequetscht worden.

Mason kam herein und trug einen Arm voll Holz, das er vom Haufen draußen genommen hatte. Hinter ihm grunzte Buck: »Schöne Feiertage«, als wäre es die Pointe eines schmutzigen Witzes. Buck hängte seinen Hut an ein Hirschgeweih, das neben der Tür angebracht war. Dann nahm er Masons Holzstapel in seine eigenen Arme und warf ihn auf den Boden neben dem Ofen. Furnace trottete im Kreis, während seine Kette hinter ihm herschleifte. Er schob seine Nase über den Betonboden, bis er Tanya auf der Couch erschnupperte und seine Schnauze gegen ihre Hand rieb, als seien sie schon immer alte Freunde gewesen, als witterte er ihren Schmerz und versuchte ihn zu lindern. Sie kraulte ihn hinter einem Ohr. Als sie aufhörte, stieß er sie mit der Schnauze an, damit sie fortfuhr.

»Wir legen ihn heute Nacht um«, wetterte Buck. »Ich habe entschieden, dass Ox es regeln wird.«

»Ich dachte, sie haben Blisters eingebuchtet«, sagte Mason.

»Nee, er ist draußen und versteckt sich mit seiner Lolitaschlampe in einer Absteige. Das Arschloch verkriecht sich in einer Ecke. Ich hab immer gewusst, dass die Schwuchtel so etwas nicht durchsteht, aber die Tusse und der Kameltreiber von den Bullen sind in die Sub Bar gekommen und haben geprahlt, dass sie ihn umgedreht haben. Jetzt werden sie sehen, was passiert, wenn sie das Maul zu weit aufreißen.«

Brenda Hanson schleppte drei Einkaufstüten mit Steaks und Bier und anderen Dingen herein. Sie keuchte vor Anstrengung, aber niemand bot ihr Hilfe an, bis Tanya sich von der Couch hochstemmte. Die Krämpfe waren vorüber. Sie hatten sich so weit beruhigt, dass sie es schaffte, in die Küche zurückzugehen, wo Brenda, die Finger gegen ihre Stirn gepresst, dasaß. Sie schimpfte über ihre Kopfschmerzen und rauchte Kette, während Tanya ihr einen Kaffee machte: Sie goss kochendes Wasser über etwas Kaffeepulver, das in einem Seihtuch lag.

»Wir schicken dich heute Nacht weg, Brick. Du und Tan, ihr werdet das Mädchen los und verpisst euch aus dem Staat New York. Meinetwegen schneidet ihr die Kehle durch und vergrabt sie im Wald«, sagte Buck. Er riss einen Karton Pabst auf und warf Mason eine Dose zu.

»Wo genau soll ich hingehen?«, fragte Mason.

»Das werden wir uns überlegen«, antwortete Buck.

Sie warfen Scheite ins Feuer und feierten, als wäre es Weihnachtsmorgen – stellten sogar Weihnachtsmusik im Radio ein und tranken Bier und ließen eine Flasche Wodka herumgehen. Trinken zum Fest. Sie hatten drei Schachteln mit Kugeln für den Baum mitgebracht, den Mason geschlagen hatte. Gordo und Dread schmückten zusammen den Baum, der ohne Ständer und Wasser gegen die Wand lehnte und austrocknete. Sie befestigten rote Kugeln an den Zweigen und schnitten ihren verzerrten Spiegelbildern in dem reflektierenden Glas Grimassen.

Buck saß im Schaukelstuhl. »Ich sage euch, es wundert mich überhaupt nicht, dass sie auf Blisters gekommen sind. Was hatten sie gegen ihn in der Hand? Ein paar Verkehrsdelikte? Nichterscheinen vor Gericht? Das ist dieses beschissene System. Wenn sie dich verdächtigen, können sie dich wegen etwas festhalten, das überhaupt nichts mit der Sache zu tun hat, und dir deine Rechte nehmen. Diese Arschlöcher kommen damit durch, weil sie sich in die Ämter reinkaufen und dann ihre blauen Uniformen benutzen, um das Kriegsrecht zu verhängen. Ich erzähle euch diesen Mist seit Jahren.« Während Buck redete, benutzte er seinen Kinderhockeyschläger als Hirtenstab.

»Du laberst wie ein Milizendepp, Mann«, sagte Gordo, der gedrungene Chicano, der gebaut war wie Stahlbeton und stark genug war, um den schwammigen Buck sechsfach durchzubrechen. Gordo war das einzige Clubmitglied, das sich traute, einen gezwirbelten Dandyschnauzer und eine Frisur wie ein Unterwäschemodel zu tragen. Er war der Einzige, der Buck reizen durfte und der heiligen Hölle entging, die jeden anderen ereilt hätte.

»Schnauze, Spic«, sagte Buck, dann hob er ein Bein und furzte.

In der Küche trank Brenda ihren Kaffee und redete so leise, dass nur Tanya sie verstehen konnte. »Von diesem ganzen Mist kriege ich noch einen Nervenzusammenbruch.« Es herrschten höchstens zehn Grad plus, selbst mit dem Ofen und den warmen Körpern, doch Brenda stand der Schweiß auf der Stirn und auf den dicken Tränensäcken unter ihren Augen. Zum ersten Mal in ihrem Leben konnte Tanya direkt in die Seele einer anderen Person schauen und erkannte, dass sie gerade starb. Tanya sah die Symptome.

Der nächste Krampf kam und sie lehnte sich gegen die Arbeitsplatte, atmete tief durch, doch die Spannung schmerzte tief in ihrem Unterleib. Mit geschlossenen Augen schien die Erde zu schwanken wie das Deck eines Schiffes während einer Sturmflut. Die ganze runde Erde brach auseinander.

»Geht's dir gut?«, fragte Brenda.

»Ich bekomme diese Krämpfe. Senkwehen. Sie gehen vorüber.«

»Von hier sieht das aber verdammt viel schlimmer aus als Senkwehen.«

»Woher willst du das wissen?«, schnappte Tanya. »Du hattest nie ein Baby.«

Das Wohnzimmer war nur zwei Meter entfernt, aber es war ein anderes Universum. Buck war dort drinnen und sagte: »Ihr lacht, aber warum glaubt ihr, haben wir den Club gegründet? Um eine beschissene Bruderschaft gegen diese faschistischen Arschlöcher und ihre Bullenlakaien zu haben. Darum. Und eines sage ich euch, besonders dir, Brick. Ich bedauere keine Sekunde, was irgendeiner von euch getan hat, außer dieser beschissenen Ratte Blisters. Ihr alle habt gezeigt, dass ihr Eier habt – selbst du, Dread.«

»Ja, und die hängen von meinem Rückspiegel herunter«, sagte sie.

»Niemand hat je ein paar Eier an deinem Rückspiegel gesehen«, sagte Buck. Er strich über seinen Bart und nahm eine Marihuanapfeife zwischen die Lippen. Er neigte das Feuerzeug in den Pfeifenkopf und saugte die Flamme in das Kraut hinunter, bis es orange glühte. Er hielt den Rauch in der Lunge, bevor er ihn durch die Nase ausströmen ließ. Er reichte die Pfeife an Dread weiter und sagte: »Aber ich meine diesen beschissenen Uniprofessor-Job. Hat einer von euch eine Ahnung, was der alte Adolf als Erstes getan hat, nachdem er Polen überfiel?«

»Itzigs vergast?«, sagte Gordo, und nahm die Pfeife in seine dreifingerige Hand.

»Nein ... noch vor den Juden, Mann. Er hat die Intellektuellen zusammengetrieben ... all die Uniprofessoren und Zeitungsschreiber ... hat sie erschossen, Massenexekution auf dem Warschauer Marktplatz. Er kannte die wirkliche Gefahr und hat sie beseitigt. Also hat Brick hier nur die Tradition weitergeführt und ich für meinen Teil applaudiere ihm dafür. Diese Unischwuchteln sind doch alle nur die Zirkuspferde des Systems, sie und diese Hollywood-Hebräer mit ihren Propagandastreifen.«

Als der Krampf vorüber war, lief Tanya mit ihren Händen auf dem Bauch durch das Wohnzimmer. Sie ging an Mason vorbei, der viel zu sehr von Bucks Predigt gefesselt war, um ihren Zustand zu bemerken. Sie rannte durch den Gang und schaffte es gerade noch bis zur Kloschüssel, bevor sie ihr Mittagessen erbrach.

Luc hörte Quinn in der Dunkelheit atmen. Seine Nasenlöcher waren mit zerquetschtem Knorpel und geronnenem Blut verstopft. Sie und dieser Mistkerl waren in dem kalten Anhängergefängnis zusammengesperrt. Quinn hämmerte gegen die Tür und wimmerte wie ein eingepferchter Affe, der verzweifelt eine Möglichkeit suchte, das Schloss von innen aufzubrechen. Doch Luc wusste, es gab keine Möglichkeit. Sie hatte sich gegen die Rückwand zurückgezogen, eingehüllt in ihre Decke voller Hundepisse, die sie niemals teilen würde, selbst wenn Quinns Gliedmaßen vor Kälte absterben sollten. Sie würde einen Weg finden, ihn aufzureißen und ihre eisigen Hände in seine Eingeweide zu stoßen, um ihre frostigen Finger zu wärmen.

»Ich bin hergekommen, um dir zu helfen«, sagte er. »Das solltest du wissen.«

»Fick dich«, sagte Luc. »Ich will deine Hilfe nicht.«

»Alles wird gut. Sobald Brick sich beruhigt hat, werde ich vernünftig mit ihm reden.« Luc zitterte und presste ihre Hände zusammen, um sie zu wärmen. Sie dachte an den Tod. Einmal, am Lenker eines Motorrades war Quinn dem Tod für beinahe zehn Minuten davongefahren. Sie wollte, dass diese Stärke zurückkehrte, um ihr erneut Kraft zu geben. Sie wollte die Hoffnung zurück, die Quinn zerstört hatte.

»Weißt du, was ich riskiert habe, indem ich hierher kam? Mein Leben, Luc«, erklärte er.

»Du hast überhaupt kein Leben«, sagte sie.

»Du hast recht.« Er grunzte und versuchte etwas, das nichts bewirkte außer einem metallischen Scheppern. Dann schnippte er zweimal kurz über sein Feuerzeug und ließ eine orange Flamme aufleuchten. Es war wie eine molekulare Sonne, in deren Umlaufbahn Quinns zerschlagenes Gesicht geriet. Innerhalb von Sekunden erlosch das Feuerzeug und er zündet es nicht wieder an.

»Du bist Humphrey Reid. Du bist nichts als ein Gespenst«, sagte Luc.

»Ich weiß nicht, wovon du redest. Wer ist Humphrey Reid?«

Luc sah jetzt viele Dinge vor ihrem inneren Auge. Sie konnte nicht verhindern, zu beobachten, wie ihre eigene treulose Mutter sich Quinn gefügt hatte. Die vollkommene Schwäche und Verderbtheit, die nötig war, damit er sie verführen konnte – so wie es Luc beinahe selbst ergangen war. Es war ein Verbrechen gegen die Wahrheit, denn Oscar Moberg war so viel größer und mächtiger. Er stellte Quinn in den Schatten, so wie ein Planet einen Mond verdunkelte. Dad mit seinen großen Händen und seiner voluminösen Stimme, den tiefen, verwitterten Falten in seinem Gesicht – er war wie ein Gott gewesen, der wegen der Bürde seiner eigenen Macht ins Wanken geriet, und der stürzte, weil ihn sein eigenes Herz blind gemacht hatte.

Luc brannte in ihrem Inneren, als sei sie selbst eine Göttin, und mit jedem Augenblick entfernte sie sich mehr von hier, schlug ihre Aura immer weitere Wellen. Sie lief barfuß über hervorstehende Kieselsteine, verlor sich im Nebel, während Blätter ihre Fußgelenke peitschten. Verstreute Felsen sahen aus, als atmeten sie. Der Dunst verschluckte eine kraftlose Sonne. Eine Brücke aus grauen Steinen, die zerbröselten wie altes Brot, als sie darüber lief. Ihr Gewicht ließ Staub und Gestein in die Schlucht regnen, die meilenweit unter ihr in einem blassroten Höllenfeuer brannte. Auf der anderen Seite der Brücke stand ein Thron aus gebleichten Menschenschädeln, auf dem die Wächterin von Hel saß, deren Name ebenfalls Hel war. Eine Königin, nackt und haarlos und von Wunden übersät, ihre Augen zwei klaffende Höhlen, ihr Körper der Länge nach gespalten, halb schwarz und halb weiß wie Asche und Holzkohle, als wäre sie ein angemalter Leichnam, dem die letzten Blutstropfen aus den Augen rannen wie Tränen. Sie ist die Tochter des rebellischen Gottes Loki, des nordischen Teufels. Alle menschlichen Seelen, sowohl gute als auch böse, kamen im Tode zu ihr, um zu leiden. Luc bat diese Teufelstochter, ihren Vater Oscar Moberg aus ihrem verfluchten Land zu entlassen, doch Hel saß still auf ihrem Thron. Sie öffnete den Mund und spuckte schwarze Motten. Luc flehte auf ihren Knien, während spitze Steine ihre Kniescheiben durchbohrten. Die Augen der Wächterin bluteten, Motten flatterten heraus, und dies war ihre einzige Antwort.

Quinn sagte: »Ich wollte dir sagen, dass ich das Geld habe ... das meiste davon. Nicht hier, aber in Sicherheit. Brick weiß nicht, dass es mir deine Mutter am Abend bevor sie sprang, gegeben hat. Sie wollte mich nicht sehen, aber ich habe sie überredet. Ich sagte ihr, die ganze Sache sei vorbei, wenn sie mir das Geld gäbe. Das ist alles. Ich sagte ihr, sie würden sie in Ruhe lassen und es würde keine weiteren Drohungen geben. Sie kümmerte sich nicht mehr um sich selbst, es war ihr egal, ob sie starb oder nicht, aber sie war wegen dir ängstlich genug, um mir das Geld zu geben. Sie wollte es nicht tun, weil das Bezahlen für sie bedeutete ... ich weiß nicht ... es bedeutete, dass es ihr nicht leid tat, was mit deinem Vater passierte.«

»Es tat ihr nicht leid? Warum sollte sie es kümmern?«

»Das ist, was ich meine«, meinte Quinn. »Sie wollte mich nicht sehen oder mit mir reden. Sie wollte so tun, als sei zwischen uns nie etwas gewesen, aber ich wusste, dass sie sich darüber nichts vormachen konnte. Sie hasste, was geschehen war, aber es gab keine Möglichkeit mehr, es zu ändern. Brick hatte bereits seine Tat vollbracht. Wir fühlten uns beide so verdammt schuldig, weißt du, wir konnten nicht mehr denken.«

»Deine Reue ist nicht echt. Du hast ihr Geld gestohlen.«

»Ich dachte, sie würde nach diesem Sturz sterben. Als ich Bescheid wusste, war es zu spät. Er hätte mich getötet, wenn er gewusst hätte, dass ich gelogen habe und das Geld hatte.«

»Stattdessen hast du ihn auf uns gehetzt ...«

»Luc, wenn ich hier rauskomme, schicke ich dir die Hälfte von dem Geld, das übrig ist. Ich schicke es dir per Post, von wo auch immer ich hingehen mag. Ich sage dir das, weil du mir vertrauen musst, damit wir heil hier rauskommen.«

Sie schlug nach ihm, nichts als ihre tauben Fäuste als Waffe. Sie verfehlte ihn mit einem linken Schwinger und der Schwung ließ sie seitlich gegen eine sich windende Masse stoßen, die, wie sie bemerkte, Quinn war. Sie trat und schlug nach ihm und ein Schrei wie von einer Sirene entwich ihrer Kehle. Sein Knochen war unter ihrem Stiefelabsatz, sein Schädel stieß gegen ihre Fingerknöchel – es dauerte vielleicht eine Sekunde und seine Hand, die wie aus dem Nichts kam, stieß sie zurück. Sie ging erneut zu Boden und der Schlag schmerzte. Sie keuchte wild und es war ihr egal, wie es klang. Ihr ganzer Elan versickerte in dieser Wut, die den Bruchteil einer Sekunde andauerte.

»Mein Vater«, schrie sie.

»Das mit deinem Vater tut mir leid«, sagte Quinn. »Es tut mir wirklich leid.«

»Ihr habt ihn nicht umgebracht. Er ist unsterblich.«

GRETA FUHR ZUR West End Motor Lodge. Diese befand sich an der Linux Avenue, einer Straße mit Gebrauchtwagenhändlern und fettigen Fastfood-Läden und Sex-Shops, die größer waren als manche Supermärkte. Einige waren mit festlicher Beleuchtung dekoriert und das Autoradio spielte bereits Weihnachtsmusik – Elvis schmachtete *Blue Christmas*. Greta saugte diese Schwermut auf wie ein zweilagiges Papiertuch.

Der Schnee fiel feucht und dicht auf ihre Windschutzscheibe, rieselte hypnotisch im Licht der Natriumdampflampen. Sie kam direkt von der Hammersport Highschool, kein Zwischenstopp im Präsidium, kein Anruf auf Moe Arslans Pager, um ihn über die Entwicklungen zu informieren. Was sie erfahren hatte, war immer noch zu unmittelbar, um es in erklärende Worte zu fassen. Und es gab keine Zeit, nicht solange Luc irgendwo dort draußen war.

Das Motel war ein hufeisenförmiger Bau mit einem Parkplatz in der Mitte, wie die heruntergekommene Ausgabe von Sandys Yuppiekomplex. Es hatte zwei Etagen mit außen liegenden Treppenaufgängen, die nicht stabiler waren als Feuerleitern. Insgesamt fünfzig Einheiten, von denen etwa ein Drittel von innen beleuchtet waren – traurige Weihnachten für jedermann. Es war ein Ort, an dem die Leute entweder für eine Stunde oder über Monate blieben, und heute Nacht, war es der einzige Ort, an dem Greta vernünftig bleiben konnte.

Sie parkte beim Qwik-Fill auf der anderen Straßenseite und lief hinüber zum Überwachungszimmer. Sie stellte sich vor den Türspion und hob ihre Hand, um zu klopfen, doch der Polizist öffnete die Tür zuerst. Larry Sheppard: in den Dreißigern, unrasiert, fettige Haarwirbel unter einer Baseballkappe, einige Kilo zu viel auf den Hüften – keine außergewöhnliche Erscheinung für dieses schäbige Motel. Er hielt die Hälfte eines Fleischbällchen-Sandwichs von Subway, kaute einen Bissen. Er zog einen Kopfhörerstöpsel heraus und sagte: »Hab dich kommen sehen.« Dann schloss er die Tür hinter ihr, verriegelte sie, kehrte zu seinem Segeltuchklappstuhl am Fenster zurück.

Selbst mit ihrer zugeschwollenen Nase nahm Greta den Geruch nach schalem Schweiß und altem Essen wahr. Das Zimmer war dunkel, aber sie erkannte ein Bett ohne Kopfteil, ein Nachtschrank mit Schubfächern und ein Fernsehgerät mit v-förmigen Antennen und fehlenden Sendertasten. Die Wärme im Zimmer benebelte sie, deshalb zog sie ihre Jacke aus und legte sie auf die Bettdecke, auf die sie sich setzte.

Sheppard starrte mit einem Fernglas durch das Fenster, beobachtete Zimmer 43 direkt auf der gegenüberliegenden Seite des Parkplatzes. Das war das Motelzimmer, in das sich Mitch Wendt nach seiner Entlassung aus dem Gefängnis zurückgezogen hatte. Das Zimmer, in dem er sich seit mehr als vierundzwanzig Stunden ohne Unterbrechung aufhielt. Sheppards Kopfhörer waren mit einem Empfänger an seinem Gürtel verbunden, und auf dem Nachtschrank stand ein Aufnahmegerät für Telefongespräche. Es war mit einer Kassette bestückt und bereit für die Aufzeichnung, die durch Stimmen aktiviert wurde. Die Kopfhörer und das Aufnahmegerät bekamen ihre Signale von einer Überwachungsanlage, die irgendwo außerhalb seines Zimmers Mitch Wendts Telefonleitung anzapfte.

»Wie ich sehe, ist der Abhörbeschluss durchgegangen.«

»Ja«, sagte Sheppard. »Und eins kann ich dir sagen, entweder ist dieser Typ stumpfsinnig oder er spielt eine Rolle. Es gab ganze drei Gespräche, seit wir die Anlage vor ungefähr zehn Stunden installiert haben. Eine Pizzabestellung und zwei unsinnige Telefonate seiner Freundin mit Freundinnen. Sie heißt Slinky oder zumindest ist das ihr

Spitzname. Sie ist von Anfang an mit ihm da drin.« Er kratzte sich seinen bloßen Bauch, der unter dem Saum seines T-Shirts hervorquoll, dann biss er erneut von seinem Sandwich ab und spülte es mit einem Schluck Cola herunter. »Höchstwahrscheinlich hat Wendt die wichtigsten Anrufe gemacht, bevor die Anlage installiert war. So ist das eben mit der Bürokratie.«

»Wissen wir, wohin die Freundin angerufen hat?«

»Klar«, sagte Sheppard. »Beide Male ins Submarine Bar and Grill.«

»Dort haben wir ihn zuerst aufgegriffen und dort habe ich auch diese Freundin getroffen. Slinky? Vorausgesetzt es ist dasselbe Mädchen.«

»Gewagte Annahme«, sagte er. »Einige von diesen Typen haben einen ganzen Harem von Mädchen, außerdem tauschen sie untereinander. Wie mit Baseballkarten. Viele ihrer Mädchen gehen nebenbei anschaffen. Du weißt schon – doppeltes Familieneinkommen, ziemlich fortschrittlich. Wenn du eine Weile hier sitzt, kannst du sehen, wie eine ganze Menge vom ältesten Gewerbe genau hier in der guten alten Motor Lodge praktiziert wird. Ich sollte dir noch sagen, dass Wendt beim letzten Mal, als Slinky telefoniert hat, zu ihr sagte, sie solle sich kurz fassen, weil die Cops möglicherweise mithören würden. Diese Rockerclubjungs sind ziemlich paranoid, selbst wenn sie nicht besonders hochkarätig sind. Es ist nicht sehr wahrscheinlich, dass er sich selbst belastet, von daher würde ich nicht zu sehr auf ihn bauen.«

»Bleib trotzdem dran«, sagte Greta flach. Sie ging ins Bad und ließ es dunkel, während sie sich kaltes Wasser ins Gesicht spritzte. Ihre Grippe war beinahe überstanden, aber sie wusste, wenn sie zu lange in diesem stickigen Rattenloch blieb, würde ihr Fieber sicher wieder zurückkehren.

Als sie ins Zimmer zurückkam, sagte Sheppard: »Ich habe normalerweise keine Gesellschaft, wenn ich draußen auf Safari bin.« Er war oberflächlich, wie ein Kind, das Räuber und Gendarm spielt. Greta unterdrückte den Drang, ihm zu sagen, er solle den Mund halten und die Sache ernst nehmen. Die Worte, die sie in der Highschool gelesen hatte, beschäftigten sie immer noch, und sie war sauer auf ihre eigene blinde Hoffnung, Wendt würde sie direkt zu Luc führen wie ein Bluthund an der kurzen Leine. Stattdessen verbrachte er die Nacht mit Nichtstun, mit Saufen und damit, den einzigen Fernsehsender zu glotzen.

»Wie machst du das?«, fragte sie Sheppard. »Einfach warten, so wie jetzt?«

»Es ist eine Zen-Übung.«

»Ich würde sterben, wenn ich hier zu lange herumsitzen müsste«, sagte sie.

TANYA STÖHNTE UNTER den Laken im Doppelbett, das sie mit Mason teilte. In ihrer rechten Hand hielt sie die Smith & Wesson, die unter ihr Kissen gestopft war. Sie schwitzte und zitterte und keuchte zwischen den Wehen, die sie alle zehn Minuten – oder noch weniger – wach rüttelten. In einem unruhigen Traum stand Buck Hanson neben dem Bett, schemenhaft im blassen Gegenlicht, das durch den Flur hereindrang. Er beugte sich über sie, grunzte tief und keuchend, eine Hand lag an der Wand und die andere knete den Schritt seiner Jeans.

»Wo ist Mason?«, fragte sie in dem Traum, der unglaublich real schien.

»Sie sind alle draußen und machen eine Schneeballschlacht. Er hat mir von dem Jungen erzählt, den du hier hoch gebracht hast, den Indianerjungen, den ihr zusammen mit dem Mädchen im Anhänger eingesperrt habt. Du weißt, dass du eine blöde Kuh bist, weil du das getan hast, stimmt's? Und dein Freund ist ein Idiot, weil er dir das durchgehen lässt.«

Tanya presste ihre Faust zusammen. Die Waffe war immer noch da, selbst in ihrem Traum.

»Ich denke, zum Ausgleich kannst du mir einen kleinen Gefallen tun, Mädchen.«

»Mason sagt, ich brauche niemanden mehr irgendwelche Gefallen tun.«

»Ich habe Nachsicht mit Mason. Und mit dir bin ich auch nachsichtig. Das solltest du verdammt noch mal anerkennen.«

»Buck, ich habe diese schlimmen Krämpfe im Unterleib.«

»Es ist doch nicht so, dass du noch nie jemandem gefällig warst, oder? Es ist einfach dein Job, das ist alles. Komm schon, Tanya. Wo ist dein Sinn für Nächstenliebe?« Er nahm die Hand aus seinem Schritt und begann an seinem Bart zu zerren, wrang seinen eigenen Sabber aus. Sein Atem ging schneller.

»Ich bin schwanger. Und ich habe diese schrecklichen Krämpfe, Buck. Bitte.«

»Ich will ja nicht dein Baby vögeln. Du bist alt genug, um zu wissen, dass es andere Möglichkeiten gibt, wie man die Sache angehen kann. Such dir etwas aus, und wenn du dabei bist, solltest du an all die schönen Dinge denken, die ich in letzter Zeit für dich und Mason getan habe. Denk darüber nach.«

Tanya wusste nicht, was sie von ihren eigenen Traumgedanken halten sollte, bis sie die Decke zurückwarf und ihren Arm ausstreckte. Sie richtete die Automatik direkt auf Bucks Gesicht, nah genug für einen Volltreffer, weit genug entfernt, dass er ihr die Waffe nicht aus der Hand schlagen konnte.

Seine beiden Hände gingen auf Schulterhöhe hinauf. Er kicherte, als wäre dies alles ein typisches Vorspiel. »Mann, Tanya, du hast Mumm«, sagte er. »Das ist gut.«

»Verpiss dich aus meinem Schlafzimmer«, sagte sie.

Buck trat einen Schritt zurück. »Eigentlich ist das mein Schlafzimmer. Meine ganze beschissene Hütte. Aber ich will nicht jedes Wort auf die Goldwaage legen, denn im Augenblick bewundere ich deinen Mut, Tanya. Aber eines sage ich dir: Jemand anderem hätte ich die verdammte Waffe abgenommen und damit jeden einzelnen seiner beschissenen gelben Zähne ausgeschlagen. Jedem anderen, außer dir. Merk dir das für das nächste Mal, wenn du wieder mit einer Waffe herumwedelst. Okay?«

»Okay«, sagte sie und behielt die Waffe noch eine ganze Minute, nachdem er gegangen war, im Anschlag.

Draussen stürmte der Wind gegen den Anhänger, heulte stundenlang, als wolle er niemals aufhören. Es war zu dunkel, um es zu sehen, aber Luc hörte, wie Quinn mit fünf seitlichen Schritten auf die Tür zuschoss und sich gegen sie warf, und mit einem Wimmern zurück auf seine Knie rutschte, als sie nicht nachgab. Der Anhänger hüpfte, als habe ihn ein Überraschungsangriff aufgeschreckt, aber er gab sie nicht frei. Es schien, er hätte seit Stunden darauf eingeschlagen – oder vielleicht erst seit ein paar Zeitlupenminuten.

Er stapfte von der Tür zurück und warf sich erneut dagegen. Diesmal jaulte er unmenschlich auf. Der Aufprall ließ jeden angespannten Nerv in Luc vor Schmerzen explodieren. Sie kniff ihre Augen zu, presste die Knöchel gegen ihre Stirn, nahm nur undeutlich das Licht wahr, das in ihr Gefängnis drang. Sie blinzelte in ein blendendes Grau, das ihre Heilige sein konnte, die zu ihr zurückkehrte. Doch der Anhänger war leer. Das Grau war das winterliche Tageslicht, das durch ein Durcheinander aus verbogenen und herunterhängenden Lamellen drang, die aus den Schienen gesprungen waren. Quinn war durch die Tür in die bekannte Welt gebrochen, aus der man Luc gestohlen hatte. Vielleicht sogar noch weiter hindurch, tief in eine andere Existenz.

Luc kroch auf die Öffnung zu, wo die Lichtpartikel zusammenfanden wie Glühwürmchen. Sie schaute hinunter auf die Welt, als stünde sie auf einer Wolke: Eine weite Bucht, in der üppige, immergrüne Inseln lagen – Inseln, auf denen Hütten aus Zedernholz standen, Rauch stieg aus Schornsteinen. Die See bestand aus hellem Schneematsch, der gegen eine felsige Küste brandete, und ein Langschiff lief aus – die *Ringhorn*, auf deren feurigem Deck Baldurs unerreichbarer Leichnam aufgebart war. Flammen schlugen aus dem Holz und griffen nach dem Himmel und erleuchteten das Wasser so hell wie die Morgenröte. Der Rumpf glühte rot wie ein Blitzlicht, das durch dünne menschliche Haut schien. Die Schlangenornamente waren rußgeschwärzt und bogen sich nach innen.

Von weit her rief eine Männerstimme: »Hey, Mason, dein Vögelchen ist gerade ausgeflogen.«

Der Schnee fiel dicht wie Regen. Die Anhängertür schwang knarrend in ihren zerbrochenen Schienen. Lucs Augen konzentrierten sich auf die harte Wirklichkeit von Quinn Cutler, der draußen im Schnee auf dem Rücken lag und strampelte wie ein überfahrenes Opossum im Todeskampf. Seine Nase war purpurrot und dick und aus jedem Nasenloch lief frisches Blut. Ein Auge war schwarz, das andere zugeschwollen. Luc sah es kristallklar mit dem Sehvermögen, das die Heilige ihr geschenkt hatte.

Luc zögerte. Sie hatte Angst zu laufen, denn der Wind trug neue Geräusche heran – zorniges Hundegebell und jemand lachte, krächzend wie Raucherhusten. Vier, vielleicht fünf Gestalten stapften durch den Schnee auf sie zu, und sie sahen nicht aus wie Männer, sondern wie die Schatten von Männern, die direkt aus dem Boden kamen. Ein schwarzer Hund knurrte wütend, während er brusttief durch den Schnee sprang. Er zerrte an einer straffen Kette, so dass die Glieder aneinander rieben. Der Mann, der die Hundekette hielt, zog daran wie an einer Angelschnur. Es war dieser Mann, der lachte, der Mann mit dem Hund. Sie konnte ihn jetzt so deutlich sehen wie durch ein Fernglas, dass scharf gestellt wurde. Er hatte einen Bierbauch und aus einem roten Gesicht spross ein weißer Bart, der bis zur Hälfte seiner Brust hinunterreichte, als wäre er ein Albtraum-Weihnachtsmann, der darauf aus war, ihre Seele zu stehlen.

TANYA WAR IMMER NOCH mit der Smith & Wesson bewaffnet, als sie den Flur hinunterschlich. Die ehemaligen Pferdeboxen flackerten an ihr vorbei wie die Bilder einer Diashow – es schienen hunderte zu sein. Ihr Unterleib brannte, aber sie blutete nicht. Das wusste sie, weil sie gerade auf Toilette gewesen war, um sich zu kontrollieren. Sie war im Badezimmer eingeschlossen, als die anderen mit ihren Stiefeln und ihrer Wut zurück ins Haus gestürmt kamen.

Dieses Geschrei, dieser Flur – es war wie eine dieser Geisterbahnen, die sie aushalten musste, wenn ihre Mom sie zum Jahrmarkt auf dem

K-Mart-Parkplatz mitnahm. Man fuhr durch billige Aufklappfiguren auf Anhängerkupplungen, die ihre Hände ausstreckten und einen von nirgendwo packten, und plötzlich tauchten Nebelschwaden aus dem Nichts auf.

Das Zimmer, in dem sie die anderen fand, war unmöbliert. Auf dem Boden lag nichts außer Rattenkot und ein trüber Teppich aus Staub. Das meiste davon war durch ihr Gestampfe und durch den Jungen namens Red an die Wände gestoßen worden. Der lag zusammengekrümmt und flehend da, während Dread mit einem Schaufelblatt gegen sein Rückgrat schlug und Furnace ihm mit seinen Kiefern das T-Shirt vom Leib riss. Und dieses entsetzliche Toben wurde mithilfe einer aufladbaren Baulampe, die Buck über seinen Kopf hielt, in helles Licht getaucht.

Als Mason bemerkte, dass Tanya zusah, sprang er hinüber und blockierte den Türrahmen. Wie ein Wahnsinniger kaute er auf seiner Unterlippe und blähte die Nasenflügel. Ein Blutgefäß in seinem rechten Auge war geplatzt und hatte einen breiten roten Fleck hinterlassen, der so groß war wie eine erweiterte Pupille und im Weiß schwamm. »Das musst du nicht sehen«, sagte er.

»Ich habe Krämpfe ...«, murmelte Tanya.

»Buck, was zum Teufel ist das? Siehst du das?«, rief Dread.

Mason fuhr herum, um erneut die Folterszene zu betrachten. Red war hemdlos und blutig. Dread und Buck beugten sich über ihn. Furnace lief an der Rückwand entlang und wartete auf seine nächsten Befehle. Buck kniete sich hin und packte den Oberkörper des Jungen, um ihn ruhig zu halten. Dann richtete er das Licht auf eine nackte Schulter.

»Sieht aus wie ein beschissenes Crew-Tattoo«, sagte Buck.

»Mannomann«, lachte Dread. »Du bist vielleicht ein blödes Arschloch, Junge.«

»Ich wollte es noch nicht machen lassen ...«, stöhnte der Junge. »Ich war betrunken.«

»Halt's Maul«, sagte Dread und schlug ihm erneut mit der Schaufel gegen den Kopf. Seine Augen wurden weiß, aber er hielt seinen ohnmächtigen Kopf fünf Zentimeter über den Boden erhoben wie einen kleinen Sieg. Tanya wandte sich ab, um nicht zu weinen.

»Red, du Vollidiot«, sagte Mason. »Sieh, was du angerichtet hast.« Er sagte es mit ehrlichem Bedauern, wie ein Vater, der seinen Sohn schalt. Wie ein endgültiges Urteil.

LUC WUSSTE, dass sie wieder in der Hütte war. Sie lag auf dem Boden, den linken Arm unter sich verdreht. Rohe Hände hatten sie in einen Raum gestoßen, der nicht größer war als eine Pferdebox. Sie wurde zwischen zwei Feldbetten geschleudert, die mit staubigen Laken drapiert waren. Sie presste ihr Gesicht gegen den kühlen Beton und war entschlossen, am Leben zu bleiben. Alles schwankte und drehte sich. Ihr Fänger war nichts als ein Schatten, der den Türrahmen ausfüllte. Doch mit absoluter Klarheit erkannte sie, dass seine Hand nur den Daumen und zwei Finger besaß, zwei rosa vernarbte Stümpfe, wo Finger sein sollten. Sein bloßer Arm war ein Durcheinander von Narben und schmutzigen Tätowierungen, als wäre er mit einem Rasiermesser und einer Tintenpistole angegriffen worden.

Sie hatte sie alle in Lichtexplosionen gesehen, diese Phantomschatten in menschlicher Form. Die rotpockige Nase und der Stahlwollebart des wahnsinnigen Weihnachtsmannes. Sein knurrender Hund, der Augen wie Kohle hatte und aus dessen Schnauze schwarzer Rauch aufstieg. Sie hatte eine Frau gesehen mit elektrischen Kabeln anstelle von Haaren und einem klaffenden roten Mund über ihrer Kehle. Sie waren Schatten, die jetzt den Flur hinunterstürmten, wo Türen zuschlugen und Holz splitterte, und wo eine Stimme zu hören war, die sie kannte. Quinn Cutler, der um sein Leben schrie, und der Höllenhund, der ihn wütend anknurrte. »Furnace, aus!«, rief jemand. Der Hund verstummte mit solch einer plötzlichen Stille, dass Luc glaubte, sie sei taub geworden. Aber es gab immer noch Geräusche: ihr eigener panischer Atem, der Wind, der gegen die Hütte brauste, ein Wimmern, das entweder menschlich oder tierisch sein konnte.

Tanya beobachtete, wie sich Brenda Hanson den Korridor hinunterschleppte, indem sie sich an der Wand entlangschob wie eine Schnecke. Sie war betrunken oder bekifft oder beides. Ein Zombie, der, einen schwabbeligen Arm ausgestreckt, in die Dunkelheit blinzelte. Sie trug immer noch ihre unmöglichen schwarzen Stilettos, die unter ihrem Gewicht zitterten und die ihr Fußgelenk brechen lassen würden, sollte sie jemals den Halt verlieren.

»Was zum Teufel … ist hier los?«, fragte sich Brenda laut.

Tanya ignorierte sie. Sie drängte weiter durch den Tunnel der Geisterbahn. Sie wollte nichts mehr sehen, wollte nicht mehr darüber nachdenken, wie sie dem hier hätte entfliehen können. Sie hatte nicht mehr genug Energie, um sich den Kopf zu zerbrechen – nicht mit ihrem Baby, das so viel forderte, und jetzt mit dieser Waise Lucia, die aus dem Nichts in ihre Obhut geraten war.

Luc brachte genug Kraft auf, um sich auf eines der Feldbetten zu ziehen und sich mit den Stiefeln auf dem Boden draufzusetzen. Ihre beiden Handgelenke waren von violetten Blutergüssen und roten Schnittwunden übersät. Ihre Netzstrümpfe waren zerrissen, Rost hing unter ihren Fingernägeln.

Die schreienden Stimmen hämmerten in ihren Ohren. Sie war jetzt allein und gefangen in einer Welt voller Werwölfe und lebender Toter, und Dämonen, deren Münder in ihren Kehlen mit den Zähnen knirschten. Die Heilige hatte sie verlassen – die Heilige, die ihr Augen gegeben hatte, die diesen schrecklichen Höllenort sehen konnten. Luc konnte sich nicht einmal mehr an den Namen der Heiligen erinnern, um sie anzurufen. Es war Lucy. Oder vielleicht Greta.

»Passt du für mich auf sie auf?«, fragte jemand – der Mann mit der Klauenhand.

Als Luc erneut aufsah, war der Klauenmann verschwunden, und an seiner Stelle stand diese Frau, Tanya, mit geblähtem Bauch und mit einer Pistole bewaffnet. Die Frau ließ sich auf dem Bett gegenüber von

Luc nieder – so nah, dass selbst Lucs brillenloser Blick ihr Gesicht lesen konnte. Es war leer und verbraucht, aber da war ein flehendes Flackern in ihrer Iris und im zögernden Aufwärtsschwung ihres Mundes.

»Werden sie mich töten?«, fragte Luc.

»Nein«, stieß Tanya hervor – aber es war nur ein Wort, nur eine mögliche Antwort. Die Frau biss die Zähne zusammen und presste eine Hand gegen ihren Bauch und atmete heftig durch die Nase aus. Sie lehnte sich gegen die Wand und schlug mit ihrer bewaffneten Hand auf die weiche Matratze ein. Ihr Finger lag auf dem Abzug, kokettierte mit einem Fehlschuss. Luc schob sich zur Seite, um aus dem Zielbereich zu kommen. Sie duckte sich gegen die Matratze, bis das Schlagen aufhörte.

»Du hast Wehen«, sagte Luc.

»Ja«, keuchte Tanya. »Leichte. Keine schlimmen, als würde das Baby kommen. Noch nicht.«

Eine Idee beherrschte ihre Gedanken: Was, wenn sie rannte? Tanya würde sie nicht erschießen. Luc konnte aus diesem Zimmer und durch das Wohnzimmer und hinaus auf den Hof rennen. Aber sie hatte keine Ahnung, wie viele Monster dort draußen warteten, hungrig und darauf aus, sie zu zerreißen. Der Drang zu laufen, zuckte durch ihre Beine wie Zündkerzen, die keinen Kontakt hatten. Stattdessen redete sie weiter mit einer seltsamen Ruhe in ihrer Stimme, die von einem ursprünglichen Ort heraufkam. »Wie werdet ihr ihn nennen?«, sagte sie, als seien Tanya und sie zwei Freundinnen, die an einem warmen Sommernachmittag in einem Straßencafé miteinander plauderten. Als gäbe es den Gang hinunter weder bellende Hunde noch Dämonen.

»Wir wissen noch nicht einmal, ob es ein Junge wird. Mason glaubt es.«

»Ich will nicht nach Hause zurück«, hörte Luc sich selbst sagen. Ihre Stimme war ein jenseitiger Choral, der in Tanyas Gesang hineinlief und dessen Geheimnisse zutage förderte. Beispielsweise den richtigen Namen des Entführers.

»Ich hoffe, es wird ein Mädchen … wie du und ich …«

»Ich möchte meine Mutter nicht wiedersehen«, sagte Luc. »Sie macht mich krank.«

Tanya nahm Lucs Hand und drückte sie – warm wie ein Wasserstrahl aus dem Hahn. »Mason wird nichts dagegen haben, wenn du bei uns bleibst. Das habe ich dir bereits gesagt. Ich weiß, es ist okay.« Doch während sie gelobte, senkte sie die Augen, nickte ihrem eigenen gewölbten Schoß zu. Tanya wusste, dass all ihre Versprechen leer waren. Ihre Versprechen waren nicht wahrer als dieses verrückte immer wiederkehrende Traumbild, das sie hatte: Mason steuerte den Cadillac Deville nach Downtown Hollywood, auf dem Beifahrersitz saß Tanya und trug eine Sonnenbrille und rosa Caprihosen, auf der Rücksitzbank dösten Lucia und das Baby, während *Hotel California* im Radio lief. In diesem Traum war Lucia nicht unbedingt wie eine Tochter – eher wie Masons zweites Mädchen, denn bald würde sie alt genug sein, zu hübsch, als dass Mason widerstehen könnte. Tanya könnte versuchen, Verständnis zu haben. Sie könnte es versuchen, denn dieser Traum fühlte sich richtig an. Auf jeden Fall besser, als diese verfaulten alten Familienwerte, denen sie sowieso nie getraut hatte.

»Hat er dich berührt?«, fragte Tanya. Sie gestikulierte schüchtern wegen ihrer eigenen geschwollen Ausdrucksweise.

»Ja«, stieß Luc hervor. Eine unverhohlene Lüge, aber das Monster namens Brick war ihr im Anhänger so nahe gekommen, dass ihr diese Antwort als die einzig richtige erschien.

Im Gang gab es Aufregung. Tanya ließ die Waffe über die Matratze gleiten und richtete sie auf den Boden zu ihren Füßen. Luc beobachtete die Pistole und dachte an die Lüge, die sie soeben gestreut hatte. Sie fragte sich, wie weit diese Worte eine Frau wie Tanya treiben konnten.

Jemand erschien in der Türöffnung. Er keuchte, als sei er gerade gelaufen. Er trat in die ehemalige Pferdebox, nah genug an Luc, damit sich sein Bild zu dem Mann verdichtete, den Tanya Mason genannt hatte. Sein Gesicht starrte auf sie herunter, und wenn Luc überleben sollte, würde sie niemals die Risse in seinen trockenen Lippen vergessen, den raupenartigen Haarstreifen hinunter zu seinem Kinn, die Eiterpickel auf seiner Nase. Als sie versuchte wegzuschauen, riss er ihr Kinn wieder nach oben. Seine Augäpfel zuckten, während er ihr Gesicht betrachtete. Luc brauchte jetzt etwas, was ihr Leben retten würde, und das musste die Wahrheit sein. Also sagte sie in sein prüfendes Gesicht: »Quinn hat dein Geld gestohlen. Er nahm es von meiner Mutter und hat es für sich behalten.«

»Woher zum Teufel weißt du das?«, fragte er. Sein Atem roch nach rohem Hackfleisch.

»Er sagte es mir im Anhänger. Er sagte, er sei gekommen, um mich zu retten, aber ich will nicht zurück.«

Masons Adamsapfel zuckte in seinem Hals.

»Meine Krämpfe werden schlimmer. Sie bringen mich um«, klagte Tanya hinter ihm.

»Halt durch, Tan«, sagte Mason. »Es ist noch nicht so weit.« Wie eine Schnappfalle packte er Lucs Handgelenk und zog sie nach oben. Der Schmerz war stark genug, um eine Leiche zum Schreien zu bringen. Sie stolperte über Tanyas Beine und stützte sich an einem Bettrahmen ab, doch Mason zerrte sie immer weiter. Sie richtete sich auf und ließ sich mitziehen.

»Was tust du? Was geht hier vor?«, flehte Tanya hinter ihnen.

Man kann die Lunte entzünden, doch man kann nie sicher wissen, wann die Ladung explodiert.

»Motorrad«, murmelte Sheppard von seinem Fensterplatz. Greta hatte auf dem Motelbett gedöst, das sie bis auf das Spannbettlaken abgezogen hatte. Jene Träume von einem Baby in der Krippe. Doch jetzt schnellte sie nach oben, warf die Beine über den Bettrand, sah auf den Wecker, der elf Uhr abends anzeigte.

Sie kauerte sich neben Sheppard und blickte durch den Spalt im Vorhang. Das raue Wetter war vorübergezogen, aber es lagen immer noch ein paar Zentimeter Schnee auf dem Parkplatz und den verlassenen

Autos. Die Reifenspuren im Schnee überkreuzten sich wie Gleise in einem Bahnhof. Während sie beobachtete, fuhr ein Motorrad auf den Parkplatz. Der Fahrer beugte sich hinter einem Windschild über den Lenker, ein Helm mit Visier bedeckte seinen Kopf. Er war von Kopf bis Fuß in glänzendes Leder gekleidet, das im Licht der Straßenlaternen schimmerte wie Öl. Er erweckte Neugier, und sei es nur, weil der Schnee auf der Straße und die niedrigen Temperaturen alles andere als gute Bedingungen für eine abendliche Spritztour waren.

Sheppard hielt das Fernglas an seine Augen und drehte am Fokussierrad. Das Bike war aus ihrem Blickfeld gefahren, doch Sheppard richtete seinen Blick auf Wendts Eingangstür. Dort drüben waren Lichter angegangen, und ein Schatten, der groß genug war, um menschlich zu sein, erschien hinter den Fenstervorhängen. Einen halben Meter links vom Fenster, schwang die Tür des Motelzimmers auf und ließ gelbes Licht heraus sowie Wendt selbst. Er duckte sich gegen den Türrahmen und blickte in die Richtung, die das Motorrad genommen hatte. Wendt trug in ein weißes Trägershirt und Jeans, barfuß, seine Haare waren zerzaust.

»Steckt da eine Handfeuerwaffe in Wendts Jeans?«, fragte Greta.

»Sieht so aus«, sagte Sheppard. »Soll ich Verstärkung rufen?«

»Warten wir noch ab. Ich möchte keinen falschen Alarm auslösen.«

Wendt trat einen weiteren Schritt vor. Seine bloßen Füße steckten im Schnee, was ihn nicht zu kümmern schien. Er legte eine Hand auf den Revolverknauf und griff an den Türrahmen, als sei der ein Schild, der ihn schützen konnte. Hinter Wendt bewegte sich eine weitere Gestalt durch das Zimmer. Die Freundin namens Slinky, die auf hausgelieferte Pizza, Indianerschmuck und widerliche Mistkerle stand.

»Geh wieder rein, Vollidiot«, flüsterte Greta. Sie konnte Wendt dort draußen nicht gebrauchen, denn dort konnte er eine Situation herbeiführen, in der Unbeteiligte getroffen werden konnten, wenn die Kugeln erstmal flogen. Sie wusste, das war es: Ein Söldner ritt motorisiert in die Stadt, um Mitch Wendt wegen seines Verrats zu exekutieren. Es spielte keine Rolle, dass Wendt eigentlich unschuldig war – wahrscheinlich zum ersten Mal in seinem Leben. Es gab vermutlich schlimmere Verbrechen, die nach einer Abrechnung verlangten, und Greta hatte keine Gewissensbisse wegen des Bullentricks, den sie seinen Kumpanen gespielt hatte.

»Geh wieder rein, Mitch«, wiederholte sie. Wendt schien ihr Folge zu leisten, als er wieder in sein Zimmer zurückglitt und die Tür zuschlug. Greta konnte den Biker nicht mehr sehen, aber irgendwie hatte er – wo immer er war – Wendts gespannte Aufmerksamkeit erregt. Vielleicht indem er von seinem Motorrad gestiegen und in einem benachbarten Aufgang verschwunden war, ein einfacher Trick.

»Was denkst du?«, fragte Sheppard. Er hatte keine Ahnung von Gretas abgekartetem Spiel gegen Wendt, aber er war clever genug, um zu begreifen, dass sie nicht wegen seines geistreichen Geplänkels hier mit ihm wartete.

»Wendt ist zufrieden, aber ich bin es nicht«, sagte Greta. Es waren gerade zwei Minuten vergangen, aber sie hatte die Warterei bereits satt. Zusammengekauert, die Hände auf den gebeugten Knien blickte sie durch den Vorhang, und das Ergebnis war ein schreckliches Ziehen in ihrem Rücken.

Links von ihrem Fenster bewegte sich etwas, erschreckend nah. Greta schoss nach oben. Sheppard riss das Fernglas von seinem Gesicht. Der Schatten materialisierte sich in einem Paar Schultern und der vollkommen Rundung eines Helms. Es war der Biker, der den Gehweg herunterschlich, ihnen die Sicht versperrte, nah genug, um ihren Atem zu spüren, wäre das Fenster nicht gewesen. Für zehn rasende Herzschläge erstarrten die beiden Cops zu Puppen in einem Kaufhausschaufenster.

Greta trat nach hinten, bis ihre Waden das Bett berührten. Sheppard lehnte sich in seinem Stuhl zurück, indem er seine Schuhabsätze an der Heizung abstützte. Er tastete auf dem Boden nach seiner Waffe im Halfter und stöhnte, während er sich danach streckte. Er war unbewaffnet, aus kürzester Entfernung ein leichtes Ziel. Aber der Motorradfahrer bewegte sich nicht, schoss nicht, schaute nicht einmal in ihre Richtung. Er sah eindeutig zu Wendts Motelzimmer auf der gegenüberliegenden Seite des Parkplatzes hinüber.

Die einzige Bewegung, die Greta machte, war, sich wieder auf das Bett zu setzen. Zu viel Aktivität hätte die Aufmerksamkeit des Bikers erregen können, und bisher schien er sich der beiden Cops nicht bewusst, die nur wenige Zentimeter hinter ihm lauerten. Er hob beide Hände, nahm den Helm ab und ein Schwall krauser Haare brach hervor, eher eine Mähne als eine Frisur. Er klemmte den Helm in die Armbeuge und griff mit der freien Hand in seine Tasche. Greta hielt die Luft an. Sie erwartete, dass er eine Waffe zog, doch stattdessen holte er eine Zigarette und ein Sturmfeuerzeug heraus. Er schlug den Feuerstein an und die Flamme ließ eine rosa Aura um seinen Kopf entstehen und beleuchtete für einen Moment sein Haardickicht. Dann erlosch sie.

Sheppard blickte zu Greta. Sie hob ihren Zeigefinger an die Lippen. Der einsame Biker inhalierte ein paar Züge Nikotin und schnippte die Zigarette dann gegen einen Stützbalken. Die Glut zerbarst in orange Asche, bevor sie im Schnee versank.

Dann trat der Biker vom Randstein herunter und ging zwischen zwei Autos hindurch, den Helm immer noch unter seinen Arm geklemmt. Den Ellbogen angewinkelt langte er in seine Jackentasche und zog etwas hervor, von dem Greta wusste, dass es diesmal ganz sicher eine Handfeuerwaffe war – und das war es.

»Ich rufe Verstärkung. Wir brauchen Einheiten hier draußen«, sagte Sheppard.

»Richtig«, sagte Greta. Sie legte ihre Hand auf den Türknauf und drehte ihn herum. Die Tür knarrte, aber der Wind war lauter. Sie duckte sich nach draußen und kauerte sich mit einer Hand auf dem Boden hin, während die plötzlichen Minusgrade sie überraschten. Sie zog ihre Beretta aus dem Halfter und die Waffe lag schwer in ihrer Hand, sträubte sich gegen das Ziehen, als wolle sie diesen Kampf nicht. Auf der anderen Seite der Stadt tranken Sandy und Max wahrscheinlich Wein in ihrer Hochzeitssuite im Ramada, liebten sich vielleicht, oder schliefen ein wenig, um sich für ihren frühmorgendlichen Flug nach Paris auszuruhen. Irgendwo anders sah Luc Moberg einem gewaltsamen Tod entgegen – oder war bereits gestorben.

Der bärtige Mann hielt eine Kettensäge in seiner fleischigen Hand. Sie hatte einen Plastikgriff und ein dreißig Zentimeter langes Schwert, und das einzige Anzeichen für Gebrauch waren Klumpen von Sägespänen, die zwischen den Zähnen steckten. Luc sah diesen klaren Schnappschuss aus drei Meter Entfernung und mit ihren Habichtsaugen konnte sie jedes einzelne Stahlglied der Kette erkennen. Sie kniete im Schnee, wo Mason sie hingestoßen hatte, und starrte ins Angesicht ihres möglichen Todes. Ihre Gedanken weigerten sich, sich länger mit diesem einen panischen Augenblick zu befassen, aber der Schmerz machte ihr Angst. Der bevorstehende Schmerz zeichnete sich so viel bedrohlicher ab als das Nichts danach.

Der heftige Schneefall peitschte schräg auf Luc ein. Ebenso auf Quinn, der unter einer hohen Kiefer kauerte wie ein Müllsack, den man dort abgeladen hatte. Bis in eine Stammhöhe von fast drei Metern hatte man die Äste am Baum entfernt, und Quinns Hände wurden in die raue, kahle Rinde gepresst. Er nahm die Schneeklumpen nicht wahr, die von den hohen Ästen auf seine bloßen Schultern klatschten. Er schien nicht zu hören, wie der Bergarbeiterschädel, der in seine linke Schulter tätowiert war, eine Beschwörungsformel sang. Luc hörte sie, verstand sie aber nicht.

In der Nähe klapperten die Röhren im Haar der Dämonenfrau wie ein Windspiel. Mit Klauenhand und Brick bildete sie eine Formation, als ständen sie an den drei Enden eines heidnischen Kreuzes. Der Anführer trat vor und zog am Seilzug der Kettensäge. Mit einem Zug erwachte sie zum Leben, und aus den unzähligen Bäumen, die sie umgaben, schreckten dutzende Vögel auf.

Luc presste ihre Augen zu. Sie legte die Hände über ihre Ohren. Sie schrie laut genug, um das Gebrüll des schrecklichen, mahlenden, sengenden Metalls zu übertönen, aber es ließ sich nicht zum Schweigen bringen. Die Motorsäge heulte zweimal auf wie ein Motorrad an einer roten Ampel, dann grummelte sie tief und war wieder still. Luc fürchtete, sie würden jetzt zu ihr kommen, doch sie musste Zeuge ihres eigenen Schicksals sein.

Als sie ihre Augen öffnete, um zu sehen, war ihr Blick vollkommen klar. Sie sah Quinn zusammengesackt vor der Kiefer, der Schnee um ihn herum war rot getränkt, als seien dort Kochtöpfe mit Blut ausgeschüttet worden. Sein tätowierter Arm war an der Schulter abgeschnitten und aus der großen breiigen Wunde regnete es Blutfäden. Sein Gesicht war aschgrau, der Schatten des Todes war bereits da. Sein Arm selbst war verschwunden, und das schien von allem am Seltsamsten.

Der bärtige Mann lief mit der Kettensäge um Quinn herum, als sei er ein Maler, der seinen nächsten Pinselstrich plante. »So machen wir das, Tonto«, sagte er. »So holen wir uns unseren Anteil.« Sein grauer Bart war jetzt dunkelrot gesprenkelt. Quinn antwortete nicht auf seine Schelte. Quinn atmete, und weigerte sich mit weit geöffneten Augen zu vergeben.

Mason sagte zu Luc: »Du wolltest ihn sterben sehen, doch dann hast du deine Augen gechlossen.«

Die Radiobatterien waren leer. Keine Weihnachtsmusik, um den Lärm zu übertönen, den Tanya nicht hören wollte. Doch sie hörte das Knattern der Kettensäge, hörte das Schreien. Sie versuchte, nicht daran zu denken, was passierte, was passieren würde. Stattdessen schleppte sie einen schwarzen Müllbeutel und sammelte leere und halb getrunkene Bierdosen vom Boden auf, von Stühlen und Tischen, warf sie mit einem schwachen, feuchten Klappern in den Sack. Solange sie sich bewegte, ließen ihre Schmerzen nach, und die Senkwehen schienen weniger wirklich.

Brenda Hanson stemmte sich von ihrem Sitzplatz in der Küche hoch und mühte sich, ihre Winterjacke über die Schultern zu ziehen. Ihre Augenlider waren feucht und rot wie Rost, der von einem Wasserhahn heruntertropfte. »Ich verschwinde von hier. Ich haue ab. Ich habe die Nase voll. Du kannst gerne mit mir kommen, Tanya. Ich kann dich in ein Krankenhaus bringen, wo du hingehörst.«

Aber in ihrer Stimme lag Gehässigkeit, als meine sie es nicht ernst.

Furnace lief im Zimmer hin und her, wobei er seine Kette hinter sich her zog. Er jaulte wegen der Hässlichkeit draußen, die auch er nicht hören wollte. Als Brenda ihn rief, merkte er auf und spitzte seine kupierten Ohren. Sie beugte sich herunter – machte eine grunzende Freakshow daraus und ergriff die Leine.

»Wohin gehst du?«, flehte Tanya.

»Das sehe ich, wenn ich dort bin.« Sie redete undeutlich, immer noch betrunken. Sie schwankte und Furnace ging ihr aus dem Weg. Aus Angst, sie könne auf ihn fallen, hockte er sich seitlich hin. »Aber besser, du verschwindest auch von hier. Das ist alles, was ich sage.«

»Hast du die Schlüssel für den Pick-up?«

»Ich weiß, wie man das verdammte Ding kurzschließt. Furnace komm.«

Tanya folgte ihr auf die Veranda hinaus, blieb aber auf der Platte stehen, den Beutel mit den Dosen immer noch umklammert. Sie sah zu, wie Brenda sich den Pfad zum Pick-up hinunterkämpfte, die Arme erhoben wie ein Seiltänzer, die lächerlichen Stöckelschuhe schlackerten durch den Schnee. Der Hund sprang vorneweg, zog sie mit heraushängender Zunge vorwärts. Aus dieser Entfernung konnte Tanya Brenda Hanson ohne viel Mitgefühl beobachten.

Der Aufruhr hinter der Hütte war jetzt vorbei. Tanya hatte nie zuvor gesehen, wie ein Mensch getötet wurde, hatte es bis zu diesem Augenblick nie gehört, und der Gedanke daran ließ sie innerlich kalt, als hätte man die Seele aus ihrem Leib gestohlen und dann irgendwo hingehängt wie einen gelynchten Verbrecher. Wenn man eine Seele – auch wenn sie gerettet werden kann – einem solchen Trauma aussetzt, dann ist sie dazu bestimmt, einen zerrissen und gebrochen zu hinterlassen und selbst dem Tode nahe.

Die Schmerzen der Wehen luden die Batterien in Tanyas Kopf auf. Es war fast wie eine Energie, die sie bestimmte Dinge erahnen ließ, bevor sie wirklich passierten: wie Brenda den Pick-up erreichte, die Tür öffnete, wie sie sich hineinzwängte und der Hund ihr folgte. Wie sie dasaß und Minuten vergeudete und sich selbst hinterfragte, und wenn sie schließlich den Motor zum Laufen brachte, wäre es bereits zu spät. Tanya wusste es. Tatsächlich erschien Buck von der anderen Seite der Hütte, blutverschmiert wie ein tobender Grizzly. Er riss die Fahrertür auf, die Brenda nicht verschlossen hatte. Er packte sie, schüttelte sie, krallte sich fest – er brüllte Flüche, die der Wald verschluckte, genau wie Tanya erwartet hatte. Furnace bellte auf dem Beifahrersitz, vollkommen aufgeregt, nicht wissend, welchem seiner Herren er dienen sollte.

GRETA LIESS DEN BIKER den halben Parkplatz überqueren, bis er am Weitesten von einer möglichen Deckung entfernt war. Zwischen den Autos schlich sie voran, duckte sich unter Fensterrahmen, benutzte einen Escort als Schutzschild, legte ihre Arme über die verschneite Motorhaube, zielte beidhändig mit ihrer Beretta.

»Polizei!«, bellte sie, tief genug, um eine Männerstimme vorzutäuschen. »Hände hoch!«

Sheppard keuchte hinter ihr, stapfte auf unsicheren Füßen nach draußen, um ihr beizustehen.

Der Motorradfahrer ließ den Helm unter seinem Arm fallen. Er knallte auf den matschigen Asphalt und rollte wie ein Kopf von der Guillotine. Er hatte jetzt einen Arm frei und hob die Waffe auf Schulterhöhe, dann höher, zielte in die Wolken. Es hatte allen Anschein, als wollte er sich bilderbuchmäßig ergeben. Der grüne Lichtpunkt von Gretas Trijicon-Nachtzielgerät lag direkt über seinem Herzen.

»Legen Sie die Waffe auf den Boden!«, sagte Greta. Sheppard war an ihrer Seite. Er stand aufrecht, hatte die Arme auf das Dach des Escort gelegt und den Bauch gegen das Fenster auf der Fahrerseite gepresst, wischte Schneeklumpen vom Glas.

Die Pistole des Bikers war immer noch nach oben gerichtet, während seine rechte Hand an seiner Taille lag, als wollte sie etwas greifen, was dort verborgen war. Greta füllte ihre Lungen, um ihren Befehl zu wiederholen, doch in diesem Augenblick öffnete sich Wendts Zimmertür erneut.

Neues Licht schien auf den Parkplatz und übergoss den Biker und warf seinen Schatten über den Boden. Wendt war nicht zu sehen, aber der Rocker richtete seine Waffe auf den leeren Türrahmen.

»Hurensohn!«, brüllte jemand über dem Knall eines Schusses. Drei Waffen waren gezogen, möglicherweise vier, und in dem Chaos konnte niemand sagen, welche gefeuert hatte, außer, dass es nicht Gretas gewesen war. Der Biker sprang auf ein Auto zu, das einige Meter von Wendts Tür entfernt parkte. Er war zu schnell in Deckung gegangen, als dass Greta ihn im Visier behalten konnte. Sie fluchte ob dieser unerwarteten Veränderung der Situation. Jetzt glich es eher einem Krieg als einer Festnahme.

»Verstärkung ist unterwegs«, sagte Sheppard, hockte sich hin und schnappte nach Luft.

»Hast du geschossen?«, fragte Greta.

»Nein. Ich glaube, es war Wendt.«

Mehr Lichter gingen an, der Lärm hatte Mieter auf beiden Seiten geweckt. Jede Sekunde würden sie an ihre Fenster kommen, Türen öffnen, hinaustreten – furchtlos und dumm und ungeschützt. Sie waren wahrscheinlich Junkies und Freier und Nutten, aber Greta konnte nicht zulassen, dass sie erschossen wurden. Auch in ihren Zimmern waren sie durch Kugeln gefährdet, die durch die Pappwände kämen, die so dünn waren, dass sogar die Federal-Nyclad-Munition der Cops sie durchdringen konnte.

»Mitch Wendt … Polizei! Schließen Sie die Tür! Schießen Sie nicht mehr!«, schrie sie.

Sie wartete. Sheppard keuchte. Wendts Tür stand immer noch sperrangelweit offen.

Sie beugte sich tief hinunter und starrte unter dem Auto hindurch. Etwa zehn Meter entfernt sah sie den Biker, der hingestreckt neben einem matschverkrusteten Fahrwerk kauerte. In fünf Minuten träfen die Streifenwagen ein, aber Greta wusste nicht, was dann geschehen würde. Sie würden mit kreischenden Sirenen mitten in diese Szenerie hineinrasen und verheerenden Schaden anrichten.

»Scheiße drauf!«, sagte Sheppard. Er lief an Greta vorbei auf die freie Fläche und rannte über den Parkplatz direkt auf Wendts Tür zu. Seine klobigen Schuhe zogen Furchen in den Schnee.

Der verborgene Rocker schnellte hoch wie eine Kobra in Angriffsstellung.

»Was zur Hölle ist da los?«, rief eine Hure auf dem Balkon in der ersten Etage.

Sheppard drehte sich im letzten Augenblick und klatschte seinen Rücken gegen die Ziegelfassade neben Wendts offener Tür, die Waffe mit beiden Händen haltend. »Wendt!«, rief er. »Die Waffe runter und beide Hände auf den Boden!« In dieser Position war Sheppard dem Biker hinter dem Auto ausgeliefert. Es gab keine andere Möglichkeit für Greta, als sich wieder über die Motorhaube zu lehnen und ihre Waffe auf den wilden Haarschopf zu richten, der aus dem Versteck des Rockers spross.

Slinky erschien am Fenster des Motelzimmers. Sie stand im Spalt, den sie zwischen den Vorhängen gemacht hatte. Sie blinzelte hinaus in die Dunkelheit. Vollidiotin, dachte Greta noch, als der Biker den Arm mit der Waffe hob und einen Schuss abfeuerte, der über den Hof hallte. Ein Loch von der Größe eines Pennys erschien in der Fensterscheibe. Slinky zuckte zusammen und fiel nach hinten außer Sicht. Ob sie von der Kugel getroffen war oder nicht, konnte Greta nicht erkennen, aber das Loch im Glas färbte sich milchigweiß und die Vorhänge schlossen sich von selbst.

Der Biker schnellte aus seiner Position empor, und Greta jagte hinterher. Er rannte zu seinem Motorrad zurück, das an der Rückseite des Parkplatzes stand. Er hatte mindestens fünfzehn Meter Vorsprung, selbst wenn sie so weit ausschritt, wie sie konnte. Zu allem Unglück trat sie gegen den Helm des Motorradfahrers, der sich wild drehte, und stolperte beinahe auf den schwarzvereisten Boden.

Der Rocker stieg auf und trat den Kickstarter. Der Motor brummte und heulte auf. Greta war immer noch zu weit zurück, also blieb sie stehen, atmete keuchend. Die einzige Ausfahrt lag in ihrem Rücken.

Und tatsächlich raste der Biker auf sie zu. Der Scheinwerfer strahlte hell und der Auspuff knisterte wie ein feuerspeiender Drache. Sie hob ihre Waffe, aber sie konnte nicht einfach drauflos schießen, denn sie hatte Angst, ihn tödlich zu verletzen. Der Killer war ihre letzte Verbindung zu Luc. Wenn sie ihn tötete, konnte der Faden für immer reißen.

Also zielte sie tief und setzte den grünen Lichtpunkt auf sein linkes Bein. Sie drückte den Abzug und die Waffe schlug heftig zurück. Ihre Ohren klingelten. Die Kugel prallte vom V-2-Motor ab. Der Biker biss die Zähne zusammen und hielt direkt auf sie zu. Greta sprang seitwärts und rollte über die Motorhaube eines Autos, pflügte mit ihrem Körper durch den angesammelten Schnee. Sie prallte mit ihrem Ellbogen gegen die Windschutzscheibe und dann schlug sie ihren Kopf an. Es gab einen plötzlichen Druck in ihren Ohren, als tauche sie unter Wasser. Das Motorrad krachte der Länge nach gegen die vordere Stoßstange. Greta konnte es nicht genau sehen, aber sie wusste es. Für einen Augenblick schaute sie durch den Streifen, den sie auf der Windschutzscheibe des Autos freigefegt hatte, und sah Silbermünzen auf dem Armaturenbrett, einen Kaffeebecher zwischen die Sitze geklemmt.

Die Waffe lag immer noch in ihrer Hand, war aber zwischen Motorhaube und ihrem Bauch eingeklemmt. Sie rollte herum, um sie frei zu bekommen. Sie zielte, aber schoss nicht. Der Biker trat mit seinem verletzten Bein, das jetzt blutete, gegen die Kühlerhaube. Das Motorrad schob immer noch voran, und nahm Fahrt auf, nachdem es sich vom Auto gelöst hatte. Greta hatte sein Gesicht gesehen. Es war bleich wegen des Schocks der Schussverletzung, bärtig und zeigte gelbe Zähne, wie etwas, das in den Wäldern hauste. Es war kaum menschlich.

Greta glitt von der Haube herunter und jagte erneut hinterher, diesmal sicher, ihn zu Fuß zu kriegen. Doch das Motorrad wurde schneller. Und ihr Hirn schwamm in ihrem Schädel. Und ein dumpfer Schmerz pochte in ihrem Nacken. Und ein bitterer Geschmack lag auf ihrer Zunge.

Der Rocker sprang bereits über den Bordstein der Straße in den kalten weißen Schein, den das Flutlicht des Qwik-Fill auf der anderen Straßenseite warf. Er glitt so schnell dahin, dass es aussah, als könne er abheben und fliegen. Ein Pick-up fuhr in östlicher Richtung – Wasserfarben, psychedelische Motive auf der Seite. Unzählige Lichter spiegelten sich in der Windschutzscheibe wie helle Sterne. Der Biker hob einen Arm zum Schutz gegen den tonnenschweren Truck, der auf ihn zuraste, und der Aufschlag klang wie das Scheppern von Mülleimern, die von Dächern stürzten. In diesem Augenblick verschluckte der Pick-up das Motorrad unter seinem Fahrwerk. Das einzelne Rücklicht des Motorrads erlosch. Metall wurde zusammengefaltet und sprühte Funken. Der Pick-up quietschte und schlingerte und kam nach fünfzehn Metern zum Stillstand.

Das abgeschliffene Metall auf der Straße wirkte wie Bleistiftspäne, die man über die Schlieren aus Öl und Blut gestreut hatte, die sich zum Wrack hin verloren. Auf dem Randstein lagen die Reste eines zerfetzten Autoreifens. Weiter vorn rasten zwei Streifenwagen in Richtung Westen und ihre Sirenen wurden lauter. Ein älterer Schwarzer mit Wollmütze und Flanelljacke ging auf dem Bürgersteig auf Greta und den Unfallort zu. Er hatte seine Händen in die Taschen gesteckt und betrachtete die Trümmer auf der Straße. Es schien ihn gleichgültig zu lassen. Erst als er sah, wie Greta sich mit ihrer Waffe näherte, wich er zurück, die Hände erhoben und ein Grinsen im Gesicht.

Der Fahrer des Pick-up öffnete die Tür und ließ seine Winterstiefel auf die Straße gleiten. Er war speckig, in den Vierzigern, trug einen dicken Winterparka und hatte Haare wie ein Koalabär. Er taumelte an der Längsseite seines Trucks entlang, wobei er sich mit einer behandschuhten Hand an der Wagenseite abstützte. Er war benommen – und das von mehr als nur dem Schock. Diese Nacht brachte niemandem Glück.

»Ich glaube, ich habe einen Hirsch angefahren«, sagte er undeutlich zu Greta, sein Atem stank nach Bier.

»Halt's Maul, Arschloch.« Sie stieß ihn mit ihrer Schulter gegen den Truck, als lande sie einen Hockeycheck, dann löste sie die Taschenlampe von ihrem Gürtel und kniete sich hin, um unter das Wagenheck zu schauen. Was sie zu finden erwartete, war ein verstümmelter

Motorradfahrer, der sie mit toten Augen anstarrte. Was ihr Lichtstrahl stattdessen einfing, war der zerstörte Rahmen des Motorrads ohne seinen Fahrer. Sie stand wieder auf und fand den abgeworfenen Biker, wo er gelandet war – ausgestreckt auf dem Rücken auf der Ladefläche des Trucks. Das eine Bein lag auf einem Betonblock, ein Arm war zum Himmel ausgestreckt und zitterte, sein struppiger Kopf ruhte auf einem Sack Streusalz. Sie hatte seine Landung nicht gesehen, aber das Ergebnis sagte ihr, dass sie nicht sanft gewesen war.

Der Biker zuckte zusammen und trat mit seinem Absatz gegen die Innenverkleidung der Ladefläche, krümmte sich vor Schmerzen. Greta richtete ihre Beretta auf ihn und befahl ihm, sich nicht zu bewegen. »Hey, Lady ... hey ... beruhigen Sie sich«, sagte der angetrunkene Trucker. Aber es klang wie totes, aufgezeichnetes Gerede im Radio, nicht für sie bestimmt.

Vier

Ragnarök

Der Wald stand so schweigend da, als sei die Erde in das Zeitalter vor den ersten Menschen zurückgefallen – mit der Ausnahme, dass dieses Land von einer schiefen, mit Schindeln verkleideten Hütte verschandelt wurde, von einem Traktor, einem Pick-up mit Anhänger und einem verrosteten Cadillac, der schräg auf einer verschneiten Zufahrt parkte. Tiefe, matschige Spuren schnitten in den Schnee, wo vor Kurzem noch andere Fahrzeuge gestanden hatten. Auf dem Hof hinter der Hütte war der frische Schnee von Stiefelspuren zertrampelt. Sie führten zu einer Stelle, wo der Boden durchnässt war wie an einem Schlachtplatz für Schweine – einige Flecken waren schwarz, andere hatten den Schnee blassrosa eingefärbt. Quinn Cutlers Körper war verschwunden, doch man konnte erkennen, wo man ihn in Müllsäcke gewickelt und zu dem Cadillac geschleift hatte. Auspuffgase stiegen unterhalb des Kofferraums auf, in dem der Leichnam verstaut war.

In der Hütte füllten die Schatten der Abenddämmerung die Räume wie eine schwarze Flut, die durch Risse in den Wänden hereindrang. Tanya fand eine Streichholzschachtel auf einem Regal und strich eines an. Sie zündete damit die Petroleumlampen an – eine auf der Arbeitsplatte in der Küche, eine baumelte an einem Haken über dem Tisch, eine weitere hing im Wohnraum wie eine Art ländlicher Kronleuchter. Der Weihnachtsbaum mit seinem traurigen Schmuck stand in der Ecke. Die Lampen erfüllten die Hütte mit einer orangen Wärme, die an- und abschwoll, als handele es sich um illuminierten Atem.

Die Skeleton Crew verschwand so schnell wieder, wie sie aufgetaucht war, und niemand konnte wissen, wie sie Brenda Hanson für ihren dummen Fluchtversuch bestrafen würden. Tanya wusste nur, dass die fette Frau noch lebte, als Buck mit dem Pick-up davonfuhr – ohnmächtig und zusammengesunken auf dem Beifahrersitz, aber atmend. Das war alles, was Tanya interessierte, denn Reds Leiche und Luc Moberg, die ruhig auf der Couch lag, waren wichtiger.

Das Mädchen wirkte doppelt so alt, wie sie war. Ihr Mund war ein gerader Rasiermesserschnitt. Ihre Handgelenke waren dunkel und übersät von roten Flecken. Sie schien unbeeindruckt davon, dass sich Mason zwei Meter von ihr entfernt im Schaukelstuhl fläzte, dabei Bucks Hockeyschläger gegen seine Wange schlug und seinen 45er Colt locker auf ihren Kopf gerichtet hielt – als sei er dieses Spiels überdrüssig und hoffte, das Mädchen würde einfach um Gnade winseln. Die Blutspritzer des Indianerjungen trockneten auf seiner Hose.

»Hast du deine Waffe?«, fragte Mason.

Tanya steckte das Streichholz in ihre Tasche und holte die Smith & Wesson aus einem Regal hervor, wo sie die Waffe hinter Suppendosen versteckt hatte. Sie war ungesichert, das Magazin geladen, eine Patrone befand sich im Lauf.

»Du erinnerst dich doch, wie man sie benutzt?«, fragte Mason. »Du musst eine Weile auf sie aufpassen, bis ich wiederkomme. Ich muss ihn irgendwo weit entfernt von Bucks Grundstück loswerden.«

»Du meinst Red?«

»Scheiße, Tan. Sprich den Namen nicht aus. Er ist tot … er braucht keinen Namen mehr. Er ist nur ein Körper, der in dem Kofferraum verrotten wird, wenn ich mich nicht um ihn kümmere. Ich bin höchstens zwei Stunden weg. Hoffentlich weniger. Du musst nur auf das Mädchen aufpassen und sie erschießen, wenn sie sich bewegt. Verstanden?«

Luc lag seitlich zusammengekauert da, die Beine zur Brust hochgezogen – nackte und wunde Knie nachdem die Netzstrümpfe zerfetzt waren. Ihr Kopf lag auf der Armlehne des Sofas wie auf einem Kissen, aber ihre Augen blieben wachsam und auf den Ofen gerichtet, wo das Holz mit einer roten Hitze verbrannte, die schwarz gesprenkelt war.

»Die Krämpfe werden schlimmer«, sagte Tanya. Sie spürte, wie sich ihr Bauch auf die Größe eines Fußballs zusammenzog. Ihre Knie schlotterten.

»Das sind nur diese verdammten Senkwehen. Du könntest nicht mehr stehen, wenn es etwas anderes wäre.«

»Was ist, wenn etwas passiert?«

»Wenn sie auch nur versucht, dieses Sofa zu verlassen, tötest du sie. Und ziel auf ihren Kopf. Mach dir keine Gedanken um den Dreck. Es wird alles sauber gemacht, damit nichts zu Buck zurückverfolgt werden kann. Sobald das getan ist, hauen wir ab.«

Luc blinzelte nicht, nicht einmal, als sie über die Möglichkeit ihres Todes sprachen.

»Ich meine, was, wenn etwas mit dem Baby ist?«

»Nichts ... Tan, ich habe es dir schon einmal gesagt ... ich bin zwei Stunden weg. Nicht mehr.«

»Ich kann mein Baby nicht in dieser Hütte bekommen.«

»Ich werde jetzt nicht über diesen Mist reden. Töte sie, wenn sie sich bewegt. Ich meine es ernst.« Er stürmte den Gang hinunter, zu sehr in Eile, um Tanyas Antwort abzuwarten. Was sie sagte, spielte sowieso keine Rolle. Sie war an dieses Gewicht gebunden, egal wie weit es sie hinunterzog. Tanya hatte gehofft, um Lucs willen – doch das Mädchen war jetzt wie ein zerbrochenes Ding, nur vier Jahre jünger als Tanya und viel übler dran, als sie es in diesem Alter gewesen war. Tanya kannte diesen Schmerz und wusste, wie schlimm es war. Es wäre beinahe eine Gnade, sollte sie ihre Waffe benutzen müssen.

»Komm rüber in die Küche.« Sie richtete die Waffe auf Lucs Brust, zielte auf das Nine-Inch-Nails-Logo auf ihrem T-Shirt. Luc gehorchte, aber sie ging, als wate sie durch Schlick, tastete sich blind mit ihren Fingern an der Couch entlang. Tanya presste die Waffe zwischen Lucs Schultern, damit sie sich schneller bewegte, aber das Mädchen hatte seine eigene Geschwindigkeit, die nahe dem Stillstand lag.

»Auf den Stuhl«, sagte Tanya. Luc zog einen Küchenstuhl zurück und setzte sich. Tanya ging um den Tisch herum und ließ sich gegenüber dem Mädchen nieder. Das harte Holz des Stuhls drückte gegen ihre schmerzenden Muskeln und beruhigte sie ein wenig, während sie die Waffe im Anschlag hielt und ihren Arm auf die Tischplatte legte. Sie zog ihren Ellbogen etwas zurück, damit das Mädchen sie nicht erreichen konnte, falls sie danach griff. Sie war immer noch nah genug dran, damit Tanya traf, wenn sie feuerte.

Dann kam Mason zurück. Er trug einen Spaten, der am Griff zersplittert war, und eine Halogentaschenlampe, groß wie das Fernlicht eines Trucks. Er keuchte von mehr als nur seiner Eile. Das mussten diese Hormone sein, die ihn durchströmten – und die den Zorn und die Panik befeuerten. »Was zum Teufel?«, sagte er vollkommen aufgebracht. »Ich dachte, ich hätte gesagt, sie soll sich nicht bewegen.«

»Ich habe sie hierher gebracht«, sagte Tanya. »Ich kann nicht dort drinnen hocken. Ist der Boden draußen nicht gefroren?«

Mason betrachtete den Spaten, den er trug. »Ich werde eine Stelle finden, mach dir keine Gedanken darüber. Alles, um das du dich kümmern musst, ist das Mädchen. Wenn du sie gehen lässt, bringe ich dich auch um. Und das meine ich ernst. Hast du das kapiert?«

»Ja«, sagte sie, und dann setzte sie hinzu: »Beeil dich«, aber er war bereits auf dem Weg nach draußen, wobei er den Spaten über den Boden hinter sich her zog. Draußen knirschten seine Schritte über eisigen Schnee. Der Caddy rumpelte, als er den Motor hochdrehte. Etwas an diesem Geräusch ließ das Mädchen auf der anderen Seite des Tisches ihren Kopf senken, als wolle sie beten, und ihr zerzauster, fettiger Pony fiel über ihre Augen. Durch das Küchenfenster sah Tanya die Scheinwerfer aufleuchten. Sie verschwanden rückwärts die Auffahrt hinunter, bis Mason den Wagen wendete und seine Rücklichter durch die Bäume zitterten. Dann waren sie verschwunden.

Aus den letzten Lebensfunken in ihrem Blut versuchte Luc neuen Mut zu schöpfen. Der Hass auf Mason Renault trieb sie an, und auf Quinn Cutler, und selbst auf diese Schattenmutter, die eine geladene Waffe auf sie richtete. Sie konnte hören, wie sich das zarte neue Leben im Bauch dieser Frau regte. Und sie ließ sich selbst schwach und hoffnungslos wirken, damit sie sich ausruhen und vielleicht ein wenig Kraft aus dem dämmrigen Licht und dem Feuer im Ofen ziehen konnte. Quinns hässlicher Tod war immer noch frisch in ihrem Kopf, aber Luc zuckte nicht, als er lebhaft durch das Dunkel ihrer Erinnerungen blitzte.

Die drei Lampen reichten nicht aus, um Lucs Blick zu erhellen. Deswegen richtete sie ihre Augen auf ihre verletzten Handgelenke, die in ihrem Schoß lagen, auf die staubige Tischplatte und auf den länglichen Stahl, von dem sie wusste, dass es sich um eine geladene Waffe handelte, und auf Tanyas verschwommenen Umriss, der wirkte wie eine Gestalt, die man durch Tränen betrachtete. Luc saß die Zeit aus – zwanzig Minuten oder mehr, hätte sie eine Uhr zur Kontrolle gehabt. Tanya bewegte sich kaum, presste nur alle paar Minuten ihre freie Hand auf ihren Unterleib. Tanya versuchte, ihre Schmerzen zu verbergen, aber sie stiegen von ihr auf wie giftige Dämpfe. Luc wartete lange Minuten, bis Tanyas Qualen in den schlimmsten Rottönen aufflammten, dann stieß sie hervor: »Wenn er zurückkehrt, wird er mich töten.«

»Nicht, wenn du tust, was er sagt.« Tanya verbarg ihre Anstrengung.

»Das Geld ist weg. Es gibt keinen Grund mehr, mich am Leben zu lassen.«

Tanya antwortete nicht. Wegen eines heftigen Krampfs hielt sie ihren Atem an.

»Ich habe gesehen, wie sie Quinn umgebracht haben … ich weiß alles, was passiert ist.«

»Wenn sie dich tot sehen wollten, dann wärst du jetzt schon tot.«

Luc schluckte, aber ihre Kehle war so trocken, dass es fast unmöglich war. Ihre Worte benötigten eine Strategie, aber ihre Gedanken waren genauso verschwommen wie ihr Blick. »Kann ich ein Glas Wasser haben?«, fragte sie.

»Keine Tricks. Ich bin nicht blöd. Ich kann dich erschießen. Ich habe schon Leute getötet und ich habe keine Angst, es wieder zu tun – selbst dich.«

»Was habe ich getan, dass du mich tot sehen willst?«

»Noch nichts. Aber wenn du mich verarschst, dann werde ich es tun.« Um ihr zu drohen, wedelte Tanya mit der Waffe und die bewegte sich in geisterhaften Schlieren durch die Luft.

In jeder einzelnen Sekunde malte Luc sich aus, wie die Waffe feuerte und die Kugel durch ihr Herz drang, aber sie konnte sich trotzdem nicht vorstellen, wie es sich anfühlte. »Er will mich wieder vergewaltigen. Das ist der einzige Grund, warum ich noch am Leben bin«, sagte sie so unbetont, wie sie konnte.

»Das ist nicht der Grund«, sagte Tanya. Sie presste die Worte zwischen ihren Zähnen hervor.

»Ich brauche Wasser, bitte«, sagte Luc.

»Halt den Mund.«

»Kommt das Baby?«, fragte Luc. Sie blinzelte, um zu sehen, ob ihre Frage getroffen hatte, aber es war, als rede man ins Ungewisse. Diese seltsamen Fragen durchzuckten ihre Gedanken eine Sekunde, bevor Luc sie stellte. Die Zeit lief ab, die Zeit und der Raum fielen auseinander, bis nur noch die Hütte stand, nur Luc und Tanya, verloren in einem Universum der Leere.

»Es ist noch nicht soweit«, sagte Tanya.

»Für mich sieht es aber so aus«, sagte Luc.

»Es ist kein Junge, egal was Mason sagt. Er trägt dieses Kind nicht in sich, also hat er keine Ahnung. Ich weiß, dass es ein Mädchen ist, und daran kann er nichts ändern, wenn es kommt.«

»Er könnte ihr wehtun«, sagte Luc. »So wie er dir manchmal wehtut.«

»Halt die Klappe, Miststück!«, schrie Tanya. Sie stöhnte und schlug auf den Tisch, so abgelenkt durch ihre Schmerzen, dass Luc glaubte, sie könne die Waffe an sich reißen, wenn sie es versuchte. Aber Luc musste weiter reden, denn nur das Reden hielt die Dunkelheit davon ab, diesen letzten hellen Fleck auf der Erde zu ersticken.

»Entschuldige«, sagte Luc. »Ich weiß nichts über dein Leben. Ich habe nur gedacht, wenn das Baby kommt …«

»Du hast recht … du weißt nichts über mein Leben.«

»Ich weiß, wie du hier rauskommst.«

»Das ist lange vorbei.«

»Wir können uns gegenseitig helfen, hier herauszukommen.«

»Was ich tun kann, ist, dir ins Gesicht zu schießen, wenn du den Mund nicht hältst. Bitte.«

»Wir können abhauen, bevor er zurückkommt. Du musst dein Baby nicht hier bekommen.«

»Bist du verrückt? Wir sind meilenweit von irgendwo. Wir verirren uns im Wald.«

»Der Pick-up da draußen …«, begann Luc. »Der, an dem der Anhänger …«

»… hat sich seit zwanzig Jahren nicht mehr bewegt. Vergiss es.«

»Es ist mein Leben«, sagte Luc. Sie drückte die Hände gegen den Tisch und stieß den Stuhl zurück. Sie behielt die Waffe im Auge. »Ich werde nicht sterben, weil du zu feige bist. Willst du dein Baby hier mit ihm kriegen?«

»Was zum Teufel tust du? Es ist zu spät. Bleib ruhig und setz dich wieder hin.«

Luc hatte kaum realisiert, dass sie stand. Ihr Körper verfolgte seine eigenen Absichten, die sich von ihren gelöst hatten. »Bitte … wenn wir jetzt gehen, wird er uns nicht finden.«

Tanya hielt die Waffe auf Tischhöhe. Sie schwankte. Sie war ängstlicher als je zuvor, denn sie wollte diese Aufgabe nicht mehr, wollte nicht mit der Waffe auf jemanden zielen, während ihr Baby zur Welt kam. Sie hasste Luc, die sie mit tückischen Worten und aufgezwungenen Entscheidungen verwirrte. Sie wollte all diese schwindelerregenden Gedanken loswerden.

Tanya zielte nicht, als sie die Waffe abfeuerte, aber sie drückte den Abzug, weil sie Masons Mädchen war und er sie so oft gerettet und für ihre Sicherheit gesorgt hatte, weil diese kleine Schlampe versuchte, all diese Dinge auseinanderzupflücken. Über all dem anderen Müll in ihrem Hirn sagte Masons Stimme ihr brüllend laut und in einfachen Worten, was sie zu tun hatte. Er machte immer alles einfacher.

Mitch Wendt sah aus wie auf Drogen – er rollte mit dem Kopf, die Augen wanderten in ihren Höhlen umher. Seine ungefesselten Hände lagen vor ihm auf dem Tisch des Verhörzimmers. Offene Wunden auf allen acht Fingerknöcheln sahen aus, als hätte er gegen eine Ziegelmauer geboxt. Greta beobachtete, wie er mit der Zunge über einen verletzten Knöchel fuhr.

»Wir haben Ihnen das Leben gerettet«, sagte Greta. »Das verstehen Sie doch, nicht wahr, Mitch?«

Moe Arslan saß bei ihnen, immer noch verschlafen und unrasiert wegen des frühen Anrufs. Er hatte bisher noch nicht einmal seine Jacke ausgezogen. Die Ellbogen auf den Knien, die Krawatte hing zwischen seinen Beinen wie die Kette einer Fessel, aus der er sich selbst befreit hatte. Greta dagegen war so wach wie seit Jahren nicht mehr.

»Ich hab's kapiert«, sagte Wendt.

»Und Sie verstehen, dass Sie jetzt unsere Hilfe brauchen?«

Wendt blickte finster. »Ja, verstanden.« Er musste erkennen, welch ein Glücksfall es bedeutete, dass er nicht getötet worden war, ermordet von einem aus seiner eigenen Gang – ein Glücksfall, dass die Kugel, die seine Freundin Slinky durch das Motelfenster traf, nur ihre Schulter gestreift hatte.

»Sie wollten Sie umbringen, weil Sie die Skeleton Crew verpfiffen haben.«

»Ich habe niemanden verpfiffen.« Er kniff in seine Unterlippe, bis das Rosa sich weiß färbte. Er starrte auf die Tischplatte, als wäre diese ein Fernsehgerät, auf dem Videos von den Ereignissen des Abends liefen.

»Klar doch ... aber sie haben sich trotzdem gegen Sie gewandt ... einfach so«, sagte Greta. »Ich nehme an, Sie kannten den Typ, der Sie heute Nacht umbringen wollte?«

»Irgendjemand hat mich reingelegt. Wahrscheinlich wart das ihr Cops.«

»Hören Sie auf, Mitch. Sie wissen, dass wir fair mit Ihnen gespielt haben«, schaltete sich Moe ein.

»Der Typ heißt Jesse Potts«, sagte Wendt. »Aber sein Name im Club ist Ox.«

Bewacht von einer handvoll Polizisten, kurierte Jesse »Ox« Potts im Augenblick seine Verletzungen im Genesee Community Hospital aus. Während der Festnahme war er alles andere als bei klarem Verstand und litt an den Folgen seines Aufschlags auf der Ladefläche des Pick-up. Doch Greta wusste, dass sie Potts nicht zum Singen gebracht hätten. Von Anfang an hatte Greta diesen Auftritt so geplant, dass Mitch Wendt die Hauptnummer war.

»Sagen Sie mir, wo sie das Mädchen festhalten«, sagte Greta. »Wo ist Renault?«

»Ich weiß es nicht. Sie wissen verdammt gut, dass ich einige Tage nicht dabei war.«

»Mitch, wer ist der Anführer der Skeleton Crew?«

Neben seiner Schläfe ballte Wendt die Hand zur Faust, dann schlug er die Faust auf den Tisch. Er zog die Nase hoch und sah auf den Boden, als überlege er, darauf auszuspucken. »Ihr …«, sagte er kopfschüttelnd. »Renault ist ein Idiot. Man hätte diesen verdammten Typen schon vor einem Jahr abservieren sollen, bevor irgendetwas von dem hier passiert ist.«

»Kommen Sie, Mitch. Sie haben uns bereits einen Namen gegeben.«

»Ja, weil das Arschloch versucht hat, mich umzubringen.«

»Sollen wir auf den nächsten Hinterhalt warten. Abwarten, ob Sie Runde zwei überleben?«

Wendt nickte kleinlaut, dann begann er zu reden.

Der Schuss ließ die leeren Einmachgläser in den türlosen Schränken klirren. Er schlug ein Loch von der Größe eines Kronenkorkens in

Lucs linken Oberschenkel, in der Mitte zwischen Knie und Hüfte. Ein erhöhter Krater, der ausbrach, gerade bevor Luc ihre beiden Hände darüber schlug. Sie rutschte nach links, wobei eine blutige Hand nach dem Tisch griff und ihn verfehlte. Sie fiel zu Boden und rollte auf den Rücken, zuckte im Schein der Lampe.

Tanya saß keuchend am Tisch. Sie war immer noch in einer Phase zwischen zwei Kontraktionen, aber der Schuss hatte sie in einen neuen Zustand der Panik getrieben. Von ihrem Sitzplatz aus konnte sie Luc auf dem Boden nicht sehen, aber sie lauschte auf ein Ende der kurzen, panischen Atemzüge des Mädchens. Sie stand taumelnd auf und ging zur Spüle, wo ein feuchtes weißes Abwaschtuch über dem Hahn hing.

Luc lag auf dem Rücken, blinzelte immer noch mit offenem Mund in die Lampe. Dunkles Blut sickerte durch ihre Finger, wo sie die Hand gegen die Wunde drückte. Ihr unverletztes Bein war angewinkelt und zitterte, ihr Stiefelabsatz schabte über den Boden. Das angeschossene Bein ragte gerade hervor, wie etwas, das nicht zu ihrem Körper gehörte.

Tanya hasste es, das Mädchen so leiden zu sehen. Sie konnte es nicht ertragen, sich den Schmerzen weiter zu nähern, die sie verursacht hatte. Sie warf den Abwaschlappen und dieser bauschte sich in der Luft, bevor er auf Lucs Hüfte landete. Luc streichelte den Lappen mehrere Male mit blutigen Fingern, bis sie begriff, wofür er gedacht war. Dann nahm sie ihn in ihre Faust und presste ihn auf ihr Bein. Die Waffe lag heiß in Tanyas Hand, der Knall hallte immer noch auf ihren Trommelfellen wider. Der Abzug funktionierte so leicht, so plötzlich, dass sie sich nicht mehr erinnern konnte, warum es passiert war. Was sie sicher wusste, war zu einer bedeutungslosen Wahrheit zerbröselt: Zwischen ihnen würde keine neumodische Familie erblühen wie eine Rose aus Hundescheiße. Sie hatte dieses Mädchen für einen kranken Traum dem Tode geweiht, und von hier an gab es kein zurück mehr, wie sehr Tanya den Traum auch ohne Blut oder Kugeln oder Wut noch einmal träumen wollte.

Tanya konnte kaum durch ihre eigenen Tränen sehen, als die nächste Wehe sie traf und zurück auf den Stuhl zwang. Sie stöhnte. Sie legte die

Waffe auf den Tisch und drückte die beiden hölzernen Armlehnen, bis sie knackten. Sie beugte sich vor und stampfte auf den Boden, sehnte sich danach, das schmerzhafte Ding aus ihrem Körper zu reißen. Sie schrie in ihrem geschlossenen Mund.

LUC ZOG SICH ein paar Zentimeter über den Boden und hoffte, bei Bewusstsein zu bleiben. Wenn sie sterben musste, wollte sie wach sterben, nicht in einem sinnlosen Traum. Was ihre Augen ihr zeigten, war ausgeblichen und negativ, aber sie streckte sich hinauf zum Griff am Unterschrank der Spüle und fasste danach. Der Schrank öffnete sich knarrend einige Zentimeter, schloss sich, öffnete sich, schloss sich. Luc zog sich hoch, bis sie beinahe saß. Der Schmerz in ihrem Bein biss zu, biss, biss, biss wie ein Tier, das nicht abließ. Tanya war immer noch hinter ihr mit der Waffe, die sie erneut abfeuern konnte, doch Luc dachte, nichts könne mehr weh tun, auch nicht einhundert weitere Einschusslöcher. Sie stand jetzt fast. Mit den Ellbogen auf der Kante der Spüle zog sie sich weiter hoch und das gesunde Bein drückte zur Unterstützung nach.

Sie sah in das Spülbecken, wo ein paar Kaffeetassen, Teller, Bierdosen und Besteck darauf warteten, dass man sie abwusch. Es gab keinen Vorhang am Fenster, durch das Luc die bräunliche Dunkelheit draußen sah. Auf dem Brett zwischen der Spüle und dem Fenster stand ein *Tomte* in seinen Tierkleidern. Er trug eine winzige Schaufel und hielt seine leuchtende Eichellampe hoch. Mit seinem bärtigen Nagergesicht lächelte er Luc an, dann beugte er sich zur Spüle, als wolle er hineintauchen. Stattdessen deutete er mit seiner Schaufel in das Becken hinunter. Unter dem anderen dreckigen Geschirr lag ein matt silbernes Tranchiermesser mit einem Holzgriff und fettverschmierter Klinge. Luc schwankte einhändig an der Arbeitsplatte und packte das Messer am Griff. Wie selbstverständlich war es ihres.

Ein warmer Schwall breitete sich zwischen Tanyas Beinen aus, durchnässte die Schenkel ihrer Stretchjeans. »Nein …«, murmelte sie und taumelte zurück. Sie zog an ihrem Hosenbund und hob ihren Hintern vom Stuhl, bis ihre Jeans zu den Knien heruntergezogen waren und die Flüssigkeit aus ihrem Unterleib auf den Stuhl spritzte und auf den Boden tropfte. Ihre Fruchtblase war geplatzt, das Baby würde kommen, und sie konnte an nichts anderes mehr denken. Mason hatte sie verlassen, damit sie in den Wäldern gebar wie andere Tiere auch.

Das Mädchen hatte es geschafft, sich umzudrehen. In ihrem Schmerz und ihrem Hochgefühl, ignorierte Tanya die Scham. Sie ließ das Mädchen zusehen, wie das Fruchtwasser an ihr herunterlief. »Mein Fruchtwasser«, sagte Tanya. Luc taumelte auf sie zu, umklammerte sie, als wolle sie selbst etwas von der Flüssigkeit. Sie teilten so etwas wie eine Umarmung. Dann stolperte Luc genauso schnell nach hinten und stieß mit ihren Schulterblättern gegen den Schrank unter der Spüle. Sie rutschte nach unten, setzte sich auf den Boden.

»Was …«, sagte Tanya und hatte keinen Atem mehr, um noch weiter zu reden. Einer ihrer Lungenflügel schrie und zuckte, schrumpfte wie ein Ballon. Etwas Hartes stieß gegen ihre Rippen, steckte direkt unter ihrer schweren Brust und über ihrem festen, verkrampften Bauch. Sie presste ihre Finger auf dieses seltsame, hervorstehende Ding. Es war starr unter ihrer Berührung, drang in jedem Augenblick tiefer ein. Es war unter ihrer Haut, zwängte sich zwischen ihre Rippen und durchstieß Organe, deren Namen sie nicht kannte. Es war ein Messer, fünfzehn Zentimeter oder länger. Es steckte in ihr, wo das Mädchen es so schnell und plötzlich hineingestoßen hatte, dass es fast wie ein Zaubertrick wirkte.

Tanya schnappte nach Luft, war aber unfähig zu atmen. Sie war bereits so schwach, dass sie ihre Hand nicht weit genug schließen konnte, um das Messer herauszuziehen. Sie würgte und starrte hinunter auf diese fürchterliche Waffe, die sie auf eine Weise tötete, die sie nicht verstehen konnte. Blut breitete sich aus, wo das Messer ihr T-Shirt gegen die Brust drückte. Sie hustete, und schmeckte Blut in ihrem Mund. Luc beobachtete, wie sie starb, und Luc hatte blutige Fingerabdrücke auf ihrer Wange wie Kriegsbemalung. Der Abwaschlappen auf ihrem Bein war rotgetränkt. Ihre Hände lagen auf dem Boden. Ihre Handflächen zeigten nach oben und waren blutbefleckt wie die angenagelten Hände in einer Kirche.

Luc fantasierte, sie würde im Innersten eines endlosen roten Feuers brennen. Sie fantasierte von ihrem Vater, der in einem wilden Kampf Berge mit seinem Vorschlaghammer zerschlug, um zu ihr zu gelangen. Doch Luc war in den Kiefern einer Schlange gefangen, die sie tiefer hinunter zog. Dann berührten die Finger erneut ihre Augenlider, und sie konnte wieder sehen. Die Lampen warfen immer noch Licht, waren immer noch dämmrig. Ihre Schmerzen erwachten erneut und waren jetzt quälender, bohrten sich durch ihr Bein und ihren Körper, und in ihr Gehirn.

Was Luc sah, war Tanya, die seitwärts gekrümmt auf ihrem Stuhl kauerte. Sie hatte den einen Arm über den Tisch ausgestreckt und ihren Kopf in die Beuge des Ellbogens gelegt. Alles war deutlich, als trüge Luc ihre Brille. Sie wischte den kalten Schweiß mit den Daumen von ihren Augen, aber ihr Blick war immer noch klar genug, um zu sehen, dass Tanyas Augen sanft geschlossen waren. Blut rann aus ihrem Mund und quer über ihre Wange. Ihre Hose war bis zu den Knien heruntergezogen. Ihr rechter Arm war angewinkelt, so dass ihre Hand, die jetzt wieder die geladene Waffe hielt, über ihrem nackten Schritt lag. Das Messer steckte immer noch zwischen ihren Rippen und versiegelte die Wunde, so dass fast kein Blut austrat. Ihr Bauch war immer noch gewölbt von dem Kind darin.

Nur langsam – über endlose Sekunden – erinnerte sich Luc, dass sie dies getan hatte: Sie hatte Mutter und Kind zusammen ermordet. Sie wollte es nicht, hatte es nicht beabsichtigt, aber nachdem sie das Messer sah, hatte etwas Ursprüngliches von ihr Besitz ergriffen. Selbst wenn sie es wollte, wäre sie nicht in der Lage gewesen, es aufzuhalten, nachdem der *Tomte* mit seiner Laterne ihr gezeigt hatte, was zu tun war.

Luc kroch vorwärts und der Schmerz in ihrem Bein brannte wie ein weiterer Einschuss. Aber sie zog sich voran, streckte sich nach der Tischplatte, packte eines von Tanyas kalten, nassen Knien. Sie hob die tote Hand mit der Waffe und zum ersten Mal sah sie die Tätowierung auf Tanyas Unterarm deutlich. Es war kein Bild von nordischen Wölfen oder Schlangen oder Teufeln. Es war nur eine schlechte, comicartige Zeichnung von drei Bowling-Pins, die von einer rötlichen Kugel getroffen wurden.

Luc legte den schlaffen Arm beiseite und presste ihre offene Handfläche gegen den schwangeren Bauch. Sie wartete auf eine Bewegung des Kindes, spürte aber nichts. Sie weinte in Tanyas Schoß, und während sie heulte, schlug sie mit der Faust auf Tanyas nackten Oberschenkel und schrie die toten Überreste einer Frau an, die ihr eine Kugel verpasst hatte.

Tanya öffnete die Augen und hob die Waffe. Ihr Atem war kurz und flach, wie die Luftstöße eines Aspirators für Säuglinge. Ihre Hand zitterte, doch als sie den Lauf gegen Lucs Ohr drückte, hielt sie die Waffe ruhig und sicher. Luc erstarrte und sagte: »Nicht.«

Sie betrachteten einander, während Luc zu Tanyas Knien kauerte wie ein Bettler. Luc legte ihre Finger über Tanyas kraftlose Hand und führte sie fort von ihrem Gesicht. Dann wand sie die Waffe aus Tanyas Griff und hielt sie zum ersten Mal selbst in Händen. Tanyas Arm fiel wieder zurück, aber sie war immer noch lebendig genug, um ein tiefes kehliges Stöhnen hervorzustoßen, das Luc nicht deuten konnte. Luc wollte glauben, dass Tanya ihr sagte, sie solle fliehen.

Als die Lampe an der Decke ohne Vorwarnung erlosch, stieß sich Luc von der sterbenden Frau ab. Zwei Lampen brannten noch, und dazu kam jetzt ein weiteres Licht, das über die offenen Schränke an der Rückwand strich. Luc staunte über ihre eigene Klarsicht – wie sie für einen Augenblick die Worte auf sämtlichen Schachteln und Dosen lesen konnte, die das Licht erhellte –, doch das Licht kam zusammen mit dem Geräusch eines Automotors. Es waren die Scheinwerfer von Masons Wagen.

Luc hatte zuvor noch nie eine Waffe in Händen gehalten. Sie konnte sich nicht einmal daran erinnern, wie viele Kugeln Tanya abgefeuert hatte, wusste nicht, wie viele noch übrig waren. Sie konnte den Abzug drücken, natürlich, aber sie hatte keine Ahnung vom Zielen oder vom Schusswinkel. Und wenn sie wartete, bis Mason hereinkam, wenn sie versuchte, überraschend auf ihn zu schießen, dann würde sie ihn mit Sicherheit verfehlen. Und dann würde er sie töten, oder Schlimmeres. Dessen war sie gewiss.

Sie benutzte die Tischkante, um sich hochzuziehen, vorsichtig, damit er sie nicht durch das Küchenfenster sehen konnte. Sie machte einen zögernden Schritt mit ihrem gesunden Bein, und es ging gut, bis sie ihr verletztes Bein anwinkelte und die Schmerzen sie durchzuckten, als würden Schrauben durch ihre Knochen getrieben. Sie taumelte und prallte heftig mit den Ellbogen auf die Tischplatte. Draußen drehten Autoreifen im Schnee und Luc war nur wenige Zentimeter vorangekommen. Sie wünschte sich nichts sehnlicher, als zusammenzubrechen und einige Stunden auszuruhen, bevor sie einen weiteren Schritt probierte.

Vor ihr lag der Wohnraum, wo die Stühle und das Sofa einen Hindernisparcours bildeten. Alles, an dem sie sich festhalten konnte, schien so weit entfernt, auch wenn es immer noch ein Geschenk für sie war, klar zu sehen. Der kleine Kinderhockeyschläger, mit dem Mason zuvor herumgespielt hatte, lag jetzt auf dem Schaukelstuhl. Er war mit schmuddeligem Isolierband umwickelt und sah alt und ramponiert aus.

Er war eine halbe Raumlänge entfernt und draußen erstarb der Motor des Cadillac. Sie ließ sich wieder auf den Boden hinunter und zischte wegen dessen Kälte. Sie kroch mit einem toten Bein, das sie behinderte, schlug ihre Arme fest auf den Beton, um ihren Körper voranzuschieben, fluchte über die klobigen Stiefel, die sie beschwerten, fluchte über die Waffe, die sie nicht aus der Hand legen konnte. Sie wollte still sein, konnte das Keuchen, dass aus ihrer Kehle drang, aber nicht unterdrücken. Draußen schlug die Autotür zu, und der Hockeyschläger auf dem Schaukelstuhl war immer noch meilenweit außerhalb ihrer Reichweite.

Luc musste aufstehen, egal wie schmerzhaft das war. Sie benutzte ihre leere Handfläche und ihre Knie und versuchte sich vorzustellen, ihre Nerven seien unempfindlich gegenüber jeglichen Reizen. Sie hinkte einen zögernden Schritt, belastete das Bein voll, und die spitzen, glühenden Schmerzen ließen sie umhertaumeln, wie ein Kleinkind, das die Mutter aus ihrem Griff entlassen hatte. Sie stürzte auf den Schaukelstuhl. Übelkeit durchflutete ihren Kopf, aber sie unterdrückte den Schock. Sie nahm den Hockeyschläger und setzte ihn umgedreht auf den Boden, erhob sich, so dass sich die hölzerne Kelle in die Beuge ihres Ellbogens drückte. Das verletzte Bein anzuheben war eine Qual, aber es bereitete ihr weit weniger Schmerzen, als mit beiden Beinen zu laufen. Sie humpelte, aber sie war überzeugt, auf diese Weise weitergehen zu können, wenn ihr die Zeit dazu blieb. Sie schleppte sich den Gang hinunter, der voll leerer Pferdeboxen und hässlicher Erinnerungen war. Sie richtete die Waffe in jeden Raum, an dem sie vorbeikam, als könne jemand aus seinem Versteck springen.

Das Licht der Lampen erlosch, bevor sie auch nur die Hälfte des Flurs zurückgelegt hatte, aber Luc ging weiter durch die Dunkelheit, denn sie erinnerte sich, dass dort eine weitere Tür war – und weil sie inzwischen mit der Blindheit genauso gut umgehen konnte wie mit dem Sehen. Nach einigen weiteren schwankenden Schritten sah sie die Tür schwach vor sich, näher als sie erwartet hatte, und diese Überraschung trieb sie schneller voran. Im Hauptzimmer schepperte die Fliegengittertür und der Türknauf knarrte. Der Lärm von Masons Rückkehr dröhnte allerorts wie der Wind eines Hurrikans.

Luc hatte keine Zeit mehr, den Ausgang zu erreichen, deswegen presste sie sich gegen die Wand und hielt den Atem an. Sie konnte Mason nicht sehen, aber seine Stiefeltritte und das Scharren seines Spatens waren unüberhörbar. Luc betete, dass der Schatten, in dem sie sich verbarg, dunkel genug war.

»Tanya? Tan?«, sagte Mason. Er kam in Sicht – verharrte an einer Stelle, von wo er sowohl in die Küche, als auch in den Gang sehen konnte. Von dort würde er Luc sehen, wenn sie sich bewegte. Sie sah seine Silhouette: Gekrümmt und müde lehnte er auf dem zerbrochenen Spaten. Er trug die gewaltige Taschenlampe, und selbst, wenn Luc sich nicht bewegte, konnte er sie mit dem Licht einfangen. Doch er schaltete die Lampe aus und stellte sie auf den Boden. Er blickte in die Küche.

»Tanya, wach auf«, flehte er, und ging dann auf sie zu – ohne Eile, denn jeder konnte sehen, dass Hast nicht in Ordnung bringen würde, was Luc zerstört hatte. Mason schrie, während Luc sich voranschob. Zwei weitere schmerzhafte Schritte und sie war an der Tür. Ihre zitternden Finger mühten sich mit der Verriegelung ab. Die Waffe ... sie hatte die Waffe ... aber das war kein Trost.

»O Gott! Verdammt! Scheiße ... du blöde Schlampe! Ich habe es dir gesagt!«, brüllte Mason. Sein Ausbruch ließ Luc nach hinten schauen und sie sah, wie er den Spaten anhob und ihn voll Wut gegen die zweite Lampe schmetterte, die immer noch glühend auf der Arbeitsplatte stand. Durch den Aufprall wurden Trümmer aus Glas und Metall und Öl durch die Luft geschleudert und klatschten gegen eine Wand, die aus offenen Balken und Isoliermaterial bestand. Das Öl entzündet sich und brannte entlang der feuchten Streifen, an denen es das Fieberglas getränkt hatte.

Immer noch wütend drehte er sich von dem plötzlichen Feuer weg und schleuderte den Spaten wie einen Speer. Luc konnte nicht sehen, wohin er flog, aber sie hörte das scharfe metallische Scheppern.

»Blöde Schlampe ... was hast du getan?«, heulte er.

Lucs Rettungsluke öffnete sich nach draußen, und eine Windböe drückte sie weiter auf. Es gab keine Stufen, nur einen rissigen Betonsockel weit unterhalb ihrer Reichweite. Der Sprung betrug einen halben Meter, vielleicht weniger, aber Luc erschien er tödlich. Sie atmete tief durch, denn der Wind und die schwingende Tür waren bereits laut genug, um sie zu verraten. Sie sprang, und mitten in der Luft streckte sie den Hockeyschläger in der verrückten Hoffnung vor sich aus, er würde ihren Sturz abbremsen.

Sie rollte eine Böschung aus frischem und vereistem Schnee hinunter. Der Hockeyschläger war weg, irgendwo vergraben, wo sie ihn nicht finden konnte, selbst als sie jeden Zweig und jede Erhebung, die sie erreichen konnte, mit einer Hand absuchte. Nach der Landung lag sie mit dem Gesicht zur Tür, durch die sie gesprungen war, und die Öffnung war erfüllt vom gelben Schein des Feuers, das sich in der Küche ausbreitete.

Luc lag in der Nähe des rotgefärbten Bodens, wo Quinn gestorben war, und wenige Schritte entfernt stand der Wald, der sie verbergen konnte. Am Waldrand wanderte ihr Vater entlang, als mache er einen ruhigen Abendspaziergang. In seinem Leben hatte er niemals formelle Kleidung getragen, doch heute Nacht trug er einen steifen weißen Anzug, der Mondlicht in seinem Stoff zu haben schien. Sein Haar war ungekämmt, sein Gesicht von einem wilden Bart bedeckt, den er zu Lebzeiten monatelang hätte wachsen lassen müssen. Er sah sie nicht an, stattdessen blickte er in den Wald. Er steckte die Hände in die Taschen und wandte Luc seinen Rücken zu, während er zwischen die Bäume trat. Luc dachte, sie könne ihn eine Melodie pfeifen hören, doch diese verklang, als er hinter einem dicken knotigen Baumstamm verschwand.

Sie stand wieder ohne Krücke da und der Schmerz war nicht weniger heftig als zuvor. Sie schritt über den unebenen Boden wie ein toter und stumpfsinniger Leichnam, der aus seinem Grab gestiegen war, lief zwischen die schneebedeckten Kiefern und die kahlen Ulmen und Ahorne und Eichen. In ihrem Gehirn gab es ein Sirren, das sie am Leben hielt, und sie schneller ausschreiten ließ, bis sie mit ihrem lahmen Bein beinahe trabte. Unter ihren Füßen knickten Zweige und knirschte Eis. Sobald Bäume in ihrer Reichweite waren, benutzte sie diese, um sich abzustützen und zum nächsten Stamm abzustoßen. Sie konnte die Bäume flüstern hören, diese Bäume trieben sie voran.

Nach wenigen Schritten begann die Erde, sich nach unten zu neigen, als formte sie sich um, damit Luc schneller vorankam. Doch der Schnee war glatt und sie rutschte zu schnell den Abhang hinunter, während sie nach Zweigen griff, um sich aufrecht zu halten. Ein weißer Niederschlag rieselte sanft auf sie herab, häufte sich auf ihren Schultern und ihren Haaren wie Konfetti – aber der Schneefall bildete auch eine trübe Wand zwischen Luc und dem Wald, der vor ihr lag. Selbst ihre verzauberten Augen konnten diese Schicht nicht durchdringen. Sie überließ es der Erde, wohin sie rutschte, und sie blickte zurück nach einer Spur von Masons Halogenlampe.

Da war sie – zu früh, zu nah. Sie leuchtete über ihr auf, an der Kante des Abhangs, am Waldrand, wo sie ihren Vater gesehen hatte. Sie strich über die hohen Zweige, als suche Mason oben in den Bäumen nach ihr. Im Lichtstrahl der Lampe schien der Schnee träge in der Luft zu hängen, und Luc schrie auf über diesen endlosen Kampf.

Mason musste wissen, dass sie Tanyas Waffe bei sich hatte. Er musste wissen, dass all das Blut, das sie hinterlassen hatte, sie schmerzte. Der fallende Schnee versuchte sie zu verbergen, aber Mason folgte zu rasch, als dass der Neuschnee ihre Fußspuren zudecken konnte. Wenn Mason anfing zu laufen, könnte er sie in einer Minute oder weniger einholen.

Der Abhang lief in ein enges Tal aus. Dort lag ein gefrorener Bach, der von Schilf gesäumt war, das der Wind und das Eis heruntergedrückt hatten. In der Dunkelheit war es unmöglich zu erkennen, wie steil die Bachufer waren, oder wie tief der Einschnitt war. Aber Luc sah, dass sich die Erde direkt hinter diesem Hindernis gegen sie wandte, indem sie weitere drei Meter anstieg, bevor sie wieder eben wurde.

Masons Stimme drang durch den Wald. »Du Dreckstück, wo zum Teufel steckst du!« Seine Taschenlampe strich über den Boden und warf ihren Schatten in einem dünnen schiefen Streifen, der in Richtung auf den Bach und den dahinter liegenden Hügel zitterte. In dem kurzen Lichtschein sah sie ein verrostetes Metallgitter, das als Brücke über den Bach diente. Es war nur wenige Meter von ihr entfernt, als sei sie instinktiv dem Pfad dorthin gefolgt. Die Brücke bestand aus parallelen Metallstreben, die so weit auseinander lagen, dass man mit dem Fuß hindurchtrat, wenn man nicht vorsichtig war. Lucs Schritt war zu unsicher, um dies zu bewältigen, deshalb kauerte sie sich nieder und kroch. Die Streben stachen sie mit ihrer bitteren Kälte, während sie sich hinüberzwang.

Hinter ihr bellte ein Schuss. Er wurde von seinem eigenen Knall beantwortet, der von den bewaldeten Hängen zurückhallte, dann waren die gedämpften Schritte von Masons Abstieg in das Tal zu hören. Er wimmerte wie ein verwundetes Tier, schleuderte undeutliche Flüche hervor, die der Wind an Lucs Ohren trug. Sie machte eine letzte Vorwärtsbewegung, um die andere Seite des Brückenstegs zu erreichen, der nicht länger war als sie selbst. Das Griffstück der Pistole schlug gegen eine Strebe. Die Waffe entglitt ihrer Hand und rutschte zwischen die Lücke und fiel hinunter in den dunklen Abgrund, schlug auf das Eis. Luc stieß ihren Arm durch die Metallstäbe, um danach zu greifen, doch es war zu weit für sie.

Sie ließ die Waffe zurück, weil sie Angst hatte, dass Mason so nah war, um sie zu schnappen. Sie bezwang das schräge, baumlose Gelände, indem sie sich wie ein Affe auf allen Vieren fortbewegte und dabei Flecken von abgestorbenem Unkraut packte, um sich daran festzuhalten. Die Pflanzen waren wie die helfenden Hände von Fremden, die sie weiter zogen. Sie erklomm die Böschung und erblickte eine ebene, baumlose Fläche, die ebenfalls von welkem Schilf gesäumt war. Es war ein Teich, der so vollkommen rund war, dass er von Menschenhand stammen musste, und dessen Wasser vom Winterfrost gefroren war. Nur ein Teich, der sich in den Wald schmiegte, still wie ein Landschaftsgemälde.

»Du Miststück! Du hast ihn ermordet, du Fotze! Du hast meinen Sohn getötet!« Ein weiterer Schuss, und neben Lucs rechter Schulter spritzte ein vereister Schneebrocken vom Boden auf. Masons Stiefel trampelten über den Metallsteg. Luc lief durch das Schilf und sprang hinaus auf die Eisfläche. Bei jedem panischen Schritt verdrehte sie ihren Oberkörper, um zu verhindern, dass ihr lahmes Bein strauchelte. Ihre Lunge brannte und ihr heißer Atem schleuderte weißen Dampf in die Nacht. Sie hob ihr Gesicht zum Mond, der matt und verschwommen hinter den Wolken hing, und sie schrie bis ihre Kehle kapitulierte.

Luc war zehn Schritte auf dem Teich, als ihr Stiefel abrutschte und sie auf das Eis fiel. Auf der glatten Oberfläche schlitterte ihr müder Körper einige Meter weiter. Die Hütte lag nun weit hinter ihr, halb von Bäumen verborgen, und Luc sah, dass sie innen mit einem blassorangen Feuer brannte, das in sämtlichen Fenstern flackerte wie die Augen einer Kürbislaterne.

Viel näher sprang Mason mit erhobenen Armen über das Schilf – in der einen Hand hielt er die Waffe, in der anderen strahlte die Lampe himmelwärts. Er war so rasend, dass er nicht darauf zu achten schien, wohin er sprang. Das Eis hielt seiner Landung stand, aber sein Ausgleichsschritt durchbrach die Eisoberfläche wie ein Messer, das man in Cellophan stieß. Der plötzliche Einbruch zog ihn hinunter in dicken wässrigen Schlamm, der schwarz und dreckig auf das umgebende Eis spritzte. Die Risse im Eis knackten mit einem tiefen Schlag, der durch den Schlamm unter der Oberfläche lief. Für einen Augenblick tauchte er unter, und Luc sah nichts außer den Schlammspritzern und dem Schein der Halogenlampe unter Wasser, der immer noch hell war und sich unter der durchsichtigen Kruste ausbreitete wie eine unterirdische Sonne.

Zuerst erstarb die Lampe, dann brach Mason keuchend aus seinem Wassergrab hervor und schlug mit leeren Händen auf das feste Eis. Er war mit Schlamm bedeckt, gesichtslos mit Ausnahme seines weit aufgerissenen heulenden Rachens. »Komm zurück, Schlampe!«, brüllte er mit solchem Nachdruck, dass er überzeugt schien, Luc würde auf ihn hören.

Stattdessen kroch sie zum anderen Ufer und kletterte durch das trockene Unterholz, bis sie sich von dem Eistümpel und seinem heulenden Gefangenen befreit hatte. Im Hintergrund war die Hütte in wogende Flammenspeere eingehüllt. Sie schleuderte Glut und brennende Trümmer empor und brach in sich selbst zusammen wie ein Scheiterhaufen, wie der Geist von Baldurs Langschiff, das zu Wasser gelassen und von einer letzten erbarmungslosen Flamme verzehrt wurde. Voraus tobte immer noch der Schneesturm und die tiefen Wälder warteten darauf, dass Luc sich in ihnen verirrte. Nicht weit entfernt stand ein Hirsch und er hob seinen mit einem Geweih bewehrten Kopf, als sie sich nährte. Für einen Augenblick beobachtete er sie neugierig und furchtlos, dann bäumte er sich auf und sprang in die Dunkelheit. Luc folgte ihm.

Der zweite Zeiger an der Uhr lief doppelt so schnell wie sonst. Greta tobte die Gänge im Justizgebäude herunter wie eine zornige Göttin, die Flut, Feuer und Hungersnot über die Menschheit brachte. Das Nummernschild von Jesse Potts zerstörtem Motorrad hatte eine Spur geliefert. Es war ein Händlerschild von Buck Hanson's Bike Emporium im Stadtzentrum von Rochester. Als sie den Bericht las, ein Ausdruck, der zwischen ihren geschlossenen Fäusten flatterte, war ihr der Name Buck Hanson bereits wohlbekannt. Sie hatte ihn aus Mitch Wendts Mund gehört. Außerdem erkannte sie Hanson auf den Fahndungsfotos, als sie diese in die Hände bekam. Er war in den Akten wegen alter Strafen für Drogenhandel, Körperverletzung und Mordversuch, und er war der Grizzlybär, den sie in der Submarine Bar and Grill getroffen hatte.

Sein Motorradhandel lag an der Linux Avenue, nur eine Meile östlich von der West End Motor Lodge, nah genug, um die nächtlichen Schüsse zu hören, wenn man in seinen Verkaufsräumen stand. Diese Nähe war beinahe lächerlich, und ebenso die Zeit, die sie gebraucht hatten, um die Verbindung herzuleiten. Lächerlich auf eine Weise, dass Greta sich am liebsten mit dem spitzen Ende eines Hammers selbst die Stirn eingeschlagen hätte.

Nach weiteren zehn Minuten, in denen sie sich keuchend und stolpernd vorangequält hatte, stieß Luc auf die Weiß-Esche. Sie blickte hinter sich und suchte nach Zeichen dafür, dass Mason den Schlamm überlebt hatte und immer noch hinter ihr her war. So schnell wie sie ihn gesehen hatte, verlor sie den Hirsch wieder aus den Augen. Doch er hatte bereits gewirkt wie all die anderen Talismane. Er hatte ihr den Weg gewiesen.

Gegen die Weiß-Esche wirkten alle anderen Bäume klein – sie war höher als Luc ausmachen konnte und so dick, dass drei ausgewachsene Männer ihre Arme darum spannen konnten. Die Rinde war rissig mit Leisten und Furchen, die ineinander liefen. Während die anderen Bäume seit dem Herbst kahl waren, hatte die Esche ihre tropfenförmigen

Blätter behalten. Sie bildeten Büschel, die grün, gelb, orange, rot und violett gefärbt waren, als befehlige sie alle Farben der Natur zugleich und selbst im Dunkeln – denn die Blätter schienen ihr eigenes blasses Licht auszusenden. Luc war nicht so benommen, dass sie diesen nordischen Baum nicht wiedererkannte, der aus dem Aquarell in einem Märchenbuch ihres Vaters in diese Wälder verpflanzt worden war.

Sie lehnte sich gegen die Rinde und war nicht überrascht, dass diese so warm war wie menschliche Haut. Im unteren Teil des Stammes gab es einen Spalt wie eine dunkle Wunde, und der lief hinunter in den Schnee, wo die Wurzeln tief hinabreichten. Mit ihren tauben Händen grub Luc in den Schnee. Mit ihren Handflächen drückte sie einen frischen Schneeball flach und presste ihn auf ihre Schusswunde. Die Kälte stach, aber betäubte auch die Nerven. Sie schaufelte weiteren Schnee vom Stamm weg und sah, dass der Spalt unter der Oberfläche breiter wurde. Es war ein Loch, das von einer Wunde rührte, die Jahre zurücklag und die den Stamm so tief ausgehöhlt hatte, dass die Esche als blattlose Hülse, hätte sterben müssen.

Luc kratzte den Schnee weg, bis ihre Hände zu steif und durchgefroren waren, um weiter zu graben. Bis sie eine Höhle ausgehoben hatte, waren ihr Schultern und Haare weiß vom Schnee. Als sie fertig war, legte sie sich auf den Bauch und rutschte auf den freigelegten Schlupfwinkel zu. Zögernd suchte sie mit der Hand den Raum ab, um zu erkunden, ob etwas darin schlief. Weiche warme Holzspäne bedeckten den Boden des Hohlraums, die Wände waren wie das Innere von Knochen, aus denen das Mark entfernt war, aber es gab nichts Lebendiges, dass sie störte. Luc schlüpfte kopfüber durch den schmalen Spalt. Sie hatte Angst, sie könne für immer dort gefangen sein, könne dort drinnen sterben. Doch andere Stimmen waren lauter als ihre Bedenken, und Luc zwang sich, auf diese zu hören.

Als sie drin war, bemerkte Luc, dass die warme Höhlung groß genug war, um mit angezogenen Knien aufrecht sitzen zu können. Durch den Spalt konnte sie einen Streifen des Waldes beobachten, und wenn sie wollte, konnte sie wieder hinauskriechen. Der Schnee war nah genug am Spalt aufgetürmt, so dass sie einen großen Teil davon in seine Richtung zurückziehen konnte, um ihren Eingang zu tarnen. Sie arbeitete daran, bis nur noch ein dünner Sehschlitz übrig war, und sie vertraute darauf, dass der Sturm in Kürze all die Spuren verwischen würde, die sie hinterlassen hatte.

Es gab keine Erklärungen für ihre Bemühungen. Sie hätte weiterlaufen können, hätte eine andere Hütte finden können, vielleicht Menschen. Aber ein Grauen blieb – ein Gefühl, dass ihr Entführer immer noch hinter ihr her war, und die anderen Monster vielleicht auch zurückkehren würden, um sie zu jagen. Ihr Instinkt leitete sie nun, ein vergessenes Wissen, das ihre Entscheidungen beeinflusste. Oder sie folgte dem Handlungsfaden eines dieser Märchen. Sie hatte den Eindruck, sie sei in ihren Träumen schon einmal hier gewesen.

Luc entschied: Sollte sie an diesem Ort sterben, dann war es von höheren Mächten beschlossen, nicht von ihr selbst. Vielleicht verdiente sie den Tod für die Morde, die sie begangen hatte. Sie hatte Quinn mit Tücke getötet, und danach zwei weitere Menschen mit einem wütenden Messerstich.

Das Versteck war warm, stank aber nach Tierexkrementen, und Luc fand keine Möglichkeit ihr Bein so zu drehen, dass es nicht vor Schmerzen brannte. Sie bewegte sich und die verkrustete Wand stach in ihren Rücken. Späne rieselten herunter, wo ihr Kopf an der Decke der Höhle entlangschabte. Sie hatte bereits beschlossen, diesen Bau zu verlassen, als sie ein Husten hörte. Sie hörte Zweigen knicken. Sie schaute durch ihr Guckloch und sah, wie er unter die Krone ihres Baumes stapfte und dort verharrte, als sei er ebenfalls von diesem unglaublichen blättrigen Riesen überwältigt. Seine Haare waren verfilzt und schlammverkrustet, sein Gesicht nur teilweise sauber gewischt, die Augen geschwollen und rot und feucht. Er gaffte den Baum an und streckte die Hand aus, um die Rinde zu berühren. Zwei Schritte näher und er geriet außer Sicht. Luc presste ihr Gesicht gegen ihre Schulter und schloss die Augen. So nah roch er nach faulem Tümpelschlamm. Sein Atem war laut und verzweifelt. Vielleicht war er ertrunken und nun gekommen, um sie heimzusuchen.

Zwanzig Minuten waren verronnen. Greta war jetzt mit Moe in Winslow, einem östlichen Vorort, und fuhr durch die Dunkelheit, auch wenn es eigentlich schon früher Morgen war. Nichts als sternenbeschienene Dämmerung und die Feuerschweife von Kometen, die durch die Atmosphäre schossen. Sie krochen im ersten Gang durch eine ruhige Wohnsiedlung, vorbei an Häusern, die mit Weihnachtsbeleuchtung behängt waren und blinkten wie Notsignale von einer aufgegebenen Kolonie. In ihrem Schlepptau fuhr ein Polizeitransporter, der mit Überwachungstechnik vollgestopft war, und mit den Cops, die diese bedienten. Greta hasste den Anblick des Transporters und seiner Scheinwerfer, die im Rückspiegel strahlten, denn es blieb keine Zeit mehr zum Auskundschaften, nicht zum Beobachten und nicht zum Warten.

Moe steuerte um die Mitte einer Wendeschleife herum, wo der geräumte Schnee hoch genug aufgetürmt war, um ein Auto darunter zu begraben. Buck Hanson besaß die dritte Einfahrt gegen den Uhrzeigersinn, wo leerer, ungeräumter Asphalt zu einem Haus im Cape-Cod-Stil mit dunklen Fenstern hinaufführte. Auf dem steil abfallenden Dach war Weihnachtsbeleuchtung angebracht, die jedoch ausgeschaltet war. Mehr als eine frische Reifenspur zog sich durch den Schnee der Auffahrt.

Der langsame Konvoi aus zwei Autos fuhr weiter, kurvte nun die Straße wieder hinunter wie eine Begräbnisprozession für niemanden. »Wir sollten den Van auf dieser Straßenseite einen Block vom Haus entfernt abstellen«, sagte Moe.

»Das ist zwecklos«, sagte Greta. »Sie sind ausgeflogen, weil sie mitbekommen haben, was mit Potts passiert ist.« Sie fühlte sich eingeschnürt, Geisel ihres Sicherheitsgurts. Sie wollte das Wagendach durchbrechen und wie eine Walküre schnell genug über die Dächer emporsteigen, um diese feigen Kindesentführer in ihren Fluchtautos einzuholen. Sie wollte scharfe Klauen, um sie zu zerreißen.

»Hör zu ...«, sagte Moe.

Auf dem Polizeikanal wiederholte eine rauschende Stimme einen Ruf: »Mitteilung für 362.«

Greta griff ihr Funkgerät und antwortete: »Drei-sechs-zwo, over.«

Der Rufer sprach seine Nachricht wie eine Vorhersage: Die von Wagen 362 gesuchten Personen wurden soeben vom zweiten Überwachungsteam beobachtet, das vor Buck Hanson's Bike Emporium eingesetzt war.

GRETAS GEDANKEN JAGTEN durch eine enge Kammer, bereit zu explodieren. Sie rasten über die Interstate zum westlichen Teil der Stadt, und schließlich ließ die Sonne einen blassblauen Morgen aufziehen, überstrahlte die Sterne. Wie geplant, blieb das Überwachungsteam bei Hansons Anwesen zurück, versteckt im Van einen Block die Straße runter. Die glücklichen Männer würden einen langweiligen Montag verbringen, indem sie auf nichts warteten.

Vier Blocks nach der Linux-Avenue-Ausfahrt entdeckten sie das Firmengelände. Es war mit grauem zerbröckelndem Estrich bedeckt, den das Wintereis zusammenhielt. Östlich grenzte ein Diner namens Friendly Family an, im Westen ein Gelände mit verschneitem Unkraut, auf dem das Schild eines Immobilienmaklers verblasste. Auf der anderen Straßenseite gab es ein geschlossenes Chinarestaurant mit einem großen roten Torbogen in Form des griechischen Buchstaben Pi.

Auf dem Parkplatz des Friendly Family stand ein weiterer weißer Transporter zwischen den Autos der Frühaufsteher, zwei Meter vom orangen Maschendrahtzaun entfernt, der Buck Hansons Verkaufsgelände umschloss. Moe parkte daneben, während Greta ihr Fenster herunterkurbelte. Der Cop auf dem Fahrersitz des Vans hieß Kozlowski. Er war ein verklemmter Weißer, den die anderen Cops hinter seinem Rücken Androide nannten. Er trug eine Sonnenbrille in der Morgendämmerung und in der Seite seines Mundes kaute er fast unmerklich einen Kaugummi. Ohne seine Augen vom Motorradladen abzuwenden, sagte er zu Greta: »Fünf Personen aus zwei Fahrzeugen haben das Geschäft vor zwanzig Minuten betreten.«

Der Laden war ein Flachdachbau mit einer großen Glasfront, damit der vorbeifließende Verkehr die ausgestellten Bikes sehen konnte. Eine bunte Aufschrift auf dem Fenster verkündete: WINTERAUSVERKAUF! Die beiden parkenden Autos waren ein leuchtend roter Dodge Ram Pick-up mit einem Pflugaufsatz und ein eckiger, alter, fäkalbrauner Lincoln Continental.

»Sie haben sich schnell bewegt, beinahe verstohlen«, sagte Kozlowski. »Mindestens eine Person war an den Armen gefesselt. Sie wurde mit Gewalt in das Gebäude gebracht. Eine weibliche Person, ziemlich korpulent. Die schlechten Lichtverhältnisse haben unsere Sicht erschwert, aber wir konnten eine Person als Buck Hanson identifizieren, außerdem einen Latino-Mann, eine weitere männliche oder vielleicht auch weibliche Person. Außerdem war da ein Hund. Sah aus wie ein Dobermann.«

»Könnte die Geisel viele Kleidungsstücke angehabt haben, dick eingepackt?«

»Möglich.«

»Es könnte Luc sein. Wir müssen da rein.«

»Ich kann zwei Einheiten zur Unterstützung anfordern«, sagte Kozlowski. »Ich schicke die Meldung sofort raus.«

»Nicht schnell genug«, sagte Greta.

»Beruhige dich, Greta«, sagte Moe. »Wir müssen warten.«

»Ich warte nicht länger.«

Der Himmel hinter dem Gebäude war blassblau und wolkenlos, voller Sonne und Telefondrähten. Im hellen Sonnenlicht erschien der vereiste Boden wie eine riesige Glasfläche, und darüber wirbelten kleine Tornados aus Schnee. Greta hielt den Atem an und unter ihrer schusssicheren Weste schlug ihr Herz wie eine Kriegstrommel.

DIE SIRENEN HEULTEN, und der Pulsschlag des Universums raste so schnell, dass alles ins Chaos trudelte. In solchen Momenten der Verwirrung schien es möglich, dass der Asphalt aufplatzen und einen Geysir aus Feuer und Asche und Blut ausspucken würde. Greta wäre nicht überrascht gewesen.

Es gab einen hoffnungsvollen Augenblick, in dem Gretas Handlungen einen Sinn ergaben: Das Gebäude stürmen, mit nichts als der vagen Hoffnung, sie zu überraschen, und Moe, Kozlowski und die beiden anderen Cops aus dem Van zu ihrer Rückendeckung hinter sich. Sie konnte hören, wie die Autos des Spezialeinsatzkommandos auf den Parkplatz hinter ihr quietschend bremsten, doch sie war schon dreißig Sekunden vorher losgestürmt, mit gezogener Waffe und brennendem Herzen. Das Blut brauste durch die Adern in ihrem Kopf. Sie warf sich kopfüber gegen die unverschlossene Glastür und katapultierte sich hinein.

Dann folgten Augenblicke der Dunkelheit, unterbrochen von Momentaufnahmen aus der Hölle und den Stimmen der Toten, die in ihrem fürchterlichen, verzweifelten Sirenenton jammerten.

»Runter, runter, runter!«, schrie irgendjemand. »Raus hier!«

Drei Cops packten als erstes einen mit Steroiden vollgepumpten Mexikaner, der sich mit einem gezogenen Colt Python – Zwanzig-Zentimeter-Lauf – im Eingangsbereich aufhielt. Sie konnten so überraschend zugreifen, dass der Colt nicht höher als der Boden zielte, bevor sie ihn überwältigten. In dem Tumult bemerkte Greta, dass sie ihn kannte. Er nannte sich Gordo, Submarine Bar and Grill, er hatte geschworen, er hätte noch nie von Mason Renault gehört. All die Angelschnüre, die Greta im letzten Monat ausgeworfen hatte, waren jetzt straff gespannt, und sie fühlte sich, als würde ihr Ziehen sie zerreißen. Sie wollte ihre Beretta in Gordos Lügenmaul abfeuern, aber er lag mit dem Gesicht nach unten und Moe saß rittlings auf ihm und schloss die Handschellen. Der Mexikaner brüllte seinen *Ich-spreche-nur-Spanisch*-Mist, während seine gefesselte, dreifingerige Hand auf und zu schnappte wie eine Hummerschere.

Die Cops verteilten sich und mit ihnen schwärmten ihre Schatten aus. Rufe wie das Brüllen von Affen. Der Verkaufsraum hatte die Größe eines Basketballfeldes, der Boden war mit einem Gummibelag bedeckt, der nachgab wie weiche Erde, wenn man darauf trat. Die Regale waren mit silberglänzenden Motorradteilen bestückt, mit Ölen, Bikerklamotten, Jacken an Haken, Helmen, Motorradmodellen in Plastikverpackungen. Die Heizungsrohre ließen die Deckenbeleuchtung rasseln. Der ganze Ort roch nach Leder und Öl und behandeltem Holz.

Unter der Ladentheke sprang eine Frau hervor. Ihre langen verfilzten Haare wirbelten um ihren Kopf, der an den Schläfen rasiert und tätowiert war. Ihre schwarze Schrotflinte schwang direkt vor ihrer Hüfte. Zu schnell, um darauf reagieren zu können, brüllte das Gewehr los und bäumte sich auf und schlug ein Loch in die Frontscheibe. Glas regnete herab wie eine Lawine aus Eisstücken.

Greta behielt die Dreadlockfurie im Auge, die ihre Pumpgun nachlud und die Waffe erneut anhob. Der Wind und der Verkehrslärm wurden von draußen hereingesaugt wie in den luftleeren Raum des Weltalls. Greta nahm flüchtig wahr, wie etwas auf sie zu rannte, sprang. Glattes schwarzbraunes Fell, schmale Schnauze, die Lefzen über die Zähne zurückgezogen und ein heißes rotes Feuer in den Augen. Sie schlug mit ihrem Unterarm danach, aber das Tier schnappte zu, schlug seine Zähne in ihren linken Arm unterhalb des Ellbogens. Der Hund schleuderte sie zwei Schritte nach hinten. Sie prallte gegen ein Motorrad und fiel darüber. Der Hund drückte seine Kiefer zu. Sein sich windender Körper zerrte und zog an ihr, seine Zähne zerfetzten Haut und Muskeln. Greta ruderte mit den Armen, denn der Schmerz war wie ein Schwarzes Loch, das ihr das Bewusstsein aussaugte. Um sie herum feuerten Waffen und sie wusste nicht, welche der Kugeln ihr Leben beenden würde.

»Fallen lassen!« Moes Stimme, dann ein erneuter Gewehrschuss.

Der Hund auf ihrer Brust tötete sie. Sie richtete die Waffe auf ihn, aber der Hund drehte sich immer wieder weg, bis Greta den Lauf tief in seine Halsmuskeln bohrte, wo das Fell bereits nass von ihrem Blut war. Sie feuerte einen Schuss ab, der ihre Trommelfelle bersten ließ. Das Hundeblut spritzte warm auf ihr Gesicht, und sie spürte, wie sich die Zähne lösten. Nicht einmal ein Japsen und er war ein toter Haufen auf dem Boden.

Gretas Arm war übel zugerichtet und sie konnte ihn nicht ansehen, oder sie würde verrückt. Sie rollte sich von dem umgekippten Motorrad herunter, drückte den verletzten Arm gegen ihre Rippen. Cops huschten durch den weißen Nebel – aber sie konnte Moe nicht entdecken, konnte ihn in dem Höllensturm nicht finden. Stattdessen sah sie Buck Hanson, der mit einer Waffe aus dem Wirbel auftauchte, die knatterte wie eine Feuerwerksbatterie. Es war eine Neun-Milimeter-Mini-Uzi, die er einhändig und seitlich gekippt hielt, während er seine Munition in einem weiten Bogen hinausjagte. Er trug ein weißes Trägerhemd und sein Bart bauschte sich vor seinem Hals. Das Fett an seinen Armen zitterte bei den automatischen Stößen.

Die Kugeln stießen weiße Wunden in die Schaufenster, Querschläger prallten pfeifend von Motorradrahmen ab. Auf der Ladentheke zerplatzte eine Reihe von Ölflaschen aus Plastik und verspritzte schwarze Flüssigkeiten. Die Maschinenpistole ratterte, Glas zerbrach, die Tore der Hölle wurden weit aufgestoßen. Das Meer fing Feuer, Berge zerfielen, die Sterne stürzten vom Himmel. Es war die letzte Schlacht. Es war die Dämmerung von allem auf der Erde.

Die Frau mit den Dreadlocks lehnte an der Rückwand und knirschte mit den Zähnen. Sie schrie ihre Worte so schnell, dass Greta außer den Flüchen nichts verstand. Sie schwang ihre Schrotflinte in großen Bögen, richtete sie ins Nichts. Weißer Dunst waberte in der Luft, aber Greta zielte durch ihn hindurch. Sie dachte daran, dem Mädchen zu befehlen, sich nicht mehr zu bewegen, eine Warnung zu rufen, um ihre Aufmerksamkeit zu erhalten, doch dann schoss sie einfach. Die Kugel traf direkt über ihrer linken Augenbraue. Ein roter Punkt von der Größe eines Zehncentstücks. Sie drückte ein letztes Mal den Abzug ihrer Waffe, schoss ein Loch in die Decke. Lampen surrten und sprühten Funken. Die Tote rutschte außer Sicht hinter die Theke. Auf der Wand hinter ihr war ein nasser roter Streifen, der schräg nach unten lief wie die Schärpe eines Schönheitswettbewerbs, den sie nie gewonnen hatte.

»Drecksau!«, sagte Hanson, als wäre es das einzig verbliebene Wort. Er nahm ein verbrauchtes Magazin heraus und ließ es fallen wie eine leere Zigarettenschachtel, dann steckte er ein neues hinein, das er aus seiner hinteren Hosentasche genommen hatte. Greta kroch durch Pfützen von Öl und ihrem eigenen Blut, Päckchen mit Dichtungen und Stöpseln. Preisschilder flatterten umher. Den verletzten Arm, in dem brennender Schmerz pochte, hielt sie an ihren Körper gepresst. Sie wusste, wenn sie in Ohnmacht fiele, würde sie sterben.

Moe kauerte neben der Theke, zwei Meter von Hanson entfernt. Und die Zeit lief ab – schneller und schneller, wie ein Film, der sich von seiner Spule abrollte. Greta konnte nicht sagen, ob das, was sie sah, bereits zweimal passiert war oder erst in naher Zukunft geschehen würde. Moe sprang, drehte sich mit ausgestreckten Armen, suchte ein Ziel für seine Waffe. Buck Hanson wirbelte herum, doch Moes Kugel erwischte ihn zuerst, riss ein Loch in eine Halsschlagader. Buck schlug eine Hand auf seinen Hals, um das Blut zu stoppen, aber es sprudelte zwischen seinen Fingerknöcheln hervor. Moe feuerte erneut, und Buck zuckte, als habe er einen Elektroschock versetzt bekommen. Er lehnte gegen einen Türrahmen – der Eingang zu dem Hinterzimmer, aus dem er hervorgesprungen war. Er legte eine Hand auf sein Herz, wo die zweite Kugel eingedrungen war. Moe wartete, die Waffe im Anschlag, aber er musste nicht mehr schießen. Buck hustete, sabberte Blut, stolperte rückwärts durch die Tür, wo Greta ihn nicht mehr sehen konnte.

Ruhe erfasste sie nun, eine Stille, die hinter den Sirenen und dem Geschrei verborgen war. Greta schritt wie eine Schlafwandlerin durch die Trümmer des Feuergefechts. Sie war jetzt direkt hinter Moe, benommen und unbewaffnet. Moe näherte sich dem Durchgang zum Hinterzimmer. Aus dem Büro kam ein undeutliches weibliches Wimmern, das beinahe von den Sirenen übertönt wurde.

»Luc …«, sagte Greta.

Mit Greta, Moe und Buck Hanson war der Raum gut gefüllt. Buck saß auf dem Boden und lehnte gegen den Schreibtisch, seine beiden Hände lagen auf dem Boden. Blut gluckerte aus seinem Hals und rann seinen linken Arm hinunter wie eine Landkarte seiner Venen und sammelte sich auf dem gewachsten Boden. Er blinzelte sie an, gab aber keinen Laut von sich.

Auf dem Schreibtisch lagen verstreute Verkaufsformulare, eine Schreibtischunterlage mit Kalender und zwei unbenutzte Uzi-Magazine. Etliche Kleidersäcke waren mit mehr Waffen gefüllt, als Greta mit einem Blick erfassen konnte – genug, um eine Miliz auszustatten. Es gab gebündelte Geldstapel und lose Fünfziger, die über die Schreibtischplatte verteilt waren. Es war offensichtlich, dass sie auf ihrem Weg aus der Stadt hinaus hier gehalten hatten, um sich mit Waffen und Geld einzudecken.

Die Uzi lag zu Gretas Füßen auf dem Boden. Sie trat darauf und zog sie in ihre Reichweite.

Greta beugte sich hinunter. »Sag mir, wo Luc Moberg ist.«

»Verpiss dich, Bulle«, sagte Hanson und zeigte blutige Zähne. Sein dichter Bart zitterte und sein Atem war flach.

Moe hatte sich hinter den Schreibtisch geschoben, rollte Hansons ledernen Bürostuhl zur Seite.

Greta fragte Hanson: »Lebt sie noch oder ist sie tot?«

Hanson: »Leck ... mich ...«

Gretas eigenes Blut tropfte auf den Boden. Ein plötzlicher Schwindel traf ihren Kopf und sie taumelte rückwärts gegen die holzgetäfelte Wand. Der Aufprall ihres Körpers schlug ein Bild von seinem Haken. Es fiel auf zu Boden: ein Foto in einem billigen Metallrahmen, die Luftaufnahme einer Hütte irgendwo im Wald.

»Greta?«, fragte Moe.

Von unterhalb des Tisches schob sich eine abscheuliche Frau hervor wie ein Walross an Land: Fettige angegraute Haare hingen strähnig über ihre bloßen Schultern, schlaffe Hängebrüste, die fast bis zum Boden reichten. Sie war vollkommen nackt. Die Hände waren mit Isolierband hinter dem Rücken gefesselt. Ihr Gesicht war rot gefleckt und vom Weinen nass und verrotzt. Auch über ihren Mund klebte Isolierband.

Greta würgte, presste den Handrücken auf ihren Mund.

Alte Tattoos auf dem Arm der Frau waren blassgrün und verschwommen. Sie entdeckte Hanson auf dem Boden und ihr entfuhr ein furchtbares kehliges Grunzen, durch das sich ihr Knebel blähte. Sie brach zusammen, fiel mit der Brust auf die Fliesen. Sie war wie ein riesiger Truthahn, gerupft und fertig zum Braten. Moe packte einen ihrer Haarbüschel und zog ihren Kopf hoch. Mit einem schnellen Ruck riss er ihr das Klebeband vom Mund. Sie stöhnte tiefe hässliche Tierlaute.

»Wer sind Sie?«, fragte Moe.

Nichts als Wimmern.

»Ich habe gefragt, wer Sie sind.«

»Ich bin ... seine ... Ich bin seine Frau. Von dem Arschloch. Ich bin Brenda Hanson.«

»Was ist das hier? Was ist hier los?«

»Er war ... er und der Mexikaner ... er hatte vor mich umzubringen, weil ich wegwollte.«

»Wissen Sie, wo Luc Moberg ist?«, fragte Greta.

»Ich sagte, es reicht ... er wollte mich töten ... ich wollte ihn verlassen ...«

»Wo ist Luc Moberg?«, beharrte Greta. »Wo ist das Mädchen, das sie entführt haben?« Sie wusste nicht, wen sie fragte – Hanson, seine Frau, Gott –, aber Hanson atmete nicht mehr und Gott schwieg wie immer.

»Die Hütte. Sie ist in der Hütte«, sagte die Frau.

Sie nickte mit ihrem Kopf zu dem gerahmten Luftbild, das Greta auf den Boden gestoßen hatte. Greta hob es auf und hinterließ dabei einen blutigen Daumenabdruck auf dem staubigen Glas. Brenda Hansons elender Blick sagte ihr, dass dies der Ort war. »Sagen Sie mir, wo das ist.«

Es war eine wolkenlose Morgendämmerung, frostig, trotz des hellen Sonnenscheins. Der Schnee, der unter der Esche angehäuft war, geriet in Bewegung und zerbröckelte dann zu Klumpen, die von vorsichtigen Händen zur Seite geschoben wurden. Luc tauchte aus dem Schnee auf, kroch auf ihrem Bauch wie ein missgebildetes Jungtier. Sie war mit Holzspäne und Blättern besprenkelt, mit Dreck und Zweigen. Sie blinzelte in das grelle Morgenlicht und keuchte große weiße Atemstöße aus, während sie stöhnte, weil all die Schmerzen in ihr wieder erwachten. Sie konnte ihre gefrorenen Hände nicht ballen, deshalb presste sie diese auf ihren Bauch unter dem Hemd. Sie schnappte nach Luft wegen der Kälte, die tief in ihren Fingern saß, und wärmte sie, bis sie wieder eine Faust machen konnte.

Der Geist Masons hatte sie über Nacht nicht gefunden, obwohl er scheinbar Stunden an dem Baum gerastet hatte, so nah an ihrem Versteck vorbeigestapft war und Flüche ausgestoßen hatte, als wüsste er, dass sie da war, um sie zu hören. Schließlich wanderte er tiefer in den Wald hinein. Wie viele Stunden seitdem vergangen waren, wusste Luc nicht. Es war verlockend zu glauben, es sei nur ein weiterer Traum gewesen, denn alle Spuren, die er gemacht hatte, waren lange wieder zugeschneit, und Lucs Visionen waren heftiger als je zuvor. Selbst diesem Morgen traute sie kaum, real zu sein.

Stehen war eine quälende Angelegenheit, aber sie hielt es durch. Ihre Wunde war schorfig und ihr Oberschenkel war entzündet und rot wie ausgepresste Trauben. Ein neuer und schneidender Schmerz breitete sich über die nächtliche Taubheit aus. Sie wollte schreien, aber in diesen Wäldern gab es Ohren, die lauschten.

Luc humpelte einige Schritte, bis furchtbare Schmerzen sie erneut niederzwangen. Sie saß zehn Minuten oder länger, doch danach mühte sie sich weiter. Sie schaffte es, eine Lichtung zu überqueren und gelangte zu einer weiteren Baumgruppe, wo sie sich setzte und gegen einen umgefallenen Baumstamm lehnte. Der Wald umschloss sie, endlos, und sie suchte den hölzernen Horizont nach einem Lichtsignal ab, das nicht da war. Sogar die Weiß-Esche war irgendwo jenseits ihrer Spuren verschwunden.

Der Boden, auf dem sie saß, war mit toten Ästen und Stämmen übersät, und ein Stock, der in ihrer Reichweite aus dem Schnee ragte, war stabil genug, um als behelfsmäßige Krücke zu dienen. Sie rubbelte das Eis von ihm herunter und riss tote Rinde und Zweige ab. Dies war ein weiteres Geschenk der Götter. Sie waren an diesem Morgen also doch wieder bei ihr. Luc bemerkte – was ihr bisher nicht aufgefallen war –, dass ihre

Augen immer noch scharf und klar sahen, besser als mit jeder Brille, die sie jemals besessen hatte. Es gab keine Erklärung für diesen Zauber, doch er ermutigte sie, gab ihr ausreichend Grund, weiter zu gehen.

Sie störte niemanden, außer den glatten weichen Schnee und ein paar Krähen, die in den Bäumen krächzten. Das Gehen forderte ihre ganze Aufmerksamkeit. Mason hätte hinter ihr spazieren können und sie würde es nicht mitbekommen, bis er seine Hand um ihren Hals legte. Nur wenn sie rastete, konnte sie nach ihm Ausschau halten, richtete ihren Blick auf jeden fallenden Zweig, jedes windbewegte Blatt. Als die Sonne eine vollkommene Kugel war, die über dem östlichen Hang thronte, betrat sie eine Lichtung und erkannte, was sich darin befand. Aus einem plötzlichen überwältigenden Kummer brach sie zusammen und schlug die Hände vors Gesicht, dann stieß sie ihren Wanderstab in den Boden, bis etwas krachte.

Was sie in der Lichtung vorfand, war der gleiche vereiste Teich, den sie in der Nacht zuvor überquert hatte. Sie war blindlings ihren eigenen Weg zurückgegangen, war wieder auf das zugelaufen, was von der brennenden Hütte übrig sein mochte. Ausgestreckt am Ufer des Teichs traf sie die Verzweiflung mit solcher Wucht, dass sie glaubte, sie müsse daran sterben. Sie erblickte die schartige Wunde im Eis – leicht zugefroren, schneebestäubt, doch immer noch als Loch mit gezackten Eisscherben und verspritztem schwarzem Schlamm zu erkennen. Sie nahm an, Masons Waffe und seine Taschenlampe waren irgendwo dort untergegangen – diese Dinge, aber wahrscheinlich nicht sein Leichnam.

Als sie sich beruhigt hatte, gestand sie sich ein, dass dieser Weg nicht vollkommen zufällig war. Ein unbewusster Impuls hatte sie hierher zurückgeführt. Denn: Egal wo Mason war – ob er weiterhin diese Wälder durchstreifte oder bereits Stunden entfernt in seinem Auto saß –, die einzige Straße, die Luc kannte, befand sich in dieser Richtung. Hätte sie einen anderen Weg eingeschlagen, wäre sie wahrscheinlich weitergelaufen, bis sie auf der Suche nach einem Ausweg aus diesen Wäldern gestorben wäre.

Sie schlich im Schneckentempo um das feste Ufer des Teichs herum und erreichte schließlich den Hang, der sich zum Bach hinabneigte. Im hellen Tageslicht war der Bach nichts weiter als ein trockengefallenes Rinnsal, das kaum einen Meter tief war. Sie ging den sanften Abhang hinunter – seitliche Schritte, geführt von ihrem gesunden Bein. Der Schmerz hämmerte in ihrem Kopf wie ein Schwergewichtsboxer, der versuchte, sie k.o. zu schlagen.

An diesem Morgen bedeckte Schnee den Steg, über den sie gekrochen war. Der Schnee verhüllte die Erinnerung, doch Lucs Gedächtnis war klar und zu allererst erinnerte sie sich an die Pistole. Letzte Nacht, als sie zwischen die Streben gefallen war, schien sie für immer verloren, doch nun hatte ein Impuls sie hierher zurückgebracht, damit sie die Waffe wiederfand.

Luc hockte sich hin und ließ sich in die flache Einkerbung hinab. Sie schob das Schilf beiseite, das sie behinderte, und ihre Stiefel traten die Kiesel in dem kargen Bachbett los. Wie sie erwartet hatte, lag die Waffe unter der Brücke. Der Schnee, der zwischen den Streben hindurchgefallen war, hatte sie mit weißen Streifen verziert. Sie streckte sich, um die Waffe zu ergreifen und wischte den Schnee weg, als sie die Pistole in der Hand hielt. Sie fragte sich, ob der Fall oder der Frost sie unbrauchbar gemacht hätten. Sie sah nach, ob sie immer noch entsichert war – aber sie wusste nicht, in welcher Position die Waffe gesichert war und sie traute sich nicht zu schießen, um es zu überprüfen. Sie wollte sie eigentlich überhaupt nicht berühren, doch Lucs Herz raste bei dem Gefühl, ihre schützende Kraft in Händen zu halten.

Der letzte Wegabschnitt, der abrupte Anstieg, der zur Hütte hinaufführte, war der schwerste. Über dem Böschungsrand war nur der Rauch sichtbar, der dort hing wie eine niedrige Gewitterwolke und von den Trümmern aufstieg, die Luc noch nicht sehen konnte. Sie wollte diese letzten Meter gehen, doch selbst als sie ihre Krücke zur Unterstützung in den Boden rammte, verweigerte ihr lahmes rechtes Bein den Aufstieg. Sie warf den Stock weg und machte auf allen Vieren weiter, griff nach Steinen, die fest im gefrorenen Boden steckten. Einige lösten sich und polterten hinter ihr hinab. Da sie nur eine Hand frei hatte, strauchelte sie und kam nur sehr langsam voran. Die Neigung des Hangs schien immer steiler zu werden. Luc brauchte beide Hände. Sie öffnete ihren Mund und steckte die Pistole zwischen ihre Zähne, den Lauf nach links gerichtet, damit sie nicht ihren eigenen Kiefer in Stücke schoss.

Sie hörte die Ruinen knistern und knacken. Dann, als sie über den Rand gekrochen kam, sah sie, dass die Hütte und ihre Pferdeboxen vollkommen vom Feuer zerstört waren. Alles, bis auf einige standhafte Balken, die schwarz verkohlt und verbrannt waren, aber noch aufrecht standen wie Grabsteine. Das Feuer war erloschen, auch wenn noch einige kleine Flammen von einer zusammengebrochenen Wand hier und einem kaputten Ofenrohr dort züngelten. Nichts Anhaltendes. Rauchschwaden waberten über dem zusammengebrochenen Haufen, wo die Glut immer noch orange leuchtete wie wachsame Augen. Einige verbrannte Dinge waren gut zu erkennen – ein Sofagestell, ein Waschbecken, Metallrahmen von Etagenbetten, Sprungfedern von Matratzen –, aber es war nichts zu retten, außer dem Holzofen, der immer noch funktionierte.

In einigen Metern Abstand von den Trümmern war der Schnee in einem schiefen Kreis geschmolzen. Dort war die Erde nackt, schwarz und nass wie Öl. Dort lag der Hockeyschläger schlammig und frech im Dreck. Graue Asche trieb in einer Windböe, die Luc den überwältigenden Geruch von verbranntem Holz zutrug. Der abgewrackte Traktor war rußgeschwärzt, die Innenseiten der Bäume, die in der Nähe standen, waren versengt, Äste zu Stümpfen verbrannt. Lucs Gefängnis-Anhänger, der weit genug entfernt stand, war unberührt von Flammen und Glut.

Wegen des stechenden Rauchs schloss Luc die Augen und drückte ihr Gesicht in den Schnee neben sich. Erneut rief sie sich die *Ringhorn* ins Gedächtnis, Baldurs Schiff, und fragte sich, ob die Flammen des Scheiterhaufens das Gefährt schließlich versenkt hatten, oder ob es für immer weiter trieb. Treibgut, schwarz verkohlt und zerklüftet und versteinert wie Fels.

Als sie den Schutt erneut betrachtete, sah sie Mason. Er saß vollkommen nackt auf der Motorhaube des Cadillac. Das Auto parkte näher an der Hütte, als es während des Feuers gestanden haben konnte. Er hockte da wie ein Affe, schlammverkrustet und rußverschmiert. Auf seiner Brust, seinen Oberarmen und seinen Beinen hatte er die Finger durch den schwarzen Belag gezogen und grobe Striche hinterlassen, die aussahen wie Höhlenmalerei. Seine Tolle war flachgedrückt und hing ihm in die Stirn. Seine Arme waren bis zu den Ellbogen sauber gewaschen, doch danach wieder mit Blut beschmutzt worden. Es war in den schwarzen Pelz auf seinen Unterarmen gesickert und befleckte seine Hände, als hätte er die Arbeit eines Chirurgen oder eines Schamanen übernommen. Sein Gesicht war eine schwarze Gorillamaske. Seine Augen waren geschwollen und zuckten hinter der Maske, als wären sie dort gefangen und warteten darauf, befreit zu werden.

Mehr als ein Dutzend Steine lagen neben ihm auf der Kühlerhaube, einige davon faustgroß. Er nahm einen davon und brüllte und schleuderte ihn auf die verbrannten Überreste der Hütte. Der Stein schlug gegen einen aufrecht stehenden Balken und sprang weg, verschwand in der Kohle. Masons bloße Füße ruhten auf der Stoßstange und unter ihnen lag Tanyas Leiche, die von der Taille an nackt war. Sie war gekrümmt wie ein Embryo und ihr Rücken zeigte zum Wald, wo Luc sich versteckte. Tanyas Körper war blutleer und papierartig wie abgezogene Haut. Ihre Haare waren von der Kopfhaut gebrannt, nur ein paar gekräuselte Strähnen waren übrig und bewegten sich im Wind.

Luc kroch einige Meter weiter, bis Mason aufstand und sich zu Tanyas Leichnam bewegte. Luc erstarrte. Sie hatte nie zuvor einen nackten Mann gesehen, nicht einmal ihren Vater, doch in diesem Augenblick berührte sie dieser Anblick überhaupt nicht. Sein Bauch und die Leistengegend waren relativ sauber, nur um den Nabel herum befanden sich blutige Fingerabdrücke. Seine Bauchmuskeln waren kräftig und ausgeprägt wie bei einem abgehäuteten Huhn. Sein Schwanz hing schlaff aus einem Dickicht, das alles verbarg bis auf die erdbeerförmige Spitze.

Hinter seinem Rücken hing ein Gewehr, das von einem Riemen gehalten wurde, der schräg über seine Brust lief. Er ging barfuß über den verbrannten Boden, bis er beinahe in der glimmenden Asche seines Scheiterhaufens stand. Dann nahm er seinen Schwanz in beide Hände und pisste auf die Kohle, die zischte und dampfte, als der Urin sie traf.

Luc kauerte bei dem Baum, wo Quinn gestorben war und die Hitze den befleckten Schnee geschmolzen hatte. Sie war jetzt so ungeschützt, dass Mason sie leicht hätte entdecken können, doch sie stütze sich am Baum ab und stand auf. Zitternd, klamm und schlammig, wo der Schnee ihre Kleidung durchnässt hatte. Sie ging auf Mason zu und hob die Waffe beidhändig an, packte so fest zu, dass ihre Fingerknochen schmerzten. Sie zielte auf den gesamten Bereich, den sein Körper einnahm.

Und er schien sie wahrzunehmen – so wie ein misstrauischer Hirsch den Jäger betrachtet und trotzdem unbewegt stehen bleibt. Er versuchte nicht, an sein Gewehr zu kommen, selbst als er auf die Reste seines hässlichen Lebens pisste. Er hob sein Kinn zur aufgehenden Sonne, dann streckte er seine blutigen Hände in die Luft. Räusperte sich, sagte aber nichts. Er pisste immer noch.

Luc feuerte einen Schuss ab und die Waffe schlug zurück, aber sie hielt sie fest. Mason zuckte und setzte einen bloßen Fuß nach hinten, um das Gleichgewicht zu halten. Sein Urinstrahl versiegte jäh, aber er war nicht getroffen. Was immer die Kugel traf, ihr Einschlag war geräuschlos.

Beide waren sechs Meter voneinander entfernt und Luc ging näher heran. Sie stützte einen Ellbogen auf ihre Hüfte, schloss ein Auge, visierte über Kimme und Korn an und hob den Lauf zu Masons Kopf. Während sie zielte, griff er nach dem Gewehrriemen und duckte sich weg.

Luc drückte erneut ab. Auf der anderen Seite des Hofs zerbarst das Seitenfenster des klapprigen Pick-up in einem Glasregen. Sie hatte ihn wieder verfehlt und die Furcht saugte jetzt ihrer Stärke den Saft ab wie ein elektrischer Kurzschluss. Sie knirschte mit den Zähnen und hielt den Atem an.

Mason war zusammengekauert, täuschte nach rechts an, hob mit beiden Händen das Gewehr über seinen Kopf, so wie Soldaten ihre Gewehre emporheben, wenn sie einen Sumpf durchqueren. Doch der Riemen verfing sich unter seinem Hals. Seine Augen weiteten sich in einem plötzlichen Anflug von Angst, und Luc saugte diesen Nektar auf. Sie schloss die Lücke zwischen ihnen um weitere eineinhalb Meter und konnte diesmal nicht daneben schießen. Sie drückte den Abzug.

Mason verzog das Gesicht und beugte sich vornüber, als habe er einen Schlag in den Magen erhalten. Luc konnte nicht erkennen, wo sie getroffen hatte, aber Blut lief seinen Oberschenkel hinab, spritze auf das andere Bein. Sein Unterleib war gesprenkelt. Mit einer Hand riss er sein Gewehr los, aber es war zu schwer für ihn und sank herab und feuerte eine Kugel in den Schnee. Dann sah Luc, wo die Kugel getroffen hatte: Die rosa Spitze seines Penis war in einem Brei aus Blut explodiert. Er hielt die Verletzung in einer fest geschlossenen Faust und die Vertiefungen zwischen seinen Fingern füllten sich rot wie Messerschnitte. Sein Gesicht verzerrte sich in einem stillen Schmerz, der beinahe komisch aussah.

Luc schoss noch einmal und verfehlte ihn wieder, weil Mason bereits taumelte. Das Gewehr geriet zwischen seine Beine und er stolperte darüber. Er fiel in die Randbereiche des verkohlten Holzes und eine Aschewolke stieg um ihn herum auf. Er trat und schrie und stieß sich rückwärts aus der Zone, die bereits Blasen und Wunden in sein Fleisch gebrannt hatte. Er war innerhalb von Sekunden draußen, aber Flecken von schwarzem Dreck brannten sich tiefer in seine Brust und sein Gesicht. Der Gestank war augenblicklich und beißend. Er kniete, unbewaffnet, schlug auf seine Verbrennungen, während das Blut aus der roten Lücke zwischen seinen Beinen tropfte wie aus einem Wasserhahn.

Luc humpelte vorwärts und richtete Tanyas Waffe auf Masons wackelnden Kopf. Die erste Kugel durchschlug seine Zähne und öffnete einen zweiten schreienden Mund in der gegenüberliegenden Wange. Er war verblüfft – der eitle Haarfleck unter seinen Lippen bebte. Lucs letzte Kugel trieb das linke Auge des Mannes, der ihren Vater ermordet hatte, tief in seinen Schädel hinein, und hinterließ die Augenhöhle leer und schwarz. Er starb schnell. Seine Arme fielen herab und sein Kopf schlug zurück in einen plötzlichen Schlaf. Eine seltsame Macht hielt ihn noch ganze fünf Sekunden auf den Knien, dann legte sich sein Körper selbst zu einem verdrehten Haufen nieder.

Luc weinte, bis ihre Augen verschwammen. Ein gutturales Schluchzen entzündete ihre Kehle. In diesem Augenblick erinnerte sie sich an einen Stoffaffen, den sie besessen hatte, weil er in der gleichen verdrehten Pose, die Mason jetzt einnahm, auf ihrem Kissen geschlafen hatte. An ihrem fünfzehnten Geburtstag hatte sie schließlich Ginas Sticheleien nachgegeben und ihn zusammen mit anderen Teddys und Puppen in einem Schrank verstaut. Das war erst ein Jahr her. Jetzt, am Morgen ihres sechzehnten Geburtstags hielt sie die Waffe immer noch an Masons Kopf, falls der die kleinste Bewegung machte. Wenn er sich bewegte, würde sie schießen, bis die ganzen beschissenen Kugeln verbraucht waren.

Eine weitere Minute verging, bevor sie an zwei Leichen vorbei zum erlöschenden Feuer humpelte. Sie wollte sich tief in seinen heißesten Kern graben. Dies schien ihr die einzige Möglichkeit, jemals wieder warm zu werden. Und vielleicht wäre sie in die orange Glut gestiegen, wäre da nicht der schwarze Rauch gewesen, der in ihren Hals hinunter kroch wie Finger, die sie zum Würgen brachten. Hustend und zuckend taumelte sie stattdessen zum Cadillac, der ein paar Meter entfernt stand. Das Auto erschien ihr verschwommen und verschoben. Sie presste ihre Knöchel in ein Auge und rieb, blinzelte, aber der Rauch hatte das Geschenk der klaren Sicht für immer mit sich genommen.

Sie glitt an der Fahrerseite entlang und drückte den Türgriff, erwartete, er sei verschlossen. Doch die Tür sprang auf und Luc sank in den Sitz. Sie ließ ihre Beine draußen, während sie ihren verletzten Oberschenkel mit beiden Händen umfasste, zupresste und zischte. Nichts mehr, dem man sich stellen musste, außer dem Schmerz, und der attackierte sie mit Übelkeit und heftigem Zittern und einem elektrischen Kreischen in ihren Ohren. Sie hustete Rauch hervor, der ihre Lungen belegte, schlug mit der Faust aufs Lenkrad. Die Hupe lärmte.

Sie drehte sich, brachte ein Bein ins Wageninnere. Sie legte die Pistole auf den Beifahrersitz und tastete dann mit ihren Fingern die Zündung ab, um festzustellen, dass die Schlüssel nicht da waren. Sie biss in ihre Unterlippe und ihre Augen begannen wieder zu tränen. Sie fuhr mit den Händen über die Sitze und das Armaturenbrett, stieß auf etwas Hölzernes, das sie aufhob und einige Zentimeter vor ihr Gesicht hielt, um es deutlich zu sehen. Es war das Tranchiermesser, mit dem sie Tanya getötet hatte. Es war sauber abgewischt, mit Ausnahme der Stellen, wo das Blut in den Griff gesickert war.

Sie schleuderte das Messer aus der offenen Fahrertür. Dann suchte sie erneut das Armaturenbrett ab, öffnete das Handschuhfach und durchwühlte es, fand aber nichts außer Servietten, die in einer Plastiktüte gefaltet waren, und Pfefferminzpastillen. Sie schaufelte alles auf den Sitz, bis das Handschuhfach leer war, dann schlug sie es zu.

Nirgendwo Schlüssel. Selbst wenn sie die Schlüssel gefunden hätte, sie hatte noch nie ein Auto gefahren und ihre Augen waren hinüber. Die Chancen standen gut, dass sie den Wagen in eine Schneewehe gesetzt oder gegen einen Baum gerammt hätte, dass sie sich selbst umgebracht hätte, nachdem sie all die anderen Dinge überlebt hatte. Sie hatte keine Kraft mehr, um nach den Schlüsseln zu suchen, und keine Stelle mehr, wo sie nachsehen konnte. Mason war nackt und welcher Teufel ihn auch immer geritten haben mochte, seine Kleider auszuziehen – so vermutete Luc –, hatte ihn ebenso dazu gebracht, sie zu verbrennen. Vielleicht hatte er vor, sich selbst zu töten, und für einen solchen Plan war ein Schlüsselbund überflüssig.

Luc saß mit beiden Händen auf dem Lenkrad da, als könne die Illusion des Fahrens die Wirklichkeit ersetzen. Ihr Atem ließ die Scheiben weiß beschlagen. Sie wollte nur noch schlafen, und wenn der Tod in ihren Träumen kam, dann war sie vorbereitet. Sie schloss die Augen und hielt die Luft an. In der nahezu vollkommenen Stille hörte Luc jemand anderes im Auto atmen. Schnelle hohe Atemzüge, gleichmäßig. Zu deutlich für eine Einbildung.

Luc drehte sich herum. Sie griff nach der Waffe, die sie auf den

Beifahrersitz geworfen hatte, die jetzt aber unter dem Zeug vergraben war, das sie aus dem Handschuhfach geräumt hatte. Luc fand sie, stieß sich seitlich aus der Tür und trat zwei Schritte zurück. Sie taumelte, hielt sich aber aufrecht und richtete die Pistole auf das Auto, während in ihrem Kopf weiße Schwaden explodierten und sie einer Ohnmacht nahe war. Ihr erster absurder Gedanke war, Quinn Cutler wäre dort drinnen, nicht verscharrt und immer noch schwach am Leben – aber sie hatte das Ergebnis seiner Schlachtung gesehen und wusste es besser.

Luc probierte den hinteren Türgriff und zielte gleichzeitig mit der Waffe, wie sie es in Krimiserien gesehen hatte. Die Tür sprang auf und sie öffnete sie weiter. Nichts fiel sie an, nichts bewegte sich, und ihre Augen waren wertlos, um irgendetwas außer Schatten auf dem Rücksitz zu erkennen. Sie griff ans Dach und lehnte sich hinein. Auf dem Sitz lag eine Steppdecke, die zusammengefaltet war wie ein Wäschebündel. Sie hatte ein Muster aus Elchen und Tannenbäumen, die sich wiederholten und quer über Rauten gestickt waren, ein Motiv, das so vertraut war, dass es beinahe tröstlich wirkte. Die Ruhe war so machtvoll, dass Luc die Waffe auf die Hutablage legte und nach der Decke griff. Sie war trocken und sauber und Luc fürchtete sich nicht vor dem, was sie darin finden könnte.

Sie rückte näher und streckte den Hals vor. Wie sie jetzt sah, war das Gesicht des Neugeborenen nicht bedeckt. Nur sein Körper war in die Decke gehüllt und eng eingewickelt, als habe es nie den Mutterleib verlassen. Es lag auf dem Rücken und sah sie an, grüne Augen, offen und suchend unter dem undeutlichen Bogen der Augenbrauen. Sollte es Luc sehen, dann betrachtete es sie mit nicht mehr Interesse als all die anderen neuen Merkwürdigkeiten.

Am Rand der Rücksitzbank gab es Platz für Luc, um sich neben das Neugeborene hinzulegen. Sie benutzte ihren Arm als Kissen und legte ihren Kopf nur wenige Zentimeter vom dem des Babys ab. Über dessen Gesicht liefen noch immer Streifen von Blut und weißem eingetrocknetem Schleim, und sein winziger Kopf war kaum größer als ein Softball. Die Hautfarbe war gesund, die Lippen rosa, das schwarze

Säuglingshaar spross flaumig auf den trockenen Stellen an seinem Kopf. Luc berührte seine Wange und es drehte sich zu ihr, sein Mund war geöffnet und der Kopf bewegte sich ruckartig, weil es gestillt werden wollte. Luc versuchte gegen den Kloß in ihrem Hals anzulächeln, aber sie wusste nicht, ob es Erleichterung oder Furcht war, was ihr die Tränen in die Augen trieb.

Der Schlaf zog sie hinunter. In ihren letzten wachen Momenten bemerkte sie, dass die Wagentüren offen standen und kalte Luft und Rauch hereinließen, doch sie konnte ihren Körper nicht mehr aufrichten, nicht einmal ihren Kopf. Sie erinnerte sich an das letzte Mal, als sie ausgestreckt auf einem Rücksitz gelegen hatte, damals, in den Sekunden, bevor ihr Vater ermordet wurde. Und hier war sie abermals, wie eine weitererzählte Geschichte. Hier, am Rande des Todes oder vielleicht des Lebens, schmiegte sie sich an Masons Baby. Sie hörte zu, wie jeder einzelne ihrer Herzschläge lauter und schneller pochte, bis er den Himmel mit Lärm auszufüllen schien und sein Schatten in der Luft wuchs und böiger Götteratem sämtlichen Rauch vertrieb.

DAS POCHEN KLANG jetzt tiefer. Luc schlug die Augen auf und blinzelte wegen der grellen Helligkeit. Die verschwommenen Umrisse von zwei behelmten Gestalten, die in einem gnädigen Orange glühten, geisterten über ihr herum. Sie lag flach auf dem Rücken und streckte die Arme aus, um sie zu berühren, aber ihre beiden Arme waren an das Bett gefesselt, das nicht aufhörte zu wackeln. Luc begriff, dass sie in der Luft war, in einer Kammer voll mit piepsenden Apparaten, Spiralkabel schwangen schwerelos, als der Hubschrauber mitten in der Luft in Schräglage flog. Einer der beiden Geister war jetzt deutlich zu sehen, und Luc erkannte, dass er schwarz war. Er legte eine weiche Hand auf ihre Stirn, um zu verhindern, dass sie ihren Hals verrenkte. Über Lucs Gesicht war eine Plastikmaske gestülpt, die frischen Sauerstoff in ihre Nasenlöcher leitete. Zuerst schnappte sie nach Luft, aber nach einigen panischen Atemzügen fand sie ihren Rhythmus.

Erst nach Einbruch der Dunkelheit war Luc wieder bei klarem Verstand. Die meiste Zeit wanderte sie durch Traumwelten, die von Tabletten in einem Pappbecher für sie errichtet worden waren – Träume aus pulsierenden Farben und weißem Rauschen. Ihr Zimmer war wie jedes andere Krankenzimmer, mit matten Fliesen und hellgrünen Wänden und den gleichen medizinischen Gerüchen. Auf einem Halter war ein Fernsehgerät montiert, aber es gab keine Fernbedienung, um ihn einzuschalten. Luc glaubte, eine gesehen zu haben, aber sie war jetzt weg, und ihre unbewaffneten Augen waren zu schwach, um sich irgendetwas gewiss zu sein, was sie einfingen.

Beide Hände waren bandagiert und sie pochten und juckten unter dem Verband, aber Luc war zu müde, um sich darum zu kümmern. Eine Krankenschwester trug ein dünnes Baumwollhemd mit Teddybärmuster, eine Schwester, die nach schalem Zigarettenrauch und Zitrone roch, deren Hände spröde waren – sie versorgte Luc mit Eiswasser, das sie durch einen langen Strohhalm trank. Sie wollte kein Wasser mehr, aber es floss weiter.

»Ich muss pinkeln«, sagte Luc.

»Pinkel einfach. Es ist alles eingerichtet.«

»Aber …« Ein Hubschrauberrotor dröhnte lauter, drückte sie nieder. Ein plötzlicher Schüttelanfall, den sie nicht unterdrücken konnte, erfasste ihren Körper. Er war so heftig, dass die Nieten in ihrem Krankenbett klapperten. Sie bat einen verschwommen Schatten in der Ecke des Raums um weitere Decken.

»Du kannst bei uns bleiben«, sagte Tanya. Sie war nackt und bleich und mit hängenden Brüsten und nichts als einem breiigen roten Loch, wo ihr Unterleib sein sollte. Tanya hob ihre Arme wie für eine Umarmung und ihre Finger waren gebrochen und verdreht. Sie atmete einen Schwarm grauweißer Motten aus.

Als sie zum Klang gedämpfter Begräbnisstimmen erneut erwachte, sah sie die Welt, wie sie ein sollte. Großmutter Norma saß auf einem

Stuhl neben dem Bett. Sie war ausgezehrt, hatte rote Augen und ihr Mund hing schlaff herunter. Luc wollte die Frau berühren, um zu fühlen, ob ihre Großmutter real war, doch dann erinnerte sich Luc daran, dass ihre Hände verbunden waren, um die Erfrierungen zu behandeln. Der Himmel hinter den Vorhängen war schwarz.

»Oma?«, sagte Luc, und ihre Stimme klang alt für ihre eigenen Ohren.

Normas Mund schloss sich mit einem Klacken, und sie schüttelte sich, als hätte man sie soeben aus einer Hypnose zurückgeholt. »Lucia, wir ließen dich schlafen«, sagte Norma.

Luc führte eine verbundene Hand zu ihrer Schläfe und spürte ihr Brillengestell.

»Wir haben es für dich reparieren lassen«, sagte Norma. »Deine Mutter hat es getan.«

Lucs Nacken war steif und schmerzte aus einem Dutzend möglicher Gründe, doch sie drehte ihn weit genug, um zu sehen, dass Blair Moberg im Zimmer war und mit ihrem Rollstuhl vorsichtig näher kam. Ihr verletztes Bein war erneut eingegipst, und ihr Gesicht war übersät von Prellungen und Flecken – ein Auge war mit einem runden Verband zugeklebt, ihre Unterlippe war doppelt so groß und auf einer Seite schorfig. Obwohl sie so zugerichtet war, wirkte ihr Lächeln so breit und selbstvergessen, dass es beinahe manisch aussah.

Luc spürte einen heftigen Krampf in ihrem Bauch. Sie wollte diese Frau nicht so schnell wiedersehen, während ihre Eindrücke noch verworren waren – wollte ihre Mutter nicht auf sich zukommen sehen, als griffe sie aus dem Hinterhalt an. Blair rollte neben das Bett und griff nach Lucs nacktem Arm wie ein Kind nach einem Weihnachtsgeschenk.

Noch bevor ihre Mutter etwas sagen konnte, krümmte sich Luc zu ihr und spuckte den Speichel, der in ihrem Mund war. Geformt wie eine Amöbe flog er heraus und in einem sabbernden Faden traf er Blairs Wange direkt unterhalb des unbeschädigten Auges. Ihr Lächeln verebbte, und diese plötzliche Ernüchterung verschaffte Luc ein finsteres Vergnügen. Ihre Mutter versuchte nicht einmal, die Spucke wegzuwischen. Sie saß sprachlos und traurig da, während sie ihr die Wange herablief.

»Lucia«, keuchte Norma.

Schließlich tupfte sie die Spucke ab. Ihr offenes Auge, deren verwirrte Pupille die Iris schwarz ausfüllte, fixierte Luc. Sie betrachtete ihre feuchten Finger, als hätte sie etwas Schlimmeres als Spucke erwartet, etwas wie Blut oder Gift.

Norma eilte um das Bett herum, während sie in ihrer Tasche nach einem Papiertuch suchte, mit dem sie Blairs Gesicht abwischen konnte. »Du bist verwirrt, Schatz, das ist alles«, murmelte sie, aber Luc wusste nicht, mit wem Norma sprach. Norma zog an den Griffen des Rollstuhls, um Blair vor weiteren Überraschungsangriffen zu bewahren. Luc konnte nicht weiter zusehen, wie das Drama seinen Lauf nahm, insbesondere die leere, einäugige Verunsicherung ihrer Mutter. Das Spucken hatte Luc nicht besänftigt, und was sie jetzt fühlte, war etwas Ähnliches wie Bedauern.

»Es tut mir leid«, verkündete Blair, wie ein Echo auf Lucs Gedanken. »Es tut mir leid, es tut mir leid.«

»Warum?«, fragte Luc. »Du weist nicht, warum dir etwas leid tun sollte.«

»Weil sie dich mitgenommen und dir wehgetan haben. Ich konnte sie nicht aufhalten.«

»Du darfst vergessen«, sagte Luc zu ihr. »Ich muss mich daran erinnern, was mir leid tut.«

Norma wusste nur zu gut, dass sie ihre Tochter hier wegbringen musste und rollte den Stuhl auf den Gang hinaus. Nur Augenblicke nachdem sie draußen waren, fragte sich Luc, ob sie nur ein Traum gewesen waren, so wie alles andere auch. Schatten verdunkelten die Wände und tiefe, furchtbare Geräusche erklangen direkt hinter der dünnen, geriffelten Tür zwischen dieser und der nächsten Welt. Luc war wieder alleine mit ihren Monstern.

Später schrie sie, schweißgebadet. Im Licht des Korridors erschienen die Umrisse der zwei Krankenschwestern, die herbeieilten, um sie zu versorgen, sie zu beruhigen, ihr übers Haar strichen.

»Wo ist das Baby?«, fragte Luc. Sie wusste nicht, was sie redete.

»Es geht ihm gut. Er befindet sich den Gang hinunter«, sagten sie.

»Ich möchte ihn sehen. Bitte ...«

Einige Minuten später rollten sie den Wagen in ihr Zimmer. Im Licht der matten Lampe neben ihrem Bett konnte Luc sehen, dass auf dem Wagen ein durchsichtiger Plastikbehälter stand, der mit Decken ausgelegt war. Darunter befanden sich Fächer mit Handtüchern, Windeln und Aspiratoren. Eine blaue Karteikarte sagte »Mein Name ist«, aber auf der Linie darunter stand nur »männliches Baby«.

Die Schwester hob das gewickelte schlafende Baby hoch, eine Hand unter seinem Kopf und Luc setzte sich aufrecht hin und nahm ihn auf ihren Schoß. Seine Augen waren geschlossen und auf seinem Kopf saß eine warme Strickmütze, die Lippen schmatzten im Schlaf. Auf seinen Wangen und den Augenlidern waren winzige Äderchen geplatzt und um seine Nase klitzekleine weiße Pickel. Luc hielt ihn und ihr Herzschlag beruhigte sich. Sie stellte sich vor, dass Fremde, die an diesem Zimmer vorbeikamen, dachten, das Baby sei ihres, dass sie ihn gerade zur Welt gebracht hatte. Aber Luc war gerade sechzehn – und kraftlos. Sie war niemandes Mutter.

»Was geschieht mit ihm?«

»Es wird ihm gut gehen«, sagte die Schwester. »Sie werden sich gut um ihn kümmern.«

»Wer? Pflegefamilien?«

»Oder er kann adoptiert werden. Ich wette, er wird sofort adoptiert. Schau ihn dir an.«

Luc schaute und fragte sich, wie sie ihn jemals loslassen könnte.

Das Kreiskrankenhaus lag an einer Landstraße, die im Sommer Weinberge und im Winter Skiabfahrten verband. Es war ein einstöckiges Gebäude mit einem Parkplatz, der nicht größer war als der von Fast-Food-Restaurants. Heute war er überfüllt mit Übertragungswagen und rüden Kameramännern, die ihre Geräte auf den Schultern trugen wie Waffen. Die Reporter liefen umher, angekettet an Mikrofonkabel. In ihrer Karriere hatte Greta diesen Zirkus schon so oft gesehen, dass sie sich davon nicht beeindrucken ließ. Als sie auf den Parkplatz einbog, bewunderte sie vielmehr das Skigebiet, das sich über den Berghang gleich hinter dem Krankenhaus erstreckte, wo Skifahrer gelassen durch den Schnee glitten, ohne den Aufruhr wahrzunehmen, der sich direkt unter ihnen abspielte.

Kaum war Greta mit ihrem eingewickelten Geschenk in der Hand aus dem Auto gestiegen, als die Nachrichtenteams sie mit ihren Mikrofonen und ihren hämmernden Fragen umringten. Die bekannte Moderatorin eines Lokalsenders bahnte sich rücksichtslos den Weg durch die Menge zu Greta. »Ermittlerin Hurd, Sie sind hier, um Lucia Moberg zu besuchen, stimmt das?«, fragte sie.

»Ich kann im Augenblick nichts dazu sagen.«

Von links: »Wie bewerten Sie die Ereignisse des gestrigen Morgens?«

Von rechts: »Wie halten Sie heute durch?«

Greta wusste, wie sie diese Fragen entschlüsseln musste, auch wenn sie nicht antworten würde. Die erste war eine Kurzversion der Frage, wie sich eine einfache Festnahme in Buck Hanson's Bike Emporium zu einer fünfminütigen Schlacht ausgeweitet hatte, deren Aufarbeitung Monate brauchen würde – und welche Verantwortung Greta dafür trug. Sie wollten, dass sie prägnant erklärte, was die gerichtlichen Untersuchungen der nächsten Monate nicht würden befriedigend entwirren können. Die zweite Frage war einfacher – sie wollten, dass Greta den Schmerz zum Ausdruck brachte, den der genähte Hundebiss an ihrem verbundenen Arm verursachte. Die Antwort wäre fürs Fernsehen ungeeignet.

Greta fand Luc in einem Wintergarten, der die Skihänge draußen überblickte. Jede Menge Topfpflanzen an Haken und auf Tischen vermittelten den Eindruck von Sommer, wäre da nicht der Ausblick gewesen. Luc hatte bereits Gäste – zwei Mädchen in ihrem Alter, die vollkommen schwarz angezogen waren wie Clubbesucherinnen.

Die eine trug ein Hundehalsband und eine Glatze, die andere hatte gebleichte Haare, aber ihre Gesichter waren gleich. Gina und Catherine – vermutete Greta – Lucs Zwillingsfreundinnen. Die Mädchen saßen auf einem der drei Sofas, und die Gebleichte hatte sich das Spiel genommen, das in jedem Wartezimmer zu finden war: Gebogene Metallleisten, entlang derer man farbige Holzkugeln leitete. Luc saß zu ihren Freundinnen gewandt in einem Rollstuhl mit einer Decke über dem Schoß. Greta schien es, sie habe nichts Wichtiges unterbrochen.

Luc lächelte Greta nicht wirklich an, aber der finstere Ausdruck auf ihrem Gesicht glättete sich.

»Ich weiß, es ist nicht die Zeit für einen glücklichen Geburtstag und ich bin auch noch einen Tag zu spät, aber ...« Sie gab Luc die eingepackte Schachtel, die diese in ihre bandagierten Hände nahm. Beide betrachteten gegenseitig ihre verbundenen Gliedmaßen, und es schien, diese Verletzungen machten sie gleicher als die beiden Mädchen auf der Couch.

»Ich wusste, Sie würden kommen«, sagte Luc. »Aber Sie hätten nicht ...«

»Es ist ein Walkman für CDs«, sagte Greta, nickte auf das Geschenk.

»Ich nehme an, ich muss es nicht jetzt öffnen.«

»Ich bin nicht gut mit Überraschungen«, sagte Greta. »Normalerweise gehen sie daneben.«

»Das sind Gina und Kit.«

»Mädchen«, sagte Greta mit ihrer strengen Bullenstimme. Sie schienen vor ihr auf der Hut zu sein und sie machte keine Anstalten, dies zu ändern. Die Kurzgeschorene stand auf und murmelte etwas davon, sich ein Getränk aus dem Automaten zu holen. Sie packte die Hand ihrer Schwester und die beiden liefen davon, Ketten klirrten.

»Ich habe keine CDs dabei«, sagte Luc.

»In der Schachtel sind drei, zusammen mit dem Walkman«, erklärte Greta. »Ich habe mich an einige Bandposter aus deinem Zimmer erinnert … ich war dort, weißt du, als du entführt wurdest … und so habe ich nur Zeug gekauft, von dem ich wusste, das du es mögen würdest. Vermutlich hast du die CDs schon, aber ich habe gedacht, du könntest etwas Unterhaltung brauchen, während du hier festsitzt.«

»Danke. Das war nicht nötig … aber es ist gut, denn sie lassen mich nicht fernsehen. Die ganzen Reporter … ich nehme an, es läuft eine Menge über mich in den Nachrichten.«

»Sie wollen verhindern, dass du von all dem überschnappst. Im Fernsehen nennen sie uns ein Paar von Kriegerinnen, so in der Art. Das willst du nicht hören.«

Luc zeigte ein befriedigtes Grinsen, das wieder erloschen war, als sich Greta niederließ, wo zuvor die Zwillinge gesessen hatten. Sie stellte das Kinderspielzeug auf den Boden zu den Plastikautos und den arm- und beinlosen Actionfiguren, die dort verstreut lagen.

»Sie waren es, nicht wahr … diejenige, die herausgefunden hat, wo ich war?«, fragte Luc.

»Erst, nachdem du dich selbst gerettet hast.«

»Aber ich war hilflos dort oben. Ich wäre gestorben … und das Baby.«

Luc nahm an, dass Greta bereits darüber informiert war, was oben bei der Hütte passierte – und sie hatte die Berichte gehört, obwohl nur Teile der Geschichte schlüssig waren. Jetzt gab es genügend Zeit, den Ablauf richtig zu stellen.

»Die Zwillinge haben mir erzählt, was mit Ihnen passiert ist«, sagte Luc. »Sie haben es in den Nachrichten gehört. Diese schrecklichen Leute, gegen die Sie gekämpft haben … diese … ich habe sie oben bei der Hütte gesehen … sie waren alle Monster. Oh, meine Mom war gestern hier, um mich zu besuchen. Ich habe ihr ins Gesicht gespuckt.«

Greta wusste, dies war verschlüsselte Sprache genau wie bei den Fragen der Reporter. Es bedeutete, Luc hatte dort oben in den Wäldern irgendwie die Wahrheit erfahren und jetzt stellte sie Greta auf die Probe, um zu sehen, was sie herausgefunden hatte. Keine von beiden würde laut aussprechen, dass Blair Moberg schuldig war, den Mord an ihrem Mann in Auftrag gegeben zu haben. Es laut auszusprechen, hieß, ihnen bliebe nur noch eine einzige Wahl.

»Sie kam heute früh zurück ... und meine Großmutter ebenfalls. Wir saßen eine Weile zusammen, aber wir haben nicht geredet. Ich schätze, sie haben ein Zimmer in einem Motel genommen, um in der Nähe zu sein. Sie gaben mir die Telefonnummer, damit ich anrufen kann, wenn ich will.«

»Willst du?«

»Ich habe gehofft, Sie könnten mir sagen, was ich tun soll.«

»Damit kenne ich mich nicht aus, Luc. Das sind Familienangelegenheiten. Das ist nicht meine Welt.«

»Aber einige Dinge sind wichtiger als Familie.«

Greta lehnte sich vor und fasste Luc am Arm. »Sieh mich an«, und Luc sah sie an. »Mein Job sind Mordermittlungen. Der Mann, der deinen Vater erschossen hat, ist tot. Der Typ, der das eingefädelt hat, ist tot. Und alle anderen aus der Gruppe sind entweder im Leichenschauhaus, im Knast oder weit weg von hier. Es gibt wenig mehr zu berichten und ich bin durch mit dieser Sache, Luc, außer du möchtest, dass ich noch etwas erledige. Es ist deine Entscheidung.«

Sie hockten eng beieinander. Lucs Ausdruck war verzweifelt, aber Greta weigerte sich, ihn mit etwas anderem zu beantworten, als der Erklärung, die sie gegeben hatte. Auch wenn es sie schmerzte, das Mädchen so zu sehen, würde Greta keine Entscheidung treffen, die alleine Luc fällen musste. Während dieser schweigenden Phase liefen die Zwillinge draußen auf dem Gang vorbei, kamen aber nicht mehr in den Wintergarten.

»Sie war am Boden zerstört, als ich sie angespuckt habe. In ihren Augen sah ich ... dass sie keine Ahnung hatte, warum ich es tat. In ihrem Kopf ist sie nur dieses ... dieses Kind. Sie versteht gar nichts. Ich schätze, ich sage ... Kinder sind unschuldig, stimmt's? Das ist, was ich denke.«

»Ich ebenfalls«, räumte Greta ein. »Wie das Baby, das du gerettet hast.«

»Nicht ich …«, korrigierte Luc, kurz distanziert, als wäre eine schreckliche Erinnerung wieder aufgetaucht. »Aber … haben Sie ihn gesehen? Er ist hier im Krankenhaus, den Gang runter. Möchten Sie ihn sehen?« Luc rollte ihren Stuhl auf die Tür zu. Mit diesem Angebot schüttelten sie etwas von der drückenden Aura ab, die sich über ihr Gespräch gelegt hatte.

Greta ließ sich von Luc mitnehmen und das Baby zeigen. Es war ein Spiel, das sie spielen mussten – vorzugeben, sie würden nicht für immer von den Verletzungen und den Geheimnissen gezeichnet sein, die sie teilten. Greta schob Lucs Rollstuhl einen Krankenhausflügel herunter und durch die Schwingtür auf der GEBURTSKLINIK stand. Sie erkannte, dass ihre ganze Bekanntschaft auf einer Tragödie beruhte, dass sie nur ein paar Mal zusammen gewesen waren, und sie es trotzdem geschafft hatten, ein beinahe familiäres Verhältnis aufzubauen. Greta verstand es nicht, aber es fühlte sich wahr an. Als ließe die Schwerkraft sie los, wie eine Uhr, die in ihrem Inneren ablief, und die sie nicht benennen konnte, bis sie sich traute, Seele dazu zu sagen.

Danach

Martin lenkte den Dodge Neon über den inneren Stadtring von Rochester. Neben ihm auf dem Beifahrersitz saß Luc Moberg. Der Tank war ziemlich leer, denn sie hatten vergessen, sich um Benzin zu kümmern, bevor sie Hammersport verließen. Luc drückte die Daumen, damit sie nicht liegen blieben – insbesondere da der Wagen Gina gehörte und Luc ihn sich ohne deren Wissen geborgt hatte. Es war kaum acht Uhr an einem Mittwochmorgen und Luc hatte gedacht, sie würden das Auto zurückbringen, bevor Gina oder Kit überhaupt wach waren.

»Diese Ausfahrt«, sagte Luc. Sie drückte den Daumen für mehr als nur das Auto.

»Sicher«, sagte Martin und lenkte den Wagen auf die Ausfahrtspur. Er trug seine alberne europäische Sonnenbrille mit den verspiegelten Gläsern, in denen sich die Straße doppelt spiegelte. Es war Ende September und Luc war im ersten Semester an der SUNY Hammersport. Es herrschte immer noch feuchtes Sommerwetter, das nach heruntergekurbelten Autofenstern und Band-T-Shirts verlangte. Jedenfalls für Luc. Martin trug sein tschechisches Fußballtrikot, und der Fahrtwind konnte seinem Haar, das zu steifen kleinen Stacheln gegelt war, nichts anhaben.

Luc hasste es zu fahren, besonders in der Stadt, und obwohl sie einen internationalen Führerschein besaß, überließ sie dies gerne jedem der wollte, in diesem Fall ihrem Freund Martin. In dem einen Monat, den er in den Vereinigten Staaten lebte, hatte er es noch nicht geschafft, Rochester zu besuchen, aber dieser Verkehr musste ein Kinderspiel sein, nachdem er in Prag, Warschau und Budapest fahren gelernt hatte.

Mit seiner polnischen Mutter und seinem ukrainischen Vater hatte er fast überall in Osteuropa gelebt und die Studenten am College meinten, mit seinem Akzent klänge er wie Dracula. Martin widersprach: Transsylvanien lag in Rumänien, und dort war er nie gewesen.

Nachdem seine Eltern bei einem Kohlenmonoxid-Unfall ums Leben gekommen waren, wurde Martin als Jugendlicher zu seinen Großeltern nach Prag geschickt. Luc kannte die Einzelheiten seiner Geschichte nur sehr vage. Sie hatte ihn vor einem Monat – das war Ende August – kennengelernt, ging aber erst seit zwei Wochen mit ihm. Beide schienen damit zufrieden zu sein, ihre Geheimnisse zu bewahren und wussten beinahe nichts voneinander. Über diesen Ausflug erzählte sie ihm beispielsweise nur, dass sie eine alte Freundin besuchen wollte, die sie seit fast drei Jahren nicht gesehen hatte.

Die Skyline der Stadt ragte jetzt über ihnen auf: alternde Steingebäude, gläserne Wolkenkratzer und Auffahrten, die übereinander hinwegführten. Luc kaute vor Nervosität auf ihren Fingernägeln herum, bis diese schmerzten und bluteten. Seit sie nach einem zweijährigen Aufenthalt in Schweden wieder im Land war, konnte sie sich nicht beruhigen. Dieser Zustand ging nicht vorüber und dauerte nun schon wochenlang hartnäckig an. Sie war als ausländische Gaststudentin gekommen, was den Professoren und Kommilitonen schwer zu erklären war, die erfuhren, dass sie tatsächlich direkt in Hammersport geboren und aufgewachsen war.

»Ich bin von überall«, erklärte Luc dann. Das Gleiche sagte auch Martin, eine der Parallelen, die sie miteinander verband. Eine weitere – die Tatsache, dass sie beide Weisen waren – war nur die halbe Wahrheit. Ihren Bekannten aus dem Wohnheim und den Kursen und selbst Martin ließ Luc glauben, ihre beiden Eltern seien tot, und es gab keinen Grund, das weiter auszuführen. Doch die Wahrheit war unausweichlich: Viele Professoren hatten ihren Vater gekannt und wussten, was mit ihm passiert war. Sie behandelten Luc deswegen mit viel Nachsicht. Andere hatten lange genug hier gelebt, um sich zu erinnern oder hatten Gerüchte gehört, doch bisher hatten die meisten Leute Luc nicht damit behelligt.

Dieses Leben war vollkommen neu, kaum einen Monat alt. Bisher hatte sie noch nicht das Englisch-Institut in der ehemaligen Brocton Hall besucht, wo ihr Vater gelehrt hatte, und das ein Jahr nach seinem Tod in einer Zeremonie in Moberg Hall umbenannt worden war. Auf einer Studentenparty – am zweiten Samstag am College – hatte ein angetrunkener Hippie sie gefragt, warum sie nicht Englisch im Hauptfach studierte, wegen ihres Vaters. Luc war verblüfft, dass dieser merkwürdige Typ sie kannte, von ihrem Vater wusste, und davon, dass sie Kurse in Strafrecht belegte, anstatt auf den Spuren ihres Vaters zu wandeln. Sie spürte, dass jeder sie dort insgeheim analysierte. Deshalb verließ sie die Party bereits nach einer halben Stunde und schloss sich für den Rest des Wochenendes in ihrem Zimmer ein. Nur ihre alte Freundin Gina konnte sie überreden wieder herauszukommen, und dies nur weil Luc sich daran erinnerte – nachdem sie einen ganzen Tag die Nahrungsaufnahme verweigert hatte, nachdem sie heißes Kerzenwachs auf ihre nackten Beine getropft hatte, nachdem sie eine sterile Nähnadel in ihre Fingerspitzen gestochen hatte –, dass sie nach Hammersport zurückgekommen war, um diesen dunklen Gefühlen entgegenzutreten und wieder in der Geborgenheit der Erinnerungen an ihren Vater zu leben.

Gina und Kit waren beide Studienanfänger, die zusammen in einem Apartment außerhalb des Campus' wohnten, obwohl ihre Mutter immer noch in ihrem Haus nur drei Blocks entfernt lebte. Sie waren die einzigen Freunde, die wussten, dass Blair Moberg am Leben war und in Bringhampton in einer Einrichtung für betreutes Wohnen untergebracht war, nur wenige Meilen vom Haus ihrer Eltern entfernt. Nach den Ereignissen hatten sie alle ein Jahr zusammengelebt – Luc und Blair und die Crowleys –, doch Blairs Zustand war sehr unbeständig, manchmal klar, aber zunehmend verschlossen und kindisch. Nach einem Anfall, als sie zwei zermürbende Tage lang ihren Darm nicht kontrollieren konnte, brachten sie Blair dauerhaft in der Einrichtung unter. Die Ärzte waren überzeugt, sie würde niemals ihre Erinnerung oder ihre vollen geistigen Fähigkeiten zurückerlangen.

Niemand sonst kannte Luc gut genug, um die schrecklichen Erlebnisse ihres Lebens zu enthüllen. Niemand musste wissen, dass Luc mit ihrer Mutter ein oder zwei Mal die Woche kurze Telefongespräche führte. Ihre Unterhaltungen waren zuerst traumatisierend gewesen, doch die Zeit zwang Luc, das kindliche Gemüt ihrer Mutter zu akzeptieren – und das Geplauder mit einer geistig Fünfjährigen über die netten Schwestern oder das salzige Essen betrübten Luc nicht mehr allzu sehr. Die Vorstellung, dass Blair jemals eine redegewandte Erwachsene gewesen war, eine Mutter, eine Ehefrau, eine Mörderin – sie war beinahe aus Lucs Gedanken gelöscht. Diese Frau war tot.

Luc glaubte, sie würde Blair irgendwann persönlich besuchen wollen, doch bisher hatte sie es nicht gewagt. Genau genommen hatte sie ihre Mutter seit jenem Sommer nicht mehr gesehen, in dem sie in Bringhampton die Highschool abgeschlossen hatte. Kurz nach dem Abschluss hatte sie Kontakt zu Oscars Verwandten aufgenommen – Onkel, Tanten, Cousins, Halbgeschwister aus der ersten Ehe seines verstorbenen Vaters – und die hatten sie in jenem Sommer nach Stockholm eingeladen. Ein Besuch, der schließlich zwei Jahre andauerte.

Sie jagte Geister und vergessene Gottheiten durch das ganze magische Land und manchmal erhaschte sie einen flüchtigen Blick auf sie: in den alten Cafés von Gamla Stan, auf den Gehwegen der Universität von Uppsala, wo einst ein heidnischer, Odin geweihter Tempel stand (dem zu Ehren man menschliche Opfer an den umgebenden Bäumen aufhängte), an den bewaldeten Seen und den Maibäumen von Dalarna, in einem Hotel in Lappland aus reinem Eis, das in der endlosen arktischen Nacht nie schmolz.

Im ersten Jahr ihres Exils hatte es einen kurzen Gedanken an Selbstmord gegeben. Luc stand am Rande eines eisigen Fjords, an den sie gekommen war, um die restliche Asche ihres Vaters zu verstreuen – und hundert Meter unter ihr brandete die See, und in den Wellen sah sie die Schlange, die sich wand wie ein schwarzer Fluss und darauf wartete, dass sie sich im Jenseits mit ihrem Vater vereinigte. Sie trat zurück, sie rettete sich, und war nun davon überzeugt, der Drang zu sterben, würde sie nicht mehr ereilen.

Die Rückkehr nach Hammersport war nur eine weitere in einer Reihe von Prüfungen, die Luc sich selbst auferlegt hatte. Ihre eigene Form der Therapie. Ob ein Arzt dies empfohlen hätte, wusste sie nicht. Einen Psychologen hatte sie das letzte Mal in Bringhampton aufgesucht – zwei Monate nach ihrem sechzehnten Geburtstag. Nach der letzten vorgeschriebenen Sitzung hatte sie aufgehört, Termine zu machen.

Martin fuhr an der Eissporthalle am Rochester War Memorial vorbei, während Luc nach einem der kostenpflichtigen Parkplätze Ausschau hielt. Alle Plätze waren belegt. Das Justizgebäude lag direkt vor ihnen. Luc war heute spontan hierher gekommen, auch wenn sie über dieses Treffen nachgedacht hatte, seit sie wieder hier war. Es würde eine weitere Bewährungsprobe ihrer Stärke sein, wie jene mythischen Herausforderungen, denen die nordischen Götter in den alten Dichtungen begegnen mussten. Luc wusste nicht einmal, ob Greta Hurd so früh an einem Mittwochmorgen arbeitete, oder ob sie aus dem Dienst ausgeschieden oder an einen Ort am anderen Ende des Landes gezogen war. Sie wusste nicht, ob Greta ihr helfen konnte, das zu finden, wonach sie suchte. Sie hoffte es, denn hoffen war etwas, was sie gelegentlich hinbekam.

Zufällig entdeckten sie einen freien Parkplatz auf der gegenüberliegenden Straßenseite vom Justizgebäude. Luc küsste Martin auf die Wange. Daraufhin nahm er ihre Hand und küsste ihre Fingerknöchel. Das waren die einzigen Intimitäten, die sie austauschten, und Luc zweifelte, ob sie je mehr geben konnte. Wahrscheinlich würde er bald mehr wollen, während die Wochen und Monate vergingen, und Luc nahm an, dass sie innerhalb eines halben Jahres getrennte Wege gingen. Schließlich würde er sie fragen, ob sie ihn liebe oder ihm vertraue, und Luc würde ihm sagen müssen, dass der Zugang zu Vertrauen, Körper und Geist bei ihr verschlossen sei. Manchmal fragten die Leute: »Warum lächelst du nie?«, und Luc antwortete: »Weil ich nie fröhlich bin.« Gespräche wie diese ängstigten die Leute, denn niemand vermochte sich vorzustellen, wie sie mit diesem geheimen Schmerz leben konnte. Eine Zeit lang hatte Luc sich das selbst gefragt, doch die Antwort war ihr in Schweden gekommen, am Rande des Fjords – so einfach, so unromantisch. Sie lebte, weil sie ihr Herz verkauft hatte, um ihr Leben zu retten. Die meiste Zeit schien es ein geringes Opfer zu sein.

»Eine halbe Stunde oder weniger.«

»Kein Problem«, sagte Martin und drehte die Musik lauter, eine der CDs, die Greta Luc zu ihrem sechzehnten Geburtstag geschenkt hatte. Luc stieg aus und warf zwei Vierteldollar in die Parkuhr, dann stieg sie die Steintreppe hinauf, die zum Eingang führte. Die Schussverletzung hatte ein bleibendes Humpeln zur Folge, wodurch sich das Treppensteigen ein wenig verlangsamte, aber wenn sie ebenen Boden erreichte, war es an ihrem Gang fast nicht wahrnehmbar. Die Studenten am College fragten sie, warum sie humpelte, und sie antwortete mit unbewegter Miene, eine Frau habe ihr in den Oberschenkel geschossen. Sie bettelten darum, mehr zu erfahren, aber Luc gab niemals nach. Diese Art von rätselhaftem Gerede war eine kleine perverse Freude, die Luc sich gönnte, immerhin ein Schimmer von Fröhlichkeit.

In der Eingangshalle ging sie zu dem Cop am Empfangsschalter und bat darum, mit Greta Hurd zu sprechen. Für eine Sekunde starrte er sie an, als habe er diesen Namen noch nie gehört. »Wie heißen Sie?«

»Lucia Moberg.«

»Werden Sie erwartet?«

»Nein, aber sie kennt mich.«

Der Cop nickte und griff nach dem Telefon. Er ging zum anderen Ende des Tresens etwa drei Meter von Luc entfernt, so dass sie nicht hören konnte, was er sagte. Als er fertig gesprochen hatte, legte er den Hörer auf, faltete einige Papiere und informierte Luc gleichgültig, sie käme in einer Minute herunter. Luc wartete. Sie stand auf einem riesigen Emblem der Polizei von Rochester, das in die Bodenfliesen geätzt war. Das Blut rauschte in ihren Ohren, denn sie erkannte, dass dieser vermeintlich spontane Besuch mehr für sie bedeutete, als sie zugeben wollte. Tatsächlich bedeutete er alles.

Schneller als angekündigt, kam Greta durch eine Doppeltür. Sie näherte sich, als sei Luc eine Geistererscheinung. Luc wusste, es war normal, auf der Hut zu sein, wenn sich ein Geist nach jahrelangem Schweigen meldete. Greta wirkte verändert, seit Luc sie das letzte Mal gesehen hatte. Sie sah jünger aus. Ausgeruhte Augen und das graue Haar war verschwunden – Clairol, nahm Luc an, es sei denn Pigmente konnten sich wirklich erneuern.

»Luc ... mein Gott«, sagte Greta. Sie umarmte Luc und trat wieder zurück, um sie genau zu betrachten. Sie hob eine Strähne ihres blonden Haares und sagte: »Das ist also die natürliche Farbe, was?«

»Ja«, sagte Luc schüchtern im Angesicht dieser Überprüfung. Sie hatte seit langem mit der schwarzen Haarfarbe aufgehört, mit dem Nagellack, den Netzstrümpfen, der Jacke mit den tausend Sicherheitsnadeln. Sie war zwei Jahre älter als die anderen Erstsemester, Martin eingeschlossen, aber Jahrzehnte reifer. Anders als ihre Kommilitonen hatte sie kein Interesse mehr daran, etwas über die Mode auszudrücken. Ihr Haar war glatt, schulterlang. Meist trug sie Jeans, Tennisschuhe und Band-T-Shirts, als Make-up nichts als Lipgloss. Das einzige modische Detail war ihre Brille: Der gleiche rechteckige Rahmen, der sie hip aussehen ließ wie eine Caféhaus-Gängerin. »Schön dich zu sehen«, sagte Greta. »Hast du Zeit? Wir können nach oben an meinen Arbeitsplatz gehen. Es ist nicht allzu privat, aber besser als die Eingangshalle.« Greta benutzte eine Schlüsselkarte, um die Doppeltüren wieder zu öffnen, und dann noch einmal, um den Aufzug zu bedienen. Sie fuhren hinauf in den vierten Stock und gingen zu Gretas winziger Nische in einem Raum mit zwanzig anderen identischen Arbeitsplätzen. Gretas persönliche Dinge bestanden aus einem Wandkalender eines chinesischen Restaurants, einem Plastikkrug mit Salzbrezeln und einem gerahmten Studiofoto, das Greta mit einer blonden Frau in einem Pullover mit Zopfmuster und einem gelockten Kleinkind in einem schwarzen Smoking zeigte. Luc nahm an, die blonde Frau war Gretas Tochter und das Kind ihr Enkel.

»Wie geht es Ihrer Familie?«, fragte Luc.

Greta rollte einen freien Bürostuhl herüber, damit Luc sich setzen konnte. »Sandra und Max geht es gut. Sie haben einen Sohn, der gerade ein Jahr alt geworden ist. Letztes Wochenende war die Geburtstagsfeier.«

Während sie saßen, betrachtete Luc erneut den Enkel auf dem Foto mit Greta und Sandra. Er hatte lockige braune Haare und alle Zähne und war groß genug, um mindestens wie zwei Jahre zu wirken.

Greta räusperte sich. »Deine Mutter?«

»Ich sehe sie kaum. Sie ist in einer betreuten Wohneinrichtung, was ich gut finde. Ich meine ... es ist nicht einfach, damit umzugehen, so wie sie jetzt ist. Aber ich bin wahrscheinlich die einzige Tochter auf der Welt, die betet, dass ihre Mutter sich nicht wieder vollständig erholt.«

»Für mich klingt das plausibel«, sagte Greta, während sie einen Aktenstapel auf ihrem Tisch durchsuchte. Sie stieß eine Schachtel mit Papiertüchern an, so dass diese jetzt das Schreibtischbild ihrer Familie verdeckte.

»Greta, ich möchte Sie um einen Gefallen bitten.«

»Was immer es ist.«

»Ich muss herausfinden, was mit dem Jungen geschehen ist.«

Greta atmete gequält ein, als hätte sie die Frage bereits geahnt. Sie sagte nichts, während sie Luc musterte, nach unlauteren Absichten suchte. Aber Luc war aufrichtig, fast verzweifelt. Seit über einem Jahr suchten sie Albträume heim. In ihnen war sie seine Mutter, rief nach ihm in einer kahlen Ödnis voller Nebel, und in diesen Träumen fand sie ihn nie. Luc hatte immer ihre eigenen Arzneien gegen den Schmerz gefunden, und sie wusste, dass sie den Jungen finden musste, zumindest versuchen musste, etwas über ihn herauszufinden. Nur das konnte sie davor bewahren, wieder an den tödlichen Sprung zu denken.

»Ich weiß, es ist vertraulich, aber ich dachte, eine Polizistin könnte vielleicht ...«

»Du wirst niemanden verletzen wollen«, warnte Greta.

»Ich würde mich nirgendwo hineindrängen. Die Pflegefamilie oder die Adoptiveltern. Ich will sie nicht treffen. Ich möchte nur wissen, ob es ihm gut geht. Das ist alles. Wenn ich nur erfahren könnte, dass alles in Ordnung ist.«

»Ich wusste, du würdest früher oder später suchen kommen. Ich habe angenommen, später.«

»Ohne das zu wissen, kann ich meinen Kopf nicht wieder frei bekommen.«

»Unter normalen Umständen könnte ich nichts tun, um dir zu helfen.«

»Normale Umstände?«, fragte Luc.

Greta hustete ein ironisches Lachen heraus. »Die gab es für uns nie, stimmt's?«

»Ich verstehe, wenn Sie nichts tun können.« Luc hatte genug von fruchtlosem ausweichendem Gerede, selbst mit dieser Frau, die ihr Leben gerettet hatte. Alles in Lucs Leben war so dringlich geworden, dass sie zweifelte, ob es jemals nachlassen würde.

»In Ordnung«, sagte Greta abrupt. »Komm wieder mit mir nach unten.«

Ohne zu fragen, folgte Luc ihr den Gang hinunter, und Greta hielt ihre Chipkarte über ein Lesegerät, um die Aufzugtüren zu öffnen. Sie traten ein, drehten sich zu den sich schließenden Türen um. Greta drückte den Knopf für das Erdgeschoss und die beiden fuhren hinab. Greta räusperte sich erneut. »Normalerweise übergibt man ein Kleinkind in dieser Situation den nächsten Verwandten der verstorbenen Mutter. Doch in diesem Fall war ihre Mutter schon seit Jahren tot und ihr Vater verweigerte das Sorgerecht. Er hatte sowieso Krebs im Endstadium. Die gleiche Geschichte mit den Verwandten des Vaters. Um es kurz zu machen, die ältere Schwester des Vaters meldete Interesse an, sich um das Kind zu kümmern, aber sie war drogenabhängig und ungeeignet. Also wurde er adoptiert. Sein Name ist Oscar.«

»Oscar? Wie mein Vater?« Sie fühlte sich aus dem Gleichgewicht gebracht, war unsicher, ob es an dem abbremsenden Aufzug lag oder an einem mentalen Schwindel. Sie packte die Handläufe in der Aufzugkabine. »Wissen Sie, wo er ist? Warum sagen Sie es mir nicht?«

»Weil du es nicht wolltest. Erinnerst du dich? Du sagtest, ich solle mich darum kümmern, dass er in Sicherheit ist, aber dir nichts darüber sagen. Weißt du noch, als du mich im Krankenhaus mitgenommen hast, um ihn zu sehen? Du warst so um sein Wohl besorgt und hast mich gebeten, alles in meiner Macht stehende zu tun, damit es ihm gut geht. Aber du sagtest auch, du wolltest nichts darüber erfahren. Und ich habe mich daran gehalten.«

»Ich bekomme meinen Kopf nicht frei.«

»Bist du sicher, dass du es jetzt wissen möchtest?«

»Absolut«, sagte Luc. Die Türen zum Erdgeschoss öffneten sich. Luc dachte, sie würden wieder zurück in die Eingangshalle laufen, vielleicht rüber ins benachbarte Gerichtsgebäude, um Dokumente durchzusehen. Stattdessen deutete Greta nach links und ging mit ihr tiefer ins Gebäude hinein, an den Büros des Sittendezernats und einigen leeren Konferenzräumen vorbei.

»Also haben Sie ihn im Auge behalten?«

»Ja, das habe ich«, sagte Greta. Sie zeigte auf eine Glaswand, die sich über die Länge des Flurs erstreckte. Durch die Scheibe sah man eine Sporthalle mit einem elastischen Boden, die eine Kindertagesstätte zu sein schien und angefüllt war mit Spielzeugeimern und Wickeltischen und Plastikrutschen und Kindern vom Baby- bis zum Vorschulalter. Als sie den Eingang zu diesem Raum erreicht hatten, holte Greta erneut ihre Schlüsselkarte heraus. »Hier hinein«, sagte sie.

Die Tür öffnete sich mit einem elektronischen Piepsen. Das Geräusch lenkte die Aufmerksamkeit eines Dutzend Kinder von einer jugendlichen Betreuerin ab, die in der Mitte eines unregelmäßigen Kreises saß und aus einem Märchenbuch vorlas. Eines der Kinder setzte sich von der Gruppe ab. Es war etwa vier Jahre alt und hatte ein Gewirr von lockigen braunen Haaren auf dem Kopf. Er trug ein Power-Rangers-T-Shirt und passende ungeschnürte Turnschuhe. Greta beugte sich herunter wie ein Fänger beim Baseball und der Junge warf sich in ihre Arme, jaulte »Mami« in ihr Ohr. Luc erkannte den Jungen von dem Bild auf Gretas Schreibtisch wieder, und jetzt begriff sie, dass dies nicht Gretas einjähriger Enkel war. Es war ihr Adoptivsohn.

»Oscar«, sagte Greta. »Ich möchte dir jemanden vorstellen.«

Sie drehte den Jungen zu Lucia und hielt ihn mit ihrer Hand auf seinem Bauch fest. Er sah Luc schüchtern an, legte dann das Kinn auf seine Brust. Luc kniete neben den beiden nieder.

»Das ist meine Freundin Lucia«, sagte Greta an Oscar gewandt. »Du erinnerst dich wahrscheinlich nicht an sie, aber sie war tatsächlich die erste Person, der du in deinem Leben begegnet bist. Außerdem habt ihr beide am gleichen Tag Geburtstag. Sie hat dich und mich zusammengebracht.«

Oscar zwang sich, Luc noch einmal anzusehen, jetzt neugierig über dieses fremde Mädchen, an das er sich ganz sicher nicht erinnerte. »Hi«, sagte er und streckte eine pummelige Hand aus.

Luc schüttelte die Hand des Jungen. »Hi, Oscar. Mein Vater hieß genauso.«

»Ich auch«, sagte Oscar. Er gönnte ihnen noch zwei weitere Sekunden, bevor er das Interesse verlor und zu den anderen Kindern zurücklief, die sich um die Märchenerzählerin scharten. Das Mädchen war vermutlich eine freiwillige Collegestudentin, Hauptfach Erziehungswissenschaften, Typ verwöhnter Cheerleader. Sie las den Kindern vor, als erzähle sie einen wunderschönen Traum nach, von dem sie händeringend hoffte, er möge wahr werden. Oscar kniete sich zu seinen Freunden und wäre sofort vom Zauber der Märchenerzählerin eingefangen worden, hätte sie sich nicht unterbrochen und auf ihn herabgeblickt.

»Oh, Oscar«, sagte sie. »Ich habe gerade den besten Teil vorgelesen und du hast ihn verpasst. Was sollen wir jetzt machen?«

»Noch mal?«, flehte Oscar und federte mit seinem Hintern auf den Absätzen seiner Schuhe.

Das Mädchen blätterte ein paar Seiten in dem großformatigen Buch zurück, und dann winkte sie Greta und Luc zu, als wären sie alle Komplizen in einer reizenden Verschwörung. Luc konnte ausnahmsweise ein Lächeln nicht unterdrücken, vor allem als die Märchenerzählerin begann, den besten Teil noch einmal zu erzählen.

Danksagungen

Ich danke meinem Onkel Emre Arican vom Rochester Police Department für sein geduldiges Ohr und seine präzise Überprüfung. Sollte es Ungenauigkeiten geben, dann weil ich seine perfekten Vorlagen vertändelt habe.

Dank auch an meine Schreib- und Literaturlehrer an der SUNY Brockport, UNC-Wilmington und Georgia State University – Clyde Edgerton, Bob Reiss, Todd Berliner, Mike Wentworth, Stanley Colbert, Anne Panning, Paul Persia und Josh Russell. Und Dank an jene Lehrer, die mich dazu gebracht haben, anzufangen: John Baynes und Kathleen Cadle. Vor allem danke ich meiner Mentorin Wendy Brenner. Ich kann nicht ausdrücken, wie dankbar ich bin für das Wissen, das sie vermittelt hat, und die Ermutigung und Förderung, die sie gegeben hat.

Dank an Jeff Gerecke und Michael Homler, die mir diese Kugel gegeben haben und mir dann zeigten, wohin ich sie feuern sollte. Dank an all jene, die sich für meine Kurzgeschichten eingesetzt haben: Janet Hutchings, Lauren Kuczala, Karen Ackerson und Alfredo de Palchi. Ein besonderer Dank geht an Joyce Carol Oates und Raymond Smith für ihre Unterstützung.

Dank an Freunde, Studenten und Kollegen, die, wie die Heilige in diesem Roman, geholfen haben, meinen Blick zu schärfen: Craig Renfroe, Bob Gatewood, Andrew MacDuffie, Beau Bishop, Sandra Holinbaugh, Jim Georger, Ralph Black, Ryan Doody, Danielle Montagne, Dave Graupman und allen meinen Komplizen bei Killer Year. Dank an Eric Vrooman für seine Einsichten und seinen sprichwörtlichen Rotstift.

Und der innigste Dank geht an meine Liebe, meine Caroline.